La ESPADA de la VERDAD

TERRY GOODKIND
La ESPADA de la VERDAD

2/2

EL LIBRO DE LAS SOMBRAS CONTADAS

minotauro

La Espada de la Verdad nº 01 El Libro de las Sombras Contadas 2/2

Wizard's First Rule (Sword of Truth) by Terry Goodkind © 1994 published in agreement
with the author, c/o BAROR INTERNATIONAL, INC., Armonk, New York, USA.

Publicación de Editorial Planeta, SA. Diagonal, 662-664, 08034 Barcelona.
Copyright © 2024 Editorial Planeta, SA, sobre la presente edición.
Reservados todos los derechos.

Traducción: © Joana Claverol

Se han realizado todos los esfuerzos para contactar, identificar y recabar la autorización
de los propietarios de los copyrights. Con todo, si no se ha conseguido la autorización
o el crédito correcto, el editor ruega que le sea comunicado y se corregirá
en ediciones posteriores.

Diseño de cubierta: Coverkitchen
Mapa: Terry Goodkind

ISBN: 978-84-450-1461-5
Depósito legal: B. 6149-2023
Printed in EU / Impreso en UE.

Inscríbete en nuestra newsletter en: www.edicionesminotauro.com
Facebook/Instagram: @EdicionesMinotauro
Twitter: @minotaurolibros

Para Jeri

AGRADECIMIENTOS

Me gustaría dar las gracias a ciertas personas muy especiales:

A mi padre, Leo, por no decirme nunca que leyera, pero viéndolo leer se despertó mi curiosidad.

A mis buenas amigas, Rachel Kahlandt y Gloria Avner, por leer el primer borrador y ofrecerme sus perspicaces y valiosas opiniones. Y por no dudar nunca de mí cuando más lo necesitaba.

A mi agente, Russell Galen, por tener las agallas de ser el primero en coger la espada y convertir mis sueños en realidad.

A mi editor, James Frenkel, no sólo por su excepcional talento editorial, por guiarme y ayudarme a mejorar el texto, sino también por el inagotable buen humor y la paciencia que ha demostrado al enseñarme a ser mejor escritor.

A la buena gente de Tor, a todos y cada uno de ellos, por su entusiasmo y su esfuerzo.

Y a dos personas muy singulares, Richard y Kahlan, por escogerme a mí para contar su historia. Sus sufrimientos y sus éxitos me han llegado muy hondo. Nunca volveré a ser el mismo.

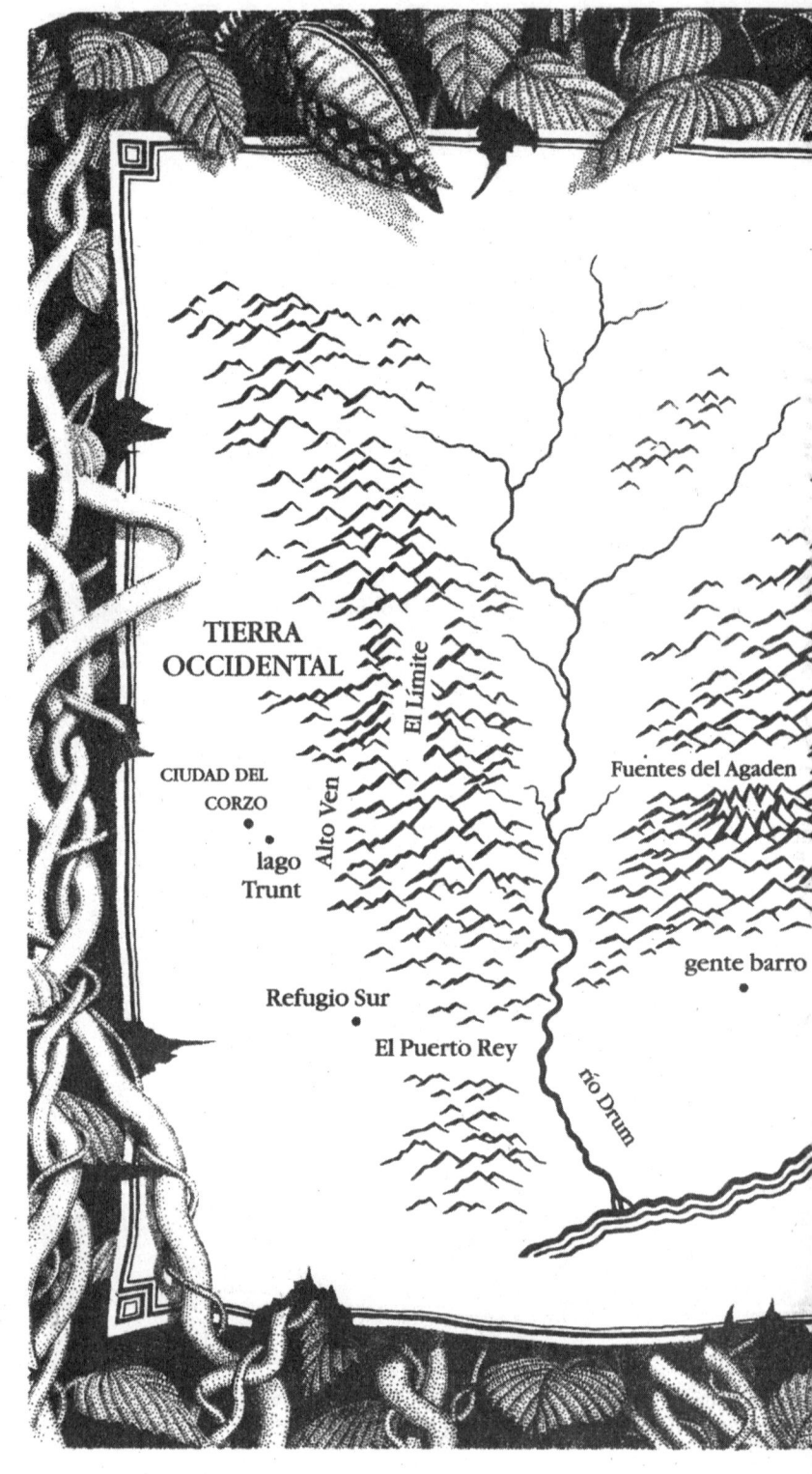

TIERRA
OCCIDENTAL

El Límite

Fuentes del Agaden

CIUDAD DEL
CORZO

Alto Ven

lago
Trunt

gente barro

Refugio Sur

El Puerto Rey

río Drum

1

K ahlan —preguntó Richard—, cuando estábamos con la gente barro y ese hombre dijo que Rahl había llegado montado en un demonio rojo, ¿sabes a qué se refería?

Tras abandonar a la gente barro, caminaron durante tres días por la llanura acompañados por Savidlin y sus cazadores. Al despedirse le habían prometido que removerían cielo y tierra en busca de Siddin. El hombre barro los había mirado con ojos tristes. La siguiente semana se la pasaron ascendiendo por las montañas Rang'Shada, la vasta cresta rocosa que, tal como Kahlan le había explicado, ocupaba el nordeste de la Tierra Central y cuyo corazón albergaba las Fuentes del Agaden. Era éste un lugar rodeado por picos recortados que formaban algo así como una corona de espinas destinada a mantener alejado a todo el mundo.

—¿No lo sabes? —contestó ella, algo sorprendida.

Al ver que el joven negaba con la cabeza, Kahlan se dejó caer sobre un montículo de rocas para descansar. Richard se desprendió de la pesada mochila con un gruñido, se desplomó en el suelo y apoyó la espalda contra una peña. Acto seguido se tumbó y colocó los brazos sobre la peña para desentumecerlos. Sin el barro negro y blanco que le embadurnaba el rostro, veía a Kahlan distinta. Durante aquellos tres días se había llegado a acostumbrar a verla con ese aspecto.

—¿A qué se refería? —insistió.

—Hablaba de un dragón.

—¡Un dragón! ¿Hay dragones en la Tierra Central? Nunca creí que fuesen criaturas reales.

—Pues lo son. Pensé que ya lo sabías —dijo ella, mirándolo con el ceño fruncido. Richard sacudió la cabeza una sola vez—. Bueno, supongo que es normal, pues en la Tierra Occidental la magia no existe y los dragones son seres mágicos. Creo que es así como vuelan, con la ayuda de la magia.

—Yo pensaba que los dragones eran sólo una leyenda, cuentos de viejas. —Richard lanzó un guijarro y miró cómo rebotaba contra una peña.

—Quizá sean cuentos que se cuentan al amor de la lumbre, pero se basan en recuerdos. En cualquier caso, los dragones son muy reales. —Kahlan se levantó el pelo de la nuca con los pulgares para refrescarse un poco, a la vez que cerraba los ojos—. Hay diferentes tipos de dragones: grises, verdes, rojos, y otros menos comunes. Los grises son los más pequeños y bastante tímidos. Los mayores y más inteligentes son los rojos. En la Tierra Central algunas personas tienen un dragón gris como mascota y para la caza, pero nadie tiene dragones verdes; son bastante tontos, tienen muy mal genio y pueden ser peligrosos. —La mujer abrió un poco los ojos y ladeó la cabeza para mirar a Richard con las cejas arqueadas—. Los rojos son un tema aparte; son capaces de freírte y comerte en un abrir y cerrar de ojos. Y, además, son muy listos.

—¡Comen personas! —Richard se presionó los ojos con el borde de las palmas de las manos y lanzó un gruñido.

—Sólo si tienen mucha hambre o están enfadados. No les servimos para saciar su enorme apetito. —Cuando Richard apartó las manos de los ojos y los abrió, se encontró con los ojos verdes de la mujer, que lo miraban—. Lo que no entiendo es qué está haciendo Rahl con un rojo.

Richard recordó la figura roja en el cielo que sobrevolaba el bosque Alto Ven, justo antes de ver por primera vez a Kahlan. Entonces, arrojó otro guijarro contra la peña.

—Supongo que así es como consiguen salvar distancias tan grandes —aventuró.

—No —comentó Kahlan—, lo que quiero decir es que no entiendo por qué un dragón rojo se somete a él. Los rojos son ferozmente independientes, no toman partido en los asuntos de los humanos. De hecho, les importan un ardite. Prefieren morir antes que someterse, y créeme que no mueren sin luchar con todas sus fuerzas. Como ya he dicho, son criaturas mágicas, e incluso Rahl el Oscuro las pasaría moradas para vencer a una de ellas. Aunque su magia amenazara con matar a los dragones rojos, a ellos no les importaría; preferirían morir antes que ser dominados.

»Lucharían hasta matar o morir. —Kahlan se inclinó ligeramente hacia Richard y bajó la voz para añadir—: Me cuesta imaginarme a Rahl volando a lomos de un dragón rojo. Nadie puede dominarlos.

La mujer observó al joven un instante, tras lo cual se enderezó y empezó a arrancar el liquen que crecía sobre una roca.

—¿Representan los dragones rojos una amenaza para nosotros? —Richard se sintió estúpido por preguntar si un dragón era peligroso.

—No es probable. He visto a rojos de cerca muy pocas veces. En una ocasión, yo caminaba tranquilamente por un sendero cuando uno descendió en picado sobre un campo colindante y atrapó dos vacas. Se las llevó a las dos, una en cada garra. Si nos encontráramos con uno, y estuviera de malas pulgas, nos veríamos en un brete. Pero no es probable que suceda.

—Ya nos hemos encontrado con uno —le recordó Richard con voz serena— y nos causó muchos problemas.

Kahlan no respondió. Por su expresión, era obvio que ese recuerdo le dolía tanto como a él.

—¡Por fin os encuentro! —gritó una voz desconocida.

Ambos dieron un brinco. Richard se levantó de un salto con la mano en el pomo de la espada, mientras Kahlan se ponía en cuclillas, lista para entrar en acción.

—Sentaos, sentaos. —El anciano intentó apaciguarlos con ambas manos, mientras andaba hacia ellos por la trocha—. No pretendía asustaros. —La barba blanca del hombre se movió al reír—. Sólo soy el Viejo John. Os andaba buscando. Sentaos, sentaos.

El hombre reía, y su barriga, grande y redonda, se agitaba bajo la túnica marrón oscuro que llevaba. Tenía el pelo blanco, con una pulcra raya que lo dividía por la mitad, cejas largas y curvas, así como unos párpados caídos que ensombrecían sus ojos castaños. Su rostro, jovial y redondo, se arrugó al sonreír ampliamente mientras esperaba. Kahlan volvió a sentarse con cautela. Richard se sentó sobre la roca contra la que se había apoyado, aunque presto para levantarse, y sin apartar la mano de la empuñadura de la espada.

—¿Cómo es que nos buscabas? —inquirió el joven en un tono algo hosco.

—Me envía mi viejo amigo el mago.

Richard volvió a ponerse de pie de un salto.

—¡Zedd! —exclamó—. ¿Te envía Zedd?

El Viejo John se aguantó el estómago mientras reía.

—¿A cuántos magos conoces? Pues claro que ha sido Zedd. —El anciano se tironeó la barba a la vez que escudriñaba a la pareja con un solo ojo—. Él tenía que ocuparse de un asunto muy importante, pero os necesita; necesita que os reunáis con él enseguida. Así pues, me pidió a mí que os buscara y, como yo no tenía nada mejor que hacer, accedí.

13

Zedd me dijo dónde os encontraría y parece que tenía razón, como siempre.

—¿Cómo está? —preguntó un Richard risueño—. ¿Dónde está, y para qué nos necesita?

El Viejo John se tiró esta vez con más fuerza de la barba, a la vez que asentía con la cabeza y sonreía.

—Ya me lo dijo. Me advirtió que me harías un montón de preguntas. Zedd está bien. La verdad es que no sé para qué os necesita. Cuando el viejo Zedd está inquieto, uno no pregunta; se limita a hacer lo que le pide. Esto es lo que hice yo. Y aquí estoy.

—¿Dónde está Zedd? ¿Muy lejos? —Richard se sentía impaciente ante la perspectiva de volver a ver al mago.

El Viejo John se rascó la cabeza y se inclinó un poco hacia adelante para contestar:

—Depende. ¿Cuánto tiempo piensas quedarte aquí plantado haciéndome preguntas?

Richard sonrió; luego recogió la mochila, todo cansancio olvidado. Kahlan le dirigió una de sus especiales sonrisas con los labios apretados, mientras ambos echaban a andar por el pedregoso camino en pos del Viejo John. Richard, en retaguardia, no cesaba de escudriñar el bosque que los rodeaba. Kahlan le había dicho que ya no estaban lejos de la guarida de la bruja.

Ansiaba ver de nuevo a Zedd. Hasta entonces no se había dado cuenta de la tensión que le había supuesto desconocer la suerte que hubiera podido correr su viejo amigo. Sabía que Adie haría todo lo que estuviera en su mano por Zedd, pero no le había prometido nada. El joven esperaba que Chase también se hubiera recuperado. Richard se sentía eufórico ante la idea de volver a ver a Zedd. Tenía tanto que decirle... tanto que preguntarle... La cabeza no dejaba de darle vueltas.

—Así pues, ¿se encuentra bien? —le gritó al Viejo John—. ¿Se ha recuperado? Espero que no haya perdido peso. Zedd no se puede permitir perder ni un gramo.

—No —rió el Viejo John sin volverse y sin parar la marcha—. Tiene el mismo aspecto de siempre.

—Bueno, espero que no haya acabado con todas tus provisiones.

—No te preocupes, hijo. ¿Cuánto podría comer un viejo mago flacucho?

Richard sonrió para sus adentros. Tal vez Zedd ya estuviera bien, pero no podía haberse recuperado del todo, o al Viejo John ya no le quedaría ni una migaja.

Durante las dos horas siguientes Richard y Kahlan siguieron caminando, esforzándose por seguir el ritmo que imprimía el Viejo John. El bosque se fue haciendo más espeso y oscuro, los árboles eran ahora más grandes y crecían más cerca unos de otros. El sendero era muy pedregoso, por lo que no resultaba fácil avanzar por él, especialmente a un paso tan vivo. En la penumbra del bosque se oían extraños chillidos de aves. Al llegar a una bifurcación, el Viejo John tomó el desvío de la derecha sin ni siquiera detenerse. Kahlan lo siguió, pero Richard se detuvo. Tenía un presentimiento. En lo más profundo de su mente sabía que algo no iba bien, pero no sabía qué. Era algo relacionado con Zedd. Al oír que el joven se detenía, Kahlan se volvió y caminó hacia él.

—¿Por dónde se va a la guarida de la bruja? —preguntó Richard.

—Por la izquierda —contestó ella. En su voz se notaba un matiz de alivio porque el anciano había ido a la derecha. Kahlan metió un pulgar por debajo del gancho de la correa de la mochila, a la altura del pecho, y con el mentón señaló varias rocas muy escarpadas que apenas se divisaban entre las ramas superiores de los árboles—. Ésos son algunos de los picos que rodean las Fuentes del Agaden. —Las cimas, cubiertas de nieve, relucían en el enrarecido aire de aquellas alturas. Richard nunca había visto unas montañas de tan inhóspito aspecto. Eran realmente como una corona de espinas.

Richard echó un vistazo al sendero de la izquierda. Parecía muy poco transitado y el espeso bosque se lo tragaba enseguida. El Viejo John se detuvo y se volvió hacia ellos, con las manos en jarras.

—¿Venís o qué?

El joven miró de nuevo el sendero de la izquierda. Tenían que conseguir la última caja antes que Rahl. Por mucho que Zedd los necesitara, su principal deber era descubrir el paradero de la última caja.

—¿Crees que Zedd podría esperar un poco?

El Viejo John se encogió de hombros y acto seguido se tiró de la barba.

—No lo sé —respondió—, pero no me hubiera enviado a buscaros si no fuera importante. Tú decides, hijo.

Richard deseó no tener que tomar aquella decisión, deseó saber si Zedd podía esperar y qué quería. «Deja de desear y empieza a pensar», se dijo a sí mismo. Miró con ceño al anciano y le preguntó:

—A qué distancia está?

El Viejo John alzó la vista hacia el sol de la tarde, que brillaba entre las ramas de los árboles, mientras se daba tirones a la barba.

—Si seguimos caminando hasta después de que caiga la noche y reemprendemos la marcha al amanecer, llegaremos mañana al mediodía. —Dicho esto miró a Richard, esperando una respuesta.

Kahlan no dijo nada, pero el joven sabía qué estaba pensando. Para ella, cuanto más lejos estuvieran de Shota, mejor. Además, aunque primero fueran a reunirse con Zedd, siempre podían regresar si era preciso. Y tal vez Zedd supiera dónde estaba la caja, tal vez la había encontrado ya, y ellos dos no tendrían que ascender a las Fuentes del Agaden. Era más razonable reunirse con Zedd. Eso es lo que Kahlan diría.

—Tienes razón —le dijo.

—Yo no he dicho nada —contestó la mujer, confusa.

—He oído tus pensamientos —respondió él con una ancha sonrisa—. Tienes razón. Iremos con el Viejo John.

—No tenía ni idea de que pensaba en voz alta —murmuró Kahlan.

—Si no nos detenemos —gritó Richard al anciano— podríamos llegar antes del amanecer.

—Yo estoy viejo —protestó el Viejo John y lanzó un suspiro—, pero sé lo impaciente que estás. Y también que Zedd os necesita con urgencia. Debí haber escuchado a Zedd cuando me previno contra ti —añadió, agitando un dedo en la dirección del joven.

Richard lanzó una breve risa mientras indicaba a Kahlan que caminara delante de él. La mujer avanzó rápidamente para ponerse a la altura del anciano, el cual ya se había puesto en marcha. El joven contempló con aire ausente cómo caminaba Kahlan. Ésta se apartó una telaraña de la cara y escupió parte de la que le había entrado en la boca. No podía desprenderse de la sensación de que algo iba mal. Ojalá descubriera qué era. Richard reflexionó durante un minuto, pero solamente podía pensar en Zedd, en las ganas que tenía de volver a verlo y hablar con él. El joven decidió hacer caso omiso de la sensación de que le estaban observando.

—Sobre todo echo de menos a mi hermano —dijo la niña a la muñeca—. Dicen que murió —le confesó en voz baja, apartando la mirada.

Rachel se había pasado casi todo el día contándole a la muñeca sus cuitas, todas las que se le ocurrían. Cuando se echó a llorar, la muñeca le dijo que la quería, y la niña se sintió mejor. A veces, también la hacía reír.

Rachel añadió otra ramita al fuego. Era tan agradable estar caliente y tener luz... Sin embargo, mantenía el fuego bajo, tal como Giller la había aconsejado. Gracias al fuego, no tenía tanto miedo en el bosque, especialmente por la noche. Pronto anochecería. A veces, en la oscuridad del bosque se oían ruidos que la asustaban y la hacían llorar. Pero era mejor estar sola en medio del bosque que estar encerrada en la caja.

16

—Eso era cuando vivía en ese otro lugar del que te he hablado, antes de que la reina viniera y me escogiera. Me gustaba mucho más vivir con los otros niños que con la princesa. Eran amables conmigo. —La niña miró a la muñeca para comprobar si estaba escuchando—. Había un hombre, Brophy, que venía de vez en cuando. La gente decía cosas malas de él, pero con nosotros, los niños, era muy bueno. Era amable como Giller. También él me dio una muñeca, pero la reina no dejó que la llevara conmigo cuando fui a vivir al castillo. A mí no me importó, estaba muy triste porque había muerto mi hermano. Oí que algunas personas decían que había sido asesinado. Sé que eso quiere decir que alguien lo mató. ¿Por qué la gente mata a los niños?

La muñeca se limitó a sonreír. Rachel le devolvió la sonrisa.

La niña pensó en el niño nuevo, al que había visto que la reina encerraba. Pese a que hablaba raro y también tenía un aspecto extraño, su presencia le recordaba a su hermano. Eso era porque parecía estar muy asustado. Su hermano también solía asustarse. Rachel se daba cuenta de que estaba asustado porque no podía estarse quieto. La niña sentía lástima por el nuevo niño; ojalá ella fuera importante y pudiera ayudarlo.

La niña acercó las manos al fuego para calentarse un poco, tras lo cual se llevó una al bolsillo. Tenía hambre. No había podido encontrar otra cosa para comer que unas bayas. Ofreció una de las grandes a la muñeca, pero ésta no parecía tener hambre, por lo que se la comió ella. Después hizo lo mismo con todas las demás. Cuando se las acabó todavía tenía hambre, pero no quería salir afuera a buscar más. El lugar donde crecían estaba lejos y empezaba a oscurecer. No quería que la noche la sorprendiera en medio del bosque. Se quedaría dentro del pino, con su muñeca, junto al fuego y la luz.

—Tal vez la reina será más amable cuando firme la alianza, sea lo que sea eso. Sólo sabe hablar de cuánto desea la alianza. Quizás entonces será más feliz y no ordenará cortar más cabezas. La princesa me obliga a acompañarla, ¿sabes?, pero a mí no me gusta mirar y cierro los ojos. Ahora también la princesa Violeta ordena cortar cabezas. Cada día que pasa se vuelve más mala. Tengo miedo de que un día me corte a mí la cabeza. Ojalá pudiera escapar —confesó mirando a la muñeca—. Ojalá pudiera marcharme y no volver nunca más. Y te llevaría conmigo.

La muñeca sonrió.

—Te quiero, Rachel —dijo.

La niña cogió a la muñeca, la abrazó con fuerza y luego le dio un beso en la cabeza.

—Pero si me escapo, la princesa Violeta mandará a los soldados que me persigan y a ti te tirará al fuego. No quiero que te tire al fuego. Te quiero.

—Te quiero, Rachel.

La niña se abrazó a la muñeca y luego se introdujo bajo el heno, con la muñeca a su lado. Al día siguiente tenía que regresar, y la princesa volvería a ser mala con ella. No podría llevar consigo a la muñeca, o acabaría en las llamas.

—Eres la mejor amiga que he tenido nunca. Y Giller también.

—Te quiero, Rachel.

La niña empezó a preocuparse por lo que podría pasarle a la muñeca cuando se quedara sola en el pino. Seguramente se sentiría muy sola. ¿Y si la princesa no la echaba fuera del castillo nunca más? ¿Y si averiguaba que Rachel quería que la echara? ¿Y si decidía que se quedara siempre dentro para castigarla?

—¿Qué debo hacer? —preguntó a la muñeca, mientras contemplaba la luz de las llamas, que parpadeaba en el interior del árbol.

—Ayuda a Giller —contestó la muñeca.

Rachel rodó sobre un codo y miró la muñeca.

—¿Que ayude a Giller?

—Sí. Ayuda a Giller —repitió la muñeca.

Los rayos del sol poniente se reflejaban en la capa de hojas, iluminando y dando lustre al camino que discurría entre oscuras masas de árboles. Richard oía el ruido de las botas de Kahlan al pisar las rocas ocultas bajo la colorida alfombra. En el aire flotaba un leve tufo de corrupción; el de las hojas caídas que empezaban a pudrirse en los lugares umbríos, así como el de las ramas que el viento había arrastrado entre las rocas.

Aunque empezaba a refrescar, ni Richard ni Kahlan llevaban capas, pues estaban acalorados por el esfuerzo que debían realizar para mantener el ritmo del Viejo John. Richard trataba de pensar en Zedd, pero el hilo de sus pensamientos se interrumpía cada vez que debía acelerar para mantener el paso. Al darse cuenta de que se estaba quedando sin resuello, apartó todo pensamiento de Zedd fuera de su cabeza. Pero había un pensamiento que no lo abandonaba: la intuición de que algo iba mal.

Finalmente, permitió que la semilla del recelo echara raíces. ¿Cómo era posible que un anciano caminara a ese ritmo y pareciera fresco y relajado? Richard se llevó una mano a la frente y se preguntó si acaso estaría enfermo o tendría fiebre. Pero no estaba caliente. Tal vez no se sentía bien; tal vez le pasaba algo. Llevaban muchos días de gran esfuerzo, pero nada como lo de ahora. No, a él no le pasaba nada; simplemente estaba agotado.

Durante un rato contempló a Kahlan, que caminaba delante de él. A ella también le estaba costando mucho mantener el ritmo. La mujer tuvo que retirar otra telaraña que se le había adherido al rostro y después trotar para alcanzar al anciano. El joven se dio cuenta de que, al igual que él, Kahlan jadeaba. Por alguna razón el recelo que sentía se iba convirtiendo en un mal presentimiento.

De pronto le pareció ver algo a su izquierda, en el bosque, que los seguía. «Seguramente es un animal pequeño», se dijo. Pero parecía más bien algo con los brazos muy largos, que corría rozando el suelo. Un momento después había desaparecido. Richard notó que tenía la boca seca e intentó convencerse de que era sólo producto de su imaginación.

Su atención volvió a centrarse en el Viejo John. En algunos trechos, el sendero era bastante ancho, pero en otros era estrecho y las ramas de los árboles casi lo invadían. Tanto Kahlan como él pasaban rozando las ramas, o tenían que apartarlas, pero el anciano permanecía siempre en el centro del sendero, evitaba todas las armas y se arropaba en la capa.

El joven se fijó en una telaraña que cruzaba el sendero de un lado al otro y cuyos hilos parecían de oro a la luz del ocaso. Kahlan la rompió con un muslo cuando la atravesó.

Instantáneamente, el sudor se le heló en el rostro. ¿Cómo era posible que el Viejo John no hubiera roto la telaraña?

Richard alzó la vista y vio una rama cuya punta invadía el camino. El anciano no pudo esquivar su punta. Ésta atravesó el brazo del anciano como si fuera de humo.

Con la respiración entrecortada, miró las huellas que Kahlan había dejado en una zona de suelo blando. No había ninguna huella del Viejo John.

Sin perder tiempo, agarró a Kahlan por la blusa y tiró de ella hacia atrás. La mujer gritó de sorpresa. El joven la empujó detrás de él, a la vez que con la mano derecha desenvainaba la espada.

Al oír el sonido metálico, el Viejo John se paró y empezó a darse la vuelta.

—¿Qué pasa, hijo? ¿Has visto algo? —La voz del anciano parecía el silbido de una serpiente.

—Exactamente. —Asiendo la espada con ambas manos, Richard adoptó una postura defensiva. Respiraba entrecortadamente y sentía cómo la cólera ahogaba el miedo—. ¿Cómo es que atraviesas las telarañas sin romperlas y no dejas huellas en el suelo?

El Viejo John le dirigió una leve y astuta sonrisa mientras lo evaluaba con un solo ojo.

—¿No esperabas que el viejo amigo de un mago poseyera habilidades especiales?

—Es posible —repuso Richard. Sus ojos se movían velozmente de izquierda a derecha, vigilando—. Pero dime algo, Viejo John, ¿cómo se llama ese viejo amigo?

—Zedd, claro está. —El anciano enarcó las cejas—. ¿Cómo podría saberlo si no fuese un viejo amigo mío? —La capa cubría el cuerpo del hombre y la cabeza se le había hundido entre los hombros.

—Fui yo quien, estúpidamente, te dije que se llamaba Zedd. ¿Puedes decirme cómo se apellida?

El Viejo John lo miró de forma inquietante; sus ojos se movían lentamente, evaluándolo, tomándole la medida. Eran ojos animales.

Con un súbito rugido, que hizo estremecerse a Richard, el anciano se volvió, y su capa se abrió. En el tiempo que le llevó completar el giro, el Viejo John había doblado su tamaño.

Una pesadilla imposible cobró vida: lo que antes era un anciano ahora era una criatura peluda con garras y colmillos. Un monstruo que gruñía, presto al ataque.

Richard ahogó un grito cuando alzó la vista y se encontró con las fauces abiertas de la bestia. Ésta rugió y, súbitamente, dio un paso de gigante hacia adelante. Richard retrocedió tres. El joven aferraba con tanta fuerza la espada que le dolía. Los estridentes gritos de la bestia —profundos, salvajes y crueles— resonaron en el bosque. Cada vez que rugía abría desmesuradamente la boca. La bestia se cernía sobre Richard, con sus ojos hundidos, que brillaban, y sus enormes colmillos, que chascaban al cerrarse. Richard retrocedió a toda prisa, refugiándose tras la espada. Cuando echó un rápido vistazo hacia atrás no vio a Kahlan.

De repente, el animal fue contra él sin darle la oportunidad de blandir la espada. El joven tropezó con una raíz y cayó al suelo de espaldas. Apenas podía respirar. Instintivamente, alzó la espada cuando la bestia se abalanzó sobre él.

Unos colmillos afilados y húmedos pasaron por encima del acero e intentaron hundirse en su rostro. El joven levantó la espada, pero la bestia consiguió esquivarla. Unos furiosos ojos rojos contemplaban fijamente la *Espada de la Verdad*. La monstruosa bestia reculó y miró hacia su derecha, en dirección al bosque, con las orejas hacia atrás y gruñéndole a algo.

Entonces cogió una piedra del doble de tamaño que la cabeza de

Richard, elevó su chato hocico, inhaló profundamente y, con un rugido, aplastó la piedra entre sus garras. Sus poderosos músculos se tensaron. La piedra se partió con un fuerte crujido que reverberó por el bosque. El aire se llenó de polvo y de esquirlas de piedra. La bestia miró alrededor, se volvió y desapareció rauda entre los árboles.

Richard se quedó tumbado de espaldas, jadeando y escudriñando el bosque con los ojos bien abiertos, esperando a que la bestia volviera a aparecer. Entonces llamó a Kahlan a gritos, pero la mujer no respondió.

Antes de que pudiera ponerse en pie, algo ceniciento, con unos brazos muy largos, saltó encima de él y volvió a lanzarlo al suelo. Era algo que gritaba de rabia. Unas manos nudosas y muy fuertes agarraron las suyas para tratar de arrebatarle la espada. Uno de esos largos brazos le propinó un golpe de revés en plena mandíbula que casi lo dejó sin sentido. Al gruñir, la cosa retrajo unos labios blancos y exangües, mostrando unos dientes muy afilados. Unos ojos amarillentos que querían salirse de las órbitas le lanzaban fugaces miradas. El ser luchaba con denuedo para patearle la cara. Richard aferraba la espada con todas sus fuerzas, tratando de desasirse de aquellos largos dedos que lo sujetaban.

—Mi espada —gruñó el ser—. Dame. Dame mi espada.

Enzarzados en una desesperada lucha, ambos rodaron por el suelo, diseminando en todas direcciones hojas y ramitas. Una de las poderosas manos de la criatura cogió a Richard por el pelo y le golpeó la cabeza contra el suelo, tratando de que impactara contra una piedra. De repente, soltó un gruñido y nuevamente fue a agarrar la empuñadura de la espada. El asaltante logró que una de las sudorosas manos de Richard soltara el arma, y con la suya cubrió la otra mano, con la que el joven aferraba el acero. Los agudos chillidos de la criatura truncaban la tranquilidad del bosque. Unos nervudos dedos empezaron a arañar la mano izquierda del Buscador y unas afiladas uñas se hundieron en la carne del joven.

Richard sabía que estaba perdiendo. Pese a su pequeño tamaño, aquella criatura enjuta y nervuda era más fuerte que él. Tenía que hacer algo o le arrebataría la espada.

—Dame —exigió la criatura hablando entre dientes. Súbitamente, volvió su pálida faz hacia el joven y trató de morderle en la cara. Los huecos entre los dientes estaban llenos de restos grises y esponjosos, y su aliento hedía a descomposición. En su cérea calva destacaban unas manchas oscuras.

Cuando volvieron a rodar por el suelo, Richard se llevó una mano al cinto y, desesperado, desenvainó un cuchillo. Un momento después amenazaba a la criatura con la hoja entre los pliegues del cuello.

—¡Por favor! —aulló la criatura—. ¡No matar! ¡No matar!

—¡Entonces suelta la espada! ¡Vamos!

La criatura la soltó lentamente, de mala gana. Richard estaba tumbado de espaldas con la hedionda criatura sobre su pecho, inmóvil contra su cuerpo.

—Por favor, no matarme —repitió con un quejido.

Richard se quitó de encima a la asquerosa criatura, a la que tumbó de espaldas. Acto seguido la amenazó, apretando la punta de la espada contra su pecho. Los ojos amarillentos del ser se abrieron desmesuradamente.

La cólera de la espada, que durante toda la pelea parecía confusa y perdida, regresó a él en una oleada.

—A la más mínima sospecha, te clavaré la espada —le espetó Richard—. ¿Entendido? —La criatura asintió con vehemencia. Richard se inclinó hacia ella y preguntó—: ¿Adónde ha ido tu amigo?

—¿Amigo?

—¡Esa bestia enorme que trató de matarme antes que tú!

—El calthrop no amigo —gimoteó la criatura—. Tú hombre con suerte. Calthrop mata de noche. Esperaba la noche. Para matarte. Tiene poder durante la noche. Tú hombre de suerte.

—¡No te creo! Estáis compinchados.

—No. —La criatura se estremeció—. Yo sólo seguía. Hasta que él matarte.

—¿Por qué?

Los ojos saltones de la cosa se posaron en la *Espada de la Verdad*.

—Mi espada. Dame. Por favor.

—¡No!

Richard miró alrededor en busca de Kahlan. A poca distancia de él, a su espalda, vio la mochila de la mujer tirada en el suelo, pero ni rastro de ella. De pronto, la zozobra lo dejó helado y sus ojos recorrieron la zona apresuradamente. Sabía que el calthrop no la había capturado, pues había visto cómo desaparecía en el bosque solo. Sin apartar la punta de la espada de la criatura tumbada en el suelo, el joven gritó el nombre de la mujer, con la esperanza de que ella le devolviera sus desesperadas llamadas. Pero no obtuvo respuesta.

—Ama tiene a la hermosa señora.

La mirada de Richard se posó bruscamente en aquellos ojos amarillentos.

—¿De qué estás hablando?

—El ama. Ella se ha llevado a la hermosa señora. —Richard apretó la espada contra su cuello para indicarle que quería saber más—. Os seguíamos. Mirábamos cómo el calthrop jugaba con vosotros. Queríamos ver qué pasaba. —Los saltones ojos amarillos se posaron de nuevo en la espada.

—Querías robarme la espada. —Richard lo fulminó con la mirada.

—¡No robar! ¡Mía! ¡Dame! —Las largas manos de la criatura se dirigieron otra vez hacia la espada, hasta que Richard apretó un poco más. El ser quedó paralizado.

—¿Quién es tu ama?

—¡Ama! —La criatura temblaba, suplicando que su ama fuera a rescatarlo—. Ama es Shota.

Richard echó ligeramente la cabeza hacia atrás.

—¿Tu ama es la bruja Shota?

La criatura asintió vigorosamente.

—¿Por qué se ha llevado a la hermosa señora? —quiso saber el joven, aferrando con más fuerza la empuñadura del arma.

—No sé. Quizá para jugar con ella. Quizá para matarla. Quizá para cogerte a ti —añadió, levantando la mirada hacia Richard.

—Date media vuelta —le ordenó el joven. La criatura se estremeció—. ¡Obedece o te atravieso con la espada!

La criatura obedeció al punto, temblando como una hoja. Richard apoyó una bota encima de la parte baja de su espalda, debajo de las angulosas protuberancias de la columna. Entonces rebuscó en su bolsa, de la que sacó una cuerda. A continuación hizo un lazo con ella y la anudó alrededor del cuello de la criatura.

—¿Tienes un nombre?

—Compañero. Soy compañero de ama. Samuel.

Richard tiró de él para levantarlo. En la piel grisácea del pecho se le habían quedado adheridas unas hojas.

—Bueno, Samuel, vamos a buscar a tu ama. Tú me guiarás. Si haces un solo movimiento en falso, te rompo el cuello con esta cuerda. ¿Entendido?

Samuel se apresuró a asentir con la cabeza y, luego, echando una mirada de soslayo a la cuerda, asintió más lentamente.

—Fuentes del Agaden. Compañero te lleva. ¿Tú matarme?

—Si me guías hasta allí, hasta tu ama y la hermosa señora, no. No te mataré.

Richard tensó la cuerda para hacer saber a su prisionero quién mandaba, y se guardó la espada.

—Toma, tú llevarás la mochila de la hermosa señora.

Samuel arrebató la mochila de manos de Richard, exclamando: «¡Mía! ¡Dame!». Inmediatamente se puso a hurgar dentro con sus manazas.

Richard dio un tirón seco a la cuerda.

—Eso no te pertenece. ¡Fuera las manos de la mochila!

Unos ojos amarillos saltones llenos de odio lo miraron.

—Cuando ama te mate, Samuel te comerá.

—Eso si no te como yo antes —se mofó Richard—. Tengo bastante hambre. Tal vez tomaré uno o dos filetes de Samuel por el camino.

La mirada de odio se tornó en una amarilla mirada de terror.

—¡No, por favor! ¡No matar! Samuel te guiará hasta ama y hermosa señora. Prometo. —La criatura se echó la mochila a la espalda y dio unos pocos pasos, hasta que la cuerda se tensó—. Sigue a Samuel. Deprisa —apremió al joven, empeñado en demostrarle lo útil que le sería vivo—. No cocinar a Samuel, por favor —masculló una y otra vez, mientras avanzaba por la senda.

Richard no tenía ninguna idea de qué tipo de criatura podía ser Samuel. Había algo familiar en él, algo perturbador. No era muy alto, pero sí de complexión robusta. La mandíbula aún le dolía por el revés que le había propinado Samuel, y la cabeza y el cuello le palpitaban por haber sido golpeados contra el suelo.

Samuel tenía unos brazos extremadamente largos, que casi le llegaban al suelo y caminaba con un extraño contoneo, sin dejar de mascullar que no quería acabar en la cazuela. Su única ropa eran unos pantalones cortos de color oscuro, que se sujetaba con tirantes. Tenía una barriga redonda y repleta de algo que Richard prefería no imaginarse. No le quedaba ni un solo pelo en el cuerpo y la palidez de su piel sugería que no le había dado el sol en años. De vez en cuando, Samuel recogía una ramita o una piedra y exclamaba: «¡Mía! ¡Dame», sin dirigirse a nadie en particular. Pero enseguida perdía todo el interés y las soltaba.

Vigilando atentamente tanto el bosque como a Samuel, Richard siguió a Compañero, incitándolo a que fuera más rápido. Temía por Kahlan y estaba furioso consigo mismo. El Viejo John, o el calthrop, fuera lo que fuese, lo había engañado como a un niño de pecho. No podía creer lo estúpido que había sido. Se había tragado aquella historia porque deseaba creer, deseaba con todas sus fuerzas volver a ver a Zedd. Era precisamente lo que siempre había dicho a los demás que debían evitar. Y, encima, había proporcionado al monstruo la información que éste le había repetido como prueba de que no mentía. Richard se sentía furioso consigo mismo por haber cometido tamaña estupidez. Y también se sentía avergonzado.

La gente cree lo que quiere creer, había dicho a Kahlan, pero él había caído en el mismo error y ahora la bruja la tenía a ella. Por su estupidez Richard había bajado la guardia y había ocurrido lo que Kahlan más temía. Parecía que cada vez qué él bajaba la guardia, Kahlan pagaba las consecuencias. Richard se juró a sí mismo que si la bruja hacía algún daño a Kahlan, él le demostraría de qué era capaz la cólera de un Buscador.

Una vez más se increpó a sí mismo. Estaba dejando volar su imaginación. Si Shota hubiera querido matar a Kahlan, lo habría hecho allí mismo. No se la habría llevado a las Fuentes del Agaden. Pero ¿por qué se la llevaba a su cubil? La única explicación era que, como decía Samuel, quisiera jugar con ella. Richard trató de apartar ese pensamiento de su mente. Seguramente lo quería a él y no a Kahlan. Probablemente por eso el calthrop había huido tan súbitamente; porque la bruja lo había ahuyentado.

Al llegar a la bifurcación por la que habían pasado antes, Samuel tomó inmediatamente la senda de la izquierda. Aunque ya anochecía, Compañero no aflojó el paso. La trocha se hizo muy empinada. Muy pronto dejaron atrás los árboles para seguir una vereda abierta en terreno rocoso que trepaba sin tregua hacia los picos recortados, cubiertos de nieve.

En la nieve, iluminada por la luna, Richard distinguió dos series de huellas, una de las cuales pertenecía a Kahlan. «Una buena señal —pensó—. Esto significa que aún sigue viva.» Al parecer, Shota no pretendía matarla, al menos, no enseguida.

Richard y Samuel avanzaban penosamente por las laderas de aquellas montañas nevadas, por una senda cubierta por los últimos flecos de una nieve húmeda y pesada. Richard se dio cuenta de que, sin Compañero que lo guiara, le hubiera costado varios días llegar a los picos. El viento gélido, que soplaba entre los huecos que dejaban las peñas, los azotaba y arrastraba sus gélidos alientos. Samuel temblaba. Richard se puso la capa y después sacó la de Kahlan de la mochila que llevaba Samuel.

—Esta capa pertenece a la hermosa señora. Te la presto, de momento, para que te protejas del frío.

Samuel le arrebató la capa, a la vez que repetía su ya habitual cantinela: «¡Mía! ¡Dame!».

—Si es así como vas a comportarte, no dejaré que la lleves. —Richard tensó la cuerda y recuperó la capa.

—Por favor —suplicó Compañero—. Samuel frío. Por favor. ¿Puedo llevar capa de hermosa señora?

Richard se la volvió a dar. Esta vez Compañero la cogió lentamente y se cubrió los hombros con ella. A Richard se le ponía la piel de gallina cuando contemplaba a aquel pequeño ser. Cogió un pedazo de pan de tava y lo fue comiendo mientras caminaban. Samuel no dejaba de echarle vistazos por encima del hombro, para ver cómo Richard comía. Cuando éste ya no pudo soportarlo por más tiempo, le ofreció un trozo.

—¡Mío! ¡Dame! —exclamó Samuel, extendiendo sus manazas. Richard puso el pan fuera de su alcance, ante lo cual unos suplicantes ojos amarillos alzaron la vista hacia él a la luz de la luna—. Por favor. —Cautamente, Richard dejó el trozo de pan en las ávidas manos de Compañero.

Samuel iba parloteando mientras avanzaban con dificultad por la nieve. Se había comido el pan de un bocado. Richard sabía que, si le daba la oportunidad, le cortaría el pescuezo sin pensarlo dos veces. No parecía poseer ninguna virtud que pudiera redimirlo.

—Samuel, ¿por qué Shota te mantiene junto a ella?

Samuel le lanzó una mirada de desconcierto por encima del hombro, y repuso:

—Samuel Compañero.

—¿Y no se enfadará tu ama por llevarme hasta ella?

Samuel emitió una especie de gorgoteo, que Richard se tomó por risa.

—Ama no miedo del Buscador.

Se aproximaba el amanecer cuando, al llegar al borde de una pendiente que descendía hacia un oscuro bosque, Samuel señaló hacia abajo con uno de sus largos brazos.

—Fuentes del Agaden. Ama —anunció la criatura, lanzando una sonrisa burlona.

En el bosque reinaba un calor opresivo. Richard se quitó la capa y se la guardó en la bolsa, tras lo cual hizo lo propio con la de Kahlan. Samuel lo dejó hacer sin protestar. Parecía feliz y seguro de sí mismo por haber regresado a su casa. Richard fingió que era capaz de ver adónde se dirigían, pues no quería que Compañero supiera que apenas distinguía nada en la densa oscuridad del bosque. Cogido a la cuerda, se dejaba guiar como si estuviera ciego. Samuel brincaba por el bosque como si se encontraran bajo el sol de mediodía. Cada vez que volvía su calva cabeza hacia su captor, sus ojos amarillos refulgían como dos faroles.

A medida que la luz del alba fue bañando lentamente el bosque, Richard empezó a distinguir a su alrededor enormes árboles cubiertos por musgo, marjales de cenagosas aguas negras que emanaban vapores, así como ojos parpadeantes que lo acechaban en las sombras. En medio de la neblina y los vapores resonaban gritos apagados. Mientras avanzaba cuidadosamente por la maraña de raíces, Richard pensó que aquel lugar le recordaba el pantano Sierpe. Desde luego, en el aire flotaba el mismo olor de podredumbre.

—¿Falta mucho?

—No —repuso Samuel con una sonrisa burlona.

Richard tensó la cuerda.

—Recuerda, si algo va mal tú serás el primero en morir.

La sonrisa se esfumó de aquellos labios exangües.

De vez en cuando, Richard distinguía huellas en el barro; las mismas que descubriera en la nieve. Kahlan seguía caminando. Unas formas oscuras que se ocultaban en las sombras y la densa maleza los seguían, lanzando de vez en cuando gritos y aullidos. Muy inquieto, Richard se preguntó si serían más seres semejantes a Samuel. O algo peor. Algunas figuras los seguían desde las copas de los árboles, manteniéndose fuera de su vista. Pese a los esfuerzos que hacía para conservar la calma, no pudo evitar que un escalofrío le recorriera el espinazo.

Samuel se apartó del camino para no tropezar con raíces retorcidas de un árbol achaparrado.

—¿Qué estás haciendo? —preguntó Richard, tirando de la cuerda para detener a Compañero.

—Mira —contestó Samuel con una amplia sonrisa. La criatura cogió una rama resistente, tan gruesa como su muñeca, y la arrojó por lo bajo hacia las raíces del árbol. Las raíces salieron disparadas y se enrollaron alrededor de la rama, a la que luego engulleron bajo la maraña. Richard oyó cómo crujía al romperse. Samuel se rió profiriendo gorgoteos.

A medida que el sol ascendía en el horizonte, los bosques de las Fuentes del Agaden parecían sumirse en la negrura. Por encima de sus cabezas se entrelazaban ramas muertas y, de vez en cuando, la neblina invadía el camino. A ratos, Richard ni siquiera lograba ver a Samuel al otro extremo de la húmeda cuerda. Pero no cesaba de oír extraños sonidos: arañazos, ruido de garras, silbidos, seres invisibles que lanzaban chasquidos. A veces, la neblina se arremolinaba y giraba sobre sí misma cuando diversas criaturas pasaban a todo correr a su lado, sin ser vistas.

Richard recordó la afirmación de Kahlan: podían darse por muertos. El joven trató de desterrar esa idea de su mente. Kahlan le había dicho que no conocía personalmente a la bruja, que todo lo que sabía de ella era de oídas. Pero lo que había oído contar la aterrorizaba. Quienes se acercaban a su cubil nunca regresaban. Ni siquiera un mago podía ir a las Fuentes del Agaden, había declarado Kahlan. No obstante, el suyo era un conocimiento de segunda mano, pues no había visto nunca a Shota. A lo mejor lo que se contaba sobre la bruja era exagerado. Aunque tal vez no, se dijo Richard mientras sus ojos escudriñaban el bosque amenazante e intimidador.

Allí delante, entre la maraña de árboles, se veía luz, sol y el sonido de un curso de agua. Cuanto más avanzaban, más luz había. Pronto llegaron a la linde del tenebroso bosque, donde la senda iba a morir. Samuel gorgoteó de alegría.

Al bajar la mirada Richard contempló un largo valle, verde, brillante y bañado por la luz del sol, rodeado por enormes picos recortados que se elevaban hacia lo alto. Entre los bosquecillos de robles, hayas y arces, que exhibían sus suntuosos colores otoñales, los campos de hierba dorada se mecían por efecto de la brisa. Situado en el borde del oscuro bosque, el joven se sentía como si se encontrara en plena noche y mirara al día. Junto a ellos, el agua caía en cascada de las rocas y desaparecía silenciosamente hasta llegar a los estanques y arroyos transparentes del valle, a los que se unía con un audible rugido. El vapor de agua los rodeaba y les humedecía el rostro.

—Ama —anunció Samuel, señalando al valle.

Richard asintió y lo apremió para que siguiera adelante. Samuel lo guió por un laberinto de maleza, densas arboledas y peñas cubiertas de helechos, hasta un lugar que Richard jamás hubiera encontrado solo: una senda oculta detrás de rocas y plantas trepadoras, al borde del precipicio, y que conducía al fondo del valle. Mientras descendían, desde la senda podía gozarse de hermosas vistas del valle. Suaves lomas salpicadas de las manchas verdes de los grupos de árboles, corrientes de agua que serpenteaban entre los campos y taludes, y un brillante cielo azul.

En el centro de aquel paisaje, situado en medio de una alfombra formada por grandiosos árboles, se levantaba un palacio de impresionante gracia y esplendor. Delicadas agujas buscaban el cielo, tenues puentes salvaban el abismo que mediaba entre las torres, y las escaleras caracoleaban en torno a las torretas. En todos los puntos elevados ondeaban al viento coloridos estandartes y banderines, emitiendo un quedo sonido. El magnífico palacio parecía alzarse jubiloso hacia el cielo.

Richard se quedó sin habla, con la boca abierta, incapaz de dar crédito a sus ojos. El joven amaba la ciudad del Corzo, donde había nacido, pero nada era comparable a lo que estaba contemplando. Era, simplemente, el lugar más bello que hubiera visto en toda su vida. Ni en sueños hubiera imaginado que existiera un lugar de tan exquisita belleza.

Captor y prisionero se pusieron de nuevo en marcha, descendiendo hacia el valle. En algunos tramos había escalones, miles de ellos, labrados en la roca, que descendían describiendo eses, atravesando la roca y girando hacia abajo. A veces volvían a subir en espiral sobre sí mismos. Samuel bajaba los escalones saltando, como si ya lo hubiera hecho centenares de veces. Era evidente que se sentía feliz por estar de nuevo en casa, cerca de la protección de su ama.

En el fondo la luz del sol bañaba un camino que atravesaba colinas salpicadas por árboles y cálidos campos de hierba. Samuel caminaba dando saltos a su extraño modo, sin cesar de gorgotear. De vez en cuando Richard tiraba de la cuerda para recordarle que seguía sosteniendo el otro extremo.

A medida que cruzaban el valle hacia el palacio, siguiendo durante un rato un arroyo de aguas cristalinas, los árboles fueron haciéndose más y más numerosos. Cada uno de ellos era un magnífico espécimen que protegía el camino o un campo del brillante sol. El camino ascendía suavemente. En la cumbre de una elevación, los árboles parecían reunirse para rodear y proteger un determinado lugar. Entre las ramas superiores Richard divisó las agujas del palacio.

Así se internaron en una tranquila, sombreada y envolvente catedral de árboles. Richard oía el suave murmullo del agua, que fluía entre musgosas rocas. Algunas serpentinas brumosas de luz solar lograban penetrar en la silenciosa y tranquila zona. En el aire flotaba el dulce aroma de la hierba y las hojas.

Samuel extendió el brazo para señalar. Richard miró adonde señalaba: el corazón del valle, resguardado por los árboles. Había una roca de cuyo centro borboteaba el agua de un manantial, que luego fluía por los costados de la roca para unirse a un arroyuelo salpicado de brillantes piedras verdes por el musgo. Una mujer ataviada con un largo vestido blanco y con el pelo castaño claro estaba sentada en el borde de la roca, de espaldas a ellos, con los dedos hundidos en el agua transparente. La escena aparecía iluminada por manchas de sol. Aunque estaba de espaldas, a Richard se le antojó vagamente familiar.

—Ama —anunció Samuel con ojos vidriosos. A continuación volvió a señalar, esta vez hacia un lado del camino, cerca de donde estaban—. Hermosa señora.

Richard vio a Kahlan, de pie y rígida. Había algo raro en ella; tenía algo encima, algo que se movía. Samuel volvió su cabeza calva y señaló la cuerda con uno de sus largos dedos grises. Entonces clavó en Richard un ojo amarillo.

—Buscador promete —dijo con un grave gruñido.

Richard desató la cuerda, quitó a Compañero la mochila de Kahlan que llevaba a la espalda y la dejó en el suelo. Samuel lanzó un resoplido, dejando al descubierto los dientes pero, de repente, corrió hacia las sombras y se sentó en cuclillas para observar.

El Buscador se acercó a Kahlan tragando saliva. Tenía un nudo en el estómago. Al ver, finalmente, lo que se movía sobre la mujer, dio un respingo.

Serpientes.

Kahlan estaba cubierta por multitud de ofidios que culebreaban sobre su cuerpo. Todos los que Richard reconoció eran venenosos. Enrolladas alrededor de las piernas se veían ejemplares grandes y gruesos, otra le apretaba la cintura, y otras más le envolvían los brazos, que le colgaban a los lados. Las más pequeñas se arrastraban por sus cabellos, abriendo túneles a través de su espesa melena, a la vez que sacaban y metían la lengua. Alrededor del cuello tenía más, y también le serpenteaban por el pecho, debajo de la blusa, asomando sus cabezas entre los botones. Richard pugnó por controlar la respiración mientras se acercaba. El corazón le latía desbocado. Por las mejillas de Kahlan corrían las lágrimas, y la mujer temblaba ligeramente.

—No te muevas —le dijo él en voz baja—. Te las quitaré de encima.

—¡No! —repuso Kahlan en un susurro. Sus ojos, en los que se leía el pánico, se encontraron con los de Richard—. Si las tocas, o si me muevo, me morderán.

—Tranquila —trató de apaciguarla Richard—. Te sacaré de esta situación.

—Richard —le suplicó Kahlan, hablando en susurros—, yo estoy perdida. Déjame, Vete de aquí. Corre.

Richard sentía como si una mano invisible le atenazara la garganta. En los ojos de la mujer leyó que ésta trataba de controlar el pánico. Para animarla, intentó parecer lo más calmado posible.

—No pienso dejarte —afirmó en un susurro.

—Por favor, Richard —musitó ella con voz ahogada—. Hazlo por mí; vete antes de que sea demasiado tarde.

Una delgada víbora venenosa de piel listada, que se aferraba al pelo de Kahlan con la cola, se dejó caer frente a su rostro y agitó su lengua roja hacia su presa. Kahlan cerró los ojos, y otra lágrima le corrió por la mejilla. La serpiente reptó por un lado de la cara, hacia el cuello de la blusa, y desapareció. La mujer gimió.

—Estoy perdida —repitió—. No puedes hacer nada por mí. Te lo suplico, Richard, sálvate. Corre. Corre mientras puedas.

Richard temía que Kahlan se moviera deliberadamente para que las serpientes la mordieran y así salvarlo a él, pues, una vez ella muerta, ya no tendría ninguna razón para quedarse. Debía convencerla de que eso no serviría para nada. El joven le lanzó una grave mirada.

—No. He venido aquí para averiguar dónde está la última caja. No pienso marcharme hasta descubrirlo. Estate quieta.

Kahlan abrió mucho los ojos por lo que la serpiente estaba haciendo en su camisa. Entonces se mordió el labio inferior y arrugó la frente. Richard se tragó el nudo que notaba en la garganta.

—Kahlan, resiste. Trata de pensar en otra cosa.

Lleno de rabia, se dirigió hacia la mujer que le daba la espalda, sentada en la roca. Algo en su interior le dijo que no desenvainara la espada, pero no podía ni quería contener la cólera que le inspiraba lo que le estaba haciendo a Kahlan. El joven apretaba con fuerza los dientes.

Al llegar junto a la mujer, ella se puso en pie y, suavemente, se volvió hacia él, a la vez que pronunciaba su nombre con una voz que Richard reconoció.

El corazón le dio un salto cuando vio el rostro de quien había hablado.

2

Era su madre.

Richard se sintió como si lo hubiera alcanzado un rayo. Todo el cuerpo se le puso rígido, su cólera flaqueó y, finalmente, desapareció. Al joven le era imposible reconciliar en un mismo pensamiento el impulso de matar y la imagen de su madre.

—Richard. —Su madre le dirigió una triste sonrisa en la que le decía lo mucho que lo quería y cuánto lo había echado de menos.

Las ideas se agolpaban en la cabeza del joven, que trataba de asimilar lo que estaba ocurriendo, incapaz de encajar lo que veía con lo que sabía. Era imposible. Era del todo imposible.

—¿Madre? —preguntó en un susurro.

Unos brazos que conocía y recordaba lo rodearon, dándole consuelo. Los ojos se le llenaron de lágrimas y apenas podía respirar.

—Oh, Richard —dijo la mujer en tono tranquilizador—, cuánto te he echado de menos. Cuánto te he echado de menos —repitió, acariciándole el pelo con los dedos.

Aún atolondrado, Richard pugnó por recuperar el control de sus emociones y centrar sus pensamientos en Kahlan. No podía fallarle otra vez, no podía permitir que volvieran a engañarlo. Si Kahlan se encontraba en aquella situación era porque él se había dejado engañar. Aquella mujer no era su madre, sino Shota, la bruja. Pero ¿y si se equivocaba?

—Richard, ¿por qué has venido a mí?

El joven puso las manos sobre los estrechos hombros de la mujer y la empujó ligeramente hacia atrás. Las manos de ella se deslizaron hasta la cintura de Richard y la ciñeron cariñosamente. El joven se obligó a recordar que aquélla no era su madre, sino una bruja, una bruja que conocía el paradero de la última caja del Destino. Pero ¿qué sacaba ella fingiendo? ¿Y si se equivocaba? ¿Y si era realmente su madre?

Con un dedo buscó la pequeña cicatriz que su madre tenía encima de la ceja izquierda, donde un día se dio un buen golpe. Había sido culpa suya. Él y Michael estaban luchando con sus espadas de madera, cuando Richard saltó de la cama y trazó un imprudente y brusco arco con la espada hacia su hermano mayor. Justo entonces su madre apareció en la puerta. La espada de Richard le dio en la frente, y el grito de la mujer lo dejó aterrorizado.

La azotaina que le dio su padre no le dolió tanto como saber que había hecho daño a su madre. Su padre lo mandó a la cama sin cenar, y aquella noche, cuando ya era oscuro y él lloraba, su madre fue a sentarse en su lecho y lo consoló, acariciándole el pelo. Entonces él se incorporó y le preguntó si le dolía mucho. Ella le sonrió y...

—No tanto como a ti —susurró la mujer que tenía enfrente.

Richard abrió mucho los ojos, y en los brazos se le puso carne de gallina.

—¿Cómo...

—Richard, aléjate de ella —le advirtió a su espalda una voz serena. El joven dio otro respingo; era la voz de Zedd.

Haciendo caso omiso de la mano que su madre le había colocado en la mejilla, Richard se volvió para mirar el camino y la cumbre de la elevación. Era Zedd, o, al menos, eso le pareció a él. Era como el mago, aunque la mujer que tenía delante también era como su madre. Zedd lo contemplaba con una mirada que a Richard le era familiar; una fría mirada de advertencia.

—Richard, haz lo que te digo —habló de nuevo Zedd—. Aléjate de ella enseguida.

—Richard, por favor —susurró su madre—. No me dejes. ¿Es que no me reconoces?

—Sí —contestó el joven, clavando la vista en la dulce faz de la mujer—. Tú eres Shota.

Richard la cogió por las muñecas, apartó las manos de su cintura y retrocedió para alejarse de ella. Ella miró cómo se alejaba, próxima al llanto.

De pronto, se volvió hacia el mago y alzó las manos. Con un crujido ensordecedor, de sus dedos partió un rayo azul en dirección a Zedd. Instantáneamente, el mago levantó un reluciente escudo semejante al cristal. El rayo de Shota impactó en el escudo con estrépito de trueno y rebotó contra un enorme roble, cuyo tronco partió, levantando una lluvia de astillas. El árbol se desplomó con estruendo y el suelo tembló.

Zedd ya había levantado de nuevo las manos, y de sus dedos curvados brotó fuego mágico. El fuego hendió el aire con un alarido de furia.

—¡No! —gritó Richard.

La bola de fuego líquido bañó con una intensa luz azul y amarilla el área en penumbra.

¡Richard no podía permitirlo! ¡Shota era la única que podía decirles dónde hallar la caja! ¡Ella era su única oportunidad para detener a Rahl!

El fuego ululaba a medida que se expandía, avanzando directamente hacia Shota. Pero ésta permanecía inmóvil.

—¡No! —Richard desenvainó con gesto brusco la espada y se puso de un salto delante de la bruja. El joven sostuvo la espada horizontalmente, con una mano aferrando la empuñadura, y la otra la punta. Así, con la espada en alto y los brazos entrelazados, sujetaba la espada frente a él como si fuera un escudo.

La magia corría por todo su ser. La ira lo invadió. El fuego se le venía encima; su rugido resonaba en sus oídos. Richard volvió la cabeza, cerró los ojos, contuvo la respiración y apretó los dientes. Sabía que podía morir, pero no tenía elección. La bruja era su única oportunidad. No podía permitir que muriera.

El impacto lo hizo retroceder un paso, tambaleándose. El joven sintió el calor. Incluso con los ojos firmemente cerrados podía ver la luz. El fuego del mago aullaba, furioso, cuando chocó contra la espada y explotó alrededor de Richard.

Y, entonces, silencio. El Buscador abrió los ojos. El fuego mágico había desaparecido. Zedd no perdió el tiempo; ya estaba lanzando un puñado de polvo mágico, que centelleaba en el aire. Richard vio algo que se acercaba por su espalda; era polvo mágico que había lanzado la bruja. El polvo titilaba como cristales de hielo, apagó el centelleo del polvo de Zedd y envolvió al mago.

Zedd se quedó paralizado, inmóvil, con una mano levantada.

—¡Zedd!

No hubo respuesta. Richard giró sobre sus talones para encararse con la bruja. Ahora ya no era su madre. Shota llevaba un vaporoso y holgado vestido de gasa con multitud de tonos grises, cuyos pliegues ondeaban en la suave brisa. Tenía una abundante melena ondulada color caoba y un cutis perfecto. Sus ojos almendrados se iluminaron al posarse en el joven. Shota era tan hermosa como su palacio y el valle en el que se encontraban. Era tan atractiva que, de no ser por la cólera que sentía, Richard se hubiera quedado sin aliento.

—Mi héroe —dijo Shota con una voz que ya no era la de su madre, sino sedosa, clara y natural. Sus labios carnosos esbozaron una astuta sonrisa—. Era completamente innecesario, pero lo que importa es la intención. Estoy impresionada.

—¿Quién se supone que eres ahora? ¿Otra alucinación mía? ¿O eres la Shota real? —preguntó Richard, enfurecido. Era perfectamente consciente de la furia de la espada, pero decidió no envainarla.

—¿Es éste tu aspecto real? —remedó ella—. ¿O es algo que llevas temporalmente, con un propósito determinado?

—¿Cuál es el propósito de quien eres ahora?

Shota alzó las cejas.

—Pues complacerte, Richard. Nada más.

—¡Con una ilusión!

—No. —La bruja suavizó la voz—. Lo que ves no es ninguna ilusión, sino cómo me muestro a mí misma, al menos, casi siempre. Esto es real.

Haciendo caso omiso de su respuesta, Richard señaló con la espada hacia la elevación en el camino.

—¿Qué le has hecho a Zedd?

La bruja se encogió de hombros y apartó la vista, a la vez que sonreía con recato.

—Simplemente he impedido que me hiciera daño. Está perfectamente, de momento, al menos. —Cuando lo miró, sus ojos almendrados chispearon—. Lo mataré más tarde, cuando tú y yo hayamos hablado.

—¿Y Kahlan? —Richard aferró la espada con más fuerza.

La mirada de Shota se posó entonces en Kahlan, la cual permanecía quieta, lívida y con la boca temblando, sin perder de vista los movimientos de la bruja. Richard sabía que Kahlan temía a Shota mucho más que a las serpientes. La bruja frunció el entrecejo, pero cuando volvió a mirar a Richard ya sonreía de nuevo, coqueta.

—Es una mujer muy peligrosa. —En los ojos de la bruja centelleaba un conocimiento que nadie con los años que ella aparentaba podía tener—. Es más peligrosa incluso de lo que ella cree. Tengo que protegerme de ella. —Shota se encogió de hombros otra vez y, hábilmente, cogió el borde de uno de los vaporosos pliegues del vestido. Al hacerlo, el resto del vestido se quedó quieto, como si ya no soplara ni pizca de brisa—. Por eso tuve que inmovilizarla. Si se mueve, las serpientes la morderán. Pero, si se está quieta, no le harán nada. También a ella la mataré después —declaró la bruja tras un momento de reflexión. Su voz sonaba demasiado suave y amable para haber pronunciado aquellas palabras.

Richard sopesó la posibilidad de usar la espada para cortar la cabeza a la bruja. La cólera que sentía lo impulsaba a hacerlo. El joven imaginó la acción en su mente, esperando que Shota también la percibiera. Entonces, aplacó un poco su ira, aunque sin bajar la guardia.

—¿Y yo? ¿A mí no me temes?

—¿A un Buscador? —Shota lanzó una breve carcajada. Acto seguido se llevó los dedos a la boca, como para ocultar una sonrisa—. No, creo que no.

—Tal vez deberías —replicó Richard, conteniéndose a duras penas.

—Tal vez. Tal vez en una época normal. Pero ésta no es una época normal. ¿Por qué, si no, estarías tú aquí? ¿Para matarme? Acabas de salvarme. —Shota le dirigió una mirada que le decía que debería avergonzarse de haber dicho algo tan estúpido, tras lo cual dio una vuelta completa a su alrededor. Richard giró con ella, manteniendo la espada entre ambos, aunque a ella no parecía inquietarla—. Ésta es una época que exige extrañas alianzas, Richard. Sólo los fuertes son suficientemente sabios para darse cuenta. —La mujer se detuvo, se cruzó de brazos y lo examinó con una reflexiva sonrisa—. Mi héroe. Vaya, ni siquiera recuerdo la última vez que alguien quiso salvarme la vida. Ha sido un acto muy galante. De veras que sí. —Mientras hablaba, Shota se inclinó hacia él y le pasó un brazo alrededor de la cintura. Richard quería detenerla, pero, por alguna razón, no pudo.

—No te emociones demasiado. Tenía mis motivos. —Richard encontraba la espontánea manera de ser de la bruja irritante y, al mismo tiempo, irresistiblemente atractiva. Sabía que no tenía ninguna razón para sentirse atraído por ella. Shota acababa de declarar que iba a matar a dos de sus mejores amigos y, por el modo de comportarse de Kahlan, sabía que no era una simple fanfarronada. Y lo peor de todo era que tenía desenvainada la espada, es decir, que la cólera de la espada estaba desatada. El joven se dio cuenta de que la bruja había hechizado incluso la magia de la *Espada de la Verdad*. Se sentía como si se estuviera ahogando y, para su sorpresa, encontraba la experiencia placentera.

La sonrisa de la bruja se hizo más amplia y sus ojos almendrados chispearon.

—Como ya he dicho, sólo los fuertes son suficientemente sabios para darse cuenta. El mago no lo fue y trató de matarme. Ella tampoco es sabia, pues también lo intentaría. Solamente tú eres suficientemente sabio para ver que esta época exige una alianza como la nuestra.

Richard tuvo que esforzarse para mantener su indignación.

—Yo no formo ninguna alianza con aquellos que quieren matar a mis amigos.

—¿Aunque ellos traten de matarme primero? ¿No tengo derecho a defenderme? ¿Tengo que dejarme matar sólo porque sean tus amigos? Richard —añadió, sacudiendo la cabeza, ceñuda aunque con una sonrisa en los labios—, piensa en lo que dices. Míralo con mis ojos.

El joven pensó en ello, pero no dijo nada. La hechicera le ciñó cariñosamente la cintura.

—Pero has sido muy galante. Tú, mi héroe, has hecho algo verdaderamente excepcional: has arriesgado tu vida por mí, por una hechicera. Eso merece una recompensa. Te has ganado un deseo. Di lo que deseas, cualquier cosa, y te será concedido. —Shota agitó elegantemente en el aire la mano que tenía libre—. Cualquier cosa. Te doy mi palabra.

Richard fue a hablar, pero la bruja le puso suavemente un dedo sobre los labios. Su cálido cuerpo, que se sentía firme bajo el delgado vestido, se apretaba contra el del joven.

—No estropees la buena opinión que tengo de ti contestando demasiado rápido. Puedes tener lo que quieras. No malgastes el deseo. Reflexiona cuidadosamente antes de pedir. Es un deseo importante, que te concedo por una razón y, tal vez, sea el más importante que tengas en toda tu vida. Si te precipitas, significaría la muerte.

Pese a la extraña atracción que sentía hacia Shota, Richard estaba furioso.

—No necesito reflexionar. Mi deseo es que no mates a mis amigos. Déjalos marchar sin hacerles ningún daño.

Shota suspiró.

—Me temo que eso complicaría las cosas.

—Oh. ¿Así que tu palabra no significa nada?

—Mi palabra lo significa todo —replicó ella con un punto de dureza, a la vez que le lanzaba una fría mirada de reproche—. Lo único que quiero es que sepas que, si te concedo ese deseo, las cosas se complicarán. Has venido aquí buscando la respuesta a una importante pregunta. Ahora puedes pedir un deseo. Pídeme que te dé esa respuesta y lo haré.

»¿Realmente quieres la vida de tus amigos? Pregúntate a ti mismo qué es más importante, cuántos más morirán si no cumples con tu obligación. —Shota volvió a oprimirle la cintura, y en su rostro se dibujó de nuevo su hermosa sonrisa—. Richard, la espada te está confundiendo. La magia interfiere en tu buen juicio. Guárdala y reflexiona de nuevo. Si eres sabio, harás caso a mi advertencia. No lo digo porque sí.

Richard, enojado, volvió a meter la *Espada de la Verdad* en su vaina para demostrar que ni así cambiaría de opinión. Entonces volvió la mirada hacia Zedd, que se encontraba paralizado; y luego a Kahlan, sobre la cual se retorcían las serpientes. Cuando sus miradas se encontraron, al joven le dio un vuelco el corazón. En los ojos de la mujer leyó lo que Kahlan quería que hiciera: quería que usara el deseo para hallar la caja. Richard le dio la espalda, incapaz de contemplar su tormento ni un minuto más, y, lleno de determinación, clavó los ojos en Shota.

—Ya he guardado la espada, Shota, y sigo pensando lo mismo. De todos modos, vas a contestar a mi pregunta. De que yo averigüe la respuesta también depende tu vida. Tú misma lo has admitido. No estoy malgastando mi deseo. Si lo usara para obtener una respuesta que de todos modos vas a darme, entonces malgastaría las vidas de mis amigos. ¡Te exijo que cumplas mi deseo!

Shota lo miró con unos ojos milenarios.

—Querido Richard —le dijo suavemente—, un Buscador necesita la ira, pero no dejes que ésta te impida pensar con prudencia. No juzgues precipitadamente unas acciones que no comprendes del todo. No todos los actos son lo que parecen; algunos pretenden salvarte.

La bruja volvió a posar una mano en un lado del rostro de Richard, en un gesto que al joven le recordó otra vez a su madre. La dulzura de Shota lo serenó y, de algún modo, también lo entristeció. En ese instante desapareció el temor que ella le inspiraba.

—Por favor, Shota —susurró Richard—. Ya he formulado mi deseo. Concédemelo.

—Te lo concedo, querido Richard —repuso la bruja en un triste susurro.

El joven se volvió hacia Kahlan y vio que seguía cubierta de serpientes.

—Shota, hiciste una promesa.

—Prometí que no la mataría y que podría marcharse. Cuando tú te vayas, ella será libre para marcharse contigo. Yo no pienso matarla. No obstante, sigue siendo una amenaza. Si permanece inmóvil, las serpientes no le harán ningún daño.

—Has dicho que Kahlan habría intentado matarte. No es cierto; ella me guiaba hacia ti para pedirte tu ayuda, lo mismo que yo. Aunque ella no te quisiera ningún mal, tú la matarías. ¡Y ahora le haces esto!

—Richard, tú has venido a mí pensando que soy malvada, ¿verdad? —dijo Shota, llevándose reflexivamente un dedo al mentón—. Tú no sabías nada de mí, pero viniste dispuesto a hacerme daño basándote en lo que te habías imaginado. Crees lo que has oído a otros. —La voz de la hechicera no reflejaba ninguna maldad—. Las personas celosas o que tienen miedo suelen hablar mal de los demás. También dicen que usar fuego está mal y que los que lo usan son malvados. ¿Es cierto porque ellas lo digan? Algunos dicen que el viejo mago es malvado y que, por su culpa, está muriendo gente. ¿Es acaso cierto? Alguna gente barro dice que tú llevaste la muerte a su aldea. ¿Es cierto porque algunos idiotas lo digan?

—¿Qué tipo de persona fingiría ser mi madre muerta? —preguntó Richard amargamente.

—¿Es que no querías a tu madre? —preguntó a su vez Shota. La bruja parecía realmente dolida.

—Claro que sí.

—¿Qué mejor regalo podrías recibir que devolverte a alguien querido que ha muerto? ¿No te alegró ver de nuevo a tu madre? ¿Te pedí algo a cambio? ¿Te exigí que me pagaras? Yo te di algo hermoso y puro, un recuerdo vivo del amor hacia tu madre, por lo cual he tenido que pagar un precio que ni te imaginas, ¿y tú crees que ha sido algo perverso? ¿Y en pago, querrías cortarme la cabeza con tu espada?

Richard tragó con fuerza, pero no respondió. De pronto, le sobrevino una inesperada sensación de vergüenza que le hizo apartar la mirada.

—¿Tan envenenada está tu mente con las palabras de otros, con sus miedos? Todo lo que pido es que se me juzgue por mis actos, que se me vea como lo que soy, no por lo que otros digan de mí. Richard, no seas un soldado de ese silencioso ejército de necios.

Richard se quedó sin habla al oír cómo Shota le decía lo que él mismo pensaba.

—Mira a tu alrededor —continuó la hechicera, abarcando el entorno con un gesto de la mano—. ¿Es éste un lugar de fealdad? ¿De maldad?

—Es lo más bonito que he visto en mi vida —admitió Richard en voz baja—. Pero esto no demuestra nada. ¿Y qué me dices de aquel lugar? —preguntó, señalando con el mentón el tenebroso bosque que dominaba el valle.

—Es algo así como mi foso —respondió Shota con una sonrisa de orgullo, tras echar una fugaz mirada en la dirección que señalaba Richard—. Mantiene alejados a los necios que tratarían de hacerme daño.

El joven se reservó la pregunta más difícil para el final.

—¿Y qué hay de él? —inquirió, a la vez que miraba hacia las sombras, donde Samuel observaba, sentado, con sus relucientes ojos amarillos.

La bruja sostuvo la mirada de Richard mientras llamaba a Compañero con una voz preñada de pesar:

—Samuel, ven aquí.

La asquerosa criatura se apresuró a salvar la distancia que la separaba de su ama, corriendo por la hierba. Al llegar junto a Shota, se pegó a ella, emitiendo un extraño gorgoteo gutural. Los ojos de Samuel se clavaron en la *Espada de la Verdad* y ya no se movieron. Shota bajó una mano y acarició cariñosamente la cabeza gris de Samuel, a la vez que lanzaba a Richard una cálida y valiente sonrisa.

—Supongo que se impone una presentación en toda regla. Richard, te presento a Samuel, tu predecesor, el antiguo Buscador.

Richard se quedó mirando a Compañero con unos ojos como platos, incapaz de pronunciar palabra.

—¡Mi espada! ¡Dame! —Samuel extendió los brazos, pero Shota pronunció su nombre en tono admonitorio, sin apartar la mirada de Richard. Instantáneamente, la pequeña criatura retrajo los brazos y se volvió a acurrucar contra la cadera de la hechicera—. Mi espada —protestó quedamente.

—¿Por qué tiene ese aspecto? —preguntó Richard cautelosamente, asustado de la respuesta.

—Realmente no lo sabes, ¿verdad? —Shota enarcó una ceja mientras estudiaba la faz del joven. Su triste sonrisa regresó—. La magia. ¿Es que el mago no te avisó?

Richard negó con la cabeza, incapaz de proferir palabra. Sentía la lengua pegada al paladar.

—Bueno, pues te sugiero que tengas una pequeña charla con él.

—¿Quieres decir que la magia va a hacerme eso? —preguntó el joven, apenas capaz de hablar.

—Lo siento, Richard. No puedo responderte. —Shota lanzó un profundo suspiro—. Una de mis habilidades es la capacidad de ver el fluir del tiempo, cómo los hechos fluyen hacia el futuro. Pero no puedo ver la magia de un mago; soy ciega ante ese tipo de magia. No puedo ver cómo evolucionará.

»Samuel fue el último Buscador. Vino aquí hace muchos años, buscando desesperadamente ayuda. Pero yo no pude hacer nada por él, aparte de apiadarme de él. Un día, el mago se presentó de repente para llevarse la espada. —La hechicera alzó una ceja—. Fue una experiencia muy desagradable, para ambos. Me temo que no siento ninguna simpatía hacia el viejo mago. —La hechicera suavizó el gesto para añadir—: Samuel sigue creyendo que la *Espada de la Verdad* es suya. Pero yo sé que no es cierto. Los magos han sido los custodios de la espada a lo largo de los tiempos, y en eso reside su magia. Los Buscadores únicamente son sus usufructuarios durante un tiempo.

Richard recordó que Zedd le había contado que el Buscador precedente se había enredado con una bruja, por lo que había tenido que quitarle la espada. Aquél era el Buscador y aquélla la bruja. Kahlan se equivocaba. Había al menos un mago que osaba ir a las Fuentes del Agaden.

—Quizás ocurrió porque no era un verdadero Buscador. —Richard trataba de tranquilizarse a sí mismo. Aún notaba la lengua pegada al paladar.

—Es posible —concedió Shota, aunque su expresión era cautelosa—. Pero en verdad no lo sé.

—Tiene que ser eso —susurró el joven—. Tiene que serlo. Si no, Zedd me hubiera avisado. Es amigo mío.

—Richard, hay cosas más importantes en juego que la amistad —lo corrigió la hechicera con gesto grave—. Zedd lo sabe, y tú también. Después de todo, tú mismo pusiste esas cosas por delante de su vida cuando tuviste que elegir.

Richard alzó la mirada hacia Zedd. Cómo ansiaba poder hablar con él. Lo necesitaba tanto... ¿Era cierto que había antepuesto la caja a la vida de Zedd tan fácilmente, sin pensárselo dos veces?

—Shota, me lo prometiste.

La bruja escrutó su rostro por un instante.

—Lo siento, Richard. —Con estas palabras agitó una mano en el aire en dirección a Zedd, y el mago se desvaneció—. No era más que una pequeña ilusión. Una prueba. No era realmente el viejo mago.

Richard pensó que debería sentirse enfadado, pero no era así. Solamente se sentía un poco dolido por el engaño y al mismo tiempo triste porque Zedd no estuviera allí, con él. Entonces, una oleada de gélido temor recorrió su cuerpo, poniéndole de nuevo la carne de gallina.

—¿Es ésa realmente Kahlan? ¿O ya la has matado y ahora me ofreces sólo una imagen, otro truco? ¿Es otra prueba?

El pecho de Shota se hinchó al inspirar profundamente y volvió a descender cuando lanzó un suspiro.

—Me temo que es muy real. Ése es el problema.

La hechicera se colgó del brazo de Richard y lo condujo frente a Kahlan. Samuel los siguió y se detuvo junto a ellos. Tenía unos brazos tan largos que, de pie como estaba, se entretenía dibujando líneas y círculos con los dedos en la tierra del camino. Sus ojos amarillos se posaban alternativamente en Shota y en Richard.

La bruja se quedó mirando a Kahlan un momento, al parecer ensimismada en sus pensamientos, como si se encontrara ante un dilema. Richard sólo quería que le quitara las serpientes de encima. Pese a las palabras de ayuda y amistad que había pronunciado la hechicera, Kahlan seguía aterrorizada, y no precisamente por las serpientes. Era a Shota a quien seguían sus ojos, tal como la mirada de un animal en una trampa seguiría al cazador.

—Richard, ¿serías capaz de matarla si fuera necesario? —preguntó Shota, sosteniendo la mirada de Kahlan—. ¿Tendrías el coraje de matarla si amenazara el éxito de tu misión? ¿Si pusiera en peligro las vidas de todos los demás? Dime la verdad.

A pesar del tono empleado por Shota, un tono que desarmaba, sus palabras se clavaron en Richard como una daga de hielo. El joven miró primero los ojos desorbitados de Kahlan y luego a la mujer que tenía al lado.

—Kahlan es mi guía. La necesito —dijo, tratando de no mostrar ninguna emoción.

Entonces sintió la penetrante mirada de esos ojos almendrados.

—No es eso lo que te he preguntado, Buscador.

Richard guardó silencio, a la vez que procuraba mantener una cara impasible.

—Ya me lo imaginaba —comentó Shota con una sonrisa de pesar—. Por eso has cometido un error al formular tu deseo.

—No he cometido ningún error —protestó Richard—. ¡Si no lo hubiera usado de ese modo, la habrías matado!

—Sí —confesó Shota gravemente—. Lo hubiera hecho. La imagen de Zedd era una prueba. Pasaste la prueba y, como recompensa, te concedí un deseo. No fue para darte algo sino para ahorrarte un acto oneroso, porque te falta el coraje necesario para hacerlo tú mismo. Ésa era la segunda prueba, que no has superado. No obstante, te di mi palabra y debo concederte tu deseo, aunque sea un error. Debiste haberme pedido que matara a la mujer por ti.

—¡Estás loca! ¡Primero tratas de convencerme de que no eres malvada y que debo juzgarte por tus acciones, y ahora te revelas como eres en realidad al decirme que he cometido un error al no permitirte que mataras a Kahlan! ¡Y para qué! ¿Por qué intuyes una amenaza? Ella no ha hecho nada para amenazarte y nunca lo haría. Lo único que quiere Kahlan es detener a Rahl el Oscuro. ¡Lo mismo que tú!

Shota escuchó pacientemente todo lo que Richard tenía que decir. Nuevamente asomó a sus ojos aquella mirada intemporal.

—¿Me estabas escuchando cuando he dicho que no todos los actos son lo que parecen? ¿Que algunos pretenden salvarte? Una vez más te precipitas en tus juicios, pues no conoces todos los hechos.

—Kahlan es amiga mía. Éste es el único hecho que importa.

Shota respiró hondo como si tratara de armarse de paciencia para enseñar algo a un niño. Su expresión hizo a Richard sentirse estúpido.

—Richard, escúchame. Rahl el Oscuro ha puesto en juego las cajas del Destino. Si tiene éxito, no habrá nadie con el poder suficiente para plantarle cara. Jamás. Muchas personas morirán. Tú, y también yo. Me conviene ayudarte porque tú eres el único que puede detenerlo. Cómo o por qué, no lo sé, pero veo cómo fluye en ti el poder. Tú eres el único capaz de conseguirlo.

»Pero eso no significa que vayas a vencer, sino solamente que tienes una oportunidad. No importa lo pequeña que sea; está en tu interior.

También debes saber que existen fuerzas que podrían vencerte antes de que pudieras culminar tu intento. El viejo mago no posee el poder para detener a Rahl, pero yo puedo ayudarte. Eso es todo lo que quiero hacer porque, ayudándote a ti, me ayudo a mí misma. No quiero morir. Si Rahl gana, estoy perdida.

—Todo eso ya lo sé. Por eso dije que no necesitaba usar el deseo para que me contestaras a la pregunta.

—Pero yo sé otras cosas que tú no sabes, Richard.

La hermosa cara de la hechicera lo estudió con una tristeza que dolía en el alma. Sus ojos poseían el mismo fuego que los de Kahlan: el fuego de la inteligencia. Richard se dio cuenta de que, en su interior, Shota sentía la necesidad de ayudarlo y, de pronto, temió lo que la bruja pudiera saber porque era consciente de que, dijese lo que dijera, sus palabras no estarían dictadas por el deseo de hacerle daño. Serían la verdad. Richard vio que Samuel contemplaba la espada y cayó en la cuenta de que él mismo apoyaba la mano izquierda en la empuñadura, aferrándola con tanta fuerza que sentía cómo las letras de la palabra *Verdad* se le clavaban en la palma.

—Shota, ¿qué es lo que sabes?

—Empecemos por lo más fácil. —La bruja suspiró—. ¿Recuerdas cómo detuviste el fuego mágico con la espada? Pues debes practicar el movimiento. Te puse esa prueba por una razón; Zedd usará el fuego mágico contra ti. Pero, la próxima vez, irá en serio. El fluir del tiempo no dice quién vencerá, sólo que tienes una oportunidad de ganarlo.

Richard abrió mucho los ojos.

—Eso no puede ser verdad...

—Tan verdad como un colmillo entregado por un padre para demostrar algo al custodio del libro, para demostrarle cómo fue conseguido —replicó la hechicera.

Richard se estremeció hasta el tuétano de los huesos.

—Y no, no sé quién es el custodio. —La mirada de la bruja se grabó a fuego en los ojos del joven—. Tendrás que averiguarlo tú mismo.

Richard apenas podía respirar y tuvo que forzarse a hacer la siguiente pregunta.

—Si ésa era la parte fácil, ¿cuál es la difícil?

Una cascada de cabello caoba cayó sobre un hombro de la mujer cuando apartó la mirada del joven para fijarla en Kahlan, aún inmóvil mientras las serpientes reptaban encima de su cuerpo.

—Sé quién es y por qué representa una amenaza para mí. —Shota enmudeció y se volvió hacia él—. Es evidente que tú no sabes qué es ella, o no estarías con ella. Kahlan posee un poder, un poder mágico.

—Eso ya lo sé —repuso Richard cautamente.

—Richard —dijo Shota, tratando de encontrar las palabras para explicarle algo que le costaba—. Yo soy una bruja y, como ya he dicho, uno de mis poderes es la capacidad de ver cosas que pasarán. Ésta es una de las razones por la que los necios me temen. —La hechicera acercó su rostro al de Richard, turbándolo. Su aliento olía a rosas—. Por favor, Richard, no seas tú uno de esos necios; no me temas por cosas sobre las que no tengo ningún control. Soy capaz de ver lo que pasará, pero yo no hago que suceda. El hecho de que vea esas cosas no significa que me gusten. Únicamente podemos cambiar el futuro mediante acciones en el presente. Demuestra que eres sabio y usa la verdad a tu favor; no clames contra ella.

—¿Y qué verdad ves, Shota? —susurró el joven.

Los ojos de la bruja lo miraron con una intensidad que lo dejaron sin aliento. La voz sonó tan cortante como una daga.

—Kahlan posee un poder y, si no muere, lo usará contra ti. —La hechicera examinaba atentamente los ojos de Richard mientras hablaba—. No hay ninguna duda. La *Espada de la Verdad* puede protegerte del fuego mágico, pero no de ella.

Las palabras de Shota se hundieron en el corazón del joven como un puñal.

—¡No! —musitó Kahlan. Ambos la miraron. El rostro de Kahlan se veía contraído por el dolor que le habían causado esas palabras—. ¡Yo nunca lo haría! Te lo juro, Shota, yo nunca le haría daño.

Las lágrimas le corrían por las mejillas. La hechicera dio un paso hacia ella y metió una mano entre las serpientes para acariciarle la cara y consolarla.

—Si no mueres, muchacha, me temo que lo harás. —Con el pulgar secó una lágrima de Kahlan—. Ya estuviste muy cerca, una vez —añadió, con voz sorprendentemente compasiva—. Te faltó muy poco. Estoy en lo cierto, ¿verdad? Díselo. Dile que digo la verdad.

Los ojos de Kahlan buscaron instantáneamente a Richard. Éste se sumergió en las profundidades de aquellos ojos verdes y recordó las tres veces que lo había tocado cuando él sostenía la espada, y cómo, debido al contacto, la magia de la espada le había lanzado un aviso. La última vez, en la aldea de la gente barro, cuando las sombras habían atacado, la reacción de la magia había sido tan fuerte que estuvo a punto de atravesar a Kahlan antes de darse cuenta de quién era. Kahlan arrugó la frente y achinó los ojos para eludir su mirada. Entonces se mordió el labio inferior y se le escapó un leve gemido.

—¿Es cierto? —preguntó Richard en un susurro, con el corazón en un puño—. ¿Has estado a punto de usar tu poder contra mí como afirma Shota?

Kahlan palideció y lanzó un fuerte lamento. Entonces cerró los ojos y suplicó a la bruja entre sollozos:

—Por favor, mátame, Debes hacerlo. He jurado proteger a Richard y ayudarlo a detener a Rahl. Por favor. Es la única manera. Debes matarme.

—No puedo —susurró Shota—. Le he concedido un deseo, un deseo estúpido.

Richard apenas podía soportar el dolor de ver a Kahlan, suplicando que la mataran. Sentía una opresión tal en la garganta que apenas podía respirar.

De pronto, Kahlan lanzó un grito y alzó bruscamente los brazos para que las serpientes la mordieran. Richard se abalanzó sobre ellas, pero éstas habían desaparecido. Kahlan tenía los brazos extendidos y buscaba las serpientes.

—Lo siento, Kahlan. Si dejara que te mordieran, incumpliría mi promesa.

Kahlan cayó de rodillas y, hundiendo los dedos en la tierra, lloró con el rostro pegado al suelo.

—Perdóname, Richard —sollozó. Con los puños agarró matas de hierba y luego los pantalones del joven—. Por favor, Richard, he jurado protegerte. Ya han muerto tantos... Coge la espada y mátame. Te lo suplico, Richard, mátame.

—Kahlan... yo nunca podría... —El Buscador no pudo decir más.

—Richard —intervino entonces Shota, también ella al borde de las lágrimas—, si Kahlan no muere antes de que Rahl abra las cajas, usará su poder contra ti. No hay ninguna duda. Ninguna. Si vive, nada cambiará eso. Te he concedido un deseo y no puedo matarla. Así pues, debes hacerlo tú.

—¡No! —gritó él.

Kahlan volvió a lanzar gemidos de angustia y sacó su cuchillo. Ya iba a clavárselo cuando Richard le aferró la muñeca.

—Por favor, Richard —suplicó Kahlan, cayendo contra él—, no lo entiendes. Tengo que hacerlo. Si no muero, seré la responsable de lo que haga Rahl. Seré responsable de todo lo que ocurra.

Richard tiró de ella de la muñeca para que se levantara y la sostuvo con un brazo, mientras ella lloraba en su hombro. El joven mantenía el brazo de Kahlan a su espalda, para que no pudiera hacerse daño con el cuchillo. Entonces fulminó con la mirada a Shota, la cual contemplaba la escena sin intervenir. ¿Había algo de verdad en las palabras de la bruja? ¿Era posible? El joven deseó haber hecho caso a Kahlan cuando trató de disuadirlo de que fueran a las Fuentes del Agaden.

Al darse cuenta, por el modo como lloraba Kahlan, de que le estaba haciendo daño, Richard aflojó la presión sobre el brazo de la mujer. Le cruzó por la mente la pregunta de si debería permitir que se matara. La mano del Buscador empezó a temblar.

—Por favor, Richard —dijo Shota con lágrimas en los ojos—, ódiame si quieres por lo que soy, pero no me odies por decirte la verdad.

—¡La verdad tal como tú la ves, Shota! Pero quizás ésta no sea la verdad que será. No pienso matar a Kahlan porque tú lo digas.

La hechicera asintió tristemente y lo miró con ojos llorosos.

—La reina Milena tiene la última caja del Destino —musitó—. Pero escucha mi aviso: no la conservará por mucho tiempo. Ésta es la verdad que yo veo; créela si quieres. Samuel —dijo, dirigiéndose amablemente a su compañero—, guíalos fuera de las Fuentes del Agaden. No les quites nada que no te pertenezca. Me enfadaría mucho si lo hicieras. Y eso incluye la *Espada de la Verdad.*

Richard vio una lágrima que rodaba por la mejilla de la hechicera cuando ésta se volvió, sin mirarlo, y empezó a alejarse por el camino. Entonces se detuvo y permaneció inmóvil un momento. Su hermoso cabello caoba le caía por los hombros hasta media espalda. La bruja alzó la cabeza y dijo, sin darse la vuelta, y con voz preñada de emoción:

—Cuando todo esto acabe, y si tienes éxito..., no regreses nunca aquí. Si lo haces..., te mataré.

Con estas palabras se alejó en dirección a su palacio.

—Shota —repuso él con un susurro—, lo siento.

Ella no se detuvo ni se volvió, continuó caminando.

3

Al doblar la esquina, Rachel casi se empotró contra las piernas de un hombre, que caminaba tan silenciosamente que no lo había oído.

La niña recorrió con la mirada la larga túnica plateada hasta llegar a una faz. El mago tenía las manos metidas en las mangas del brazo opuesto.

—¡Giller! ¡Me has asustado!

—Lo siento, Rachel. No era ésa mi intención. —El mago escudriñó el pasillo en ambas direcciones, tras lo cual se inclinó hacia el suelo—. ¿Qué estás haciendo?

—Recados —contestó la niña con un profundo suspiro—. La princesa Violeta me ha ordenado que vaya a echar una bronca a los cocineros, y después tengo que decir a las lavanderas que la princesa ha encontrado una mancha de salsa en uno de sus vestidos y que, como ella nunca se mancha, tienen que haber sido ellas las responsables, y que, si vuelven a hacerlo, les hará cortar la cabeza. Yo no quiero decirles eso; las lavanderas son amables. —La niña tocó el bonito trenzado plateado que adornaba la manga de la túnica del mago—. Pero la princesa dice que, si no se lo digo, me arrepentiré.

Giller asintió.

—Bueno, pues haz lo que ella dice. Estoy seguro de que las lavanderas sabrán que esas palabras no son tuyas.

—Todo el mundo sabe que es ella misma quien se mancha los vestidos con salsa —declaró la niña, mirando fijamente los grandes ojos oscuros del mago.

Giller soltó una queda carcajada.

—Tienes razón. Lo he visto con mis propios ojos. Pero ¿quién va a ponerle el cascabel al gato mientras duerme? —La niña hizo una mueca de incomprensión, por lo que el mago le explicó—: Eso significa que te meterías en un lío si se lo dijeras. Es mejor callar.

Rachel hizo un gesto de asentimiento; sabía que el mago estaba en lo cierto. Giller volvió a escrutar el pasillo para comprobar que estaban solos. Entonces se inclinó más hacia la niña y le susurró:

—Lo siento. No he podido hablar contigo antes para preguntarte si todo iba bien. ¿Encontraste la muñeca mágica?

Rachel asintió con una sonrisa.

—Muchas gracias, Giller. Es maravillosa. Desde que me la regalaste, la princesa me ha echado del castillo dos veces. La muñeca me ha dicho que no debo hablar contigo a menos que tú me digas que es seguro, así que esperé, como ella me dijo. Ella y yo hablamos mucho y me hace sentir mucho mejor.

—Me alegro mucho, pequeña.

—Le he puesto por nombre Sara. Una muñeca debe tener un nombre, ¿sabes?

—¿De veras? —Giller enarcó una ceja—. Pues no lo sabía. Sara es un nombre muy bonito.

Rachel sonrió de oreja a oreja. ¡Qué bien que a Giller le hubiera gustado el nombre! La niña le rodeó el cuello con un brazo y le susurró al oído:

—Sara también me ha contado sus problemas. Le he prometido que te ayudaría. No tenía ni idea de que también tú quisieras escapar. ¿Cuándo podremos marcharnos, Giller? Cada día que pasa la princesa Violeta me da más miedo.

La niña se abrazó a él, y el mago le palmeó cariñosamente la espalda.

—Pronto, pequeña. Pero antes tenemos que prepararnos para que no nos encuentren. No querrás que nos sigan, den con nosotros y nos obliguen a regresar, ¿verdad?

Rachel negó con la cabeza, que tenía apoyada en el hombro del hombre. Entonces oyó pasos. Giller se irguió y miró quién se acercaba.

—Rachel, no deben vernos hablando. Alguien podría averiguar... lo de la muñeca, que tienes a Sara.

—Mejor me marcho —se apresuró a replicar Rachel.

—Demasiado tarde. Quédate pegada al muro y demuéstrame lo valiente y lo callada que puedes ser.

La niña obedeció. Giller se colocó delante de ella, tapándola con la túnica. Rachel oyó el tintineo de unas armaduras y pensó que sólo serían unos soldados. Pero entonces oyó unos ladridos. ¡El perro de la reina! ¡Tenían que ser la reina y su guardia! Giller y ella se meterían en un buen lío si la reina la descubría escondida detrás de la túnica del

mago. ¡Incluso podía descubrir lo de la muñeca! La niña intentó cubrirse aún mejor con los pliegues de la túnica. La prenda se movió ligeramente cuando Giller saludó a la reina con una leve reverencia.

—Majestad —dijo el mago, a la vez que se erguía.

—¡Giller! —contestó ella con su voz malévola—. ¿Qué haces merodeando por aquí?

—¿Merodeando, majestad? Creí que parte de mi trabajo consistía en
asegurarme de que nadie merodea. Simplemente estaba comprobando el
sello mágico que protege la cámara de las joyas, para asegurarme de que
nadie ha intentado entrar. —Rachel oyó al perrito de la reina husmear
por el borde de la túnica de Giller—. Si así lo deseáis, majestad, dejaré
tales asuntos al azar y, aunque me sienta inquieto, no emprenderé ninguna investigación. —El chucho empezó a dar la vuelta al mago, acercándose a la niña; Rachel lo oía husmear. Ojalá se marchara antes de que la
descubriera—. Así pues, todos nos acostaremos después de rezar a los
buenos espíritus para que cuando el Padre Rahl llegue todo salga bien. Y
si algo falla, bueno, le diremos que, como no queríamos que nadie mero-
deara por el castillo, no comprobamos nada. Tal vez incluso lo entienda.

El perro de la reina empezó a gruñir. A Rachel se le llenaron los ojos
de lágrimas.

—No hay por qué alterarse tanto, Giller, yo sólo preguntaba. —Rachel vio el pequeño hocico negro del perro que asomaba bajo la túnica—. Tesoro, ¿qué has encontrado ahí? ¿Qué hay, mi pequeño Tesoro?

El perro gruñó y lanzó un breve ladrido. Giller retrocedió un poco,
obligando así a la niña a que se pegara aún más contra el muro. Rachel
trató de pensar en Sara y deseó que estuviera con ella.

—¿Qué pasa, Tesoro? ¿Qué hueles?

—Me temo, majestad, que también he estado merodeando por los
establos. Estoy seguro de que es eso lo que el perro huele. —Giller introdujo una mano en la túnica, junto a la cabeza de la niña.

—¿En los establos? —La voz de la reina aún no había perdido del
todo su tono maligno—. ¿Qué puede haber en los establos que consi-
deres necesario investigar? —Rachel percibía la voz cada vez más fuerte;
la reina se inclinaba para coger al chucho—. Pero ¿qué haces, Tesoro?

Rachel se llevó a la boca el dobladillo de su vestido para evitar hacer
ningún ruido mientras temblaba. Giller sacó la mano de la túnica, y
Rachel vio que tenía una pizca de algo entre los dedos pulgar e índice.
El perro metió la cabeza bajo la túnica y empezó a ladrar. El mago abrió
los dedos y dejó caer sobre la cabeza del chucho un polvo que centelleaba. Tesoro estornudó. Entonces Rachel vio que la mano de la reina se
introducía bajo la túnica y cogía al perro.

—Vamos, vamos, mi Tesoro. No pasa nada. Pobrecito mío. —Rachel oyó cómo la reina le besaba la trufa, algo que le encantaba hacer. Acto seguido ella también empezó a estornudar—. ¿Qué decías, Giller? ¿Qué asuntos puede tener un mago en un establo?

—Como os decía, majestad, si fueseis un asesino y quisierais introduciros en el castillo de la reina con la idea de dispararle una flecha larga y gruesa, ¿creéis que trataríais de entrar por la puerta principal, como si nada? ¿O preferiríais entrar con vuestro largo arco en un carromato, acaso escondido bajo una pila de heno, o detrás de unos sacos? Luego, una vez en los establos, podríais salir aprovechando la oscuridad. —Giller podía hacer que su voz también sonara malvada, pero a Rachel le pareció divertido que esa voz se dirigiera a la reina.

—Bueno... yo..., pero, ¿hay... crees que... has encontrado algo?

—¡Pero ya que me prohibís que merodee por los establos, pues también los tacharé de mi lista! No obstante, si no os importa, a partir de ahora cuando aparezcáis en público, preferiría no estar cerca de vos. No quiero estar en medio si uno de vuestros súbditos decide enviaros desde lejos una prueba de su amor.

—Mago Giller, por favor, perdóname. —Ahora la voz de la reina era verdaderamente amable, como cuando se dirigía al perro—. Últimamente tengo los nervios destrozados por la inminente visita del Padre Rahl. Quiero que todo salga a la perfección, para que todos obtengamos lo que queremos. Sé que sólo te preocupas por mi bienestar. Por favor, sigue con lo que hacías y olvida el momento de necedad de una dama.

—Como deseéis, majestad —respondió el mago, haciendo otra reverencia.

La reina se alejó a toda prisa por el pasillo, estornudando, pero entonces Rachel oyó que los pasos de los soldados y el tintineo de las armaduras enmudecía.

—Por cierto, mago Giller —dijo la reina—. ¿No te lo he dicho? He recibido el mensaje de que recibiremos la visita de Padre Rahl antes de lo que esperábamos. Mucho antes. Mañana. Prepara la caja que sellará nuestra alianza.

La pierna del mago dio tal sacudida que estuvo a punto de derribar a Rachel.

—Como ordenéis, majestad —contestó, e hizo otra reverencia.

Giller esperó hasta que la reina se hubo marchado para levantar a Rachel, cogiéndola por la cintura con sus grandes manos y luego sostenerla contra su cadera con un brazo. Las mejillas del mago no presentaban su rubicundo tono habitual, sino que se veían pálidas. Giller puso un dedo sobre los labios de la niña, y ésta supo que debía guardar silencio. Entonces el mago estiró el cuello y escrutó de nuevo el pasillo en ambas direcciones.

—¡Mañana! —masculló entre dientes—. ¡Maldita sea! Aún no estoy listo.

—¿Qué te pasa, Giller?

—Rachel, ¿está la princesa en su alcoba ahora mismo? —le preguntó el mago en un susurro, acercando su nariz aguileña a la de la pequeña.

—No —contestó Rachel, también en susurros—. Ha ido a elegir la tela del vestido que lucirá durante la visita del Padre Rahl.

—¿Sabes dónde guarda la princesa su llave de la cámara de las joyas?

—Sí. Cuando no la lleva encima, la guarda en el escritorio, en el cajón del lado de la ventana.

El mago echó a andar por el pasillo en dirección a los aposentos de la princesa Violeta, llevando en brazos a Rachel. Caminaba tan silenciosamente sobre las alfombras que la niña ni siquiera oía sus pasos.

—Cambio de planes, pequeña. ¿Crees que podrás ser valiente por mí y por Sara?

La niña indicó sí con la cabeza y rodeó con sus bracitos el cuello del mago para sujetarse, pues éste había acelerado el paso. Después de atravesar un buen número de puertas ojivales de oscura madera, llegaron ante la mayor de ellas: una de dos batientes situada en un pequeño pasillo, con piedra labrada alrededor. Eran los aposentos de la princesa. Giller la abrazó con fuerza.

—Muy bien —susurró—, ve dentro y coge la llave. Yo me quedaré aquí fuera para vigilar. —Con estas palabras la dejó en el suelo—. Vamos, deprisa —la apremió, y cerró la puerta tras ella.

Al estar las cortinas descorridas, la luz del sol entraba en la estancia, por lo que Rachel vio inmediatamente que no había nadie. No había ningún sirviente limpiando ni arreglando cosas. El fuego estaba apagado, y los criados aún no habían ido a encenderlo para la noche. La cama con dosel de la princesa ya estaba hecha, cubierta con el florido cobertor que a Rachel tanto le gustaba. El dosel, ahora recogido, y las cortinas mostraban el mismo motivo ornamental. Rachel siempre se preguntaba por qué la princesa necesitaba una cama tan grande, en la que hubieran cabido diez personas. Allí de donde ella venía, seis niñas dormían juntas en una cama que era la mitad de aquélla, y el cubrecama no era nada bonito. Rachel se preguntó qué se sentiría durmiendo en el lecho de la princesa. Nunca se había sentado en ninguno igual.

Pero sabía que Giller quería que se diera prisa, por lo que cruzó la alcoba, caminando sobre la alfombra de piel, hasta el escritorio de hermosa madera de raíz. La niña tiró del asa dorada del cajón para abrirlo. Estaba muy nerviosa, aunque era algo que había hecho muchas veces, cuando la princesa la mandaba buscar la llave. Pero nunca había abierto aquel cajón sin permiso de la princesa. La gran llave que abría la cámara de las joyas descansaba en una bolsa de terciopelo rojo, justo al lado de la pequeña llave que cerraba el arcón donde la princesa la obligaba a dormir. Tras meterse la llave en el bolsillo, Rachel volvió a cerrar el cajón, asegurándose de que quedaba como lo había encontrado.

Cuando ya se encaminaba hacia la puerta, echó un vistazo a la esquina donde se encontraba el arcón. Sabía que Giller quería que se apresurara, pero no pudo evitar el impulso de comprobar algo. Corrió hacia el arcón, se arrastró adentro y fue hacia la manta, que estaba amontonada. Cuidadosamente la alzó. Sara la miró. La muñeca seguía donde la había dejado.

—Ahora tengo que marcharme —le susurró—. Pero volveré más tarde.

Rachel besó a la muñeca en la cabeza y volvió a cubrirla con la manta, tras lo cual la escondió en un rincón, donde nadie pudiera encontrarla. Sabía que era arriesgado tener a Sara en el castillo, pero no podía soportar la idea de dejarla sola en el pino, en un lugar tan solitario y estremecedor.

Al acabar, corrió hacia la puerta, la abrió apenas y alzó la vista hacia la cara de Giller. El mago asintió y le hizo señas de que podía salir.

—¿Tienes la llave?

Rachel se la sacó del mismo bolsillo en el que guardaba la cerilla mágica, para enseñársela. El mago sonrió y le dijo que era una buena chica. Nadie le había dicho eso antes, o al menos, desde hacía mucho tiempo. Entonces, Giller la volvió a coger en brazos y juntos recorrieron rápidamente el pasillo y bajaron la oscura y estrecha escalera que usaba la servidumbre. Rachel apenas oía el ruido de las pisadas del mago sobre la piedra. Los mostachos de Giller le hacían cosquillas en la cara. Al llegar al pie de la escalera, la dejó en el suelo.

—Rachel, escucha atentamente, esto es muy importante, no es ningún juego —dijo el mago, agachándose para ponerse a la misma altura que la niña—. Tenemos que irnos del castillo o nos cortarán la cabeza a ambos, tal como te dijo Sara. Pero debemos ser listos, o nos cogerán. Si nos escapamos demasiado pronto, sin hacer primero lo que debemos, nos encontrarán. Y si tardamos demasiado, bueno..., será mejor que no tardemos demasiado.

—Giller, tengo miedo de que me corten la cabeza —respondió Rachel, próxima a las lágrimas—. La gente dice que duele muchísimo.

Giller la apretó contra sí.

—Lo sé, pequeña. Yo también tengo miedo. —El mago posó ambas manos sobre los hombros de la niña y la obligó a mantenerse bien erguida mientras le decía, mirándola fijamente a los ojos—: Confía en mí, haz exactamente lo que te diga y sé valiente. Si lo haces, nos marcharemos de aquí a un lugar donde nadie corta la cabeza a nadie ni los encierran en cajas, donde podrás tener a tu muñeca sin que nadie te la quite ni la arroje al fuego. ¿De acuerdo?

—Eso sería maravilloso, Giller —contestó Rachel más calmada.

—Pero debes ser valiente y hacer lo que te diga. No todo te será fácil.

—Lo haré, lo prometo.

—Y yo te prometo que haré todo lo necesario para que no te pase nada, Rachel. Tú y yo formamos un equipo. Muchas otras personas dependen de nosotros. Si hacemos un buen trabajo, evitaremos que a mucha gente, gente inocente, le corten la cabeza.

—Oh, Giller, me encantaría. Odio que corten cabezas. Me pone la carne de gallina.

—Muy bien. Lo primero que quiero es que eches la bronca a los cocineros tal como te han ordenado y, mientras estés abajo en la cocina, cojas un pan pequeño. No me importa cómo lo consigas; róbalo si es necesario, pero cógelo. Luego tráelo a la cámara de las joyas. Usa la llave y espérame dentro. Antes debo ocuparme de otros asuntos. Ya te diré más cuando nos encontremos. ¿Podrás hacerlo?

—Pues claro. Es fácil.

—En marcha, pues.

La niña cruzó la puerta que conducía al gran corredor de la planta baja, mientras Giller desaparecía ascendiendo silenciosamente por los escalones. La escalera que llevaba a la cocina se encontraba en el otro extremo, al otro lado de la majestuosa escalinata, situada en el centro, que solía usar la reina. A Rachel le encantaba subirla con la princesa porque estaba alfombrada y los peldaños no se notaban tan fríos como los de la escalera de piedra que debía usar cuando hacía recados. La escalinata daba a una gran sala con el suelo cubierto por un tablero de baldosas blancas y negras. El frío que desprendían le subía por los pies.

Mientras trataba de imaginarse cómo conseguir un pan sin robarlo vio que la princesa Violeta cruzaba la sala en dirección a la escalinata. La seguían la costurera real y dos de sus ayudantes, portando rollos de una bonita tela rosa. Rápidamente, Rachel buscó dónde esconderse pero la princesa ya la había visto.

—Oh, Rachel —dijo la princesa—. Ven aquí.

—¿Sí, princesa Violeta? —repuso la niña, haciendo una reverencia.

—¿Qué estás haciendo?

—Lo que me ordenasteis, princesa. Ahora mismo iba a la cocina.

—Mmm... Olvídate de eso.

—¡Pero princesa Violeta, tengo que ir!

—¿Por qué? —inquirió la princesa, ceñuda—. Te acabo de ordenar que no vayas.

Rachel se mordió el labio; la ceñuda expresión de la princesa la asustaba. Trató de pensar qué respondería Giller.

—Bueno, si no queréis que vaya, no iré. Pero vuestro almuerzo era espantoso, y odiaría que os sirvieran otra vez una comida tan horrible. Estoy segura de que os morís de ganas por comer algo realmente bueno. Pero, si no queréis que vaya, no iré.

La princesa se quedó pensativa un momento, y luego declaró:

—Pensándolo mejor, ve. La comida era realmente espantosa. ¡No te olvides de decirles lo enfadada que estoy con ellos!

—Sí, princesa Violeta. —Rachel hizo una reverencia y se volvió, dispuesta a marcharse.

—Voy a que me prueben un vestido —añadió la princesa, y Rachel se volvió hacia ella—. Luego iré a la cámara de las joyas y me probaré algunas, para ver cómo quedan con mi nuevo vestido. Cuando acabes de reñir a los cocineros, ve a por la llave y espérame en la cámara de las joyas.

Rachel sintió la boca seca.

—Pero princesa Violeta, ¿no preferís esperar hasta mañana, cuando el vestido ya esté terminado, para ver lo bien que os sientan las joyas con el vestido?

La princesa pareció sorprendida.

—Bueno, sí. Me gustaría ver las joyas junto con el vestido. —Tras un instante de reflexión, empezó a subir la escalinata—. Tienes razón. No se me había ocurrido.

Rachel lanzó un hondo suspiro y ya se encaminaba a la escalera de servicio cuando la princesa la llamó.

—Pensándolo bien, Rachel, tengo que ir de todos modos a la cámara de las joyas para elegir algo para la cena de esta noche. Reúnete conmigo allí dentro de un rato.

—Pero, princesa...

—Pero nada. Después de transmitir mi mensaje a los cocineros, ve a buscar la llave y espérame en la cámara de las joyas. Me reuniré contigo cuando acabe de probarme el vestido.

La princesa subió la escalinata y desapareció.

¿Qué iba a hacer ahora? Giller también se reuniría con ella en la cámara de las joyas. La niña respiraba entrecortadamente, al borde de las lágrimas. ¿Qué iba a hacer?

Haría exactamente lo que Giller le había dicho, sí señor. Sería valiente para que a nadie más le cortaran la cabeza. La niña contuvo a duras penas las lágrimas y, decidida, bajó la escalera en dirección a la cocina, mientras se preguntaba para qué querría Giller una hogaza de pan.

—Bueno, ¿qué te parece? —susurró Richard—. ¿Alguna idea?

Kahlan, tendida en el suelo junto a él, contemplaba con el entrecejo fruncido la escena, ocultos ambos entre los raquíticos árboles que crecían en la elevada cresta.

—No tengo ni idea —respondió, también en un susurro—. Nunca había visto tantos gars de cola corta congregados en un mismo lugar.

—¿Qué pueden estar quemando?

—No están quemando nada. El humo proviene del suelo. A este lugar se lo conoce como Fuentes Ígneas. Por algunas grietas en el suelo sale vapor del interior de la tierra; por otras agua hirviendo; y hay algunas más que emanan un hediondo líquido amarillo y barro espeso. Nadie se acerca aquí debido a los gases. No tenía ni idea de que hubiera gars.

—Bueno, mira allí al fondo. Donde la colina asciende hay la grieta más grande. Veo algo encima, algo con forma oval, envuelto en vapor. No dejan de acercarse a esa cosa para mirarla y tocarla.

La mujer hizo un gesto negativo con la cabeza.

—Tienes mejor vista que yo. No distingo qué es, ni siquiera la forma.

Richard oía y sentía ruidos sordos procedentes del suelo, algunos de ellos seguidos por erupciones de vapor que emanaba de las grietas. Hasta ellos llegaba el olor, espantosamente sofocante, de azufre.

—Tal vez deberíamos bajar a echar un vistazo —susurró Richard casi como si hablara para sus adentros, sin dejar de vigilar los movimientos de los gars.

—Sería más que insensato —replicó duramente la mujer—; una auténtica estupidez. ¿Has olvidado ya lo mal que nos lo hizo pasar uno solo? Allí abajo debe de haber docenas.

—Supongo que tienes razón. ¿Qué hay detrás de ellos, justo arriba, en un lado de la colina? ¿Es una cueva?

Los ojos de Kahlan se fijaron en el oscuro agujero.

—Sí. Lo llaman la cueva del shadrin. Algunos afirman que atraviesa toda la montaña y va a salir al valle del otro lado. Pero no conozco a nadie que lo sepa con seguridad, ni que desee comprobarlo.

Richard contemplaba cómo los gars se disputaban una presa, desgarrándola.

—¿Qué es un shadrin?

—El shadrin es una bestia que se supone que vive en las cuevas. Algunos dicen que no es más que un ser mitológico, pero otros juran que es real. No hay nadie dispuesto a averiguarlo.

—¿Y tú qué crees? —inquirió Richard, mirando a Kahlan.

Ésta se encogió de hombros, observando a los gars.

—No lo sé —confesó—. Hay muchos lugares en la Tierra Central donde se dice que viven bestias mitológicas, pero yo he estado en muchos de esos lugares y no he encontrado nada. La mayoría de esas historias no son más que eso, historias. Pero no todas.

Richard se alegró de que su compañera hablara, pues hacía días que no abría la boca. El extraño comportamiento de los gars parecía haber despertado su curiosidad y conseguido sacarla de su mutismo, al menos de momento. Pero no podían quedarse allí hablando; estaban perdiendo tiempo y, además, si se quedaban demasiado rato, las moscas de los gars acabarían por localizarlos. Así pues, ambos se alejaron a rastras del borde, procurando no levantar la cabeza y mordiéndose en silencio. Kahlan volvió a retraerse.

Una vez lejos de los gars, reanudaron la marcha hacia Tamarang, el reino limítrofe con la Tierra Salvaje, gobernado por la reina Milena. Apenas habían avanzado cuando se hallaron ante una bifurcación. Richard supuso que cogerían el camino de la derecha, pues Kahlan le había dicho que Tamarang se encontraba al este, mientras que los gars y las Fuentes Ígneas quedaban a su izquierda. Pero la mujer tomó el camino de la izquierda.

—¿Qué estás haciendo? —le preguntó Richard. Desde que se alejaran de las Fuentes del Agaden había tenido que vigilarla con ojos de águila. Ya no podía confiar en ella. Kahlan estaba empeñada en morir y Richard sabía que, si no vigilaba todos y cada uno de sus movimientos, lograría su propósito.

Kahlan volvió la vista hacia él. Mostraba la misma expresión impasible que había exhibido durante días.

—Es una bifurcación invertida. Más adelante, cuando el terreno y el bosque impiden gozar de una buena perspectiva, los caminos se cruzan y cambian de dirección. El bosque es tan frondoso que apenas se ve el sol y uno no sabe en qué dirección camina. Si tomamos el desvío de la derecha, acabaremos por toparnos con los gars. Pero el de la izquierda conduce a Tamarang.

—¿Por qué se tomaría alguien la molestia de hacer algo así? —inquirió el Buscador, perplejo.

—Era un truco que los antiguos soberanos de Tamarang usaban

para tratar de confundir a los invasores del sur. A veces, retrasaba un poco su avance y los defensores tenían tiempo para retirarse y volverse a agrupar, si era necesario, y caer de nuevo sobre los invasores.

Richard escrutó la faz de la mujer un momento, tratando de decidir si le decía la verdad. Lo ponía furioso tener que preocuparse de si Kahlan le mentía o no.

—Tú eres la guía —dijo al fin—. Adelante.

Al oír esta palabra, Kahlan dio media vuelta, sin decir más, y echó a andar. Richard dudaba que pudiera soportarlo mucho tiempo. Kahlan sólo hablaba cuando era estrictamente necesario, lo escuchaba cuando él trataba de entablar conversación, y se retraía cada vez que él intentaba acercarse a ella. En suma, lo trataba como si él fuese venenoso, aunque Richard sabía que lo que realmente quería evitar era tocarlo. Él había esperado que el encuentro con los gars hubiera cambiado las cosas, pero se equivocaba. Rápidamente había vuelto a caer en la apatía.

Kahlan se comportaba como una prisionera en una marcha forzada y a él lo había convertido, a la fuerza, en su carcelero. Richard llevaba en el cinto el cuchillo de la mujer. No podía devolvérselo, pues sabía qué sucedería. A cada paso que daba, Kahlan se alejaba más y más de él. Él era consciente de que la estaba perdiendo, pero no tenía ni idea de cómo impedirlo.

Por la noche, cuando era el turno de Kahlan de montar guardia, Richard tenía que atarla de pies y manos para evitar que se matara cuando él no la vigilaba. Kahlan se dejaba atar sin oponer resistencia, pero a él le rompía el corazón tener que hacerlo. Incluso cuando estaba atada, el joven dormía con un ojo abierto a los pies de la mujer, para que pudiera despertarlo si veía u oía algo. La tensión había acabado con la resistencia del joven.

Ojalá no hubiera ido a ver a Shota. La idea de que Zedd se volviera contra él era impensable, pero que Kahlan pudiera hacerlo le resultaba insoportable.

El joven sacó algo de comida y trató de hablar con voz alegre, esperando así animar a su compañera.

—Toma. ¿Quieres un poco de pescado seco? Está realmente asqueroso —añadió con una sonrisa.

Pero Kahlan no le rió la gracia.

—No gracias. No tengo hambre.

Richard se obligó a seguir sonriendo y tuvo que hacer verdaderos esfuerzos para que su voz no reflejara la rabia que sentía. Tenía la cabeza a punto de estallar.

—Kahlan, apenas has probado bocado durante días. Tienes que comer algo.

—He dicho que no tengo hambre.

—Vamos, hazlo por mí —trató de convencerla Richard.

—¿Qué harás si me niego? ¿Obligarme a comer por la fuerza? —replicó ella con voz calmada.

Richard se enfureció, pero trató de disimularlo lo mejor que pudo con su tono de voz.

—Sí, si es necesario.

—¡Richard, por favor! —Kahlan giró sobre sus talones. Respiraba entrecortadamente—. Te lo suplico: déjame marchar. ¡No quiero estar contigo! ¡Déjame ir! —Era la primera emoción que había demostrado desde que abandonaran las Fuentes del Agaden.

—No. —Ahora era él quien debía ocultar sus emociones.

La mujer lo fulminó con sus ojos verdes.

—No puedes vigilarme constantemente. Más pronto o más tarde...

—Te vigilaré a cada momento... si es preciso.

Ambos se sostuvieron la mirada, enojados, hasta que toda emoción desapareció del rostro de Kahlan. La mujer dio media vuelta para proseguir la marcha.

Únicamente se habían detenido unos minutos, pero había bastado para que el ser que los seguía cometiera otro error. Había bajado la guardia brevemente y se había acercado demasiado, lo suficiente para que Richard vislumbrara su feroz mirada amarilla. Y no era la primera vez.

Hacía dos días que habían partido de las Fuentes del Agaden cuando, gracias a los años que había pasado solo en el bosque, Richard se había dado cuenta de que alguien les seguía el rastro. Era un juego que él y otros guías solían practicar en el bosque del Corzo: ver cuánto tiempo podían seguirse sin ser detectados. En cualquier caso, la criatura que ahora los seguía, lo hacía muy bien, pero no lo suficiente para engañar a Richard. Aquélla era la tercera vez que columbraba aquellos ojos, que a otros les hubieran pasado inadvertidos.

No era Samuel, pues el amarillo era distinto, más oscuro, y los ojos estaban más juntos y reflejaban más inteligencia. Tampoco podía tratarse de un can corazón, puesto que ya los hubiera atacado hacía días. Fuera lo que fuese, se limitaba a vigilarlos.

Richard estaba seguro de que Kahlan no lo había visto; su compañera de viaje estaba demasiado absorta en sombríos pensamientos. Más pronto o más tarde el ser se daría a conocer, y él estaría preparado. Pero, con Kahlan en el estado en el que se encontraba, lo último que necesitaba eran más complicaciones.

Así pues, evitó volverse para mirar —lo que hubiera alertado al ser—, no retrocedió y no caminó en círculo en una maniobra habitual de los guías en un caso como ése. Cuando los ojos amarillos se dejaban ver, él los miraba pero sin forzar la vista. El joven estaba razonablemente seguro de que quien los seguía no era consciente de que él lo había detectado. De momento, prefería dejar las cosas de ese modo, pues le daba ventaja.

Mientras observaba cómo Kahlan caminaba con los hombros hundidos, el joven se preguntó qué iba a hacer cuando, pocos días después, llegaran a Tamarang. Tanto si a él le gustaba como si no, Kahlan estaba ganando aquella lenta batalla porque las cosas no podían seguir de ese modo. Trataría de matarse una y otra vez, hasta que lo lograra. A ella le bastaba tener éxito una vez, pero él debía ganar todas. Un solo fallo por su parte y Kahlan pondría fin a su vida. Richard sabía que, a la larga, no podría ganar y no se le ocurría ningún modo de impedirlo.

Rachel esperaba a Giller sentada en el escabel situado delante de la alta silla tapizada con terciopelo rojo, adornada con botones y labrada en oro. Las rodillas le temblaban. «Deprisa, Giller —repetía una y otra vez para sí—. Date prisa antes de que la princesa venga.» La niña alzó la mirada hacia la caja de la reina. Esperaba que cuando la princesa Violeta llegara para probarse joyas, no se le ocurriera volver a tocarla. Rachel detestaba que lo hiciera porque la aterrorizaba.

La puerta se entreabrió y Giller asomó la cabeza.

—Deprisa, Giller —susurró Rachel, alzando un poco la voz.

El mago entró, se asomó afuera para comprobar que nadie se acercaba y cerró la puerta. Entonces miró a la niña.

—¿Has traído el pan?

—Sí, toma. —Rachel sacó un bulto de debajo de la silla y lo puso encima del escabel—. Cogí un trapo y lo envolví para que nadie se diera cuenta.

—Buena chica —la felicitó el mago con una sonrisa. Inmediatamente le dio la espalda.

Rachel le dirigió una sonrisa, pero enseguida frunció el entrecejo.

—He tenido que robarlo. Es la primera vez que robo algo.

—Te aseguro que es por una buena causa, Rachel. —Giller observaba la caja.

—Giller, la princesa Violeta vendrá pronto.

—¿Cuándo? —El mago se volvió y clavó en ella sus grandes ojos.

—Cuando acabe de probarse su nuevo vestido. Es muy caprichosa con la ropa; puede tardar mucho o estar al caer. Le gusta ponerse joyas y admirarse en los espejos.

—Maldición —susurró Giller—. No hay nada sencillo. —Nuevamente dio media vuelta y cogió rápidamente la caja, que descansaba en un pedestal de mármol; la caja de la reina.

—¡Giller! ¡No la toques! ¡Es de la reina!

Cuando la miró, el mago parecía furioso.

—¡No! ¡No es de la reina! Espera y te lo explicaré.

Entonces dejó la caja en el escabel, junto al pan, metió una mano dentro de la túnica y sacó otra caja.

—¿Qué te parece? —preguntó a la niña. El mago le mostró la caja con una leve sonrisa torcida.

—¡Es igual que la otra!

—Perfecto. —Giller la colocó sobre el pedestal y luego fue a sentarse en el suelo, cerca de la niña y el escabel—. Ahora escúchame con atención, Rachel. Tenemos poco tiempo y es muy importante que me entiendas.

Por la expresión de su cara, Rachel supo que Giller hablaba muy en serio. Así pues, hizo un gesto de asentimiento y le aseguró:

—Sí, Giller.

—Esta caja —dijo el mago, posando una mano sobre el objeto en cuestión— es mágica y no pertenece a la reina.

—¿Ah no? ¿Pues a quién, entonces? —inquirió la niña, perpleja.

—Ahora no tengo tiempo para explicártelo. Quizá cuando estemos lejos de aquí. Lo importante es que sepas que la reina es una mala persona. —Rachel asintió con la cabeza; eso ya lo sabía—. La reina hace cortar la cabeza a la gente sólo porque le apetece. Sólo se preocupa de sí misma. Tiene poder. Poder significa que puede hacer lo que le venga en gana. Esta caja contiene magia y le da parte de su poder. Por eso la robó.

—Entiendo. Es como la princesa Violeta; que tiene poder y puede abofetearme siempre que quiere, hacer que me corten el pelo a trasquilones y reírse de mí.

—Exactamente. Muy bien, Rachel. Pero escucha, hay un hombre aún más malo que la reina. Su nombre es Rahl el Oscuro.

—¿El Padre Rahl? —Rachel se sentía confusa—. Pero si todos dicen que es muy amable... La princesa dice que es el hombre más bueno del mundo.

—La princesa también dice que ella no se mancha los vestidos con salsa —replicó Giller, enarcando una ceja.

—Eso es mentira.

—Presta atención, Rachel. —El mago le puso dulcemente las manos en los hombros—. Rahl el Oscuro, el Padre Rahl, es el hombre más malvado que nunca ha existido. Hace daño a muchísima más gente que la reina. Es tan malvado que incluso mata a niños. ¿Sabes qué significa eso, matar a alguien?

Rachel respondió, sintiéndose triste y asustada:

—Significa que les cortan la cabeza o algo parecido, y luego están muertos.

—Sí. La princesa ríe cuando te abofetea, pero Rahl el Oscuro ríe cuando mata a personas. Cuando la princesa cena con todas las damas y los caballeros parece muy amable y educada, pero luego, cuando está sola contigo te pega, ¿verdad?

Rachel asintió. Tenía un nudo en la garganta.

—No quiere que sepan que es mala.

—¡Eso es! ¡Eres una niña muy inteligente! Pues bueno, el Padre Rahl hace lo mismo. Como no quiere que los demás sepan lo malo que es, parece muy educado y finge ser el hombre más amable del mundo. Hagas lo que hagas, Rachel, no te acerques a él, si puedes evitarlo.

—No lo haré.

—Pero si te dice algo, sé amable con él, para que no descubra que sabes cómo es en realidad. No debes permitir que los demás se den cuenta de todo lo que sabes. Así estarás segura.

—Como Sara —comentó la niña con una sonrisa—. No quiero que los demás sepan que la tengo porque me la quitarían. Así está segura.

El mago le dio un rápido abrazo.

—Gracias a los espíritus que eres una niña lista. —Rachel se sintió en el séptimo cielo. Nadie le había dicho nunca que fuera lista—. Ahora presta mucha atención a lo que voy a decirte; ahora viene lo más importante.

La niña volvió a asentir.

—Esta caja es mágica. Cuando la reina se la dé al Padre Rahl, éste la usará para hacer daño aún a más gente. Cortará la cabeza a un montón de personas. Como la reina es mala, quiere que Rahl el Oscuro haga eso y piensa darle la caja.

—¡Giller, tenemos que impedirlo! —exclamó la niña—. ¡No podemos permitir que corten la cabeza a tanta gente!

El mago esbozó una amplia sonrisa bajo su nariz aguileña.

—Rachel —le dijo, cogiéndola por el mentón—, eres la niña más lista que he conocido en mi vida. De veras.

—¡Tenemos que esconder la caja, como yo hago con Sara!

—Exactamente. —Giller señaló la caja que había puesto encima del pedestal y le explicó—: Es una imitación. Esto significa que no es la auténtica, pero lo parece. Así los tendremos engañados por un tiempo y podremos marcharnos antes de que descubran que la verdadera ha desaparecido.

La niña miró la caja falsa; era idéntica a la verdadera.

—Giller, eres el hombre más listo que he conocido.

La sonrisa del mago se hizo más débil.

—Ojalá lo fuera menos, pequeña. Mira, esto es lo que vamos a hacer.

De nuevo sonriente, Giller cogió el pan que Rachel había robado en la cocina y lo partió en dos. Con sus grandes manos sacó parte de la miga. Parte de ella se la metió en la boca y otra parte en la boca de la niña. Había tanta miga que los carrillos del mago se hincharon. Rachel masticó lo más aprisa que pudo. Sabía muy bien y todavía estaba calentita. Después de comerse la miga, Giller cogió la verdadera caja, la introdujo en una mitad del pan y juntó de nuevo las dos partes. Entonces le mostró la hogaza a Rachel, preguntándole:

—¿Qué te parece?

—Está roto —contestó con una mueca—. La gente se dará cuenta.

Pero el mago negó con la cabeza.

—Eres muy lista. Pero, quizá, siendo como soy mago, podría hacer algo para arreglarlo. ¿Qué te parece?

—Sí, tal vez.

El mago se colocó el pan en el regazo y con las manos hizo gestos en el aire abarcándolo toda. Entonces volvió a sostener el pan frente a la faz de la niña. ¡Volvía a estar intacto! ¡Como si nunca lo hubieran partido!

—Ahora nadie lo sabrá —dijo Rachel con una risita.

—Esperemos que tengas razón, pequeña. He tejido a su alrededor una telaraña mágica, un hechizo, para asegurarme de que nadie podrá ver la caja mágica de dentro.

El mago desplegó el trapo sobre el escabel, colocó el pan en medio e hizo un hatillo. Entonces, lo levantó por el nudo y se lo puso en la palma de la otra mano, frente al rostro de Rachel. Giller la miró a los ojos, sin sonreír; parecía casi triste.

—Veamos, ésta es la parte difícil, Rachel. Tenemos que sacar la caja de aquí. No podemos esconderla en el castillo porque podrían encontrarla. ¿Recuerdas dónde escondí la muñeca, en el jardín?

—Tercera urna de la derecha —declaró la niña, sonriendo, orgullosa de su buena memoria.

—Muy bien. Voy a esconder esto allí, como la muñeca. Quiero que lo cojas, como hiciste con Sara, y lo saques del castillo. Tiene que ser esta noche —añadió, inclinándose hacia ella.

La niña empezó a enroscar el dedo en el dobladillo del vestido. Los ojos se le empezaban a llenar de lágrimas.

—Giller, me da miedo tocar la caja de la reina.

—Sé que te da miedo, pequeña. Pero recuerda que la caja no pertenece a la reina. Quieres impedir que corten la cabeza a un montón de gente, ¿verdad?

—Sí —lloriqueó la niña—. Pero ¿por qué no la sacas tú del castillo?

—Lo haría si pudiera, créeme, pero no puedo. Hay gente que me vigila y que no quiere que salga del castillo. Si me sorprenden con la caja, el Padre Rahl se quedará con ella. Y no queremos eso, ¿verdad?

—No... —Entonces la niña se asustó de verdad—. Giller, me dijiste que escaparíamos juntos. Lo prometiste.

—Y pienso cumplir esa promesa, créeme, Rachel. Pero puede que pasen un par de días antes de que tenga oportunidad de escabullirme de Tamarang. La caja no puede quedarse aquí ni un día más, es demasiado arriesgado, y no puedo ser yo quien la saque de aquí. Debes llevártela tú. Cógela y llévala a tu escondite, en el pino. Espérame allí. Me reuniré contigo.

—Supongo que podré hacerlo. Si dices que es importante, lo intentaré.

Giller se sentó en el escabel, levantó a la niña por la cintura y se la sentó sobre una rodilla.

—Rachel, escúchame bien. Aunque vivas cien años, nunca volverás a hacer algo tan importante como esto. Debes ser valiente, más valiente de lo que lo has sido nunca. No confíes en nadie. No permitas que nadie te arrebate la caja. Yo me reuniré contigo dentro de pocos días, pero, si algo sale mal y yo no puedo ir, debes esconderte en el bosque hasta el invierno. Cuando llegue el invierno, estarás segura. Si supiera de alguien, haría que te ayudara, pero no sé de nadie. Tú eres la única que puede hacerlo.

—Sólo soy una niña —respondió ella, mirándolo con ojos muy abiertos.

—Por esto estarás segura. Todo el mundo cree que no eres nadie, pero se equivocan. Eres la persona más importante del mundo, pero puedes engañarlos porque ellos no lo saben. Debes hacer esto, Rachel. Yo y todos los demás te necesitamos. Sé que lo lograrás porque eres lista e inteligente.

La niña se dio cuenta de que el mago tenía los ojos llorosos.

—Lo intentaré, Giller. Seré valiente y lo intentaré. Eres el hombre más bueno del mundo, y si tú me dices que lo haga, lo haré.

El mago sacudió la cabeza.

—No soy ni mucho menos el mejor hombre del mundo; he sido muy estúpido, Rachel. Si hubiera sido más sabio y hubiera recordado lo que me enseñó mi maestro, cuál es mi auténtico deber y por qué me hice mago, tal vez ahora no debería pedirte que me ayudaras. Pero debo hacerlo. Esto es lo más importante que tendrás que hacer en tu vida. No me falles, Rachel. Por favor. Pase lo que pase, no permitas que nadie te detenga. Nadie.

Giller le colocó sendos dedos en las sienes. La niña se vio invadida por un sentimiento de seguridad. Sabía que era capaz de hacerlo y que nunca más tendría que obedecer las órdenes de la princesa. Sería libre. De pronto, el mago retiró los dedos.

—Viene alguien —susurró Giller. Dicho esto, le estampó muy rápidamente un beso en la cabeza y le dijo—: Que los dioses te protejan, Rachel.

Entonces se levantó y se escondió detrás de la puerta, con la espalda pegada a la pared. Acto seguido, la puerta se abrió. Rachel se puso en pie de un salto. Era la princesa Violeta. Rachel la saludó con una reverencia. Cuando se enderezó, la princesa le propinó una bofetada y se echó a reír. Rachel clavó la vista en el suelo y, mientras se frotaba la mejilla, conteniendo a duras penas las lágrimas, vio un pedazo de miga entre los pies de la princesa. Rápidamente lanzó un vistazo a Giller, que seguía tras la puerta con la espalda pegada a la pared. Los ojos del mago se posaron en la miga. Más sigiloso que un gato, el hombre se inclinó, la recogió rápidamente y se la metió en la boca. Seguidamente, se escabulló por la puerta sin que la princesa Violeta se percatara de su presencia.

Obedientemente, Kahlan le ofreció los brazos unidos por las muñecas, con las manos cerradas, esperando que la atara con la cuerda. La mujer tenía la mirada extraviada. Había dicho que no estaba cansada, pero Richard sí lo estaba —la cabeza le martilleaba con tal fuerza que se sentía tremendamente enfermo—, por lo que ella se encargaría de la primera guardia. El joven prefería no pensar en el tipo de guardia que haría con aquella mirada vacía.

Richard tensó la cuerda entre sus temblorosos puños, sintiendo cómo la última brizna de esperanza lo abandonaba. Nada cambiaba, nada iba como él había esperado. La lucha entre ambos continuaba: ella quería morir y él trataba de impedirlo.

—Ya no puedo más —susurró, bajando la vista hacia las muñecas de la mujer a la luz del pequeño fuego—. Kahlan, tú quieres morir, pero es a mí a quien estás matando.

Los ojos verdes de la mujer buscaron los suyos. El resplandor de las llamas brillaba en ellos.

—Entonces, deja que me vaya, Richard. Te lo suplico. Si de verdad te importo, demuéstralo. Deja que me vaya.

El joven bajó la cuerda y la soltó. Con manos temblorosas se sacó lentamente el cuchillo de la mujer del cinto y lo miró durante un momento, allí, en la palma de la mano. Percibía de manera borrosa el destello de la hoja. Entonces, aferró con fuerza el mango y arrojó el arma, envainada, al regazo de Kahlan.

—Tú ganas. Vete. Fuera de mi vista.

—Richard...

—¡He dicho que te vayas! —El joven señaló hacia atrás—. Vuelve y deja que los gars hagan el trabajo. Podrías hacer una chapuza con ese cuchillo. Imagínate si fallas y no logras matarte. Después de todo esto, sería terrible que no lograras matarte.

Dicho esto, le dio la espalda y fue a sentarse sobre un pino caído que yacía delante del fuego. La mujer se quedó mirándolo en silencio y luego se alejó unos pasos.

—Richard... después de todo lo que hemos pasado juntos, no quiero que acabemos así.

—Me da igual lo que tú quieras. Has perdido ese derecho. —El joven tuvo que esforzarse para poder ordenarle—: Fuera de mi vista.

Kahlan hizo un gesto de asentimiento y bajó la mirada. Richard se inclinó hacia adelante, con los codos apoyados en las rodillas y el rostro hundido entre sus temblorosas manos. Sentía ganas de devolver.

—Richard. —Kahlan pronunció su nombre con suavidad—. Cuando todo esto acabe, confío en que pensarás bien de mí y que me recordarás con afecto.

El joven saltó. En un abrir y cerrar de ojos, estaba agarrando la blusa de ella con los puños.

—¡Sólo te recordaré por lo que eres! ¡Una traidora! ¡Estás traicionando a todos los que han muerto y a todos los que morirán! —Kahlan, con ojos desorbitados, intentaba retroceder, pero él la tenía bien cogida—. ¡Estás traicionando a todos los magos que dieron sus vidas por ti, a Shar, a Siddin y a toda la gente barro que tuvo que morir! ¡Y, sobre todo, estás traicionando a tu hermana!

—Eso no es cierto —protestó ella débilmente.

—¡Los estás traicionando a ellos y a un montón de personas! Si Rahl vence, todos, también Rahl el Oscuro, tendremos que agradecértelo a ti. ¡Lo estás ayudando!

—¡Estoy haciendo esto para ayudarte a ti! ¡Ya oíste lo que dijo Shota! —Kahlan empezaba a enfadarse, también.

—Eso no vale. No conmigo. Sí, oí perfectamente a Shota. Dijo que tanto tú como Zedd os volveríais contra mí de algún modo. ¡Pero no dijo que tuviera que ser un error!

—¿Qué quieres decir?

—¡No estamos haciendo todo esto por mí, sino para detener a Rahl! ¿Cómo sabes que, una vez tengamos la caja, no va a entregársela? ¿Y si soy yo quien os traiciona y la única oportunidad para evitar que la caja caiga en manos de Rahl es que tú y Zedd os volváis contra mí?

—Eso es absurdo.

—¿Y acaso no lo es que tú y Zedd tratéis de matarme? Para eso, sería preciso que dos se equivocaran, pero para lo otro sólo tendría que equivocarme yo. ¡No es más que la estúpida adivinanza de una bruja! ¡Estás dispuesta a morir por una estúpida adivinanza! No podemos saber qué pasará en el futuro. No podemos saber qué quiso decir Shota, ni si es verdad, ni si realmente pasará. No lo sabremos hasta que llegue el momento. Y entonces tendremos que enfrentarnos a ello.

—Yo sólo sé que no puedo permitirme seguir viviendo y arriesgarme a que se cumpla la profecía. Tú eres el hilo que nos mantiene unidos en la lucha.

—Sí, un hilo sin aguja. Tú eres mi aguja. Sin ti, no habría podido llegar tan lejos. A cada paso que doy, te necesito. Hoy mismo, sin ir más lejos, en la bifurcación inversa, sin ti me hubiera equivocado. Tú conoces a la reina y yo no. Incluso si consigo encontrar la caja sin ti, ¿qué voy a hacer con ella? ¿Adónde iré? No conozco la Tierra Central. ¿Adónde iré Kahlan? Dímelo. ¿Cómo saber dónde estaré a salvo? Podría ir directamente hacia el terreno de Rahl y llevarle la caja en bandeja.

—Shota dijo que tú eras el único que tenías una oportunidad. Sin ti, todo está perdido. Tú eres la esperanza, no yo. Shota dijo que si yo seguía con vida... Richard, no puedo permitirlo. Simplemente, no puedo.

—Eres una traidora a todos nosotros —susurró cruelmente Richard.

—Pienses lo que pienses, hago esto por ti.

Richard lanzó un grito y la empujó con todas sus fuerzas. Kahlan cayó al suelo de espaldas. Entonces, el joven se acercó a ella, levantando polvo con las botas, y se quedó mirándola fijamente con ojos furiosos.

—¡No te atrevas a decir algo así! —le gritó. Tenía ambos puños cerrados—. ¡Haces esto por ti misma, porque no tienes agallas para vencer y lo que eso implica! ¡No te atrevas a decir que haces esto por mí!

Kahlan se puso en pie, sin apartar la mirada de los ojos de Richard.

—Daría casi cualquier cosa por que no me recordaras de este modo, Richard. Pero hago lo que debo hacer. Por ti. Para que tengas una oportunidad. He jurado dar mi vida para proteger al Buscador. Ha llegado la hora de pagar. —Las lágrimas le corrían por su polvorienta cara.

Mientras contemplaba cómo su compañera daba media vuelta y desaparecía en la oscuridad, Richard sintió como si alguien acabara de tirar de un tapón en su interior y todo su ser se estuviera escurriendo por un desagüe.

El joven se acercó al fuego y fue deslizando la espalda por el tronco hasta quedarse sentado en el suelo. A continuación, dobló las rodillas contra el pecho, se abrazó las piernas y, apoyando el rostro en las rodillas, lloró como nunca lo había hecho.

4

Rachel estaba sentada en su habitual sillita, detrás de la princesa. Las rodillas le temblaban mientras pensaba en cómo se las apañaría para que aquella noche la princesa la echara del castillo y así pudiera marcharse con la caja y no volver jamás. La niña no podía dejar de pensar en el pan, con la caja escondida dentro, que tenía que recoger en el jardín. Tenía miedo, pero también se sentía excitada porque iba a evitar que cortaran la cabeza a mucha gente. Era la primera vez que se sentía una persona importante. Impaciente por marcharse, retorcía el dobladillo del vestido.

Todas las damas y los caballeros tomaban su bebida especial, y parecían muy contentos. Giller, de pie detrás de la reina junto con todos sus demás consejeros, hablaba en voz baja con el artista de la corte. A Rachel no le gustaba el artista; la asustaba. El hombre siempre le sonreía de manera extraña y, además, era manco. La niña había oído a los sirvientes decir que tenían miedo de que el artista los dibujara.

La gente empezó a adoptar expresiones temerosas. Todos miraban a la reina y se ponían de pie. Rachel también la miró y se dio cuenta de que, en realidad, no miraban a la reina sino a alguien detrás de ella. Los ojos se le salieron de las órbitas al ver a los dos hombretones.

Eran los hombres más altos y fuertes que había visto en su vida. Llevaban una camisa sin mangas y en los brazos anchos brazaletes de metal con pinchos. Eran muy musculosos y tenían el pelo amarillo. La niña pensó que parecían malvados, mucho más que cualquiera de los guardias de los calabozos. Los dos hombres miraron a su alrededor y escrutaron a los congregados, tras lo cual se colocaron uno a cada lado del amplio arco de entrada, detrás de la reina, y se cruzaron de brazos. La reina lanzó un resoplido y se volvió en la silla para ver qué sucedía.

Un hombre de ojos azules, largo cabello rubio, vestiduras blancas y un cuchillo con mango dorado al cinto cruzó el arco. Era el hombre más apuesto que Rachel había visto nunca. El hombre sonrió a la reina, y ésta se puso de pie de un salto.

—¡Qué agradable sorpresa! —exclamó la soberana con su voz más amable, la que solía utilizar con Tesoro—. Es un gran honor, pero no os esperábamos hasta mañana.

El hombre le dirigió otra encantadora sonrisa.

—No podía esperar para ver de nuevo vuestro hermoso semblante, majestad. Perdonadme por haberme adelantado.

La reina Milena rió tontamente mientras le tendía una mano para que la besara. La reina siempre estaba tendiendo la mano. A Rachel le extrañaron las palabras del hombre apuesto; no conocía a nadie que encontrara hermosa a la reina. La soberana cogió la mano del hombre en la suya y anunció:

—¡Damas y caballeros, os presento al Padre Rahl!

¡El Padre Rahl! La niña echó un vistazo en torno para ver si alguien se había apercibido de su sobresalto. Pero no; todos miraban al Padre Rahl. Rachel estaba segura de que Rahl la miraría y vería que pensaba escaparse con la caja. Sus ojos se posaron en Giller, pero el mago no le devolvió la mirada. El hechicero tenía pálido el semblante. ¡El Padre Rahl había llegado antes de que ella hubiera huido con la caja! ¿Qué iba a hacer?

El Padre Rahl miró a todos los congregados, que se habían levantado. El perrito de la reina ladró. El hombre se volvió hacia el animal, y el ladrido cesó para ser sustituido por un débil gemido. Rachel se volvió hacia la gente. En la sala se hizo un silencio total.

—La cena ha acabado. Si nos excusáis... —dijo suavemente.

Todo el mundo empezó a cuchichear. Los azules ojos del hombre vigilaban. Los susurros enmudecieron, y los presentes empezaron a desfilar, primero lentamente y luego más deprisa. El Padre Rahl miró a algunos consejeros de la reina, que también se marcharon, en apariencia contentos de poder hacerlo. Los pocos a los que no miró, entre ellos Giller, se quedaron. La princesa Violeta también se quedó, y Rachel se ocultó tras ella para tratar de pasar inadvertida. Sonriente, la reina señaló la mesa con un gesto.

—Sentaos, Padre Rahl, por favor. Estoy segura de que habéis tenido un viaje agotador. Comed algo. Esta noche tenemos un asado magnífico.

—No apruebo la matanza de animales indefensos para comer su carne —declaró Rahl, clavando en la reina esos ojos azules que nunca parpadeaban.

A Rachel le pareció que la reina iba a atragantarse.

—Bueno, pues... también tenemos una suculenta sopa de nabo y otras cosas. Estoy segura... tiene que haber algo que... y, si no hay nada, los cocineros os prepararán cualquier...

—Quizás en otra ocasión. No he venido aquí a comer, sino a recibir vuestra contribución a nuestra alianza.

—Pero... no os esperaba tan pronto. Aún no hemos acabado de redactar los acuerdos. Hay muchos papeles que deben firmarse y sin duda querréis examinarlos primero.

—Firmaré gustoso cualquier documento que tengáis listo, y os doy mi palabra de que firmaré cualquier otro papel adicional que redactéis. Confío en que seréis honrada y me ofreceréis un trato justo. No tendréis intención de engañarme con los acuerdos, ¿verdad? —concluyó con una sonrisa.

—Claro que no, Padre Rahl, claro que no.

—Pues no hay más que hablar. ¿Por qué tendrían mis consejeros que examinar esos papeles si sois justa conmigo? Por lo que decís, estáis siendo justa, ¿no?

—Claro que sí. Supongo que no hay necesidad de... pero es tan poco corriente.

—Al igual que nuestra alianza. ¿Qué os parece si la cerramos ya?

—Sí, sí, naturalmente. —La reina se volvió hacia uno de sus consejeros y le ordenó—: Ve y tráenos todos los papeles ya preparados sobre la alianza. Trae también tinta y plumas. Y mi sello. —El consejero inclinó la cabeza y se marchó. Entonces, la reina se dirigió a Giller—: Ve a buscar la caja, dondequiera que la hayas ocultado.

Giller se inclinó ante la reina.

—Ahora mismo, majestad. —Rachel se sintió muy sola y también asustada cuando el mago desapareció por la puerta, con la túnica plateada ondeando tras de él.

Mientras esperaban, la reina presentó a la princesa Violeta al Padre Rahl. Rachel se quedó de pie detrás de la silla de la princesa, mientras ésta se levantaba, iba hacia el Padre Rahl y le tendía la mano. Rahl se inclinó sobre la mano y la besó, tras lo cual le dijo que era tan hermosa como su madre. La princesa, sin poder dejar de sonreír, se llevó al pecho la mano que Rahl había besado.

El consejero regresó con sus secretarios, cargados con montones de papeles. Éstos despejaron la mesa, desplegaron los documentos en la cabecera e indicaron dónde debían firmar la reina y el Padre Rahl. Uno de los secretarios derramó sobre los papeles cera roja y la reina marcó en ella su sello. El Padre Rahl dijo que él no tenía sello, pero que no dudaba de poder reconocer su propia firma en el futuro. Cuando Giller volvió, se hizo a un lado y esperó a que los demás terminaran. Los secretarios empezaron a recoger los documentos y a disputar por el orden en que debían ir. La reina hizo un gesto al mago para que se acercara.

—Padre Rahl —dijo Giller con su mejor sonrisa, sosteniendo cuidadosamente la caja falsa con ambas manos, como si fuera la auténtica—, permitidme que os ofrezca la caja del Destino de la reina Milena.

El Padre Rahl esbozó una leve sonrisa y, cautelosamente, aceptó el objeto que le ofrecía Giller. A continuación le dio la vuelta, admirando las hermosas joyas que refulgían. Acto seguido indicó por señas a uno de sus gorilas que se acercara. Cuando estuvo frente a él, el Padre Rahl lo miró a los ojos y le tendió la caja.

El hombretón la estrujó con una sola mano, haciéndola pedazos. La reina contempló la escena con ojos desorbitados.

—¿Qué significa esto? —preguntó, indignada.

—Eso debería preguntarlo yo, majestad —replicó Rahl con expresión amenazadora—. Esta caja es una falsificación.

—¡¿Qué?! Es imposible... No hay modo de que... Sé con total seguridad que... —La reina se volvió hacia Giller—. ¡Giller! ¿Qué sabes de esto?

—Majestad... no lo entiendo —contestó el mago, con las manos metidas en las mangas de la túnica—. Nadie ha manipulado el sello mágico. Yo mismo me ocupé de ello. Os aseguro que es la misma caja que vos me entregasteis y que yo he custodiado. Seguramente os dieron una caja falsa. Nos han engañado. Es la única explicación posible.

El Padre Rahl taladró con la mirada al mago, mientras éste se explicaba. Entonces miró a uno de sus hombres, el cual agarró al mago por la parte trasera del cuello de la túnica. Con una mano sostenía a Giller en vilo.

—¡Qué estás haciendo! ¡Suéltame, bruto! ¡Muestra respeto por un mago o juro que lo lamentarás! —exclamó el hechicero, con los pies bamboleándose en el aire.

Rachel notaba un nudo en la garganta y lágrimas en los ojos, pero se esforzó por ser valiente y no llorar. Sabía que si lo hacía, llamaría la atención de los demás.

Rahl se lamió las yemas de los dedos.

—Ésa no es la única explicación posible, mago. La caja auténtica posee magia, un tipo particular de magia. Pero la magia de esta otra caja es distinta. Una reina no se daría cuenta, no sabría si la caja es auténtica, pero un mago sí.

»Vuestro mago y yo vamos a tener una pequeña charla a solas —agregó, dirigiendo a la reina una pequeña sonrisa. Con estas palabras, giró sobre sus talones y salió del comedor. La túnica blanca revoloteó tras él. El hombretón que sostenía en vilo a Giller lo siguió. El otro se colocó frente a la puerta y cruzó los brazos. Giller fue sacado de la sala en volandas.

Rachel quería correr tras él, pues temía lo que iban a hacerle. Pero entonces vio que el mago volvía la cabeza y miraba a la gente con ojos muy abiertos. Por un instante, sus ojos oscuros se posaron en los suyos, y la niña oyó su voz en la cabeza tan claramente como si le gritara. La voz en su cabeza gritaba una sola palabra: «¡Corre!».

Un segundo después, Giller ya no estaba allí. Rachel sentía deseos de llorar, pero, en vez de eso, se metió el dobladillo del vestido en la boca. Toda la gente que rodeaba a la reina rompió a hablar al mismo tiempo. James, el artista de la corte, empezó a recoger pedazos de la caja falsa. Ayudándose del muñón de una mano, las sostenía en la otra, dándoles vueltas y examinándolas. La princesa Violeta le quitó uno de los pedazos más grandes y admiró las joyas, que acariciaba con los dedos.

Rachel recordaba la voz que había resonado dentro de su cabeza, la voz que le había gritado que corriera. Miró alrededor; nadie le prestaba atención. Así pues, rodeó las mesas, procurando mantener la cabeza más gacha que los tableros para que nadie la viera. Al llegar al otro lado del comedor, asomó la cabeza para comprobar si alguien miraba. Nadie.

Entonces estiró una mano y cogió algo de comida de las bandejas: un pedazo de carne, tres panecillos y un gran trozo de queso curado. Después de meterse todo eso en los bolsillos, volvió a asegurarse de que nadie miraba.

La niña corrió hacia el vestíbulo, tratando de contener las lágrimas y de ser valiente por Giller. Corría descalza por el suelo alfombrado, por delante de los tapices que colgaban de las paredes. Antes de llegar a la altura de los guardias que custodiaban la puerta, disminuyó el paso para que no la vieran correr. Al verla, los guardias descorrieron el gran cerrojo y la dejaron pasar sin decirle nada. Los guardias apostados al otro lado de la puerta se limitaron a echarle un vistazo antes de fijar de nuevo la vista en el patio.

Rachel se secó unas lágrimas mientras bajaba los fríos escalones de piedra. Aunque pugnaba por contenerse, no pudo evitar que algunas se le escaparan. Los guardias que patrullaban el terreno ni siquiera se fijaron en la chiquilla que avanzaba rápidamente por los adoquines hacia el jardín.

Lejos de las antorchas que colgaban de los muros exteriores del castillo, reinaba la oscuridad, pero la niña conocía el camino. Sentía la hierba húmeda bajo sus pies descalzos. Al llegar a la tercera urna, se arrodilló y, tras comprobar que nadie la vigilaba, metió una mano bajo las flores. Al notar el trapo que envolvía el pan, tiró de él, deshizo los nudos, desplegó el paño y colocó junto al pan la carne, los tres panecillos y el queso. Después hizo de nuevo el hatillo.

Cuando se disponía a correr hacia la puerta del muro, de pronto se acordó, y lanzó un grito ahogado. Se quedó paralizada, con los ojos muy abiertos.

¡Se había olvidado a Sara! ¡Se había dejado la muñeca en la caja donde dormía! La princesa Violeta la encontraría y la arrojaría al fuego. No podía dejarla allí; escapaba para no volver nunca más. Sara tendría miedo sin ella. La princesa la arrojaría al fuego.

Guardó de nuevo el hatillo con el pan debajo de las flores, miró en torno y corrió hacia el castillo. A aproximarse a la luz que emitían las antorchas, tuvo que disminuir la marcha y caminar. Uno de los guardias de la puerta la miró y le dijo:

—Acabas de salir.

Rachel tragó saliva.

—Sí, lo sé, pero tengo que volver a entrar un momento.

—¿Has olvidado algo?

La niña asintió con la cabeza y logró decir «sí».

El hombre sacudió la cabeza y levantó el ventanuco.

—Abre —indicó al guardia de dentro. Rachel oyó el ruido del pesado cerrojo.

Una vez dentro, escrutó el pasillo. Al fondo se abría la gran sala con el suelo ajedrezado y la escalinata, a la que se accedía dando unas cuantas vueltas por largos pasadizos y atravesando unas cuantas cámaras de gran tamaño, una de ellas el comedor. Era el camino más corto, pero la reina, la princesa o incluso el Padre Rahl, podrían estar allí y verla. Ya era tarde, por lo que era posible que la princesa Violeta la obligara a subir a su alcoba y la encerrara.

La niña giró y cruzó la pequeña puerta de la derecha, que daba al pasadizo del servicio. Era el camino más largo, pero ni en los pasillos ni en la escalera reservados a la servidumbre se encontraría con nadie importante. Ningún criado la pararía; todos sabían que era la compañera de juegos de la princesa y no querrían enfurecer a ésta. Tendría que bajar hasta las alcobas de los sirvientes y atravesar por debajo las grandes salas y la cocina.

Los escalones eran de piedra, con el borde alisado por el uso. Por una ventana abierta de la parte superior entraba la lluvia. Además, había una humedad permanente porque los muros rezumaban agua. En algunos puntos era muy poca, en otros más, y algunos escalones se veían cubiertos por un limo verde. Rachel procuraba ir siempre con cuidado para no pisar el limo. La luz de las antorchas colocadas en hacheros de hierro teñía la piedra y los escalones de color rojo y amarillo.

Había algunas personas en los pasadizos de la planta baja; sirvientes que llevaban ropa de cama y mantas, lavanderas con cubos de agua y fregonas, así como hombres que acarreaban fardos de leña para los fuegos de arriba. Algunas personas se detenían y hablaban en susurros unas con otras. Parecían excitadas. Rachel oyó pronunciar el nombre de Giller y se le hizo un nudo en la garganta.

En las dependencias de los criados todas las lámparas de aceite, que colgaban de las vigas de los techos bajos, estaban encendidas, y los sirvientes se reunían en grupitos para contarse qué habían visto. Rachel se fijó en un hombre que hablaba en voz alta rodeado por muchas mujeres y algún que otro varón. Era Sanders, el hombre que solía vestir una suntuosa chaqueta, saludaba a las elegantes damas y caballeros que acudían a la cena y anunciaba sus nombres al entrar en el comedor.

—Me lo ha contado uno de los dos guardias que estaban de servicio en el comedor. Ya sabéis a quiénes me refiero: al joven, Frank, y al otro, el que cojea, Jenkins. Me dijo que los guardias de D'Hara les confiaron que se haría un registro del castillo, de las almenas a los sótanos.

—¿Qué buscan? —preguntó una mujer.

—No lo sé. No se lo dijeron ni a Frank ni a Jenkins. Pero no me gustaría estar en la piel de quien tenga lo que buscan. Esos hombres de D'Hara le pueden provocar a uno pesadillas incluso estando despierto.

—Ojalá encuentren lo que quiera que haya debajo de la cama de Violeta —comentó alguien—. No le estaría mal que le provocaran a ella una pesadilla en lugar de provocarla ella, para variar. —Todos rieron.

Rachel siguió adelante, cruzó la enorme despensa llena de columnas, de las que colgaban lámparas. A un lado se apilaban los barriles en hileras, unos encima de los otros; y en el otro, cajas, arcones y sacos. La despensa olía a humedad y moho, y se oía el roer de los ratones. La niña cruzó el almacén andando por el centro, hacia la pesada puerta que se abría al otro extremo. Los goznes de hierro chirriaron cuando tiró con todas sus fuerzas del pomo y abrió la puerta. La herrumbre del pomo le manchó las manos, y tuvo que limpiárselas en la piedra. Otra portalada, a la derecha, daba a los calabozos. Rachel subió la oscura escalera, iluminada únicamente por una antorcha en la parte superior. La niña oía el goteo del agua y su eco. La puerta de lo alto de la escalera estaba un poco abierta, Rachel la cruzó y luego recorrió los pasillos de piedra tan rápida como el viento que siempre soplaba en ellos. La niña estaba tan asustada que tenía ganas de llorar. Quería que Sara estuviera a salvo, con ella, y lejos del castillo.

Por fin, llegó al piso superior. Asomó la cabeza por la puerta y escrutó en ambas direcciones el corredor que conducía a los aposentos de la princesa Violeta. No había nadie. La niña anduvo de puntillas sobre la alfombra, con dibujos de barcas, hasta llegar a la entrada, algo apartada del pasillo. Rachel se deslizó dentro y volvió a escrutar el corredor. Con infinito cuidado abrió la puerta apenas una rendija. La alcoba estaba a oscuras. La niña se introdujo sigilosamente en ella y cerró bien la puerta.

El fuego ardía en la chimenea, pero las lámparas no se habían encendido. Rachel avanzó silenciosamente, sintiendo los pelos de la alfombra en sus pies desnudos. Al llegar a la caja en la que dormía, se arrodilló y entró dentro arrastrándose, retiró la manta con una mano y ahogó un grito. Sara no estaba. Rachel sintió un escalofrío que le recorría todo el cuerpo.

—¿Buscas algo? —Era la voz de la princesa Violeta.

Por un momento, Rachel se quedó como paralizada. Respiraba entrecortadamente, pero se aguantó el llanto. No quería que la princesa Violeta la viera llorar. Cuando salió de la caja, vio una forma negra de pie delante del fuego. La princesa se alejó un paso de las llamas. Tenía las manos a la espalda, por lo que Rachel no veía qué sostenía.

—He subido para meterme en la caja. Es hora de irme a dormir.

—Ya. —Los ojos de Rachel se habían adaptado a la oscuridad y pudo ver la sonrisa de la princesa—. ¿No buscarías esto, por casualidad?

Lentamente se sacó las manos de la espalda. Sostenía a Sara. Rachel abrió mucho los ojos y, de pronto, le entraron ganas de orinar.

—Princesa Violeta, por favor... —gimoteó, estirando los brazos en gesto de súplica.

—Ven aquí y hablaremos de esto.

Rachel se acercó despacio a la princesa y se detuvo frente a ella, retorciendo con un dedo el dobladillo del vestido. De repente, la princesa la abofeteó con más fuerza que nunca. Tan intenso fue el golpe que Rachel lanzó un gritito y tuvo que retroceder un paso. Mientras se llevaba la mano izquierda a la mejilla, que le ardía, las lágrimas le llenaron los ojos. Pero la niña metió un puño en un bolsillo; esta vez estaba decidida a no llorar.

La princesa se aproximó a ella y le golpeó la otra mejilla con el dorso de la mano. Los nudillos le causaron un dolor más intenso que la palma. Rachel apretó los dientes y cerró los dedos alrededor de algo en el bolsillo para no sucumbir a las lágrimas.

—¿Qué te dije que haría si alguna vez te encontraba una muñeca? —La princesa Violeta se volvió hacia el fuego.

—Princesa Violeta, por favor, no... —La niña temblaba por el dolor que sentía en la cara y porque estaba muy asustada—. Por favor, dejad que me la quede. No os hace ningún daño.

La princesa soltó una odiosa carcajada.

—Ni hablar. La voy a tirar al fuego como te dije que haría. Así aprenderás la lección. ¿Cómo se llama?

—No tiene nombre.

—Bueno, no importa. De todos modos arderá.

La princesa se volvió hacia el fuego. Rachel aún aferraba algo que llevaba en el bolsillo. Era la cerilla mágica que Giller le había regalado. Se la sacó del bolsillo y la miró.

—¡No te atrevas a tirar mi muñeca al fuego o te arrepentirás!

—¿Qué acabas de decir? ¡Cómo te atreves a hablarme así, a mí! Tú no eres nadie. Yo soy la princesa.

Rachel acercó la cerilla al tapete que cubría un pequeño velador de mármol que tenía cerca.

—Luz para mí —musitó.

El tapete prendió. La princesa pareció sorprendida. Rachel acercó la cerilla a un libro situado encima del velador, echó una fugaz mirada a los ojos de la princesa para asegurarse de que miraba y susurró de nuevo las palabras mágicas. El libro empezó a arder con un rugido. La princesa Violeta asistía al espectáculo con ojos desorbitados. Rachel cogió el libro en llamas por una esquina y lo arrojó a la chimenea, mientras la princesa la miraba. Entonces, giró el cuerpo, dio un paso hacia la princesa y le acercó la cerilla mágica.

—Dame la muñeca o quemaré a ti también.

—No te atreverás.

—¡Dámela! Si no lo haces, te prenderé fuego y te quemarás.

La princesa le tendió la muñeca, al mismo tiempo que le decía:

—Toma, Rachel. Por favor, no me quemes. Me da miedo el fuego.

Rachel cogió la muñeca con la mano izquierda y la abrazó, sin apartar la cerilla mágica de la princesa. Ésta empezaba a darle lástima, pero entonces recordó lo mucho que le dolía la cara por sus bofetones. Le dolía más que en ninguna otra ocasión.

—Vamos a olvidar todo esto, Rachel. Puedes quedarte con la muñeca, ¿vale? —Ahora la princesa hablaba con voz realmente amable y no desagradable como antes.

Pero Rachel sabía que era una trampa. Tan pronto como tuviera los soldados cerca, la princesa ordenaría que le cortaran la cabeza. Entonces sí que se reiría de ella y, además, quemaría a Sara.

—Métete en la caja —dijo Rachel—. Así comprobarás lo cómoda que es.

—¿Qué?

Rachel la pinchó con la cerilla mágica.

—Métete ahora mismo o te quemo.

La princesa avanzó lentamente hacia la caja, con la cerilla clavada a la espalda, mientras trataba de persuadir a su compañera de juegos.

—Rachel, piensa en lo que estás haciendo. ¿Realmente quieres...?

—Cállate y métete dentro. A no ser que quieras que te prenda fuego.

La princesa se arrodilló y entró gateando en la caja. Rachel miró al interior.

—Ve al fondo.

La princesa obedeció. La puerta se cerró con un sonido metálico. Rachel se encaminó al cajón y sacó la llave con la que cerró la puerta de hierro de la caja, asimismo de hierro, y luego se guardó la llave en el bolsillo. Acto seguido se arrodilló y atisbó en el interior por una pequeña abertura. En la oscuridad únicamente distinguió los ojos de la princesa, que la miraban.

—Buenas noches, Violeta. Que duermas bien. Esta noche yo dormiré en tu cama. Estoy harta de tu voz, así que será mejor que no abras la boca. Si te oigo, vendré y te quemaré la piel. ¿Entendido?

—Sí —se oyó una débil voz por el oscuro agujero practicado en la puerta.

Rachel dejó a Sara en el suelo mientras tiraba de la alfombra, le daba la vuelta y cubría la caja con ella. Entonces fue hasta la cama y saltó sobre ella, para que chirriara y la princesa Violeta creyera que, realmente, pensaba dormir en ella.

Sonriendo, Rachel se encaminó de puntillas a la puerta, abrazando con fuerza a Sara.

Después de desandar el camino por los corredores de la servidumbre y cruzar la puerta que daba acceso a éstos, escrutó el pasillo y se dirigió hacia la gran puerta custodiada por los guardias. No habló. No se le ocurría nada; simplemente se quedó esperando que le dejaran salir.

—Ah, habías olvidado la muñeca —dijo el guardia.

Rachel asintió con la cabeza.

La niña oyó cómo la puerta se cerraba con estrépito a su espalda, mientras ella se internaba en la oscuridad, en dirección al jardín. Había más guardias de lo que era habitual. Además de la guardia regular, se veía a otros vestidos con uniforme diferente. Los nuevos la miraban más que los de siempre, y Rachel oía a éstos que explicaban a los nuevos quién era ella. La niña trató de que no vieran cómo miraba hacia atrás, evitando correr, mientras caminaba con la muñeca, estrechándola con fuerza contra ella.

El hatillo con la hogaza de pan y la caja escondida dentro seguía donde lo había dejado, debajo de las flores. Rachel lo sacó, sujetándolo por el nudo con una mano mientras sostenía a Sara contra su pecho con la otra. Mientras avanzaba por el jardín se preguntaba si la princesa Violeta todavía creía que estaba durmiendo en el gran lecho, o si ya había descubierto que no era más que un truco y gritaba pidiendo socorro. Si los soldados la habían oído y rescatado, era posible que ya la estuvieran buscando. Había tenido que ir por el camino largo; con unas piernas cortas como las suyas, le había costado bastante tiempo atravesar todo el castillo por abajo. Rachel escuchaba atentamente por si oía gritos que indicaran que la buscaban.

Apenas podía respirar. Ojalá consiguiera salir del castillo antes de que empezaran a buscarla. La niña recordó que Sanders había dicho que iban a registrar todo el castillo. Ella sabía qué buscaban: la caja. Pero había prometido a Giller que la sacaría del castillo, para que el malvado Rahl no se hiciera con ella y no matara a un montón de gente.

Había muchos hombres en el adarve. Muy cerca ya de la puerta, la niña se puso a andar más lentamente. La puerta solía estar custodiada por dos guardias de la reina, pero ahora había tres hombres. A dos los reconoció —llevaban el uniforme de la reina: guerrera roja con una cabeza de lobo negra—, pero el otro iba vestido de forma distinta, con un uniforme de cuero oscuro, y era mucho más fornido que los otros. Era uno de los nuevos hombres. Rachel no sabía si debía seguir adelante o echar a correr. Pero ¿correr adónde? Antes de poder echar a correr tenía que cruzar la muralla.

Los hombres la vieron antes de que pudiera decidirse, por lo que tuvo que seguir avanzando. Uno de los guardias habituales fue a descorrer el cerrojo, pero el nuevo levantó un brazo para detenerlo.

—No es más que la compañera de juegos de la princesa. A veces, la princesa la obliga a dormir fuera.

—Nadie puede salir —replicó el guardia nuevo.

Los habituales interrumpieron el proceso de abrir la puerta.

—Lo siento, pequeña. Ya lo has oído: nadie puede salir.

Rachel se quedó muy quieta, con la boca cerrada y la mirada fija en el nuevo guardia, que ahora también la observaba. La niña tragó saliva. Giller confiaba en ella para sacar la caja del castillo. Ella era la única que podía hacerlo. La niña trató de imaginar qué haría Giller en su lugar.

—Bueno, muy bien —dijo al fin—. Prefiero quedarme dentro porque fuera hace frío.

—Asunto arreglado. Esta noche dormirás dentro —dijo el guardia habitual.

—¿Cómo te llamas? —preguntó Rachel.

—Lancero de la reina Reid —contestó el guardia, un tanto sorprendido.

—¿Y tú? —preguntó la niña, señalando al otro guardia con la mano en la que sostenía la muñeca.

—Lancero de la reina Walcott.

—Lanceros Reid y Walcott —repitió la niña en voz baja—. Muy bien, creo que podré recordarlo. —Entonces señaló al guardia nuevo, y al hacerlo la muñeca se balanceó a un lado y al otro—. ¿Y cómo te llamas tú?

El hombretón se metió los pulgares bajo el cinturón y le espetó:

—¿Para qué quieres saberlo?

La niña abrazó la muñeca contra su pecho.

—Bueno, la princesa me ordenó, muy enfadada, que pasara la noche fuera del castillo. Si no obedezco, se pondrá como loca y querrá cortarme la cabeza. Pero yo le diré que los guardias no me dejaron salir. Quiero saber vuestros nombres para que no crea que me lo invento, y pueda venir y preguntaros personalmente si es cierto. Me da miedo la princesa. Últimamente ha empezado a ordenar que corten la cabeza a la gente.

Los tres guardias retrocedieron ligeramente y se miraron.

—Es cierto —dijo el lancero Reid a su nuevo compañero—. La princesa es cada vez más hija de su madre. Es muy mala, y su madre la anima.

—Yo tengo órdenes de no dejar salir a nadie —repitió el nuevo guardia.

—Pues nosotros dos preferimos obedecer las órdenes de la princesa —replicó bruscamente el lancero Reid—. Si no quieres dejarla salir, por nosotros no hay problema. Pero que quede claro que es decisión tuya y que tú eres quien arriesga el cuello. Si nos preguntan, confesaremos que nosotros te dijimos que la dejaras salir, como quería la princesa. No pensamos perder la cabeza por tu culpa. —El otro lancero, Walcott, asintió con la cabeza—. No creo que una niña que apenas levanta un palmo sea una amenaza. ¿Quieres que digamos que a tres soldados grandes y fuertes como nosotros nos pareció peligrosa? Tú decides. Pero que conste que si vas contra la princesa, será tu cabeza y no la nuestra la que corte el verdugo de la reina.

El nuevo guardia miró a la niña con expresión furiosa. Entonces posó la vista en sus dos nuevos compañeros para después mirar de nuevo a la niña.

—Bueno, obviamente no es ninguna amenaza. Las órdenes se dieron para protegernos de las amenazas, así que supongo que...

El lancero de la reina Walcott empezó a descorrer el cerrojo.

—Pero quiero saber qué lleva ahí —añadió el nuevo guardia.

—Es sólo mi cena y mi muñeca —contestó Rachel, tratando de quitar importancia a la cosa.

—Echémosle un vistazo.

Rachel dejó el hatillo en el suelo, deshizo los nudos y lo abrió. Acto seguido le tendió a Sara.

El hombretón cogió la muñeca y la examinó por todas partes; la volvió del revés e incluso le levantó el vestido con un dedo. Rachel le propinó un puntapié en la espinilla con todas sus fuerzas.

—¡No hagas eso! ¿Es que no tienes respeto? —le gritó.

Reid y Walcott se echaron a reír.

—¿Has encontrado algo peligroso debajo del vestido? —preguntó Reid.

El nuevo devolvió la muñeca a la niña, mientras le preguntaba:

—¿Qué más tienes ahí?

—Ya te lo he dicho: mi cena.

—Bueno, alguien tan menudo no necesita todo un pan —comentó mientras empezaba a inclinarse.

—¡Es mío! —gritó la niña—. ¡No lo toques!

—No se lo quites —dijo Walcott al nuevo guardia—. La princesa apenas le da de comer. ¿Acaso te parece que está gorda?

—Supongo que tienes razón —replicó el hombre, enderezándose de nuevo. Entonces soltó aire y dijo—: Vamos, vete. Fuera de aquí.

Rachel volvió a atar el hatillo con el pan y las demás cosas lo más deprisa que pudo. Mientras pasaba entre las piernas de los guardias y cruzaba la puerta, sujetaba con una mano a Sara y con la otra agarraba con fuerza el bulto.

Al oír el ruido del cerrojo, empezó a correr. Corrió lo más aprisa que pudo, sin detenerse para mirar atrás, demasiado asustada para comprobar si alguien la perseguía. Pero, después de correr un rato, tenía que saberlo, por lo que se paró y miró. No vio a nadie. Jadeando, se sentó a descansar en una gran piedra del camino.

Aún podía distinguir la silueta del castillo recortada contra el cielo estrellado; el borde superior irregular de la muralla y las torres iluminadas. Nunca más volvería, nunca. Ella y Giller huirían, para nunca regresar, a un lugar donde la gente era amable. Entre sus jadeos oyó una voz que pronunciaba su nombre. Era Sara.

La niña dejó a la muñeca encima del hatillo.

—Ahora estamos a salvo, Sara. Hemos escapado.

—Me alegro mucho, Rachel —repuso la muñeca con una sonrisa.

—Nunca volveremos a ese castillo de gente mala.

—Rachel, Giller quiere que te diga una cosa. —La muñeca hablaba con voz tan débil que Rachel tuvo que inclinarse para poder oírla.

—¿Qué?

—Él no puede ir contigo. Debes marcharte sola.

La niña sintió que los ojos se le empezaban a humedecer.

—Pero yo quiero que venga conmigo.

—Él también lo quiere, más que nada en el mundo, pero debe quedarse en el castillo para que no te encuentren y así puedas escapar. Es el único modo de que estés a salvo.

—Pero sola tendré miedo.

—No estarás sola, Rachel, me tendrás a mí. Yo siempre estaré contigo.

—Pero ¿qué voy a hacer? ¿Adónde voy a ir?

—Debes huir. Giller dice que no vayas al pino de siempre, porque allí te encontrarán. —Rachel abrió mucho los ojos al oír estas palabras—. Busca otro pino hueco y al día siguiente otro más. Tienes que seguir huyendo y escondiéndote hasta que llegue el invierno. Entonces, busca a personas amables que quieran cuidarte.

—Muy bien. Si Giller lo dice, lo haré.

—Rachel, Giller quiere que sepas que te quiere mucho.

—Yo también lo quiero. Más que a nadie.

La muñeca sonrió.

De pronto, el bosque se iluminó con una luz azul y amarilla. La niña alzó los ojos. Inmediatamente resonó un fuerte estallido que la hizo saltar. Abrió mucho la boca, y los ojos parecía que le querían salir de las órbitas.

Del castillo, de detrás de la muralla, habían disparado una bola de fuego gigante. La bola de fuego ascendió en el aire, lanzando chispas y humo negro. A medida que subía más y más, el fuego se convertía en una negra humareda, hasta que todo volvió a quedar a oscuras.

—¿Has visto eso? —preguntó a Sara.

La muñeca no respondió.

—Espero que Giller esté bien.

Rachel miró a la muñeca, pero Sara no dijo nada, ni siquiera sonrió. La niña la abrazó y recogió el hatillo.

—Será mejor que nos pongamos en marcha como dijo Giller.

Al pasar junto al lago arrojó al agua, tan lejos como pudo, la llave de la caja en la que había encerrado a la princesa, y sonrió cuando oyó el chapoteo.

Sara no dijo nada mientras se alejaban del castillo. Rachel recordó que Giller había dicho que no se refugiara en el pino de siempre, por lo que tomó otra dirección y enfiló una senda abierta por los venados que atravesaba la maleza.

Rachel avanzaba hacia el oeste.

5

Hubo un sonido débil y breve, como un chisporroteo.

Aún envuelto en ese nebuloso estado que media entre el sueño y el despertar, Richard no supo a qué atribuirlo por mucho que su mente se empeñara en averiguarlo. Primero con lentitud, y luego con una sensación de alarma, fue despertándose y siendo consciente del aroma de carne asada. Inmediatamente lamentó haber despertado, pues le sobrevinieron los recuerdos y la añoranza de Kahlan. Tenía las rodillas dobladas contra el pecho y la cabeza apoyada en ellas. La corteza del árbol contra el que se recostaba se le clavaba en la espalda y tenía los músculos tan entumecidos por haber dormido en la misma posición toda la noche, que apenas podía moverse. Con la cabeza contra las rodillas, apenas veía nada; sólo que empezaba a amanecer.

Había alguien, o algo, cerca de él.

Fingiéndose dormido, evaluó la posición respectiva de manos y armas. La espada, envainada, estaba a considerable distancia, pero el cuchillo lo tenía cerca. Con las yemas tocaba el mango de madera de nogal. Lenta y cuidadosamente, flexionó los dedos, fue aproximando el mango a la palma de la mano y lo agarró con fuerza. Fuera lo que fuese que estaba cerca de él, se encontraba a su izquierda. Sólo tenía que levantarse de un salto y atacar.

Cautelosamente echó una mirada y comprobó, sobresaltado, que se trataba de Kahlan. La mujer lo contemplaba sentada, recostada contra un tronco. En el fuego se estaba asando un conejo. Richard se incorporó.

—¿Qué estás haciendo aquí? —preguntó cautelosamente.

—¿Podemos hablar?

Richard metió de nuevo el cuchillo en la funda, estiró las piernas y se las frotó para disipar los calambres.

—Creía que anoche quedó todo claro —repuso, pero inmediatamente lamentó sus palabras. Kahlan le lanzó una mirada inescrutable—. Lo siento —se disculpó, suavizando el tono—. Pues claro que podemos hablar. ¿Qué quieres decirme?

Kahlan se encogió de hombros en la débil luz del amanecer.

—He estado pensando mucho —confesó. La mujer se dedicaba a arrancar la corteza blanca de una rama de abedul que había cortado la noche anterior para alimentar el fuego—. Anoche, después de dejarte, bueno... me di cuenta de que tenías dolor de cabeza.

—¿Cómo lo sabías?

Nuevo encogimiento de hombros.

—Me doy cuenta por la expresión de tus ojos. —Kahlan hablaba con voz suave y dulce—. Sabía que últimamente apenas has dormido, por mi culpa. Así pues decidí que antes de... antes de marcharme velaría tu sueño. Entonces me instalé allí —dijo, señalando con la rama—, entre esos árboles, desde donde podía vigilarte. Quería asegurarme de que dormías un poco —añadió, clavando la vista en la vara de abedul que estaba pelando.

—¿Has pasado allí toda la noche? —Richard temía depositar sus esperanzas en lo que eso significaba.

Kahlan hizo un gesto de asentimiento, pero sin levantar la mirada.

—Mientras vigilaba, decidí preparar una trampa, como tú me enseñaste, para ver si atrapaba algo para el desayuno. Mientras estuve sentada ahí pensé mucho y, sobre todo, lloré. No podía soportar que pensaras esas cosas de mí. Me dolía que me tuvieras en tan mal concepto, y también estaba enfadada.

Mientras Kahlan trataba de encontrar las palabras adecuadas, Richard decidió que era mejor no intervenir. No sabía qué decir y temía decir algo que la impulsara a marcharse otra vez. La mujer arrancó un pedazo curvo de corteza de abedul y lo arrojó al fuego, donde chisporroteó y se encendió.

—Entonces reflexioné sobre lo que habías dicho y decidí que era preciso que te diera algunas indicaciones sobre cómo comportarte con la reina. Luego recordé que debía decirte qué caminos debías evitar y adónde podías ir. No podía quitarme de la cabeza todas las cosas que debía decirte, cosas que tienes que saber. Antes de darme cuenta, comprendí que tenías razón. En todo.

A Richard le pareció que Kahlan estaba a punto de echarse a llorar, pero, finalmente, logró reprimir las lágrimas. En vez de eso rascó la rama con una uña, evitando mirarlo a los ojos. Richard seguía sin abrir la boca. Lo que no se esperaba era que Kahlan le preguntara:

—¿Te parece guapa Shota?

—Sí —contestó el joven, risueño—. Pero no tanto como tú.

Kahlan también sonrió y se retiró el cabello de la cara.

—Muy pocos se atreverían a piropear a una... —La mujer se interrumpió. Su secreto se interponía entre ellos dos como un extraño—. Un viejo proverbio de la Tierra Central dice: «Nunca dejes que una mujer hermosa elija el camino por ti cuando tiene un hombre a la vista». ¿Lo habías oído antes?

Richard lanzó una breve carcajada y se levantó para estirar las piernas.

—No. Nunca lo había oído. —El joven se apoyó en el tronco, a medio incorporar, mientras se cruzaba de brazos. Kahlan no tenía que preocuparse de que Shota le robara el corazón. Después de todo, la bruja había dicho que lo mataría si volvía a verlo. Incluso sin esa amenaza, Kahlan podía estar completamente tranquila.

La mujer desechó la rama y se acercó a él, apoyando la cadera contra el tronco. Por fin lo miró a los ojos, con ceño de preocupación.

—Richard —dijo apenas en un susurro—, anoche me di cuenta de que estaba siendo muy estúpida. Había temido que la bruja me matara y, de repente, vi que estaba a punto de conseguirlo. Yo misma iba a hacerlo por ella, estaba dejando que me eligiera el camino.

»Tenías razón en todo lo que dijiste. Debería haber sabido que una no puede tomarse a la ligera las palabras de un Buscador. —Kahlan bajó la vista al suelo antes de que sus ojos verdes buscaran nuevamente los del joven—. Si... si aún no es demasiado tarde, me gustaría ser de nuevo tu guía.

Richard no podía creer que todo se hubiera arreglado. Nunca, en toda su vida, se había sentido más feliz y aliviado. En lugar de contestar abrió los brazos y estrechó a la mujer con fuerza contra sí. Kahlan le devolvió el abrazo y apoyó la cabeza contra su pecho, aunque sólo brevemente. Inmediatamente se apartó.

—Richard, hay otra cosa. Antes de que me aceptes de nuevo, debes oír el resto. No puedo seguir ocultándote quién soy, qué soy. Esto me está matando porque se supone que soy tu amiga. Debería habértelo dicho desde el principio. Yo nunca había tenido un amigo como tú y no quería que nuestra amistad se acabara. Pero ahora debo hablar —añadió débilmente, desviando la mirada.

—Kahlan, ya te lo he dicho otras veces: eres mi amiga, y nada podrá cambiar eso.

—Mi secreto sí. Tiene que ver con la magia —replicó muy abatida.

Richard ya no estaba seguro de querer conocer el secreto. Kahlan acababa de volver junto a él y no quería volverla a perder. En cuclillas frente al fuego, cogió el asador que atravesaba el conejo. Las chispas revolotearon hacia arriba en la cada vez menos densa oscuridad. Richard se sintió orgulloso de Kahlan por haber sido capaz de atrapar ella sola el conejo, como él le había enseñado.

—Kahlan, no me importa cuál es tu secreto. Tú eres quien me importa; no necesito saber más. No tienes por qué contarme nada. El conejo está listo. Ven y come un poco.

La mujer fue a sentarse en el suelo, junto a él, se apartó el pelo de la cara y aceptó el pedazo de conejo que Richard había cortado con el cuchillo. La carne quemaba, por lo que la sostuvo con las yemas de los dedos y sopló para enfriarla. Richard cortó otro trozo para él y se sentó.

—Richard, la primera vez que viste a Shota, ¿de verdad creíste que era tu madre?

El joven miró el rostro de su compañera, iluminado por las llamas, e hizo un gesto de asentimiento antes de morder el conejo.

—Tu madre era muy hermosa. Tú has heredado sus ojos y también su boca.

El joven esbozó una ligera sonrisa al revivir el recuerdo.

—Pero no era realmente ella.

—¿Y te enfadaste porque fingió ser quien no era? ¿Porque te estaba engañando? —Kahlan dio un bocado a la carne, pero aún quemaba y tuvo que soplar. Sus ojos taladraban a Richard.

El joven se encogió de hombros, sintiendo una punzada de dolor.

—Supongo que sí. No era justo.

Kahlan masticó un momento y tragó.

—Por eso debo decirte quién soy, incluso si me odias por ello, porque has sido mi amigo. Yo no he sido la amiga que tú mereces. Ésta es la otra razón por la que he vuelto; porque no quería que fuese otro quien te lo dijera. Quería que lo oyeras de mis labios. Después de decírtelo, si quieres, me iré.

Richard alzó la vista hacia el cielo, que, lentamente, perdía su negrura. De pronto deseó que Kahlan no estuviera allí, que no estuviera a punto de revelarle quién era; deseó que las cosas siguieran siendo como hasta entonces.

—No te preocupes. No pienso apartarte de mi lado. Tenemos algo que hacer. ¿Recuerdas lo que dijo Shota? La reina no tendrá la caja mucho tiempo más. Esto sólo puede significar que alguien va a arrebatársela. Mejor nosotros que Rahl el Oscuro.

—No decidas hasta que oigas lo que tengo que decirte, hasta que oigas qué soy. Entonces, si quieres que me vaya, lo comprenderé. —Kahlan lo miró fijamente a los ojos y posó una mano en su brazo—. Richard, quiero que sepas que nunca nadie me ha importado tanto como me importas tú y que jamás nadie será como tú. Pero entre nosotros no puede haber nada más profundo que eso. Nada bueno podría salir de otro tipo de relación.

Richard se negaba a creerlo. Había un modo. Tenía que haberlo. El joven inspiró hondo y soltó el aire lentamente antes de decir:

—Muy bien, dispara.

—¿Recuerdas que te dije que en la Tierra Central viven algunas criaturas mágicas? ¿Y que no pueden renunciar a la magia porque está en su misma naturaleza? —Richard asintió—. Bueno, pues yo soy una de esas criaturas. No soy una mujer como las demás.

—¿Qué eres?

—Una Confesora.

Confesora. Richard conocía aquella palabra. Todos los músculos de su cuerpo se pusieron tensos. El *Libro de las Sombras Contadas* fluyó de pronto por su mente: «La verificación de la autenticidad de las palabras del *Libro de las Sombras Contadas* en caso de no ser leídas por quien controla las cajas, sino pronunciadas por otra persona, sólo podrá ser realizada con garantías mediante el uso de una Confesora...».

La cabeza le daba vueltas, como si mentalmente pasara a toda prisa las páginas del libro, examinándolas, tratando de recordarlo todo y de comprobar si la palabra «Confesora» volvía a aparecer. No, sólo esa vez. Richard conocía todas y cada una de las palabras, y «Confesora» sólo se mencionaba al principio. Siempre le había intrigado aquella palabra, ni siquiera había sabido con seguridad que se tratara de una persona. De pronto, fue consciente del colmillo que llevaba colgado al cuello.

Al percatarse de su expresión, Kahlan frunció el entrecejo y preguntó:

—¿Sabes ya qué es una Confesora?

—No —logró contestar él—. Es que he oído antes esa palabra... de labios de mi padre. Pero no sé qué significa. ¿Qué es una Confesora? —inquirió a su vez, tratando de serenarse.

Kahlan flexionó las rodillas hacia el pecho y se las abrazó. Su actitud era ahora más reservada.

—Es una mujer que posee un poder mágico, que se transmite de madre a hija desde la Época de Tinieblas, casi desde el momento en que surgieron las tierras.

Richard no sabía qué era esa «Época de Tinieblas», pero no interrumpió.

—Es algo con lo que nacemos, un tipo de magia innata que es parte de nosotras y de la que no podemos separarnos, del mismo modo que uno no puede separarse de su corazón. Las Confesoras engendran otras Confesoras. Siempre. Pero el poder no es el mismo en todas nosotras; en algunas es más débil y en otras más fuerte.

—De modo que no puedes renunciar a él ni aunque quisieras. ¿En qué consiste?

—Es un poder que se libera a través del contacto —respondió Kahlan, desviando la mirada hacia las llamas—. Siempre está ahí, dentro de nosotras. No es que lo generemos nosotras para usarlo, sino que, más bien, debemos contenerlo siempre. Cuando queremos usarlo lo liberamos relajándonos y dejando de contenerlo.

—¿Como cuando uno mete la barriga?

—Más o menos —respondió Kahlan, sonriendo ante la analogía.

—¿Y qué hace ese poder?

La mujer retorció el orillo de la capa.

—Es difícil expresarlo con palabras. Nunca creí que me costara tanto explicarlo. Sería mucho más sencillo si fueras de la Tierra Central. Es la primera vez que tengo que hacerlo y no estoy segura de que me salga bien. Es como tratar de explicar a un ciego qué es la niebla.

—Tú inténtalo.

Kahlan hizo un gesto de asentimiento y lo miró por el rabillo del ojo, a la vez que respondía:

—Es el poder del amor.

Richard estuvo en un tris de echarse a reír.

—¿Y se supone que debo temer el poder del amor?

Kahlan se irguió y en sus ojos relampagueó la indignación, así como una mirada de intemporalidad que ya había visto en Adie y en Shota. Era esa mirada que calificaba sus palabras de irrespetuosas y que decía que incluso su amago de sonrisa era insolente. Richard no estaba acostumbrado a que Kahlan lo mirara con esa expresión. Con un escalofrío se dio cuenta de que ella tampoco estaba acostumbrada a que nadie sonriera ante su poder, y ante lo que era. La mirada de Kahlan le dijo más acerca del poder que poseía que todas las palabras del mundo. Fuera cual fuese su magia, no se podía bromear sobre ella. La leve sonrisa del joven se borró de su faz. Cuando Kahlan pareció segura de que el joven no iba a decir nada frívolo, prosiguió:

—Tú no lo entiendes. No te lo tomes a broma. —Kahlan entrecerró los ojos y continuó explicando—: Una vez el poder te toca, ya no eres la persona que eras; te cambia para siempre. Desde ese instante te consagras por entero a quien te ha tocado con ese poder, con exclusión de cualquier otra cosa. Lo que querías, lo que eras, quién eras deja de importarte. Tu vida ya no es tuya, sino de la Confesora. Tu alma ya no es tuya, sino de ella. La persona que eras ya no existe.

Richard notó que se le ponía la carne de gallina en los brazos.

—¿Cuánto tiempo dura esa... esta magia, o poder, o lo que sea?

—Toda la vida —contestó Kahlan serenamente.

El joven sintió un escalofrío que le recorría el resto del cuerpo.

—¿O sea, que es como si hechizaras a alguien?

Kahlan suspiró en silencio.

—No exactamente, pero supongo que podrías decirlo así si te ayuda a entenderlo. La magia de una Confesora es más poderosa. Más poderosa y definitiva. Un hechizo puede anularse, pero el efecto de mi poder no. Aunque tú no te dieras cuenta, Shota te estaba hechizando. Es algo que va en incremento. Las brujas no pueden evitarlo; es su manera de ser. Pero tu cólera, la cólera de la espada, te protegió.

»El efecto de mi poder es repentino y definitivo. Nada podría protegerte. La persona a la que toco ya no puede regresar porque, una vez libero mi poder, ella ya no está allí. Esa persona desaparece para siempre. Nunca más tiene una voluntad propia. Una de las razones por las que me daba miedo ir a ver a Shota es que las brujas odian a las Confesoras. Nos envidian nuestro poder porque, cuando lo liberamos en alguien, esa persona es nuestra esclava y hará cualquier cosa que le pidamos. Cualquier cosa —repitió, lanzándole una dura mirada.

Richard notó la boca seca y mientras sus pensamientos se desperdigaban en todas direcciones, él se aferraba desesperadamente a sus esperanzas y sus sueños. El único modo de conseguirlo y ganar tiempo para pensar era haciendo preguntas.

—¿Funciona siempre? —inquirió.

—Con los humanos, sí. Excepto con Rahl el Oscuro. Los magos me advirtieron que la magia del Destino lo protege del poder de las Confesoras. No tiene nada que temer de mí. En los que no son humanos no suele funcionar porque no poseen la capacidad de compasión que la magia necesita para tener efecto. Un gar, por ejemplo, no cambiaría aunque lo tocara. Con algunas criaturas no humanas funciona, pero no exactamente de la misma manera.

—¿Con Shar, por ejemplo? ¿A ella la tocaste, verdad?

Kahlan asintió y se recostó ligeramente, volviendo a hundir de nuevo los hombros.

—Sí. Estaba muriendo y se sentía muy sola. Sufría el dolor de estar lejos de sus iguales, el dolor de morir en soledad. Ella me pidió que la tocara. Mi poder sustituyó su miedo y su dolor por un sentimiento de amor por mí. Ya no se sentía sola. No quedaba nada de ella excepto su amor por mí.

—¿Y qué me dices de cuando nos conocimos, cuando la cuadrilla nos dio caza? Tocaste a uno de los hombres, ¿no es cierto?

Kahlan asintió de nuevo y se recostó completamente contra el tronco, envolviéndose con la capa.

—Aunque hayan jurado matarme, cuando toco a uno están perdidos —dijo de modo terminante, clavando la vista en el fuego—. Lucharían hasta la muerte para protegerme. Por esto Rahl envía a sus hombres de cuatro en cuatro para matar a las Confesoras. Aunque toque a uno, todavía quedan tres para matar a su compañero y a ella. Se necesitan tres para lograrlo porque el que ha sido tocado por la Confesora lucha tan ferozmente que, por lo general, mata a uno o a dos de sus compañeros. Pero incluso así queda todavía uno para acabar con ella. En raras ocasiones, el que ha sido tocado consigue matar a sus tres compañeros. Así sucedió con la escuadra que Rahl lanzó tras de mí antes de que los magos me hicieran cruzar el Límite. Cuatro es el número ideal para matar a una Confesora. Casi siempre tienen éxito. Y, si no, Rahl envía otra cuadrilla.

»En el despeñadero no nos mataron porque tú los separaste. El que toqué mató a su compañero mientras tú luchabas con los otros dos. Luego, fue a por los dos restantes, pero como tú ya habías tirado a uno por el barranco, sacrificó su propia vida para hacer él lo mismo con el líder. Tomó esta difícil decisión porque, si se batía con la espada, podría perder. Dio su vida, pero, después de que yo lo tocara, eso no le importaba. Era la única manera que tenía de asegurarse que me protegía.

—¿No podías tocar a los cuatro?

—No. Cada vez que lo uso el poder se agota y necesito tiempo para recuperarme.

Al sentir la empuñadura de la espada contra su codo, a Richard se le ocurrió una idea.

—Cuando estábamos atravesando el Límite y el último hombre de la cuadrilla te atacó y yo lo maté... No te salvé la vida, ¿verdad?

Kahlan se quedó unos instantes silenciosa antes de responder:

—Un hombre solo, por grande o fuerte que sea, no representa ninguna amenaza para una Confesora. No lo sería para una Confesora débil y mucho menos para mí. Si no hubieras aparecido entonces... yo misma me hubiera encargado de él. Lo siento, Richard —susurró—, pero no era necesario que lo mataras. Yo misma lo habría hecho.

—Bueno —repuso él secamente—, al menos te ahorré la molestia.

Kahlan no respondió. Se limitó a mirarlo con expresión triste. Al parecer, no tenía palabras de consuelo para él.

—¿Cuánto tiempo? ¿Cuánto tiempo necesita una Confesora para recuperarse después de usar el poder?

—En cada Confesora el poder es distinto. En algunas es más débil y necesitan varios días con sus noches, pero la mayoría necesita aproximadamente un día y una noche.

—¿Y tú?

Kahlan lo miró a los ojos como si deseara que Richard no le hubiera preguntado eso.

—Aproximadamente dos horas.

Richard fijó de nuevo la vista en el fuego. No le había gustado cómo había sonado su respuesta.

—¿Es algo poco habitual?

—Eso tengo entendido —contestó Kahlan con un suspiro quizá de cansancio—. Cuanto menos tiempo necesita la Confesora para recuperarse, más fuerte es su poder; actúa con más intensidad en la persona a la que toca. Por eso algunos de los componentes de las cuadrillas a los que toco pueden matar a sus compañeros. Si mi poder fuese más débil, sería imposible.

»Las Confesoras ocupan una posición acorde con su poder, pues las más fuertes engendran hijas con más posibilidades de poseer asimismo un poder fuerte. Entre las Confesoras no existen los celos, sino que, en tiempos de conflicto, las más fuertes reciben más afecto y devoción por parte de las otras. Así ha ocurrido desde que Rahl cruzó el Límite. Las más débiles protegen a las más poderosas con su vida, si es preciso.

Consciente de que Kahlan no iba a añadir nada a menos que él preguntase, Richard inquirió:

—¿Y qué posición ocupas tú?

La mujer miró el fuego, sin pestañear.

—Yo soy su líder. Muchas dieron la vida para protegerme... —La voz le falló, pero enseguida añadió—:... para que yo pudiera sobrevivir y, de algún modo, usar mi poder para detener a Rahl. Ahora ya no queda ninguna que pueda seguirme; Rahl el Oscuro las ha matado a todas.

—Lo siento, Kahlan —dijo Richard en tono suave. Empezaba a comprender la importancia de quién era su compañera—. ¿Tienes algún título? ¿Cómo te llama la gente?

—Madre Confesora.

Richard se puso tenso y sintió un escalofrío provocado por la terrible autoridad que emanaba de aquellas palabras. El joven se sentía un tanto abrumado. Desde el principio había sabido que Kahlan era alguien importante, pero durante su etapa como guía ya había tratado con muchas personalidades y había aprendido a no sentirse intimidado. Sin embargo, nunca hubiera imaginado que pudiera tratarse de alguien tan prominente. Madre Confesora. Pero aunque él no fuera más que un guía y ella alguien tan importante, no le importaba, podía aceptarlo. Y ella también, sin duda. No estaba dispuesto a perderla ni a alejarla de su lado por ser quien era.

—No sé qué significa. ¿Es algo así como ser una princesa o una reina?

—Las reinas se inclinan ante la Madre Confesora —declaró Kahlan, enarcando una ceja.

Ahora Richard sí que se sentía intimidado.

—¿Eres más que una reina? —inquirió con una mueca.

—¿Recuerdas el vestido que llevaba cuando nos conocimos? Es mi vestido de Confesora. Es el que todas llevamos para que no haya duda de quiénes somos, aunque la mayoría de los habitantes de la Tierra Central nos reconocerían de todos modos. Todas las Confesoras, independientemente de la edad que tengan, llevan un vestido de Confesora negro, a excepción de la Madre Confesora, que va de blanco. —Kahlan parecía un poco enojada por tener que hablar de su importancia—. Me resulta extraño explicar todo esto. En la Tierra Central todo el mundo sabe quién soy, por lo que nunca he tenido que expresarlo en palabras. Suena tan... no sé, tan arrogante cuando se dice.

—Pero yo no soy de la Tierra Central. Inténtalo, por favor, necesito entenderlo.

Con un gesto de asentimiento, Kahlan volvió a alzar la vista hacia él.

—Los reyes y las reinas son los amos de sus países; todos ellos poseen sus propios dominios. En la Tierra Central hay unos cuantos. Otros países poseen otras formas de gobierno, por ejemplo, consejos. Algunos son lugares habitados por criaturas mágicas. Los geniecillos nocturnos, por ejemplo, no comparten su tierra con ningún humano.

»La patria de las Confesoras, mi hogar, se llama Aydindril. En él viven asimismo los magos, y está el Consejo Supremo de la Tierra Central. Es un lugar muy hermoso. Hace mucho tiempo que falto de mi hogar —dijo con añoranza—. Las Confesoras y los magos están unidos por un estrecho vínculo, de modo muy semejante a como el Anciano, Zedd, está unido al Buscador.

»Nadie reivindica Aydindril como propio. Ningún gobernante osaría hacerlo, pues todos temen a las Confesoras y a los magos. Todos los territorios de la Tierra Central pagan un tributo a Aydindril. A las Confesoras no les afectan las leyes de ningún país, del mismo modo que el Buscador, en última instancia, sólo está sujeto a su propia ley. Pero, al mismo tiempo, servimos a todos los habitantes de la Tierra Central a través del Consejo Supremo.

»En el pasado, algunos gobernantes, envanecidos, trataron de someter a las Confesoras. Pero las Confesoras de esa época eran mujeres clarividentes, que ahora son reverenciadas como leyendas, y sabían que, o establecían las bases de su independencia, o estarían siempre sometidas al yugo de otros. Así pues, la Madre Confesora tocó a esos gobernantes con su poder y fueron reemplazados por nuevos soberanos, que entendieron que era mejor dejar a las Confesoras en paz. Los antiguos gobernantes vivieron desde entonces en Aydindril casi como esclavos. Cuando viajaban por la Tierra Central, las Confesoras los llevaban consigo para que transportaran las provisiones y las comodidades. Por aquel entonces las Confesoras estaban rodeadas de mucha más ceremonia que ahora. Sea como fuere, esa costumbre tuvo el efecto deseado.

—No lo entiendo —la interrumpió Richard—. Los reyes y las reinas deben ser líderes muy poderosos. ¿Acaso no tenían protección? ¿No contaban con soldados que los mantuvieran a salvo? ¿Cómo podía una Confesora llegar a acercarse lo suficiente a un rey o una reina?

—Sí, tenían protección. De hecho, estaban muy bien protegidos, pero no es tan difícil como parece. Una Confesora toca a alguien, por ejemplo a un guardia, y ya tiene un aliado. Luego toca a otro y a otro más hasta que logra introducirse en el castillo. Así va subiendo escalafones y ganando aliados. Tocando a los hombres y mujeres de confianza del soberano, por ejemplo a sus consejeros, logra llegar al rey o a la reina más rápidamente de lo que crees, y muchas veces antes de que nadie alce una ceja y mucho menos dé la alarma. Cualquier Confesora sería capaz de hacerlo. Imagínate, pues, la Madre Confesora.

»La Madre Confesora, junto con un grupo de sus hermanas, podría causar más estragos en un castillo que una plaga. Desde luego es una empresa peligrosa. Muchas Confesoras murieron, pero el objetivo valía la pena. Ésta es la razón por la que, aunque un territorio viva completamente aislado respecto a todos los demás, una Confesora encuentra siempre las puertas abiertas.

»Cerrar un país a una Confesora equivaldría a una confesión de culpabilidad y esto se consideraría razón suficiente para derrocar al gobernante de turno. Por eso la gente barro me permite el acceso a su aldea, aunque, por lo general, no acogen a los forasteros. Negar el acceso a una Confesora suscitaría preguntas y sospechas. Cualquier líder que tramara algo turbio recibiría a una Confesora con los brazos abiertos, para tratar de ocultar sus planes.

»En el pasado, hubo algunas Confesoras que usaron a su antojo el poder que poseían, para castigar lo que a ellas les parecían injusticias. Los magos hacían todo lo posible para controlarlas, pero el celo de aquellas mujeres demostró a la gente lo que era capaz de hacer una Confesora. Pero ésos eran otros tiempos.

Derrocar a un gobernante. Fueran o no otros tiempos, a Richard le costaba aceptar todo eso y mucho más justificarlo.

—¿Y quién daba a las Confesoras ese derecho?

Kahlan meneó la cabeza lentamente.

—Lo que tú y yo estamos haciendo ahora es algo muy parecido; tratar de derrocar a alguien que ostenta el poder. Todos hacemos lo que debemos, lo que creemos que está bien.

El joven rebulló, sintiéndose incómodo.

—Entiendo tu postura —tuvo que admitir—. ¿Tú lo has hecho? ¿Me refiero a apartar a alguien del poder?

—No. No obstante, todos los soberanos tratan por todos los medios de no atraer mi atención. Algo parecido ocurre con el Buscador. Al menos, así solía ser antes de que tú y yo naciéramos. En aquel tiempo, los Buscadores eran más temidos y más respetados que las Confesoras. Ellos también derrocaban a reyes y a reinas —añadió, lanzándole una mirada muy elocuente—. Pero cuando se empezó a hacer caso omiso del Anciano y la *Espada de la Verdad* se convirtió en un favor político, la figura del Buscador se fue devaluando hasta el punto de pasar a ser considerado un mero peón, incluso un ladrón.

—No estoy seguro de que las cosas hayan cambiado desde entonces —dijo Richard, hablando más para sí que para Kahlan—. Casi todo el tiempo me siento como un peón que otros mueven. Incluso Zedd y... —El joven enmudeció.

—Y yo —acabó Kahlan por él.

—No quería decir eso. Es sólo que, a veces, desearía no haber oído hablar nunca de la *Espada de la Verdad*. Pero, al mismo tiempo, no puedo permitir que Rahl gane, por lo que no puedo eludir mi deber. Supongo que no tengo elección y eso es algo que no soporto.

Kahlan sonrió con tristeza, mientras cruzaba las piernas.

—Richard, cuando comprendas qué soy, te darás cuenta que tampoco yo tengo elección. Pero, en mi caso, es aún peor porque yo nací con este poder. Al menos tú, cuando todo acabe, puedes devolver la espada, si quieres, mientras que yo seré una Confesora toda mi vida. —Kahlan hizo una pausa y añadió—: Ahora que te conozco daría cualquier cosa por ser capaz de renunciar a mi poder y ser una mujer como las otras.

Como no sabía qué hacer con las manos, Richard cogió una ramita y se puso a trazar figuras en el suelo.

—Todavía no entiendo por qué os llamáis Confesoras. ¿Por qué Confesora? —El joven tuvo que hacer verdaderos esfuerzos para mirarla.

Kahlan puso tal cara de dolor que Richard sintió lástima por ella.

—Es lo que hacemos. Somos los últimos árbitros de la verdad. Ésta es la razón por la que los magos nos otorgaron nuestro poder en un pasado muy remoto. Así es como servimos a la gente.

—Los últimos árbitros de la verdad —repitió Richard, frunciendo el entrecejo—. Algo así como un Buscador.

—Sí. Buscadores y Confesoras persiguen el mismo objetivo. Somos como la cara y la cruz de la misma magia. Los magos del pasado eran casi como gobernantes y se sentían frustrados por la corrupción que observaban a su alrededor. Odiaban las mentiras y los engaños. Así pues, buscaron un modo para impedir que los líderes corruptos usaran su poder para engañar y subvertir al pueblo. Esos dirigentes acusaban a sus adversarios políticos de un crimen y los hacían ejecutar, con lo que mataban dos pájaros de un tiro: los desacreditaban y los eliminaban.

»Los magos buscaban el modo de poner fin a esto. Necesitaban algo que no dejara lugar a dudas. Por esa razón crearon una magia y le dieron vida propia. Crearon a las Confesoras a partir de un grupo de mujeres elegidas. Esas mujeres fueron cuidadosamente seleccionadas, pues, una vez la magia cobrara vida en ellas, el poder poseería vida propia y se transmitiría a sus descendientes para siempre. —La mujer bajó la mirada hacia la ramita con la que Richard trazaba líneas sin darse cuenta—. Las Confesoras usamos nuestro poder para descubrir la verdad en los casos en los que la verdad es importante. En la actualidad, se utiliza, sobre todo, para garantizar que los condenados a muerte son realmente culpables. Cuando alguien es condenado a muerte, lo tocamos y, una vez es nuestro, lo hacemos confesar.

Involuntariamente Richard se inclinó hacia adelante; el movimiento de la ramita quedó interrumpido. El joven se forzó a seguir trazando líneas mientras la mujer proseguía:

—Después de tocarlos, incluso los asesinos más inmundos obedecen nuestras órdenes y confiesan sus crímenes. A veces, un tribunal no está seguro de estar juzgando al hombre correcto, por lo que solicita el concurso de una Confesora a fin de averiguar la verdad. En muchos países nadie puede ser ejecutado sin antes confesar. De este modo se evitan ejecuciones de inocentes y se impide que los culpables se salgan con la suya.

»Algunos pueblos que habitan la Tierra Central no usan los servicios de las Confesoras, como la gente barro, por ejemplo. No las aceptan porque las consideran una injerencia en sus asuntos. No obstante, nos temen porque saben qué somos capaces de hacer. Nosotras respetamos los deseos de esos pueblos; no hay ninguna ley que los obligue a aceptar nuestros servicios. Pero sí que los obligaríamos en caso de sospechar que hay algún tipo de engaño. La mayoría de los países usan a las Confesoras; lo encuentran conveniente.

»Fueron las Confesoras quienes descubrieron la conspiración y la subversión instigadas por Rahl el Oscuro. Para eso nos crearon los magos: para descubrir verdades tan importantes como ésa, y también a los Buscadores. Rahl se enojó muchísimo cuando descubrimos sus planes.

»Muy de vez en cuando, un condenado a muerte que no se ha confesado con una de nosotras pide hacerlo para demostrar su inocencia. En la Tierra Central, todos los condenados gozan de este derecho.

La voz de Kahlan se hizo más suave y más débil para seguir explicando:

—Es lo que más odio. Ningún culpable pediría una Confesora, pues de este modo únicamente probaría su culpabilidad. Incluso antes de tocarlos, sé que son inocentes, pero de todos modos debo hacerlos míos. Si vieras la expresión de sus ojos cuando los toco, lo comprenderías. Así que, cuando nos llaman, aunque sean inocentes, no...

—¿Cuántas confesiones has... oído?

—Demasiadas para poder ser contadas. Me he pasado media vida en cárceles y mazmorras con las bestias más crueles y odiosas que puedas imaginarte. En apariencia, son un amable tendero, un hermano, un padre o un vecino. Después de tocarlos me cuentan todo lo que han hecho. Durante mucho tiempo, al principio, sufría unas pesadillas tan terribles que me daba miedo dormir. No puedes ni imaginarte las historias que me han llegado a contar.

Richard arrojó a un lado la ramita, cogió la mano de Kahlan entre las suyas y la apretó con fuerza. La mujer empezó a llorar.

—Kahlan, no tienes que...

—Recuerdo al primer hombre que maté. —El labio le temblaba—. Aún sueño con él. Me confesó las cosas que había hecho a las tres hijas de su vecino... la mayor tenía sólo cinco años... después de confesar los crímenes más horrendos que puedas imaginarte me miró a los ojos y me dijo...: «¿Qué deseas de mí, ama?»... y, sin pensar, yo le respondí: «Mi deseo es que mueras». —La mujer se secó con manos temblorosas las lágrimas de las mejillas—. El hombre cayó muerto allí mismo.

—¿Y qué te dijeron los demás?

—¿Qué crees que osarían decir a una Confesora que acaba de matar a alguien delante de sus ojos sólo con ordenarlo? Todos retrocedieron y nos abrieron paso para dejarnos marchar. No todas las Confesoras serían capaces de hacer algo así. Incluso mi mago se quedó sin habla.

—¿Tu mago? —inquirió Richard con sorpresa.

Kahlan hizo un gesto de asentimiento mientras acababa de enjugarse las lágrimas.

—Todo el mundo teme y odia a las Confesoras, por lo que los magos consideran que es su deber protegernos. Las Confesoras casi siempre viajan con la protección de un mago. A cada una de nosotras se nos asigna uno cuando nos llaman para oír una confesión. Rahl consiguió separarnos de nuestros magos, y ahora todos han muerto. Sólo quedan Zedd y Giller.

Richard cogió el conejo, que empezaba a enfriarse. Cortó un pedazo, que ofreció a Kahlan, y después se cortó otro para él.

—¿Por qué todos temen y odian a las Confesoras? —quiso saber.

—Los familiares y amigos de los condenados a muerte nos odian porque, a menudo, no pueden creer que aquel a quien aman haya cometido los crímenes que confiesa. Prefieren creer que nosotras les hemos arrancado la confesión con engaños. —Kahlan picoteó trocitos de carne, que masticaba luego despaciosamente—. He aprendido que, muchas veces, la gente se niega a creer la verdad porque no les sirve de nada. Algunas personas han intentado matarme. Ésa es una de las razones por las que siempre llevamos un mago con nosotras: para protegernos hasta recuperar nuestro poder.

Richard se tragó el bocado de carne que tenía en la boca y comentó:

—A mí no me parece razón suficiente.

—No se trata sólo de lo que hacemos. Todo esto debe parecer muy extraño a alguien que no lo ha vivido desde siempre. Supongo que las costumbres de la Tierra Central, la magia, deben antojársete muy extrañas.

«Extrañas» no era la palabra exacta; Richard hubiera dicho más bien «aterradoras».

—La gente no nos perdona que las Confesoras seamos independientes —continuó explicando Kahlan—. Los hombres se toman a mal que no estemos sometidas a ningún varón y las mujeres se toman a mal que no llevemos el mismo tipo de vida que ellas, que no desempeñemos el papel tradicional femenino. Nosotras no nos ocupamos de ningún hombre, ni nos sometemos a ellos. Se nos considera unas privilegiadas. Llevamos el cabello largo como símbolo de nuestra autoridad, mientras que las demás mujeres deben llevarlo corto como símbolo de sumisión a su hombre y a cualquier otra persona que ocupe una posición más elevada. Tal vez te parezca un detalle sin importancia, pero para los habitantes de la Tierra Central todo lo que tiene que ver con el poder es importante. Si una mujer se deja crecer el pelo más largo de lo que le corresponde por su posición social, perderá parte de su posición como castigo. En la Tierra Central, el cabello largo en una mujer es símbolo de autoridad, casi de desafío. En nosotras es el símbolo de que poseemos poder para hacer lo que queramos y de que nadie nos manda, que somos una amenaza para todo el mundo. Es muy parecido a lo que dice tu espada a la gente. Una Confesora nunca llevaría el pelo corto, y a la gente le duele que nadie sea capaz de obligarnos a cortárnoslo por la fuerza. Paradójicamente, las Confesoras somos menos libres, pero ellos no se dan cuenta. Nosotras realizamos las tareas que son ingratas para ellos y no tenemos la libertad para elegir qué hacer con nuestras vidas. Somos prisioneras de nuestro poder.

Kahlan se comió el resto de carne que le quedaba, mientras reflexionaba sobre lo irónico que era que las Confesoras pudieran despertar amor en los criminales más aborrecibles, pero no pudieran hacer lo mismo con quienes ellas desearan. El joven sabía que había algo más que Kahlan trataba de explicarle.

—Yo encuentro muy hermoso tu cabello largo. Me gusta tal como es —replicó Richard.

Kahlan sonrió y le dio las gracias. Entonces arrojó los huesos al fuego, se perdió unos minutos en la contemplación de las llamas para luego mirarse sus propias manos, haciendo sonar las uñas de los pulgares una contra la otra.

—Queda la cuestión de elegir pareja.

Richard se acabó su pedazo de carne y también arrojó el hueso al fuego. Entonces se reclinó contra el tronco. No le había gustado nada cómo habían sonado las palabras de Kahlan.

—¿Elegir pareja? ¿A qué te refieres?

La mujer se estudió las manos como si tratara de encontrar refugio en ellas.

—Cuando una Confesora llega a la edad en la que puede ser una buena madre, debe elegir pareja. Una Confesora puede elegir al hombre que desee, aunque esté ya casado. Si así lo desea, puede recorrer toda la Tierra Central en busca de un padre adecuado para sus hijas, un padre fuerte y, quizá también, apuesto a sus ojos. Puede elegir a quien quiera.

»Los hombres se sienten aterrorizados por una Confesora que busque pareja porque no quieren ser los elegidos, no quieren ser tocados por su poder. Las mujeres también se sienten aterrorizadas porque no quieren que su marido, su hermano o su hijo sea el elegido. Todos saben que no tienen ni voz ni voto en el asunto; la Confesora toma a cualquier persona que se interponga en su elección. La gente me teme porque soy la Madre Confesora y también porque ya hace mucho tiempo que debería haber elegido pareja.

Richard se seguía aferrando tenazmente a sus esperanzas y sus sueños.

—Pero ¿y si la Confesora siente afecto por un hombre y ese hombre le corresponde?

Kahlan negó tristemente con la cabeza.

—Las Confesoras no tenemos más amigas que otras Confesoras. La situación que planteas no se da nunca; nadie puede sentir afecto por una Confesora. Todos los hombres nos temen. —Kahlan pasó por alto que, justamente, esa situación era la que se había dado entre ellos. La voz le fallaba de nuevo—. Desde muy jóvenes, aprendemos que debemos elegir a un hombre fuerte para que nuestras hijas sean también fuertes. Pero no debemos elegir a nadie que nos importe porque al convertirlo en nuestra pareja lo destruimos. Por eso entre nosotros nunca... podrá haber nada.

—Pero... ¿por qué? —Richard tenía que luchar contra las palabras de Kahlan, contra su poder.

—Porque... —La mujer desvió la mirada. Su rostro reveló el dolor que sentía y en sus ojos verdes asomaron las lágrimas—. Porque en plena pasión la Confesora se relaja tanto que no puede contener el poder e, involuntariamente, lo libera en el hombre. Entonces, el hombre deja de ser quien era. Es algo que una Confesora no puede evitar. Es imposible. Después de eso el hombre es suyo, pero no del mismo modo. El hombre que ella ama está a su lado, pero es debido a la magia, no por voluntad propia, no porque así lo desee. Él se convierte en una cáscara llena con lo que ella le ha dado. Ninguna Confesora desearía eso para un hombre que le importara.

»Ésta es la razón por la que, desde tiempos inmemoriales, las Confesoras viven alejadas de los hombres, por miedo a enamorarse. Aunque se nos considera crueles, no lo somos; todas tememos lo que nuestro poder podría hacer a un hombre por el que sintiéramos afecto. Algunas Confesoras eligen a hombres que no gustan a nadie, o incluso que son odiados, para no tener que destruir un corazón bondadoso. Sólo unas pocas actúan así, pero están en su derecho. Ninguna otra Confesora las critica; todas lo entendemos. —Los ojos anegados en lágrimas de Kahlan lo miraron, suplicándole que también él tratara de entender.

—Pero... yo podría... —A Richard no se le ocurría cómo podía hacer valer sus sentimientos.

—Yo no. Para mí sería lo mismo que tú sentiste cuando deseabas estar con tu madre, pero sólo era Shota, que fingía. No sería más que una ilusión, no amor de verdad. ¿Lo entiendes? —gritó—. ¿Te haría eso realmente feliz?

Richard sintió que sus esperanzas se consumían en el fuego de la razón y que el corazón se le convertía en cenizas.

—La casa de los espíritus. ¿Era eso a lo que Shota se refería? —preguntó secamente—. ¿Fue entonces cuando estuviste a punto de usar tu poder conmigo? —La voz le salió un poco más cortante de lo que era su intención.

—Sí. —La emoción le quebró la voz. Kahlan apenas podía contener las lágrimas y se retorcía los dedos—. Lo siento, Richard. Nunca antes había sentido por nadie lo que siento por ti. Te deseaba tanto que casi olvidé quién era. Casi ni me importaba. —Ahora las lágrimas le corrían por las mejillas—. ¿Ves ahora lo peligroso que es mi poder? ¿Ves qué fácilmente podría destruirte? Si no me hubieras detenido cuando lo hiciste... nada te hubiera salvado.

Richard se sintió morir de piedad por ella, por lo que era y que nunca podría cambiar, y también por él mismo, por el dolor y la sensación de pérdida que lo embargaba, aunque ahora se daba cuenta de que no había nada que perder, que ella jamás podría ser suya o, para ser más exactos, que él jamás podría ser de ella. Todo había sido una fantasía.

Zedd había tratado de advertírselo, había tratado de evitarle tal dolor. ¿Por qué no lo había escuchado? ¿Cómo había podido ser tan estúpido para pensar que ya se le ocurriría una solución? Tenía la respuesta. Lentamente se puso de pie y dio un paso hacia el fuego, para que Kahlan no viera que lloraba. Tragaba saliva una y otra vez, pugnando por decir algo.

—¿Por qué hablas solamente de Confesoras y de hijas? ¿Por qué sólo mujeres? ¿Es que las Confesoras nunca tienen hijos varones? —Richard se dio cuenta de que la voz le sonaba como si la arrastrara sobre gravilla.

El joven escuchó largo rato el crepitar del fuego, pues Kahlan no respondía. Cuando la oyó llorar se volvió hacia ella. La mujer alzó la vista y le tendió una mano para que la ayudara a levantarse. Una vez de pie, se apoyó en el tronco, se apartó el largo cabello de la cara y cruzó los brazos por debajo de los pechos.

—Sí, las Confesoras también tienen hijos varones. No tan a menudo como en el pasado, pero todavía sucede. —Aquí carraspeó—. Pero el poder es más fuerte en los hombres; ellos no necesitan tiempo para recuperarse. A veces, el poder se convierte en todo para ellos y los corrompe. Ése es el error que cometieron los magos.

»Eligieron a mujeres precisamente por esa razón, pero no reflexionaron sobre qué pasaría cuando el poder tuviera vida propia. No previeron que ese poder pasaría a los descendientes masculinos de las mujeres elegidas y que sería diferente en los hombres.

»Hace mucho, un puñado de Confesores unió sus fuerzas e instauró

100

un terrible y cruel reinado. Es lo que se conoce como Época de Tinieblas. Ellos fueron la causa. Fue una época parecida a la actual. Finalmente, los magos lograron darles caza a todos y los mataron. Muchos
magos también murieron. Desde entonces desistieron de tratar de gobernar ningún país. De todos modos, habían muerto demasiados. En
vez de eso, se dedicaron a ser de utilidad a los demás, pero evitando en
lo posible inmiscuirse en la labor de los soberanos. Aprendieron una
lección muy amarga.

Kahlan bajó la vista, evitando los ojos de Richard, y prosiguió:

—Por alguna razón, se necesita la especial compasión de una mujer
para ser capaz de manejar el poder, para evitar que te corrompa. Ni siquiera los magos saben por qué. Con el Buscador ocurre algo similar:
tiene que ser la persona adecuada, nombrada por un mago, o usará el
poder de la espada para fines corruptos. Por eso Zedd se enfureció con
el Consejo de la Tierra Central cuando le arrebataron la facultad de
nombrar al Buscador. Los Confesores, no todos, pero sí la mayoría, son
incapaces de mantener el sentido del equilibrio con el poder. No poseen
la fuerza necesaria para reprimirlo cuando deben. —La mujer alzó los
ojos hacia Richard y continuó explicando.

»Cuando deseaban una mujer, usaban el poder para conseguirla. Lo
hicieron con muchas. No tenían ningún límite, ningún sentido de la
responsabilidad. Por lo que me han contado, la Época de Tinieblas fue
una larga noche de terror. El reinado de los Confesores duró muchos
años. Los magos tuvieron que matar a muchos. Finalmente, acabaron
con todos los descendientes corrompidos por el poder, para evitar que
éste se propagara sin control. Decir que los magos estaban disgustados
sería quedarse muy corto.

—¿Y ahora qué? —preguntó Richard cautelosamente—. ¿Qué sucede cuando una Confesora da a luz a un niño?

Kahlan carraspeó de nuevo y se reprimió las ganas de llorar.

—Cuando una Confesora tiene un hijo, el niño es llevado a un lugar
especial, en el corazón de Aydindril, donde su madre lo coloca sobre la
Piedra. —Al llegar a este punto la mujer rebulló. Era evidente que
le costaba explicarlo. Richard le cogió su tersa mano entre las suyas y le
acarició el dorso de la misma con los pulgares, aunque, por primera vez,
sentía que no tenía derecho a tocarla con tal familiaridad—. Como ya
te he dicho, un hombre que haya sido tocado por una Confesora hará
cualquier cosa que ella le pida. —El joven notaba que la mano de la
mujer temblaba—. La madre dice al marido lo que debe hacer, y éste...
coloca una vara sobre el cuello del bebé... y... y se sube encima con los
pies en ambos extremos.

Richard le soltó la mano. Entonces se pasó los dedos por el pelo, volviéndose hacia el fuego.

—¿Eso es lo que se hace con todos los hijos varones?

—Sí —respondió Kahlan con voz apenas audible—. No se puede correr el riesgo de dejar a ningún Confesor con vida porque es posible que no fuera capaz de controlar el poder y podría usarlo para someter a los demás. Si eso sucediera, podría regresar la Época de Tinieblas. Los magos y las demás Confesoras vigilan atentamente a todas las Confesoras que están embarazadas y hacen lo posible por consolarlas si resulta que es niño y, por tanto, deben... —Kahlan no pudo continuar.

De repente Richard se dio cuenta de que odiaba la Tierra Central, la odiaba con una intensidad sólo menor al odio que sentía por Rahl el Oscuro. Por primera vez entendió por qué los habitantes de la Tierra Occidental habían deseado vivir en un lugar sin magia y deseó encontrarse allí. Las lágrimas acudieron a sus ojos al recordar cuánto echaba de menos el bosque del Corzo. El joven se juró a sí mismo que, si lograba detener a Rahl, haría lo imposible por que el Límite volviera a levantarse. Zedd lo ayudaría, sin duda. También entendía ahora que Zedd hubiese deseado alejarse de la Tierra Central. Cuando el Límite volviera a levantarse, Richard estaría en el lado occidental y no lo abandonaría nunca jamás.

Pero primero tendría que hacer algo con la *Espada de la Verdad*, no la devolvería, la destruiría.

—Gracias por contarme todo esto, Kahlan —se forzó a decir—. No hubiera querido enterarme por otro. —El joven sentía que todas sus esperanzas se desvanecían. Había creído que, cuando detuviera a Rahl, empezaría su vida, que a partir de entonces todo sería posible. Pero ahora veía que cuando detuviera a Rahl sería el final. No sólo sería el fin de Rahl sino el suyo propio; más allá de frustrar los planes de Rahl, no había nada, todo estaba muerto. Cuando Rahl estuviera vencido y Kahlan a salvo, él regresaría al bosque del Corzo, solo, y su vida habría acabado. El joven oía cómo Kahlan lloraba a sus espaldas.

—Richard, si quieres que me vaya, dímelo. No temas decírmelo. Lo entenderé. Es algo a lo que una Confesora está acostumbrada.

El joven posó brevemente la mirada en los rescoldos del fuego y luego los cerró con fuerza, tragándose el nudo que sentía en la garganta, y también las lágrimas. Sentía en el pecho un dolor desgarrador y respiraba entrecortadamente.

—Por favor, Kahlan, si hay algún modo, el que sea, para que nosotros... pudiéramos...

—No lo hay —repuso ella con un gemido.

Richard se frotó las manos, que le temblaban. Así pues, todo estaba perdido.

—Kahlan —logró decir al fin—, ¿hay alguna ley o norma o algo que impida que podamos ser amigos?

—No —contestó ella con un quejido.

Sintiéndose aún aturdido, Richard se volvió hacia Kahlan y la abrazó, susurrándole:

—Ahora necesito una amiga.

—Yo también. —La mujer lloró contra el pecho de Richard y le devolvió el abrazo—. Pero sólo podemos ser amigos.

—Lo sé —contestó él, con lágrimas bañándole el rostro—. Pero Kahlan, yo te...

—No digas nada —lo interrumpió la mujer, mientras le ponía un dedo en los labios para que callara—. Por favor, Richard, no lo digas.

Kahlan podía impedirle decirlo en voz alta, pero no podía impedir que él lo repitiera mentalmente.

La mujer se aferró a él, sollozando, y Richard recordó cuando estaban en el pino hueco, la primera noche, y ella estuvo a punto de perderse en el inframundo. Entonces también se había aferrado a él y Richard había pensado que no estaba acostumbrada a que nadie la abrazara. Ahora sabía por qué. El joven apoyó la mejilla en la coronilla de Kahlan. Una pequeña llama de ira se inflamó entre las cenizas de sus sueños destruidos.

—¿Ya has elegido pareja?

—No. Ahora mismo hay asuntos mucho más graves. Pero si vencemos y... sigo viva, tendré que hacerlo.

—Prométeme algo.

—Lo intentaré.

Richard sentía tal ardor en la garganta que tuvo que tragar saliva dos veces antes de lograr decir:

—Prométeme que no elegirás pareja hasta que yo regrese a la Tierra Occidental. No quiero saber quién es.

Kahlan emitió unos sollozos más antes de responder, agarrándose a la camisa del joven con más fuerza:

—Te lo prometo.

Después de abrazarla un rato más, tratando de recuperar el control de sí mismo y luchar contra la desesperación que lo invadía, Richard forzó una sonrisa.

—Te equivocas en una cosa —le dijo, al fin.

—¿En qué?

—Has dicho que ningún hombre da órdenes a una Confesora. Te

equivocas. La Madre Confesora en persona ha jurado protegerme, y yo le ordeno que cumpla el juramento y sea mi guía.

Kahlan soltó una breve y dolorosa carcajada, aún abrazada a Richard.

—Creo que tienes razón. Felicidades; eres el primer hombre que lo consigue. ¿Y qué ordena el señor a su guía?

—Que deje de darme quebraderos de cabeza con que quiere quitarse la vida. La necesito. Y que me conduzca hasta la reina y la caja antes que Rahl, y luego me guíe a un lugar seguro.

—Como ordenéis, mi señor. —La mujer se apartó de él, posó las manos sobre los bíceps de Richard y se los apretó, sonriendo pero sin dejar de derramar lágrimas—. ¿Cómo consigues hacerme que me sienta mejor, incluso en los peores momentos de mi vida?

Richard se encogió de hombros y se obligó a sonreír por ella, aunque por dentro se sentía morir.

—Soy el Buscador, ¿recuerdas? Puedo hacer cualquier cosa. —Quiso decir más, pero la voz le falló.

—Eres una persona excepcional, Richard Cypher —susurró Kahlan, sonriendo.

Pero Richard únicamente deseaba estar solo para poder dar rienda suelta a su llanto.

6

Con una bota, Richard echó tierra sobre los rescoldos del fuego, apagando así la única fuente de calor en el amanecer de un nuevo día. El cielo empezaba a iluminarse y a teñirse de un azul gélido, y del oeste soplaba un viento helado. «Bueno, al menos tendremos el viento a nuestras espaldas», pensó. Cerca de su otra bota estaba el palo que Kahlan había usado para asar el conejo, que había atrapado ella misma con una trampa que él le había enseñado a hacer.

Richard se sonrojó al recordarlo, al pensar en que él, un simple guía de bosque, había enseñado a cazar conejos a ella, a la Madre Confesora, a alguien que era más que una reina. Las reinas se inclinan ante las Confesoras, había dicho Kahlan. Richard nunca se había sentido tan estúpido. La Madre Confesora. ¿Quién se creía él que era? Zedd habría tratado de advertírselo. Ojalá lo hubiera escuchado.

El joven se sentía consumirse en una sensación de vacío. Pensaba en su hermano, y en sus amigos Zedd y Chase. Mientras contemplaba cómo Kahlan se echaba la mochila al hombro, se dijo que, aunque no llenaban el vacío, al menos él tenía a alguien. Pero ella no tenía a nadie. Sus únicos amigos —las demás Confesoras— habían muerto. Kahlan estaba completamente sola en el mundo, sola en la Tierra Central, rodeada por gente a la que ella trataba de salvar pero que la temían y la odiaban, y por enemigos que querían matarla, o algo peor. Ni siquiera contaba con la protección de un mago.

Comprendía que Kahlan hubiera tenido miedo de contarle quién era. Él era su único amigo. Richard se sintió más estúpido que nunca por pensar sólo en sí mismo. Si Kahlan no podía ser más que una amiga, pues no sería más que eso. Aunque eso acabara por matarlo.

—Supongo que habrá sido muy duro para ti decírmelo —comentó, mientras se ceñía la espada.

Kahlan se arropó con la capa para protegerse de las ráfagas de viento helado. Su faz mostraba de nuevo esa expresión serena que no dejaba traslucir nada. No obstante, ahora que la conocía tan bien, Richard era capaz de leer las líneas de dolor.

—Me hubiera resultado más fácil matarme —respondió, y acto seguido dio media vuelta y echó a andar.

Richard la siguió. Si Kahlan le hubiera dicho quién era de buen principio, ¿se hubiera quedado con ella? ¿Le habría tenido miedo como todos los demás? Tal vez Kahlan tenía motivos para ocultarle la verdad. Pero si hubiera sido sincera le hubiera ahorrado lo que ahora sentía.

Era casi mediodía cuando llegaron a una bifurcación de caminos marcada por una piedra la mitad de alta que Richard. El joven se detuvo y estudió los símbolos grabados en las caras pulidas de la roca.

—¿Qué significan? —preguntó.

—Indican qué dirección seguir para llegar a diferentes ciudades y aldeas, y a qué distancia se encuentran. —Kahlan se había colocado las manos en las axilas para calentarlas. Con un gesto de la cabeza indicó un sendero—. Si queremos evitar a la gente, debemos ir por ahí.

—¿Cuánto queda?

—Normalmente tomo los caminos que unen las ciudades —contestó Kahlan tras estudiar otra vez la piedra—, no estos senderos menos concurridos. La piedra sólo indica las distancias relativas a los caminos, no las de los senderos, pero supongo que unos pocos días.

Richard tamborileó con los dedos sobre la empuñadura de la espada.

—¿Hay alguna ciudad cerca?

—Sí. Estamos a una o dos horas de distancia del Molino de Horner. ¿Por qué?

—Porque ahorraríamos tiempo si tuviéramos caballos.

Kahlan miró hacia la senda que conducía a la ciudad como si fuera capaz de divisarla.

—El Molino de Horner es una ciudad maderera, un aserradero. Supongo que habrá muchos caballos, pero quizá no sea una buena idea. He oído que están del lado de D'Hara.

—¿Por qué no vamos y echamos un vistazo? Con caballos nos ahorraríamos un día, al menos. Tengo unas cuantas monedas de plata y una o dos de oro. Tal vez podríamos comprarlos.

—Podríamos echar un vistazo, si somos cuidadosos. Pero no saques ninguna de tus monedas, ni de plata ni de oro. Llevan la marca de la Tierra Occidental y la gente de por aquí considera una amenaza a cualquiera que venga del Límite occidental. Es cosa de historias y supersticiones.

—¿Pues cómo vamos a conseguir caballos entonces? ¿Robándolos?

—¿Ya has olvidado con quién viajas? —inquirió ella, enarcando una ceja—. Soy la Madre Confesora y, si quiero algo, sólo tengo que pedirlo.

Richard disimuló su desagrado lo mejor que pudo adoptando una expresión imperturbable.

—Vamos pues.

El Molino de Horner se alzaba en la misma orilla del río Callisidrin, y las aguas turbias y lodosas de éste proporcionaban energía para los aserraderos y transportaban los troncos. En las zonas de trabajo serpenteaban aliviaderos, y destartalados molinos descollaban por encima de las demás estructuras. En cobertizos sin paredes se amontonaban pilas y más pilas de madera, mientras que otras esperaban cubiertas por lonas impermeables a que las transportaran en barcazas río abajo o a que las cargaran en carros. Las casas se apiñaban en la ladera de la colina, más arriba del molino, como si hubieran surgido como refugio temporal y, con el transcurso de los años, se hubieran convertido, para su desgracia, en refugio permanente.

Incluso desde lejos, Richard y Kahlan supieron que algo andaba mal. El molino estaba silencioso y las calles vacías cuando la ciudad tenía que bullir de actividad. Debería haber gente en las tiendas, en los muelles, en el molino y en las calles, pero no se veía rastro de ningún humano ni animal. En el manto de silencio que había caído sobre el Molino de Horner únicamente se oía el sonido de algunas lonas que ondeaban al viento, así como algunos crujidos y golpeteos de los paneles de hojalata en los edificios del molino.

Cuando se acercaron más, el viento les llevó algo; el pútrido olor de la muerte. Richard comprobó que tenía la *Espada de la Verdad* presta para desenvainarla.

Los cuerpos hinchados, tanto que casi reventaban las ropas, rezumaban fluidos que atraían nubes de insectos. Los muertos yacían en las esquinas y contra los edificios, como hojas de otoño que el viento hubiera arrastrado en pilas. La mayoría presentaba horrendas heridas; algunos tenían clavadas aún lanzas rotas. El silencio parecía estar vivo. Las puertas, hechas añicos, colgaban de una única bisagra en extraños ángulos, o yacían en la calle junto con efectos personales y pedazos de muebles. En toda la ciudad no quedaba ni una sola ventana intacta. Algunos edificios no eran más que fríos montones de vigas y restos carbonizados. Tanto Richard como Kahlan procuraban cubrirse boca y nariz con las respectivas capas, tratando de protegerse del hedor, mientras sus ojos se veían irremisiblemente atraídos hacia los cadáveres.

—¿Rahl? —le preguntó el joven.

La mujer estudió desde la distancia un grupo de cuerpos caídos en diferentes posiciones antes de contestar:

—No. Rahl no mata de este modo. Aquí ha habido una batalla.

—A mí más bien me parece una matanza.

Kahlan hizo un gesto de asentimiento.

—¿Recuerdas a la gente barro muerta? Ése es el aspecto de las víctimas de Rahl. Siempre es igual. Esto es distinto.

Ambos continuaron recorriendo la ciudad, manteniéndose cerca de los edificios y evitando el centro de la calle. De vez en cuando, tenían que pasar por encima de cadáveres. Todas las tiendas de la ciudad habían sido saqueadas, y los atacantes habían destruido todo lo que no habían podido llevarse. De una tienda salía un rollo de tela color azul pálido que se había desplegado por la calle, con manchas oscuras diseminadas por ella, como si hubiera sido desechada porque su dueño la hubiera estropeado con su sangre. Kahlan tiró a Richard de la manga y señaló la pared del edificio, donde se veía escrito con sangre: MUERTE A TODOS LOS QUE SE RESISTAN A LA TIERRA OCCIDENTAL.

—¿Qué crees que significa? —contestó la mujer, como si temiera que los muertos pudieran oírla.

—No tengo ni idea —repuso él, contemplando las sangrantes palabras. Siguió adelante, aunque se volvió dos veces para observar, ceñudo, el mensaje escrito en la pared.

Un carro estacionado frente a un granero le llamó la atención. El vehículo estaba cargado hasta la mitad con pequeños muebles y telas; el viento agitaba las mangas de pequeños vestidos. Richard y Kahlan intercambiaron una mirada. Había algún superviviente y, al parecer, se disponía a marcharse.

Richard cruzó con cautela el marco roto de la puerta del granero, seguido de cerca por Kahlan. Los rayos del sol que penetraban por el hueco de la puerta y por la ventana lanzaban sus luminosas saetas, que caían sobre sacos de grano derramados y barriles rotos. Richard se detuvo en el quicio de la puerta, con Kahlan a un lado, hasta que sus ojos se acostumbraron a la oscuridad. En el polvo se veían huellas frescas, la mayoría de ellas de pequeño tamaño, que conducían a un mostrador. Richard aferró la empuñadura de su espada y fue hacia el mostrador. Detrás se acurrucaban unas temblorosas personas.

—Salid. No voy a haceros ningún daño —les dijo en su tono más suave.

—¿Eres un soldado del Ejército Pacificador del Pueblo que ha venido a ayudarnos? —preguntó una voz de mujer.

Richard y Kahlan se miraron con el entrecejo fruncido.

—No —repuso ella—. Somos... sólo somos unos viajeros que pasábamos por aquí.

Una mujer con el rostro sucio y manchado de lágrimas, de cabello corto, oscuro y sin vida asomó la cabeza. Llevaba un feo vestido marrón, harapiento y desgarrado. Richard apartó la mano de la espada para no asustarla. A la tenue luz Richard y Kahlan vieron que el labio de la mujer le temblaba y que los miraba pestañeando, mientras indicaba por señas a los demás que salieran. Eran en total seis niños —cinco niñas y un niño—, otra mujer y un anciano. Los niños se aferraban a las faldas de las mujeres, mientras que los tres adultos miraron primero a Richard fugazmente y después clavaron la vista en Kahlan. Todos ellos abrieron mucho los ojos y se encogieron contra la pared. Richard frunció el entrecejo, desconcertado, hasta que se dio cuenta de que miraban el pelo de Kahlan.

Los tres adultos se hincaron de rodillas, con la cabeza gacha y la mirada clavada en el suelo; los niños hundieron su carita en las faldas de las mujeres, sin proferir palabra. Mirando de soslayo a Richard, Kahlan les indicó rápidamente con un ademán que se levantaran. Pero ellos tenían la cabeza baja y no veían sus gestos.

—Levantaos —dijo Kahlan—, no tenéis por qué humillaros. Levantaos.

Las dos mujeres y el anciano alzaron la cabeza, confundidos. Entonces vieron las manos de la Confesora, que los invitaban a ponerse en pie. Obedecieron con renuencia.

—Como ordenéis, Madre Confesora —dijo una de las mujeres con voz temblorosa—. Perdonadnos, Madre Confesora, nosotros no... no os habíamos reconocido... con esas ropas que lleváis. Perdonadnos, no somos más que unos pobres humanos. Perdonadnos por...

—¿Cómo te llamas? —la interrumpió amablemente Kahlan.

La mujer le hizo una profunda reverencia y, sin erguirse, contestó:

—Regina Clark, Madre Confesora.

Kahlan la cogió por los hombros y la obligó a erguirse, al mismo tiempo que le preguntaba:

—Regina, ¿qué ha sucedido aquí?

Los ojos de la mujer se arrasaron en lágrimas y miró asustada a Richard con labios temblorosos. Kahlan también miró a Richard.

—Richard, ¿por qué no te llevas al anciano y a los niños afuera?

El joven comprendió; las mujeres tenían demasiado miedo a hablar delante de él. Así pues, ofreció el brazo al encorvado anciano y condujo a cuatro de los niños fuera del granero. Las dos niñas más pequeñas se negaron a soltarse de las faldas de las mujeres, pero Kahlan le indicó con la cabeza que no pasaba nada.

Los cuatro niños se apiñaron en el escalón exterior. Tenían una mirada vacía y distante. Ninguno de ellos respondió cuando Richard les preguntó sus nombres; únicamente alzaban sus ojos hacia él con actitud temerosa para asegurarse de que se mantenía a distancia. El anciano tampoco le contestó cuando le preguntó su nombre, se limitó a mirar hacia adelante con mirada vacua.

—¿Puedes decirme qué ha pasado aquí? —inquirió Richard.

—Los hombres de la Tierra Occidental... —respondió el anciano. Sus ojos desorbitados recorrieron la calle. Pero entonces las lágrimas le inundaron los ojos y no pudo seguir.

Richard decidió no forzarlo y dejar al pobre anciano en paz. Le ofreció un pedazo de carne seca que sacó de la mochila, pero el anciano hizo caso omiso. Los niños se encogieron, temerosos, cuando Richard les ofreció la carne, en vista de lo cual, Richard decidió volver a guardarla en la mochila. La niña de más edad, una adolescente, lo miraba como si creyera que iba a matarlos o a comérselos allí mismo. Richard no había visto nunca a nadie tan aterrorizado. Como no quería asustar a los otros niños más de lo que ya estaban, se mantuvo a distancia, sonriéndolos de manera tranquilizadora, y les prometió que no iba a hacerles daño, ni siquiera a tocarlos. Pero ellos lo miraron como si no lo creyeran. Richard se volvía con frecuencia hacia la puerta; se sentía muy incómodo y deseaba que Kahlan saliera pronto.

Cuando, finalmente lo hizo, su rostro era una máscara de serenidad, aunque se notaba que era fingida. Richard se puso de pie y los niños corrieron hacia el granero. El anciano se quedó donde estaba. Kahlan cogió a Richard del brazo y se lo llevó en un aparte.

—En la ciudad no quedan caballos —le dijo con la mirada fija al frente, mientras echaba a andar por donde habían llegado—. Creo que lo mejor será que evitemos el camino principal y vayamos por senderos poco transitados.

—Kahlan, ¿qué sucede? —inquirió él, mirando por encima del hombro—. ¿Qué ha pasado aquí?

Kahlan contempló con fijeza el sangrante mensaje escrito en la pared al pasar por delante. MUERTE A TODOS LOS QUE SE RESISTAN A LA TIERRA OCCIDENTAL.

—Llegaron misioneros que predicaban la gloria de Rahl el Oscuro. Venían bastante a menudo y hablaban al consejo de la ciudad de todas las cosas que tendrían cuando D'Hara se hiciera con el control del territorio. Decían a todo el mundo que Rahl ama a todas las personas.

—Qué locura —susurró Richard.

—Sea como fuere, los habitantes del Molino de Horner se lo creyeron y decidieron declarar la ciudad territorio de D'Hara. El Ejército Pacificador del Pueblo desfiló por las calles. Los soldados trataban a todo el mundo con extremo respeto, compraban mercancías a los comerciantes y gastaban a espuertas oro y plata. Las promesas de los misioneros se cumplieron —continuó contando la mujer, señalando los montones de madera cubiertos por lona—; llegaron muchos pedidos de madera. Debían destinarse a construir nuevas ciudades, donde la gente viviría con prosperidad gobernados por el bondadoso Padre Rahl.

Richard sacudió la cabeza, asombrado.

—¿Y luego qué?

—Se corrió la voz de que los habitantes del Molino de Horner no daban abasto con todo el trabajo que proporcionaba el Padre Rahl. Así pues, llegó más gente para cumplir con los encargos de madera. Mientras tanto, los misioneros convencieron a la gente de que la Tierra Occidental era una amenaza para ellos, de que la Tierra Occidental amenazaba al Padre Rahl.

—¿La Tierra Occidental, una amenaza? —preguntó Richard incrédulamente.

—Sí. Entonces el Ejército Pacificador del Pueblo se marchó, diciendo que iba a luchar contra las fuerzas de la Tierra Occidental y proteger a las otras ciudades que también habían jurado fidelidad a D'Hara. La gente suplicó que se quedaran algunos soldados para protegerlos. En recompensa por su lealtad, un pequeño destacamento se quedó en la ciudad.

Con un gesto, Richard animó a Kahlan a avanzar por el sendero mientras él echaba la última mirada de desconcierto por encima del hombro.

—¿Así que no fue el ejército de Rahl el responsable de todo esto?

La senda era lo suficientemente ancha para los dos, por lo que Kahlan esperó que llegase a su altura para continuar.

—No. Según las mujeres, todo se mantuvo tranquilo por un tiempo. Pero hace aproximadamente una semana, al amanecer, tropas del ejército de la Tierra Occidental arrasaron la ciudad y mataron a todo el destacamento de D'Hara. Después de eso, iniciaron el saqueo y la matanza indiscriminada. Mientras mataban, los soldados de la Tierra Occidental gritaban que eso era lo que les ocurriría a todos los que siguieran a Rahl y se resistieran a la Tierra Central. Antes de que cayera la tarde se habían ido.

Richard agarró a Kahlan por la blusa, a la altura del hombro, y la obligó a dar media vuelta.

—¡Eso es mentira! ¡Los occidentales no harían algo así! ¡No fueron ellos! ¡Es imposible!

—Richard, yo no digo que sea cierto —respondió Kahlan, parpadeando—. Yo me limito a decirte lo que me contaron, lo que esas mujeres creen.

El joven la soltó y se sonrojó por más de una razón. Sin poderlo evitar, insistió:

—El ejército de la Tierra Occidental no cometió esa carnicería. —Richard dio media vuelta para seguir caminando, pero Kahlan lo detuvo cogiéndolo del brazo.

—Espera. Hay más.

Por la expresión de sus ojos, Richard supo que no quería oírlo. No obstante, le indicó con un gesto de la cabeza que prosiguiera.

—Los supervivientes se dispusieron a huir de inmediato, llevándose con ellos todo lo que podían cargar. Al día siguiente del ataque, después de enterrar a sus familias, se marcharon más personas. Esa noche regresó un destacamento del ejército de la Tierra Occidental, formado aproximadamente por cincuenta soldados. En la ciudad sólo quedaba un puñado de gente. Los soldados occidentales les dijeron que aquellos que se resisten a la Tierra Occidental no merecen ser enterrados, que deben dejarse a la merced de los carroñeros para que sirva de ejemplo a los demás. Para no dejar lugar a la duda, los soldados reunieron a todos los supervivientes varones, incluso a los niños, y los ejecutaron. —Por el modo de pronunciar la palabra «ejecutaron», sin mencionar cómo, Richard supo que era mejor no preguntar cómo murieron—. El niño y el anciano que hemos visto se salvaron porque pasaron inadvertidos. A las mujeres las obligaron a mirar.

—¿Cuántas mujeres quedaban?

—No lo sé. No demasiadas. —Kahlan lanzó un vistazo hacia la senda que se abría a su paso y que los alejaba de la ciudad, antes de que su furibunda mirada se posara en Richard—. Los soldados violaron a las mujeres y también a las niñas. —La ardiente mirada de Kahlan le quemaba los ojos—. Todas las niñas que viste en la ciudad fueron violadas por al menos...

—¡Los occidentales no comenten tales atrocidades!

La mujer estudió el rostro del joven.

—Lo sé —replicó—. Pero entonces, ¿quién fue? ¿Y por qué? —Su rostro estaba recuperando la calma.

—¿Hay algo que podamos hacer por ellos? —inquirió Richard, dirigiendo a su compañera una mirada de frustración.

—Nuestro trabajo no consiste en proteger a unos cuantos supervi-

112

vientes, ni a los muertos, sino detener a Rahl el Oscuro y así proteger a los vivos. No podemos perder ni un minuto; es preciso que lleguemos a Tamarang. Por si acaso, será mejor que evitemos los caminos principales.

—Tienes razón —admitió Richard de mala gana—. Pero no me gusta.

—A mí tampoco. —La mujer dulcificó el gesto—. Richard, no creo que les ocurra nada más. Fueran de donde fuesen los soldados que arrasaron la ciudad, no es probable que regresen para eliminar a un puñado de mujeres y niños; estoy convencida de que buscarán presas más importantes.

Pues qué consuelo pensar que los asesinos estaban buscando grupos más numerosos de personas para hacerles daño en el nombre de su patria, pensó Richard, y se dijo una vez más cuánto odiaba todo aquello. Qué diferente era cuando vivía aún en el bosque del Corzo y su mayor preocupación era que su hermano siempre le dijera qué debía hacer.

—Un grupo de soldados tan numeroso no se moverá por una senda flanqueada por un espeso bosque, viajará por los amplios caminos. No obstante, será mejor que empecemos a buscar algún pino hueco para pasar la noche. Alguien puede estar vigilando.

—Tienes razón. Richard, muchos de mis compatriotas se han unido a Rahl y han cometido crímenes atroces. ¿Cambia eso la opinión que tienes de mí?

—Claro que no.

—Pues mi opinión de ti tampoco cambiaría aunque los responsables hubieran sido soldados de la Tierra Occidental. Tú no tienes ninguna culpa de que tus compatriotas cometan crímenes aborrecibles. Estamos en guerra y tratamos de hacer lo mismo que hicieron nuestros antepasados, tanto Buscadores como Confesoras: derrocar a un gobernante. Para lograrlo, sólo podemos contar el uno con el otro. —Kahlan lo estudió con una intensa expresión de intemporalidad. Richard se dio cuenta de que estaba agarrando con fuerza la empuñadura de la espada—. Es posible que llegue el día en el que únicamente puedas contar contigo mismo. Todos hacemos lo que debemos. —No era Kahlan quien había pronunciado esas palabras, sino la Madre Confesora.

Sobrevino un momento de incomodidad y dureza hasta que la mujer desvió la mirada, finalmente dio media vuelta y echó a andar. Richard se abrigó con la capa para protegerse del frío, tanto interior como exterior.

—No fueron soldados de la Tierra Occidental —masculló para sí mientras se disponía a seguirla.

—Luz para mí —dijo Rachel. El pequeño montón de ramas rodeado por piedras prendió, bañando el interior del pino hueco con un brillante resplandor rojo. La niña se volvió a guardar la cerilla en el bolsillo y, estremeciéndose, acercó las manos al fuego para calentarse, al mismo tiempo que bajaba la vista hacia Sara, sentada en su regazo.

—Aquí estaremos a salvo esta noche —le dijo. Sara no respondió. No había vuelto a hablar desde la noche que habían huido del castillo. Así pues, Rachel se imaginó que Sara le decía que la quería. En respuesta, abrazó con fuerza a la muñeca.

A continuación, se sacó del bolsillo unas bayas. Se comía una baya, se calentaba las manos en el fuego y comía otra. Sara no quiso ninguna. Rachel mordisqueó el pedazo de queso. Ya se había comido todas las provisiones que se llevara del castillo, excepto el pan, por supuesto. Pero no se lo podía comer; la caja estaba dentro.

Rachel echaba de menos a Giller con toda su alma, pero tenía que hacer lo que el mago había dicho: seguir huyendo y dormir en un pino hueco distinto cada noche. La niña no sabía cuánto se había alejado del castillo; simplemente caminaba durante el día, con el sol a la espalda por la mañana y de cara por la tarde. Brophy se lo había enseñado. Él lo llamaba viajar con el sol. Rachel supuso que eso era lo que estaba haciendo: viajar.

Una rama de pino se movió, sobresaltando a la niña. Rachel vio una manaza que retiraba la rama y luego la reluciente hoja de una espada larga. La niña se quedó mirándola con los ojos muy abiertos, incapaz de moverse.

Un hombre asomó la cabeza.

—Vaya. ¿Qué tenemos aquí? —inquirió risueño.

Rachel oyó un gemido y se dio cuenta de que había salido de su propia garganta. Seguía sin poder moverse. Una mujer también asomó la cabeza junto al hombre y tiró de su compañero para entrar ella primero. Rachel apretó con fuerza a Sara contra el pecho.

—Envaina la espada. La estás asustando —dijo la mujer en tono de reproche.

La niña se acercó hacia sí la hogaza de pan, que el hatillo sólo cubría en parte. Quería correr, pero las piernas no la obedecían. La mujer entró en el interior del pino, se aproximó a Rachel y se arrodilló, apoyándose sobre rodillas y talones. Luego entró el hombre. Rachel alzó la vista hacia la faz de la mujer y vio su larga melena iluminada por la luz del fuego. Abrió los ojos aún más y lanzó otro grito. Por fin sus piernas reaccionaron, al menos un poco. Rachel retrocedió apresuradamente hacia el tronco del árbol, sin olvidar el pan. Las mujeres de pelo largo siempre traían complicaciones. La niña mordió un pie de Sara; jadeaba y no cesaba de gemir, apretando la muñeca con todas sus fuerzas. Entonces apartó la mirada del pelo de la mujer y buscó desesperadamente una vía de escape.

—No voy a hacerte ningún daño —dijo la mujer. Su voz sonaba agradable, pero la princesa Violeta a veces decía eso mismo justo antes de abofetearla.

La mujer alargó una mano y la posó en un brazo de Rachel. La niña lanzó un grito y retrocedió de un salto, lejos de esa mano.

—Por favor, no quemes a Sara —suplicó, con los ojos anegados en lágrimas.

—¿Quién es Sara? —preguntó el hombre.

La mujer se volvió y lo hizo callar. Al volverse hacia Rachel, el pelo le cayó hacia adelante. Los ojos de la niña quedaron prendidos en ese cabello.

—No pienso quemar a Sara —le aseguró con la misma voz agradable. Pero Rachel sabía que cuando una mujer de pelo largo hablaba con voz amable es que, probablemente, mentía. Sin embargo, por la voz parecía una mujer realmente amable.

—Por favor —gimió la niña—, marchaos. Dejadnos solas.

—¿Dejadnos? —La mujer recorrió el interior del pino con la mirada, hasta que vio la muñeca—. Oh, ya veo. De modo que ésta es Sara. —Rachel hizo un gesto de asentimiento y mordió con más fuerza aún el pie de la muñeca. Sabía que si no respondía a la mujer de pelo largo, se ganaría un bofetón—. Es una muñeca muy bonita —dijo la mujer y sonrió. Rachel deseó que no sonriera. Cuando una mujer de pelo largo sonreía es que, probablemente, se avecinaban problemas.

—Yo me llamo Richard —dijo el hombre, asomando la cabeza a un lado de la mujer—. ¿Cómo te llamas tú?

—Rachel. —A la niña le gustaron sus ojos.

—Rachel. Qué nombre tan bonito. Pero tengo que decirte algo, Rachel, tienes el pelo más feo que he visto nunca.

—¡Richard! —exclamó la mujer—. ¡Cómo puedes decir tal cosa!

—Porque es la verdad. ¿Quién te lo cortó a trasquilones, Rachel? ¿Una vieja bruja?

La niña soltó una risita.

—¡Richard! —exclamó la mujer de nuevo—. Vas a asustarla.

—Tonterías. Mira, Rachel, en la mochila llevo unas tijeras pequeñas y corto bastante bien el pelo. ¿Te gustaría que te lo arreglara un poco? Al menos, lo llevarías igualado. Con todas esas escalas asustarías incluso a un dragón.

La niña soltó otra risita.

—Sí, por favor. Me gustaría mucho que me igualaras el pelo.

—Muy bien. Pues ven aquí y siéntate en mi regazo mientras te lo arreglo.

Rachel se levantó, y, siempre con la vista baja rodeó a la mujer como pudo dentro del pino hueco. Richard la alzó colocando sus manazas una a cada lado de la cintura, y se la sentó en el regazo. Entonces examinó la situación.

—Vamos a ver qué tenemos aquí.

Rachel vigilaba disimuladamente a la mujer, temerosa aún de que le propinara un bofetón. Richard miró también a la mujer y la señaló con las tijeras.

—Ésa es Kahlan. Al principio también a mí me asustó. Es horrorosamente fea, ¿verdad?

—¡Richard! ¿Dónde has aprendido a hablar así a los niños?

—Creo recordar que lo aprendí de un guardián del Límite —repuso el joven con una sonrisa.

Rachel se rió por lo bajo no pudiendo evitarlo.

—A mí no me parece nada fea. Es la señora más guapa que he visto en mi vida —dijo la niña, y era verdad. Pero el largo cabello de Kahlan la aterrorizaba.

—Caray, gracias, Rachel. Tú también eres muy guapa. ¿Tienes hambre?

Rachel había aprendido a no decir nunca a nadie de pelo largo, ni hombre ni mujer, que tenía hambre. La princesa Violeta solía decir que era incorrecto y una vez la castigó por responder a alguien que sí, que tenía hambre. La niña buscó el rostro de Richard. El joven sonreía, pero ella seguía estando demasiado asustada para decirle a la mujer que tenía hambre.

Kahlan le dio unos cariñosos golpecitos en el brazo.

—Apuesto a que estás hambrienta. Antes hemos pescado algo y, si tú compartes con nosotros el fuego, nosotros compartiremos contigo el pescado. ¿Qué dices? —La sonrisa de Kahlan era realmente agradable.

La niña alzó de nuevo la mirada hacia Richard. Él le guiñó un ojo y suspiró.

—Me temo que hemos pescado demasiado. Si no nos ayudas, tendremos que tirar una parte.

—Bueno... si vais a tirarlos, os ayudaré a comerlos.

Mientras cogía la mochila, Kahlan preguntó:

—¿Dónde están tus padres?

—Están muertos. —Rachel dijo la verdad porque no se le ocurrió otra cosa.

Las manos de Richard se quedaron inmóviles por unos segundos, pero enseguida reemprendieron su tarea de cortar el pelo. Kahlan pareció ponerse triste, pero Rachel no sabía si era de verdad o fingía. La mujer le apretó cariñosamente el brazo y le dijo que lo sentía mucho por ella. Pero Rachel no se sentía abrumada por la pena; no recordaba a sus padres, sino solamente el lugar en el que vivía con los otros niños.

Mientras Richard le arreglaba el pelo, Kahlan sacó una sartén y empezó a freír el pescado. Richard estaba en lo cierto al decir que tenían de sobra. Kahlan les agregó algunas especias, tal como Rachel había visto hacer a los cocineros. El aroma del pescado era delicioso, y el estómago de la niña gruñía. A su alrededor iban cayendo pequeños mechones de pelo. Rachel sonrió para sí al pensar en la rabieta que cogería la princesa Violeta si supiera que le estaban cortando el pelo igualado. Richard le cortó uno de los rizos más largos y ató alrededor un delgado tallo de planta. Entonces lo puso en la mano de la niña, que lo miró, desconcertada.

—Quiero que lo guardes. Algún día, cuando te guste un chico, podrás darle un mechón de tus cabellos para que lo lleve en el bolsillo, cerca de su corazón. Así te recordará —añadió con un guiño.

—Eres el hombre más tontorrón que he conocido —dijo Rachel con una risita. Richard se echó a reír y Kahlan sonrió. Rachel se guardó el mechón de cabello en el bolsillo y preguntó—: ¿Eres un lord?

—No, lo siento, Rachel. Sólo soy un guía de bosque —contestó el joven, poniéndose un poco triste. Rachel se alegró de que no fuera un lord. Entonces, Richard sacó un espejito de la mochila y se lo tendió diciendo—: Mírate y dime qué te parece.

La niña sostuvo el espejo en alto, tratando de verse en él. Nunca había visto un espejo tan pequeño y le costó un poco sostenerlo en el ángulo correcto para ver su rostro a la luz de las llamas. Al verse, los ojos se le desorbitaron y se llenaron de lágrimas. Inmediatamente abrazó a Richard.

—Oh, gracias, Richard, muchas gracias. Nunca había tenido el pelo tan bonito. —Richard le devolvió el abrazo, y la niña se sintió tan bien como cuando Giller la abrazaba. Con una manaza, el joven le frotaba la espalda. Fue un abrazo muy largo, el más largo que le habían dado nunca, y Rachel deseó que nunca acabara. Pero acabó.

Kahlan sacudió la cabeza para sí y murmuró:

—Eres una persona excepcional, Richard Cypher.

La mujer ofreció a Rachel un gran pedazo de pescado ensartado en un palo y le dijo que soplara hasta que se enfriara lo suficiente para no quemarse la boca. Rachel sopló un poquito, pero estaba demasiado hambrienta para esperar. Era el pescado más sabroso que había probado en toda su vida, tan bueno como el pedazo de carne asada que el cocinero le dio una vez.

—¿Lista para otro trozo? —le preguntó Kahlan, y Rachel asintió con la cabeza. La mujer se sacó entonces un cuchillo del cinto e inquirió—: ¿Qué te parece si acompañamos el pescado con una rebanada de ese pan que tienes?

La niña se abalanzó sobre el pan, justo a tiempo para impedir que Kahlan lo cogiera. Lo apretó contra sí, al mismo tiempo que gritaba «¡No!». Apoyándose en los talones retrocedió a toda prisa, alejándose de Kahlan.

Richard dejó de comer, y Kahlan frunció el ceño. Rachel metió una mano en el bolsillo y aferró la cerilla mágica que Giller le había regalado.

—Rachel, ¿qué te ocurre? —quiso saber Kahlan.

Giller le había dicho que no confiara en nadie, por lo que tenía que inventar algo. ¿Qué diría Giller?

—¡Es para mi abuela! —La niña notó que una lágrima le corría por la mejilla.

—Muy bien —dijo Richard—. Puesto que es para tu abuela, no lo tocaremos. Te lo prometemos, ¿verdad, Kahlan?

—Pues claro. Lo siento, Rachel, no lo sabíamos. Yo también lo prometo. ¿Me perdonas?

Rachel sacó la mano del bolsillo e hizo un gesto de asentimiento. Sentía tal nudo en la garganta que no podía hablar.

—Rachel, ¿dónde está tu abuela? —preguntó Richard.

La niña se quedó paralizada. En realidad, ella no tenía abuela. Trató de recordar el nombre de un lugar que hubiera oído, el nombre de lugares que hubiera oído mencionar a los consejeros de la reina. Entonces dijo el primero que se le pasó por la cabeza.

—El Molino de Horner.

Antes incluso de acabar de pronunciar estas palabras, supo que había sido un error. Tanto Richard como Kahlan pusieron cara de espanto e intercambiaron una mirada. Durante unos instantes reinó un absoluto silencio. Preguntándose qué pasaría a continuación, la niña dirigió la vista hacia los lados del pino hueco, a los espacios entre las ramas.

—Rachel, no vamos a tocar el pan para tu abuela —le aseguró Richard suavemente—. Lo prometemos.

—Ven y toma un poco más de pescado —dijo Kahlan—. Deja el pan allí. No lo tocaremos.

Rachel seguía sin moverse. Sentía deseos de salir corriendo, pero sabía que la mujer sería más rápida que ella y la atraparía. Tenía que hacer lo que Giller le había dicho: esconder la caja hasta el invierno, o cortarían la cabeza a mucha gente.

Richard cogió a Sara, se la puso en el regazo y fingió que le daba un pedazo de pescado.

—Sara se va a comer todo el pescado. Si quieres un poco más, será mejor que te acerques y lo cojas. Vamos, puedes sentarte en mi regazo y comer. ¿Qué te parece?

Rachel estudió las caras de ambos, tratando de decidir si decían la verdad. Las mujeres de pelo largo eran unas consumadas mentirosas. Pero, al mirar a Richard, no le pareció que estuviera mintiendo. Así pues, se levantó y corrió hacia él. El joven se la sentó en el regazo y le puso a Sara en la falda.

Rachel se acurrucó contra él y todos comieron pescado. La niña evitaba mirar a Kahlan. Según la princesa Violeta, a veces mirar a una mujer de pelo largo era algo incorrecto. Rachel no quería hacer nada que pudiera costarle una bofetada, ni que pudiera alejarla del regazo de Richard. Allí se estaba muy calentita y se sentía segura.

—Rachel, lo siento pero no podemos dejar que vayas al Molino de Horner —le dijo Richard—. Ya no queda nadie allí. No es seguro.

—Vale, pues entonces iré a otro sitio.

—Me temo que no hay ningún sitio seguro —intervino Kahlan—. Te llevaremos con nosotros y así estarás a salvo.

—¿Adónde?

—Nos dirigimos a Tamarang para ver a la reina —repuso Kahlan. Rachel dejó de masticar. Apenas podía respirar—. Te llevaremos con nosotros. Estoy segura de que le reina podrá encontrar a alguien que cuide de ti.

—Kahlan, ¿estás segura? —le susurró Richard—. ¿Qué hay del mago? La mujer hizo un gesto de asentimiento y le respondió en voz baja:

—Primero nos ocuparemos de la niña y luego le arrancaré el pellejo a Giller.

Rachel se forzó a tragar para así poder respirar. ¡Lo sabía! Sabía que no podía confiar en una mujer de pelo largo. Se sentía al borde de las lágrimas. Kahlan empezaba a gustarle y Richard era tan amable... ¿Por qué era amable con Kahlan? ¿Por qué iba con una mujer mala que quería hacer daño a Giller? Seguramente era amable con ella para que no le hiciese daño, como hacía ella con la princesa Violeta. Seguramente, Richard tenía miedo a Kahlan. La niña sintió lástima por él y deseó que pudiera escaparse de la mujer como ella había escapado de la princesa. Tal vez debería hablarle a Richard de la caja, y luego ambos podrían huir de Kahlan.

No. Giller había dicho que no confiara en nadie. Quizá Richard tenía tanto miedo a Kahlan que se lo contaría. Tenía que ser valiente por Giller, por toda la otra gente. Tenía que huir.

—Ya hablaremos de eso por la mañana —repuso Kahlan—. Si queremos partir al amanecer, será mejor que durmamos un poco.

Richard asintió y abrazó a la niña.

—Yo haré la primera guardia. Tú duerme.

El joven alzó a la niña y se la tendió a Kahlan. Rachel tuvo que morderse la lengua para no gritar. Kahlan la abrazaba con fuerza. La niña bajó la mirada hacia el cuchillo de la mujer; ni siquiera la princesa tenía un cuchillo. Entonces tendió los brazos hacia Richard con un gemido. Richard sonrió y le entregó a Sara. Aunque no era eso lo que ella quería, abrazó a la muñeca con fuerza y le mordió un pie para contener las lágrimas.

—Que duermas bien, pequeña —le deseó Richard, alborotándole el cabello con gesto cariñoso.

Entonces se marchó y ella se quedó a solas con Kahlan. Rachel apretó los ojos. Tenía que ser valiente, no podía llorar. Pero no pudo evitarlo.

Kahlan la apretaba y la niña temblaba. Rachel notaba los dedos de la mujer que le acariciaban el pelo. Mientras la mecía, Rachel se fijó en un hueco oscuro en las ramas, en el otro lado del pino hueco. El pecho de Kahlan se movía levemente de un modo muy curioso, y la niña se dio cuenta con gran sorpresa de que también ella lloraba. Entonces puso su mejilla sobre la coronilla de Rachel.

Rachel empezó a creer que... pero entonces se acordó de lo que decía a veces la princesa Violeta, que el castigo dolía más a quien lo daba que a quien lo recibía. Los ojos se le salieron de las órbitas al imaginarse qué maldad tan terrible estaba planeando Kahlan que lloraba. Ni siquiera la princesa Violeta lloraba cuando la castigaba. Rachel sollozaba y se agitaba.

Kahlan retiró las manos y le secó mejillas. A la niña las piernas le temblaban tanto que no podía correr.

—¿Tienes frío? —susurró Kahlan. Por su voz, parecía que aún lloraba.

Rachel temía que, dijera lo que dijese, se ganaría un bofetón. En respuesta hizo un gesto de asentimiento, lista para cualquier cosa. Pero Kahlan simplemente sacó una manta de su mochila y las cubrió a ambas. La niña supuso que era una manera de evitar que se escapara.

—Ven, tiéndete junto a mí y te contaré un cuento. Así estaremos las dos calentitas. ¿Vale?

Rachel se tendió al lado de Kahlan, con la espalda pegada a la mujer, la cual se hizo un ovillo contra la niña y la cubrió con un brazo. La sensación era agradable, pero Rachel sabía que no era más que un truco. La cara de Kahlan estaba muy cerca de su oreja y, así tendidas una junto a la otra, la mujer le contó el cuento de un pescador que se convertía en pez. Las palabras conjuraban imágenes en su mente y, durante un rato, la niña se olvidó de sus problemas. Una vez ella y Kahlan incluso se rieron juntas. Cuando el cuento acabó, Kahlan la besó en la cabeza y luego le acarició un lado de la frente.

Rachel fingió que Kahlan no era realmente mala. Fingir no podía hacerle ningún daño. Sintiendo la caricia de aquellos dedos y la canción que Kahlan le cantaba al oído, Rachel se sentía en el séptimo cielo. La niña se dijo que así debía de ser tener una madre.

Contra su voluntad, se durmió y tuvo unos sueños maravillosos.

Se despertó en plena noche, cuando Richard despertó a Kahlan, pero se fingió dormida.

—¿Quieres seguir durmiendo con ella? —susurró Richard en voz muy baja.

Rachel contuvo la respiración.

—No —susurró a su vez Kahlan—. Haré mi guardia.

La niña la oyó ponerse la capa y salir afuera. Entonces, se fijó en la dirección hacia la que se dirigían las pisadas. Después de echar unas ramas más al fuego, Richard se tendió, cerca de Rachel. Ahora la niña veía perfectamente el interior del pino. Sabía que Richard la miraba; sentía sus ojos en la espalda. Ansiaba decirle lo mala que realmente era Kahlan y pedirle que huyera con ella. Él era un hombre tan amable... y sus abrazos eran lo mejor de todo el mundo. Richard alargó los brazos y la arropó con la manta. A la niña se le saltaron las lágrimas.

Rachel oyó cómo se tendía de espaldas y se cubría con la manta. Esperó hasta que oyó su respiración regular, lo que indicaba que se había dormido. Sólo entonces se deslizó fuera de la manta.

7

Kahlan se volvió expectante cuando Richard apartó bruscamente una rama para entrar en el interior del pino. Una
vez dentro, se dejó caer delante del fuego, atrajo hacia sí su
mochila y empezó a meter sus cosas en ella sin ningún cuidado.

—¿Y bien?

—He encontrado sus huellas, hacia el oeste, por donde vino —contestó Richard, lanzando a la mujer una mirada de enojo—. Van a dar al
sendero, a unos pocos cientos de metros de aquí. Hace horas que se ha
marchado. Salió por ahí —añadió, señalando el suelo de la parte posterior del pino—. He rastreado a hombres que no querían ser hallados y
sus rastros eran más claros. La niña anda por encima de raíces, rocas y,
además, es tan ligera que no deja huellas donde otros lo harían. ¿Te fijaste en sus brazos?

—Tenía magulladuras causadas por una vara.

—No, yo me refería a los arañazos.

—No vi ninguno.

—Exactamente. Tenía abrojos enganchados en el vestido, lo que indica que había atravesado zarzales, pero no presentaba arañazos en los
brazos. Tiene la piel tan delicada que procura evitar rozar cosas. Un
adulto se limitaría a abrirse paso y dejaría tras de sí un rastro de ramitas
dobladas o rotas. Pero ella casi nunca toca nada. Deberías ver el rastro
que he dejado yo siguiendo el suyo a través de los matorrales; incluso un
ciego podría seguirlo. Pero ella se mueve por la maleza como una ráfaga
de aire. Incluso en el sendero me costó mucho localizar sus huellas. Al
ir descalza, evita pisar agua o barro, porque le da frío en los pies, de
modo que pisa donde está seco, o sea, donde no deja huellas.

—Debería haberla visto irse.

Richard se dio cuenta de que Kahlan creía que él le echaba la culpa y lanzó un suspiro de exasperación.

—No es culpa tuya, Kahlan —le dijo—. Aunque hubiese sido yo quien montaba guardia, tampoco la habría visto marcharse. No quería que la viéramos. Es una niña muy lista.

—Pero podrás seguir el rastro, ¿verdad? —replicó la mujer, a quien las palabras de su compañero no consolaban en absoluto.

—Sí —contestó éste, mirándola de soslayo—. He encontrado esto en el bolsillo de mi camisa, junto al corazón. —El joven se llevó una mano al pecho y sacó el mechón de cabellos de Rachel atados con el tallo de planta—. Me lo ha dejado como recuerdo —comentó, retorciendo el mechón entre los dedos.

—Es culpa mía —declaró Kahlan, con rostro ceniciento. Con estas palabras salió del pino. Richard trató de detenerla, agarrándola del brazo, pero ella se desasió.

Richard dejó la mochila a un lado y la siguió. Kahlan estaba fuera, con los brazos cruzados bajo los pechos y dándole la espalda. Tenía la mirada fija en el bosque.

—Kahlan, no es culpa tuya.

—Sí lo es. Ha sido mi pelo. ¿No viste el miedo en sus ojos cuando lo miraba? He visto ese mismo miedo miles de veces. ¿Tienes idea de lo que es asustar a la gente, incluso a los niños, siempre? —Richard no contestó—. Richard, córtame el pelo.

—¿Qué?

—Por favor, córtame el pelo —repitió Kahlan, mirándolo con expresión suplicante.

El joven percibió el dolor que reflejaban sus ojos.

—¿Por qué no te lo cortas tú misma?

—Porque no puedo —respondió Kahlan, dándole de nuevo la espalda—. La magia impide a una Confesora que se corte ella misma el pelo. Cuando lo intenta, siente un dolor tan intenso que no puede continuar.

—¿Cómo es posible?

—¿Recuerdas el dolor que te causó la magia de la espada cuando mataste con ella por primera vez? Es el mismo tipo de dolor. Me haría perder el sentido antes de poder cortarme el pelo. Lo he intentado sólo una vez. Todas las Confesoras lo intentan una vez. Pero sólo una. Cuando el pelo crece demasiado, otra persona tiene que cortárnoslo un poco, pero nadie osaría cortarlo por completo. ¿Lo harás por mí? —le preguntó, mirándolo a los ojos—. ¿Me cortarás el pelo?

Richard esquivó la mirada de la mujer para posar los ojos en el cielo azul grisáceo, que empezaba a iluminarse. Trataba de comprender qué sentía él y qué debía de estar sintiendo ella. Había tantas cosas que aún desconocía de Kahlan. Su vida, su mundo, eran un misterio para él. En el pasado lo había querido saber todo de ella, pero ahora era consciente de que eso era imposible; entre ellos se abría un abismo de magia. De magia que parecía hecha adrede para mantenerlos alejados.

—No —contestó al fin, volviéndose hacia ella.

—¿Puedo saber por qué?

—Porque te respeto por lo que eres. La Kahlan que conozco no querría engañar a los demás tratando de fingir que es menos de lo que es. Podrías engañar a unas cuantas personas, pero nada cambiaría. Tú eres quien eres: la Madre Confesora. Sólo podemos ser quienes somos, ni más ni menos. —Aquí sonrió—. Así me lo dijo una vez una mujer muy sabia, una amiga mía.

—Cualquier hombre estaría encantado de cortar el pelo a una Confesora.

—Pues yo no. Yo soy tu amigo.

Kahlan hizo un gesto de asentimiento. Todavía tenía los brazos cruzados sobre el estómago.

—Debe de tener frío —comentó—. Ni siquiera se ha llevado una manta.

—Ni comida, aparte del pan que, por alguna razón, prefiere no tocar aunque se esté muriendo de hambre.

—Comió más que tú y yo juntos —dijo ella, sonriendo al fin—. Al menos, tiene la barriga llena. Richard, cuando llegue al Molino de Horner...

—No se dirige al Molino de Horner.

—Pero allí es donde vive su abuela.

El joven negó con la cabeza.

—No tiene ninguna abuela. Cuando dijo que su abuela vivía en el Molino de Horner, y yo le dije que no podía ir allí, ni siquiera parpadeó. Simplemente dijo que iría a otro lugar. No le dio ninguna importancia, no preguntó sobre su abuela ni protestó. Está huyendo de algo.

—¿Huyendo? Tal vez de quien le ha hecho esas magulladuras en los brazos.

—Y también en la espalda. Cada vez que con la mano le rozaba una, se estremecía, pero no decía nada. Deseaba tanto que alguien la abrazara... —Kahlan frunció la frente, preocupada—. Yo diría que está huyendo de quien le cortó el pelo a trasquilones.

—¿El pelo?

—Sí. Era como una especie de marca, tal vez de propiedad. Quien corta el pelo a otra persona de ese modo pretende enviar un mensaje. Especialmente en la Tierra Central, donde todo el mundo presta mucha atención a la longitud del cabello. Era deliberado, un mensaje de que alguien ejercía poder sobre ella. Por eso se lo arreglé, para librarla de esa marca.

Kahlan se quedó con la mirada perdida.

—Por eso se alegró tanto de que se lo cortaras igualado —musitó.

—Pero presiento que hay algo más; no está huyendo simplemente. Rachel miente con más naturalidad que un fullero, con la naturalidad de alguien que tiene un motivo muy poderoso.

—¿Por ejemplo? —Los ojos de Kahlan volvieron a posarse en el joven.

—No lo sé. —Richard suspiró—. Pero tiene algo que ver con ese pan.

—¿El pan? ¿Lo crees de verdad?

—No tenía zapatos, ni capa, nada, excepto la muñeca. La muñeca es su posesión más preciada y, no obstante, nos dejó tocarla. Pero no permitió que nos acercáramos al pan. Yo no sé mucho acerca de la magia en la Tierra Central, pero allí de donde vengo una niña no valora más un pan que una muñeca, y no creo que aquí las cosas sean muy distintas. ¿Te fijaste en la expresión de sus ojos cuando trataste de coger el pan y ella te lo impidió? Si hubiese tenido un cuchillo, y tú no hubieras cedido, lo habría usado contra ti.

—Richard, no creerás eso realmente de una niña —lo reprendió la mujer—. Es imposible que dé tanta importancia a un pan.

—¿No? Tú misma has dicho que comió tanto como nosotros dos juntos. Incluso se me ocurrió la idea de que estuviera emparentada con Zedd. Explícame por qué, si estaba medio muerta de hambre, ni siquiera habría mordisqueado el pan. No —prosiguió, meneando la cabeza—, aquí pasa algo, y ese pan es la clave.

—¿La seguimos o no? —inquirió Kahlan, dando un paso hacia él.

Richard sintió el peso del colmillo contra el pecho. Entonces inspiró profundamente y soltó el aire muy poco a poco.

—No. Tal como Zedd suele decir, no hay nada sencillo. No podemos permitirnos ir tras una chiquilla para solucionar el enigma de un pan, mientras Rahl persigue la caja.

Kahlan tomó una mano del joven entre las suyas y la miró, diciéndole:

—Odio lo que Rahl el Oscuro nos está haciendo, cómo nos hace más duros. Esa niña se ganó nuestro cariño muy rápidamente —añadió, apretándole la mano.

Richard la abrazó con un solo brazo.

—Es cierto. Es una niña muy especial. Espero que encuentre lo que busca y que no le pase nada. —Dicho esto, soltó a Kahlan y se encaminó al pino hueco para recoger sus cosas—. Vámonos ya.

Ni uno ni otro querían pensar en cómo se sentían por abandonar a Rachel a su suerte, condenándola a enfrentarse en solitario a peligros de los que la pequeña nada sabía y contra los que nada podía. Así pues, ambos se propusieron recorrer la mayor distancia en el menor tiempo posible. La luz del día les fue mostrando una extensión, en apariencia interminable, de escarpado bosque. Con el esfuerzo no notaban el frío.

Richard se alegraba cada vez que veía una telaraña que cruzaba la trocha; ahora las arañas eran para él como sus guardianas. En sus días de guía, siempre le había molestado mucho sentir su cosquilleo en el rostro, pero ahora, cada vez que se topaban con una, le daba las gracias mentalmente.

Cerca del mediodía hicieron un alto sobre las rocas de un gélido arroyo, bañadas por los rayos del sol. Richard se echó agua helada a la cara, tratando de recuperar un poco de energía. Ya estaba cansado. El almuerzo fue frío y lo comieron a toda prisa. Aún masticaban los últimos bocados cuando ya se limpiaban las manos, frotándolas contra los pantalones, y abandonaban de un brinco la roca plana y de color rosa.

Por mucho que tratara de quitarse de la mente a Rachel, Richard no podía evitar fruncir el entrecejo de inquietud. El joven se fijó que Kahlan también lo hacía de vez en cuando, cuando se volvía y escrutaba los lados de la trocha. Una vez Richard le preguntó si habían tomado la decisión correcta. No tuvo necesidad de decirle a qué decisión se refería. Ella le preguntó a su vez cuánto tiempo les hubiera llevado alcanzar a la niña. «Aproximadamente dos días —contestó Richard—, si todo hubiera ido bien: al menos uno para alcanzarla y otro para volver.» Kahlan le dijo que dos días eran más de lo que podían permitirse perder. Richard se sintió más tranquilo al oírselo decir.

Al caer de la tarde, el sol desapareció detrás de un lejano pico de una de las montañas Rang'Shada. Los colores del bosque se apagaron y suavizaron, el viento se calmó y la quietud se apoderó del paisaje. Por fin Richard pudo apartar de sus pensamientos a Rachel y concentrarse en qué harían cuando llegaran a Tamarang.

—Kahlan, Zedd nos dijo que debíamos mantenernos alejados de Rahl el Oscuro, que no tenemos poder contra él y que no podríamos defendernos.

—Sí, eso dijo —convino la mujer, lanzándole una breve mirada por encima del hombro.

—Bueno —prosiguió Richard con el ceño fruncido—. Shota nos dijo que la reina no conservaría la caja por mucho tiempo.

—Tal vez quiso decir que nosotros la conseguiríamos pronto.

—No, quería avisarnos de que debemos darnos prisa. ¿Y si Rahl el Oscuro ya está allí?

Kahlan redujo el paso y se puso a andar a su lado.

—¿Y qué si está? No hay otro modo. Nada va a impedirme ir a Tamarang. ¿Prefieres quedarte atrás y esperarme?

—¡Claro que no! Lo único que digo es que debemos ser muy conscientes de qué podemos encontrar allí; quizás a Rahl el Oscuro.

—Créeme, Richard, he dado muchas vueltas a esa posibilidad.

Richard caminó al lado de la mujer en silencio durante un minuto. Finalmente, preguntó:

—¿Y a qué conclusión has llegado? ¿Qué haremos si se nos ha adelantado?

—Si Rahl el Oscuro está en Tamarang y nosotros vamos allí, lo más probable es que nos mate. —Kahlan habló con la vista fija al frente.

Richard perdió el paso. Kahlan no lo esperó, sino que siguió caminando.

A medida que el bosque oscurecía, las pocas nubes que empañaban el cielo se tiñeron de rojo, como moribundos rescoldos de la hoguera del día. La trocha seguía ahora el río Callisidrin, acercándose a veces tanto a la orilla, que ambos viajeros podían ver sus aguas lodosas. Y, cuando no, las oían. Richard no había visto ni un solo pino hueco durante toda la tarde. Y ahora, por mucho que se fijara en las copas de los árboles, no vislumbraba ninguno. A medida que fue anocheciendo fue perdiendo la esperanza de hallar uno antes de que cayera la noche, por lo que empezó a buscar otro refugio. A cierta distancia de la trocha divisó una hendidura en la roca, en la base de una elevación. Estaba rodeada por árboles que la resguardaban, y, pese a la ausencia de techumbre, a Richard le pareció un buen lugar para pasar la noche.

La luna ya iluminaba el cielo cuando Kahlan empezó a preparar un estofado. En un golpe de suerte que le sorprendió a él mismo, Richard cazó dos conejos antes de lo que esperaba y pudo agregarlos a la cazuela.

—Creo que tenemos suficiente para saciar el hambre de Zedd.

Como conjurado por la mención de su nombre, el anciano penetró en el círculo de luz y se detuvo al otro lado del fuego, con las manos en jarras. Tenía el pelo blanco alborotado y las ropas casi hechas jirones.

—¡Me muero de hambre! —dijo a modo de saludo—. ¿Comemos ya?

Richard y Kahlan parpadearon, abriendo mucho los ojos, y se pusieron de pie. El anciano también parpadeó cuando Richard desenvainó la espada. Un segundo más tarde la punta del acero apuntaba las costillas de Zedd.

—¿A qué viene esto? —preguntó el mago.

—Atrás —ordenó el joven. Ambos, separados por la espada, retrocedieron hacia los árboles. Richard lo escrutó atentamente.

—¿Te importa que te pregunte qué cuernos estás haciendo, hijo?

—Una vez ya me llamaste y otra vez te vi, pero ninguna de esas veces eras tú. A la tercera va la vencida: ya no me engañas. —Entonces vio lo que buscaba—. Anda hacia allí, entre esos dos árboles —ordenó, señalando con el mentón en la dirección adecuada.

—¡Ni hablar! —protestó el anciano—. ¡Guarda la espada, hijo!

—Haz lo que te digo o te ensarto con la espada —lo amenazó Richard, apretando los dientes.

El anciano alzó los codos por la sorpresa y, acto seguido, se arremangó la túnica para avanzar por la maleza. Iba mascullando para sí mientras Richard lo pinchaba con la espada. Únicamente miró una vez hacia atrás y, muy brevemente, hasta ponerse entre los árboles. El joven observó cómo la telaraña se rompía. Sus labios esbozaron una amplia sonrisa.

—¡Zedd! ¿Eres tú de verdad?

—El mismo que viste y calza, hijo —repuso el anciano con las manos en jarras y mirando al joven con un solo ojo.

Richard envainó el arma y dio tal abrazo a su viejo amigo que casi lo aplasta.

—¡Oh, Zedd! ¡Me alegro tanto de verte!

Zedd agitó los brazos, tratando de respirar. Richard lo soltó, lo miró a los ojos con una gran sonrisa y volvió a abrazarlo con fuerza.

—No quiero ni pensar en lo que habría ocurrido si te alegraras más de verme.

Richard lo condujo hacia la hoguera, pasándole el brazo por encima de los hombros.

—Perdóname, pero tenía que estar seguro. ¡No puedo creer que estés aquí! ¡Estoy tan contento! Me alegro de que estés bien. Tenemos mucho de que hablar.

—Sí, sí, pero lo primero es la cena.

Kahlan se acercó al mago y también lo abrazó, a la vez que le decía:

—Hemos estado muy preocupados por ti.

Zedd le devolvió el abrazo, mirando con anhelo la cazuela por encima del hombro de la mujer.

—Ya, ya. ¿Qué tal si lo hablamos con el estómago lleno?

—Todavía no está listo.

—¿Todavía no? —Zedd pareció muy decepcionado—. ¿Estás segura? Tal vez deberíamos comprobarlo.

—Estoy segura del todo. Acabo de poner la cazuela al fuego.

—¿Aún falta? —dijo Zedd para sí, cogiéndose un codo con una mano y frotándose el mentón con la otra—. Bueno, eso está por ver. Apartaos, los dos.

El mago se subió las mangas mientras contemplaba el fuego como si fuese un niño que acabara de hacer una travesura. Extendió sus enjutos brazos, con los dedos estirados. Una luz azul cada vez más intensa chisporroteó alrededor de sus huesudas manos. Entonces, con un silbido, salió disparada en forma de rayo que impactó en la cazuela y la hizo saltar. El fuego azul se arremolinó en torno al recipiente, girando a su alrededor, acariciándolo. El estofado borbollaba con luz azul, agitándose ruidosamente. El mago bajó los brazos, y el fuego azul se extinguió.

—Ya está listo —anunció Zedd con una sonrisa—. ¡Vamos a cenar!

Kahlan se arrodilló, probó el estofado con una cuchara de madera y confirmó las palabras de Zedd:

—Tiene razón. Ya está listo.

—Bueno, no te quedes ahí mirando como un pasmarote, Richard. ¡Trae platos!

Richard sacudió la cabeza e hizo lo que le decía. Kahlan sirvió al mago un plato lleno de estofado y añadió a un lado unas galletas secas. Richard se lo tendió a su destinatario. El anciano no se sentó, sino que se quedó de pie junto a ellos, al lado del fuego, engullendo a toda prisa. Cuando Kahlan acabó de servir dos platos más, Zedd ya le tendía el suyo para repetir.

Con el segundo plato Zedd se tomó el tiempo suficiente para sentarse. Richard se acomodó sobre un pequeño afloramiento de una cornisa, con Kahlan a su lado, sentada con las piernas cruzadas. Zedd, en el suelo, los miraba a ambos.

Richard esperó hasta que Zedd hubo tragado la mitad del plato para preguntar:

—Bueno, ¿qué tal te ha ido con Adie? ¿Te ha cuidado bien?

Zedd alzó la vista hacia él y parpadeó. Incluso a la luz del fuego, Richard hubiera jurado que Zedd se había ruborizado.

—¿Adie? Bueno, nosotros... digamos que... —El mago posó la mirada en la perpleja Kahlan—... hemos hecho buenas migas. Pero ¿qué tipo de pregunta es ésa? —El mago miró ceñudo a Richard.

Richard y Kahlan intercambiaron una mirada.

—Es una pregunta muy simple —se excusó el joven—. Es sólo que no pude dejar de notar que Adie es una mujer muy hermosa, e interesante también. Quiero decir, que pensé que tú la encontrarías interesante. —Richard esbozó una leve sonrisa para sí.

Zedd volvió a clavar los ojos en el plato.

—Es una gran mujer. ¿Qué es esto? —inquirió, haciendo rodar algo en el plato con la punta del tenedor—. He comido tres y aún no sé qué es.

—Raíz de tava —contestó Kahlan—. ¿No te gusta?

—No he dicho que no me gustara —refunfuñó Zedd—. Sólo quería saber qué era, nada más. Adie me dijo que te dio una piedra noche. Así es como te he encontrado; por la piedra —dijo, mirando a Richard. Y añadió, agitando el tenedor hacia el joven—: Espero que tengas cuidado con esa cosa. No la uses a no ser que sea un caso de extrema necesidad. Las piedras noche son muy peligrosas. Adie debió advertirte. Le eché una buena regañina por no hacerlo. Lo mejor que podrías hacer es deshacerte de ella —concluyó, pinchando un trozo de raíz de tava.

—Lo sabemos —repuso Richard, jugueteando con un pedazo de carne.

En la mente del joven bullían miles de preguntas, pero no sabía por dónde empezar. Zedd se le adelantó e inquirió:

—¿Habéis hecho lo que os dije? ¿Habéis conseguido no meteros en líos? ¿Qué habéis estado haciendo?

—Bueno —Richard inspiró profundamente—, hemos pasado bastante tiempo con la gente barro.

—¿La gente barro? —Zedd reflexionó sobre ello y, finalmente, proclamó, sosteniendo en el aire el tenedor, con un pedazo de carne pinchado en él—. Bien hecho. Uno no puede meterse en muchos líos estando con ellos. —El mago se metió la carne en la boca y bajó de nuevo el cubierto para coger más estofado y un poco de galleta seca. Hablaba y masticaba al mismo tiempo—. ¿Tuvisteis una estancia agradable con la gente barro? —Al ver que ninguno decía nada, sus ojos los miraron alternativamente—. Uno no puede meterse en muchos líos con la gente barro —afirmó en tono autoritario.

Richard miró fugazmente a Kahlan. La mujer mojó un trozo de galleta en el estofado.

—Maté a uno de los ancianos —dijo la mujer. Entonces se llevó la galleta a la boca, sin alzar la vista.

—¡¿Qué?! —A Zedd se le cayó el tenedor, pero lo atrapó en el aire antes de que llegara al suelo.

—Fue en defensa propia —protestó Richard—. Trataba de matarte.

—¿Qué? —repitió Zedd. El mago se puso de pie con el plato, pero inmediatamente volvió a sentarse—. ¡Diantre! ¿Por qué un anciano de la gente barro osaría tratar de matar a una... —Zedd se interrumpió de golpe y echó un vistazo a Richard.

—¿Confesora? —El joven acabó la frase por él. Su buen humor había desaparecido.

Zedd miró a Kahlan y a Richard, ambos con la cabeza gacha.

—Bueno. Por fin se lo has dicho.

—Sí. Hace unos días.

—Sólo hace unos días —refunfuñó el mago, que siguió comiendo en silencio, lanzándoles miradas de recelo de vez en cuando—. ¿Por qué un anciano de la gente barro osaría tratar de matar a una Confesora?

—Bueno, eso fue cuando descubrimos qué puede hacer una piedra noche —explicó Richard—. Justo antes, nos acababan de nombrar gente barro.

—¿Os nombraron gente barro? ¿Por qué? —Los ojos de Zedd se desorbitaron al preguntar—: ¡Tomaste esposa!

—Pues... no exactamente. —Richard se sacó la cinta de piel de debajo de la camisa y mostró a Zedd el silbato del Hombre Pájaro—. En vez de darme una esposa, me dieron esto.

Zedd examinó el silbato superficialmente.

—¿Cómo los convenciste de que no...? ¿Y por qué os nombraron hombre barro?

—Porque se lo pedimos. Tuvimos que hacerlo. Era el único modo de que convocaran una reunión para nosotros.

—¡Qué! ¿Convocaron una reunión para vosotros?

—Sí. Eso fue antes de que Rahl el Oscuro llegara.

—¿Qué? —gritó de nuevo Zedd, levantándose de un brinco—. ¡Rahl el Oscuro se presentó allí! ¡Te dije que te mantuvieras alejado de él!

—No lo invitamos, precisamente —replicó Richard.

—Mató a mucha gente barro —intervino Kahlan en voz baja, con los ojos aún clavados en el plato y masticando lentamente.

Zedd posó la mirada en la coronilla de la mujer y volvió a sentarse, lentamente.

—Lo siento. ¿Qué os dijeron los espíritus de los antepasados?

El joven se encogió de hombros.

—Nos dijeron que fuésemos a ver a una bruja.

—¡Una bruja! —Zedd entornó los ojos—. ¿Qué bruja? ¿Dónde?

—Shota. En las Fuentes del Agaden.

—¡Shota! —Zedd se estremeció y a punto estuvo de dejar caer el plato. Con los dientes apretados inspiró aire de golpe, emitiendo un curioso sonido. Entonces miró alrededor para comprobar que nadie escuchaba, bajó la voz y dirigió un duro susurro a Kahlan, inclinándose hacia ella—. ¡Diantre! ¡Pero cómo se te ocurre llevarlo a las Fuentes del Agaden! ¡Has jurado protegerlo!

—Créeme, yo no quería hacerlo —se disculpó Kahlan, mirando al mago a los ojos.

—Teníamos que ir. —Richard salió en defensa de la mujer.

—¿Por qué? —quiso saber Zedd, mirándolo ahora a él.

—Para averiguar dónde está la caja. Y lo logramos. Shota nos lo dijo.

—Así que Shota os lo dijo —se mofó Zedd, ceñudo—. ¿Y qué más te dijo? Shota nunca dice nada que quieras saber sin decirte algo que no quieres saber.

Kahlan lanzó a Richard una mirada de soslayo, pero el joven no se la devolvió.

—Nada. No nos dijo nada más. —Richard sostuvo la mirada a Zedd—. Nos dijo que la última caja del Destino se encuentra en manos de la reina Milena, en Tamarang. Nos lo dijo porque su vida también está amenazada.

Zedd clavaba en él una mirada iracunda, pero Richard no desvió la suya. Dudaba que su viejo amigo lo creyera, pero no quería confesarle lo que había dicho Shota. ¿Cómo decirle que uno o dos de ellos acabarían siendo unos traidores? ¿Que Zedd usaría el fuego mágico contra él y que Kahlan lo tocaría con su poder? Richard temía que pudiesen ser acciones justificadas; después de todo, él era quien se sabía el libro, no ellos.

—Zedd —dijo suavemente—, me dijiste que debía hallar el modo de llegar a la Tierra Central y que, una vez allí, tenías un plan. Pero cuando una bestia del inframundo te atacó y te dejó inconsciente, no sabíamos si volverías a despertar ni cuándo. No conocía tu plan, y el invierno está cerca. Tenemos que detener a Rahl el Oscuro.

»Lo he hecho lo mejor que he podido sin ti —prosiguió en tono más duro—. He perdido la cuenta de todas las veces que han estado a punto de matarnos. Todo lo que sabía era que debía localizar la caja. Kahlan me ha ayudado, y juntos descubrimos dónde está. Hemos pagado un alto precio por ello. Si no te gusta lo que hemos hecho, llévate la maldita *Espada de la Verdad*. ¡Ya empiezo a estar harto! ¡De todo!

El joven arrojó su plato al suelo y dio unos cuantos pasos hacia la oscuridad. Mientras daba la espalda a Zedd y a Kahlan, Richard notaba un nudo en la garganta. La imagen de la masa oscura de árboles ante él se hizo borrosa. Le sorprendió cómo la ira había crecido y se había adueñado de él. Había deseado mucho volver a ver a Zedd pero, ahora que estaba allí, se sentía enojado con él. Richard dio rienda suelta a la ira, esperando que muriera por sí misma.

Zedd y Kahlan intercambiaron una mirada.

—Sí —le dijo el mago a la mujer en voz baja—. Ya veo que se lo has dicho. —Entonces dejó el plato en el suelo y le dio una cariñosa palmadita en la espalda—. Lo siento mucho, querida.

Richard no se movió al notar la mano de Zedd sobre el hombro.

—Lo siento, hijo. Supongo que lo has pasado bastante mal.

Richard hizo un gesto de asentimiento, con la mirada fija en la negrura.

—Maté a un hombre con la espada. Con la magia de la espada.

—Bueno, te conozco —dijo Zedd tras unos instantes de silencio—. Estoy seguro de que era necesario.

—No —lo contradijo Richard con un doloroso susurro—. No era necesario. Yo creí que estaba protegiendo a Kahlan, salvándole la vida. No sabía que era una Confesora y que no necesitaba mi protección. Pero yo quería matar a ese hombre y disfruté haciéndolo.

—Sólo te lo pareció. Fue cosa de la magia.

—Yo no estoy tan seguro. No sé en qué me estoy convirtiendo.

—Richard, perdóname si te he dado la impresión de que estaba enfadado contigo. En realidad, estoy enfadado conmigo mismo. Tú lo has hecho muy bien; soy yo quien ha fallado.

—¿A qué te refieres?

—Ven y siéntate. —Zedd le dio unas cariñosas palmadas—. Os contaré lo que ha pasado.

Ambos regresaron junto al fuego bajo la atenta mirada de Kahlan, que parecía muy sola. Richard volvió a sentarse junto a ella y le dirigió una leve sonrisa, que la mujer le devolvió.

Zedd recogió su plato, lo miró con dureza y volvió a dejarlo en el suelo.

—Me temo que estamos en un buen lío —les dijo en voz baja.

Reprimiendo la réplica sarcástica que tenía en la punta de la lengua, Richard preguntó:

—¿Por qué? ¿Qué ha ocurrido? ¿Qué hay de tu plan?

—Mi plan —repitió el mago, torciendo el gesto. Entonces dobló las rodillas hacia el pecho y se cubrió las piernas con la túnica, formando una pequeña tienda—. Mi plan era detener a Rahl sin tener que enfrentarme con él y sin que vosotros dos tuvierais que poneros en peligro. Mi plan era que vosotros dos estuvierais a salvo mientras yo me ocupaba de todo. Pero parece que ahora vuestros planes son lo único que nos queda. No os he dicho todo lo que sé acerca de las cajas del Destino porque prefería que no supierais ciertas cosas. No era vuestro problema, sino el mío. —Zedd los miró y en sus ojos brilló una fugaz ira—. Pero supongo que ahora ya no importa.

—¿Qué es lo que no querías que supiéramos? —inquirió Kahlan, asimismo un poco enojada. Al parecer, le gustaba tan poco como a Richard enterarse de que estaban en peligro sin saberlo.

—Como ya os dije, cada una de las tres cajas tiene un propósito determinado, pero es preciso saber cuál abrir —explicó Zedd, primero con cierta renuencia—. Ésa es la parte que conozco. Todo consta en un libro llamado el *Libro de las Sombras Contadas*. Se trata de un libro de instrucciones para abrir las cajas, y yo soy el encargado de custodiarlo.

Richard se puso rígido y tuvo la impresión de que el colmillo que llevaba al cuello iba a darle un brinco en el pecho. Era incapaz de mover un solo músculo y apenas podía respirar.

—¿Sabes qué caja es cada cual? —preguntó Kahlan—. ¿Sabes cuál debe abrirse?

—No. Yo soy únicamente el custodio del libro. Toda esa información figura en su interior, pero yo nunca lo he leído. No sé qué caja es cada cual, ni siquiera sé cómo averiguarlo. No podía abrir el libro y arriesgarme a que su contenido se propagara. Hubiese sido demasiado peligroso. Así pues, nunca lo hice. El *Libro de las Sombras Contadas* no era más que uno de los libros que guardo, pero uno muy importante.

Richard se dio cuenta de que tenía los ojos muy abiertos y parpadeó varias veces para recuperarse. Durante casi toda su vida había esperado el día en el que hallaría al custodio del libro y durante todo ese tiempo había sido Zedd. La impresión fue tal que lo tenía paralizado.

—¿Dónde estaba? —quiso saber Kahlan—. ¿Qué ha ocurrido?

—Estaba en mi alcázar, en el Alcázar del Hechicero, en Aydindril.

—¿Fuiste a Aydindril? —preguntó Kahlan, ansiosa—. ¿Cómo está Aydindril? ¿Se encuentra a salvo?

Zedd desvió la mirada.

—Aydindril ha caído.

Kahlan se llevó una mano a la boca. Los ojos se le anegaron de lágrimas mientras repetía «no».

—Me temo que es muy cierto. —El mago se quitó imaginarios hilillos de la túnica—. No les fue muy bien, pero, al menos, di a los invasores algo en qué pensar —añadió entre dientes.

—¿Y el capitán Riffkin? ¿Y los tenientes Delis y Miller? ¿Y la milicia?

Con la mirada fija en el suelo, Zedd fue meneando la cabeza negativamente mientras Kahlan pronunciaba los nombres. La mujer se llevó las manos al pecho mientras respiraba hondo y se mordía el labio. Fuesen quienes fuesen esos hombres, parecía muy afectada por las malas noticias.

—¿Qué es ese Alcázar del Hechicero? —preguntó Richard, pensando que debía decir algo para disimular la impresión sufrida.

—Es un refugio, un lugar en el que los magos conservan importantes objetos mágicos, por ejemplo libros de profecías y otros escritos aún más importantes, libros sobre magia y de instrucciones, como el *Libro de las Sombras Contadas*. Algunos libros se utilizan para enseñar a aprendices de magos, otros son obras de consulta y otros más son armas. También se guardan otros objetos mágicos además de libros, como la *Espada de la Verdad* en los intervalos entre un Buscador y otro. El alcázar está mágicamente sellado y sólo los magos pueden entrar en él. Al menos, así debía ser. Pero un intruso logró entrar. No puedo entender cómo lo logró sin que las salvaguardas mágicas lo mataran. Debió de ser Rahl el Oscuro. Él debe de tener el libro.

—Tal vez no fue Rahl el Oscuro —logró decir Richard, más tieso que un palo de escoba.

Zedd entrecerró los ojos.

—Si no fue Rahl el Oscuro, entonces fue un ladrón. Un ladrón muy listo, pero ladrón al fin y al cabo.

—Zedd... —dijo Richard, tragando saliva—, yo... ¿Crees que ese libro, el *Libro de las Sombras Contadas*, podría decirnos cómo detener a Rahl? ¿Cómo impedirle que use las cajas?

—Como ya he dicho, yo nunca lo abrí —respondió el enjuto mago, encogiéndose de hombros—. Pero, por lo que sé de otros libros de instrucciones, sólo es útil a la persona que tiene las cajas. No sirve para impedir que otro las abra. Muy probablemente no nos hubiera servido de nada. Mi plan consistía, simplemente, en coger el libro y destruirlo para evitar que Rahl el Oscuro se hiciera con la información que contiene. Pero ahora que hemos perdido el libro, no nos queda más remedio que encontrar la última caja.

—Pero, sin el libro, Rahl no puede abrir las cajas, ¿verdad? —preguntó Kahlan.

—Con todo lo que sabe estoy seguro de que sí. Pero no sabrá cuál es cuál.

—Entonces, con o sin el libro, va a abrir una caja —intervino Richard—. Tiene que hacerlo, o morirá. No tiene nada que perder. Aun en el caso de que hubieras recuperado el libro, Rahl abriría una caja. Después de todo, es posible que elija correctamente.

—Bueno, si tiene el libro, sabrá qué caja abrir. Yo tenía la esperanza de que aunque no hallásemos la última caja, al menos podría destruir el libro para que no cayera en manos de Rahl, lo que nos hubiera dado una oportunidad: la oportunidad de que eligiera correctamente... o sea, mal. —El rostro de Zedd se ensombreció—. Daría cualquier cosa por destruir ese libro.

Kahlan puso una mano en el brazo de Richard y éste se sobresaltó.

—Entonces Richard ha hecho lo que se esperaba del Buscador: ha averiguado dónde se encuentra la última caja. La tiene la reina Milena. —Kahlan dirigió a Richard una sonrisa tranquilizadora y prosiguió—: El Buscador ha hecho muy bien su trabajo.

A Richard la cabeza le daba tantas vueltas que no logró devolverle la sonrisa.

—¿Y cómo sugieres que le quitemos la caja? —inquirió Zedd, frotándose ambos costados del mentón con los dedos índice y pulgar—. Una cosa es saber dónde está y otra muy distinta, conseguirla.

—La reina Milena es para quien trabaja esa serpiente de túnica plateada —terció Kahlan, sonriendo con toda tranquilidad—. Ese traidor va a tener un encuentro muy desagradable con la Madre Confesora.

—¿Giller? ¿Giller vendió sus servicios a la reina Milena? —Las arrugas en la frente del mago se hicieron más profundas—. Apuesto a que se quedará de piedra cuando me vea.

—Tú déjamelo a mí —repuso Kahlan, ceñuda—. Él era mi mago. Yo me ocupo de él.

Richard miraba alternativamente a uno y a otro. De pronto, se sintió fuera de lugar. El gran mago y la Madre Confesora discutían sobre quién haría entrar en vereda a un mago arribista, como si se tratara de acabar con las malas hierbas del jardín. El joven recordó entonces a su padre y en lo que le había dicho: que se había llevado el libro para impedir que cayera en manos codiciosas; en las de Rahl el Oscuro.

—Quizá tenía una buena razón para hacer lo que hizo —dijo sin pensar.

Ambos se volvieron para mirarlo como si, de pronto, recordaran que seguía allí.

—¿Una buena razón? —espetó Kahlan—. La codicia fue su única razón. Me abandonó, dejándome a la merced de las cuadrillas.

—A veces, la gente hace cosas por razones que no son lo que parecen —se defendió Richard—. Tal vez creyó que la caja era más importante.

Kahlan estaba demasiado sorprendida para hablar. Por su parte, Zedd torció el gesto. Su cabello blanco se veía muy revuelto a la luz del fuego.

—Quizá tienes razón —dijo el mago—. Es posible que Giller supiera que la reina tenía la caja y quisiera protegerla. Desde luego, él conocía la importancia de las cajas. —Zedd dirigió a Richard una irónica sonrisa—. Tal vez el Buscador nos ha dado una nueva perspectiva. Tal vez tenemos un aliado en Tamarang.

—Y tal vez no —apostilló Kahlan.

—Pronto lo averiguaremos —suspiró Zedd.

—Zedd, ayer estuvimos en un lugar llamado el Molino de Horner —dijo Richard, cambiando de tema.

—Lo vi. Y no es un caso aislado, ni mucho menos.

—No fueron soldados de la Tierra Occidental, ¿verdad? —inquirió Richard ansiosamente—. Envié un mensaje a Michael para que reuniera el ejército y se aprestara a proteger la Tierra Occidental. Pero no le dije que atacara a nadie. No pueden haber sido soldados de la Tierra Occidental; ellos jamás harían algo así.

—No, no fue nadie de la Tierra Occidental. No he sabido ni oído nada de Michael.

—Entonces, ¿quién?

—Fueron los propios hombres de Rahl, por orden suya.

—Eso es absurdo —objetó Kahlan—. La ciudad era leal a D'Hara. Las fuerzas del Ejército Pacificador del Pueblo estacionadas allí fueron aniquiladas.

—Por eso lo hizo.

Richard y Kahlan lo miraron, desconcertados.

—Es absurdo —repitió Kahlan.

—Primera Norma.

—¿Qué? —inquirió un ceñudo Richard.

—La Primera Norma de cualquier mago dice: la gente es estúpida. —Richard y Kahlan torcieron el gesto—. La gente es estúpida. Con la debida motivación casi todo el mundo está dispuesto a creer casi cualquier cosa. Como la gente es estúpida, se cree las mentiras porque quiere creer que son verdades, o porque teme que puedan ser verdad. Las personas tienen la cabeza llena de conocimientos, datos y creencias, y la mayor parte de todo eso es falso, aunque ellas crean lo contrario. La gente es estúpida; sólo raramente es capaz de distinguir la verdad de la mentira, pero está convencida de que puede hacerlo. Por esa razón es mucho más sencillo engañarla.

»Precisamente por la Primera Norma, los antiguos hechiceros crearon a las Confesoras y a los Buscadores; para que ayudaran a averiguar la verdad, cuando ésta es suficientemente importante. Rahl conoce las normas por las que se rigen los magos y está usando la primera. La gente necesita un enemigo para tener un objetivo. Es fácil guiar a los demás cuando éstos tienen un objetivo. Tener un objetivo es muchísimo más importante que la verdad. De hecho, en este caso la verdad es irrelevante. Rahl el Oscuro proporciona a la gente un enemigo, que no es él, o sea, un objetivo. Y, como la gente es estúpida y quiere creer, Rahl lo tiene fácil.

—Pero mató a su propia gente —protestó Kahlan—. Mató a sus seguidores.

—Fíjate en que no todo el mundo murió; algunas personas fueron violadas y torturadas, pero salvaron la vida y huyeron para propagar las noticias. Fíjate también en que no quedó ningún soldado vivo para cuestionar la versión de lo ocurrido. No importa que no sea verdad, porque quienes oigan esa versión creerán que es cierta, pues les proporciona un objetivo, un enemigo contra el que unirse. Por boca de los supervivientes las noticias se extenderán como un reguero de pólvora. Aunque ha tenido que destruir un puñado de ciudades que le eran fieles, y algunos soldados, Rahl el Oscuro ha ganado muchas otras ciudades, muchas más. Ahora el número de sus seguidores se multiplicará, porque él les dirá que quiere protegerlos de su enemigo. Es difícil vender la verdad, pues no proporciona ningún objetivo. No es más que la simple verdad.

—Pero no es la verdad —replicó Richard, un tanto perplejo—. ¿Cómo puede Rahl salirse con la suya? ¿Cómo es posible que todo el mundo lo crea?

Zedd le dirigió una severa mirada y respondió:

—Tú sabías que no habían sido soldados de la Tierra Occidental los responsables de la carnicería, pero llegaste a dudar. Temías que fuese cierto. Temer que algo sea cierto equivale a aceptar la posibilidad y aceptar la posibilidad es el primer paso que lleva a creer. Al menos, tú eres listo y has preguntado. Piensa en lo fácil que les resulta creer a quienes no sólo no preguntan, sino que ni siquiera saben cómo hacerlo. Para la mayoría de las personas, lo que importa no es la verdad, sino la causa. Rahl es muy inteligente y les ha dado una causa. —Los ojos del mago centellearon—. Es la Primera Norma de un mago porque es la más importante. No la olvides.

—Pero los responsables de las muertes lo sabían. ¿Cómo pudieron asesinar a esas personas?

Zedd se encogió de hombros.

—Tenían un objetivo, supongo. Lo hicieron por la causa.

—Pero eso va contra la naturaleza. El asesinato es algo contra natura.

Zedd sonrió.

—El asesinato es algo muy natural, algo inherente a todos los seres vivos.

Richard sabía qué intentaba hacer Zedd: provocarlo con una afirmación escandalosa, pero al joven le hervía la sangre y no pudo evitar entrar en la controversia.

—No todos los seres vivos matan. Sólo los depredadores y lo hacen para sobrevivir. Mira esos árboles; ellos no saben nada sobre el asesinato.

—Todos los seres vivos matan. El asesinato es algo natural —repitió Zedd—. Todos los seres vivos son asesinos.

Richard miró a Kahlan en busca de apoyo.

—A mí no me mires —dijo la mujer—. Ya hace mucho tiempo que aprendí a no discutir con un mago.

Richard alzó la vista hacia el hermoso pino de gran tamaño que desplegaba sus ramas por encima de ellos, y que la luz de las llamas iluminaba. El joven se imaginó que las ramas se extendían con intenciones asesinas, luchando durante años para alcanzar la luz del sol y eliminar a los árboles vecinos, dejándolos a la sombra. Si tenía éxito, dispondría de espacio para sus vástagos, muchos de los cuales no podrían sobrevivir a la sombra de su progenitor. Varios de los vecinos más próximos del gran pino ya se veían atrofiados y débiles; eran víctimas. Zedd tenía razón: en la naturaleza había que matar para sobrevivir.

El mago escrutaba los ojos de Richard. Era una lección más; así le había enseñado desde que Richard era un mocoso.

—¿Has aprendido algo, hijo? —le preguntó.

—Sí. Sólo los más fuertes sobreviven. No hay compasión para las víctimas, sólo admiración por la fuerza del vencedor.

—Pero los seres humanos no pensamos así —protestó Kahlan, incapaz de contenerse.

—¿Ah, no? —inquirió Zedd con una sonrisa zorruna y señaló un arbolito casi marchito que crecía muy cerca de donde ellos estaban—. Mira ese árbol, querida, y después a ese otro. —El mago señaló al gran pino—. Dime a cuál admiras más.

—Al grande —contestó la mujer—. Es un árbol realmente hermoso.

—¿Lo ves? Los seres humanos pensamos del mismo modo. Un árbol hermoso, has dicho. Has elegido al árbol asesino y no a la víctima. —Zedd esbozó una sonrisa triunfante—. Así funciona la naturaleza.

—Debería haber mantenido la boca cerrada —refunfuñó Kahlan.

—Puedes mantener la boca cerrada si quieres, pero no cierres tu mente. Si queremos vencer a Rahl el Oscuro, debemos comprenderlo para poder destruirlo.

—Así es como está ganando tanto territorio —dijo Richard, tamborileando con los dedos sobre el pomo de la espada—. Está dejando que otros lo hagan por él. Él les da una causa y sólo tiene que preocuparse por las cajas. Nadie se cruza en su camino.

—Muy cierto —convino con él Zedd—. Rahl usa la Primera Norma para que otros le hagan casi todo el trabajo. Por eso nuestra empresa es tan difícil. La gente lo apoya y lo obedece no porque le importe la verdad, sino porque cree lo que quiere creer y está dispuesta a luchar hasta la muerte por lo que cree, aunque sea falso.

Richard se puso en pie lentamente, con la mirada perdida en la noche.

—Durante todo este tiempo creí que luchábamos contra el mal, el mal desatado y que causaba estragos. Pero ahora resulta que de eso nada, que luchamos contra una plaga: la estupidez.

—Lo has entendido perfectamente, hijo. La estupidez.

—Dirigida por Rahl el Oscuro —apostilló Kahlan.

Zedd le lanzó una fugaz mirada.

—Si alguien hace un agujero que después se llena con agua de lluvia, ¿de quién es la culpa? ¿De la lluvia o de la persona que ha hecho el agujero? ¿Es culpa de Rahl o de las personas que hacen el agujero y permiten así que el agua de la lluvia lo llene?

—Tal vez de ambos —repuso Kahlan—. Lo cual nos deja con un montón de enemigos.

—Enemigos muy peligrosos. Los estúpidos que son incapaces de ver la verdad son mortales. Tú, como Confesora, quizá ya has aprendido la lección, ¿no? —Kahlan asintió—. Ese tipo de estúpidos no siempre hacen lo que uno espera de ellos, o lo que deberían hacer, y pueden cogerte con la guardia baja. Justamente las personas que crees que no van a causarte problemas pueden matarte en un abrir y cerrar de ojos.

—Eso no cambia nada —dijo Kahlan—. Si Rahl consigue todas las cajas y abre la correcta, él es quien nos matará a todos. Rahl sigue siendo la cabeza de la serpiente, la cabeza que debemos cortar.

El mago se encogió de hombros.

—Tienes razón. Debemos seguir con vida para tener la oportunidad de matar a esa serpiente, aunque hay muchísimas serpientes pequeñas que pueden matarnos antes a nosotros.

—Esa lección ya la hemos aprendido —intervino Richard—. Pero, como dice Kahlan, eso no cambia nada. Todavía tenemos que hacernos con la caja si queremos matar a Rahl. —Dicho esto, el joven volvió a sentarse junto a la mujer.

—Recuerda una cosa: Rahl el Oscuro puede matarte —le dijo Zedd, poniéndose muy serio y señalándolo con un huesudo dedo—, y a ti también —añadió señalando a Kahlan—, y a mí —agregó, señalándose él mismo—, muy fácilmente.

—Y, entonces, ¿por qué no lo ha hecho aún? —preguntó Richard, recostándose ligeramente.

—¿Es que tú recorres una habitación para matar todas las moscas que hay dentro? —replicó Zedd, enarcando una ceja—. No. No les haces ni caso porque no merecen tu atención. Hasta que te pican. Entonces las aplastas. —El mago se inclinó hacia ellos dos y agregó—: Nosotros vamos a picarlo.

Richard y Kahlan se miraron de soslayo.

—La Primera Norma de un mago. —Richard notó que una gota de sudor le corría por la espalda—. No la olvidaré.

—Y no debes repetirla ante nadie —le advirtió el mago—. Únicamente los magos deben conocer sus normas. Es posible que a ti te parezcan normas cínicas o triviales, pero son poderosas armas si sabes cómo usarlas, porque son verdaderas. La verdad es poder. A vosotros dos os la he dicho porque soy el mago principal y creo que es importante que la entendáis. Debéis saber qué está haciendo Rahl, puesto que somos nosotros quienes debemos detenerlo.

Tanto Richard como Kahlan asintieron, en signo juramento.

—Es tarde. —Zedd bostezó—. He viajado mucho tiempo para alcanzaros. Seguiremos hablando más tarde.

—Yo haré la primera guardia —propuso Richard. Tenía algo que hacer y quería hacerlo antes de que sucediera nada más—. Usa mis mantas, Zedd.

—Muy bien. Yo haré la segunda guardia. —La segunda guardia de tres era la más pesada, pues partía el sueño en dos. Kahlan quiso protestar, pero el mago la atajo diciéndole—: Yo lo he dicho antes, querida.

Richard señaló hacia el afloramiento rocoso en el que pensaba apostarse, tras lo cual exploró la zona y se encaminó hacia allí. En su cabeza giraban miles de pensamientos, entre los cuales destacaba uno claramente. La noche era silenciosa y fría, aunque sin llegar a ser desagradable. El joven avanzaba entre los árboles con la capa abierta, con toda su atención centrada en la meta hacia la que se dirigía. Los animales nocturnos se lanzaban llamadas unos a otros, pero el joven apenas oía nada. En un momento dado, trepó a lo alto de una peña y miró detenidamente hacia atrás, a través de los huecos entre los árboles, y contempló el fuego hasta que vio que sus amigos se envolvían en las mantas. Entonces, se bajó de la peña y continuó caminando hacia el rumor del agua.

Al llegar a la orilla, miró a su alrededor hasta que localizó una rama del tamaño adecuado. Richard recordó que Zedd le había dicho que debía tener la valentía de hacer todo lo necesario para lograr su propósito y que debía estar preparado para matar incluso a uno de ellos para conseguirlo. El joven conocía a Zedd y sabía que el mago no hablaba por hablar, sino que iba muy en serio. También sabía que Zedd era perfectamente capaz de matarlo a él o, aún más importante, a Kahlan.

Richard se sacó el colmillo de debajo de la camisa y se quitó el cordel de cuero por la cabeza. Acto seguido, sostuvo en la mano el colmillo de forma triangular, notando su peso y observándolo a la luz de la luna, mientras pensaba en su padre. El colmillo era la única prueba que Richard tenía para demostrar a Zedd que su padre había sido un héroe, que había dado su vida para detener a Rahl el Oscuro y que había muerto como un héroe para protegerlos a todos. Richard deseaba que su padre fuera recordado por lo que había hecho. Deseaba contarle a Zedd lo que había hecho.

Pero no podía.

El mago quería destruir el *Libro de las Sombras Contadas*. Pero Richard era ahora el libro. Shota le había advertido que Zedd usaría su fuego de mago contra él, pero que tenía una oportunidad de derrotarlo. Quizás ése era el modo. Para destruir el libro, Zedd tendría que matarlo. Lo que preocupaba a Richard no era su propia vida —ya no le quedaba ninguna razón para vivir y le era indiferente morir—, sino la vida de Kahlan. Si Zedd averiguaba que Richard tenía dentro de sí el libro, lo obligaría a decirle lo que sabía y así se enteraría de que, para asegurarse de que el libro era auténtico, Rahl necesitaba una Confesora. Sólo quedaba una Confesora viva: Kahlan. Si Zedd lo averiguaba, mataría a Kahlan para impedir que Rahl consiguiera la información del libro.

Richard no podía correr el riesgo de que Zedd se enterara y de que matara a Kahlan.

Richard enrolló el cordel de cuero alrededor del pedazo de rama y embutió el colmillo en una hendidura, de modo que quedara bien incrustada en la madera. El joven quería alejarse del colmillo lo más posible.

—Perdóname, padre —susurró.

Entonces lanzó la rama con el colmillo con todas sus fuerzas. La rama describió un arco en el aire y se sumergió en las negras aguas apenas haciendo ruido. A la luz de la luna el joven la vio aflorar a la superficie. Richard contempló con un nudo en la garganta cómo la corriente se la llevaba. El joven se sentía desnudo sin el colmillo.

Cuando ya no pudo verla, regresó al campamento. Lo embargaban una sensación de aturdimiento y vacío. Richard se sentó en el afloramiento rocoso, donde había dicho a sus amigos que montaría guardia, y bajó la mirada hacia el campamento.

Odiaba lo que había hecho, odiaba tener que mentir a Zedd, sentir que no podía confiar en él. ¿En qué tipo de persona se estaba convirtiendo que ya no podía confiar en su más viejo amigo? Era Rahl quien le hacía eso, quien lo obligaba a hacer cosas que él no quería.

Cuando todo acabara, y Kahlan estuviera a salvo, y si él sobrevivía, regresaría a su casa.

Mediada ya la guardia, se dio cuenta de pronto de la presencia de algo. No podía ver los ojos de esa criatura que los perseguía, pero sentía su mirada. Se encontraba en la colina situada al otro lado del campamento y vigilaba. Un escalofrío recorrió a Richard al sentirse observado.

Un sonido en la lejanía lo sobresaltó. Fue un gruñido animal seguido por un aullido. Luego, silencio de nuevo. Algo acababa de morir. Richard abrió mucho los ojos, tratando de ver algo, pero la oscuridad era absoluta. La cosa que los seguía había matado algo, o algo la había matado a ella. Curiosamente, el joven se sintió inquieto por la suerte de su perseguidor. Durante todo el tiempo que los llevaba siguiendo, nunca había intentado hacerles daño. Claro que eso no quería decir nada. Era posible que, simplemente, estuviera esperando su oportunidad, aunque, por alguna razón, Richard no creía que les quisiera ningún mal.

El joven sintió de nuevo que unos ojos se posaban en él y sonrió; su perseguidor seguía vivo. En un impulso pensó en ir tras él para averiguar qué tipo de criatura era, pero desechó la idea. No era el momento oportuno. Fuera lo que fuese, era una criatura nocturna, por lo que sería mejor enfrentársele durante el día.

Antes de que finalizara su guardia, oyó nuevamente la muerte de algo. Esta vez más cerca.

Zedd apareció para el relevo sin que Richard tuviera que despertarlo. El anciano mago tenía un aspecto descansado y fresco, y comía un pedazo de carne seca. Al sentarse junto al joven, le ofreció un poco, pero Richard rehusó.

—Zedd, ¿qué me dices de Chase? ¿Se encuentra bien?

—Muy bien. Por lo que sé, regresó a la Tierra Occidental para seguir tus instrucciones.

—Perfecto. Me alegro de que esté bien. —Richard se bajó de un brinco de la peña, deseoso de dormir un poco.

—Richard, ¿qué te dijo Shota?

El joven escrutó la faz de su amigo a la tenue luz de la luna.

—Lo que Shota me dijo es privado. A nadie más le interesa. Y privado seguirá siendo. —A él mismo le sorprendió su tono cortante.

Zedd dio un mordisco a la carne mientras estudiaba a Richard.

—La espada ha acumulado mucha ira en este asunto. Veo que te cuesta controlarla.

—Muy bien, muy bien, te diré una cosa que Shota me dijo. ¡Me dijo que debería tener una pequeña charla contigo sobre Samuel!

—¿Samuel?

Richard apretó los dientes y se inclinó hacia el mago.

—¡Mi predecesor!

—Oh, ese Samuel.

—Sí, ese Samuel. ¿Me lo podrías explicar, por favor? ¿No deberías decirme que yo acabaré como él? ¿O tenías previsto ocultármelo hasta que acabara mi misión y tú tuvieras que entregar la espada a otro idiota? —Zedd lo miraba con calma. Richard se excitaba por momentos. Finalmente, agarró a Zedd por la túnica y lo atrajo hacia sí—. ¡La Primera Norma de un mago! ¿Es así como los magos conseguís hallar a quien empuñe la espada? ¿Buscáis a alguien tan estúpido que se lo cree todo? ¡Un nuevo Buscador! ¿Te has olvidado de decirme alguna cosilla más? ¿Hay algún otro detalle desagradable que debería saber?

Richard soltó al mago dándole un empellón. Tenía que hacer verdaderos esfuerzos para no desenvainar la espada. El pecho le subía y bajaba por la furia que sentía. Zedd lo observaba serenamente.

—Lo siento de verdad, hijo —susurró—. Siento que Shota te haya hecho tanto daño.

Richard le devolvió la mirada. De pronto, revivió en su mente todo lo ocurrido y la furia que lo invadía se extinguió. No parecía quedar ninguna esperanza. El joven prorrumpió en lágrimas y se abrazó a Zedd. Sollozaba inconsolablemente, incapaz de controlarse.

—Zedd, yo sólo quiero volver a casa.

—Lo sé, Richard, lo sé —replicó el mago con dulzura a la vez que le daba cariñosas palmaditas en la espalda.

—Ojalá te hubiese escuchado. No puedo evitarlo. Por mucho que lo intente, no puedo evitar sentirme como me siento. Es como si me estuviera ahogando y no pudiera respirar. Quiero que esta pesadilla se acabe. Odio la Tierra Central, odio la magia. Lo único que quiero es volver a casa, Zedd. Quiero desembarazarme de esta espada y de su magia. No quiero volver a oír hablar de magia nunca más.

Zedd lo abrazó, dejando que se desahogara.

—Nada es sencillo.

—Quizá no sería tan duro si Kahlan me odiara, pero sé que yo también le importo. Es la magia lo que nos separa.

—Créeme, Richard, te entiendo.

El joven se dejó caer al suelo y se apoyó en la roca, aún llorando. Zedd se sentó a su lado.

—¿Qué va a ser de mí?

—Seguirás adelante. No puedes hacer nada más.

—Yo no quiero seguir adelante. ¿Y qué me dices de Samuel? ¿Estoy condenado a acabar como él?

Zedd meneó la cabeza.

—Lo siento, Richard, no lo sé. Tuve que entregarte a ti la espada porque no podía hacer otra cosa, por el bien de todos los demás. La magia de la *Espada de la Verdad* acaba por alienar al Buscador. Según las profecías, solamente se librará de ese destino el Buscador que realmente controle la magia de la espada, lo que se demostrará porque la hoja se vuelve blanca. Pero lo que no dicen las profecías es cómo se consigue eso. Ni siquiera sé qué significa que la hoja se vuelva blanca. No tenía valor para decírtelo. Lo siento. Mátame si quieres, pero debes prometerme que seguirás adelante y pararás los pies a Rahl el Oscuro.

Richard rió amargamente, sin dejar de llorar.

—¿Matarte? Debes de estar bromeando. Tú eres todo lo que tengo, al único a quien se me permite querer. ¿Cómo quieres que te mate? Es a mí mismo a quien debería matar.

—Eso ni lo digas —susurró Zedd—. Richard, sé cuáles son tus sentimientos respecto a la magia. Yo también hui de ella. A veces ocurren cosas a las que uno debe enfrentarse. Tú eres lo único que me queda. Fui a recuperar el libro porque no quería ponerte en peligro. Haría cualquier cosa para evitar que te hicieran daño, pero no puedo ahorrarte esto. Debemos detener a Rahl el Oscuro, no sólo por nosotros sino por todos los demás, que no pueden hacerlo.

—Lo sé —contestó Richard, frotándose los ojos—. Seguiré adelante hasta completar el trabajo, lo prometo. Después, quizá pueda devolverte la espada antes de que sea demasiado tarde para mí.

—Ve y trata de dormir un poco. Cada día que pase será un poco mejor para ti. Si te sirve de consuelo, aunque no sé por qué los Buscadores acaban como Samuel, no creo que a ti vaya a ocurrirte. Pero, si te ocurre, aún estarás a salvo durante un tiempo, lo que te permitirá detener a Rahl el Oscuro, y toda la gente de las tres tierras estará a salvo. Si llega a ocurrirte lo mismo que a Samuel, puedes estar seguro de que yo siempre me ocuparé de ti. Si conseguimos detener a Rahl, quizá pueda ayudarte a descubrir el secreto para volver la hoja blanca.

Con un gesto de asentimiento, Richard se puso de pie y se envolvió en la capa.

—Gracias, amigo. Perdona que haya sido tan duro contigo esta noche. No sé qué mosca me habrá picado. Tal vez los buenos espíritus me han abandonado. Siento no poder revelarte lo que Shota me dijo.

»Ah, Zedd, mantén los ojos bien abiertos. Hay algo ahí fuera. Nos lleva siguiendo muchos días. No sé qué es; no he tenido tiempo para volver sobre mis pasos dando un rodeo. No creo que desee hacernos daño, al menos, hasta ahora no lo ha hecho, pero en la Tierra Central uno nunca sabe.

—Tendré cuidado.

Richard se alejaba cuando Zedd lo llamó. El joven se detuvo y se volvió.

—Alégrate de que le importes tanto. Si no fuese así, es posible que ya te hubiera tocado.

Richard miró al mago largamente, tras lo cual confesó:

—Me temo que ya me ha tocado; el corazón.

Kahlan fue avanzando en la oscuridad esquivando rocas y árboles, hasta hallar a Zedd sentado sobre una roca, con las piernas cruzadas, observándola llegar.

—Ya te hubiera avisado cuando llegara tu turno —dijo el mago a modo de saludo.

La mujer se sentó a su lado y se cubrió completamente con la capa.

—Lo sé, pero no podía dormir. Así que decidí venir y hacerte compañía.

—¿Has traído algo de comer?

La mujer se metió la mano dentro de la capa y sacó un pequeño bulto.

—Toma —le ofreció, sonriendo—. Hay un poco de conejo y algunas galletas.

Mientras Zedd se frotaba las manos y empezaba a comer, Kahlan dejó que su mirada se perdiera en la noche, tratando de hallar la mejor manera de formular la pregunta que había ido a plantearle. Zedd se acabó el refrigerio en un abrir y cerrar de ojos.

—Buenísimo, querida, estaba buenísimo. ¿No has traído nada más?

Kahlan se echó a reír.

—También he traído unas bayas —respondió, sacando un puñado de frutos envueltos en una tela—. Me pareció que te apetecería algo dulce. ¿Quieres algunas?

El mago la repasó de arriba abajo.

—Supongo que eres bastante menuda y no podrías comer tantas.

Kahlan rió de nuevo y cogió un puñado de frutos del hatillo, que sostenía abierto entre las manos.

—Ahora entiendo por qué a Richard se le da tan bien encontrar comida. Tuvo que espabilarse creciendo cerca de ti, o se hubiera muerto de hambre.

—Yo nunca lo hubiera dejado morir de hambre —protestó Zedd.

—Lo sé. Yo tampoco.

—Me gustaría darte las gracias por cumplir con tu palabra —dijo el mago después de comer algunas bayas.

—¿Mi palabra?

Zedd alzó la vista hacia la mujer mientras, inclinado sobre el hatillo, iba comiendo bayas.

—Me diste tu palabra de que no lo tocarías, de que no usarías tu poder con él.

—Oh. —Kahlan eludió los ojos del anciano mago, tratando de hacer acopio de coraje—. Zedd, aparte de Giller, tú eres el único mago que queda. Yo soy la última Confesora. Tú has vivido en la Tierra Central, en Aydindril, y eres el único que sabe qué significa ser Confesora. Traté de explicárselo a Richard, pero es algo que cuesta toda una vida entenderlo. Además, supongo que solamente otra Confesora, o un mago, pueden entenderlo.

—Es posible que tengas razón —admitió Zedd, dándole palmaditas en el brazo.

—No tengo a nadie, ni puedo tenerlo. No te imaginas qué es eso. Por favor, Zedd —suplicó Kahlan con un frunce de inquietud—, por favor, ¿puedes usar tu magia para librarme de esto? ¿Puedes librarme de mi magia de Confesora y convertirme en una mujer normal?

Kahlan se sintió como si estuviera suspendida de una delgada cuerda al borde de un negro abismo sin fondo. Mientras aguardaba una respuesta, con el corazón en un puño, escrutaba los ojos del mago.

—Sólo hay una forma de separarte de tu magia —dijo el mago con la cabeza gacha, sin atreverse a encontrarse con la mirada de la mujer.

—¿Cómo? —susurró Kahlan ansiosamente.

Zedd la miró con ojos llenos de dolor.

—Tendría que matarte.

Kahlan sintió que la cuerda de esperanza se rompía y centró todos sus esfuerzos en poner su cara de Confesora para que su rostro no revelara nada, aunque, en verdad, sentía cómo se hundía en el abismo de negrura.

—Gracias, mago Zorander, por escuchar mi petición. Ya me imaginaba que es imposible, pero tenía que preguntártelo. Gracias por tu sinceridad. Ahora es mejor que vayas a dormir.

—De acuerdo, pero antes quiero saber qué dijo Shota.

—Pregunta al Buscador —replicó la mujer con expresión impasible—. La bruja le habló a él; yo estaba cubierta de serpientes.

—Serpientes. —Zedd enarcó una ceja—. Entonces es que le caíste bien. Shota puede ser mucho más cruel.

—Lo comprobé en mis propias carnes —contestó Kahlan, sosteniéndole la mirada.

—Ya le pregunté a Richard, pero se negó a decírmelo. Debes hacerlo tú.

—¿Quieres que me interponga entre dos amigos? ¿Me pides que traicione su confianza? No, gracias.

—Richard es inteligente, quizá sea el Buscador más inteligente que he conocido, pero apenas sabe nada de la Tierra Central. Sólo ha visto una parte ínfima de ella. En algunos aspectos, ésa es su mejor defensa y su baza más fuerte. No dudó en acudir a Shota para averiguar el paradero de la última caja. Ningún Buscador de la Tierra Central hubiera osado hacer algo así. Tú has pasado toda tu vida aquí y conoces casi todos sus peligros. Existen criaturas que usarían la magia de la *Espada de la Verdad* contra él, y otras que lo matarían después de absorberle la magia. Hay peligros de todo tipo. No tenemos tiempo para enseñarle todo lo que debe saber, por lo que es nuestra obligación protegerlo para que pueda cumplir su misión. Tengo que saber qué le dijo Shota para juzgar si es importante; sólo así podremos protegerlo.

—Zedd, por favor, Richard es mi único amigo. No me pidas que traicione su confianza.

—Kahlan, querida, Richard no es tu único amigo. Yo también soy amigo tuyo. Ayúdame a protegerlo. No le diré que me lo has contado.

Kahlan le lanzó una elocuente mirada.

—No sé cómo lo consigue, pero siempre acaba sabiendo lo que quiere saber.

Zedd le dirigió una sonrisa cómplice, pero inmediatamente endureció el gesto.

—Madre Confesora, no te lo pido, te lo ordeno, y espero que obedezcas.

Kahlan se cruzó de brazos, ofendida, y giró un poco el cuerpo para alejarse del mago. No podía creer lo que Zedd le estaba haciendo. Ella ya no tenía voz ni voto.

—Shota dijo que Richard es el único que puede detener a Rahl el Oscuro. No sabe cómo ni por qué, pero sólo él tiene una oportunidad.

—Prosigue —ordenó Zedd, en vista de que la mujer guardaba silencio.

Kahlan apretó los dientes.

—También dijo que tú tratarías de matarlo, que usarías el fuego mágico contra él y que tenía una oportunidad de derrotarte. Hay una posibilidad de que falles.

El silencio se instaló de nuevo entre ambos. Zedd lo rompió.

—Madre Confesora...

—También dijo que yo usaría mi poder con él, y que a esto no podría resistirse. Si sigo viva, yo no fallaré.

Zedd respiró hondo.

—Ahora comprendo por qué se negó a decírmelo. —El mago reflexionó en silencio unos minutos—. ¿Por qué no te mató Shota?

—Ésa era su idea inicial —contestó Kahlan, deseosa de que el mago dejara de hacerle preguntas—. Tú también estabas allí —añadió, volviéndose ligeramente hacia el anciano—. Bueno, no eras realmente tú, no era más que una ilusión, pero Richard y yo creíamos que eras tú realmente. Tú, quiero decir tu imagen, trató de matar a Shota. Pero Richard sabía que sólo ella podía ayudarnos a encontrar la caja, por lo que... bueno, la protegió. Richard... te devolvió el fuego mágico, dando así la oportunidad a Shota para... que te atacara.

—No me digas... —comentó Zedd, enarcando una ceja.

Kahlan hizo un gesto de asentimiento.

—A cambio de «salvarla», Shota le concedió un deseo. Richard lo usó para salvarnos, para que no nos matara. A Shota no le hizo ni pizca de gracia, pero Richard se mantuvo en sus trece. La bruja lo amenazó con matarlo si algún día se le ocurría volver a las Fuentes del Agaden.

—Ese muchacho nunca deja de sorprenderme. ¿Realmente escogió la información antes que mi vida?

La sonrisa de Zedd desconcertó un tanto a Kahlan.

—Sí. No dudó en cruzarse en la trayectoria del fuego mágico y usó la espada para que rebotara contra ella.

—Maravilloso —sentenció Zedd, frotándose la barbilla—. Hizo lo que debía. Siempre he temido que fuera incapaz de hacerlo, si se daba el caso. Supongo que ya no debo temer más. ¿Y luego qué pasó?

—Yo pedí a Shota que me matara —siguió contando Kahlan, clavando la vista en sus manos—. Pero ella se negó porque le había concedido a Richard su deseo. Zedd, yo... yo no podía soportar la idea de que usaría mi poder con él, por lo que le supliqué que me quitara la vida. No quería seguir viviendo para cumplir la profecía y hacerle daño.

La mujer enmudeció. Por un instante el silencio flotó entre ellos.

—Como Richard se negó, intenté suicidarme. Lo intenté durante días. Richard me quitó el cuchillo, me ataba por la noche y no me quitaba ojo de encima durante el día. Me sentía como si hubiera enloquecido. Tal vez enloquecí, por un tiempo. Finalmente me convenció de que no podíamos saber qué significa esa profecía, ni si no será él quien se acabe volviendo contra nosotros y debamos matarlo para poder vencer a Rahl. Richard me hizo comprender que no podemos actuar guiándonos por una profecía que ni siquiera entendemos.

—Siento mucho haberte obligado a contármelo, querida, y también siento que hayas tenido que pasar por todo eso. Richard tiene razón. Es peligroso tomarse las profecías al pie de la letra.

—Pero las profecías de una bruja siempre se cumplen, ¿verdad?

—Sí. —Zedd se encogió de hombros y añadió suavemente—: Pero no siempre se cumplen como tú crees. A veces, las profecías acarrean su propio cumplimiento.

—¿Cómo es eso? —inquirió Kahlan, perpleja.

—Imagina, por ejemplo, que yo tratara de matarte para impedir que la profecía se cumpliera y proteger así a Richard. Él se da cuenta, luchamos y uno de los dos vence, por ejemplo él. Como esa parte de la profecía se ha cumplido, teme que la otra parte también se hará realidad, por lo que piensa que debe matarte. Para impedir que te mate, tú lo tocas para protegerte. Y ya está: profecía cumplida.

»El problema es que es una profecía que acarrea su propio cumplimiento. Sin ella, ninguna de estas cosas habría ocurrido. La única influencia externa es la predicción en sí. Las profecías siempre se cumplen, pero raras veces sabemos cómo. —Con la mirada preguntó a la mujer si lo entendía.

—Yo siempre creí que uno debía tomárselas muy en serio.

—Y así es, pero solamente quienes entienden de tales cosas, pues son peligrosas. Como sabes, los magos custodian libros proféticos. Cuando estaba en mi alcázar solía releer algunos, pero la mayor parte de ellos me resultaba incomprensible. En el pasado existían magos que no hacían otra cosa que estudiar los libros proféticos. He leído algunas predicciones que te pondrían los pelos de punta, como mínimo, si las conocieras. A veces, incluso yo me despierto bañado en sudor. Hay algunas cosas que creo que pueden referirse a Richard y que me asustan, y hay otras cosas que sé con seguridad que se refieren a él, pero que no sé qué significado adquirirán, por lo que no me atrevo a actuar basándome en su conocimiento. No siempre podemos saber qué significan las profecías y por esa razón deben permanecer en secreto. Algunas podrían causar mucha inquietud si se conocieran.

Kahlan lo escuchaba con ojos muy abiertos.

—¿Richard aparece en los libros proféticos? Jamás he conocido a nadie que se mencionara en esos libros.

—Tú también apareces —añadió Zedd, muy sereno.

—¡Yo! ¿Mi nombre se menciona en las profecías?

—Bueno, sí y no. No es así como funciona. Uno no puede estar seguro casi nunca, pero, en este caso, lo estoy. Las profecías hablan de «la última Madre Confesora», y no hay duda de quién es la última Madre Confesora: tú, Kahlan. Tampoco hay duda de quién es «el Buscador que gobierna los vientos contra el heredero de D'Hara». Es Richard, y el heredero de D'Hara es Rahl.

—¿Qué significa «que gobierna los vientos»?

—No tengo ni idea.

Kahlan frunció el entrecejo y bajó los ojos, mientras rascaba la roca.

—Zedd, ¿qué se dice de mí en los libros proféticos? —La mujer alzó la mirada y descubrió los ojos de Zedd observándola.

—Lo siento, querida, eso no puedo decírtelo. Te asustarías tanto que no podrías volver a pegar ojo.

—Ya entiendo. Ahora me siento muy estúpida por haber intentado matarme a causa de la profecía de Shota. Para evitar que llegara a cumplirse, quiero decir. Tú también debes de creer que soy estúpida.

—Kahlan, hasta que llegue el momento no sabremos qué significa. Pero no debes sentirte estúpida. Es posible que sea cierto; que Richard sea el único que tiene una oportunidad, que tú nos traiciones, que lo tomes y des así la victoria a Rahl. Hay una oportunidad de que lo hagas para salvarnos a todos.

—Tus palabras no me hacen sentir mejor.

—También entra dentro de lo posible que Richard, de un modo u otro, se convierta en un traidor y que tú nos salves a todos.

—No sé qué es peor —comentó ella, dirigiéndole una hosca mirada.

—Las profecías no pretenden mostrar el camino. En realidad, pueden causar muchos más problemas de los que te imaginas, incluso han llegado a desatar guerras. Yo no comprendo la mayoría de ellas. Si aún quedara algún mago de esos del pasado, expertos en profecías, tal vez podría ayudarnos. Pero, sin un experto en predicciones que nos guíe, es mejor que no demos demasiadas vueltas a las palabras de Shota. La primera página de uno de los libros proféticos dice, escrito en letras doradas: «Lee estas profecías con los ojos de la mente y no del corazón». Imagínate lo importante que es esa frase que no hay nada más escrito en la página. Y eso que el libro mide la mitad de una mesa.

—Pero la profecía de Shota no es exactamente igual que las de los libros, ¿verdad?

—No. Cuando alguien profetiza algo a otra persona directamente, lo hace para ayudarla. Shota trataba de ayudar a Richard, aunque es posible que ni ella misma supiera cómo. Shota fue únicamente el canal. Algún día, tal vez signifique algo para Richard y le sea de ayuda. Pero no hay manera de saberlo. Mi esperanza era llegar a entenderla y así ayudarlo. Ya sabes que a Richard no le gustan los acertijos. Por desgracia, es una profecía del tipo que se da en llamar bifurcada, y con este tipo yo no puedo ayudar.

—¿Quieres decir que va en dos direcciones?

—Sí. Podría significar lo que dice o justo lo contrario. Las profecías bifurcadas casi siempre son inútiles; apenas son mejores que un acertijo. Richard hizo bien en no dejarse guiar por ella. Me gustaría pensar que fue porque le he enseñado bien, pero también podría ser su instinto. Richard posee los instintos de un Buscador.

—Zedd, ¿por qué no le dices a él todas estas cosas como haces conmigo? ¿No crees que tiene derecho a saberlas?

El mago se quedó largo rato con la mirada fija en la noche. Finalmente dijo:

—Es difícil de explicar. ¿Sabes?, Richard posee una intuición especial. —El mago frunció el entrecejo, tratando de encontrar las palabras justas—. ¿Has disparado alguna vez una flecha?

Kahlan sonrió, dobló las rodillas hacia el pecho, puso encima las manos y apoyó el mentón sobre ellas.

—Como se supone que eso no es cosa de chicas, de jovencita me aficioné mucho. Eso fue antes de empezar a oír confesiones.

Zedd soltó una breve carcajada.

—¿Lograste sentir alguna vez el blanco? ¿Lograste alguna vez acallar todos los sonidos en tu mente, oír el silencio y saber adónde iría a parar la flecha?

—Sí —contestó ella, sin alzar la cabeza—. Sólo me pasó un par de veces, pero sé a qué te refieres.

—Bien, pues Richard es capaz de sentir el blanco casi a voluntad. A veces, pienso que podría incluso hacer diana con los ojos cerrados. Cuando le pregunto cómo lo hace, él se limita a encogerse de hombros y responde que no puede explicarlo. Dice que siente adónde va a dirigirse la flecha. Podría hacerlo durante todo un día sin parar. Pero si empiezo a proporcionarle datos, por ejemplo, la velocidad del viento, a cuántos metros se encuentra el blanco o que el arco ha estado toda la noche fuera, con tiempo húmedo, y que esto puede afectar la tensión de la cuerda, es incapaz de dar a nada. El pensamiento interfiere con la sensación.

»Le ocurre lo mismo con las personas. Es implacable en la búsqueda de una respuesta. Va tras la última caja directo como una flecha. Richard nunca había estado antes en la Tierra Central, pero fue capaz de hallar el modo de pasar al otro lado del Límite y también ha hallado las respuestas que necesitaba para seguir adelante, para seguir hacia el blanco. Así es como actúa un verdadero Buscador. El problema es que, si le doy demasiada información, empieza a hacer lo que cree que yo espero de él en vez de hacer lo que le dicta su intuición. Tengo que ponerlo en la dirección correcta, hacia el blanco, y después dejarlo ir. Dejar que lo encuentre por sí mismo.

—Eso suena bastante cínico. Richard es un ser humano, no una flecha. Solamente hace eso porque te tiene en gran estima y haría lo que fuera para complacerte. Tú eres su ídolo. Te adora.

—No podría estar más orgulloso de él de lo que lo estoy, ni amarlo más de lo que lo amo —replicó el mago, lanzando a la mujer una sombría mirada—, pero si no detiene a Rahl el Oscuro, pasaré a ser un ídolo muerto. A veces, los hechiceros deben utilizar a los demás para alcanzar un objetivo necesario.

—Creo que sé cómo te sientes al tener que ocultarle cosas.

—Siento mucho que vosotros dos lo hayáis pasado tan mal —dijo el mago, levantándose—. Quizás ahora, conmigo aquí, será más fácil. Buenas noches, querida. —Con estas palabras echó a andar en la oscuridad.

—Zedd —lo llamó Kahlan. El mago se detuvo y la miró; una figura oscura contra el bosque iluminado por la luna—. Tú tenías una esposa, ¿verdad?.

—Sí.

La mujer se aclaró la garganta y preguntó:

—¿Cómo era? ¿Qué se siente cuando amas a alguien más que a tu propia vida, y se te permite estar con esa persona y que ella también te ame?

Zedd se quedó quieto y en silencio largo rato, mirándola fijamente en la oscuridad. Kahlan esperó, deseando ser capaz de ver el rostro del mago. Cuando se convenció de que no iba a obtener respuesta, alzó el mentón y le dijo:

—Mago Zorander, no te lo pido, te lo ordeno. Responde a mi pregunta. —Dicho esto, esperó.

Zedd respondió en voz baja.

—Fue como encontrar la otra mitad de mí mismo y estar completo, ser un todo por primera vez en mi vida.

—Gracias, Zedd. —Kahlan se alegró de que el mago no pudiera ver sus lágrimas, mientras pugnaba por no estallar en sollozos—. No era más que una pregunta.

8

Richard se despertó cuando Kahlan arrojó unas ramas al fuego. El sol justo empezaba a asomar por los picos de las lejanas montañas, que aparecían bañadas en un suave resplandor rosa, mientras que las negras nubes que se perfilaban por detrás resaltaban aún más los picos coronados de nieve. Zedd estaba tumbado de espaldas, con los ojos abiertos y roncando. Richard se frotó los ojos para despabilarse y bostezó.

—¿Te apetecen gachas de tava? —susurró a Kahlan para no despertar a Zedd.

—Buena idea —susurró la mujer a su vez.

Richard sacó de su mochila las raíces de tava y empezó a pelarlas con el cuchillo, mientras Kahlan sacaba una cacerola y vertía en ella agua de un odre. Cuando acabó de cortar las raíces, el joven las añadió al agua.

—Ya no quedan más. Esta noche tendremos que empezar a buscar más, pero dudo que encontremos tava. En este suelo tan pedregoso será imposible.

—Yo he recogido unas bayas.

Juntos se calentaron las manos acercándolas al fuego. «Es más que una reina», pensaba Richard y trataba de imaginarse a una reina con su corona y sus mejores galas recogiendo bayas.

—¿Viste algo durante la guardia?

Kahlan negó con la cabeza, pero entonces pareció recordar algo y alzó el rostro.

—Bueno, una vez me pareció oír algo. Sonaba por aquí abajo, cerca del campamento. Fue como un gruñido y luego un aullido. Estuve a punto de venir y despertarte, pero, de repente, cesó y no lo volví a oír.

—¿Por aquí abajo, dices? —Richard miró por encima de un hombro y luego del otro—. Supongo que estaba tan cansado que ni me enteré.

Una vez cocidas las raíces, Richard las aplastó y agregó un poco de azúcar. Kahlan sirvió las gachas y añadió un buen puñado de bayas en cada plato.

—¿Por qué no lo despiertas? —preguntó a Richard.

—Mira esto —contestó el joven, risueño.

Con la cuchara dio varios golpecitos al plato de hojalata. Zedd lanzó un breve ronquido y se incorporó de golpe. Entonces, parpadeó dos veces y preguntó:

—¿Desayuno?

Richard y Kahlan, de espaldas a él, se rieron.

—Estás de buen humor esta mañana —comentó la mujer, mirándolo.

—Zedd está de nuevo entre nosotros —fue la respuesta del joven.

Richard se acercó a Zedd y le ofreció un cuenco lleno de gachas, tras lo cual fue a sentarse en el saliente para comer su desayuno. Kahlan se acomodó en el suelo y se cubrió las piernas con una manta, mientras sostenía el plato en equilibrio con una sola mano. Zedd ni siquiera se molestó en retirar la manta para comer. El joven esperó pacientemente, saboreando el desayuno, mientras Zedd engullía sus gachas.

—¡Muy bueno! —alabó el mago, y se levantó para servirse otro cuenco.

Richard esperó a que su viejo amigo se sirviera de la cacerola para decir:

—Kahlan me ha contado lo que pasó; que la obligaste a contarte lo que predijo Shota.

Kahlan se quedó paralizada, como si le hubiera caído un rayo encima.

Zedd se enderezó bruscamente y le espetó:

—¿Por qué se lo has contado? Creí que no querías que él supiera que...

—Zedd... yo nunca...

La faz del mago se contrajo en una mueca y se volvió lentamente hacia Richard, que, inclinado sobre su cuenco, se dedicaba a llevarse metódicamente a la boca cucharadas de gachas.

—Kahlan no me ha dicho nada —dijo el joven, sin alzar la mirada—. Pero tú acabas de hacerlo.

Después de tragar la última cucharada de gachas, el joven rebañó la cuchara y la dejó caer en el cuenco de hojalata, provocando un tintineo. Acto seguido, miró con expresión calmada y triunfante a Zedd, que bizqueaba.

—La Primera Norma de un mago —anunció el joven con un amago

de sonrisa—. Para creer algo, lo primero es querer creer que es verdad... o temer que lo sea.

—Ya te lo dije —espetó Kahlan a Zedd, echando chispas—. Te dije que lo acabaría sabiendo.

Pero Zedd, los ojos clavados en Richard, no le prestaba atención.

—Anoche le estuve dando vueltas y decidí que tenías razón, que debías saber lo que me dijo Shota —explicó Richard, dejando el cuenco sobre la roca—. Después de todo, tú eres mago, y es posible que las palabras de Shota contengan algo que nos ayude a detener a Rahl el Oscuro. Sabía que no descansarías hasta averiguar qué había pasado. Decidí contártelo hoy, pero entonces comprendí que se lo sacarías antes a Kahlan, de un modo u otro.

Kahlan se dejó caer en la manta, riendo.

Zedd enderezó la espalda y se llevó los puños a las caderas.

—¡Cáspita, Richard! ¿Tienes idea de lo que acabas de hacer?

—Magia —contestó Richard, sonriendo—. Un truco, si se ejecuta como es debido, es magia. Bueno, eso es lo que me han dicho —agregó, encogiéndose de hombros.

—Tienes mucha razón —contestó Zedd, asintiendo con la cabeza. El anciano apuntó al cielo con un enjuto dedo y sus penetrantes ojos color avellana recuperaron la chispa—. Has engañado a un mago con una de sus propias normas. Ninguno de mis magos lo logró nunca. —Zedd se aproximó a Richard con una radiante sonrisa en la cara—. ¡Cáspita, Richard! ¡Lo tienes! ¡Tienes el don, hijo! Puedes ser un mago de Primera Orden, como yo.

—Yo no quiero ser mago —replicó el joven, frunciendo el ceño.

—Has pasado la primera prueba —declaró Zedd, haciendo caso omiso de la negativa de Richard.

—Acabas de decir que ninguno de los demás magos logró hacerlo nunca. ¿Cómo es posible, entonces, que fuesen magos si no pasaron la prueba?

—Eran magos de Tercera Orden —contestó Zedd, sonriendo con un solo lado de la boca—. Uno de ellos, Giller, es de Segunda Orden. Ninguno consiguió pasar las pruebas para convertirse en mago de Primera Orden. No poseían el don; sólo la vocación.

—No fue más que un truco —objetó Richard con una sonrisita—. No hagas una montaña de un grano de arena.

—Fue un truco muy especial. —El anciano entrecerró los ojos de nuevo—. Estoy impresionado y también me siento muy orgulloso de ti.

—Si ésta es la primera prueba, ¿cuántas hay?

—Oh, pues no lo sé. Un centenar, o más. Pero tú tienes el don, Richard. —Una sombra de preocupación cruzó por los ojos del mago como si no hubiese esperado que Richard lo poseyera—. Debes aprender a controlarlo o... Pero yo te enseñaré. Puedes llegar a ser un mago de Primera Orden —afirmó, de nuevo con ojos brillantes.

Richard se dio cuenta de que la idea empezaba a atraerlo un poco, por lo que meneó la cabeza, tratando de aclarársela.

—Ya te lo he dicho; no quiero ser mago. Cuando todo esto acabe —añadió en voz baja—, no quiero tener nada que ver con la magia, nunca más. —Al percatarse de que Kahlan lo observaba con atención, miró alternativamente a la asombrada faz de sus dos amigos—. No ha sido más que un estúpido truco. Nada más que eso.

—Si se lo hubieras hecho a otro, habría sido un estúpido truco. Pero, si se lo haces a un mago, no tiene nada de estúpido.

—Vaya par... —comentó Richard, entornando los ojos.

—¿Puedes gobernar los vientos? —lo interrumpió Zedd, inclinándose ansiosamente hacia adelante.

—Pues claro que sí —declaró el joven, siguiéndole la corriente. Alzó ambos brazos hacia el cielo con aire dramático y ordenó—: ¡Ven a mí, hermano viento! ¡Reúne tus fuerzas y desata un vendaval!

Kahlan se arrebujó en la capa, expectante. Zedd miró alrededor. Nada ocurrió. Los dos se mostraron algo decepcionados.

—¿Pero qué os pasa a vosotros dos? —los reprendió Richard—. ¿Habéis comido bayas venenosas o qué?

—Ya aprenderá —comentó Zedd a Kahlan.

Tras considerar las palabras del mago, Kahlan alzó la vista hacia el joven y le dijo:

—Richard... convertirse en mago no es una oferta que se haga a todo el mundo.

—¡Caramba! —exclamó Zedd, frotándose las manos—. Ojalá tuviera aquí mis libros. Me apuesto un colmillo de dragón a que dicen algo sobre esto. Claro que también está la cuestión del dolor... y... —El rostro del mago se ensombreció.

Richard rebulló, incómodo.

—Además, ¿qué tipo de mago eres tú? —soltó a su amigo—. ¡Si ni siquiera tienes barba!

—¿Qué? —El comentario de Richard arrancó a Zedd de sus cavilaciones.

—Una barba. ¿Dónde está tu barba? Me lo he estado preguntando desde que me enteré de que eres un mago. Los magos siempre llevan barba.

—¿De dónde has sacado eso?

—Pues... no sé. Todo el mundo lo dice. De todos es sabido que los magos llevan barba. Me sorprende que tú no lo sepas.

Zedd puso la misma cara que si hubiera chupado un limón.

—Yo odio las barbas. Pican una barbaridad.

Richard se encogió de hombros.

—Si ignorabas que los magos siempre llevan barba, es que quizá no sabes tanto como crees sobre ser mago.

Zedd cruzó los brazos.

—¿Barba, dices? —El anciano volvió a descruzarlos y empezó a acariciarse el mentón con los dedos de una mano. Poco a poco le fueron naciendo pelos, que crecían más y más cuanto más se acariciaba. Richard contemplaba atónito la escena. Finalmente, el mago pudo exhibir una barba blanca que le llegaba a la mitad del pecho.

Zedd ladeó la cabeza y lanzó a Richard una penetrante mirada.

—¿Crees que servirá, hijo?

Richard se dio cuenta de que tenía la boca abierta y la cerró. Era incapaz de pronunciar palabra, por lo que se limitó a asentir con la cabeza.

—Perfecto. —Zedd se rascó la barbilla y el cuello—. Ahora dame tu cuchillo para poder afeitarme. Tanto pelo pica una barbaridad.

—¿Mi cuchillo? ¿Para qué necesitas un cuchillo? ¿Por qué no la haces desaparecer?

Kahlan lanzó una breve carcajada, pero inmediatamente se puso seria bajo la mirada del joven.

—No es así como funciona. Todo el mundo sabe que no es así como funciona —se mofó Zedd—. ¿Acaso no es de todos sabido? —preguntó a Kahlan—. Vamos, explícaselo.

—La magia únicamente puede hacer cosas sirviéndose de lo que ya existe. No puede deshacer cosas que han ocurrido.

—No te entiendo.

Zedd le lanzó una mirada de águila.

—Tu primera lección, por si algún día decides convertirte en mago. Nosotros tres tenemos magia. Siempre se trata de Magia de Suma, o sea, la magia que coge lo que ya existe y lo usa, o añade algo. La magia de Kahlan usa la chispa del amor que posee una persona, por mínima que sea, y va añadiendo hasta que la transforma en otra cosa. La magia de la *Espada de la Verdad* usa tu furia y la multiplica; extrae poder de ella hasta que se transforma en otra cosa.

»Yo hago lo mismo. Soy capaz de usar cualquier cosa existente para producir cambios. Puedo transformar un bicho en una flor, a un hada en un monstruo, puedo soldar un hueso roto, absorber el calor del aire que nos rodea y aumentarlo hasta convertirlo en fuego mágico. Puedo hacer que la barba me crezca, pero no que desaparezca. —Una piedra tan grande como su puño empezó a elevarse en el aire—. Puedo levantar cualquier cosa y puedo cambiarla. —La piedra se convirtió en polvo.

—¿Entonces puedes hacer cualquier cosa? —susurró Richard.

—No. Puedo levantar, mover o triturar la piedra, pero no puedo hacer que desaparezca. ¿Adónde iría? Para deshacer lo ya existente se precisa Magia de Resta. Mi magia, la de Kahlan, la de la *Espada de la Verdad*, son magias de este mundo. Toda la magia de este mundo es Magia de Suma. La Magia de Resta pertenece al inframundo. Rahl el Oscuro es capaz de hacer todo lo que yo hago —añadió, ensombreciendo el gesto—. y, además, usar también la Magia de Resta. Yo no.

—¿Es tan poderosa como la Magia de Suma?

—Son dos opuestas, como la noche y el día, pero parte de la misma cosa. La Magia del Destino es la suma de ambas: la de Suma y la de Resta. Puede añadir cosas al mundo y también puede transformarlo en la nada. Para abrir las cajas es preciso dominar ambos tipos de magia. Nadie creyó que pudiera llegar a suceder, pues nunca nadie ha sido capaz de controlar la magia del inframundo. Pero Rahl el Oscuro la domina tan fácilmente como yo domino la magia de este mundo.

—¿Cómo supones que lo ha logrado? —quiso saber Richard.

—No tengo ni idea, pero me inquieta enormemente.

Richard inspiró hondo.

—Bueno, sigo creyendo que haces una montaña de un grano de arena. Yo sólo puse en práctica un pequeño truco.

—Te lo repito —replicó Zedd, mirándolo muy seriamente—: con una persona normal habría sido como dices, pero yo soy un mago. Yo conozco las normas de un mago. La única manera de poder engañarme es usando tu propia magia. Yo he entrenado a muchos magos; he tenido que enseñarles a hacer lo que tú has hecho con total naturalidad. Ellos tuvieron que aprenderlo antes. Muy raramente nace alguien con el don. Yo nací así. Richard, tú también posees el don. Más pronto o más tarde tendrás que aprender a controlarlo. Vamos —dijo, extendiendo la mano—, dame el cuchillo para poder desembarazarme de esta ridícula barba.

Richard entregó el cuchillo al mago.

—No está afilado. Lo he usado para desenterrar raíces. Dudo que puedas afeitarte con él.

—¿De veras? —Zedd cogió el borde del cuchillo entre los dedos índice y pulgar, y fue recorriendo la hoja. Entonces le dio la vuelta y lo sostuvo con cuidado entre el pulgar y dos dedos. Richard hizo una mueca al ver que se disponía a afeitarse en seco. Un delicado movimiento del cuchillo, y parte de la barba cayó al suelo.

—¡Acabas de usar Magia de Resta! Has eliminado parte del filo para que cortara más.

Zedd enarcó las cejas.

—No. He usado lo que ya existía para transformar el filo, haciendo que cortara de nuevo.

Richard meneó la cabeza y se dedicó a recoger sus cosas con la ayuda de Kahlan, mientras Zedd acababa de afeitarse.

—¿Sabes una cosa, Zedd? —comentó el joven, a la vez que recogía los cuencos—. Me parece que te estás volviendo demasiado obstinado. Cuando esto acabe, creo que te convendría tener a alguien que cuidara de ti y te ayudara a no perder la perspectiva de las cosas. Necesitas a alguien que te ilumine la imaginación. En definitiva: una esposa.

—¿Una esposa?

—Pues claro. Es justo lo que necesitas. Tal vez deberías hacer una visita a Adie.

—¿Adie?

—Sí, Adie. ¿La recuerdas? La mujer con un solo pie.

—Oh, la recuerdo bastante bien. Pero Adie tiene dos pies, no uno —dijo, mirando a Richard con aire de inocencia.

Kahlan y Richard se pusieron inmediatamente de pie con exclamaciones de sorpresa.

—Sí. —Zedd sonrió y les dio la espalda—. Al parecer, volvió a crecerle. —El mago se inclinó y sacó una manzana de la mochila de Richard—. Quién lo hubiera imaginado.

Richard cogió a Zedd por la manga y lo obligó a darse la vuelta.

—Zedd... tú...

—¿Estás completamente seguro de que no quieres ser mago? —inquirió Zedd con una sonrisa, e hincó el diente a la manzana, complacido por la expresión de asombro de Richard. Entonces, le devolvió el cuchillo, más afilado que nunca.

Richard sacudió la cabeza y siguió recogiendo.

—Yo sólo quiero volver a casa y seguir siendo un guía. Nada más. —El joven se quedó un momento pensativo y preguntó—: Zedd, te conozco desde que era niño y durante todo ese tiempo eras mago, pero nunca usaste la magia. ¿Cómo pudiste contenerte? ¿Y por qué?

—Ah, bueno, es que usar la magia entraña peligros y también causa dolor.

—¿Peligros? ¿Qué clase de peligros?

Zedd lo contempló brevemente antes de responder:

—Dímelo tú. Tú mismo has usado magia con la espada.

—Pero en mi caso es la espada la que tiene magia; es distinto. ¿Qué peligros corre un mago? ¿Qué dolor siente?

—Justo hemos acabado con la primera lección y ya estás ansioso por continuar —comentó Zedd con una leve sonrisa ladina.

—No importa —replicó Richard, irguiéndose, y se echó la mochila al hombro—. Todo lo que quiero ser es un guía de bosque.

—Eso ya lo has dicho —repuso Zedd, el cual, dando un buen mordisco a la manzana, empezó a caminar—. Ahora quiero que me contéis todo lo que os ha ocurrido desde que me quedé inconsciente. No os saltéis nada, por trivial que os parezca.

Richard y Kahlan intercambiaron una mirada de azoramiento.

—Si tú no se lo cuentas, yo tampoco lo haré —le susurró Richard.

—Juro no decir ni media palabra sobre lo que ocurrió en la casa de los espíritus —declaró Kahlan, poniéndole una mano en un brazo para detenerlo.

Por el modo de mirarlo, el joven se dio cuenta de que Kahlan cumpliría el juramento.

Durante el resto del día, mientras avanzaban sin descanso evitando los caminos principales, contaron a Zedd todo lo que les había acontecido desde que fueran atacados al lado del Límite. En los puntos más insospechados de la historia, el mago les hacía retroceder hacia sucesos anteriores. Saltándose algunas cosas, Richard y Kahlan contaron lo ocurrido durante su estancia con la gente barro, sin mencionar nada de lo que pasó entre ellos en la casa de los espíritus.

A medida que se acercaban a Tamarang, su camino se cruzaba con otros y empezaron a ver refugiados que huían acarreando sus pertenencias o viajando en pequeños carros. Richard procuraba que el trío no permaneciera demasiado tiempo a la vista de la gente, y se colocaba entre ellos y Kahlan siempre que podía. Su intención era evitar que alguien reconociera a la Madre Confesora. Se sentía aliviado cada vez que la senda se internaba de nuevo en el bosque. Allí se sentía en su elemento, aunque ya había comprobado que también era peligroso.

A última hora de la tarde tuvieron que coger la carretera principal para cruzar el río Callisidrin. Como era demasiado grande y la corriente demasiado rápida para arriesgarse a vadearlo, decidieron cruzarlo por un puente de madera. Zedd y Richard se colocaron uno a cada lado de Kahlan para protegerla, mientras cruzaban el puente con mucha otra gente. La mujer mantenía la capucha de la capa echada para ocultar su largo cabello. La mayoría de los caminantes se dirigía a Tamarang en busca de refugio, huyendo de las tropas —supuestamente de la Tierra

Occidental— que asolaban la región. Kahlan les dijo que llegarían a Tamarang al mediodía del día siguiente y que a partir de allí tendrían que viajar casi siempre por el camino principal. Richard sabía que aquella noche tendrían que alejarse bastante del camino para evitar encontrarse con la gente, por lo que empezó a vigilar el sol. De este modo sabría cuándo era el momento de dejar el camino e internarse en el bosque antes de que la noche los sorprendiera.

—¿Estás bien así?

Rachel se imaginó que Sara le decía que sí y colocó un poco más de hierba alrededor de la muñeca para estar doblemente segura de que no pasara frío. A continuación, dejó el pan, envuelto en el hatillo, junto a Sara.

—Así estarás calentita. Voy a buscar un poco de leña antes de que anochezca y encenderé un fuego. Así no pasaremos frío.

La niña dejó a la muñeca y el pan dentro del pino hueco y salió afuera. El sol ya se había puesto, aunque todavía quedaba luz suficiente para ver. Las nubes tenían un hermoso color rosa. La niña les echaba un vistazo de vez en cuando, mientras iba recogiendo ramas, que sostenía contra el cuerpo con el otro brazo. Entonces se aseguró de que la cerilla mágica seguía en el bolsillo. La noche anterior casi se la había olvidado y ahora tenía miedo de perderla.

Una vez más alzó la vista hacia las hermosas nubes. Justo entonces, una cosa grande y oscura bajó en picado hacia los árboles, un poco colina arriba. La niña pensó que debía de tratarse de un pájaro muy grande, un cuervo, por ejemplo. «Sí —se dijo—, tiene que ser uno de esos bulliciosos cuervos.» Después de recoger un poco más de leña, vio un grupo de arándanos que crecían en un claro. Las hojas ya eran de un encendido color rojo. Al verlos, la niña tiró al suelo las ramas.

Tenía tanta hambre que se sentó allí mismo y empezó a comer lo más aprisa que pudo. Como la estación estaba ya bastante avanzada, los arándanos estaban resecos y arrugados, pero aún eran buenos. De hecho, eran muy sabrosos. La niña empezó a meterse uno en bolsillo por cada uno que comía, arrastrándose sobre manos y pies. Anochecía rápidamente. De cuando en cuando alzaba la vista hacia las hermosas nubes, que ahora aparecían más oscuras, de color púrpura.

Cuando tuvo el estómago lleno, así como los bolsillos, Rachel recogió la leña y regresó al pino hueco. Una vez dentro, deshizo el hatillo del pan y puso dentro los arándanos que había recogido. Entonces, se sentó y se fue comiendo los frutos mientras charlaba con Sara, a quien ofrecía. Sara no comió muchos. Rachel deseó tener un espejo para ver cómo le había quedado el pelo. Aquel mismo día se había mirado en una oscura poza. Ahora lo tenía muy bonito, tan recto. Richard había sido muy amable al cortárselo.

La niña echaba de menos a Richard. Cómo deseaba que estuviera allí, a su lado, que huyera con ella, que la abrazara. Richard daba los mejores abrazos de todo el mundo. Si Kahlan no fuera tan mala, también la abrazaría a ella, y así descubriría lo maravillosos que eran esos abrazos. Por alguna razón, Rachel también echaba de menos a la mujer; sus cuentos, sus canciones y el modo como le acariciaba la frente. ¿Por qué tenía que ser tan mala y decir que pensaba hacer daño a Giller? Giller era uno de los hombres más amables del mundo. Giller le había regalado a Sara.

La niña partió las ramas lo mejor que pudo para que cupieran dentro del círculo que había formado con piedras. Después de apilarlas cuidadosamente, sacó la cerilla mágica.

—Luz para mí.

Rachel dejó la cerilla en el hatillo, junto a los arándanos, y se calentó las manos. Después comió unos frutos más mientras contaba a Sara sus problemas, cómo deseaba que Richard estuviera allí para abrazarla, cuánto le gustaría que Kahlan no fuera mala, que esperaba que no hiciera daño a Giller y cómo deseaba tener algo más para comer, aparte de los arándanos.

Un bicho le picó en el cuello. La niña lanzó un pequeño grito y lo aplastó. Cuando se miró la mano vio que tenía un poco de sangre. Y una mosca.

—Mira, Sara. Esta estúpida mosca me ha picado y me ha hecho sangre —le dijo a la muñeca.

Sara pareció compadecerla. Rachel siguió comiendo arándanos. Otra mosca la picó en el cuello. Esta vez la niña la aplastó, pero no gritó. En la mano vio otra mancha de sangre.

—¡Eso ha dolido! —dijo a Sara. La niña frunció el entrecejo y arrojó la mosca despachurrada al fuego.

Rachel dio un salto cuando la tercera mosca la picó, esta vez en el brazo. La niña la aplastó, pero otra le picaba ya en el cuello. Rachel agitó los brazos alrededor de la cara para ahuyentarlas. Dos más le picaron en el cuello, haciéndole sangre antes de que pudiera aplastarlas. Las picaduras le dolían tanto que los ojos se le llenaron de lágrimas.

—¡Fuera de aquí! —gritaba, agitando furiosamente las manos.

Algunas moscas se le metieron por dentro del vestido y se cebaron en su pecho y espalda, mientras otras le picaban el cuello.

Rachel se echó a gritar, sacudiendo los brazos y tratando de quitarse los insectos de encima. Las lágrimas le corrían por las mejillas. Una mosca le picó en el interior de la oreja, lo que aumentó la intensidad de sus chillidos. La niña se llevó un dedo a la oreja, gritando y llorando, intentando quitarse de dentro la mosca. Mientras chillaba, no dejaba de dar manotazos.

Lanzando agudos gritos, la niña salió a trompicones del pino, apartando moscas de delante de los ojos. Rachel corría agitando los brazos como aspas de molino, tratando de ahuyentar a las moscas. Pero éstas la seguían.

Entonces vio algo frente a ella que la dejó paralizada. Su mirada atónita fue recorriendo de abajo arriba el peludo cuerpo de la bestia. El monstruo tenía el abdomen rosa, sobre el que se habían posado algunas moscas.

La bestia desplegó lentamente unas enormes alas contra un cielo de colores pastel. No eran unas alas cubiertas de plumas, sino de piel. Rachel distinguió en ellas grandes venas en las que latía la sangre.

Haciendo acopio de todo su coraje, se metió la mano en el bolsillo para coger la cerilla mágica. Pero no estaba allí. Las piernas no le respondían y ni siquiera sentía los picotazos de las moscas. Entonces oyó un sonido semejante al ronroneo de un gato, aunque mucho más fuerte. Alzó más la mirada y se encontró con unos refulgentes ojos verdes que la taladraban. Aquel ronroneo fuerte no era otra cosa que un grave gruñido.

La bestia abrió sus fauces en un gruñido más fuerte, retrayendo los labios y dejando al descubierto unos colmillos largos y curvos.

Rachel no podía correr, ni moverse, ni siquiera gritar. Todo su cuerpo temblaba mientras contemplaba fijamente esos perversos y relucientes ojos verdes. La niña había olvidado cómo mover los pies.

Una gran zarpa fue a por ella, y Rachel sintió algo caliente que le bajaba por las piernas.

9

Richard se cruzó de brazos, recostó la espalda contra la roca y ordenó:

—¡Ya basta!

Tanto Zedd como Kahlan volvieron la cabeza. Al parecer, se habían olvidado de la presencia del joven. Durante casi media hora Richard los había escuchado discutir frente al fuego, y ya estaba más que harto. De hecho, se sentía agotado. Hacía ya mucho que habían cenado y ya deberían estar durmiendo. Pero, en vez de eso, Kahlan y Zedd trataban de ponerse de acuerdo sobre qué debían hacer al día siguiente, cuando llegaran a Tamarang. Tras la exclamación de Richard, dejaron de discutir entre ellos para exponerle a él sus respectivos casos.

—Yo digo que vayamos y que dejéis que yo me ocupe de Giller. Él es mi estudiante. Ya me encargaré yo de hacerlo hablar. Sigo siendo mago de Primera Orden. Giller me obedecerá y me entregará la caja.

Kahlan sacó de su mochila el vestido de Confesora y se lo mostró a Richard.

—Así es como debemos ocuparnos de Giller. Él es mi mago y me obedecerá porque conoce las consecuencias.

Richard suspiró hondo y luego se frotó los ojos con las yemas de los dedos.

—Los dos estáis vendiendo la piel del oso antes de cazarlo. Y ni siquiera estamos seguros de a quién pertenece esa piel.

—¿Qué quieres decir? —inquirió Kahlan.

Richard se inclinó hacia adelante. Por fin había captado su atención.

—En el mejor de los casos, las simpatías de Tamarang están del lado de D'Hara. Y, en el peor, nos encontraremos a Rahl allí. Probablemente la situación sea la intermedia. Si entramos por las buenas y les decimos lo que queremos, es muy posible que no les guste nada de nada y que nos lo hagan saber con su ejército. ¿Y entonces, qué? ¿Vamos a luchar nosotros tres contra todo un ejército? ¿Lograremos así la caja o acercarnos a Giller? Si tenemos que luchar, será mejor que lo hagamos para salir y no para entrar.

Richard esperaba que uno de sus dos amigos expresara alguna objeción en vez de quedarse allí sentados, escuchando su regañina. Pero no dijeron nada.

—Tal vez Giller está esperando que vaya alguien para llevarse la caja. Aunque también es posible que no esté dispuesto a desprenderse de ella. Pero si no llegamos a él nunca lo sabremos, ¿no os parece? Tú me contaste que la caja posee magia y que un mago, o Rahl, es capaz de sentir la magia —dijo, dirigiéndose a Zedd—. Pero un mago puede también disimular la magia con una red, para que nadie la detecte. Es posible que ésa fuera la razón por la que la reina Milena necesitaba un mago: para impedir que Rahl hallara la caja y así usarla para regatear. Si armamos un buen alboroto y asustamos a Giller, es posible que, sea lo que sea lo que sienta por nosotros, le metamos miedo y aproveche la oportunidad para escapar. También es posible que Rahl espere que otro levante las piezas para atacar.

—Creo que el Buscador tiene mucha razón —dijo Zedd a Kahlan—. Tal vez deberíamos hacerle caso.

—Yo también lo creo, mi buen mago —contestó la mujer con una media sonrisa, y añadió, dirigiéndose a Richard—: ¿Qué propones?

—Tú has tratado ya con la reina Milena. ¿Qué tipo de persona es?

Kahlan no tuvo que pensárselo dos veces para responder:

—Tamarang es un reino de poca importancia, podría decirse incluso que insignificante, pero la reina Milena es tan pomposa y arrogante como una emperatriz.

—Una serpiente pequeña, pero que, de todos modos, puede matarnos —concluyó Richard.

—Exactamente —repuso Kahlan—. Una serpiente con una cabeza muy grande.

—Las serpientes pequeñas deben ser muy cuidadosas y cautas cuando no saben a qué se enfrentan. Lo primero que haremos es darle motivos para que se inquiete. Debemos impedir que se sienta lo suficientemente segura para que nos pique.

—¿Qué quieres decir? —quiso saber Kahlan.

—Has dicho que ya habías tratado con ella. Las Confesoras van a los diferentes reinos para escuchar confesiones e inspeccionar las prisiones, para averiguar lo que desean saber. La reina Milena no cerraría Tamarang a una Confesora, ¿verdad que no?

—No si tiene dos dedos de frente —contestó Zedd, divertido.

—Perfecto. Pues esto es lo que haremos: tú te pondrás tu vestido y harás lo que sueles hacer, serás simplemente una Confesora que cumple con su tarea. Seguramente no le hará ninguna gracia, pero te tratará bien y querrá complacerte. Para deshacerse de ti cuanto antes te dará libertad para que veas lo que quieras ver. Lo último que querrá es despertar sospechas. Así pues, inspeccionas las mazmorras, sonríes o pones mala cara, según acostumbres, y antes de marcharnos dices que quieres hablar con tu antiguo mago.

—¿Consideras prudente que vaya sola? —objetó Zedd.

—No. Su vulnerabilidad, al no tener un mago junto a ella, sería demasiado tentadora para la reina. No queremos hacerle la boca agua.

—Yo seré su mago —declaró Zedd, cruzándose de brazos.

—¡No! En estos mismos momentos Rahl el Oscuro está asesinando a gente para tratar de encontrarte. Si retiras la red mágica y te das a conocer, Rahl se nos echará encima antes de que podamos marcharnos con la caja. Quién sabe el precio que ha puesto a tu arrugado pellejo. Tú protegerás a Kahlan, pero desde la sombra. Serás... —Richard tamborileó los dedos sobre el pomo de la espada, reflexionando. Entonces bajó de nuevo la mirada y declaró—: En ausencia de un mago, serás el consejero de confianza de la Madre Confesora, alguien capaz de leer las nubes. —El joven torció el gesto al oír refunfuñar a Zedd—. Estoy seguro de que harás muy bien tu papel.

—¿Y tú le ocultarás a la reina tu espada y tu identidad? —inquirió Kahlan.

—No. La presencia del Buscador le dará que pensar, algo de lo que preocuparse y que la mantendrá quieta hasta que nos hayamos ido. El objetivo es enfrentarla con una situación que le sea familiar, la visita de una Confesora, para no alarmarla. Pero, al mismo tiempo, debemos darle motivos de preocupación en las figuras de alguien que lee las nubes y el Buscador, para que así prefiera deshacerse de nosotros sin averiguar qué dificultades podemos causarle. La manera que vosotros proponéis nos conducirá a una lucha en la que uno de nosotros, o todos, podemos salir mal parados. Si lo hacemos como yo digo, el riesgo de tener que luchar es mínimo y, si debemos hacerlo, será solamente para salir con la caja. Supongo que recordáis que el objetivo es la caja, ¿verdad? —les espetó con una severa mirada—. En caso de que lo hayáis olvidado, os recuerdo que eso es lo que buscamos y no la cabeza de Giller metida en un cesto. El lado del que esté él no importa. Lo único que cuenta es conseguir la caja.

Kahlan cruzó los brazos, ceñuda, mientras Zedd se frotaba el mentón con la mirada fija en las llamas. Richard les dio tiempo para que reflexionaran. Sabía que si lo hacían como ellos querían, tendrían problemas, y que ambos se darían cuenta de ello.

—Vale. Tienes razón —le dijo el mago—. ¿Y tú qué opinas, Madre Confesora?

Kahlan escrutó la enjuta faz de Zedd por un momento antes de levantar la mirada hacia Richard y responder:

—De acuerdo. Pero, Richard, vosotros dos tendréis que interpretar el papel de cortesanos de la Madre Confesora. Zedd conoce el protocolo, pero tú no.

—Confío en que no nos quedemos mucho tiempo en Tamarang. Tú dime sólo lo que debo saber para fingir un rato.

Kahlan inspiró profundamente.

—Bueno, supongo que lo más importante es que parezcas formar parte de mi escolta, que te muestres... respetuoso. —La mujer carraspeó y desvió la mirada—. Finge que crees que soy la persona más importante que has conocido en tu vida. Trátame de ese modo y nadie sospechará. Cada Confesora concede libertades distintas a sus ayudantes, pero, mientras te muestres deferente, a nadie le extrañará que hagas algo incorrecto. Aunque te parezca que me comporto de forma... extraña, tú sigue en tu papel. ¿De acuerdo?

Richard se quedó mirándola un instante. Kahlan tenía la mirada fija en el suelo.

—Será un honor, Madre Confesora —dijo, poniéndose en pie y haciéndole una reverencia.

Zedd carraspeó.

—Inclínate más, muchacho —le indicó—. No viajas con una simple Confesora. Eres la escolta de la mismísima Madre Confesora.

—Muy bien —repuso Richard con un suspiro—. Lo haré lo mejor que pueda. Ahora durmamos un poco. Yo me encargo de la primera guardia.

—Richard. —Zedd lo detuvo antes de que el joven siguiera avanzando hacia los árboles. Él se detuvo y se volvió—. En la Tierra Central hay muchos seres que poseen magia. Existen muchos tipos de magia y algunos son peligrosos. No hay manera de saber de qué sicofantes se habrá rodeado la reina Milena. Deberás prestar atención a lo que Kahlan y yo te decimos y evitar enemistarte con nadie. Es posible que no seas capaz de distinguir quiénes o qué son los ayudantes de la reina.

—Yo también quiero entrar y volver a salir sin armar ningún escándalo —afirmó el joven, envolviéndose mejor en la capa—. Si todo va bien, mañana a esta hora ya tendremos la caja y nuestra única preocupación será encontrar un agujero en el que escondernos hasta el invierno.

—Perfecto. Lo has entendido perfectamente, muchacho. Buenas noches.

En un lugar en el que la maleza era menos densa, Richard localizó un tronco cubierto de musgo en el que sentarse y vigilar tanto el campamento como los alrededores. Primero se aseguró de que el musgo estaba seco, pues, si no, se mojaría los pantalones y tendría aún más frío. En vista de que el musgo estaba seco, se colocó la espada de modo que no lo estorbase, se sentó y se abrigó con la capa. Las nubes ocultaban la luna. Si no hubiese sido por el fuego, que iluminaba un poco el bosque, sería el tipo de noche en el que uno cree estar ciego.

Sentado en el tronco, empezó a rumiar. No le gustaba la perspectiva de que Kahlan se embutiera en el vestido de Confesora y se pusiera en peligro. Y todavía le gustaba menos que hubiese sido idea suya. El joven se preguntaba a qué tipo de comportamiento «extraño» podría estar refiriéndose y le preocupaba salirse de su papel. Aún le inquietaba mucho más lo que Kahlan había dicho, que tenía que fingir que ella era la persona más importante a la que había conocido. Eso no le gustaba en absoluto. De hecho, le desagradaba profundamente pensar en ella como la Madre Confesora. Por culpa de su magia de Confesora ellos dos no podían ser más que amigos. A Richard le asustaba verla como otros la veían, como la Madre Confesora. Cualquier cosa que le recordara qué era ella y la magia que poseía le causaba dolor.

Un sonido apenas perceptible hizo que se irguiera de pronto. Los ojos lo miraban. Estaban cerca y, aunque no podía verlos, los sentía. Richard tuvo un escalofrío al pensar que lo acechaba, muy cerca. Se sentía desnudo y vulnerable.

Con el corazón desbocado, miró con ojos muy abiertos directamente hacia donde sabía que estaba la criatura. El silencio, sólo roto por los latidos de su corazón que resonaban en su cabeza, era opresivo. Richard contuvo el aliento para tratar de oír algo.

De nuevo percibió el débil sonido de un pie que se posaba sigilosamente en el suelo del bosque. La cosa estaba avanzando hacia él. Los ojos desorbitados de Richard escrutaban la negrura, tratando de captar movimiento.

Cuando, por fin, vio aquellos ojos amarillos, estaban a apenas a diez pasos de distancia, casi pegados al suelo, y relucían justo en su dirección. El ser se detuvo. Richard contuvo la respiración.

Entonces, con un aullido, la cosa saltó. Richard se puso de pie de un brinco, al mismo tiempo que se llevaba una mano a la espada. Al ver a la criatura saltar en el aire, Richard se dio cuenta de que era un lobo, el lobo más grande que había visto nunca. Antes de que la mano tocara la espada, el animal ya estaba ante él. El lobo se abalanzó sobre el pecho del joven con las patas delanteras. El tremendo impacto lo lanzó hacia atrás, sobre el tronco en el que había estado sentado.

Mientras caía hacia atrás, sintiendo que se quedaba sin aliento, vio detrás de él algo más aterrador que el lobo.

Un can corazón.

Justo cuando las enormes fauces iban a cerrarse sobre el pecho del joven, el lobo se lanzó contra la garganta del can corazón.

La cabeza de Richard golpeó algo duro, oyó un gañido y el sonido de dientes que desgarraban tendones. Entonces, perdió el sentido.

Cuando abrió los ojos, Zedd lo miraba desde arriba y tenía ambos dedos medios en sus sienes. Kahlan sostenía una antorcha. Pese a que se sentía mareado y las piernas le temblaban, Richard se obligó a ponerse de pie. La mujer lo hizo sentarse en el tronco y, con ceño de preocupación, le acarició la cara.

—¿Estás bien?

—Creo que sí —respondió Richard a duras penas—. Pero la cabeza... me duele mucho. —El joven tenía náuseas.

Zedd cogió la antorcha de manos de Kahlan y la sostuvo detrás del tronco, iluminando el cuerpo de un can corazón con la garganta desgarrada. Entonces miró la espada de Richard, que seguía en su vaina.

—¿Cómo es que el can no te mató?

Richard sentía un intenso dolor en la parte posterior de la cabeza. Le dolía tanto como si le estuvieran clavando dagas.

—Yo... no lo sé. Todo ha ocurrido tan rápido... —Entonces lo recordó, como quien recuerda un sueño al despertarse, y volvió a ponerse de pie—. ¡Un lobo! Lo que nos seguía era un lobo.

Kahlan se aproximó a él y le pasó un brazo por la cintura para que no cayera.

—¿Un lobo? —inquirió con un tono de sospecha que hizo que el joven la mirara y viera sus ojos entornados—. ¿Estás seguro?

—Sí. Yo estaba sentado aquí y, de pronto, supe que me estaba acechando. Cuando se acercó, vi sus ojos amarillos. Entonces ha saltado hacia mí y yo he creído que me atacaba. Me ha derribado sobre el tronco. Todo ha sido tan rápido que ni siquiera he tenido tiempo de desenvainar la espada. Pero el lobo no me atacaba a mí, sino al can corazón que tenía detrás; me estaba protegiendo. Yo ni siquiera he visto al can corazón hasta que he caído hacia atrás. Supongo que fue él el que lo ha matado. Ese lobo me ha salvado la vida.

Kahlan se irguió, puso las manos en jarras y entonces gritó hacia la oscuridad:

—¡Brophy! ¡Brophy! Sé que estás ahí. ¡Sal ahora mismo!

El lobo trotó hasta la zona iluminada por la antorcha, con la cabeza gacha y el rabo entre las patas. Su denso pelaje era negro desde la punta del hocico hasta la punta del rabo. En su oscura cabeza destacaban unos refulgentes ojos amarillos. El lobo se dejó caer sobre el abdomen y se arrastró hasta los pies de Kahlan. Una vez allí, rodó sobre su espalda con las patas en el aire y gimió.

—¡Brophy! —lo riñó Kahlan—. ¿Nos has estado siguiendo?

—Sólo para protegeros, ama.

Richard se quedó boquiabierto y se preguntó si el golpe en la cabeza no sería más grave de lo que creía.

—¡Ha hablado! ¡Lo he oído! ¡El lobo habla!

Tanto Zedd como Kahlan fijaron la mirada en los desorbitados ojos del joven. Zedd lanzó un vistazo a Kahlan mientras le decía:

—¿No dijiste que se lo habías contado?

La mujer se estremeció ligeramente.

—Bueno, supongo que esto se me olvidó —respondió en tono desabrido—. Cuesta recordar todo lo que no sabe. Nosotros lo hemos vivido siempre. Olvidas que él no.

—Vamos —gruñó Zedd—. Regresemos al campamento. Todos.

El mago abrió la marcha llevando la antorcha, seguido por Kahlan. El lobo avanzaba al lado de la mujer con las orejas bajas y arrastrando el rabo por el suelo.

Una vez sentados alrededor del fuego, Richard se dirigió al lobo, sentado sobre las ancas al lado de Kahlan.

—Lobo, supongo que...

—Brophy. Me llamo Brophy.

Richard se relajó un tanto.

—Brophy. Lo siento. Yo me llamo Richard y éste es Zedd. Brophy, quiero darte las gracias por salvarme la vida.

—No hay de qué —gruñó el lobo.

—Brophy, ¿qué estás haciendo tú aquí? —preguntó Kahlan en tono de reprobación.

—Estáis en peligro —contestó el lobo, bajando inmediatamente las orejas—. Os he estado protegiendo.

—Ahora eres libre —lo riñó Kahlan.

—¿Eras tú anoche? —preguntó Richard.

—Sí. —Brophy clavó en él sus ojos amarillos—. Cada vez que acampabais, yo limpiaba la zona de canes corazón y de otras criaturas peligrosas. Anoche, poco antes del alba, uno se acercó a vuestro campamento. Yo me ocupé de él. El can de esta noche te buscaba a ti, Richard; oía cómo tu corazón latía. Como sabía que el ama Kahlan se sentiría infeliz si el can te devoraba, yo se lo impedí.

El joven tragó saliva con fuerza.

—Gracias —dijo con un hilo de voz.

—Richard —dijo entonces Zedd, frotándose la barbilla—, los canes corazón son bestias del inframundo. Hasta ahora no te habían molestado. ¿Qué ha cambiado?

El joven estuvo a punto de atragantarse.

—Bueno, Adie dio a Kahlan un hueso para que pudiéramos cruzar al otro lado del Límite y nos protegiera de los monstruos del inframundo. Yo tenía un hueso antiguo que me dio mi padre y Adie dijo que serviría. Pero lo perdí hace uno o dos días.

El rostro de Zedd se contrajo en arrugas de cavilación. Richard miró al lobo, deseoso de cambiar de tema.

—¿Cómo es que puedes hablar?

Brophy se lamió los labios con su larga lengua.

—Por la misma razón que tú —repuso—. Puedo hablar porque... ¿Es que no sabe qué soy? —preguntó a Kahlan.

La mujer lo miró a su vez. El lobo se dejó caer al suelo y apoyó la cabeza entre las patas. Kahlan entrelazó los dedos alrededor de una rodilla e hizo entrechocar las uñas de los pulgares.

—Richard, ¿te acuerdas que te conté que a veces, cuando oímos una confesión, descubrimos que esa persona es inocente? ¿Y que, muy de vez en cuando, un condenado a muerte pide confesarse con una de nosotras para demostrar su inocencia? —Richard hizo un gesto de asentimiento. La mujer lanzó una fugaz mirada al lobo—. Brophy iba a ser ejecutado por asesinar a un niño que...

—Yo no lo hice —gruñó el lobo, poniéndose de pie.

—¿Quieres contar tú la historia?

—No, ama —contestó el animal, sentándose de nuevo.

—Brophy prefirió que una Confesora lo tocara con su poder a que lo creyeran un asesino de niños, por no mencionar todas las cosas que le hicieron al niño antes de matarlo. Así pues, pidió una Confesora. Es algo muy poco común, pues la mayoría de los condenados prefiere al verdugo. Pero para él era muy importante. Ya te dije que las Confesoras siempre oímos las confesiones acompañadas de un mago. Una razón es para que nos proteja, aunque hay otra más. En un caso como éste, la persona ha sido injustamente acusada y demuestra su inocencia, pero ya ha sido tocada por nuestro poder y no puede volver a ser quien era antes. Entonces, el mago la transforma en otra criatura. La transformación anula parte de la magia de la Confesora y la persona transformada recupera el suficiente interés por sí misma para iniciar una nueva vida.

—¿Eras inocente? —inquirió Richard, incrédulo—. ¿Y, siendo inocente, te dejaron así? ¿De por vida?

—Era completamente inocente —le confirmó Brophy.

—Brophy. —Kahlan pronunció el nombre con una entonación ascendente que Richard ya conocía.

—Soy inocente del crimen del que me acusaban —declaró el lobo, dejándose caer de nuevo al suelo. Entonces alzó temeroso la vista hacia Kahlan, que lo observaba—. Sólo quería decir esto: que yo no maté a ese niño.

—Pero ¿de qué habla? —inquirió un ceñudo Richard.

—Cuando confesó, admitió haber cometido otro tipo de delitos —le explicó Kahlan—. Verás, Brophy se había dedicado a asuntos de dudosa naturaleza, asuntos que se movían en la raya de la ilegalidad —añadió, mirando al lobo.

—Yo era un honrado hombre de negocios —protestó Brophy.

—Brophy era un comerciante —explicó Kahlan a Richard, lanzando una ojeada a Brophy.

—Mi padre también era un comerciante —repuso Richard, cada vez más enfadado.

—No sé con qué trafican los comerciantes en la Tierra Occidental, pero en la Tierra Central algunos comerciantes trafican con objetos mágicos.

—¿Y qué? —Richard pensaba en el *Libro de las Sombras Contadas*.

—Resulta que algunos de esos objetos están vivos —explicó Kahlan, enarcando una ceja.

—¿Y yo cómo voy a saberlo? —se defendió Brophy, alzando las patas delanteras—. Eso no siempre se sabe. A veces, uno cree que algo no es más que un objeto inanimado, por ejemplo un libro, por el que un coleccionista pagaría una bonita suma. Pero otras veces es algo más, una piedra, una estatua o una vara o... Bueno, ¿cómo voy a saber yo si están vivas?

—Tú traficabas con otras cosas además de con libros mágicos y estatuas —le reprendió Kahlan, sin apartar los ojos del lobo—. En este negocio, supuestamente inocente, surgían desacuerdos entre él y otras personas, por ejemplo por derechos de propiedad. Cuando Brophy era humano, era un hombre tan grande como ahora es grande como lobo. A veces usaba su tamaño para «convencer» a los demás de que hicieran lo que él quería. ¿Verdad, Brophy?

El lobo dobló las orejas hacia abajo.

—Es cierto, ama. Tengo mucho genio. Un genio tan fuerte como mis músculos. Pero sólo me salía cuando alguien me trataba injustamente. Mucha gente cree que puede estafar a un comerciante. Muchos creen que no somos más que una panda de ladrones y que no sabemos defendernos. Cuando yo zanjaba los desacuerdos con mi genio, normalmente quedaban zanjados para siempre.

Kahlan dirigió al lobo una débil sonrisa.

—Brophy gozaba de una reputación exagerada, aunque se la había ganado. Sus negocios eran peligrosos y, justamente por eso, también muy provechosos. Brophy ganaba dinero suficiente para costearse su «pasatiempo». Casi nadie sabía nada de eso hasta que yo lo toqué y él confesó.

—¡Ama, por favor! —suplicó el lobo, llevándose las patas de delante a la cabeza—. ¿Es preciso?

—¿Qué pasatiempo era ése? —quiso saber Richard.

La sonrisa de Kahlan se hizo más amplia.

—La debilidad de Brophy eran los niños. Cuando viajaba en busca de objetos con los que comerciar, solía visitar los orfanatos para asegurarse de que contaban con lo necesario para atender debidamente a los niños. Todo el oro que ganaba acababa invertido en diferentes orfanatos, para que cuidaran de los niños y éstos no pasaran hambre. Brophy hacía jurar por la fuerza a los encargados de los hospicios que guardarían el secreto. No quería que nadie se enterara. Claro que no le costaba mucho convencerlos.

—Por favor, ama. Tengo una reputación —gimoteó Brophy, con las patas delanteras todavía sobre la cabeza y los ojos bien apretados. Entonces abrió los ojos y se levantó sobre las patas delanteras—. ¡Me ha costado mucho ganarla! ¡He roto un montón de brazos y narices! ¡He cometido actos realmente despreciables!

Kahlan enarcó una ceja en su dirección.

—Sí, lo has hecho. Algunos de esos actos eran razón suficiente para tenerte prisionero un tiempo, pero ninguno de ellos merecía que te cortaran la cabeza. Verás —añadió, dirigiéndose ahora a Richard—, puesto que Brophy fue visto con frecuencia rondando orfanatos, y también debido a su reputación, a nadie le sorprendió que fuese acusado de asesinar a un niño.

—Demmin Nass —gruñó el lobo—. Quien me acusó fue Demmin Nass. —Brophy retrajo los labios, revelando unos largos colmillos, mientras seguía gruñendo.

—¿Por qué no te defendió la gente de los orfanatos?

—Demmin Nass amenazó con rebanarles el pescuezo —gruñó de nuevo Brophy.

—¿Quién es ese Demmin Nass?

Kahlan y el lobo intercambiaron una mirada.

—¿Recuerdas que Rahl el Oscuro raptó a Siddin de la aldea de la gente barro? ¿Y recuerdas que dijo que era un regalo para un amigo? Pues Demmin Nass es ese amigo. —Kahlan dirigió a Richard una mirada muy elocuente y añadió—: A Demmin Nass le atraen los niños de manera enfermiza.

Richard sintió una punzada de miedo y dolor por Siddin y también por Savidlin y Weselan. Asimismo recordó que había prometido recuperar a su pequeño. Nunca se había sentido tan impotente.

—Si algún día lo encuentro, le ajustaré las cuentas —gruñó Brophy ferozmente—. No merece morir. Primero tendrá que pagar por sus crímenes.

—No te acerques a él —le advirtió Kahlan—. Demmin Nass es un hombre peligroso. No quiero que te haga más daño todavía.

Los ojos amarillos del lobo refulgieron hacia Kahlan por un instante antes de serenarse.

—Sí, ama. —El lobo volvió a tumbarse—. Me hubiera enfrentado al verdugo con la cabeza bien alta, los espíritus saben que seguramente me lo tenía merecido, pero no por ese asesinato. No podía permitir que me ejecutaran creyendo que yo había hecho esas cosas a niños. Así pues, pedí una Confesora.

—Yo me resistía a oírlo en confesión. —Kahlan cogió una ramita con la que fue abriendo surcos en la tierra—. Sabía que, de ser culpable, Brophy nunca hubiera pedido una Confesora. Hablé con el juez, que me dijo que en vista del crimen no podía anular la sentencia. Era la muerte o una confesión, y Brophy insistió en confesar. —A la luz de las llamas Richard vio que la mujer tenía los ojos húmedos—. Después, le pregunté en qué tipo de criatura quería que el mago lo transformara. Brophy eligió ser lobo. No sé por qué. Supongo que va bien con su carácter —agregó con una leve sonrisa.

—Los lobos son criaturas nobles. —Richard sonrió—. Se nota que no has vivido nunca en el bosque; sólo entre otras personas. Los lobos son animales muy sociales, con fuertes lazos. También son extremadamente protectores con sus lobeznos. Todos los miembros de la manada los cuidan y luchan por ellos.

—Ya veo que tú lo entiendes —susurró Brophy.

—¿Es eso cierto, Brophy? —preguntó Kahlan.

—Sí, ama. Ahora tengo una buena vida. ¡Tengo una compañera!

—exclamó, sacudiendo la cola—. Es una loba estupenda, huele como los ángeles, tiene una manera de mordisquearme que me vuelve loco y tiene la cosita más... Bueno, no importa. Ella es la líder de la manada —siguió contando, alzando la vista hacia Kahlan—. Conmigo a su lado, claro está. Se siente muy complacida conmigo. Dice que soy el lobo más fuerte que ha visto en su vida. La primavera pasada tuvimos seis pequeños. Son buenos lobeznos. Bueno, ahora son ya casi adultos. Tengo una buena vida, dura pero agradable. Os doy las gracias por haberme liberado, ama.

—Me alegro mucho por ti, Brophy. ¿Pero qué haces aquí? ¿Por qué no estás con tu familia?

—Bueno, cuando bajabais de las montañas Rang'Shada pasasteis muy cerca de mi guarida. Sentí vuestra presencia; podía oleros. No puede resistir el impulso de protegeros. Sé que os encontráis en peligro y yo no podré volver a mi manada hasta que sepa que estáis a salvo. Debo protegeros.

—Brophy, estamos luchando para detener a Rahl el Oscuro —protestó la mujer—. Es demasiado peligroso que nos ayudes. No quiero que mueras. Ya has tenido que sacrificar demasiado a causa de Rahl el Oscuro, por culpa de Demmin Nass.

—Ama, cuando fui transformado en lobo desapareció la mayor parte de mi necesidad de vos, de mi necesidad de agradaros. No obstante, sigo dispuesto a morir por vuestra causa. Me cuesta mucho oponerme a vuestros deseos, pero, en este caso debo hacerlo. No os dejaré sola ante el peligro. Debo protegeros, o nunca estaré en paz conmigo mismo. Aunque me ordenéis que me vaya, no lo haré. Os seguiré hasta que sepa que estáis a salvo de Rahl el Oscuro.

—Brophy —dijo Richard, y el lobo lo miró—. Yo también deseo proteger a Kahlan para que pueda hacer su trabajo y contribuya a detener a Rahl. Me sentiré honrado de que nos acompañes. Ya has demostrado tu valía y tu buen corazón. Si puedes ayudar a protegerla, no hagas caso de lo que te ha dicho y sigue haciéndolo.

Brophy miró entonces a la mujer, la cual le dirigió una sonrisa.

—Es el Buscador. He jurado defender su vida, al igual que Zedd. Si él lo dice, tendré que permitir que nos acompañes.

El hocico de Brophy se abrió por la sorpresa.

—¿Él os manda? ¿Manda a la Madre Confesora?

—Sí.

—Lo que hay que ver —comentó el lobo, sacudiendo la cabeza, y se lamió los labios—. Por cierto, gracias por la comida que me ibas dejando.

—Pero ¿de qué hablas? —inquirió Kahlan, extrañada.

—Cada vez que cazaba algo él me dejaba un poco.

—¿Eso hacías, Richard?

El joven se encogió de hombros.

—Bueno, yo sabía que algo nos seguía. Aunque no sabía qué era, no creía que nos quisiera ningún mal. Así pues, le dejaba comida para demostrarle que nosotros tampoco pretendíamos hacerle ningún daño. Cuando te lanzaste sobre mí, pensé que me había equivocado. Te doy otra vez las gracias.

Brophy pareció sentirse incómodo por tanta gratitud y se puso de pie.

—Ya hace demasiado rato que estoy aquí. Debo patrullar el bosque. Puede haber otras bestias al acecho. Con Brophy cerca, no es preciso que hagáis guardia.

Richard azuzó el fuego con una ramita y contempló las chispas que revoloteaban en el aire.

—Brophy, ¿qué sentiste cuando Kahlan te tocó? ¿Cuándo liberó su poder en ti?

Nadie dijo nada. Richard clavó la mirada en los ojos amarillos del lobo. Brophy se volvió hacia Kahlan.

—Díselo —susurró ella con voz quebrada.

Brophy volvió a tumbarse en el suelo, cruzó una pata delantera por encima de la otra e irguió la cabeza. Se tomó su tiempo antes de empezar a hablar.

—Me cuesta mucho recordar cosas de cuando era humano, pero trataré de explicártelo lo mejor que pueda. —El lobo ladeó ligeramente la cabeza—. Dolor. Recuerdo el dolor; un dolor intensísimo, más fuerte de lo que puedas llegar a imaginarte. La primera cosa que recuerdo después del dolor es el miedo. Me aterraba estar respirando de modo incorrecto y que esto pudiera molestarla. Me moría literalmente de miedo de contrariarla. Y, entonces, cuando me dijo qué quería saber, me invadió la más exquisita sensación de dicha que haya sentido en mi vida. Me sentía dichoso porque sabía cómo podía complacerla. Todo yo rebosaba de alegría porque ella me había pedido algo, porque había algo que yo podía hacer para agradarla. Esto es lo que más vívidamente recuerdo; una necesidad desesperada, absoluta, de hacer lo que ella quisiera, de satisfacerla, de hacerla feliz. En mi mente no había lugar para nada más que no fuera la idea de complacerla. No podía existir dicha mayor que estar en su presencia. Me sentía tan alegre que quería gritar de júbilo.

»Ella me ordenó que dijera la verdad y yo me alegré mucho porque sabía que podía hacerlo. Estaba encantado de que me pidiera algo de lo que era capaz. Entonces empecé a hablar tan rápido como pude para contarle toda la verdad. Ella tuvo que decirme que hablase más despacio porque no podía entenderme. Si hubiese tenido un cuchillo a mano, me lo hubiera clavado al instante por haber hecho algo que la había disgustado. Pero entonces ella me dijo que no pasaba nada, y yo lloré de felicidad porque no estaba enfadada conmigo. —El lobo bajó levemente las orejas, y prosiguió—: Después de decirle que yo no había matado al niño, recuerdo que me puso una mano encima del brazo, lo que me causó tal placer que estuve a punto de desmayarme, y me dijo que lo sentía. Yo no la entendí. Creí que quería decir que sentía que no hubiese matado al niño, por lo que le supliqué que me permitiera matar a otro niño por ella. —Al lobo se le saltaron las lágrimas—. Entonces me explicó que lo sentía por mí, por haber sido injustamente acusado. Recuerdo que me eché a llorar incontrolablemente porque ella era amable conmigo, porque lo sentía por mí y se preocupaba. Aún recuerdo lo que sentía al estar cerca de ella, en su presencia. Supongo que era amor, pero no hay palabras para expresar una necesidad tan profunda de otra persona.

Richard se levantó y tan sólo fue capaz de mirar brevemente a Kahlan y ver que la mujer lloraba.

—Gracias, Brophy. —El joven tuvo que hacer una pausa para que la voz no le fallara—. Es muy tarde. Será mejor que durmamos un poco. Mañana será un día muy importante. Seguiré con mi guardia. Buenas noches.

—Vosotros tres idos a dormir —dijo Brophy, poniéndose en pie—. Esta noche yo montaré guardia.

Richard se tragó el nudo que sentía en la garganta para replicar:

—Te lo agradezco, pero prefiero hacer mi guardia. Si lo deseas, puedes guardarme las espaldas.

Con estas palabras, dio media vuelta, disponiéndose a marcharse.

—Richard —lo llamó Zedd. El joven se detuvo sin volverse—. ¿Qué hueso es ese que tu padre te dio?

Richard buscó frenéticamente una posible respuesta. «Por favor, Zedd —rezó mentalmente—, si alguna vez te has tragado alguna de mis mentiras, cree también ésta.»

—Tienes que recordarlo —dijo en voz alta—. Era un hueso pequeño y redondo. Tuviste que verlo alguna vez, estoy seguro.

—Ah, sí, supongo que sí. Buenas noches.

«La Primera Norma de un mago. Gracias, viejo amigo —pensó—, por enseñarme cómo proteger la vida de Kahlan.» Richard se adentró en la noche, con el corazón latiéndole con fuerza y sintiendo un dolor que le venía tanto de dentro como de fuera.

10

La ciudad de Tamarang no podía acoger toda la riada de personas que quería entrar en ella en busca de protección. Gentes venidas de todas direcciones desbordaban los barrios de la ciudad. Al otro lado de las murallas, y también en las colinas, habían surgido como setas tiendas y chozas. Por la mañana, la gente había descendido de las colinas hacia el improvisado barrio del mercado que había nacido fuera de las murallas. Gentes procedentes de otras ciudades y aldeas habían montado sus precarios puestos a lo largo de las calles formadas caprichosamente, en los que vendían todo lo que tenían. Podía encontrarse cualquier cosa, desde ropa vieja a valiosas joyas. En otros puestos se amontonaba fruta y verdura.

No faltaban barberos, curanderos, adivinos, artistas que se ofrecían a dibujar a los viandantes y otros que tenían sanguijuelas y ofrecían sangrías. En todas partes podía comprarse vino y otros licores. A pesar de las circunstancias que la habían llevado allí, la gente se veía de buen humor. Richard supuso que se debía a la falsa sensación de protección y a las generosas reservas de licor. Todo el mundo hablaba maravillas del Padre Rahl. Alrededor de los más enterados se formaban corrillos de ciudadanos impacientes por oír las últimas noticias, las últimas atrocidades. El maltratado pueblo gemía y se lamentaba de las brutalidades cometidas por los occidentales, y se oían gritos pidiendo venganza.

Richard no vio a ninguna mujer con el pelo que le llegara más allá de la mandíbula.

El castillo se alzaba en la cima de una alta colina y tenía su propia muralla. En lo alto de sus formidables muros se veían ondear banderas rojas con la cabeza de un lobo negro. Los enormes portones de madera de la muralla estaban cerrados, seguramente para impedir la entrada a la chusma.

Patrullas de soldados a caballo recorrían las calles de Tamarang, y sus armaduras relucían al sol de mediodía. Eran como motas de luz en un océano de gente bulliciosa. Richard vio un destacamento que patrullaba las nuevas calles, enarbolando banderas con el estandarte de la reina Milena. Algunas personas los vitoreaban y otras inclinaban la cabeza, pero todas se apartaban para dejar pasar a los caballos. Los soldados se comportaban como si aquellas personas no existieran, pero si alguna no se apartaba con la suficiente rapidez, le propinaban una patada en la cabeza con sus pesadas botas.

La gente aún se apartaba mucho más rápido para dejar paso a Kahlan. Todos evitaban a la Madre Confesora del mismo modo que una jauría de perros evita a un puerco espín.

El vestido blanco de Kahlan brillaba a la luz del sol. La mujer caminaba como si la ciudad le perteneciera; con la espalda recta, la cabeza alta y la mirada al frente, sin fijarse en nadie. Había rechazado la capa, diciendo que no sería propio y que no quería que nadie tuviera ninguna duda de quién era ella. Y nadie tenía dudas.

La gente se daba empellones para apartarse de su camino. Kahlan avanzaba en medio de un círculo de cabezas inclinadas y de sofocados cuchicheos en los que se repetía su título. Pero ella no hacía caso.

Zedd, que llevaba la mochila de Kahlan, caminaba al lado de Richard, dos pasos por detrás de la Madre Confesora. Tanto él como Richard escrutaban la multitud. Nunca, desde que lo conocía, había visto Richard que Zedd cargara con una mochila o bolsa, por lo que le parecía muy raro. Richard procuraba que la capa no ocultara la *Espada de la Verdad*. Unas pocas personas enarcaron las cejas al verla, pero eso no era nada comparado con la conmoción que causaba la Madre Confesora.

—¿Siempre es así, vaya donde vaya? —preguntó Richard a Zedd en un susurro.

—Me temo que sí.

Kahlan atravesó sin vacilar el enorme puente de piedra que conducía a las puertas de la ciudad. Los guardias, que habían observado cómo se acercaba, intercambiaron miradas de nerviosismo. Era evidente que la visita de la Madre Confesora los cogía por sorpresa. Algunos retrocedieron, chocando unos con otros, metal contra metal, mientras que otros parecía no saber qué hacer. Kahlan se detuvo y clavó la mirada en las puertas, como si esperara que se desvanecieran en el aire. Los guardias aplastaron la espalda contra las puertas, mientras lanzaban miradas de soslayo a su capitán.

Zedd se avanzó a Kahlan, se volvió hacia ella y le hizo una profunda reverencia como para excusarse por haberse adelantado y, acto seguido, se dirigió al capitán.

—¿Qué te pasa? ¿Es que estás ciego? ¡Abre las puertas!

Los oscuros ojos del capitán se posaban alternativamente en Kahlan y en Zedd.

—Lo siento, no puede entrar nadie. ¿Cómo te llamas?

Zedd se puso rojo de furia. Richard tuvo que hacer verdaderos esfuerzos para no perder la compostura. La voz del mago sonó como un silbido al replicar:

—¿Quieres decir que alguien te ha ordenado: «Si viene la Madre Confesora no la dejes pasar»?

—Bueno... —Ahora el capitán ya no parecía tan seguro— Me han ordenado que... Yo no puedo...

—¡Abre ahora mismo las puertas! —gritó Zedd, con los puños a ambos lados del cuerpo—. ¡Y trae enseguida una escolta adecuada para la Madre Confesora!

El capitán a punto estuvo de salir de un salto de su armadura. Entonces empezó a gritar órdenes y los soldados corrieron hacia él. Las puertas se abrieron. Por ellas apareció un grupo de caballos, con tronar de cascos, que rodearon al trío, formando una fila delante de Kahlan, enarbolando sus banderas a la cabeza. Detrás se formó otra hilera de jinetes. Soldados a pie llegaron corriendo para flanquear a la Madre Confesora, aunque a distancia prudencial.

Era la primera vez que Richard veía con toda claridad la soledad en la que vivía Kahlan. ¿Podría soportar esa soledad él mismo? Sumido en el gélido dolor que lo atenazaba comprendió que Kahlan necesitara tanto un amigo.

—¿Esto es lo que llamas una escolta adecuada? —bramó Zedd—. Bueno, tendremos que conformarnos. —Entonces se volvió hacia Kahlan y le dijo, con una profunda reverencia—: Os pido disculpas por la insolencia de este hombre, Madre Confesora, y por la insignificante escolta que os ofrece.

Kahlan posó los ojos en Zedd e inclinó levemente la cabeza.

Aunque sabía que no tenía ningún derecho, Richard sentía que el corazón se le aceleraba al ver a Kahlan ataviada con aquel vestido que le marcaba las formas.

Los soldados de la escolta esperaban, vigilando disimuladamente a la Madre Confesora. Cuando ésta echó a andar, todos la siguieron. Los caballos levantaron polvo al atravesar las puertas.

Zedd se puso al lado de Richard mientras la procesión empezaba a moverse. Al pasar junto al capitán le espetó:

—¡Da gracias de que la Madre Confesora no sabe cómo te llamas!

Richard vio que el capitán hundía los hombros, aliviado, cuando lo dejaron atrás. El joven sonrió para sí. Su idea había sido darles motivos para preocuparse, pero no había imaginado que fuesen tan convincentes.

Dentro de las murallas reinaba tanto orden como desorden imperaba fuera. Del castillo fortaleza salían en forma radial calles empedradas, flanqueadas por tiendas que exhibían sus mercancías en escaparates. A diferencia de las calles de extramuros, en éstas no había polvo ni olores. Había posadas que a Richard le parecieron más elegantes que cualquiera que hubiese visto y, sobre todo, pernoctado. Todas tenían porteros ataviados con uniforme rojo y guantes blancos, listos para atender a los clientes. Sobre las puertas colgaban letreros primorosamente tallados con nombres como El Jardín de la Plata, Posada de Collins, El Semental Blanco o La Casa de los Carruajes.

Hombres vestidos con elegantes capas de vivos colores, que escoltaban a damas ataviadas con primorosos vestidos, atendían sus asuntos con una gracia serena. Pero lo que no cambiaba dentro de los muros de la ciudad era que la gente se inclinaba profundamente cuando veía a la Madre Confesora. Cuando el ruido de los cascos de los caballos sobre la piedra y el estrépito de las armaduras llamaban su atención y veían a Kahlan, retrocedían y se inclinaban, aunque no con tanta premura como el pueblo llano de fuera. La suya no era una deferencia ni una sumisión sinceras, y en sus ojos podía leerse una expresión de ligero desdén. Kahlan no les hacía caso. La gente de dentro se fijaba más que la de fuera en la *Espada de la Verdad*. Richard notaba cómo la mirada de los hombres se posaba en su arma al pasar, mientras que en las mejillas de las mujeres aparecía un rubor de desprecio.

Las mujeres seguían llevando casi todas el pelo corto, pero a alguna le llegaba a los hombros, más no. El cabello de Kahlan, que le caía en cascada sobre los hombros y parte de la espalda, la hacía destacar aún más. Ninguna mujer tenía un pelo que se le pudiera comparar. Richard se alegró de haberse negado a cortárselo.

Uno de los jinetes gritó una orden y rompió la fila para cabalgar a toda prisa hacia el castillo y anunciar la llegada de la Madre Confesora. Kahlan mostraba una expresión calmada que nada dejaba entrever, una expresión que Richard le había visto a menudo. Ahora se daba cuenta de qué era: su expresión de Confesora.

Antes de llegar a las puertas del castillo, las trompetas anunciaron la llegada de la Madre Confesora. Las almenas bullían de soldados —lanceros, arqueros y espadachines— en formación. Todos se inclinaron cuando Kahlan se acercó y se mantuvieron así hasta que la mujer hubo atravesado las puertas de hierro abiertas para ella. Dentro había soldados formados a ambos lados del camino, que se inclinaron ante ella.

Algunas terrazas exhibían maceteros de piedra a ambos lados, algunos con plantas o flores que debían guardarse por la noche en los invernaderos. Asimismo se veían amplias parcelas llanas en las que crecían setos podados en intrincadas formas, o incluso laberintos. A medida que uno se acercaba al castillo, los setos eran mayores —se extendían a ambos lados hasta donde alcanzaba la vista—, y habían sido podados en forma de objetos o animales.

Los muros de castillo se elevaban frente a ellos. La complicada mampostería dejó a Richard sin aliento. Nunca había visto una obra hecha por la mano del hombre tan enorme, y mucho menos se había acercado a ella. Ante ellos se alzaban torreones y torrecillas, muros y rampas, galerías y hornacinas. Richard recordó que, según Kahlan, aquél era un reino insignificante, y se preguntó cómo debían de ser los castillos en los países de mayor importancia.

Los jinetes se habían quedado en las murallas del castillo, siendo sustituidos por soldados de infantería que marchaban en columnas de a seis, guardando una distancia más que prudencial. Después de cruzar los enormes batientes revestidos de latón de las puertas, se abrieron en abanico hacia ambos lados, dejando que el trío —con Kahlan a la cabeza— siguiera adelante solo.

El vestíbulo era inmenso. Ante ellos se extendía un reluciente océano de baldosas de mármol blancas y negras. A ambos lados se alzaban hileras de columnas de piedra pulida, tan anchas que se necesitarían diez personas para rodearlas, adornadas con estrías en forma de espiral. Las columnas sostenían varias hileras de arcos situados en el borde de la bóveda nervada del centro del techo. Richard se sintió insignificante.

En las paredes laterales colgaban enormes tapices que mostraban heroicas escenas de batallas. Richard ya había visto antes tapices —su hermano tenía dos—, y a él le gustaban bastante, aunque le parecían un derroche. Pero, en comparación con éstos, los tapices de Michael eran como dibujos en el suelo. Richard nunca hubiera imaginado que pudieran existir tapices tan majestuosos como aquéllos.

—Cierra la boca y aterriza de una vez —le susurró Zedd.

Dolido, Richard cerró la boca y volvió a la realidad. Entonces, se inclinó hacia Zedd y le preguntó en un suave susurro:

—¿Éste es el tipo de lugar al que está acostumbrada?

—No. La Madre Confesora está acostumbrada a lugares mucho mejores que éste.

Sintiéndose abrumado, Richard se enderezó de nuevo. Ante él vio una magnífica escalinata. Según sus cálculos, toda su casa cabría de sobra en el descansillo central. La escalinata tenía pasamanos de mármol tallado. Entre ellos y la escalinata esperaba un grupo de personas.

Al frente se veía a la reina Milena, una mujer de generosas proporciones, ataviada con sedas de colores estridentes. Llevaba un manto confeccionado con la piel de un zorro moteado, un animal muy poco común. Tenía el pelo tan largo como el de Kahlan. Sostenía algo que Richard al principio no pudo distinguir qué era, pero al oír los ladridos, se dio cuenta de que era un perrito.

Cuando se acercaron, todos, excepto la reina, se hincaron de rodillas. Richard se quedó mirando fijamente a la soberana, pues era la primera vez que veía a una. Zedd le dio un codazo. Richard se hincó de rodillas y, siguiendo el ejemplo de Zedd, inclinó la cabeza. Sólo dos personas se mantuvieron erguidas y con la cabeza alta: Kahlan y la reina. Apenas sus rodillas habían tocado el suelo cuando todo el mundo volvió a ponerse de pie, él el último. El joven supuso que ninguna de las dos mujeres debía de haber hecho una reverencia a la otra.

La reina miraba fijamente a Kahlan, la cual, con la cabeza muy alta, conservaba su expresión serena sin ni siquiera mirar a la reina.

Kahlan alzó levemente una mano, a un escaso paso de distancia del cuerpo, con el brazo extendido y la mano relajada. La reina torció el gesto. Kahlan continuó impasible. Richard pensó que, si alguien parpadeara, él lo oiría. Entonces la reina se volvió ligeramente a un lado y tendió el perrito a un hombre vestido con un jubón con mangas de color verde brillante, medias negras y calzas de rayas rojas y amarillas. Detrás de la reina había un nutrido grupo de hombres vestidos de forma similar. El perro gruñó ferozmente y mordió al hombre en la mano, aunque éste fingió que no había pasado nada.

La reina se arrodilló frente a Kahlan.

Inmediatamente, un joven vestido con sencillas ropas negras se acercó a la reina, llevando una bandeja. Hizo una reverencia, inclinando la cabeza hasta un extremo casi imposible, al mismo tiempo que le ofrecía la bandeja. Ésta tomó una pequeña toalla, la sumergió en un cuenco plateado lleno de agua y se limpió los labios con ella. Después dejó de nuevo la toalla sobre la bandeja.

La reina cogió ligeramente la mano de la Madre Confesora con la suya propia y la besó con los labios que acababa de limpiarse.

—Juro por mi corona, por mi país y por mi vida fidelidad a las Confesoras.

Richard había oído a pocas personas capaces de mentir tan bien.

Finalmente, Kahlan movió los ojos para posarlos en la cabeza inclinada de la reina.

—Levantaos, hija mía —le dijo.

«Realmente es más que una reina», pensó Richard. El joven se sonrojó al recordar cómo le había enseñado a tender una trampa, a leer huellas y a desenterrar raíces.

La reina se puso de pie. Sus labios sonreían, pero sus ojos no.

—No hemos solicitado los servicios de ninguna Confesora —dijo.

—De todos modos, aquí estoy. —La voz de Kahlan podría haber congelado un estanque.

—Sí, bueno, es... magnífico. Simplemente... maravilloso. —La faz de la reina se iluminó—. Celebraremos un banquete. Sí, un banquete. Voy a mandar inmediatamente a los mensajeros con las invitaciones. Todo el mundo vendrá. Estoy segura de que nadie querrá perderse el placer de cenar con la Madre Confesora. Es todo un honor. —Dicho esto, se volvió hacia los hombres ataviados con calzas rojas y amarillas—. Éstos son mis abogados. —Todos los hombres hicieron una profunda reverencia—. No recuerdo todos sus nombres. Y éstos son Silas Tannic y Brandin Gadding, los principales consejeros de la corona —dijo la reina, señalando con la mano a dos hombres vestidos con ropa dorada. Ambos consejeros saludaron con una inclinación de cabeza—. Mi ministro de finanzas, lord Rondel, y mi astróloga, lady Kyley. —Richard no vio ningún hechicero de túnica plateada en el séquito de la reina—. Y, finalmente, James, el artista de la corte. —La reina finalizó las presentaciones señalando con un ademán a un hombre pobremente vestido, situado atrás.

Por el rabillo del ojo, Richard vio que Zedd se ponía tenso. James mantuvo su libidinosa mirada fija en Kahlan mientras se inclinaba levemente. Al artista le faltaba la mano derecha. La sonrisa que dirigió a Kahlan era tan empalagosa que, instintivamente, Richard se llevó la mano a la espada antes de darse cuenta de lo que hacía. Pero, sin mirarlo, la mano de Zedd le agarró la muñeca y apartó su mano del acero. Richard miró a su alrededor para comprobar si alguien lo había visto. Todos miraban a la Madre Confesora.

—Zeddicus Zorander, lector de nubes y consejero de confianza de la Madre Confesora —presentó Kahlan a Zedd. Éste se inclinó profundamente—. Y Richard Cypher, el Buscador, protector de la Madre Confesora. —Richard imitó la reverencia de Zedd.

La reina lo observó con gesto agrio, enarcando una ceja.

—Una protección bastante patética para la Madre Confesora.

Richard no se inmutó, como tampoco lo hizo Kahlan.

—Lo importante es la espada, no el hombre. Es posible que su cerebro sea pequeño, pero sus brazos no lo son. Aunque bien es cierto que tiene tendencia a usar la espada demasiado a menudo.

La reina parecía incrédula. Una niña apareció en la escalinata, detrás del séquito real. Llevaba un vestido de satén rosa y joyas demasiado grandes para ella. Al ponerse al lado de la reina, se apartó el largo cabello de la cara. No hizo ninguna reverencia.

—Mi hija, la princesa Violeta. Querida, ésta es la Madre Confesora.

La niña alzó la vista hacia Kahlan con el entrecejo fruncido.

—Tu pelo es demasiado largo. Tal vez deberíamos cortártelo.

Richard detectó una leve sonrisa de satisfacción en la faz de la reina, y decidió que había llegado el momento de darle más motivos de inquietud.

La *Espada de la Verdad* abandonó su vaina con su característico sonido metálico, que resonó en el enorme vestíbulo. La piedra se encargó de amplificarlo. Con la punta de la espada a apenas una pulgada de la nariz de la princesa Violeta, el joven se dejó invadir por la cólera de ésta para que sus palabras sonaran más dramáticas.

—Inclínate ante la Madre Confesora, o morirás —dijo entre dientes.

Zedd actuó como si se aburriera. Kahlan esperó con calma. La princesa contemplaba la punta de la espada con ojos desorbitados. Entonces, cayó de rodillas e inclinó la cabeza. Al levantarse, buscó con la mirada a Richard como para preguntarle si con aquello bastaba.

—Cuida la lengua —dijo el Buscador con desdén— o la próxima vez te la cortaré.

La princesa hizo un gesto de asentimiento y fue a refugiarse en las faldas de su madre. Richard guardó la espada, hizo una reverencia a Kahlan, que ni siquiera lo miró, y volvió a colocarse tras ella.

La demostración tuvo el efecto deseado en la reina. Cuando habló, su voz era alegre y cantarina.

—Sí, bueno, como iba diciendo, es maravilloso que hayáis venido. Todos estamos encantados. Permitid que os conduzca a los mejores aposentos del castillo. Debéis de estar cansada del viaje. Tal vez os gustaría descansar antes de la cena, y después podremos pasar una larga...

—No he venido aquí a comer —la atajó Kahlan—, sino a inspeccionar vuestras mazmorras.

—¿Mazmorras? —La reina hizo una mueca—. Pero está muy sucio allí abajo. ¿Estáis segura de que no preferís...

—Ya conozco el camino —dijo Kahlan, echando a andar. Richard y

Zedd la siguieron. De pronto, se detuvo y se volvió hacia la reina, a la que ordenó en tono gélido—: Esperadme aquí hasta que haya acabado.

—Mientras la reina hacía un gesto de asentimiento, Kahlan dio media vuelta con un frufrú de su blanco vestido.

Si Richard no la conociera tan bien, la escena que acababa de presenciar lo hubiera dejado aterrado. De hecho, no estaba seguro de que no fuese así.

Kahlan descendió una escalera y los guió por estancias cada vez menos y menos majestuosas a medida que se internaban en las profundidades del castillo. El tamaño del lugar dejó sin habla a Richard.

—Esperaba que Giller estuviera allí —dijo Kahlan—. Así me hubiera ahorrado esto.

—Yo también lo esperaba —refunfuñó Zedd—. Haz una inspección rápida, pregunta si alguien quiere confesarse y, cuando todos digan que no, volveremos a subir y pediremos ver a Giller. Lo estás haciendo muy bien. —El mago felicitó a la mujer con una sonrisa. Kahlan le devolvió la sonrisa, que también iba dirigida a Richard—. Por cierto, Richard —prosiguió Zedd—, mantente alejado de ese artista, James.

—¿Por qué? Temes que me haga un mal retrato.

—Borra esa sonrisita de la cara. Te digo que te mantengas alejado de él porque podría dibujarte un hechizo alrededor.

—¿Un hechizo? ¿Para qué echaría un artista un hechizo a alguien?

—En la Tierra Central existen muchas lenguas distintas, aunque la principal es la misma que se habla en la Tierra Occidental. Para que a uno lo hechicen, debe entender esa lengua. Si no puedes hablar el idioma de una persona, no puedes lanzarle un hechizo. Pero todo el mundo entiende un dibujo. Ese artista puede dibujar un hechizo casi a todo el mundo, no a Kahlan ni a mí, pero sí a ti. Evítalo.

En la escalera resonaban los pasos de los tres, que descendían los peldaños rápidamente. En el nivel subterráneo las paredes rezumaban agua y en algunas partes estaban cubiertas de limo.

—Por ahí —dijo Kahlan, señalando una pesada puerta que se abría a un lado.

Richard la abrió tirando de una anilla de hierro. Las bisagras chirriaron. La luz de la antorcha iluminó un estrecho corredor de piedra con el techo tan bajo que tenían que andar agachados. El suelo estaba cubierto de paja y olía a descomposición. Al llegar casi al fondo, Kahlan redujo el paso y se aproximó a una puerta de hierro enrejada. Unos ojos miraron afuera cuando la Confesora se detuvo.

—La Madre Confesora ha venido a ver a los prisioneros —dijo Zedd en tono desabrido—. Abre la puerta.

Richard oyó el eco de una llave que giraba en la cerradura. Un hombre rechoncho y bajito, vestido con un mugriento uniforme, abrió la puerta tirando hacia adentro. Del cinto le pendían un manojo de llaves y un hacha. El carcelero hizo una reverencia a Kahlan, aunque de mala gana. Sin decir palabra los hizo cruzar el cubículo provisto de una mesa, en la que había estado comiendo, y los condujo por otro oscuro pasillo hasta otra puerta de hierro, que golpeó con un puño. Los dos guardias de dentro se inclinaron, muy sorprendidos. Entonces, los tres cogieron antorchas de unos tederos y condujeron a los visitantes por un corto pasillo y por una tercera puerta de hierro, tan baja que todos tuvieron que agacharse para pasar.

La llameante luz de las antorchas rasgaba la oscuridad. Los ocupantes de las celdas con barrotes de hierro verticales y horizontales, que se abrían a ambos lados, retrocedían y se refugiaban en los rincones, protegiéndose los ojos con las manos de la súbita luz. Kahlan pronunció en voz baja el nombre de Zedd para indicarle que quería algo. El mago comprendió, tomó una de las antorchas de los carceleros y la sostuvo en alto delante de Kahlan, de modo que todos los prisioneros pudieran verla.

En las celdas sonaron exclamaciones ahogadas cuando la reconocieron. Kahlan se dirigió a uno de los guardias.

—¿Cuántos de estos hombres han sido condenados a muerte?

—Pues, todos —contestó el guardia, acariciándose su redondeada mandíbula sin afeitar.

—¿Todos? —repitió ella.

—Sí. Por crímenes contra la corona.

Kahlan apartó los ojos del guardia brevemente para preguntar a los prisioneros:

—¿Todos vosotros habéis cometido delitos capitales?

Tras un momento de silencio, un hombre de mejillas hundidas se acercó a los barrotes y se agarró a ellos. Acto seguido la escupió. Con un gesto, Kahlan detuvo a Richard antes de que éste tuviera tiempo de reaccionar.

—¿Has venido a hacer el trabajo sucio de la reina, Confesora? Pues que sepas que escupo en ti y en tu asquerosa reina.

—No estoy aquí en nombre de la reina. He venido en nombre de la verdad.

—¡La verdad! ¡La verdad es que ninguno de los que estamos aquí hemos hecho nada malo! A no ser que contravenir las nuevas leyes sea algo malo. ¿Pero desde cuándo es un delito capital protestar porque tu familia se muere de hambre o de frío? Los recaudadores de impuestos de la reina vinieron y se llevaron la mayor parte de mi cosecha; apenas dejaron suficiente para alimentar a mi familia. Cuando vendí lo poco que me sobraba, me acusaron de cobrar de más. Los precios de todas las cosas están por las nubes. Yo sólo trataba de sobrevivir y ahora van a cortarme la cabeza por inflar los precios. Todos los hombres que están aquí son inocentes campesinos, comerciantes o mercaderes, y a todos nos han condenado a muerte por tratar de ganarnos la vida con nuestro trabajo.

—¿Alguno de vosotros desea confesarse para demostrar su inocencia? —preguntó Kahlan a los hombres apiñados en una esquina.

Se oyeron murmullos apagados. Un hombre demacrado se levantó y fue hacia la luz. Sus ojos asustados contemplaron a la Madre Confesora desde la penumbra.

—Yo quiero. Soy inocente, pero van a matarme, y mi mujer e hijos tendrán que valerse por sí solos. Yo quiero confesar. Por favor, Madre Confesora —suplicó, sacando un brazo entre los barrotes para tratar de alcanzarla—, oíd mi confesión.

Otros hombres se levantaron y pidieron confesarse. A los pocos minutos todos los prisioneros se habían acercado a los barrotes y suplicaban confesión. Kahlan y Zedd intercambiaron una sombría mirada.

—En toda mi vida sólo tres hombres me han pedido que los confesara —susurró la mujer a Zedd.

—¿Kahlan? —La voz familiar procedía de la celda del otro lado, de la oscuridad.

—¿Siddin? ¡Siddin! —Kahlan agarró los barrotes con los dedos extendidos—. Todos estos hombres se han confesado conmigo y han demostrado su inocencia —dijo entonces a los guardias—. ¡Abrid las celdas!

—No tan rápido. No puedo soltar a todos los prisioneros.

Richard desenvainó la espada, al mismo tiempo que giraba. La espada atravesó los barrotes de hierro, lanzando al aire chispas y fragmentos de acero caliente. Al completar la vuelta, dio un puntapié a la puerta de hierro y la cerró detrás de los atónitos guardias. Antes de que ninguno de ellos acertara a empuñar su hacha, Richard los amenazaba con la espada.

—¡Abrid las celdas u os partiré en dos y después os cogeré las llaves!

El tembloroso guardia que portaba el manojo de llaves se apresuró a obedecer. La puerta se abrió, y Kahlan se precipitó adentro, hacia la oscuridad. Al regresar a la luz llevaba en los brazos a un asustado Siddin, que había apoyado la cabeza en un hombro de la mujer. Kahlan le susurraba palabras tranquilizadoras al oído. Siddin le respondía, farfullando algo en el idioma de la gente barro. Kahlan sonrió y le dijo cosas que arrancaron una sonrisa al niño. Cuando salió, el guardia estaba abriendo la puerta de la otra celda. Con Siddin en un brazo, agarró al carcelero con la otra mano por el cuello de la camisa.

—La Madre Confesora ha hallado a todos estos hombres inocentes. —Su voz era tan dura como el hierro que la rodeaba—. Deben ser liberados de inmediato. Vosotros tres los escoltaréis fuera de la ciudad. —El carcelero era una cabeza más bajo que Kahlan, y ésta le alzó el rostro—. Si no lo hacéis, sea por el motivo que sea, regresaré por ti.

—Sí, Madre Confesora. —El guardia asentía enérgicamente—. Lo entiendo. Todo se hará como decís. Lo juro.

—Te va en ello la vida —le recordó Kahlan.

Entonces lo soltó. Los prisioneros abandonaron precipitadamente las celdas. Cayeron de rodillas alrededor de ella, lloraban, cogían el dobladillo del vestido de Confesora y lo besaban. Ella los apartó.

—Ya es suficiente. Marchaos, todos. Quiero que recordéis que las Confesoras no sirven a nadie, sólo a la verdad.

Después de prometer que no lo olvidarían, se marcharon junto con los guardias. Richard se fijó en que muchos llevaban camisas que no eran más que harapos con manchas de sangre reseca y que tenían la espalda llena de verdugones.

Antes de regresar al vestíbulo, en el que la reina aguardaba, Kahlan se detuvo y tendió a Siddin a Zedd. Se alisó el cabello, se arregló el vestido y, después de respirar hondo, se pasó las manos por la cara.

—Recuerda por qué estamos aquí, Madre Confesora —la advirtió el mago.

Ella hizo un gesto de asentimiento, alzó la barbilla e hizo su entrada en el vestíbulo. La reina Milena la esperaba en el mismo sitio donde la había dejado, rodeada aún por todo su séquito. Los ojos de la soberana se posaron en Siddin.

—Confío en que lo hayáis encontrado todo en orden.

Kahlan mantuvo una faz serena, pero, cuando habló, su voz sonó muy fría:

—¿Qué hacía este niño en las mazmorras?

—Bueno, no estoy segura —contestó la reina, extendiendo ambas manos—. Me parece recordar que fue sorprendido robando y lo llevaron a las mazmorras hasta que sus padres lo reclamaran. Os aseguro que eso es todo.

Kahlan le dirigió una gélida mirada.

—Todos vuestros prisioneros eran inocentes y he ordenado que fueran puestos en libertad. Espero que os complacerá saber que os he salvado de ejecutar a inocentes, y que procuraréis que sus familias sean compensadas por ese «error». Si vuelve a repetirse un «error» similar, no sólo vaciaré la cárcel sino que también dejaré vacío el trono.

Richard supo que Kahlan no estaba fingiendo para conseguir la caja, sino que realizaba su trabajo. Para eso habían creado los magos a las Confesoras. Y eso era lo que Kahlan era: la Madre Confesora.

—Por supuesto... sí. Estoy segura de que este error es culpa de algunos oficiales de mi ejército excesivamente ambiciosos. Ignoraba que los prisioneros fuesen inocentes. Gracias por... evitar que cometiéramos un grave error. Me ocuparé personalmente de que las familias sean compensadas. Es lo que yo habría hecho de haber sabido...

—Bien. Ahora debemos marcharnos —la interrumpió Kahlan.

—¿Ya? —A la reina se le iluminó el rostro—. ¡Oh, qué lástima! Todos estábamos deseando que nos honraseis con vuestra presencia en la cena de hoy. Lamento mucho que debáis iros.

—Tengo que atender otros asuntos. Antes de irme quisiera hablar con mi mago.

—¿Vuestro mago?

—Giller —contestó Kahlan, hablando entre dientes.

Por un brevísimo instante los ojos de la reina parpadearon hacia el techo.

—Bueno... me temo que eso será... imposible.

—Más os vale que sea posible —le dijo Kahlan, inclinándose hacia ella—. Enseguida.

—Por favor, creedme, Madre Confesora, no os gustaría ver a Giller en su actual estado —respondió la reina, pálida como la cera.

—Enseguida —repitió Kahlan.

Richard sacó la espada de la vaina mínimamente, sólo lo suficiente para que la reina se percatara.

—Como queráis. Está... arriba.

—Esperadme aquí hasta que termine de hablar con él.

—Por supuesto, Madre Confesora —contestó la reina, con la mirada clavada en el suelo—. Muéstrale el camino —ordenó a uno de sus abogados.

Guiado por el abogado de la reina, el trío subió la escalinata hasta el piso superior, recorrió varios pasillos y subió una escalera de caracol de piedra hasta la habitación superior de una torre. Allí, el hombre se detuvo en el descansillo frente a una pesada puerta de madera; parecía asustado. Kahlan le indicó con un gesto que se retirara. El hombre se inclinó y obedeció de mil amores. Richard abrió la puerta y, cuando todos estuvieron dentro, volvió a cerrarla.

Kahlan ahogó un grito y escondió el rostro contra el hombro de Richard. Zedd apretó la faz de Siddin contra su túnica.

La habitación estaba completamente destruida. No había techo, como si se lo hubiera llevado una explosión. Tan sólo quedaban unas pocas vigas, de una de las cuales pendía una soga.

El cuerpo desnudo de Giller oscilaba ligeramente atado al extremo de la soga, boca abajo, con un gancho de carnicero atravesándole el hueso del tobillo. Si la habitación no hubiese estado completamente abierta, el hedor hubiese sido insoportable.

Zedd tendió a Siddin a Kahlan y, sin parar mientes en el cadáver, empezó a recorrer lentamente la habitación circular con el entrecejo fruncido, pensando. De vez en cuando, se detenía y tocaba astillas de madera de los muebles que se habían incrustado en los muros como si en vez de piedra fuesen de mantequilla.

Richard contemplaba paralizado el cuerpo sin vida de Giller.

—Richard, ven a ver esto —lo llamó Zedd.

El mago pasó un dedo por un área ennegrecida y arenosa del muro. De hecho, había dos áreas ennegrecidas. Zedd y Richard, uno al lado del otro, contemplaron las manchas que parecían de hombres en posición de firmes como si, al marcharse, hubieran dejado atrás su sombra. Justo por encima de los codos, en vez de una mancha negra se veía una franja de metal dorado, fundida en la piedra del muro.

—Fuego mágico —declaró Zedd, enarcando una ceja hacia Richard.

—¿Quieres decir que eso eran hombres? —inquirió Richard, incrédulo.

—Sí. Fueron incinerados en el muro. —El anciano mago probó un poco de polvo negro que había cogido con la yema del dedo y sonrió para sí—. Pero esto es más que fuego mágico. —Richard frunció el ceño, y Zedd señaló la mancha negra de la pared—. Pruébalo.

—¿Por qué?

—Para aprender algo —contestó Zedd, dándole en la cabeza con los nudillos.

Con una mueca, el joven pasó un dedo por la arenilla negra como había hecho Zedd.

—¡Es dulce!

—Ya te he dicho que era más que fuego mágico —dijo Zedd con una sonrisa—. Giller le dio su energía. Fue Fuego de Vida.

—¿Giller murió creando este fuego mágico?

—Sí, y es dulce, lo que significa que sacrificó su vida para salvar a otra persona. Si lo hubiese hecho sólo por sí mismo, por ejemplo para librarse de la tortura, sería amargo. Giller lo hizo por otra persona.

El mago se enderezó y fue a colocarse delante del cuerpo de Giller, ahuyentó las moscas y dobló la cabeza, tratando de echarle un vistazo. Con un dedo apartó un pedazo de intestino para ver la cara de Giller. Entonces volvió a erguirse.

—Dejó un mensaje.

—¿Un mensaje? ¿Cuál? —quiso saber Kahlan.

—Está sonriendo. Cuando un mago muere con una sonrisa en los labios, eso indica a cualquiera que sepa de estas cosas que murió sin revelar lo que ocultaba. —Richard se acercó al cuerpo para observar los tajos en el abdomen que señalaba Zedd—. Mira esto. ¿Ves la forma de este corte? Ha sido hecho por alguien que practica una forma de magia llamada antropomancia, la adivinación por la inspección de entrañas vivas. Rahl el Oscuro hace unos cortes muy similares a los de su padre.

Richard recordó que Rahl había hecho eso mismo a su propio padre.

—¿Estás seguro de que esto es obra de Rahl el Oscuro? —preguntó Kahlan.

Zedd se encogió de hombros.

—¿Quién, si no? Rahl el Oscuro es el único capaz de salir ileso del Fuego de Vida lanzado por un mago. Además, este corte lleva su firma. ¿Ves el extremo del tajo? ¿Ves cómo gira ligeramente?

—¿Y qué? —Kahlan desvió la mirada.

—Es el gancho. Al menos, debería serlo. Debería doblarse otra vez hacia adentro en forma de gancho. Mientras se pronuncia el ensalmo, se realiza el corte de gancho, estableciendo así un vínculo entre el interrogado y el interrogador. Entonces, las fuerzas del gancho proporcionan la respuesta que el que interroga busca. Pero mira aquí. El gancho está empezado, pero no acabado. —Zedd esbozó una triste sonrisa—. Aquí es cuando Giller entregó su vida al fuego. Supo esperar hasta que Rahl estaba a punto de acabar para, en el último instante, negarle la respuesta que anhelaba, probablemente el nombre de quién tiene la caja. Cuando la vida lo abandonó, sus entrañas ya no podían revelar nada.

—Nunca creí que Giller fuese capaz de un acto tan desinteresado —susurró Kahlan.

—Zedd, ¿cómo pudo Giller hacer algo así? —preguntó Richard, temeroso—. ¿Cómo pudo aceptar tan terrible dolor y ser capaz de morir con una sonrisa en los labios?

Zedd le dirigió una mirada tan dura y penetrante que el joven sintió un escalofrío.

—Los magos deben conocer el dolor. Deben conocerlo muy bien.

Precisamente para ahorrarte esta lección me alegro de que decidas no ser mago. Es una lección a la que pocos sobreviven.

Richard se preguntó qué misterios y secretos debía conocer Zedd y que nunca había compartido con él.

—Lo has hecho muy bien, Giller. Has tenido una muerte con honor —dijo Zedd a su antiguo alumno, poniéndole una cariñosa mano sobre la mejilla.

—Apuesto a que Rahl el Oscuro se puso furioso —comentó Richard—. Zedd, creo que deberíamos salir de aquí. Todo esto me parece una trampa y nosotros somos la presa.

—Tienes razón. No sé dónde puede estar la caja, pero aquí seguro que no. Nos queda el consuelo de saber que Rahl no la tiene, al menos de momento. Dame al niño —pidió, extendiendo los brazos—. Tenemos que marcharnos tal como hemos llegado, sin que se sepa qué nos ha traído realmente aquí.

Zedd musitó algo al oído de Siddin y el niño se abrazó a él, emitiendo una risilla tonta.

La reina Milena seguía pálida y manoseaba una esquina de su manto cuando Kahlan se acercó a ella con determinación pero calma.

—Gracias por vuestra hospitalidad, pero debemos irnos —dijo.

—Siempre es un placer ver a la Madre Confesora —contestó la reina con una reverencia. La curiosidad pudo más que el miedo, y preguntó—: ¿Habéis... visto a Giller?

—Lamento que os hayáis encargado de él antes de que yo pudiera hacerlo —contestó Kahlan fríamente—. Me hubiera gustado gozar del placer de hacerlo yo misma o, al menos, haber sido testigo de ello. Pero los resultados son lo que cuentan. ¿Tuvisteis algún desacuerdo con él?

—Robó algo que me pertenecía —dijo la reina, recuperando el color.

—Ya veo. Bien, espero que lo recuperarais. Muy buenos días. —Ya se disponía a irse cuando añadió—: Por cierto, reina Milena, regresaré para asegurarme de que mantenéis a raya a esos oficiales excesivamente ambiciosos y de que ya no ejecutan a inocentes.

Richard y Zedd, con Siddin en brazos, siguieron a Kahlan. Mientras caminaba inexpresivamente junto a Zedd, atravesando la ciudad y desfilando frente a cabezas inclinadas, la cabeza no cesaba de darle vueltas a Richard. ¿Qué iban a hacer ahora? Shota le había advertido que la reina no conservaría la caja mucho tiempo, y tenía razón. ¿Dónde podía estar ahora? Desde luego no podía volver al cubil de la bruja y preguntárselo. ¿A quién podía haberle entregado Giller la caja? ¿Cómo iban a encontrarla? El joven se sumió en la desesperación y sintió deseos de arrojar la toalla. Por la forma en que caminaba Kahlan, con los hombros hundidos, sabía que ella debía de estar sintiendo lo mismo. Nadie hablaba, excepto Siddin, y Richard no entendía qué decía.

—¿Qué está diciendo? —preguntó a Zedd.

—Dice que ha sido valiente, pero que se alegra de que Richard, el del genio pronto, haya venido para llevarlo a casa.

—Creo que sé cómo se siente. Zedd, ¿qué vamos a hacer ahora?

—¿Cómo quieres que yo lo sepa? —El mago parecía perplejo—. Tú eres el Buscador.

Pues qué bien. Él lo había hecho lo mejor que había podido, pero ni así habían hallado la caja. No obstante, aún esperaban que él la encontrara. Richard se sentía como si se hubiera dado contra un muro que ni siquiera sabía que estaba allí. Seguían andando, aunque el joven no sabía adónde se dirigían.

El dorado sol del atardecer brillaba entre las nubes, también doradas. A Richard le pareció ver algo en la distancia. Se adelantó para ponerse a la misma altura que Kahlan. Ella también lo había visto. El camino estaba desierto.

Poco después supieron qué era: cuatro caballos que galopaban hacia ellos. Y uno llevaba jinete.

11

R ichard tocó la empuñadura de la espada para tranquilizarse, mientras observaba el avance de los cuatro caballos. Los animales levantaban una nube de polvo, que el sol del atardecer teñía de color dorado. Muy pronto percibió el atronador sonido de los cascos. El solitario jinete iba inclinado sobre su montura, azuzándola. Richard sacó un poco de la funda la *Espada de la Verdad* para comprobar que salía sin trabas y luego volvió a guardarla. A medida que el jinete vestido de oscuro se aproximaba, a Richard le pareció que lo conocía.

—¡Chase!

El guardián del Límite frenó bruscamente los caballos frente a ellos. Entonces, los miró en medio de la nube de polvo.

—Al parecer, todos estáis bien.

—¡Chase, qué alegría verte! ¿Cómo nos has encontrado?

—Soy un guardián del Límite —contestó Chase con aire ofendido. No necesitaba decir más—. ¿Tenéis lo que buscabais?

—No —admitió Richard con un suspiro. Entonces se fijó en unos bracitos que se agarraban a los costados de Chase. De detrás de la capa negra asomó una carita—. ¡Rachel! ¿Eres tú?

La niña se asomó más, sonriendo radiante.

—¡Richard! Me alegro mucho de verte. Chase es fantástico, ¿no crees? Luchó con un gar que quería comerme.

—No luché con él —gruñó Chase—. Sólo me limité a atravesarle la cabeza con una flecha, nada más.

—Pero lo hubieras hecho. Eres el hombre más valiente que he conocido en toda mi vida.

Chase frunció el entrecejo con fingida expresión de pena.

—¿No os parece la niña más fea que hayáis conocido en toda vuestra vida? No me puedo creer que un gar quisiera comerte —dijo, volviéndose hacia la niña.

Rachel soltó una risita y se abrazó a su cintura.

—Mira, Richard. —La niña extendió un pie hacia el joven, presumiendo de zapato—. Chase cazó un ciervo. Pero, como era demasiado grande, se lo cambió a un hombre por estos zapatos y esta capa. ¿No te parecen maravillosos? Y Chase dice que son para mí.

—Sí, son maravillosos —respondió Richard con una sonrisa. Entonces vio que entre la niña y Chase estaba la muñeca, Sara, y el hatillo con el pan. Asimismo se fijó en que Rachel miraba a Siddin como si ya lo hubiera visto.

—¿Por qué huiste? —preguntó Kahlan a Rachel, poniéndole una mano en la pierna—. Estábamos muy preocupados por ti.

La niña se estremeció cuando Kahlan la tocó, tras lo cual se apretó con un brazo contra Chase y metió la mano del otro brazo en el bolsillo. En vez de responder a la pregunta, miró a Siddin e inquirió:

—¿Qué vas a hacer con él?

—Kahlan lo ha rescatado —contestó Richard—. La reina lo tenía encerrado en una mazmorra. Ése no es lugar para un niño y lo sacamos de allí.

—¿Y la reina no se puso furiosa? —preguntó la niña a Kahlan.

—Yo no permito que nadie haga daño a los niños. Ni siquiera una reina.

—Bueno, no os quedéis ahí como pasmarotes. Montad; he traído caballos para todos. Me imaginé que hoy os alcanzaría. Tengo un jabalí asándose donde acampasteis anoche, justo a este lado del Callisidrin.

Con Siddin en un brazo, Zedd puso una mano en la silla y montó un caballo de un brinco.

—¿Un jabalí, dices? Pero ¿qué clase de tonto eres? ¿A quién se le ocurre dejar un jabalí al fuego sin vigilancia? ¡Cualquiera podría ir y llevárselo!

—¿Y por qué crees que tengo tanta prisa? Ese lugar está lleno de huellas de lobo, aunque dudo que osen acercarse al fuego.

—Ni se te ocurra tocar a ese lobo —lo advirtió Zedd—. Es amigo de la Madre Confesora.

Chase miró a Kahlan y luego a Richard, antes de dar media vuelta a su caballo y abrir la marcha en dirección al sol poniente. Richard estaba más animado después de recuperar a Chase. De nuevo sentía que todo era posible. Kahlan y Siddin cabalgaban juntos, charlando y riendo.

Al llegar al campamento, lo primero que hizo Zedd fue examinar el jabalí, tras lo cual declaró que estaba listo para comer. Entonces, se arremangó la túnica y se sentó, esperando con una sonrisa en los labios que alguien trinchara la carne. Siddin, también con una permanente sonrisa en los labios, se sentó y se recostó contra Kahlan. Richard y Chase empezaron a trinchar el jabalí. Rachel se sentó al lado de Chase, a quien no perdía de vista, así como tampoco a Kahlan, con Sara en su regazo y el hatillo con el pan cerca de la cadera.

Richard cortó un gran trozo de carne y se lo dio a Zedd.

—Cuéntame qué ha ocurrido —pidió a Chase—. Con mi hermano, quiero decir.

El guardián del Límite sonrió de oreja a oreja.

—Cuando le transmití tu mensaje dijo que, si estabas en apuros, él te ayudaría. Reunió al ejército y enviamos a la mayor parte de los soldados a cubrir posiciones defensivas a lo largo del Límite, a las órdenes de los guardianes. Cuando el Límite cayó, se negó a seguir esperando en la Tierra Occidental. Así pues, se puso a la cabeza de un millar de sus mejores hombres y se dirigió a la Tierra Central. Ahora mismo están acampados en las montañas Rang'Shada, listos para ayudarte.

—¿De veras? —Tan sorprendido estaba Richard que dejó de cortar carne—. ¿Mi hermano dijo eso? ¿Y ha acudido en mi ayuda, con un ejército?

—Sí. Dijo que, si tú estás metido en esto, entonces él también.

Richard se sintió culpable por haber dudado de Michael, y también eufórico porque su hermano lo hubiera dejado todo para acudir en su ayuda.

—¿No se enfadó?

—Yo estaba seguro de que se enfadaría y que no dejaría de fastidiarme con su enojo, pero él sólo quería saber qué tipo de peligros corrías y dónde estabas. Me dijo que te conocía y que si tú creías que esto era importante, entonces también era importante para él. Se ofreció a venir a buscarte, pero yo no lo dejé. Ahora está junto a sus hombres, probablemente esperando impaciente en su tienda. La verdad, yo tampoco esperaba tanto de él.

—Mi hermano y un millar de soldados han venido a la Tierra Central para ayudarme —dijo Richard, maravillado—. ¿No es magnífico? —preguntó a Kahlan. La mujer se limitó a sonreírle.

—Cuando vi que vuestro rastro se dirigía a las Fuentes del Agaden os di por muertos —comentó el guardián del Límite, lanzando a Richard una severa mirada.

—¿Subiste a las fuentes? —inquirió Richard.

—¿Es que te parezco estúpido? Uno no se convierte en el jefe de los guardianes del Límite siendo un estúpido. Empecé a rumiar cómo iba a decirle a Michael que estabais muertos, pero entonces hallé vuestro rastro, que bajaba de las fuentes. ¿Cómo pudisteis salir de allí con vida? —preguntó, muy extrañado.

Richard sonrió.

—Supongo que los buenos espíritus...

Rachel lanzó un grito.

Richard y Chase se volvieron con los cuchillos prestos. Antes de que Chase pudiera usar el suyo, Richard lo detuvo. Era Brophy.

—¿Rachel? ¿Eres tú, Rachel? —preguntó el lobo.

La niña, con ojos muy abiertos, se sacó de la boca el pie de la muñeca.

—Tu voz se parece a la de Brophy.

El lobo meneaba la cola a un lado y al otro.

—¡Es que soy Brophy! —exclamó, trotando hacia ella.

—Brophy, ¿cómo es que eres un lobo?

—Porque un mago bueno me transformó en lobo —respondió el animal, sentándose frente a Rachel—. Yo elegí ser lobo y él me transformó.

—¿Giller te transformó en un lobo?

Richard se quedó sin respiración.

—Sí. Ahora tengo una nueva vida maravillosa.

La niña rodeó con sus brazos el cuello del lobo. Brophy le lamió la cara y la niña se echó a reír.

—Rachel, ¿conoces a Giller? —preguntó Richard.

—Giller es muy bueno —respondió ella, rodeando aún con un brazo el cuello de Brophy—. Él me dio a Sara. Tú quieres hacerle daño —agregó, mirando temerosa a Kahlan—. Tú eres amiga de la reina. Eres mala. —La niña se apretó contra Brophy en busca de protección.

El lobo le lamió la cara.

—Te equivocas, Rachel. Kahlan es amiga mía. Es una de las personas más amables del mundo.

Kahlan sonrió y tendió las manos hacia la niña, diciéndole:

—Vamos, ven aquí.

Rachel miró a Brophy, que asintió con la cabeza. La niña se acercó a Kahlan con un mohín en el rostro.

—Me oíste decir cosas malas de Giller, ¿verdad? —le preguntó Kahlan, tomando la mano de Rachel entre las suyas. La niña asintió—. Rachel, la reina es una mala persona. Hasta hoy no sabía hasta qué punto es mala. Antes, Giller era amigo mío. Cuando se fue a vivir con la reina, yo creí que él también era malo y que estaba de su parte. Pero ahora que sé que Giller sigue siendo amigo mío. Yo nunca le haría ningún mal.

Rachel alzó la vista hacia Richard.

—Kahlan dice la verdad. Nosotros estamos del mismo lado que Giller.

La niña se volvió hacia Brophy. El lobo hizo un gesto de asentimiento.

—¿Tú y Richard no sois amigos de la reina?

Kahlan soltó una breve carcajada.

—No. Si de mí dependiera, no seguiría siendo reina mucho tiempo más. Y en cuanto a Richard, bueno, desenvainó la espada y amenazó con matar a la princesa. No creo que eso le gane las simpatías de la reina.

—¿La princesa Violeta? ¿Hiciste eso a la princesa Violeta? —preguntó Rachel con ojos muy abiertos.

—Sí. Dijo unas cosas muy desagradables a Kahlan y yo le dije que, si las repetía, le cortaría la lengua.

—¿Y ella no ordenó que te cortaran la cabeza? —inquirió la niña, perpleja.

—No vamos a permitir que le corten la cabeza a nadie más —intervino Kahlan.

Los ojos de la niña se llenaron de lágrimas al mirar a la Confesora.

—Yo creí que eras mala y que ibas a hacer daño a Giller. Me alegro tanto de que no seas mala... —Rachel le echó los brazos al cuello y la abrazó con fuerza. Kahlan, emocionada, le devolvió el abrazo con la misma intensidad.

—¿Amenazaste con la espada a la princesa? —preguntó Chase a Richard—. ¿Sabes que eso se considera delito capital?

—De haber tenido tiempo, le hubiera dado una buena azotaina —replicó Richard fríamente. Rachel se echó a reír y Richard le sonrió—. Tú conoces a la princesa, ¿verdad?

—Soy su compañera de juegos —contestó la niña, poniéndose seria—. Antes vivía en un lugar muy bonito, con otros niños. Pero, cuando mi hermano murió, la reina vino y se me llevó para que fuera la compañera de juegos de la princesa.

—¿Fue su hermano? —preguntó Richard a Brophy. El lobo asintió solemnemente—. De modo que vivías con la princesa. Ella fue quien te cortó el pelo a trasquilones, supongo. Y te pegaba.

—Sí —contestó la niña con un mohín—. La princesa es mala. Ha empezado a ordenar que corten la cabeza a la gente. Yo tenía miedo de que hiciera lo mismo conmigo y me escapé.

Richard posó la mirada en el pan que la niña no apartaba de su lado. Entonces fue a agacharse junto a ella y le preguntó:

—Giller te ayudó a escapar, ¿no es cierto?

—Él me dio a Sara —respondió la niña al borde de las lágrimas—. Él quería escapar conmigo, pero entonces llegó un hombre malo. El Padre Rahl. Parecía estar furioso con Giller. Giller me dijo que corriera y que me escondiera hasta el invierno y que entonces buscara una nueva familia con la que vivir. Sara me dijo que él no podría acompañarme. —Una lágrima le corrió por la mejilla.

Richard miró de nuevo el pan. Tenía más o menos el tamaño adecuado.

—Rachel —dijo a la niña, poniéndole las manos sobre los hombros—, Zedd, Kahlan, Chase y yo nos enfrentamos a Rahl el Oscuro para impedirle que haga daño a nadie más.

Rachel volvió la cabeza hacia Chase.

—Richard te dice la verdad, pequeña —le aseguró el guardián del Límite—. Sé sincera con él.

—Rachel, ¿fue Giller quien te dio ese pan? —La niña hizo un gesto de asentimiento—. Rachel, queríamos ver a Giller para que nos diera una caja que nos ayudará a impedir que Rahl el Oscuro haga daño a más personas. ¿Nos darás esa caja? ¿Nos ayudarás a detener a Rahl?

La niña lo miró con ojos llorosos y luego, con una valiente sonrisa, cogió el pan y se la tendió, diciéndole:

—Está aquí. Giller la escondió dentro con ayuda de la magia.

Richard la abrazó tan fuerte que casi la dejó sin respiración. Así se mantuvo, abrazándola y dando vueltas, hasta que la pequeña empezó a reírse.

—¡Rachel, eres la niña más valiente, lista y bonita que he conocido en mi vida! —Cuando la dejó en el suelo, Rachel corrió hacia Chase y se sentó en su regazo. El guardián del Límite le acarició el cabello y la abrazó, mientas ella sonreía y le devolvía el abrazo.

Richard cogió el pan con ambas manos y se lo ofreció a Kahlan. La mujer sonrió y negó con la cabeza. Entonces, el joven se la ofreció a Zedd.

—El Buscador la ha encontrado —respondió el mago, sonriendo—. Y es el Buscador quien debe abrirlo.

Richard abrió el pan y dentro encontró la caja del Destino adornada con piedras preciosas. El joven se limpió las manos en los pantalones, cogió la caja y la sostuvo frente al fuego. Por el *Libro de las Sombras Contadas* sabía que la reluciente caja que veía simplemente cubría la verdadera caja, que estaba debajo. Y, gracias al libro, sabía incluso cómo retirar la cubierta.

El joven dejó la caja en el regazo de Kahlan y ésta, mientras la cogía, le dirigió la mayor sonrisa que Richard había visto. Sin darse cuenta, se inclinó hacia ella y la besó brevemente. Kahlan abrió mucho los ojos y no le devolvió el beso, pero al sentir los labios de la mujer Richard se dio cuenta de pronto de lo que había hecho.

—Oh, perdóname —se disculpó.

Ella se echó a reír.

—Perdonado.

Acto seguido, Richard abrazó a Zedd, ambos riendo. Chase también reía, observándolo. Richard apenas podía creer que, poco antes, hubiese estado a punto de arrojar la toalla, sin idea de qué hacer a continuación, ni de adónde ir, ni de cómo detener a Rahl. Y ahora tenían la caja.

Richard dejó la caja sobre una roca, donde todos pudieran verla a la luz del fuego, mientras tomaban la mejor cena que el joven podía recordar. Él y Kahlan relataron a Chase algunas de sus peripecias. Richard disfrutó viendo la reacción de su amigo al enterarse de que debía la vida a Bill, el posadero de Refugio Sur. A su vez, Chase les contó cómo se las había apañado para hacer cruzar a un gran ejército las montañas Rang'Shada. El guardián del Límite disfrutó de lo lindo narrándoles interminables historias acerca de la insensata burocracia en campaña.

Rachel se acurrucó en el regazo de Chase y fue comiendo mientras él hablaba. A Richard le llamó la atención que la niña hubiera elegido al que de entre ellos tenía una presencia más aterradora para sentirse segura. Cuando, por fin, el guardián acabó de contar su historia, la niña preguntó:

—Chase, ¿dónde puedo esconderme hasta que llegue el invierno?

—Me parece que eres demasiado fea para dejar que vayas por ahí —replicó Chase, ceñudo—. Seguro que servirías de merienda a un gar. —Eso la hizo reír—. En mi casa hay otros niños, que son tan feos como tú. Me parece que voy a llevarte a mi casa para que vivas con nosotros.

—¿Lo dices en serio, Chase? —inquirió Richard.

—Muchas veces, al volver a casa, mi mujer me esperaba con un nuevo niño. Creo que ya es hora de que dé la vuelta a la tortilla. —Chase miró a Rachel, que se aferraba a él como si temiera que saliera volando—. Pero en casa hay reglas, ¿sabes? Si vives allí, tendrás que obedecerlas.

—Haré cualquier cosa que digas, Chase.

—Pues, para empezar, no permito que ninguno de mis hijos me llame Chase. Si quieres formar parte de mi familia, tendrás que llamarme papá. Y, en cuanto a tu pelo, es demasiado corto. Todas mis niñas llevan el pelo largo, como a mí me gusta. Tendrás que dejártelo crecer.

Y también tendrás una mamá a la que tendrás que querer mucho. Y tendrás que jugar con tus nuevos hermanos. ¿Crees que podrás hacer todo esto?

La niña hizo un gesto de asentimiento contra su pecho, incapaz de hablar, y se abrazó a Chase con los ojos brillantes de lágrimas.

Todos comieron con ganas hasta no poder más. Incluso Zedd se quedó saciado. Pese a estar agotado, saber que, finalmente, tenían la caja insuflaba a Richard nuevas energías. Habían logrado lo más difícil: hallar la caja del Destino antes que Rahl. Ahora sólo tenían que mantenerla alejada de él hasta el invierno.

—Hemos invertido varias semanas en esta búsqueda —dijo Kahlan—. Sólo falta un mes para el invierno. Esta tarde nos parecía que no había tiempo para encontrar la caja, pero, ahora que la tenemos, es una eternidad. ¿Dónde vamos a ocultarnos?

Chase fue el primero en hablar.

—Todos nosotros protegeremos la caja y contamos con un millar de soldados para protegernos a nosotros. Y al otro lado del Límite tendremos muchos más.

—¿Crees que es prudente? —preguntó Kahlan a Zedd—. Encontrar a mil soldados es cosa fácil. ¿No sería mejor escondernos nosotros solos?

Zedd se recostó y respondió, frotándose su estómago repleto:

—Sí, sería más sencillo escondernos solos, pero, si nos descubren, también seríamos más vulnerables. Tal vez Chase tenga razón. Un ejército puede ofrecernos la mejor protección y, en caso necesario, siempre podemos marcharnos y ocultarnos.

—Será mejor que mañana partamos al alba —concluyó Richard.

Apenas había amanecido cuando se pusieron en marcha; los caballos por el camino, y Brophy por el bosque, siguiéndolos de cerca o explorando el terreno. Chase, armado hasta los dientes, los hacía ir al trote. Rachel se agarraba a él con fuerza. Kahlan había recuperado su ropa de viaje y, con Siddin en el regazo, cabalgaba al lado de Zedd. Richard había insistido en que Zedd llevara la caja. El mago la había envuelto en el hatillo que antes contenía el pan y la había atado al pomo de su silla. Richard, en la retaguardia, vigilaba con mirada de águila, mientras avanzaban rápidamente en el frío aire matinal. Ahora que ya tenían la caja, de pronto se sentía vulnerable, como si con sólo mirarlos todo el mundo pudiera saberlo.

El joven percibió el rumor de las aguas del Callisidrin antes de doblar el recodo que desembocaba en el puente. Richard se congratulaba de que el camino estuviera desierto. Chase puso a su montura al galope al aproximarse al gran puente de madera, y todos los demás espolearon a sus caballos para mantener el paso. El guardián del Límite siempre había dicho a Richard que los puentes eran la pesadilla de los incautos. Richard miró en todas direcciones mientras los otros tres galopaban delante de él. No vio nada.

Justo en el centro del puente, chocó a galope tendido contra algo que no estaba allí.

El joven, perplejo por hallarse de pronto en el suelo, se sentó y vio que su gran caballo ruano corría hacia los demás. Todos se detuvieron y dieron media vuelta. Sus compañeros contemplaron, confusos, cómo Richard, mareado y totalmente desconcertado, se ponía dificultosamente de pie. Se sacudió el polvo y empezó a cojear hacia su caballo. Pero, antes de llegar al centro del puente, chocó de nuevo contra la cosa invisible. Era como estrellarse contra una pared de piedra, aunque allí no había nada. De nuevo se encontró sentado en el suelo. Esta vez, al levantarse, los demás lo rodeaban.

Zedd desmontó y, sujetando las riendas con una mano, ayudó a Richard con la otra, a la vez que le preguntaba:

—¿Qué pasa?

—No lo sé —contestó el joven con esfuerzo—. Es como si chocara contra una pared justo en medio del puente. Supongo que me habré caído, eso es todo. Ahora ya estoy bien.

Zedd miró en torno y lo condujo hacia adelante, guiándolo con una mano en el codo. A los pocos metros, Richard volvió a chocar pero, como andaba despacio, esta vez no cayó al suelo sino que simplemente retrocedió unos pasos. Dio un solo paso adelante y se topó de nuevo con el obstáculo. Zedd, muy preocupado, frunció el entrecejo. Richard alargó ambas manos y tocó la pared sólida y lisa, que todos los demás podían atravesar excepto él. Al tocarla se sentía mareado y con ganas de devolver. Zedd atravesó varias veces la barrera invisible.

—Camina hasta la punta del puente y luego vuelve —le dijo el mago, situado justo en el lugar que ocupaba la pared.

Mientras seguía las instrucciones de Zedd, Richard se dio cuenta de que se había hecho un chichón en la frente. Kahlan desmontó y fue a colocarse junto a Zedd, mientras que Brophy se reunía con ella para ver qué problema había. Esta vez Richard avanzó con los brazos extendidos frente a él.

Antes de llegar al centro del puente se topó con algo sólido que le impidió seguir adelante. Al tocar el obstáculo invisible, sintió tal sensación de náusea que tuvo que retroceder.

—¡Diantre! —exclamó Zedd, rascándose el mentón.

En vista de que Richard no podía reunirse con ellos, el resto del grupo se acercó al joven. Zedd lo hizo avanzar de nuevo. Al entrar en contacto con el obstáculo, Richard retrocedió un poco.

—Tócalo con la otra mano —le indicó el mago, cogiéndole la mano izquierda.

Richard así lo hizo, hasta que la sensación de náusea lo obligó a retirarla. Zedd también pareció sentirlo a través de Richard. A estas alturas todos se encontraban en el inicio del puente. Cada vez que Richard tocaba el obstáculo, éste retrocedía.

—¡Rediantre!

—¿Qué ocurre? —inquirió Richard.

Zedd echó un vistazo a Kahlan y a Chase antes de responder:

—Es un hechizo de guarda.

—¿Y qué es un hechizo de guarda?

—Un encantamiento dibujado por ese maldito artista, James. Lo ha dibujado a tu alrededor y, cuando lo tocaste la primera vez, lo activaste. Una vez que ya lo has tocado, se va cerrando cada vez más como una trampa. Si no conseguimos borrarlo, encogerá hasta que ya no quepa dentro nada más que tú y no podrás moverte.

—¿Y entonces?

—Su contacto es venenoso —contestó el mago, irguiéndose—. Cuando acabe de cerrarse en torno a ti, como un capullo, te aplastará o te envenenará.

Kahlan agarró una manga de la túnica de Zedd, con una expresión de pánico en los ojos.

—¡Tenemos que volver! ¡Tenemos que borrar el hechizo!

—Ya lo sé, ya lo sé —repuso Zedd, desasiéndose—. Encontraremos el dibujo y lo borraremos.

—Yo sé dónde están las grutas sagradas —sugirió Kahlan, al mismo tiempo que apoyaba las manos en la silla y colocaba un pie en el estribo.

—No tenemos tiempo que perder. Vámonos ya —dijo Zedd, yendo en busca de su caballo.

—No —protestó Richard.

Todos se volvieron a una para mirarlo.

—Richard, tenemos que hacerlo —trató de convencerlo Kahlan.

—Tiene razón, hijo. No hay otro modo.

—No —repitió el joven, y miró los asustados rostros de sus amigos—. Esto es lo que quieren que hagamos. Tú mismo dijiste que James no podía dibujarte ni a ti ni a Kahlan, por lo que me dibujó a mí con la idea de que esto nos haría regresar a todos. La caja es demasiado importante. No podemos correr el riesgo. Tú, Kahlan, dime dónde se encuentran las grutas, y tú, Zedd, dime cómo puedo borrar el hechizo.

Kahlan cogió con fuerza las riendas de su caballo y del de Richard, y los hizo avanzar.

—Zedd y Chase pueden proteger la caja. Yo voy contigo.

—¡No, tú no vienes! Voy a ir solo. Tengo la *Espada de la Verdad* para protegerme. La caja es lo único que importa; es nuestra principal responsabilidad. Debemos protegerla por encima de todo. Sólo necesito saber dónde están esas grutas y cómo anular el hechizo. Cuando acabe, ya os alcanzaré.

—Richard, creo que...

—¡No! Lo importante es detener a Rahl el Oscuro, no salvar nuestras vidas. ¡No os lo pido, os lo ordeno!

Todos se pusieron firmes, y Zedd se volvió hacia Kahlan.

—Dile dónde están las grutas.

La mujer tendió de mala gana las riendas de su caballo a Zedd y cogió un palito. Con él dibujó un mapa en el suelo y, al acabar, fue señalando con ayuda del palo el camino.

—Esto es el río Callisidrin y aquí está el puente. Esto es el camino y aquí están Tamarang y el castillo. —Con el palo trazó una línea al norte de la ciudad—. Aquí, en estas colinas situadas al nordeste de la ciudad hay un arroyo que fluye entre dos colinas gemelas. Están aproximadamente a un kilómetro y medio al sur de un pequeño puente que cruza el arroyo. Las colinas gemelas presentan precipicios en los lados, que caen hacia el arroyo. Las grutas sagradas se encuentran en el precipicio del lado nordeste del arroyo. Allí es donde James dibuja sus hechizos.

Zedd le arrebató el palito y lo partió en dos pedazos de la longitud de un dedo. Acto seguido, hizo rodar uno entre las palmas de las manos.

—Mira. Esto anulará el encantamiento. Sin verlo no puedo decirte qué parte debes borrar, pero ya te darás cuenta. Es un dibujo que significará algo para ti. Éste es justamente el objetivo de un hechizo dibujado; que tenga algún significado o no funciona.

El palito que Zedd había hecho rodar entre las palmas ya no parecía madera, sino que se notaba suave y pegajoso al tacto. Richard se lo guardó en el bolsillo. Zedd hizo rodar la otra parte entre las palmas. Cuando se lo tendió a Richard, ya no era un palito, sino algo negro como el carbón, aunque duro.

—Con esto podrás dibujar encima del encantamiento y cambiarlo, si es necesario —le explicó el mago.

—¿Cambiarlo cómo?

—No puedo decírtelo sin verlo. Tendrás que usar la cabeza. Debes darte prisa. Todavía creo que deberíamos...

—No, Zedd. Todos sabemos de qué es capaz Rahl el Oscuro. Lo que realmente importa es la caja del Destino; no ninguno de nosotros. Cuídate mucho —dijo, intercambiando una honda mirada con su viejo amigo—. Y cuida también de Kahlan. Condúcelos hasta Michael —agregó, dirigiéndose a Chase—. Él está en condiciones de proteger la caja mucho mejor que nosotros solos. Y no os retraséis para esperarme; ya os alcanzaré. Y, si no lo hago —dijo, mirando con dureza al guardián del Límite—, no quiero que volváis a buscarme. ¿Está claro? Debéis alejar la caja de aquí.

—Lo juro por mi vida —declaró Chase con grave expresión. A continuación, dio a Richard unas breves instrucciones para que pudiera localizar el ejército de la Tierra Occidental en las Rang'Shada.

—Cuida bien de Siddin —dijo Richard a Kahlan—. No te preocupes. Estaré de vuelta enseguida. Ahora, idos.

Zedd montó. Kahlan entregó a Siddin al mago y dirigió una inclinación de cabeza a Chase y a Zedd.

—Marchaos ya. Os alcanzaré en un par de minutos.

Zedd quiso protestar, pero la mujer lo atajó diciéndole de nuevo que se adelantara. Entonces, contempló cómo los dos caballos y el lobo cruzaban el puente al galope y tomaban el camino, antes de volverse hacia Richard. La faz de Kahlan revelaba una profunda inquietud.

—Richard, por favor, deja que...

—No.

Con un gesto de asentimiento, Kahlan le tendió las riendas de su caballo. Las lágrimas anegaban sus ojos verdes.

—En la Tierra Central hay muchos peligros que desconoces. Ten cuidado —le advirtió. Una lágrima le corría por la mejilla.

—Me reuniré contigo antes de que tengas tiempo de echarme de menos.

—Temo por ti.

—Lo sé, pero no me pasará nada, tranquila.

Kahlan alzó la mirada hacia él, y el joven se quedó prendido de sus ojos.

—No debería estar haciendo esto —susurró ella.

Entonces le echó los brazos al cuello y lo besó. Fue un beso duro, rápido, desesperado.

Por un momento, mientras la rodeaba con sus brazos y la abrazaba con fuerza, notando sus labios sobre los de ella, los dedos de Kahlan que le acariciaban la nuca y oía el leve gemido que se le escapó a la mujer, Richard olvidó incluso su propio nombre.

Luego, contempló aturdido cómo Kahlan colocaba una bota en el estribo y se impulsaba para pasar la otra pierna por encima de la silla. Entonces tiró de las riendas para que el caballo girara hacia el joven.

—No hagas estupideces, Richard Cypher. Prométemelo.

—Te lo prometo. —Richard no le dijo que pensaba que lo más estúpido sería que a ella le pasara algo malo—. No te preocupes. En cuanto anule ese hechizo, me reuniré con vosotros. Proteged la caja. Debemos impedir que Rahl se haga con ella. Esto es lo principal. Y, ahora, en marcha.

Richard se quedó de pie, sujetando las riendas de su caballo, mientras Kahlan galopaba sobre el puente y se perdía en la distancia.

—Te amo, Kahlan Amnell —musitó.

Después de cruzar el pequeño puente, Richard condujo a su gran caballo ruano fuera del camino, dándole una palmadita sobre una mancha gris del cuello. A continuación, lo espoleó para que siguiera el arroyo. El caballo corría con facilidad, metiéndose en el arroyo y salpicando agua con los cascos cuando la maleza le cortaba el paso. Cuando las orillas se hicieron más empinadas, Richard condujo al caballo a terreno alto, donde el avance sería más sencillo. El joven no cesaba de vigilar por si alguien lo seguía o lo observaba, pero no vio a nadie. Las colinas parecían desiertas.

A ambos lados del arroyo se alzaban precipicios de piedra caliza blanca; las caras hendidas de las colinas gemelas que flanqueaban el agua. Richard desmontó antes de que el caballo se detuviera. Después de escudriñar el entorno, ató su montura a un zumaque, cuyos frutos rojos ya se veían secos y marchitos. Las botas resbalaron sobre la tierra suelta al descender por la empinada orilla. Había una estrecha trocha que descendía por una rampa formada por rocas y tierra. Siguiéndola, llegó a la alta entrada de una cueva.

Con la mano en el pomo de la espada, se asomó adentro, buscando al artista o a cualquier otra persona. No había nadie. En la misma entrada las paredes se veían totalmente cubiertas de dibujos, que continuaban en la oscuridad.

Richard se sintió abrumado. Había cientos de dibujos, quizá miles. Algunos eran pequeños, no mayores que su mano, mientras que otros eran tan altos como él. Cada uno de ellos representaba una escena distinta. La mayoría sólo mostraba una persona, aunque unos pocos eran dibujos de grupo. Era evidente que habían sido dibujados por manos distintas. Algunos habían sido ejecutados con delicadeza, cuidando los detalles, con sombras y reflejos, y mostraban a gente con miembros rotos y bebiendo de copas con calaveras o huesos cruzados en ellas, o de pie al lado de campos de cosechas mustias. Otros dibujos habían sido realizados por alguien de escaso talento. En éstos, las figuras humanas eran esbozadas con unas pocas líneas, aunque las escenas eran igualmente truculentas. Richard supuso que el talento artístico poco importaba; lo importante era el mensaje.

Richard encontró dibujos hechos por diferentes manos, pero sobre el mismo tema. Algunas personas tenían alrededor una especie de mapa, aunque todas se veían rodeadas por un círculo con una calavera y huesos cruzados en algún punto del contorno.

Eran hechizos de guarda.

¿Cómo iba a encontrar el suyo? Había dibujos por todas partes. Richard no tenía ni idea del aspecto que tendría el dibujo del encantamiento que le había echado James. El joven fue examinando las paredes de la gruta con un pánico creciente, internándose más y más en la oscuridad. A medida que avanzaba, tocaba con los dedos los dibujos, tratando de mirarlos todos para no pasar por alto el suyo. Sus ojos recorrían la gruta a toda velocidad y, mientras buscaba algo familiar sin saber exactamente qué ni dónde, se sentía abrumado por la gran cantidad de hechizos.

El joven se fue internando en la gruta, diciéndose que quizá los dibujos acabarían y que hallaría los últimos al fondo. Estaba demasiado oscuro para poder ver, por lo que regresó a la entrada de la cueva para coger antorchas de junco que había visto allí.

Antes de avanzar mucho, chocó de pleno contra la pared invisible. Aterrado, se dio cuenta de que estaba atrapado dentro de la cueva. Se le estaba acabando el tiempo y no podía llegar hasta las antorchas.

Richard se internó de nuevo en la oscuridad, corriendo. Apenas podía distinguir los hechizos y parecía que no acababan nunca. Había una solución, aunque no le hacía ni pizca de gracia.

Si realmente la necesitaba, podía usar la piedra noche.

Sin perder ni un segundo, sacó la bolsa de piel de la mochila. Una vez en la mano, Richard la miró, tratando de decidir si la piedra le sería de ayuda o si sólo le causaría más dificultades. Dificultades insalvables. El joven recordó todas las veces que había visto la piedra fuera de su bolsa. En cada ocasión las sombras habían tardado un poco en aparecer. Tal vez, si la sacaba sólo brevemente para disipar la oscuridad y volvía a guardarla, tendría el tiempo que necesitaba antes de que las sombras lo encontraran. No sabía si era una buena idea.

«Si realmente la necesitas», le había dicho la mujer de los huesos.

Richard dejó caer la piedra noche en la palma de su mano. La gruta se iluminó. El joven no perdió tiempo escrutando los dibujos individuales, sino que inmediatamente se metió más adentro, buscando dónde acababan. Por el rabillo del ojo vio la primera sombra que se materializaba, aunque aún se hallaba muy lejos de él. Así pues, siguió adelante.

Cuando, finalmente, llegó al final de los dibujos, las sombras casi se le habían echado encima. Richard se guardó la piedra noche en la bolsa de piel. A oscuras y con los ojos muy abiertos, contuvo la respiración, esperando el doloroso contacto de la muerte. Pero éste no llegó. La única luz era un débil resplandor con un brillante punto en el centro —la entrada—, aunque no era suficiente para ver los dibujos. Richard sabía que tendría que recurrir de nuevo a la piedra noche.

Pero antes se metió una mano en el bolsillo y buscó por el tacto el suave y pegajoso palito que Zedd le había dado. Con éste firmemente agarrado, volvió a sacar la piedra noche. Por un instante la luz lo cegó. El joven giró la cabeza, buscando.

Y entonces lo vio. El hombre del dibujo era casi tan alto como él, pero el resto del dibujo aún era más grande. Pese a lo rudimentario del esbozo, Richard no tuvo ninguna dificultad en reconocerse. Llevaba en la mano derecha una espada con la palabra *Verdad* escrita en ella. Alrededor de su figura había un mapa, similar al que Kahlan había dibujado en el suelo. En uno de los lados la línea del contorno comprendía el río Callisidrin y cruzaba el centro del puente, donde Richard había topado con la pared invisible.

Las sombras lo llamaban por su nombre. Al alzar la vista, el joven vio manos que trataban de alcanzarlo. Rápidamente guardó la piedra noche en la bolsa y apretó la espalda contra la pared de la cueva, sobre su dibujo, oyendo los latidos de su corazón. Consternado, se dio cuenta de que el dibujo era demasiado grande para poder borrar todo el círculo que lo rodeaba. Si solamente borraba una parte, no tendría modo de saber dónde se hallaba el agujero, ni cómo conseguir que ese agujero se abriera justamente en la cueva.

El joven se separó de la pared con la idea de tener una mejor perspectiva de su dibujo cuando sacara de nuevo la piedra noche. Enseguida chocó contra el obstáculo invisible. Su corazón dejó de latir por un instante. La trampa se cerraba sobre él. Apenas le quedaba tiempo.

Rápidamente sacó la piedra noche y empezó a borrar la espada, con la esperanza de borrar así su identidad y de liberarse del hechizo. Las líneas se borraban con gran dificultad. Richard retrocedió un paso, para mirar, y chocó contra la pared. Las sombras tendían sus manos hacia él y lo llamaban con voz seductora.

Richard volvió a meter la piedra noche en la bolsa y esperó en la oscuridad, respirando entrecortadamente, sabiéndose atrapado y sintiéndose al borde de un ataque de pánico. Sabía que no podía borrar el dibujo y, al mismo tiempo, combatir a las sombras con la espada: ya había luchado contra ellas antes y sabía que era imposible. Los pensamientos le daban vueltas en la cabeza. Un hombre, que sostenía una de las antorchas de junco y tenía pintada en el rostro una sonrisa empalagosa, se acercó a él. Era James, el artista.

—Creí que te encontraría aquí. He venido a mirar. ¿Necesitas ayuda?

Por su manera de reír, era evidente que no pensaba ayudarlo. James sabía que, con la pared invisible que los separaba, el Buscador no podía usar la espada contra él y se reía de la impotencia del joven.

Richard echó un rápido vistazo a ambos lados. A la luz de la antorcha distinguía el dibujo. Ahora notaba ya la pared invisible contra el hombro, que lo empujaba contra el muro de la cueva. El joven sintió una sensación de náusea y mareo por el contacto. Sólo un paso lo separaba de la pared de la cueva. En pocos segundos estaría rodeado, aplastado o envenenado.

El joven se volvió hacia el dibujo. Mientras con una mano trabajaba, con la otra buscaba algo en el bolsillo, del que sacó el palito con el que, según Zedd, podía modificar el dibujo.

James se inclinó hacia adelante, riéndose entre dientes, tratando de ver qué hacía el Buscador. La risita cesó.

—Eh, ¿qué estás haciendo?

Sin responder, Richard siguió borrando la mano derecha de la figura.

—¡Detente! —gritó James.

Richard siguió borrando, sin hacerle caso. El artista arrojó la antorcha al suelo y se sacó del bolsillo un palito. Inmediatamente empezó a dibujar rápidamente y a grandes trazos. Mechones de su grasiento cabello le caían sobre el rostro mientras se afanaba dibujando, concretamente una figura. Estaba dibujando otro hechizo. Richard sabía que, si James acababa antes que él, no tendría una segunda oportunidad.

—¡Detente, loco estúpido! —gritaba James, dibujando a toda prisa.

La pared invisible presionaba a Richard en la espalda, empujándolo contra el muro de la cueva. Apenas tenía espacio para mover los brazos. James había dibujado una espada y empezaba escribir la palabra *Verdad*.

Richard cogió su palito para dibujar y de un trazo conectó ambos lados de la muñeca de la figura, dibujando un muñón, justo como el que tenía James.

Al levantar el palito de la pared, sintió cómo la presión en la espalda desaparecía así como la sensación de náusea.

James lanzó un chillido.

Al volverse, Richard lo vio retorciéndose en el suelo de la gruta, hecho un ovillo y vomitando. Con un estremecimiento, el joven recogió la antorcha.

El artista lo miró con ojos suplicantes.

—Yo... no pretendía matarte... sólo hacerte prisionero...

—¿Quién te dijo que me lanzaras el hechizo?

James esbozó una leve sonrisa perversa.

—La mord-sith —susurró—. Vas a morir...

—¿Qué es una mord-sith?

Richard oyó cómo a James se le cortaba la respiración, como si lo estrujaran, y cómo sus huesos cedían. No podía decir que lo sintiera. Aunque no sabía qué era una mord-sith, no pensaba quedarse allí para averiguarlo. De pronto, se sintió muy solo y vulnerable. Tanto Zedd como Kahlan lo habían advertido que en la Tierra Central vivían muchas criaturas, muchos seres mágicos que eran peligrosos y de los que él nada sabía. El joven se dijo que odiaba la Tierra Central y la magia. Él sólo quería reunirse con Kahlan.

Richard corrió hacia la entrada de la cueva, dejando caer la antorcha por el camino. Al salir se encontró de pronto con el brillante sol y tuvo que protegerse los ojos, al mismo tiempo que se detenía. Entrecerrando los ojos, distinguió un círculo de personas a su alrededor. Eran soldados vestidos con uniformes de piel oscura y cota de mallas, con espadas colgadas del hombro y hachas de batalla que les pendían del ancho cinto.

En cabeza, frente a la gruta, había alguien distinto, una mujer de larga melena color caoba peinada en una suelta trenza. Iba cubierta del cuello a los pies con un atuendo de piel que se le ajustaba como un guante. La piel era color rojo sangre, excepto una media luna y una estrella amarillas en el estómago. Richard se fijó en que los soldados llevaban en el pecho la misma media luna y estrella, sólo que en su caso eran rojas. La mujer lo contemplaba con una faz desprovista de toda emoción, exceptuando una leve sonrisa.

Richard adoptó una actitud de defensa, con los pies separados y la mano en la empuñadura de la espada, sin saber qué hacer ni qué pretendía aquella gente. Los ojos de la mujer se posaron brevemente en un punto situado por encima y detrás de Richard. El joven oyó cómo dos hombres saltaban al suelo desde la pared de roca que tenía a la espalda. Sentía cómo la espada le empezaba a transmitir su cólera a través de la mano posada en la empuñadura. No hizo nada para contenerla, al contrario; se dejó invadir por ella mientras apretaba los dientes.

La mujer chasqueó los dedos hacia los hombres situados detrás de Richard, y luego lo señaló a él, ordenando:

—Prendedlo. —Richard oyó el sonido del acero al ser desenvainado. Aquello era todo lo que el joven necesitaba saber. La suerte estaba echada. Ahora era un agente de la muerte.

La espada describió un amplio arco al dar media vuelta, liberando como un torrente la ira que sentía. La cólera explotó a través de él. Sus ojos se encontraron con los de los dos soldados, que apretaban la mandíbula en expresión asimismo colérica, mientras empuñaban la espada que llevaban colgada del hombro.

Richard mantuvo la *Espada de la Verdad* baja, a la altura de la cintura, poniendo en ella todo su peso y su fuerza. Los soldados bajaron la espada en actitud defensiva. El joven lanzó un grito de rabia, de odio y de necesidad de matar. Richard se entregó por completo al ansia de muerte, sabiendo que ésa era su única oportunidad para sobrevivir. La punta de su espada empezó a silbar.

Richard se había convertido en un agente de la muerte.

Fragmentos de acero al rojo ascendieron en espiral en el transparente aire de la mañana.

Se oyeron dos gruñidos idénticos. Después del doble impacto se oyeron dos húmedos porrazos, como melones maduros que se estrellaran contra el suelo. La parte superior del cuerpo de los soldados se desplomó, al mismo tiempo que las piernas cedían, desparramando tripas sangrientas.

La espada continuó su arco, trazando una trayectoria sangrienta. Richard buscó un nuevo blanco para su cólera, su odio. La mujer era la jefe y Richard quería cobrarse su sangre. La magia bullía desatada en el interior del joven. Todavía gritaba. La mujer lo observaba con una mano sobre la cadera.

Richard buscó sus ojos y alteró ligeramente el curso de la espada para que también el acero los encontrara. La sonrisa de la mujer alimentó aún más el violento fuego de la ira del joven. Sus miradas quedaron prendidas. La punta de la espada silbó alrededor, dirigiéndose a la cabeza de la mujer. Richard no podía contener el ansia de matar.

Verdaderamente era un agente de la muerte.

El dolor de la magia de la espada lo golpeó como una cascada de agua helada sobre su piel desnuda. El filo de la espada nunca llegó a tocar a la mujer. El arma repiqueteó al caer al suelo, mientras que el desgarrador dolor obligaba al Buscador a hincarse de rodillas y a doblarse por la cintura.

La mujer, todavía con una mano en la cadera y una sonrisa pintada en el rostro, lo miró desde arriba, observando cómo el joven se agarraba el abdomen con los brazos, vomitando sangre y medio ahogándose. El fuego ardía en todo su cuerpo. El dolor de la magia lo consumía, impidiéndole respirar. Richard trataba desesperadamente de controlar esa magia y de relegar el dolor, tal como había aprendido a hacer. Pero esta vez no le funcionaba. Aterrorizado, se dio cuenta de que ya no la controlaba.

Ahora era la mujer quien la controlaba.

El joven cayó al suelo de cara, tratando de gritar, de respirar, pero sin conseguirlo. Durante un instante pensó en Kahlan, pero enseguida el dolor le arrebató incluso ese recuerdo.

Ninguno de los soldados había roto el círculo. La mujer le colocó una bota en la nuca y apoyó el codo sobre la rodilla a la vez que se inclinaba sobre él. Con la otra mano, cogió un mechón de sus cabellos y le alzó la cabeza. Al inclinarse aún más hacia el joven, la piel de su uniforme crujió.

—Vaya, vaya —siseó—. Y yo que pensaba que tendría que torturarte durante muchos días para que te enfadaras y usaras tu magia contra mí. Bueno, no te apures. Tengo otros motivos para torturarte.

En medio del dolor, Richard fue consciente de que había cometido un terrible error. De algún modo, había entregado a esa mujer el control de la magia de la espada. Sabía que nunca había estado en peor situación. «Al menos Kahlan está a salvo —se dijo—. Eso es lo único que importa.»

—¿Quieres que el dolor cese, cielito?

La pregunta lo encolerizó. Pero la ira que sintió hacia la mujer y el ansia de matarla aumentaron el dolor.

—No —logró decir, poniendo toda su fuerza en el empeño.

La mujer se encogió de hombros y le soltó la cabeza.

—Como quieras. Cuando decidas que quieres que el dolor de la magia cese, lo único que debes hacer es dejar de pensar esas cosas tan feas sobre mí. A partir de ahora, yo controlo la magia de tu espada. Bastará con que pienses siquiera en levantar un dedo contra mí para que el dolor de la magia te inmovilice. —La mujer sonrió—. Ése será el único dolor que podrás controlar. Piensa algo agradable sobre mí y cesará.

»Desde luego, yo también tendré control sobre el dolor de la magia y podré hacértelo sentir cada vez que desee. Y también puedo producirte otros tipos de dolor; ya te darás cuenta. Dime, cielito —añadió, frunciendo el ceño—, ¿trataste de usar la magia contra mí por estupidez o porque te crees un valiente?

—¿Quién... eres... tú?

La mujer le cogió de nuevo un mechón de cabello, le levantó la cabeza y se la torció para mirarlo a los ojos. Al inclinarse sobre él, la presión de la bota contra la nuca le produjo una oleada de dolor en los hombros. No podía mover los brazos. La mujer había arrugado el entrecejo, intrigada.

—¿No sabes quién soy? Todo el mundo de la Tierra Central me conoce.

—Yo soy de... la Tierra Occidental.

—¡De la Tierra Occidental! —La mujer arqueó las cejas, encantada—. Vaya, vaya. Qué maravilla. Esto va a ser muy divertido. —Su sonrisa se hizo más amplia para explicar—: Me llamo Denna. Ama Denna para ti, cielito. Soy una mord-sith.

—No pienso decirte dónde... está Kahlan. No me sacarás nada... ni aunque me mates.

—¿Quién? ¿Kahlan?

—La... Madre Confesora.

—La Madre Confesora —repitió Denna con desdén—. ¿Para qué iba a querer yo una Confesora? El amo Rahl me envió a buscarte a ti, Richard Cypher, sólo a ti. Uno de tus amigos te ha traicionado. —La mujer le torció la cabeza con más fuerza y apretó la bota—. Ya te tengo. Creí que sería difícil, pero apenas me has ofrecido diversión. Yo voy a ser la encargada de entrenarte, aunque, siendo de la Tierra Occidental, supongo que no sabrás de qué te hablo. Verás, una mord-sith siempre viste de rojo cuando va a entrenar a alguien. De este modo se disimula la sangre. Tengo la agradable sensación de que, antes de que acabe con tu entrenamiento, podré bañarme con tu sangre.

Denna le soltó la cabeza y apoyó todo su peso sobre la bota, sosteniendo la mano frente a la cara de Richard. El joven pudo ver que el dorso del guante estaba acorazado, incluso los dedos. De la muñeca le colgaba una especie de barra de piel color rojo sangre, de unos treinta centímetros, sujeta a una elegante cadena de oro. La barra oscilaba frente a los ojos de Richard.

—Esta barra se llama agiel. Es sólo uno de los instrumentos que utilizaré para entrenarte. —Denna le dirigió una suave sonrisa, arqueando una ceja—. ¿Curioso? ¿Quieres comprobar cómo funciona?

Denna presionó el agiel contra el costado de Richard, causándole tal dolor que el joven lanzó un grito, aunque no tenía ninguna intención de darle a la mujer la satisfacción de ver cuánto le dolía. El tormento del agiel en el costado le había puesto rígidos todos y cada uno de los músculos del cuerpo, y solamente podía pensar en acabar con aquel suplicio.

Denna presionó apenas un poco más, haciendo que Richard gritara con más fuerza. Entonces, el joven oyó un chasquido y notó cómo una costilla se le rompía.

La mujer retiró el agiel y del costado de Richard manó sangre. El joven se quedó tendido en el suelo, cubierto de sudor, jadeando y con lágrimas que le fluían por las mejillas. Se sentía como si el dolor le estuviera haciendo pedazos todos los músculos de su cuerpo. En la boca tenía tierra y también sangre.

—Y, ahora, cielito, di «gracias, ama Denna, por enseñarme» —dijo la mujer con una cruel expresión—. Dilo —le ordenó, acercando su cara a la de Richard.

Richard concentró toda su fortaleza mental en el deseo de matarla y se imaginó cómo la *Espada de la Verdad* le atravesaba la cabeza.

—Muérete, zorra —replicó.

Denna se estremeció, entrecerró los ojos y se pasó la lengua por el labio superior con expresión de éxtasis.

—Oh, ésa ha sido una visión deliciosamente traviesa, cielito. Por supuesto, ya aprenderás a lamentarlo. Va a ser muy divertido entrenarte. Es una pena que no sepas nada sobre las mord-sith, pues, si no, tendrías mucho miedo. Me lo pasaré bien contigo. —La sonrisa de la mujer dejó al descubierto una dentadura perfecta—. Pero creo que lo que más me gustará será sorprenderte a ti.

Richard siguió pensando en matarla hasta que perdió el conocimiento.

12

Richard entreabrió los ojos. La cabeza le daba vueltas. Estaba tumbado boca abajo sobre un frío suelo de piedra. La única iluminación era la parpadeante luz de unas antorchas. No había ventanas en los muros de piedra, por lo que no había modo de saber si era de día o de noche. Notaba un gusto como metálico en la boca; sangre. El joven trató de recordar dónde se encontraba y por qué. Al intentar inspirar demasiado profundamente, notó un agudo dolor en el costado que lo dejó sin respiración. Sentía en todo el cuerpo un dolor punzante. Era como si le hubieran dado una paliza.

Poco a poco fue recuperando la memoria de la pesadilla. Al pensar en Denna se encolerizó e, instantáneamente, el dolor de la magia le cortó la respiración. Fue un dolor tan intenso e inesperado, que dobló las rodillas y emitió un gemido de agonía, al mismo tiempo que trataba de apartar la ira de su mente. Para ello pensó en Kahlan y en el beso de despedida. El dolor desapareció. Richard trató desesperadamente de seguir pensando en Kahlan para no sentir de nuevo aquel dolor. No podría soportarlo; ya había sufrido demasiado.

Tenía que hallar el modo de salir de aquella situación. Pero si no controlaba su cólera no tendría ninguna oportunidad. Entonces recordó que su padre le había enseñado que debía hacer caso omiso de la ira y que, durante la mayor parte de su vida, había logrado controlarla. Zedd le había dicho que, en ocasiones, era más peligroso dar rienda suelta a la ira que contenerla. Y ésa era una de ellas. Había llegado el momento de aprovechar toda una vida de experiencia en controlar la ira. Este pensamiento le dio un hálito de esperanza.

Con mucho cuidado, procurando no moverse demasiado, evaluó su situación. La *Espada de la Verdad* volvía a estar en su vaina y todavía conservaba el cuchillo y la piedra noche en el bolsillo. Su mochila estaba en el suelo, al lado de una pared, fuera de su alcance. Tenía el lado izquierdo de la camisa endurecido por la sangre reseca, y sentía la cabeza a punto de estallar, aunque el resto de su cuerpo no estaba en mejor estado.

Al volver un poco la cabeza vio a Denna. La mujer estaba cómodamente sentada en una silla de madera, con las piernas estiradas y los tobillos cruzados. Había apoyado el codo izquierdo encima de una sencilla mesa de madera y comía algo de un cuenco que sostenía con la otra mano. Lo estaba observando.

—¿Y tus hombres? —le preguntó Richard, pensando que debía decir algo.

Denna dejó de comer por un instante mientras lo miraba. Finalmente, dejó el cuenco en la mesa y señaló un punto en el suelo, cerca de ella.

—Ven y ponte aquí —le ordenó con voz casi amable.

Con gran dificultad, Richard se puso de pie y fue hasta el lugar que la mujer había señalado. Ésta lo contempló sin expresar emoción alguna mientras él se quedaba mirándola. Richard esperó en silencio. Denna se levantó y apartó la silla con la bota. Era casi tan alta como él. Entonces le dio la espalda, cogió un guante de la mesa y se lo puso en la mano derecha, ajustándoselo bien.

De pronto, dio media vuelta y golpeó a Richard en la boca con el dorso de la mano. El guante estaba reforzado y le partió el labio.

Inmediatamente, antes de que la ira lo invadiera, Richard pensó en un paraje muy hermoso del bosque del Corzo. Los ojos se le llenaron de lágrimas por el dolor que le producía el corte.

—No te has dirigido a mí de forma correcta, cielito —le dijo Denna con una cálida sonrisa—. Ya te lo dije: tienes que llamarme ama o ama Denna. Tienes suerte de que yo sea tu entrenadora; la mayoría de las mord-sith no son tan indulgentes como yo. Ellas hubieran usado el agiel a la primera ofensa. Pero yo siento una cierta debilidad por los hombres apuestos y, además, aunque el guante no sea un instrumento de castigo demasiado efectivo, debo admitir que me gusta usarlo. Me gusta sentir el contacto. El agiel me produce una sensación de euforia, pero no puede compararse con usar las propias manos y sentir lo que una hace. Aparta esa mano —ordenó con voz súbitamente severa.

Richard apartó la mano de la boca y la dejó caer al lado del cuerpo. Sentía cómo la sangre le goteaba del mentón. Denna lo miraba, satisfecha. Inesperadamente, se inclinó hacia él y le lamió parte de la sangre, sonriendo al notar el sabor. Aquello pareció excitarla, pues se apretó contra el joven, aunque esta vez le chupó el labio y le mordió con fuerza en el corte. Richard apretó los ojos, cerró los puños y contuvo la respiración hasta que la mujer se apartó de él, lamiéndose la sangre de los labios con una sonrisa. Richard temblaba de dolor, pero siguió evocando en su mente la imagen de aquel paraje del bosque del Corzo.

—Esto no ha sido más que un aviso. Pronto te darás cuenta. Ahora repite la pregunta como es debido.

Richard decidió instantáneamente que iba a llamarla ama Denna, aunque lo consideraría un término irrespetuoso, y que nunca la llamaría simplemente ama. Sería un modo de luchar contra ella o de conservar el respeto por sí mismo. Al menos en su mente. Así pues, hizo una profunda inspiración y trató de que su voz sonara firme para preguntar:

—¿Y vuestros hombres, ama Denna?

—Mucho mejor —lo alabó ella—. La mayoría de las mord-sith no permiten que sus mascotas hablen ni les hagan preguntas, pero a mí eso me resulta aburrido. Yo prefiero hablar con mi mascota. Como ya he dicho, tienes suerte de que te entrene yo. —La mujer le lanzó una fría sonrisa y prosiguió—: He despedido a mis hombres. Ya no los necesito. Sólo me sirven para capturar y retener al cautivo hasta que éste usa su magia contra mí; después ya no los necesito. No hay nada que puedas hacer para escaparte ni para luchar contra mí. Absolutamente nada.

—¿Por qué conservo mi espada y mi cuchillo?

Demasiado tarde recordó que no la había llamado «ama». El joven alzó un brazo para detener el puñetazo que iba dirigido a su cara. Pero el acto de detener a Denna desató el dolor de la magia. La mujer le hundió el agiel en el estómago. Richard rodó por el suelo, chillando por el dolor.

—¡Levántate!

Richard reprimió la ira para dejar de sentir el dolor de la magia. Pero el dolor que le producía el agiel no se esfumó tan rápidamente. El joven se puso en pie a duras penas.

—Ahora, ponte de rodillas y pídeme perdón.

La mujer consideró que no obedecía con la premura necesaria, por lo que le aplicó el agiel sobre un hombro, empujándolo hacia abajo. El dolor fue tan intenso que Richard perdió la sensibilidad en el brazo derecho.

—Por favor, ama Denna, perdonadme.

—Muy bien. —Finalmente, la mujer sonrió—. Levántate. —Denna lo miró mientras se ponía en pie—. Te he permitido conservar tus armas porque no representan ningún peligro para mí y es posible que algún día las uses para proteger a tu ama. Yo prefiero que mis mascotas conserven sus armas, para que recuerden en todo momento que están indefensos ante mí.

La mujer le dio la espalda y empezó a despojarse del guante. Richard sabía que estaba en lo cierto respecto a la espada —poseía una magia que ella controlaba—, pero se preguntó si ésa era la única forma. Tenía que saberlo. Lentamente alargó las manos hacia la garganta de la mujer.

Denna siguió quitándose el guante tranquilamente, mientras Richard caía de rodillas, chillando por el dolor de la magia. Desesperado, conjuró en su mente la imagen del bosque del Corzo. El dolor remitió y Richard pudo ponerse de pie cuando Denna se lo ordenó.

—Me lo vas a poner difícil, ¿verdad? —le espetó la mujer, lanzándole una mirada impaciente. Pero entonces dulcificó el gesto y esbozó de nuevo una suave sonrisa—. Claro que a mí me gusta que un hombre me lo ponga difícil. Mira, lo estás haciendo mal. Te dije que para que el dolor cesara tenías que pensar algo agradable sobre mí, y no es eso lo que estás haciendo. Estás pensando en unos estúpidos árboles. Éste es mi último aviso: o piensas algo agradable sobre mí y así detienes el dolor de la magia, o dejaré que sufras toda la noche. ¿Entendido?

—Sí, ama Denna.

—Muy bien, muy bien. —La sonrisa de la mord-sith se hizo más amplia—. ¿Lo ves? Eres una buena mascota. Pero recuerda, piensa algo agradable sobre mí. —La mujer le cogió las manos y clavó los ojos en los de Richard al mismo tiempo que presionaba las manos del joven contra sus pechos—. He descubierto que la mayoría de los hombres centran aquí sus pensamientos agradables. —Denna se inclinó hacia él, sin apartar las manos de Richard de sus pechos, y añadió en tono displicente—: Pero si hay alguna otra cosa que te inspire más, por favor, no dudes en pensar en ella.

Richard decidió que el cabello de Denna le parecía bonito y que eso era en lo único agradable de la mord-sith en lo que iba a pensar. Súbitamente, el dolor lo atenazó y lo obligó a ponerse de rodillas, haciéndose más y más intenso hasta que no pudo respirar. Abrió la boca, pero no pudo coger aire. Los ojos se le querían salir de las órbitas.

—Vamos, demuéstrame que puedes hacer lo que te dicen. Puedes detener el dolor siempre que quieras, pero debes hacerlo como yo te digo.

El joven alzó la vista hacia ella, hacia su cabello. Lo veía todo borroso. Se concentró en pensar lo atractiva que le parecía la trenza de Denna. El dolor desapareció de inmediato y Richard se desplomó en el suelo, jadeando.

—Levántate. —El joven hizo lo que la mord-sith le ordenaba, aún pugnando por respirar—. Muy bien, así es como debes hacerlo. A partir de ahora, será mejor que únicamente trates de eliminar el dolor de este modo, o modificaré la magia y tendrás que sufrirlo continuamente. ¿Entendido?

—Sí, ama Denna. —Richard todavía trataba de recuperar el resuello—. Ama Denna, dijisteis que alguien me traicionó. ¿Quién?

—Uno de los tuyos.

—Ninguno de mis amigos haría algo así, ama Denna.

—Entonces diría que no son realmente amigos, ¿no? —le espetó la mord-sith, mirándolo con desdén.

Richard clavó los ojos en el suelo, sintiendo un nudo en la garganta.

—Tenéis razón, ama Denna. Pero ¿quién fue?

—El amo Rahl no lo consideró de suficiente importancia para comunicármelo —contestó la mujer, encogiéndose de hombros—. La única cosa importante que debes saber es que nadie va a rescatarte. Nunca volverás a ser libre. Cuando antes lo asimiles, más sencillo te resultará, y más fácil será tu entrenamiento.

—¿Y cuál es el objetivo de mi entrenamiento, ama Denna?

—Enseñarte qué significa el dolor —repuso la mord-sith, nuevamente con una sonrisa en los labios—. Enseñarte que tu vida ya no te pertenece, que es mía y que puedo hacer con ella lo que me plazca. Cualquier cosa. Puedo hacerte daño en la forma que elija, durante tanto tiempo como guste, y nadie va a ayudarte, excepto yo. Voy a enseñarte que solamente yo puedo concederte un instante sin dolor. Vas a aprender a obedecerme, en todo, sin preguntas ni vacilaciones. Vas a aprender a suplicar por todo lo que necesites.

»Primero te entrenaré aquí unos días y, cuando considere que ya has progresado lo suficiente, te llevaré a otro lugar donde viven más mord-sith. Allí continuaremos el entrenamiento hasta el final, por mucho tiempo que me lleve. Dejaré que otras mord-sith jueguen contigo para demostrarte lo afortunado que eres de que yo sea tu entrenadora. A mí no me caen del todo mal los hombres, pero algunas de mis compañeras los odian. Te dejaré que otras te tengan un rato para que entiendas lo amable que estoy siendo contigo.

—¿Y cuál es el objetivo de este entrenamiento, ama Denna? ¿Qué propósito perseguís? ¿Qué queréis?

La mord-sith parecía disfrutar respondiendo a esas preguntas.

—Tú eres alguien especial. Fue el mismo amo Rahl quien decidió que te sometieras al entrenamiento. —La sonrisa de Denna se hizo más amplia para añadir—: Quiso que yo fuese tu entrenadora. Supongo que quiere preguntarte algo. No permitiré que me dejes mal delante de él.

Cuando acabe contigo, me estarás suplicando que te lleve ante él para decirle todo lo que quiera saber. Y, cuando él acabe contigo, serás mi esclavo por el resto de tu vida, dure lo que dure ésta.

Richard tenía que concentrarse en su cabello mientras se esforzaba por no dejarse llevar por la cólera. Sabía qué quería saber Rahl el Oscuro: el paradero del *Libro de las Sombras Contadas*. El libro estaba a salvo, al igual que Kahlan. Eso era lo único importante. Por él, Denna podía matarlo. Le haría un favor.

Denna caminó a su alrededor, mirándolo de arriba abajo.

—Si demuestras que eres una buena mascota, es posible que te tome como compañero. —La mord-sith se detuvo frente a él, acercó su rostro al de Richard y le dirigió una sonrisa tímida y coqueta—. Las mord-sith somos monógamas. Yo he tenido muchos compañeros. —Ahora sonreía mostrando los dientes—. Pero no te dejes llevar por el entusiasmo, cielito —musitó—. Dudo que para ti sea una experiencia agradable, en caso de sobrevivir, claro está. Ninguno de los demás lo consiguió; todos ellos murieron poco después de convertirse en mis compañeros.

A Richard no le pareció un motivo de preocupación. Rahl el Oscuro quería el libro y, si no hallaba el modo de escaparse, lo mataría como había matado a su padre y a Giller. Pero lo único que averiguaría leyendo sus entrañas era dónde se encontraba el libro: dentro de su cabeza. Por mucho que leyera sus entrañas, nunca averiguaría el contenido del *Libro de las Sombras Contadas*. Richard solamente esperaba poder vivir lo suficiente para ver la expresión de sorpresa en la faz de Rahl el Oscuro cuando se diera cuenta de que acababa de cometer un error fatal.

Si no había libro, no había caja. Rahl el Oscuro podía darse por muerto. Eso era lo único importante.

En cuanto a que había sido traicionado, Richard decidió que no se lo creía. Rahl el Oscuro conocía las normas de los magos y estaba poniendo en práctica la Primera Norma para tratar de asustarlo. Era el primer paso que lleva a creer. Richard decidió que no pensaba dejarse engañar por la Primera Norma de un mago. Conocía a Zedd, a Chase y a Kahlan, y no iba a creer a Rahl el Oscuro antes que a sus amigos.

—Por cierto, ¿dónde conseguiste la *Espada de la Verdad*?

—Se la compré al último Buscador, ama Denna —contestó Richard, mirándola directamente a los ojos.

—¿De veras? ¿Qué le diste a cambio?

El joven le sostuvo la mirada.

—Todo lo que tenía. Al parecer, va a costarme la libertad y, probablemente, también la vida.

La mord-sith se echó a reír.

—Tienes mucho carácter. Me encanta quebrar a un hombre con mucho carácter. ¿Sabes por qué Rahl el Oscuro me eligió a mí?

—No, ama Denna.

—Porque soy implacable. Es posible que no sea tan cruel como algunas de mis compañeras, pero disfruto quebrando a un hombre mucho más que ninguna de ellas. Me encanta dar dolor a mis mascotas; vivo para ello. —Denna arqueó una ceja y sonrió—. Yo nunca abandono, no me canso y nunca aflojo. Jamás.

—Es un honor estar en manos de la mejor, ama Denna.

La mujer le aplicó el agiel sobre el corte en el labio y lo sostuvo allí hasta que Richard cayó de rodillas, llorando.

—Que sea el último comentario frívolo que oigo de tus labios. —La mujer retiró el agiel y se lo introdujo en la boca, haciéndolo caer al suelo de espaldas, despatarrado. Entonces, presionó el instrumento de tortura contra el estómago del joven. Justo antes de desmayarse, Denna lo retiró—. ¿Qué dices a eso?

—Por favor, ama Denna —logró decir Richard a duras penas—. Perdonadme.

—Muy bien, levántate. Ya es hora de que empecemos tu entrenamiento.

La mujer fue hasta la mesa y cogió algo. Entonces, señaló un punto en el suelo y ordenó:

—Ponte ahí. Deprisa.

Richard se movió lo más rápido que pudo. El dolor le impedía enderezar la espalda. Se quedó en el lugar indicado por la mord-sith, jadeando y sudando. La mujer le tendió algo que tenía una delgada cadena. Era un collar de cuero, del mismo color que la ropa de la mord-sith.

—Póntelo —le ordenó desabridamente.

Richard no estaba en condiciones de preguntar. Empezaba a creer que sería capaz de hacer cualquier cosa para evitar el suplicio del agiel. Así pues, se puso el collar en el cuello. Denna cogió la cadena, en cuyo extremo había una anilla de metal, que deslizó por una de las maderas del respaldo de la silla.

—La magia te castigará por oponerte a mis deseos. Cuando coloque la cadena en algún sitio, mi deseo será que te quedes ahí hasta que la quite. Quiero que aprendas que tú eres incapaz de quitarla. —La mord-sith señaló hacia la puerta, que estaba abierta—. Quiero que durante la próxima hora hagas lo posible por llegar a esa puerta. Si no lo intentas con todas tus fuerzas, esto es lo que te haré durante el resto de esa hora. —Denna le aplicó el agiel a un lado del cuello, hasta que Richard cayó de rodillas, gritando agónicamente y suplicándole que parara. La mujer retiró el instrumento y le ordenó que empezara, tras lo cual fue a recostarse contra un muro, de brazos cruzados.

El primer intento de Richard consistió, simplemente, en tratar de caminar hasta la puerta. Pero las piernas le fallaron por el dolor antes de que hubiera llegado a tensar la cadena y tuvo que regresar hacia la silla.

Entonces trató de alcanzar la anilla, pero el dolor de la magia le produjo intensos calambres en los brazos. Tembloroso y con el rostro bañado en sudor, el joven no cejó en su intento por alcanzar la anilla. Trató de conseguirlo retrocediendo hasta la silla y girando, pero antes de que sus dedos tocaran la cadena, el dolor lo arrojó de nuevo al suelo. Richard luchó contra el dolor, tratando de llegar a la silla, pero éste era demasiado intenso, por lo que cayó al suelo, vomitando sangre. Cuando el dolor por fin cesó, Richard se puso de pie apoyándose sobre una mano, mientras que con la otra se agarraba el estómago. Temblaba y le caían lágrimas de la cara. Por el rabillo del ojo vio cómo Denna descruzaba los brazos y se ponía derecha. Inmediatamente reanudó sus esfuerzos.

Era evidente que lo que estaba haciendo no iba a servir de nada. Tenía que pensar en otra cosa. Desenvainó la espada y probó de levantar la cadena. Por un breve instante, y con un supremo esfuerzo, logró tocar la cadena con la hoja del arma. Pero el dolor fue tal que tuvo que soltarla. El suplicio no cesó hasta que volvió a guardar la *Espada de la Verdad* en su vaina.

Entonces se le ocurrió algo. Se tumbó en el suelo y, con un rápido movimiento, dio un puntapié a la silla antes de que el dolor lo paralizara. La silla resbaló por el suelo, chocó contra la mesa y se volcó. La cadena se soltó.

La victoria fue muy breve. Tan pronto como la cadena dejó de estar en contacto con la silla, el dolor subió a cotas nunca antes alcanzadas. Richard se ahogaba y jadeaba con la cara pegada al suelo. Haciendo acopio de todas sus fuerzas, se fue arrastrando por el suelo, clavando las uñas en la piedra. A cada centímetro que avanzaba, el dolor se hacía más y más intenso, hasta que todo lo demás dejó de existir. Sentía que los ojos le iban a salir disparados de las órbitas. No había logrado avanzar ni un metro. No sabía qué hacer; el dolor lo tenía paralizado y le impedía pensar.

—Por favor, ama Denna —susurró con gran esfuerzo—, ayudadme. Os lo suplico. —Richard se dio cuenta de que estaba llorando, pero no le importaba. Sólo quería que la cadena volviera a estar sujeta a la silla para que ese dolor cesara.

Entonces oyó unas botas que caminaban hacia él. La mord-sith se inclinó, puso de pie la silla y colocó de nuevo la anilla. El dolor desapareció, pero él no podía dejar de llorar mientras rodaba sobre la espalda. Denna se quedó en jarras junto a él, mirándolo.

—Han pasado quince minutos, pero, como he tenido que ayudarte, la hora empieza a contar de nuevo. La próxima vez que tenga que ayudarte, serán dos horas más. —La mujer se inclinó y le apretó el agiel contra el estómago, causándole una explosión de dolor en el interior de su cuerpo—. ¿Entendido?

—Sí, ama Denna —gimió Richard. Lo asustaba que hubiera un modo de llegar a la puerta y de lo que podría ocurrirle si lo encontraba, y también lo asustaba no intentarlo. Pero, si había un modo, al cabo de una hora no lo había descubierto.

La mord-sith se acercó a él, que descansaba con las manos sobre las rodillas.

—¿Te parece que ya lo entiendes? ¿Entiendes lo que te ocurrirá si tratas de escapar?

—Sí, ama Denna. —Y era cierto. Nunca podría escapar. Una nube de desesperanza se abatió sobre él, amenazando con sofocarlo. Quería morirse. Pensó en el cuchillo que llevaba al cinto.

—Levántate. —Como si pudiera leerle la mente, agregó suavemente—: Yo que tú no pensaría en tratar de poner fin a tus servicios como mi mascota. La magia te lo impediría, tal como te ha impedido mover la cadena de donde yo la he dejado. —Richard, atontado, parpadeó hacia la mujer—. No hay ningún modo de que puedas escaparte de mí, ni siquiera la muerte. Serás mi esclavo mientras yo quiera que vivas.

—Eso no será mucho, ama Denna. Rahl el Oscuro me matará.

—Es posible. Pero antes le dirás lo que quiere saber. Lo que yo quiero es que respondas a sus preguntas, y lo harás sin dudar. —Los ojos color avellana de la mujer poseían la dureza del acero—. Tal vez ahora mismo te cueste creerlo, pero ni te imaginas lo buena que soy como entrenadora. Nunca he fallado en la tarea de quebrar a un hombre. No creas que eres el primero. Muy pronto me suplicarás para complacerme.

Aún no había transcurrido el primer día junto a la mord-sith y Richard sabía ya que estaba dispuesto a obedecerla casi en todo. Y todavía quedaban varias semanas de entrenamiento. De ser capaz de hacerlo, el joven hubiera deseado morir allí y entonces. Lo peor de todo era que la mord-sith tenía razón: él no podía hacer nada contra ella. Estaba enteramente a su merced, y Richard dudaba que Denna conociera el significado de la palabra piedad.

—Lo entiendo, ama Denna, y os creo. —La agradable sonrisa de la mujer obligó a Richard a pensar en lo hermosa que era su trenza.

—Bien. Ahora, quítate la camisa. —Al ver que, pese a su expresión de desconcierto, Richard inmediatamente empezaba a desabrocharse la prenda, Denna sonrió de oreja a oreja. La mord-sith sostuvo el agiel frente a los ojos de su mascota—. Ya es hora de que aprendas todo lo que puede hacer el agiel. Si no te quitaras la camisa, se mancharía tanto de sangre que no podría encontrar ningún punto indemne en ti. Vas a comprobar por qué llevo ropa roja.

Mientras se sacaba de los pantalones el faldón de la camisa, el joven osó preguntar, casi sin aliento:

—Pero, ama Denna, ¿qué he hecho mal?

La mujer le acarició una mejilla en un gesto de fingida preocupación.

—Vaya, vaya. ¿Es que no lo sabes? —Richard negó con la cabeza y tragó saliva—. Te has dejado capturar por una mord-sith. Deberías haber matado a todos mis hombres con tu espada. Creo que habrías sido capaz. Lo poco que hiciste fue realmente impresionante. Después, deberías haber usado el cuchillo o tus propias manos para matarme mientras era vulnerable, antes de que me hiciera con el control de tu magia. Nunca deberías haberme dado la oportunidad de arrebatarte el control de tu magia. Nunca deberías haber intentado usarla en mi contra.

—Pero ¿por qué debéis usar ahora el agiel conmigo?

La mujer se echó a reír.

—Porque quiero que aprendas. Debes aprender que puedo hacerte lo que se me antoje, sin que tú puedas hacer absolutamente nada para detenerme. Debes aprender que estás totalmente indefenso y que, si disfrutas de un instante sin sentir dolor, es porque yo así lo quiero, no tú. —La sonrisa se borró de la faz de la mord-sith, mientras se dirigía a la mesa y regresaba con unas esposas—. Ven. Tienes un problema que me fastidia; no dejas de caerte al suelo. Ahora mismo vamos a arreglarlo. Toma, póntelas.

La mujer le arrojó las esposas. Richard pugnó por controlar la respiración mientras se sujetaba las manillas a las muñecas, que le temblaban. Denna arrastró la silla bajo una viga e indicó a Richard que se colocara allí. Entonces, se subió a la silla y enganchó la cadena a una clavija de hierro.

—Estírate. Todavía no llega. —El joven tuvo que ponerse de puntillas y estirarse para que Denna lograra engancharla—. Perfecto —declaró con una sonrisa—. Ahora ya no tendremos que preocuparnos más de que te caigas.

Richard, colgado de la cadena, luchaba por controlar el terror que sentía. Las esposas de hierro se le hundían en la carne debido a su propio peso. Antes ya sabía que no había nada que pudiera hacer para detenerla, pero esto era diferente. Atado de aquel modo se sentía aún más indefenso y era más consciente de que no podía luchar contra ella. Denna se enfundó los guantes y dio varias vueltas alrededor del joven, dándose golpecitos con el agiel contra la palma de la mano, prolongando así la ansiedad de su víctima.

Si al menos hubiera muerto tratando de detener a Rahl el Oscuro... Hubiese sido un precio que Richard estaba dispuesto a pagar. Pero aquello era distinto. Era una muerte en vida. O una vida estando muerto. Ni siquiera le quedaba la dignidad de luchar. Ya conocía los efectos del agiel; no necesitaba que la mord-sith se los volviera a demostrar. Lo único que quería Denna era arrebatarle su orgullo, el respeto hacia sí mismo, quebrar su espíritu.

La mujer fue dándole golpecitos en el pecho con el agiel, mientras continuaba caminando a su alrededor. Cada vez que el instrumento lo tocaba, Richard sentía como si le clavaran una daga, y cada vez gritaba de dolor y se retorcía colgado de la cadena. El joven sabía que la mord-sith ni siquiera había empezado todavía. No era más que el primer día, aún no acabado, de muchos más por llegar. El joven gritó de impotencia.

Entonces se imaginó que su conciencia de sí mismo, su dignidad, era algo vivo, y lo vio en su mente. A continuación, imaginó una habitación inmune a todo, en la que ningún mal podía penetrar. Richard depositó su dignidad y el respeto por sí mismo en aquella habitación y cerró la puerta. Nadie tendría la llave de aquella habitación; ni Denna, ni Rahl el Oscuro. Sólo él. Soportaría lo que tuviera que soportar, durante todo el tiempo que fuese necesario, renunciando a su dignidad. Haría lo que tuviera que hacer y, un día, abriría aquella puerta y volvería a ser él mismo, aunque fuera en la muerte. Pero, por el momento, sería el esclavo de Denna. Sólo por el momento. Pero no para siempre. Algún día dejaría de serlo.

La mord-sith le cogió el rostro con ambas manos y lo besó con dureza, tanta que sintió un dolor punzante en el labio partido, y pinchazos. Denna parecía disfrutar más del beso cuando sabía que le hacía daño. Al alejarse de él, los ojos de la mujer brillaban de deleite.

—¿Quieres que empecemos ya, cielito? —susurró.

—Por favor, ama Denna —susurró también él—. No me hagáis daño.

—Eso es lo que quería escuchar —replicó su torturadora con una amplia sonrisa.

Denna empezó a demostrarle todos los efectos posibles de un agiel. Si se lo pasaba suavemente por encima de la piel, le causaba verdugones, y si presionaba un poco más, éstos sangraban. Cuando le hundía el instrumento en la carne, Richard sentía algo húmedo y cálido en su sudorosa piel. Denna era asimismo capaz de causarle exactamente el mismo dolor sin dejarle ninguna marca. Los dientes le dolían de tanto apretarlos. A veces, la mord-sith se colocaba detrás de él y esperaba que se relajara para aplicarle el agiel. Cuando se cansaba, le decía que cerrara los ojos y caminaba a su alrededor, mientras presionaba el agiel o se lo pasaba por el pecho.

La mujer se echaba a reír cuando Richard se preparaba para recibir un dolor que no llegaba. En un momento dado, el agiel le causó un dolor particularmente intenso, que le hizo abrir los ojos de golpe, lo que le dio a Denna una excusa para usar el guante. El joven tuvo que suplicarle perdón por haber abierto los ojos sin que ella se lo ordenase. Las manillas se le hundían en las muñecas y le hacían sangrar. Le resultaba imposible no descargar en ellas todo su peso.

Solamente una vez Richard tuvo un arrebato de cólera: cuando la mord-sith le presionó el agiel contra la axila. Denna se quedó mirándolo con una sonrisa de suficiencia, mientras él se retorcía y trataba de pensar en el hermoso pelo de la mujer. En vista de que al aplicarle el agiel en aquel punto lo encolerizaba, Denna se concentró en esa área mucho tiempo, pero él supo contenerse. Puesto que Richard no se infligía él solo el dolor de la magia, ella lo hizo por él, con la diferencia de que cuando era ella quien lo producía, Richard no podía hacerlo desaparecer por mucho que lo intentara, y tenía que suplicar. A veces, Denna se quedaba de pie frente a él, contemplando cómo el joven jadeaba. Otras, pocas, se apretaba contra él, abrazándole el pecho con mucha fuerza para que sus duras prendas de piel avivaran el dolor que sentía en las heridas.

Richard no supo cuánto tiempo duró la tortura. La mayor parte del tiempo no podía percibir nada más que el dolor, como si fuese algo vivo. Sólo fue consciente de que, a partir de un determinado momento, estuvo dispuesto a hacer cualquier cosa que la mord-sith le dijera, realmente cualquier cosa, para que dejara de hacerle daño. Ni siquiera podía mirar el agiel; sólo con verlo los ojos se le llenaban de lágrimas. Denna no había mentido sobre sí misma: nunca se cansaba ni se aburría de torturarlo. Parecía que no dejaba de fascinarla, de divertirla y de causarle satisfacción. Lo único que le gustaba más que hacerle daño era que Richard le suplicara que parara. Él hubiera suplicado más, para hacerla feliz, pero casi todo el tiempo era incapaz de pronunciar palabra. El mero acto de respirar le producía un dolor casi insoportable.

Ya hacía rato que se había resignado a cargar todo el peso del cuerpo sobre las muñecas, y ahora colgaba de la cadena sin vida, delirando. Le pareció que Denna se estaba tomando una breve pausa, pero todo lo que le había hecho le dolía tanto que no estaba seguro. El sudor le cegaba y le causaba ardor en las heridas.

Cuando su mente se aclaró un poco, Denna apareció de nuevo, a su espalda. Richard se preparó para resistir lo que sabía que pasaría, pero, en vez de lo que esperaba, la mord-sith le agarró un mechón de cabello y le tiró bruscamente la cabeza hacia atrás.

—Y, ahora, cielito, te voy a mostrar algo nuevo. Voy a demostrarte que soy realmente un ama muy amable. —Denna le tiró de la cabeza aún con más fuerza hasta que el dolor lo obligó a tensar los músculos del cuello para resistir la presión. La mujer le colocó el agiel sobre la garganta—. Deja de resistirte o no lo apartaré de ahí.

La boca se le estaba llenando de sangre. Richard relajó los músculos del cuello y permitió que la mord-sith le tirara de la cabeza tan fuerte como deseara.

—Escucha muy bien lo que voy a decirte, cielito. Voy a meterte el agiel en la oreja derecha. —Richard estuvo a punto de ahogarse en el terror, pero ella le echó la cabeza hacia atrás violentamente—. Notarás un dolor distinto a todos los demás; mucho más intenso. Debes hacer exactamente lo que voy a decirte. —La boca de la mujer le rozaba la oreja y le susurraba como si fuese una amante—. En el pasado, cuando tenía junto a mí a una hermana mord-sith, solíamos introducir el agiel en las orejas del hombre al mismo tiempo. Me encantaba oír cómo gritaba; era un sonido distinto a cualquier otro. Al recordarlo aún se me pone la carne de gallina.

»Pero de ese modo lo matábamos. Nunca conseguimos usar dos agieles al mismo tiempo sin matar al hombre. Lo intenté muchas veces sin éxito. Da gracias de que yo sea tu ama, pues otras siguen con esa práctica.

—Gracias, ama Denna. —Richard no sabía por qué le daba las gracias, pero quería impedir que le hiciera fuera lo que fuese que la mord-sith tuviera en mente.

—Presta atención —le susurró Denna con aspereza, aunque enseguida suavizó la voz para explicar—: Cuando lo haga, no debes moverte. Si lo haces, te produciré lesiones internas. No te mataría, pero quedarías inválido para siempre. Algunos hombres que se mueven se quedan ciegos, a otros se les paraliza un lado del cuerpo, otros no puedan hablar o andar. Todos los que se mueven sufren algún daño permanente. Yo te quiero en perfecto estado. Las mord-sith más crueles que yo no advierten a sus mascotas que no se muevan y se lo hacen sin más. ¿Ves? No soy tan cruel como tú crees. No obstante, son pocos los hombres capaces de estarse quietos. Aunque los avise, ellos se agitan y quedan lisiados.

—Por favor, ama Denna —suplicó Richard, sin poder contener las lágrimas—. Por favor, no lo hagáis.

El joven sintió el aliento de la sonrisa de la mujer. Denna le metió su húmeda lengua en una oreja y se la besó.

—Pero es que yo quiero, cielito. No lo olvides, estate quieto y no te muevas.

Richard apretó los dientes, pero nada podría haberlo preparado para aquel dolor. Era como si la cabeza se le hubiera transformado en cristal y se le rompiera en mil pedazos. El joven se clavó las uñas en las palmas de las manos. Toda noción del tiempo se hizo añicos junto a todo lo demás. Ahora se hallaba en un desierto de tormento sin principio ni final. Sentía cómo todos los nervios de su cuerpo le ardían con un sufrimiento agudísimo y abrasador. No sabía cuánto tiempo había tenido el agiel en el oído, pero cuando la mord-sith lo retiró, los chillidos de Richard resonaron en las paredes de piedra.

Finalmente se quedó inmóvil. La mujer le besó la oreja y le susurró sin aliento:

—Ha sido un chillido francamente encantador, cielito. El mejor que he oído en mi vida, excepto los de agonía, por supuesto. Lo has hecho muy bien; no te has movido ni un centímetro. —Denna le besó cariñosamente el cuello, luego la oreja, y preguntó—: ¿Probamos en el otro lado?

Richard quedó colgando de las manillas. Ni siquiera podía ya llorar. Denna le tiró la cabeza hacia atrás con dureza mientras se colocaba al otro lado del joven.

Cuando, finamente, hubo acabado con él y desenganchó la cadena, Richard se desplomó. No se creía capaz de moverse, pero cuando Denna le indicó con el agiel que se levantara, la mera visión del instrumento de tortura hizo que obedeciera.

—Por hoy hemos acabado, cielito. —Richard pensó que iba a morirse de felicidad—. Voy a dormir un poco. Hoy sólo hemos trabajado media jornada; mañana entrenaremos todo el día. Ya te darás cuenta de que es mucho más doloroso.

Pero Richard estaba demasiado agotado para preocuparse por el día siguiente. Lo único que deseaba era tumbarse. Incluso el suelo de piedra sería el mejor lecho en el que hubiera dormido. Richard lo contempló anhelante.

Denna acercó la silla, cogió la cadena que le colgaba del collar y la enganchó en la clavija de hierro clavada en la viga. El joven miraba la escena confundido, demasiado cansado para imaginarse qué se proponía la mord-sith. Al acabar, se encaminó a la puerta. Richard se dio cuenta de que la cadena era demasiado corta para que se pudiera tumbar en el suelo.

—¿Ama Denna, cómo voy a dormir?

—¿Dormir? —replicó la mujer, volviéndose hacia el joven con una sonrisa condescendiente—. No recuerdo haberte dicho que podías dormir. El sueño es un privilegio que tendrás que ganarte. ¿No te acuerdas de eso tan feo que te imaginaste esta mañana: que me matabas con tu espada? ¿Y no recuerdas que te dije que lo lamentarías? Buenas noches, cielito.

»Y ni se te ocurra soltar la cadena de la clavija para que el dolor te deje inconsciente —añadió cuando ya se marchaba—. He modificado la magia para que ya no te permita perder el sentido. Si desenganchas la cadena o caes al suelo sin querer y la arrastras, yo no estaré aquí para ayudarte. Estarás solo durante toda la noche con el dolor. Si acaso te vence el sueño, piensa en eso.

La mujer giró sobre sus talones y se marchó, llevándose la antorcha.

Richard se quedó de pie en la oscuridad, llorando. Al cabo de un rato, se forzó a dejar de llorar y pensó en Kahlan. Eso era una cosa agradable que Denna no le podría arrebatar. Al menos, aquella noche, no. Richard se sintió mejor al pensar que ella estaba a salvo y que tenía quien la protegiera —Zedd, Chase y muy pronto el ejército de Michael. Richard trató de imaginarse dónde debería estar; seguramente en un campamento, en alguna parte con Siddin y Rachel, cuidándolos, contándoles cuentos y haciéndolos reír.

El joven sonrió ante aquella imagen mental y, a continuación, se recreó en el recuerdo del beso que le había dado, en la sensación de sentirla contra él. Aunque ella no estuviera allí, con él, aún conseguía hacerlo sonreír y ponerlo de buen humor. Lo que le ocurriera a él no tenía ninguna importancia; lo realmente importante era que Kahlan se encontraba a salvo. Kahlan, Zedd y Chase tenían la última caja y no corrían peligro. Rahl el Oscuro iba a morir y Kahlan iba a vivir.

Cuando todo aquello acabara, ¿qué importaba lo que le ocurriera a él? Muy probablemente Denna o Rahl el Oscuro ya se encargarían de matarlo. Lo único que él debía y podía hacer era soportar el dolor hasta entonces. ¿Qué más daba? Nada de lo que Denna pudiera hacerle sería tan doloroso como saber que su amor por Kahlan era imposible. La mujer que amaba escogería a otro como pareja.

Richard se alegraba de estar muerto antes de que eso ocurriera. Tal vez podría hacer algo para precipitar su fin; desde luego, no costaba demasiado hacer enfadar a Denna. Si se movía la próxima vez que le introdujera el agiel en la oreja, sufriría daños permanentes y entonces, tal vez, ya no serviría para nada. Tal vez entonces la mord-sith lo mataría. Richard nunca se había sentido más solo en toda su vida.

—Te amo, Kahlan —susurró en la oscuridad.

Tal como Denna le había prometido, el día siguiente fue mucho peor. La mord-sith había descansado estupendamente y parecía deseosa de liberar parte de su energía en la tarea de quebrarlo. El joven sabía que aún tenía control sobre una cosa, tenía una elección. La próxima vez que Denna le introdujera el agiel en el oído, movería bruscamente la cabeza con toda su fuerza, para causarse importantes daños internos. Sin embargo, la mord-sith pareció intuir sus intenciones, porque ese día no lo hizo. Richard sintió nacer en su interior una pequeña llama de esperanza; había logrado influir en el comportamiento de su torturadora, había conseguido que no usara el agiel de esa forma. Denna no tenía el control absoluto que ella creía poseer; él todavía podía obligarla a hacer algo. La idea lo animó y, al recordar que el respeto hacia sí mismo, su dignidad, estaba a buen recaudo en su habitación secreta, se sintió capaz de hacer lo que debía. Haría lo que la mord-sith desease, cuando ella lo deseara.

Denna únicamente descansó para sentarse a la mesa a comer varias veces. La mujer lo observaba mientras saboreaba fruta y sonreía levemente cuando él gemía. Richard no recibió nada para comer, solamente una taza de agua, que Denna le ofreció al acabar su refrigerio.

Al final del día, la mujer enganchó de nuevo la cadena a la viga y Richard tuvo que pasar la noche de pie. Esta vez no se molestó en preguntar por qué; no importaba. Ella iba a hacer lo que deseara, sin que él pudiera evitarlo.

Por la mañana, cuando Denna regresó con la antorcha, Richard seguía de pie, pero apenas podía aguantarse. La mujer parecía estar de buen humor.

—Voy a darte un beso de buenos días y espero que me lo devuelvas —le dijo con una sonrisa—. Demuéstrame cuánto te alegras de ver a tu ama.

El joven hizo lo que pudo, pero tuvo que concentrarse en lo hermosa que era su trenza. Cuando la mujer se apretó contra él, Richard sintió oleadas de dolor en las heridas. Al acabar, el joven temblaba. Denna desenganchó la cadena y la arrojó al suelo.

—Estás aprendiendo a ser una buena mascota. Te has ganado dos horas de sueño.

Richard se desplomó en el suelo y se quedó dormido antes de que el sonido de los pasos de la mujer se desvaneciera.

Pasadas las dos horas, descubrió lo horroroso que era ser despertado por el agiel. El breve descanso apenas le había cundido; necesitaba mucho más. Richard se hizo la promesa de luchar con todas sus fuerzas aquel día para no cometer ni un solo error y cumplir exactamente los deseos de Denna. Quizá de ese modo la mord-sith le concedería toda una noche de descanso.

El joven se esforzó al máximo por hacer todo lo que Denna deseara, con la esperanza de complacerla. También esperaba que le diera algún alimento, pues no había comido nada desde el día en que fue capturado. Richard se preguntó qué deseaba más, si dormir o comer, y, a fin de cuentas, decidió que lo que más deseaba era dejar de sentir dolor. O, al menos, que Denna le permitiera morir.

Apenas le quedaban fuerzas y sentía cómo la vida se le escapaba. Anhelaba morir. Denna pareció sentir que la resistencia del joven tocaba a su fin, pues se mostró menos dura; le daba más tiempo para recuperarse y se tomaba descansos más largos. A Richard no le importaba. Sabía que la tortura nunca acabaría y que estaba perdido. Allí, colgado de las esposas, renunció a la voluntad de vivir, de seguir adelante, de resistir. Ella le susurraba palabras tranquilizadoras, mientras le acariciaba el rostro. Le animaba exhortándolo a que no abandonara y le prometía que, cuando lograra quebrarlo, todo sería mejor. Richard sólo escuchaba, pues ya ni siquiera podía llorar.

Cuando, finalmente, desenganchó las esposas de la viga, Richard creyó que de nuevo había anochecido. Había perdido toda noción del tiempo. Esperó que Denna sujetara la cadena a la viga o que la arrojara al suelo y le diera permiso para dormir. Pero Denna no hizo nada de eso, sino que colocó la cadena sobre la silla, le dijo que se quedara de pie y se marchó. Al volver, llevaba un cubo.

—Ponte de rodillas, cielito. —La mord-sith se sentó en la silla, junto a él, sacó un cepillo del agua jabonosa y empezó a limpiarlo. Las cerdas del cepillo eran duras y le dolían al tocar las heridas. —Tenemos una invitación para cenar y tengo que limpiarte. A mí me gusta el olor de tu sudor, de tu miedo, pero me temo que ofendería a los otros comensales.

Denna lo limpiaba con una extraña ternura, que a Richard le recordaba el modo en que un amo cuida de su perro. El joven cayó contra ella, incapaz de sostenerse solo en pie. De haber podido evitarlo, jamás se hubiera recostado contra ella en busca de apoyo, pero no tenía fuerzas. Denna lo sostuvo mientras continuaba limpiándolo con el cepillo. Richard se preguntó de quién sería la invitación para cenar, pero no preguntó. Denna le ofreció la información que deseaba de manera voluntaria.

—La reina Milena nos ha pedido personalmente que asistamos a una cena. Todo un honor para alguien tan insignificante como tú, ¿no te parece?

Richard se limitó a asentir con la cabeza, sin poder hablar.

La reina Milena. Así pues, se encontraban en su castillo. No le sorprendía en absoluto. ¿Adónde, si no, podría haberlo llevado Denna con tanta celeridad? Al acabar de limpiarlo, la mord-sith le concedió una hora de sueño para descansar antes de la cena. El joven durmió a los pies de la mujer.

Esta vez no lo despertó con el agiel sino con la bota. Richard estuvo a punto de echarse a llorar ante tal merced y se deshizo en agradecimientos por su amabilidad para con él. La mord-sith le instruyó sobre cuál debería ser su comportamiento. Denna llevaría la cadena sujeta al cinto, él no debería apartar los ojos de ella y no hablar con nadie a no ser que le dirigieran la palabra antes, y solamente si pedía permiso con la mirada a Denna para hablar. Él no podría sentarse a la mesa —debería hacerlo en el suelo— y, si se comportaba correctamente, podría comer algo.

Richard prometió seguir las instrucciones. La idea de poder sentarse en el suelo le parecía maravillosa. ¡Qué felicidad poder descansar sin tener que estar de pie y sin que le hicieran daño! Y, por fin, podría comer algo. Se cuidaría muy mucho de hacer algo que pudiera disgustar a Denna, o que pudiera inducirla a no darle comida.

El Buscador siguió como atontado a la mord-sith, sujeto a ella por la cadena del collar, procurando que nunca estuviera demasiado tensa. Ya no llevaba esposas, los cortes de las muñecas se veían rojos e hinchados y le causaban un dolor punzante. Algunas de las salas que atravesaron le resultaron vagamente familiares.

Denna deambulaba por las salas llenas de gente, deteniéndose para hablar con personajes elegantemente vestidos. Richard tenía la mirada fija en la trenza de la mujer. Era evidente que se la había peinado adrede para la cena, pues al usar el agiel solía despeinarse. Seguramente se había trenzado el pelo mientras él dormía.

Richard se encontró pensando que realmente Denna tenía un cabello muy hermoso y que era la más elegante de todas las mujeres presentes. El joven era consciente de que la gente lo observaba, así como a su espada, mientras Denna lo conducía por la sala tirando de la cadena y el collar. Tuvo que recordarse que, por el momento, había renunciado a su orgullo. Aquélla era una oportunidad para descansar, comer y no sufrir dolor.

Richard se inclinó y continuó del mismo modo mientras Denna hablaba con la reina. La soberana y la mord-sith se saludaron con una simple inclinación de cabeza. La princesa Violeta se encontraba al lado de su madre. Al recordar el tratamiento que la princesa había dado a Rachel, Richard tuvo que centrar de nuevo sus pensamientos en la trenza de Denna.

Cuando se sentó a la mesa, la mord-sith chasqueó los dedos y señaló el suelo, detrás de su silla. Richard sabía que debía sentarse allí, con las piernas cruzadas. Denna tenía a su izquierda a la reina y a su derecha a la princesa Violeta, la cual miraba fríamente a Richard. El Buscador reconoció a algunos de los consejeros de la soberana y sonrió para sí. El artista de la corte ya no se encontraba entre ellos. La mesa principal estaba un poco más elevada que las demás, pero sentado como estaba en el suelo, Richard no veía a la mayoría de los comensales.

—Como sé que no comes carne —dijo la reina a Denna—, he ordenado a los cocineros que te preparen una cena especial. Te gustará. Son unas maravillosas sopas y verduras, además de frutas exóticas.

Denna sonrió y le dio las gracias. Mientras comía, un criado le ofreció un sencillo cuenco sobre una bandeja. La mujer interrumpió brevemente lo que estaba diciendo para indicarle:

—Es para mi mascota.

El criado cogió el cuenco de la bandeja y se lo ofreció a Richard. Dentro había algo parecido a unas gachas, pero a Richard, que sostenía el cuenco entre sus manos temblorosas preparándose para beber su contenido, le pareció la mejor comida que habría tomado en su vida.

—Si es tu mascota, ¿por qué le permites que coma de ese modo? —inquirió la princesa Violeta.

—¿A qué te refieres? —replicó la mord-sith.

—Bueno, si realmente es tu mascota, debería comer del suelo, sin manos —se explicó la princesa, sonriendo.

Denna sonrió de oreja a oreja y sus ojos brillaron.

—Haz lo que dice la princesa.

—Ponlo en el suelo y come como un perro para que todos lo veamos —ordenó la niña—. Demuestra a todo el mundo que un Buscador no es mejor que un perro.

Richard tenía demasiada hambre para arriesgarse a perder la comida. Así pues, pensó en la trenza de Denna y puso cuidadosamente el cuenco en el suelo. Lanzó una mirada a la princesa y vio que ésta sonreía, burlona. Richard se comió las gachas a lametones, oyendo las risotadas de la niña, hasta dejar el cuenco reluciente. El joven se dijo que necesitaba coger fuerzas, para el caso de que pudiera usarlas.

Después de que la reina y sus invitados acabaran de cenar, entró un hombre encadenado, que se quedó en el centro de la sala. Richard lo reconoció; era uno de los prisioneros de las mazmorras que Kahlan había liberado. Ambos intercambiaron una breve mirada de comprensión y desesperación.

A continuación se expusieron los crímenes y los malvados actos cometidos por el prisionero. Richard no prestó atención, pues sabía que no era más que un pretexto. La reina pronunció una breve reflexión sobre los crímenes del prisionero, tras lo cual se dirigió a la princesa con estas palabras:

—Tal vez la princesa quiera dictar el castigo que merecen estos crímenes.

La princesa se puso en pie para dictar sentencia.

—Por sus crímenes contra la corona, cien latigazos —declaró con una sonrisa radiante—. Y por sus crímenes contra las personas, que le corten la cabeza.

En la sala se oyeron murmullos generales de aquiescencia. Richard se sintió enfermo, pero al mismo tiempo deseó poderse cambiar por el prisionero; él solamente tendría que soportar cien latigazos y, después, el hacha del verdugo pondría fin a todo.

—Algún día me encantaría ver cómo castigas a tus mascotas —dijo la princesa a Denna, tomando de nuevo asiento.

—Ven a verme cuando lo desees —respondió Denna volviéndose—. Te dejaré mirar.

Al volver a la cámara de piedra, la mord-sith inmediatamente le quitó la camisa y lo colgó de nuevo de la viga. A continuación, le informó fríamente de que había mirado demasiado alrededor durante la velada. A Richard se le cayó el alma a los pies. Las esposas de hierro se le clavaban de nuevo en la carne. Denna era tan buena en lo que hacía que en pocos minutos ya tenía a su víctima bañada en sudor, jadeando y lanzando alaridos. La mord-sith le dijo que aún era muy pronto y que pensaba darle un buen entrenamiento antes del final de la jornada.

Cuando la mujer le aplicó el agiel en la espalda, los músculos de Richard se flexionaron y después se tensaron, levantándolo del suelo. Richard le suplicó que parara, pero fue en vano. Finalmente, cuando se dejó colgar de nuevo de las manillas, vio una silueta en la puerta.

—Me gusta cómo le haces que te suplique —dijo la princesa Violeta.

—Acércate más, querida —la animó la mord-sith con una sonrisa—. Te mostraré más cosas.

Denna lo rodeó con un brazo, apretándose contra las heridas del joven. Entonces le besó la oreja y le susurró al oído:

—Vamos a mostrar a la princesa lo bien que suplicas, ¿vale?

Richard se juró que no suplicaría, pero no pasó mucho tiempo antes de que rompiera su juramento. Denna hizo toda una demostración ante la princesa Violeta, mostrándole las diferentes formas que tenía de hacerle daño. Parecía orgullosa de exhibir su talento.

—¿Puedo probar yo? —pidió la princesa.

—Pues claro que sí, querida —contestó la mord-sith, tras mirar a la niña un momento—. Estoy seguro de que a mi mascota no le importará. ¿Verdad que no? —dijo, sonriendo a Richard.

—Por favor, ama Denna, no la dejéis. Os lo suplico. No es más que una niña. Haré lo que queráis, cualquier cosa, pero no la dejéis. Por favor —imploró el Buscador.

—¿Ves, querida? No le importa en absoluto.

Denna ofreció el agiel a la niña.

La princesa Violeta dirigió a Richard una amplia sonrisa mientras se familiarizaba con el agiel. Para probar, se lo aplicó al músculo de la pierna y se alegró al ver que el joven se estremecía de dolor. En vista de los buenos resultados, fue andando alrededor de Richard y dándole con el agiel.

—¡Qué fácil! —exclamó—. Nunca creí que fuese tan sencillo hacer sangrar a alguien.

Denna miraba a su víctima con las manos cruzadas sobre los pechos y una sonrisa en los labios, mientras la princesa se volvía más osada. Al poco rato afloró a la superficie toda la crueldad de la que era capaz la niña. La princesa estaba encantada con el nuevo juego.

—¿Recuerdas lo que me hiciste? —preguntó al Buscador, pinchándole el costado con el agiel—. ¿Recuerdas cómo me pusiste en ridículo? Ahora tienes lo que te mereces, ¿no crees? —Richard se mantenía silencio, con los dientes apretados—. ¡Respóndeme! ¿No crees que esto es lo que te mereces?

Richard mantenía los ojos cerrados, tratando de controlar el dolor.

—¡Respóndeme! Y luego suplícame que pare. Quiero hacerlo mientras suplicas.

—Será mejor que le respondas —intervino Denna—. Parece que aprende rápido.

—Por favor, ama Denna, no le enseñéis esto. Lo que le estáis haciendo a ella es peor que lo que me hacéis a mí. No es más que una niña. Por favor, no le hagáis esto. No dejéis que aprenda a torturar.

—Voy a aprender lo que me plazca. Será mejor que empieces a suplicar. ¡Vamos!

Aunque sabía que únicamente conseguía empeorar las cosas, Richard esperó hasta que no pudo soportarlo ni un segundo más antes de decir entre jadeos:

—Lo siento, princesa Violeta. Por favor, perdonadme. Estaba equivocado.

Pero Richard aprendió que responderle era un error, pues eso pareció excitarla aún más. La niña aprendió muy rápidamente cómo hacerlo suplicar y gritar, por mucho que él se resistiera. Era absurdo que una niña de aquella edad lo torturara y, sobre todo, disfrutara con ello. Era una locura.

—Pero esto es menos de lo que se merece la Confesora —dijo la princesa, hundiéndole el agiel en el estómago y mirándolo impúdicamente—. Un día será castigada por lo que hizo y seré yo quien se lo haga pagar. Mi madre me lo dijo. Quiero que me supliques que le haga daño. Quiero oírte suplicar que corte la cabeza a la Madre Confesora.

Algo, Richard no sabía qué, despertó de pronto en su interior. La princesa Violeta apretó los dientes y le aplicó el agiel en el abdomen con todas sus fuerzas, retorciéndolo.

—¡Suplícame! ¡Suplícame que mate a esa horrible Kahlan!

El insoportable dolor hizo que Richard chillara a grito pelado.

Denna se interpuso entre ambos y arrebató el agiel de manos de la princesa Violeta.

—¡Ya basta! Lo matarás si usas el agiel de ese modo.

—Gracias, ama Denna —dijo Richard jadeando. El joven sintió un singular cariño hacia Denna por haberlo defendido.

—¡Me da igual si lo mato! —replicó la princesa con cara de pocos amigos, retrocediendo un paso.

—Pues a mí no me da igual. —La voz de la mord-sith sonaba fría y autoritaria—. Es demasiado valioso para perderlo de este modo. —Era evidente que quien llevaba las riendas allí era Denna, ni la princesa ni la reina. Denna era una agente de Rahl el Oscuro.

—Mi madre dice que, cuando la Confesora Kahlan regrese, le tendremos preparada una sorpresa —declaró la niña, fulminando con la mirada a la mord-sith—. Sólo te lo digo porque mi madre dice que, para entonces, tú ya estarás muerta. Mi madre dice que seré yo quien decida qué hacer con la Confesora. Para empezar, le cortaré el pelo y luego dejaré que todos los guardias la violen, uno después de otro. —La niña tenía los puños cerrados y el rostro colorado—. ¡Después la encerraré en un calabozo durante unos cuantos años para que tengan a alguien con quien jugar! ¡Y, cuando me canse de hacerle daño, ordenaré que le corten la cabeza y la claven en una pica, donde pueda ver cómo se pudre!

Richard sintió lástima por la joven princesa. La niña le inspiraba un profundo sentimiento de tristeza. Pero le acompañaba otro de muy distinta naturaleza.

La princesa Violeta cerró los ojos con fuerza y sacó la lengua tanto como pudo. Era como una bandera roja.

La fuerza del poder que había surgido en él explotó en su interior.

Cuando su bota se estrelló contra la mandíbula de la princesa, Richard sintió que ésta se rompía como una copa de cristal contra un suelo de piedra. El impacto fue tal que lanzó a la princesa por el aire. Fueron sus propios dientes los que le cortaron la lengua antes de romperse ellos también. La princesa aterrizó de espaldas a bastante distancia, tratando de gritar entre el aflujo de sangre.

Denna miró a Richard totalmente perpleja y, por un instante, el joven vio el miedo reflejado en los ojos de la mujer. Él no tenía ni idea de cómo había podido hacer eso, de por qué la magia no lo había detenido. Por la cara de Denna, supo que no debería haber sido capaz de aquello.

—Se lo advertí —dijo Richard, sosteniendo la fulminante mirada de Denna—. He cumplido lo que prometí. Gracias por salvarme la vida, ama Denna —agregó con una sonrisa—. Estoy en deuda.

La mord-sith lo miró fijamente un instante antes de adoptar una inquietante expresión y salir sin decir palabra. Colgado como estaba de las esposas, Richard contempló cómo la princesa se retorcía en el suelo.

—Violeta, date la vuelta o te asfixiarás en tu propia sangre. ¡Vuélvete te digo!

La princesa logró darse la vuelta. Debajo de ella se había formado un charco de sangre. Entonces aparecieron unos hombres que corrieron a ayudarla. Denna se limitó a mirar. Los hombres levantaron cuidadosamente a la niña y se la llevaron. Richard podía oír sus apremiantes voces, que se iban apagando a medida que se alejaban por el pasillo.

Se había quedado solo con Denna.

Los goznes de la puerta crujieron cuando la mujer la cerró, empujándola con uno de sus dedos de largas uñas. En el curso de los últimos días Richard había aprendido que Denna tenía un tipo de amabilidad que podría calificarse de perversa. Según cómo usaba el agiel, había aprendido a interpretar su estado de ánimo. A veces, mientras lo torturaba, Richard se daba cuenta de que la mujer se contenía porque, a su retorcida manera, él le importaba. Era una idea descabellada y él lo sabía, pero a veces se daba cuenta de que Denna pretendía demostrarle sus sentimientos infligiéndole la peor de las torturas. Y sabía que aquella noche sería una de ésas.

La mord-sith se quedó junto a la puerta, mirándolo. Cuando habló, su voz sonaba suave.

—Eres una persona excepcional, Richard Cypher. El amo Rahl ya me previno sobre ti. Me advirtió que tuviera cuidado porque las profecías hablan de ti. —El sonido de las botas de Denna contra la piedra resonó cuando ella se acercó lentamente hasta ponerse frente al Buscador, muy cerca de él. Entonces lo miró a los ojos con ligero ceño. Richard sentía la respiración de la mujer en el rostro, más rápida de lo habitual—. Lo que has hecho se sale de lo normal —susurró—. Ha sido muy excitante. —Los ojos de la mujer le recorrieron ávidamente el rostro y agregó casi sin resuello—: He decidido tomarte como compañero.

Richard, encadenado, nada podía contra tamaña locura. No sabía qué era ese poder que había surgido en su interior, ni cómo invocarlo de nuevo. Lo intentó, pero no funcionó.

Denna parecía estar paralizada por algo que Richard no comprendía, como si tratara de sacar fuerzas de flaqueza para hacer algo que temía y al mismo tiempo anhelaba. La respiración de la mujer era cada vez más rápida, el pecho le subía y le bajaba, y tenía la mirada prendida en la de Richard. Entonces el joven vio algo que no se esperaba, algo que la crueldad de la mord-sith le había impedido ver: Denna era una mujer atractiva. De hecho, era muy hermosa. El joven se dijo que debía de estar volviéndose loco.

Impresionado y extrañamente preocupado, Richard la miró mientras, lentamente, se colocaba el agiel entre los dientes. Por cómo de pronto las pupilas de la mujer se dilataron, Richard supo que debía de dolerle. Denna palideció, tomó aire y tembló ligeramente. Entonces hundió los dedos en el pelo del joven, en la zona de la nuca, y le sostuvo la cabeza. Muy lentamente fue acercando sus labios a los de él y lo besó con pasión, compartiendo con él el tremendo dolor del agiel. La mord-sith se ayudaba de la lengua para sostener el instrumento de tortura entre los dientes. El beso fue brutal y salvaje.

Todas las fibras del cuerpo de Richard ardían con el suplicio. El joven se ahogaba y chupaba aire de los pulmones de la mujer, y ella hacía otro tanto. Richard sólo podía respirar de la mujer y ella de él. El dolor, que hacía estragos en su mente, borró de su memoria todo lo que no fuese Denna. Por los sonidos de la mujer, Richard supo que compartían el mismo martirio. Tal era el dolor, que los dedos de Denna se cerraron en torno a los cabellos de Richard y gimió por el sufrimiento, al mismo tiempo que sus músculos se tensaban. El dolor los invadía a ambos.

Sin saber por qué, Richard se encontró devolviéndole el beso apasionada y salvajemente. El dolor le alteraba la percepción de todo. Nunca había besado a nadie con aquella lujuria. Por una parte deseaba desesperadamente que acabara y, por la otra, ansiaba que continuase.

El extraño poder despertó de nuevo en su interior. Richard trató de alcanzarlo, asirlo y no perderlo otra vez, pero se le escapó de entre las manos y se esfumó.

Denna continuaba apretando sus labios contra los de él, causándole un dolor insoportable. El agiel se interponía entre ellos, y los dientes de ambos estaban en contacto. La mujer se arrimó a él con fuerza, le rodeó una pierna con otra de las suyas y se aferró a él. Los gritos de angustia de Denna eran cada vez más desesperados. Richard anhelaba poder abrazarla.

Justo cuando estaba a punto de perder el conocimiento, Denna se alejó de él apenas unos centímetros, aunque sin soltarle el pelo. Cuando lo miró fijamente, la mord-sith tenía los ojos anegados en lágrimas. Entonces enrolló la lengua alrededor del agiel y se lo metió en la boca, lo sostuvo allí entre los dientes, mientras el dolor la hacía temblar, como para demostrarle que era más fuerte que él. A continuación, fue alzando la mano lentamente y se sacó el agiel de la boca. La mujer tenía la mirada perdida y jadeaba.

Denna frunció el entrecejo. Lágrimas de dolor y de algo más le manaban libremente de los ojos. Le dio un beso tan tierno y dulce que el joven se quedó sin habla.

—Ahora estamos unidos —susurró la mujer—. Unidos por el dolor del agiel. Richard, perdóname. —Denna le acarició una mejilla con dedos aún temblorosos y el dolor reflejado en su mirada—. Perdóname por lo que voy a hacerte. Serás mi compañero por el resto de tu vida.

La piedad que reflejaba la voz de la mord-sith dejó perplejo al Buscador.

—Por favor, ama Denna, por favor, dejadme ir. O, al menos, ayudadme a detener a Rahl el Oscuro. Os prometo que seré de buen grado vuestro compañero de por vida si me ayudáis a detenerlo. Lo juro por mi vida; si me ayudáis, me quedaré con vos voluntariamente, para siempre.

Denna apoyó una mano en el pecho del joven mientras se iba recuperando.

—¿Crees que no soy consciente de lo que te estoy haciendo? —Los ojos de la mujer tenían un brillo apagado—. Tu entrenamiento y tu servicio no durarán más que unas semanas, hasta que mueras. Pero el entrenamiento de una mord-sith dura años. Todo lo que te hago, y mucho más, a mí me lo han hecho miles de veces. Una mord-sith debe conocer su agiel mejor que a sí misma. Mi primer entrenador me hizo su compañera cuando yo tenía quince años, después de tres años de entrenarme. Yo jamás podré llegar a ser tan cruel como él, ni tampoco podría mantener por tanto tiempo a alguien en la frontera entre la vida y la muerte. Él me entrenó hasta que cumplí los dieciocho, que fue cuando lo maté. Por esa causa me castigaron con el agiel durante dos años. Con este agiel. El mismo que uso contigo fue el utilizado para entrenarme a mí. Me fue ofrecido al ser proclamada mord-sith. Sólo vivo para usarlo.

—Ama Denna, lo siento —musitó Richard.

La mujer hizo un gesto de asentimiento.

—Puedes estar seguro de que lo sentirás —le espetó, con la mirada otra vez de acero—. No hay nadie que vaya a ayudarte, ni siquiera yo. Ya te darás cuenta de que ser el compañero de una mord-sith no reporta ningún privilegio, sino solamente un montón de dolor añadido.

Colgado de las esposas, Richard se sintió abrumado por la enormidad de todo aquello. El hecho de entender un poquito a su torturadora no hacía más que aumentar su desesperanza. No había modo de huir. Era el compañero de por vida de una demente.

—¿Cómo pudiste ser tan estúpido para hacerle eso a la princesa? —inquirió Denna, frunciendo de nuevo el entrecejo y sonriendo—. Supongo que sabes que tendré que castigarte.

Richard la miró confuso por un momento.

—¿Es que eso cambia algo, ama Denna? Igualmente ibais a hacerme daño. No me imagino que podáis hacerme nada peor.

—Qué poca imaginación tienes, amor mío —replicó ella con una mueca burlona.

Richard sintió cómo la mord-sith le agarraba el cinturón y se lo desataba.

—Ya es hora de que encontremos otros lugares en los que causarte dolor —le dijo apretando los dientes—. Ya es hora de que comprobemos de qué pasta estás hecho. —La mirada de la mujer lo dejó paralizado—. Te doy las gracias por haberme dado la excusa para hacerte esto, amor mío. Nunca se lo he hecho antes a otro, pero yo sí lo he experimentado muchas veces. Así me quebraron cuando tenía catorce años. Esta noche —susurró—, me parece que ni tú ni yo dormiremos.

13

El cubo de agua fría sobre su cuerpo desnudo apenas logró reanimarlo. Con la cara contra el suelo, vio vagamente los riachuelos de agua manchada con sangre que fluían por las grietas en el suelo de piedra. Cada inspiración, por leve que fuera, le costaba un esfuerzo sobrehumano. El joven se preguntó con indiferencia cuántas costillas le habría roto Denna.

—Vístete —le ordenó la mord-sith—. Nos vamos.

—Sí, ama Denna —susurró Richard. Tenía la voz tan ronca por los alaridos proferidos que sabía que ella no podría oírlo. También sabía que le haría daño si no respondía, pero no podía hacer nada.

Tras esperar el agiel, que no llegó, Richard se movió un poco, vio una de sus botas, alargó una mano y se la acercó. Entonces se levantó, pero no pudo alzar la cabeza por encima de la altura de los hombros. La testa le colgaba fláccida. Con un enorme esfuerzo empezó a ponerse la bota. Tenía tales heridas en los pies que los ojos se le llenaron de lágrimas.

La mujer le propinó un rodillazo en la mandíbula, que lo arrojó de espaldas al suelo. Acto seguido, se abalanzó sobre él, se le sentó encima del pecho y empezó a golpearle la cara con los puños.

—Pero ¿qué te pasa? ¿Eres estúpido o qué? ¡Ponte los pantalones antes que las botas! ¿Es que tengo que decírtelo todo?

—Sí, ama Denna, no, ama Denna, perdón, ama Denna, gracias por golpearme, ama Denna, gracias por enseñarme, ama Denna —masculló.

La mujer, sentada sobre su pecho, jadeaba de rabia. Al rato su respiración se normalizó.

—Vamos, te ayudaré. —Dicho esto se inclinó hacia él y lo besó—. Vamos, amor mío. Mientras viajemos podrás descansar.

—Sí, ama Denna. —La voz del joven sonaba como un leve susurro. La mord-sith lo besó otra vez.

—Vamos, amor mío. Ahora que te he quebrado, todo será más fácil. Ya lo verás.

En la oscuridad los esperaba un coche cerrado. El aliento de los caballos formaba pequeñas nubes que se elevaban y flotaban lentamente en el aire frío y calmado. Richard la siguió a trompicones, tratando de no tensar demasiado la cadena. No tenía ni idea del tiempo transcurrido desde que la mujer decidiera convertirlo en su compañero, y no le importaba. Un soldado abrió la puerta del coche. Denna dejó caer al suelo el extremo de la cadena y le dijo:

—Sube.

Richard se agarró a los lados de la puerta. Le pareció oír el sonido de alguien que se aproximaba precipitadamente. Denna dio un leve tirón a la cadena para indicarle que esperara sin moverse.

—¡Denna! —Quien se aproximaba era la reina Milena, seguida por sus consejeros.

—Lady Denna —corrigió la mord-sith.

La reina parecía estar de un humor de perros.

—¿Adónde crees que vas con él?

—Eso no es asunto vuestro. Es hora de que nos marchemos. ¿Cómo se encuentra la princesa?

—Aún no está fuera de peligro —replicó la reina, ceñuda—. El Buscador debe quedarse aquí para pagar por lo que ha hecho.

—El Buscador me pertenece a mí y al amo Rahl. Ya está siendo castigado, y así seguirán las cosas hasta que el amo Rahl o yo misma lo matemos. No podríais imponerle un castigo más duro del que ya sufre.

—Debe ser ejecutado. Ahora mismo.

—Regresad a vuestro castillo, reina Milena, ahora que aún podéis. —La voz de Denna sonaba tan fría como el aire nocturno.

Richard vio que la soberana empuñaba un cuchillo. El soldado que había abierto la puerta del carruaje asió el hacha que llevaba al cinto y la agarró con firmeza. Sobrevino un absoluto silencio.

La reina abofeteó a Denna con el dorso de la mano y atacó a Richard con el cuchillo. Sin apenas esfuerzo, Denna la detuvo apretando el agiel contra su generoso pecho.

Cuando el guardia pasó junto a Richard, abalanzándose hacia Denna con el hacha alzada, el extraño poder se despertó en su interior. Haciendo acopio de todas sus fuerzas, el joven se hizo uno con ese poder. Con el brazo izquierdo rodeó la garganta del soldado y le hundió su cuchillo. La mord-sith lanzó un breve vistazo al guardia cuando éste lanzó un grito agónico, sonrió y volvió de nuevo la vista hacia la reina, que temblaba sin poder moverse con el agiel entre sus pechos. Denna dio media vuelta al agiel, y la reina se desplomó en el suelo.

—El corazón de la reina ha dejado de latir —anunció Denna a los consejeros de la soberana, y añadió, arqueando una ceja—: Inesperadamente. Por favor, expresad mis condolencias al pueblo de Tamarang por la muerte de su soberana. Os aconsejo que elijáis un nuevo gobernante que tenga más en cuenta los deseos del amo Rahl.

Todos se apresuraron a asentir. El poder que había surgido en el interior de Richard vaciló y acabó por desaparecer. El esfuerzo de detener el ataque del guardia le había dejado agotado. Las piernas le temblaban y ya no le sostenían. El suelo osciló y fue a su encuentro.

Denna cogió la cadena, muy cerca del collar, levantándole así la cabeza del suelo, y le gritó:

—¿Quién te ha dado permiso para tumbarte? ¡Yo no! ¡Levántate inmediatamente!

—Lo siento... —musitó Richard.

Al darse cuenta de que el joven era totalmente incapaz de moverse, la mord-sith le soltó la cabeza y ordenó a uno de los guardias:

—Súbelo.

La mujer subió al carruaje detrás de Richard, y, mientras gritaba al cochero que se pusiera en marcha, cerró la puerta de golpe. Cuando el carruaje se puso en marcha con una sacudida, Richard se dejó caer contra el asiento.

—Por favor, ama Denna —dijo, arrastrando las palabras—, perdonadme por haberos fallado, por no haber sido capaz de levantarme como deseabais. Lo siento. En el futuro lo haré mejor. Por favor, castigadme para que aprenda.

La mujer cogió la cadena cerca del collar con tanta fuerza que los nudillos se le pusieron blancos, y lo obligó a que se incorporara en el asiento. Los labios de la mujer esbozaron una sonrisa desdeñosa.

—Ni se te ocurra morirte ahora, todavía no —le dijo entre dientes—. Aún tienes cosas que hacer.

—Como ordenéis, ama Denna —respondió Richard con los ojos cerrados.

La mujer soltó la cadena, le puso ambas manos sobre los hombros para tumbarlo sobre el asiento y le dio un beso en la frente.

—Ahora te doy permiso para descansar, amor mío. Es un largo viaje. Tendrás mucho tiempo para descansar antes de que sigamos con el entrenamiento.

Richard se quedó dormido, sintiendo los dedos de la mujer sobre el pelo, así como los tumbos que daba el coche.

De vez en cuando se despertaba, aunque nunca era plenamente consciente. A veces Denna se sentaba junto a él y le permitía que se recostara contra ella, mientras lo alimentaba a cucharadas. Tragar era doloroso y le costaba casi más esfuerzo que el que era capaz de hacer. Con cada cucharada el joven se estremecía —el hambre no era suficiente para vencer el dolor que sentía en la garganta— y volvía la cabeza para eludir la cuchara. Denna le murmuraba palabras de aliento y lo animaba a comer por ella. Saber que lo hacía por ella era el único modo de que comiera.

Cada vez que un bache del camino lo despertaba de repente, Richard se aferraba a Denna en busca de protección y seguridad, hasta que ella lo tranquilizaba y le decía que volviera a dormirse. El joven sabía que a veces dormía en el suelo y otras en el asiento. No vio nada del paisaje que atravesaban y tampoco le interesaba. Lo único que le importaba era tener a Denna cerca de él y estar listo para cumplir sus deseos. Unas pocas veces se despertó y se la encontró acurrucada en un rincón, mientras él estaba estirado y cubierto por su propia capa. En esas raras ocasiones, tenía la cabeza sobre el pecho de la mujer y ella le acariciaba el pelo. Richard intentaba disimular que estaba despierto para que la mujer no parara.

Y cuando Richard sentía el cálido consuelo de Denna, también sentía que el poder despertaba en su interior. No trataba de alcanzarlo ni retenerlo, simplemente se limitaba a constatar que estaba allí. Ahora ya sabía de qué tipo de poder se trataba: era la magia de la espada.

Mientras yacía junto a la mujer, sintiendo la necesidad de ella, la magia estaba en él. Richard la tocaba, la acariciaba y notaba su poder; era como el poder que había invocado al disponerse a matar con la espada, pero había en él algo distinto que no podía entender. Ya no era capaz de sentir el poder que había conocido antes, pues ahora aquel poder estaba en manos de Denna. Cuando trataba de aferrar la nueva magia, ésta se desvanecía como el vapor. Una nebulosa parte de su mente anhelaba la ayuda de aquella magia, pero, como ya no podía controlarla, ni invocarla en su ayuda, perdió interés en ella.

Con el tiempo, sus heridas empezaron a sanar. Cada vez que despertaba estaba más alerta. Para cuando Denna anunció que habían llegado a su destino, ya era capaz de ponerse solo de pie, aunque aún no había recuperado plenamente la lucidez.

Se apearon del carruaje en la oscuridad. Richard caminaba detrás de Denna, con la vista clavada en los pies de la mujer, procurando que la cadena que ella llevaba sujeta al cinto no se tensara demasiado. Aunque no apartaba la vista de la mord-sith, Richard tuvo oportunidad de examinar el lugar en el que entraban. Era inmenso. A su lado, el castillo de Tamarang no era más que una miniatura. Sus muros se extendían hasta el infinito, mientras que sus torres y techos se alzaban a alturas de vértigo. El joven percibió que el diseño de la vasta estructura era elegante; imponente pero sin llegar a ser demasiado severo ni abrumador.

Denna lo guió por unos pasillos de mármol y granito pulidos, con arcos sostenidos por columnas a ambos lados. Mientras caminaban, Richard pudo comprobar hasta qué punto había recuperado las fuerzas. Pocos días antes ni siquiera hubiera sido capaz de mantenerse en pie tanto rato.

No se cruzaron con nadie. Richard alzó la vista hacia la trenza de Denna y pensó en lo hermoso que era aquel cabello y lo afortunado que era de tenerla por compañera. Mientras pensaba en ella con cariño, el poder despertó. Antes de que pudiera desvanecerse, la parte nebulosa y encerrada bajo llave de su mente lo asió y lo retuvo, mientras el resto de su mente seguía pensando en los sentimientos que le inspiraba Denna. Cuando se dio cuenta de que era capaz de controlarlo, dejó de pensar en ella y se aferró a la esperanza de huir. Inmediatamente el poder se evaporó.

El alma se le cayó a los pies. «¿Qué más da? —pensó—. Nunca podré escapar. Además, ¿por qué debería hacerlo? Soy el compañero de Denna. ¿Adónde iría? ¿Cómo me las arreglaría sin que ella me dijera qué debo hacer?»

Denna cruzó una puerta y la cerró tras él. Había una ventana apuntada, adornada con unas sencillas cortinas, abierta a la oscuridad exterior. Asimismo había una cama con una gruesa manta y mullidos cojines. El suelo era de madera pulida. Había dos lámparas encendidas: una situada encima de la mesilla de noche y la otra encima de una mesa con una silla colocada en el otro extremo del cuarto. En una de las paredes, cerca de otra puerta, se veían armarios de madera oscura empotrados. Había un pedestal con una jofaina y una jarra.

—Éstas son mis habitaciones —le dijo Denna, desenganchando la cadena—. Puesto que eres mi compañero, si me complaces se te permitirá dormir aquí. —La mujer pasó la anilla de la cadena por encima de uno de los postes de la cama, cerca de los pies de la misma. Entonces chasqueó los dedos y señaló el suelo, a los pies de la cama—. Hoy dormirás aquí, en el suelo.

Richard bajó la vista hacia el suelo. El agiel aplicado sobre uno de sus hombros lo obligó a arrodillarse.

—He dicho que al suelo. Enseguida.

—Sí, ama Denna. Lo siento, ama Denna.

—Estoy agotada. Esta noche te quiero completamente callado. ¿Entendido?

El joven asintió con la cabeza, demasiado asustado para decir que sí.

—Muy bien. —La mujer se dejó caer sobre la cama y se durmió casi al instante.

Richard se frotó el hombro que le dolía. Hacía muchos días que no había sufrido la tortura del agiel. Al menos, no había decidido hacerlo sangrar. Tal vez no le gustaba ensuciar sus aposentos con sangre. Pero no, a Denna le gustaba su sangre. El joven se tumbó en el suelo. Sabía que al día siguiente la mord-sith iba a torturarlo y trató de no pensar en ello; aún se estaba recuperando del entrenamiento en Tamarang.

Richard se despertó antes que ella, pues le aterraba que lo despertara el agiel. Se oyó el largo repicar de una campana. Denna se despertó, se quedó tumbada de espaldas un rato sin decir nada y luego se levantó para comprobar que Richard estuviera despierto.

—La plegaria matinal —anunció—. La campana nos llama. Después de la plegaria, empezaré a entrenarte.

—Sí, ama Denna.

La mord-sith enganchó la cadena a su cinturón y lo guió por los pasillos hasta un patio a cielo abierto de forma cuadrada, con pilares que sostenían arcos en los cuatro lados. En el centro del patio se veía una extensión de arena blanca que había sido rastrillada para que formara líneas concéntricas alrededor de una oscura roca. Encima de la roca había una campana, la que había sonado antes. Sobre el suelo embaldosado, entre los pilares, se veía a gente arrodillada e inclinada hacia adelante, con la frente tocando el suelo.

Todos cantaban al unísono: «Amo Rahl, guíanos. Amo Rahl, enséñanos. Amo Rahl, protégenos. Tu luz nos da vida. Tu misericordia nos ampara. Tu sabiduría nos hace humildes. Vivimos sólo para servirte. Tuyas son nuestras vidas».

Aquella salmodia se repetía una y otra vez. Denna chasqueó los dedos y señaló el suelo. Richard se arrodilló, imitando a los demás. Denna se arrodilló junto a él e inclinó la frente hasta las baldosas. En esta posición se unió al canto colectivo, pero se detuvo al darse cuenta de que Richard no cantaba.

—Por no cantar, dos horas —le dijo con gesto hosco—. Si tengo que recordártelo otra vez, serán seis.

—Sí, ama Denna.

Richard se puso a cantar enseguida. Tenía que pensar en la trenza de

Denna para ser capaz de pronunciar aquellas palabras sin que la magia le causara dolor. El joven no estuvo seguro de cuánto duró el cántico, pero le pareció que transcurrían unas dos horas. La espalda le dolía por estar inclinado, con la cabeza tocando el suelo. Las palabras nunca variaban. Al cabo de un tiempo, se le mezclaron en un galimatías que le trabucaba la lengua.

Cuando la campana sonó dos veces, la gente se levantó y se dispersó en diferentes direcciones. Denna se puso de pie. Richard se quedó donde estaba, sin saber qué debía hacer. Era consciente de que podía meterse en líos si se quedaba allí, inmóvil, pero si se levantaba sin permiso, el castigo sería mucho peor. Oyó unos pasos que se acercaban, pero no miró.

—Hermana Denna, qué alegría verte de nuevo —dijo una ronca voz de mujer—. D'Hara no era lo mismo sin ti.

¡D'Hara! En su mente ofuscada por causa del entrenamiento, aquella palabra inflamó sus pensamientos. Instantáneamente conjuró la imagen de la trenza de Denna para que lo protegiera.

—Hermana Constance, me alegro de estar de nuevo en casa y volver a verte.

Richard se dio cuenta de que Denna era sincera. El agiel le rozó la nuca, dejándolo sin respiración. El joven sintió como si alguien le apretara una soga alrededor del cuello. Por el modo de sostener el instrumento, supo que no era Denna.

—¿Y qué tenemos aquí? —preguntó Constance.

La mord-sith apartó el agiel. Tosiendo de dolor, Richard respiró a bocanadas. Cuando Denna le ordenó que se levantara, el joven así lo hizo, deseando poder esconderse detrás de ella. Constance era corpulenta, bastante más baja que Denna y llevaba ropas de piel iguales a las de Denna, aunque las suyas eran marrones. También ella llevaba una trenza, pero el suyo era un cabello color castaño apagado que no poseía la vitalidad del de Denna. Por la expresión de su rostro, se diría que acababa de comer algo que le había sentado mal.

—Mi nuevo compañero —lo presentó Denna, dándole un ligero golpe en el estómago con el dorso de la mano.

—Compañero —repitió Constance desdeñosa, pronunciando la palabra como si le dejara un gusto amargo en la boca—. De verdad, Denna, nunca comprenderé cómo soportas tomar un compañero. Sólo pensarlo se me revuelve el estómago. Ah, por la espada veo que es el Buscador. Buena captura, desde luego. Supongo que fue difícil.

—Solamente mató a dos de mis hombres antes de tratar de usar su magia contra mí —le explicó Denna con una petulante sonrisa. Constance pareció tan impresionada que Denna se echó a reír—. Procede de la Tierra Occidental.

—¡No! —exclamó muy sorprendida la otra mord-sith—. ¿Lo has quebrado ya? —inquirió, mirando fijamente a Richard a los ojos.

—Sí —contestó Denna con un suspiro—. Pero aún me da motivos para sonreír. Apenas han acabado los rezos matinales y ya se ha ganado dos horas de castigo.

Constance sonrió de oreja a oreja.

—¿Te importa si te acompaño? —inquirió.

—Ya sabes que todo lo mío es tuyo, Constance —contestó Denna, sonriendo cálidamente—. De hecho, tú serás mi segunda.

Constance se mostró complacida y orgullosa. Richard tuvo que pensar furiosamente en la trenza de Denna, pues notaba que empezaba a encolerizarse.

—De hecho, y sólo por tratarse de ti, te lo prestaré por una noche si así lo deseas —le ofreció Denna a su amiga con aire cómplice. Constance reaccionó con disgusto y Denna se echó a reír—. Si nunca lo pruebas, no sabrás si te gusta o no.

—Obtendré placer de su carne de otros modos —repuso Constance, ceñuda—. Voy a ponerme ropas rojas y me reuniré contigo.

—No... El marrón está bien, por ahora.

Constance escrutó el rostro de su amiga.

—Esto no es propio de ti, Denna.

—Tengo mis razones. Además, fue el amo Rahl en persona quien me encargó a éste.

—¿El amo Rahl en persona? En ese caso, será como tú digas. Después de todo, es tuyo y puedes hacer con él lo que te plazca.

La sala de entrenamiento era una simple habitación cuadrada con paredes y suelo de granito gris y un techo de vigas. Cuando entraban, Constance le puso la zancadilla. Richard cayó de cara y, antes de poder contenerse, se inflamó de ira. La mord-sith, muy complacida consigo misma, observó cómo el joven luchaba por recuperar el control.

Denna ató las muñecas y los codos, juntos, a la espalda, mediante un dispositivo especial. El dispositivo iba unido a una soga enrollada en una polea sujeta al techo. La mord-sith lo alzó hasta que Richard se sostuvo de puntillas antes de amarrar la soga. El dolor que sentía en los hombros era espantoso, tanto que casi no podía respirar, y eso que todavía no lo había tocado con el agiel. Richard estaba indefenso, desequilibrado y el dolor lo atormentaba ya antes de que empezara la sesión de tortura. La desesperanza lo invadió.

Denna se sentó en una silla situada junto a la pared y animó a Constance a que se divirtiera un poco. Cuando Denna lo entrenaba solía sonreír, pero Constance no sonrió ni una sola vez. Ella hacía su trabajo concienzudamente, como un buey uncido al yugo. Mientras lo torturaba se le soltaban mechones de cabello y a los pocos minutos ya tenía el rostro cubierto por una pátina de sudor. Nunca variaba el modo de aplicar el agiel; siempre era igual, con dureza, aspereza y rabia. Richard no tenía que prever nada, pues no había ninguna pausa. Constance lo torturaba siguiendo un ritmo constante y sin darle ni un instante de tregua. No obstante, no lo hizo sangrar. Denna contemplaba la escena sentada en una silla apoyada contra la pared y una perpetua sonrisa en los labios. Finalmente Constance se detuvo. Richard jadeaba y gemía.

—Aguanta bien. Hacía mucho tiempo que no tenía que emplearme tan a fondo. Todas las mascotas que he tenido últimamente se vienen abajo con sólo tocarlas.

Las patas delanteras de la silla en la que estaba sentada Denna golpearon contra el suelo.

—Quizá pueda ayudarte, hermana Constance. Permíteme que te indique sus puntos débiles.

Denna se colocó detrás de Richard y esperó, haciendo que el joven se estremeciera, previendo lo que no llegaba. Justo cuando dejó de contener la respiración, el agiel se hundió en un punto especialmente sensible del costado derecho. Richard chilló, mientras la mord-sith seguía presionando. El joven fue incapaz de seguir aguantando su peso. La soga tiró de los hombros con tanta fuerza que tuvo la impresión de que los brazos se le iban a salir de las articulaciones. Con una mueca burlona, Denna mantuvo allí el agiel hasta que Richard se echó a llorar.

—Por favor, ama Denna —sollozó—. Os lo suplico.

—¿Lo ves? —dijo Denna a Constance, retirando el agiel.

—Ojalá tuviera tu talento, Denna.

—Éste es otro de sus puntos débiles. —La mord-sith le arrancó más gritos—. Y aquí hay otro, y otro más. No te importa que muestre a Constance tus puntos débiles, ¿verdad? —Denna se colocó frente a Richard y le sonrió.

—Por favor, ama Denna, no. Duele demasiado.

—¿Qué te decía? Está encantado.

Denna fue a sentarse de nuevo en la silla, mientras a Richard se le caían las lágrimas. Constance no sonrió, simplemente se puso manos a la obra y pronto lo tuvo suplicando entrecortadamente. Constance era peor que Denna porque nunca variaba la presión con la que aplicaba el agiel. Además, no le daba ni un momento de respiro. Richard aprendió a temerla más que a Denna. A veces, Denna mostraba una extraña compasión, pero Constance nunca. En un momento dado, Denna tuvo que decirle a la otra mord-sith que se detuviera y esperara un instante, pues si continuaba iba a dejarlo imposibilitado. Constance acataba los deseos de Denna y permitía que fuese ella quien llevase la voz cantante.

—No es preciso que te quedes si tienes cosas que hacer. A mí no me importa.

Richard sintió una oleada de miedo y pánico. No quería quedarse a solas con Constance. Sabía que Constance deseaba hacerle cosas que Denna no quería que le hiciera, no sabía qué, pero debían de ser cosas terribles.

—La próxima vez ya te dejaré a solas con él... para que hagas el entrenamiento a tu manera. Pero hoy me quedo.

El joven procuró no demostrar el alivio que sentía. Constance volvió al trabajo.

Al rato, cuando estaba detrás de él, Constance le agarró un mechón de pelo y le tiró bruscamente la cabeza hacia atrás, con dureza. Richard sabía perfectamente qué anunciaba aquello y todo el dolor que Constance iba a causarle, el dolor de que le metiera el agiel en el oído. El joven temblaba incontrolablemente, y el miedo apenas le dejaba respirar.

—No lo hagas, Constance —dijo Denna, levantándose de la silla.

Constance miró a su víctima con los dientes apretados, tirándole la cabeza hacia atrás con más fuerza.

—¿Por qué no? Ya se lo habrás hecho, ¿no?

—Sí, pero no quiero que se lo hagas. El amo Rahl aún no ha hablado con él. No quiero correr riesgos.

—Denna, hagámoslo juntas —propuso Constance con una amplia sonrisa—, las dos a la vez. Tú y yo. Como solíamos hacer.

—Ya te lo he dicho; el amo Rahl quiere hablar con él.

—Después de hacérselo.

—Hace mucho tiempo que no oigo ese grito —rememoró Denna con una sonrisa. Entonces miró a Richard a los ojos y añadió—: Si el amo Rahl no lo mata, o él no muere antes por... otras cosas, sí, se lo haremos juntas. ¿Vale? Pero ahora no. Constance, por favor, respeta mis deseos y no le metas el agiel en el oído.

Constance hizo un gesto de asentimiento y soltó el pelo a Richard.

—No creas que te has librado —le espetó, airada—. Tarde o temprano tú y yo nos quedaremos solos y entonces... ¡vaya si me divertiré contigo!

—Sí, ama Constance —susurró Richard con voz ronca.

Acabado el entrenamiento, las mord-sith fueron a almorzar. Richard las siguió, unido por la cadena al cinturón de Denna. El comedor era una sala elegante por su sencillez, revestida con paneles de madera de roble y suelo de mármol blanco. En el aire flotaba el murmullo de las conversaciones de las personas sentadas a las mesas. Denna chasqueó los dedos y señaló con un dedo el suelo, detrás de su silla. Los criados llevaron comida a las dos mord-sith, pero no a Richard. El almuerzo consistía en una sopa de aspecto suculento, queso, pan negro y fruta, sin nada de carne. Todo olía tan bien que a Richard se le hizo la boca agua. A medio almuerzo, Denna se volvió hacia él y le dijo que él no almorzaría por haberse ganado un castigo de dos horas por la mañana y añadió que, si se portaba bien, podría cenar.

Después de los rezos de la tarde, Richard tuvo que soportar varias horas más de entrenamiento a manos de Denna y Constance. Los esfuerzos del joven por no cometer ningún error fueron recompensados con una cena consistente en arroz y verduras. Tras la cena, hubo más rezos y más entrenamiento, hasta que, por fin, dejaron a Constance y regresaron a las habitaciones de Denna. Richard estaba exhausto y andaba encorvado por el dolor.

—Prepárame el baño —le ordenó la mord-sith, mostrándole un pequeño cuarto adyacente a su alcoba. El cuarto estaba completamente vacío, excepto por una soga fijada a un dispositivo en el techo y una bañera en una esquina. Denna le explicó que ese cuarto lo usaba para entrenar a sus mascotas sin salir de sus aposentos, que no quería sangre en su alcoba y que la soga era para dejarlo colgado toda la noche, si así lo deseaba. Denna le prometió que pasaría mucho tiempo en aquel cuartito.

Después de obligarlo a arrastrar la tina hasta los pies de su cama, la mord-sith le ordenó que la llenara con cubos de agua caliente. Le prohibió que hablara con nadie, ni siquiera si le dirigían la palabra, y que corriera con los cubos, para que el agua de la bañera no se enfriara antes de llenarse. Si no seguía al pie de la letra sus instrucciones cuando ella no lo veía, lo amenazó, el dolor de la magia lo dejaría paralizado y, si tenía que ir ella a buscarlo, lamentaría haberla decepcionado. El lugar al que debía ir a buscar el agua era un manantial de agua caliente rodeado por bancos de mármol blanco y situado a una considerable distancia de los aposentos de Denna. Cuando consiguió llenar la bañera, Richard sudaba, agotado.

Mientras ella se remojaba en la bañera, Richard le frotó la espalda, le deshizo la trenza y la ayudó a lavarse el pelo.

Denna colocó ambos brazos a los lados de la bañera, recostó la cabeza, cerró los ojos y se relajó. Richard siguió arrodillado a su lado por si necesitaba algo.

—No te gusta Constance, ¿verdad?

Richard no supo qué responder. No quería hablar mal de su amiga, pero si mentía se ganaría un castigo.

—Yo... me da miedo, ama Denna.

—Una respuesta muy inteligente, amor mío. —Denna sonreía, manteniendo los ojos cerrados—. No estarás tratando de hacerte el gracioso, ¿verdad que no?

—No, ama Denna. Os he dicho la verdad.

—Bien. Haces bien en tenerle miedo. Constance odia a los hombres. Cada vez que mata a uno, grita el nombre del hombre que la quebró: Rastin. ¿Recuerdas que te conté que el hombre que me quebró a mí me convirtió en su compañera y que luego lo maté? Pues antes de eso fue el entrenador de Constance. Se llamaba Rastin. Él fue quien la quebró. Constance me dijo cómo podía matarlo. Por eso yo haría cualquier cosa por ella, y ella por mí, en agradecimiento por haber matado al hombre que detestaba.

—Sí, ama Denna. Pero, ama Denna, por favor, no me dejéis solo con ella.

—Te sugiero que pongas los cinco sentidos en cumplir tus deberes. Si lo haces y no te ganas demasiadas horas de castigo, te seguiré entrenando yo. ¿Lo ves? ¿Ves lo afortunado que eres de tener un ama tan amable como yo?

—Sí, ama Denna, gracias por enseñarme. Sois una gran maestra.

La mord-sith abrió un ojo para asegurarse de que Richard no se burlaba de ella. El joven estaba completamente serio.

—Tráeme una toalla y coloca el camisón en la mesilla de noche.

Richard la ayudó a secarse el cabello con una toalla. Denna no se puso el camisón, sino que se tendió en el lecho con el cabello aún húmedo desparramado sobre la almohada.

—Apaga la lámpara que hay encima de la mesa. —Richard obedeció al instante—. Y ahora tráeme el agiel, amor mío.

Richard se estremeció. Odiaba tener que llevarle el instrumento de tortura, pues sólo tocarlo le causaba dolor. Pero sabía que, si vacilaba, aún sería peor, por lo que apretó los dientes, cogió el agiel y lo sostuvo entre las palmas abiertas. El dolor vibraba en sus codos y hombros. Ardía en deseos de que Denna lo cogiera. La mujer había amontonado los cojines contra la cabecera de la cama y lo observaba, ligeramente incorporada. Cuando cogió el agiel, Richard expulsó aire profundamente.

—Ama Denna, ¿por qué a vos no os duele al tocarlo?

—Sí que me duele, como a ti. Me duele porque fue el usado para entrenarme a mí.

—¿Estáis diciendo que durante todo el tiempo que lo sostenéis, mientras me entrenáis, os duele? —inquirió Richard, muy sorprendido.

Denna asintió con la cabeza e hizo rodar el agiel entre los dedos, apartando por un instante la mirada del joven. Entonces le sonrió con el entrecejo ligeramente fruncido.

—Son escasos los momentos en los que no siento dolor de un tipo o de otro. Ésta es una de las razones por las que cuesta tantos años entrenar a una mord-sith, a enseñarnos a vivir con el dolor. Supongo que también por eso las mord-sith son mujeres; los hombres son demasiado débiles. La cadena que me ciñe la muñeca me permite llevar el agiel colgado y entonces no me duele. Pero cuando se lo aplico a alguien, me produce un dolor continuo.

—No tenía ni idea —dijo Richard, muy angustiado—. Lo siento, ama Denna. Siento que os duela y que debáis sufrir para enseñarme.

—El dolor también puede producir placer, amor mío. Ésta es una de las cosas que trato de enseñarte. Y ahora basta de charla. Es hora de que iniciemos una nueva lección. —Los ojos de la mujer recorrieron el cuerpo del joven.

Richard reconoció esa mirada y percibió que a la mujer se le aceleraba la respiración.

—Pero, ama Denna, acabáis de bañaros y yo estoy sudoroso.

—Me gusta tu sudor —replicó la mord-sith con una leve sonrisa de torcido. Entonces, sin apartar los ojos de los de Richard, se puso el agiel entre los dientes.

Los días transcurrieron con una embrutecedora monotonía. A Richard no le importaba participar en los rezos, pues era mejor que ser entrenado y torturado. Pero odiaba tener que repetir aquellas palabras, cosa que únicamente conseguía concentrándose en la trenza de Denna. De hecho, entonar las mismas frases hora tras hora, de rodillas y con la cabeza pegada a las baldosas era casi tan pesado como el entrenamiento. A veces, Richard se despertaba por la noche o por la mañana cantando: «Amo Rahl, guíanos. Amo Rahl, enséñanos. Amo Rahl, protégenos. Tu luz nos da vida. Tu misericordia nos ampara. Tu sabiduría nos hace humildes. Vivimos sólo para servirte. Tuyas son nuestras vidas».

Denna ya no vestía de rojo, sino que ahora vestía ropas de piel blanca. La mujer le explicó que era el símbolo de que ya lo había quebrado, de que era su compañero, y que para demostrar su poder sobre él había decidido no hacerlo sangrar más. A Constance esto último no le gustaba. Para Richard no significó una gran diferencia, pues el agiel dolía igual tanto si sangraba como si no. La mitad de su entrenamiento corría a cargo de Constance, la cual, cuando no estaba con ellos, se marchaba a entrenar a una nueva mascota. Constance insistía cada vez más en que quería quedarse a solas con Richard, pero Denna no lo permitía. Constance se entregaba al entrenamiento de Richard en cuerpo y alma. Cuanto más la conocía, más la temía Richard. Denna le sonreía cada vez que pedía a su hermana mord-sith que siguiera ella con el entrenamiento.

Un día, después de los rezos de la tarde, cuando Constance no estaba presente, Denna decidió entrenarlo en el pequeño cuarto adyacente a sus habitaciones. La mord-sith lo alzó en el aire por la cuerda hasta que Richard apenas tocaba el suelo.

—Ama Denna, con vuestro permiso, ¿vais a permitir que a partir de ahora me entrene el ama Constance?

La pregunta tuvo un efecto inesperado en Denna. La mujer se quedó mirándolo fijamente, mientras su rostro se ponía rojo de rabia. Entonces, empezó a golpearlo con el agiel, hincándoselo en la carne, gritándole que no valía nada, que era un pobre infeliz y que estaba harta de su cháchara. Denna era una mujer fuerte y lo golpeaba con el agiel con todas sus fuerzas, sin parar.

Richard no recordaba haberla visto nunca tan enfadada, ni que se mostrara tan severa y cruel con él. Al poco rato ya era incapaz de recordar nada, ni siquiera su propio nombre. El joven se retorcía de dolor, sin poder hablar, ni suplicarle y la mayor parte del tiempo sin poder apenas respirar. Denna no aflojó ni bajó el ritmo ni una sola vez. Cuando más lo maltrataba, más enfadada parecía. Richard vio sangre en el suelo, mucha sangre, que también manchaba las prendas blancas de la mord-sith. La mujer respiraba entrecortadamente por el esfuerzo y la cólera que aún sentía. La trenza se le había deshecho.

La mord-sith lo agarró por el pelo y le tiró la cabeza hacia atrás. Sin advertirlo, le introdujo el agiel en una oreja, con más fuerza que nunca antes, repitiéndolo una y otra vez. El tiempo se convirtió en una eternidad. Richard ya no sabía quién era, ni lo que estaba ocurriendo. Ya ni siquiera trataba de suplicar, ni de gritar, ni de resistir.

Jadeando de cólera, la mujer se detuvo y anunció:

—Voy a cenar. —Richard sintió un atroz dolor cuando la magia lo invadió. Lanzó un grito ahogado y abrió mucho los ojos—. Mientras esté fuera, y te advierto que no tendré ninguna prisa en volver, sufrirás el dolor de la magia. No podrás perder el sentido ni detenerlo. Si permites que la ira te abandone, el dolor aumentará. Y te abandonará, te lo aseguro.

La mord-sith se encaminó a la pared y alzó la cuerda hasta que Richard quedó colgado en el aire. El joven lanzó un grito. Sentía como si le arrancaran los brazos.

—Que te diviertas. —Denna giró sobre sus talones y se marchó.

Richard se quedó haciendo equilibrios en la línea que separa la cordura y la locura. El dolor que lo atenazaba le impedía controlar la ira, como Denna le había asegurado que pasaría. El joven se consumía en las llamas de sufrimiento. Era aún peor ahora que Denna no estaba allí. Richard nunca se había sentido tan solo, tan indefenso, y el dolor no le permitía ni siquiera llorar; lo único que podía hacer era dar agónicas boqueadas.

El joven no tenía ni idea de cuánto tiempo llevaba solo cuando, de pronto, cayó al suelo. Entonces vio las botas de Denna a ambos lados de su cabeza. Aunque la mujer puso fin al dolor de la magia, Richard seguía estando indefenso, con los brazos atados a la espalda. El atroz dolor en los hombros no desapareció. El joven se echó a llorar en el suelo manchado con su propia sangre, mientras Denna se quedaba de pie sobre él.

—Ya te lo dije —siseó la mord-sith con los dientes apretados—, eres mi compañero de por vida. —El joven percibía la entrecortada respiración de Denna, así como su cólera—. Antes de que empiece a hacerte cosas mucho peores y ya no puedas hablar, quiero que me expliques por qué prefieres que te entrene Constance.

Haciendo un esfuerzo por hablar, Richard tosió y escupió sangre.

—¡Ésa no es una respuesta! ¡De rodillas! ¡Vamos!

Richard trató de ponerse de rodillas pero, con los brazos a la espalda, no pudo. Denna le cogió un mechón de cabellos y tiró hacia arriba. Mareado, el joven se desplomó contra ella y el rostro cayó sobre la húmeda sangre que cubría el abdomen de la mujer. Era su propia sangre.

Denna lo apartó de sí empujándole la frente con la punta del agiel. Esto le hizo abrir los ojos de golpe. Levantó la vista para contestarle, pero Denna lo abofeteó con el dorso de la mano.

—¡Mira al suelo cuando me hables! ¡Nadie te ha dado permiso para que me mires! —Richard clavó los ojos en las botas de la mujer—. ¡Se te acaba el tiempo! ¡Responde mi pregunta!

Richard tosió de nuevo, expulsando más sangre, que le corrió por el mentón. Tenía que hacer esfuerzos para no devolver.

—Porque sé que usar el agiel os causa dolor, ama Denna —respondió con voz ronca—. Sé que sufrís al entrenarme. Quería que lo hiciese el ama Constance para evitaros a vos el dolor. No quiero que sufráis. Sé el dolor que produce el agiel, vos misma me lo habéis enseñado. Ya os han hecho suficiente daño y no quiero que os hagan más. Prefiero que me castigue el ama Constance a que vos sufráis.

De rodillas, Richard pugnó por mantener el equilibrio. Sobrevino un largo silencio. El joven mantuvo la vista fija en las botas y tosió levemente, tratando de respirar pese al dolor que sentía en los hombros. Parecía que el silencio iba a ser eterno. Richard no sabía qué hacer.

—No te comprendo, Richard Cypher —dijo al fin Denna, suavemente. Ahora su voz ya no sonaba airada—. Que los espíritus me lleven si te entiendo.

La mujer soltó el dispositivo que le mantenía los brazos atrás y, sin decir ni media palabra más, abandonó el cuarto. Richard no pudo extender del todo los brazos y cayó de cara. Luego no trató de ponerse de pie, sino que se quedó tirado en el suelo, llorando.

Transcurrido un rato, oyó la campana que llamaba para los rezos de la noche. Denna regresó, se agachó junto a él, lo rodeó cariñosamente con un brazo y lo ayudó a levantarse.

—No podemos perdernos los rezos —le explicó suavemente, al mismo tiempo que se enganchaba la cadena al cinturón.

Era impresionante ver toda la sangre que le cubría las prendas de piel blanca, así como el rostro y el cabello. Mientras se dirigían al patio de oración, personas que normalmente le dirigían la palabra desviaban la mirada y se apartaban para dejarla pasar. Arrodillado con la cabeza tocando el suelo, Richard sentía tal dolor en las costillas que apenas podía respirar y mucho menos cantar. No tenía ni idea de qué estaba diciendo, pero Denna no lo corrigió y él siguió cantando. El joven no podía explicarse cómo era capaz de mantenerse erguido tanto tiempo, sin caer hacia un lado.

Cuando la campana repicó dos veces, Denna se puso en pie, pero no lo ayudó. Constance se acercó a ellos con una peculiar sonrisa en los labios.

—Caramba, Denna, parece que te has divertido de lo lindo —comentó, propinando un bofetón a Richard. Pero éste logró mantenerse en pie—. Has sido un niño malo, ¿verdad?

—Sí, ama Constance.

—Pero muy, muy malo. Qué delicia. —La mord-sith tornó sus hambrientos ojos hacia Denna—. Estoy libre. Vamos a enseñarle qué son capaces de hacer dos mord-sith juntas.

—No. Esta noche no, Constance.

—¿No? ¿Qué quieres decir con no?

—¡No es que no! —estalló Denna—. ¡Él es mi compañero y pienso entrenarlo como tal! ¿Quieres venir y mirar cómo nos acostamos? ¿Quieres mirar lo que le hago mientras tengo el agiel entre los dientes?

Richard se encogió. De modo que era eso lo que Denna planeaba. Si se lo hacía esa noche, con lo malherido que ya estaba...

Unas personas ataviadas con túnicas blancas —según Denna misioneros— contemplaban la escena con gran interés. Constance las miró a su vez con dureza y ellas se alejaron precipitadamente. Ambas mord-sith estaban coloradas, Denna de rabia y Constance de vergüenza.

—Claro que no, Denna —respondió Constance, bajando la voz—. Lo siento. No lo sabía. Dejaré que lo entrenes sola. —Entonces dirigió a Richard una mueca burlona—. Parece que ya tienes suficientes problemas, chico. Espero que estés a la altura.

A modo de despedida, la mujer le hundió el agiel en el estómago. Sintiéndose mareado, Richard gimió y se llevó una mano al estómago. Denna lo sostuvo poniéndole una mano debajo del brazo. Después de lanzar una airada mirada a Constance, la mord-sith echó a andar, esperando que su compañero la siguiera, cosa que hizo.

Una vez de vuelta en las habitaciones de la mujer, ésta le tendió el cubo. Richard a punto estuvo de derrumbarse al pensar en el esfuerzo que debería realizar.

—Ve a buscar un cubo de agua caliente —le ordenó Denna.

Richard sintió un tremendo alivio al saber que no tendría que llenar toda la bañera. Un tanto confundido, fue a buscar el agua. Denna parecía estar enfadada, pero no con él. Después de dejar el cubo en el suelo, Richard esperó con la cabeza inclinada. Denna acercó la silla, y el joven se sorprendió de que lo hubiera hecho ella misma.

—Siéntate —le dijo. Entonces, fue hasta la mesilla de noche y regresó con una pera. Denna miró y remiró la fruta durante un momento, dándole vueltas en la mano y frotándola un poco con el pulgar, tras lo cual se la ofreció, diciéndole—: He traído esto de la cena, pero ya no tengo hambre. Cómetela; tú no has cenado.

Richard miró la pera que la mujer le ofrecía y declinó.

—No, ama Denna, es vuestra.

—Sé de quién es, Richard —contestó ella con voz aún tranquila—. Haz lo que te digo.

El joven cogió la pera y se la comió entera, incluso las semillas. Denna se arrodilló y empezó a lavarlo. Richard no tenía ni idea de lo que estaba ocurriendo, pero le dolía, aunque no era nada comparado con el agiel. Se preguntaba por qué Denna hacía aquello, cuando lo que tocaba era más entrenamiento. Denna pareció percibir sus pensamientos.

—Me duele la espalda —explicó.

—Lo lamento, ama Denna. Es culpa mía, por haberme portado mal.

—Estate quieto —le pidió Denna—. Hoy quiero dormir sobre una superficie dura, por la espalda. Así pues, dormiré en el suelo y tú dormirás en mi cama. Pero antes tengo que limpiarte porque no quiero que me la manches con sangre.

Richard se quedó perplejo. En el suelo cabían los dos, de sobra, y no sería la primera vez que él manchaba con su sangre la cama de Denna. En el pasado, a ella no le había importado. Pero el joven decidió que no era asunto suyo y no preguntó.

—Muy bien —dijo la mujer al acabar—, ahora métete en la cama.

Richard se tumbó en el lecho bajo la mirada de Denna. Entonces, con gesto resignado, cogió el agiel de la mesilla de noche, lo que le causó dolor en el brazo, y se lo tendió, deseando que esa noche no le hiciera sufrir más.

Denna cogió el agiel y lo dejó de nuevo en la mesilla.

—Esta noche no. Ya te he dicho que me duele la espalda. Ahora, duerme —añadió, apagando la lámpara.

El joven oyó cómo se tendía en el suelo, mascullando en voz baja una maldición. Richard estaba demasiado agotado para pensar y se quedó dormido inmediatamente.

Cuando el repique de la campana lo despertó, Denna ya se había levantado. Se había limpiado la sangre de su blanco atuendo y se había peinado. Mientras se dirigían al patio de oración, no le dijo nada. Arrodillarse le dolía, por lo que Richard se alegró cuando los rezos se acabaron. No vio a Constance. Caminando detrás de la mujer, giró hacia la sala de entrenamientos, pero Denna siguió adelante y la cadena se tensó. El dolor lo hizo detenerse de golpe.

—Por ahí no —dijo Denna.

—Como digáis, ama Denna.

Después de recorrer durante un rato pasillos que parecían interminables, la mord-sith le lanzó una mirada de impaciencia y le ordenó:

—Camina a mi lado. Vamos a dar un paseo. A veces me gusta dar paseos. Cuando me duele la espalda, eso me alivia.

—Lo siento, ama Denna. Confiaba en que hoy estuvierais mejor.

La mujer le echó una rápida mirada y luego volvió la vista al frente.

—No lo estoy. Así pues, daremos un paseo.

Richard nunca se había alejado tanto de las habitaciones de Denna. Los ojos se le iban hacia cosas nunca vistas. De vez en cuando, encontraban patios semejantes al que solían acudir para rezar. Eran lugares abiertos, con una roca en el centro y una campana. En algunos había hierba en lugar de arena, y otros tenían incluso un pequeño estanque de aguas transparentes por las que se deslizaban grupos de peces, y una roca en el centro. A veces, los corredores eran tan anchos como salas, tenían el suelo cubierto de baldosas decoradas, profusión de arcos y columnas, y altísimos techos. Eran pasillos luminosos y la luz entraba a raudales por las ventanas.

Se veían personas por todas partes, la mayoría de ellas ataviadas con túnicas blancas o de algún otro color pálido. Nadie parecía tener prisa, pero casi todo el mundo se movía como si supiera adónde ir, aunque también había gente, poca, sentada en bancos de mármol. Richard apenas vio soldados. La mayoría de la gente pasaba al lado de Denna y Richard como si fueran invisibles, aunque algunas personas sonreían y saludaban a la mord-sith.

El palacio era increíblemente grande; las salas y pasillos se extendían hasta perderse de vista. Había anchas escaleras que conducían arriba o abajo, hacia partes desconocidas del enorme edificio. En una sala se exhibían estatuas de desnudo en actitud arrogante. Casi todas las esculturas, de piedra tallada y pulida, eran blancas, aunque algunas mostraban vetas doradas, y todas ellas medían el doble que Richard. El joven no vio ni un solo rincón oscuro, feo o que estuviera sucio; todo lo que vio era muy hermoso. Los pasos de la gente resonaban en los pasillos como reverentes susurros. Richard se extrañaba de que un lugar de tales dimensiones hubiera sido concebido y, sobre todo, construido. Debía de haber costado generaciones.

Denna lo condujo a un amplio patio a cielo abierto. El musgoso suelo estaba cubierto por árboles adultos, y un sendero de losas de arcilla marrones serpenteaba por el corazón de un bosquecillo. Ambos pasearon por ese sendero. Richard contemplaba los árboles, que eran hermosos aunque no tuvieran hojas. Denna lo observaba.

—Te gustan los árboles, ¿verdad?

—Mucho, ama Denna —respondió el joven en un susurro, mirando a su alrededor.

—¿Por qué te gustan?

—Me parece que forman parte de mi pasado —contestó Richard, después de un instante de reflexión—. Creo recordar que yo antes era guía en un bosque. Pero apenas recuerdo nada de eso, ama Denna, excepto que me gustaba mucho el bosque.

—Cuando a uno lo han quebrado, olvida cosas de su pasado —le explicó la mord-sith en voz baja—. Cuanto más te entrene, más te olvidarás de tu vida anterior, excepto las cosas específicas que yo te pregunte. Muy pronto lo olvidarás todo.

—Sí, ama Denna. Ama Denna, ¿qué lugar es éste?

—Es el Palacio del Pueblo. Es la sede del poder en D'Hara, el hogar del amo Rahl.

Almorzaron en un lugar distinto al acostumbrado. Por alguna razón que Richard no entendía, Denna lo hizo sentarse en una silla. Asistieron a los rezos de la tarde en uno de los patios con un estanque en vez de arena y, después, continuaron recorriendo más pasillos hasta que, a la hora de la cena, ya se encontraban en su ala del palacio. El paseo sentó bien a Richard; necesitaba estirar los músculos.

Tras las plegarias de la noche, regresaron a los aposentos de Denna, donde la mujer le ató los brazos a la espalda con la soga y lo alzó en el aire, aunque los pies todavía podían tocar el suelo. El joven aún sentía dolor en sus maltrechos hombros, pero apenas se estremeció ligeramente.

—¿Os duele menos la espalda, ama Denna? ¿Os ha sentado bien el paseo?

—Lo puedo aguantar.

La mujer caminó lentamente a su alrededor, contemplando el suelo. Finalmente, se detuvo frente a él y durante un rato hizo rodar el agiel entre los dedos, examinando el instrumento.

—Dime que te parezco fea —dijo al fin, su voz apenas un susurro y sin alzar los ojos.

Richard la miró hasta que los ojos de Denna buscaron los suyos.

—No —replicó—. Eso sería una mentira.

—Has cometido un error, amor mío —dijo la mord-sith con una triste sonrisa—. Has desobedecido una orden directa y has olvidado el tratamiento que me corresponde.

—Lo sé, ama Denna.

Denna cerró los ojos, pero al hablar su voz había recuperado parte de su energía.

—No me causas más que problemas. No sé por qué el amo Rahl me ha cargado con la responsabilidad de entrenarte. Acabas de ganarte dos horas de castigo.

La mord-sith lo torturó durante dos horas. No lo hizo tan duramente como de costumbre, aunque sí lo suficiente para arrancarle gritos de dolor. Después del entrenamiento, le dijo que la espalda todavía le dolía, por lo que volvió a dormir en el suelo mientras que él ocupó la cama.

En los siguientes días volvieron a la rutina, aunque el entrenamiento no era tan largo ni duro como antes, excepto cuando Constance estaba presente. Denna vigilaba muy de cerca a su hermana mord-sith y se entremetía más que en el pasado. A Constance no le gustaba y, en ocasiones, lanzaba a Denna miradas furibundas. Cuando Constance se mostraba más severa de lo que Denna deseaba, no la invitaba a participar en la próxima sesión.

Gracias a que el entrenamiento era más suave, Richard empezó a recuperar la claridad mental y a recordar cosas sobre su pasado. Unas pocas veces, cuando a Denna le dolía la espalda, daban largos paseos por el asombroso y hermoso palacio.

Un día, tras las plegarias de la tarde, Constance quiso asistir al entrenamiento. Denna accedió, sonriente. Constance pidió permiso para llevar ella el entrenamiento y Denna se lo dio. Constance torturó a Richard con saña, hasta el punto de que el joven lloraba lágrimas de sufrimiento. Richard esperaba que Denna pusiera fin a aquello, pues ya no podía aguantar más. Cuando, finalmente, Denna se levantó de la silla, un hombre entró en la sala.

—Ama Denna, el amo Rahl quiere veros.

—¿Cuándo?

—Ahora mismo.

Denna suspiró.

—Constance, ¿acabarás tú la sesión?

Constance miró a Richard a los ojos y sonrió.

—Por supuesto, Denna.

Richard estaba aterrorizado, pero no osaba decir palabra.

—Ya casi habíamos acabado. Llévalo a mis habitaciones y déjalo allí. No tardaré.

—Será un placer, Denna. Confía en mí.

Denna se dispuso a marcharse. Constance se acercó mucho a Richard y le dirigió una sonrisa perversa. Lo agarró por el cinturón y se lo soltó. El joven no podía ni respirar.

—Constance —dijo Denna, volviendo sobre sus pasos y cogiendo a la otra mord-sith por sorpresa—, no le hagas eso.

—En tu ausencia, yo estoy a cargo de él, y haré lo que me plazca.

Denna se aproximó a Constance y le habló con el rostro casi pegado al de la otra.

—Es mi compañero y no quiero que le hagas eso. Y tampoco quiero que le introduzcas el agiel en la oreja.

—Haré lo que me...

—No, no lo harás. —Denna apretó con fuerza los dientes mientras miraba fijamente a la otra mujer, más baja que ella—. Fui yo quien cargó con el castigo cuando matamos a Rastin. Yo, no las dos, sino sólo yo. Hasta ahora nunca te lo había recordado, pero ahora lo hago. Ya sabes cómo me castigaron, y yo nunca les revelé que tú también habías participado. Él es mi compañero y yo soy su mord-sith. Tú no, yo. Respetarás mis deseos o tendremos problemas.

—Muy bien, Denna —resopló Constance—. Muy bien. Respetaré tus deseos.

—Eso espero, hermana Constance —repuso Denna, sin dejar de fulminarla con la mirada.

Constance acabó la sesión con todo el entusiasmo del que fue capaz, aunque casi nunca le aplicó el agiel donde Denna no quería. Richard era consciente de que el entrenamiento se estaba prolongando demasiado. De regreso a las habitaciones de Denna, Constance se pasó toda una hora golpeándolo, tras lo cual sujetó la cadena a los pies de la cama y le ordenó que esperara a Denna de pie.

La mord-sith acercó su rostro al de Richard tanto como pudo, considerando la diferencia de altura, y le agarró la entrepierna.

—Procura que no le pase nada a esto —le espetó desdeñosa—. No lo conservarás durante mucho tiempo. Tengo razones para creer que el amo Rahl me asignará a mí como tu entrenadora y, cuando lo haga, pienso modificar tu anatomía. Y me parece que no va a gustarte nada —añadió con una amplia sonrisa.

Richard montó en cólera, lo que desató el dolor de la magia. El joven cayó de rodillas. Constance abandonó la habitación riéndose. Richard logró controlar la cólera, pero el dolor no desapareció hasta que se puso de pie.

Por la ventana entraban los cálidos rayos del sol. Richard deseó que Denna regresara pronto. El sol se puso. La hora de la cena llegó y pasó, y Denna no regresaba. El joven empezó a preocuparse; tenía la sensación de que algo andaba mal. Entonces, oyó la campana que llamaba para los rezos de la noche, pero él no podía moverse, encadenado como estaba a la cama. Tal vez debía arrodillarse allí mismo, pero tampoco eso podía hacerlo pues le habían ordenado que esperara de pie. Tal vez debería entonar las plegarias, pero decidió que no importaba, pues no había nadie para oírlo.

Hacía rato que había anochecido, pero, por fortuna, las lámparas estaban encendidas y así, al menos, no tenía que esperar a oscuras. Los dos repiques de campana anunciaron el fin de los rezos. Denna no volvía. Llegó su hora de entrenamiento y pasó. Ni rastro de Denna. A Richard le consumía la preocupación.

Por fin, oyó la puerta que se abría. Denna mantenía la cabeza inclinada y se movía como si estuviera agarrotada. Iba despeinada y con la trenza deshecha. Cerró la puerta penosamente. Richard vio que tenía el rostro ceniciento y los ojos húmedos. La mujer no lo miró.

—Richard —dijo con apenas un hilo de voz—, lléname la bañera, ¿quieres? Necesito un baño. Me siento muy sucia.

—Claro que sí, ama Denna.

El joven arrastró la bañera y corrió tan rápido como pudo para llenarla. Nunca antes se había dado tanta prisa. La mujer esperaba de pie, mirando cómo Richard acarreaba un cubo tras otro. Al acabar, el joven se quedó de pie, jadeando.

—¿Me ayudas? —le pidió Denna, tratando de desabrocharse las prendas de piel con dedos temblorosos—. Me parece que sola no puedo.

Richard le quitó la ropa, mientras ella temblaba. El joven se estremeció, pues tuvo que arrancársela de la espalda, arrastrando con ella parte de la piel. El corazón le latía aceleradamente. La piel de Denna se veía cubierta de verdugones desde la nuca a los tobillos. Richard estaba asustado y sufría por el dolor de la mujer. El poder afloró en su interior con enorme fuerza, pero Richard no le prestó atención.

—Ama Denna, ¿quién os ha hecho esto?

—El amo Rahl. Me lo merecía.

El joven le sostuvo las manos y la ayudó a meterse en la tina. Denna lanzó un débil quejido al sumergirse lentamente en el agua caliente y se sentó rígidamente.

—Ama Denna, ¿por qué os ha hecho esto?

Denna se estremeció cuando el joven empezó a pasarle por la espalda un paño húmedo con jabón.

—Constance le dijo que estaba siendo demasiado blanda contigo. Me merezco el castigo. No he sido lo suficientemente dura en tu entrenamiento. Soy una mord-sith y debería haberme esforzado más. He recibido lo que me merecía.

—Vos no os merecéis esto, ama Denna, soy yo quien debería haber sido castigado.

La mujer se cogió a ambos lados de la bañera con manos temblorosas y Richard la fue lavando cuidadosamente. Con gran ternura le limpió el sudor de su nívea frente. Denna mantuvo la vista fija al frente durante todo el baño, aunque de vez en cuando se le escapaban algunas lágrimas.

—El amo Rahl quiere verte mañana —le dijo con voz trémula. Richard se interrumpió un segundo—. Lo siento, Richard. Mañana responderás a sus preguntas.

El joven alzó la vista hacia la faz de Denna, pero ésta no le devolvió la mirada.

—Sí, ama Denna —respondió Richard, que empezó a quitarle el

jabón echándole agua, que cogía entre las manos a modo de cazoleta—. Dejad que os seque. —El joven lo hizo con infinito cuidado—. ¿Queréis sentaros, ama Denna?

—Creo que ahora mismo no sería capaz —contestó ella con una azorada sonrisa y volvió rígidamente la cabeza hacia el lecho—. Prefiero tenderme en la cama. —Denna cogió la mano que el joven le ofrecía—. Parece que no puedo dejar de temblar. ¿Por qué tiemblo así?

—Es por el dolor, ama Denna.

—He sufrido castigos mucho peores. Esto no ha sido más que un pequeño recordatorio de quién soy. Y, sin embargo, no puedo dejar de temblar.

La mujer se quedó tumbada boca abajo en la cama, mirando fijamente a Richard. El joven estaba tan preocupado que su mente empezó a funcionar de nuevo.

—Ama Denna, ¿sigue aquí mi mochila?

—En el armario. ¿Por qué?

—Quedaos tumbada, ama Denna. Voy a hacer algo, si es que me acuerdo cómo.

Richard sacó la mochila de uno de los estantes de arriba del armario, la dejó sobre la mesa y empezó a hurgar en el interior. Denna lo observaba con la cabeza ladeada y apoyada en el dorso de las manos. Debajo de un silbato consistente en un hueso tallado atravesado por una cinta de cuero, Richard halló el paquete que buscaba y que abrió sobre la mesa. A continuación, tomó un cuenco de hojalata, empuñó el cuchillo y dejó ambos objetos también encima de la mesa, mientras iba a buscar un tarro de crema del armario. Había visto cómo Denna se la untaba en la piel. Era justo lo que necesitaba.

—Ama Denna, ¿me permitís que use esto?

—¿Por qué?

—Por favor.

—Adelante.

Richard tomó todas las hojas de aum secas y cuidadosamente apiladas, y las puso dentro del cuenco de hojalata. Lugo seleccionó otras hierbas que recordaba por el olor, aunque había olvidado el nombre, y las añadió a las hojas de aum. Usando el mango del cuchillo machacó las hierbas. Entonces, tomó el tarro de crema, la agregó toda a las hierbas machacadas y lo mezcló usando dos dedos. Al acabar, cogió el cuenco y fue a sentarse junto a Denna.

—No os mováis —le dijo.

—El título, Richard, el título. ¿Es que nunca aprenderás?

—Lo siento, ama Denna —se excusó el joven con una sonrisa—. Ya me castigaréis más tarde. Os aseguro que, cuando termine, os sentiréis tan bien que podréis castigarme toda la noche.

Richard fue aplicando suavemente la pasta sobre los verdugones, dando un ligero masaje. Denna gimió y cerró los ojos. Al llegar a la parte posterior de los tobillos, se había quedado casi dormida. Richard le acarició el pelo mientras la crema de aum penetraba.

—¿Cómo o sentís, ama Denna? —le preguntó Richard, susurrando.

La mujer se puso de costado. Ahora tenía los ojos bien abiertos.

—¡El dolor ha desaparecido! ¿Cómo lo has hecho? ¿Cómo me has quitado el dolor?

—Me lo enseñó un viejo amigo llamado... —Richard puso ceño—. No recuerdo cómo se llamaba, pero era un viejo amigo y me enseñó. Estoy tan aliviado, ama Denna. No me gusta veros sufrir.

Denna le pasó cariñosamente los dedos por una mejilla.

—Eres una persona excepcional, Richard Cypher. Nunca había tenido un compañero como tú. Que los espíritus me lleven si había visto antes a alguien como tú. Yo maté a quien me hizo lo que yo te he hecho, pero tú, en lugar de matarme, me ayudas.

—Sólo podemos ser lo que somos, nada más y nada menos, ama Denna. —Richard bajó la mirada hacia sus manos—. No me gusta lo que el amo Rahl os ha hecho.

—No comprendes la naturaleza de las mord-sith, amor mío. De niñas somos cuidadosamente seleccionadas. Las elegidas para ser mord-sith son las niñas más dulces y más bondadosas que pueden encontrarse. Se dice que la mayor crueldad surge de la mayor amabilidad. Agentes del amo Rahl recorren toda D'Hara en busca de candidatas, y cada año seleccionan media docena de niñas. Una mord-sith debe quebrarse tres veces.

—¿Tres veces? —inquirió Richard, sobrecogido.

La mujer asintió.

—La primera vez se le quiebra el espíritu, como yo he hecho contigo. La segunda vez se trata de anular nuestra empatía. Para ellos, debemos ver cómo nuestro entrenador quiebra a nuestra madre y la convierte en su mascota, y seguir mirando cómo la tortura hasta la muerte. La tercera vez se trata de eliminar nuestro temor a causar daño a otros y aprender a disfrutar dando dolor. Para ello debemos quebrar a nuestro padre, guiadas por el entrenador, convertirlo en nuestra mascota y después torturarlo hasta que muere.

—¿Os hicieron eso a vos? —Las lágrimas corrían a Richard por las mejillas.

—Lo que yo te he hecho, quebrarte el espíritu, no es nada comparado con lo que nos hacen a nosotras para quebrarnos una segunda y una tercera vez. Cuanto más bondadosa es la niña, mejor mord-sith es, pero también es más difícil quebrarla la segunda y la tercera vez. El amo Rahl me considera especial porque costó mucho quebrarme la segunda vez. Mi madre aguantó mucho tiempo para tratar de darme esperanza, pero con eso sólo logró empeorar las cosas para ambas. La tercera vez no lograron quebrarme. Ya habían arrojado la toalla y se disponían a matarme cuando el amo Rahl dijo que yo era especial y que él personalmente se encargaría de entrenarme. Él fue quien me quebró la tercera vez. El día que maté a mi padre me llevó a su lecho, a modo de recompensa. Esa recompensa me dejó estéril.

Richard notaba un nudo en la garganta que apenas le dejaba hablar. Con dedos temblorosos apartó del rostro de Denna unos mechones de pelo.

—No quiero que nadie más os haga daño, ama Denna. Nunca más.

—Es un honor —susurró Denna entre lágrimas— que el amo Rahl pierda su tiempo conmigo, que se digne a castigar a alguien tan despreciable como yo con mi propio agiel.

—Espero que mañana me mate, ama Denna, para que nunca más me entere de algo que me cause tanto dolor —declaró el joven, sintiéndose como atontado.

Denna tenía los ojos húmedos.

—Pese a que te he torturado como nunca había torturado a nadie antes, tú eres el primero, desde mi elección, que ha hecho algo para mitigar mi dolor. —La mujer se levantó y cogió el cuenco de hojalata—. Aún queda un poco. Deja que te lo ponga donde dije a Constance que no te tocara.

Denna le aplicó el ungüento sobre los verdugones de los hombros, del estómago y del pecho, y fue subiendo hasta el cuello. Los ojos de ambos se encontraron. La mano de Denna se interrumpió. El silencio en la alcoba era absoluto. La mujer se inclinó hacia él y lo besó con ternura. Le cogió la nuca con una mano embadurnada de crema y volvió a besarlo.

Denna se tendió en la cama, cogió una mano de Richard entre las suyas y se la llevó al abdomen, diciéndole:

—Ven a mí, amor mío. Te deseo.

Richard hizo un gesto de asentimiento y alargó un brazo hacia el agiel, situado sobre la mesilla de noche, pero Denna le tocó la muñeca.

—Esta noche te quiero sin el agiel. Por favor, enséñame cómo es amarse sin dolor.

Denna le colocó una mano en la nuca y lo atrajo suavemente hacia ella.

14

A la mañana siguiente, en vez de entrenar fueron a dar un paseo. El amo Rahl había dicho que vería a Richard después de las plegarias de la tarde. Tras los rezos, cuando ya se disponían a marcharse, Constance se acercó a ellos.

—Tienes un aspecto sorprendentemente saludable, hermana Denna.

Denna la miró sin ninguna emoción. Richard estaba furioso con Constance por haberla delatado ante el amo Rahl y haber hecho que la castigaran, por lo que tuvo que concentrarse en la trenza de Denna.

—Bueno. He oído que hoy te han concedido audiencia con el amo Rahl —dijo Constance a Richard—. Si después de eso sigues vivo, me verás más a menudo. A solas. Cuando el amo Rahl acabe contigo, quiero una porción de ti, por así decirlo.

Richard replicó sin pensar.

—El año en que os eligieron, ama Constance, debió de ser un año especialmente malo, pues de otro modo alguien con una inteligencia tan limitada nunca habría sido escogida para ser mord-sith. Sólo los más ignorantes anteponen sus mezquinas ambiciones a la amistad, especialmente tratándose de una amiga que ha sacrificado tanto por vos. No sois digna ni de besar el agiel del ama Denna. —Richard sonrió tranquilamente y lleno de confianza a la perpleja mord-sith—. Rezad para que el amo Rahl me mate, ama Constance, porque si no la próxima vez que os vea os mataré por lo que hicisteis al ama Denna.

Constance lo miraba como en estado de trance, pero de pronto lo atacó con el agiel. Denna intervino, hundiendo su propio agiel en la garganta de Constance y repeliendo así su ataque. A Constance casi se le salen los ojos de las órbitas por la sorpresa. Tosió, expulsando sangre, y cayó de rodillas mientras se llevaba las manos al cuello.

Denna se quedó mirándola unos momentos antes de marcharse, sin decir palabra. Richard, encadenado a ella, tuvo que darse prisa para seguirla.

—Intenta adivinar cuántas horas de castigo va a costarte eso —le dijo Denna, con los ojos al frente y sin mostrar ninguna emoción.

—Ama Denna, si existe una mord-sith capaz de hacer gritar a un muerto, ésa sois vos —contestó Richard con una sonrisa.

—¿Y si el amo Rahl no te mata, cuántas horas?

—Ama Denna, ni toda una vida de castigo podría empañar el placer que siento por lo que he hecho.

Denna esbozó una leve sonrisa, pero evitó mirarlo.

—Me alegro de que, para ti, mereciera la pena. Todavía no te entiendo —prosiguió, lanzándole una mirada de soslayo—. Como tú mismo dijiste, sólo podemos ser lo que somos, nada más y nada menos. Por mi parte, yo lamento ser quien soy y temo que tú tampoco puedes dejar de ser quien eres. Los dos somos soldados que luchan en bandos contrarios en esta guerra. Me encantaría que fueses mi compañero de por vida y poder verte morir de viejo.

—Haré lo posible para tener una larga vida por vos, ama Denna —respondió Richard, sintiéndose reconfortado por el amable tono de la mujer.

Fueron recorriendo pasillos, atravesando patios de oración y pasando por delante de estatuas y de gente. La mujer lo hizo subir una escalera y lo guió por vastas estancias exquisitamente decoradas. Finalmente, se detuvo ante unas puertas talladas con escenas de suaves lomas y bosques, todo ello revestido de oro.

—¿Estás preparado para morir hoy, amor mío? —le preguntó Denna.

—El día aún no ha acabado, ama Denna.

La mord-sith le rodeó el cuello con los brazos y lo besó con ternura. Acto seguido se separó solamente unos centímetros de él y le acarició la nuca, mientras le decía:

—Siento hacerte esto, Richard, pero he sido entrenada para ello y no sé hacer otra cosa; el único propósito de mi vida es causarte dolor. No es una elección voluntaria, me han entrenado para ello. Sólo puedo ser lo que soy: una mord-sith. Si tienes que morir hoy, amor mío, procura morir bien para que me sienta orgullosa de ti.

«Soy el compañero de una loca —pensó Richard tristemente—. De alguien a quien han vuelto loca.»

La mujer empujó los batientes de la puerta y entraron en un magnífico jardín. Si su mente no hubiera estado ocupada en otros asuntos, Richard se hubiera sentido muy impresionado. Juntos recorrieron un sendero que serpenteaba entre macizos de flores y arbustos, pasaron junto a muretes de piedra cubiertos por enredaderas y dejaron atrás arbolillos, hasta llegar a un prado. Un techo de cristal dejaba pasar la luz que las plantas necesitaban para florecer y estar sanas.

En la distancia vieron a dos hombres de gran talla. Tenían los brazos cruzados, con bandas de metal equipadas con afiladas protuberancias justo por encima de los codos. Richard imaginó que serían soldados. Junto a ellos había otro hombre asimismo alto y robusto. Tenía un pecho liso en el que destacaban unos imponentes músculos y cabello rubio cortado a cepillo con un único mechón negro.

Muy cerca del centro del prado, donde los cálidos rayos del sol de la última hora de la tarde incidían sobre un círculo de arena blanca, un hombre les daba la espalda. A la luz del sol, la túnica blanca que llevaba y la melena rubia, que le llegaba hasta los hombros, brillaban. Al cinto llevaba un cinturón dorado y una daga curva que relucían.

Cuando Denna y Richard se aproximaron, Denna se hincó de rodillas e inclinó la frente hasta tocar el suelo. Richard había sido instruido e hizo lo mismo, apartándose la espada para que no le estorbara. Juntos pronunciaron la plegaria de rigor: «Amo Rahl, guíanos. Amo Rahl, enséñanos. Amo Rahl, protégenos. Tu luz nos da vida. Tu misericordia nos ampara. Tu sabiduría nos hace humildes. Vivimos sólo para servirte. Tuyas son nuestras vidas».

La pronunciaron sólo una vez, tras lo cual esperaron. Richard temblaba ligeramente. Alguien, no recordaba quién, le había insistido en que no debía acercarse al amo Rahl, que debía mantenerse alejado de él. El joven tenía que concentrarse en la trenza de Denna para controlar la ira que sentía hacia el amo Rahl por haber hecho daño a Denna.

—Levantaos, hijos míos.

Richard se puso de pie, casi pegado a Denna, mientras unos penetrantes ojos azules lo estudiaban. El hecho de que la faz del amo reflejara amabilidad, inteligencia y simpatía no aplacó los temores de Richard, ni tampoco calmó los pensamientos que hervían en su mente. Los ojos azules se posaron entonces en Denna.

—Tienes un aspecto sorprendentemente bueno esta mañana, querida.

—El ama Denna es tan buena recibiendo dolor como produciéndolo, amo Rahl —se oyó decir a sí mismo Richard.

Los ojos azules del amo volvieron a mirarlo. La calma y la paz que veía en el rostro del hombre le causaron escalofríos.

—Mi querida Denna me ha dicho que eres un problema. Me alegra comprobar que no ha mentido, aunque lamento que tuviera razón. —Rahl entrelazó las manos con un gesto relajado—. Bueno, no importa. Me alegro de conocerte al fin, Richard Cypher.

Denna le hundió el agiel con fuerza en la espalda para recordarle qué debía responder.

—Es un honor estar aquí, amo Rahl. Vivo sólo para serviros. Vuestra sabiduría me hace humilde.

—Sí, estoy seguro de eso —respondió Rahl con una leve sonrisa. Entonces escrutó el rostro de Richard durante un instante que a éste se le hizo eterno—. Tengo algunas preguntas y tú vas a darme las respuestas.

El joven se dio cuenta de que temblaba un poco.

—Sí, amo Rahl —respondió.

—Arrodíllate —le ordenó el amo sin alzar la voz.

Richard cayó de rodillas con la ayuda del agiel aplicado en un hombro. Denna se colocó tras él, con una bota a cada lado. Entonces, apretó los muslos contra los hombros del joven, apoyándose en ellos para no perder el equilibrio, y lo agarró por el pelo. A continuación, le tiró la cabeza hacia atrás, para que Richard mirara los azules ojos del amo. El joven estaba aterrorizado.

—¿Has visto alguna vez el *Libro de las Sombras Contadas*? —le preguntó Rahl el Oscuro, mirándolo impasible.

Algo poderoso en un rincón de su mente le advirtió que no respondiera. En vista de que guardaba silencio, Denna le tiró del pelo con más fuerza y le aplicó el agiel en la base del cráneo.

En la cabeza del joven se produjo una explosión de dolor. Lo único que impedía que se desplomara era Denna, que lo tenía agarrado por el pelo. Era como si hubiera recibido todo el dolor de una sesión de entrenamiento comprimido en aquella descarga del agiel. Richard no podía moverse, ni respirar, ni gritar. Estaba más allá del dolor; el impacto se lo había arrebatado todo, dejando únicamente un tormento de fuego y hielo que lo consumía por entero. Denna apartó el agiel. Richard ya no sabía ni dónde estaba, ni quién era, ni quién lo tenía agarrado por el pelo; sólo sabía que sentía un dolor superior al que nunca hubiera sentido y que frente a él tenía a un hombre con una túnica blanca.

Los ojos azules de Rahl se posaron de nuevo en él y repitió la pregunta.

—¿Has visto alguna vez el *Libro de las Sombras Contadas*?

—Sí —contestó Richard a su pesar.

—¿Dónde está ahora?

Richard vaciló. No sabía qué contestar, no sabía qué le preguntaba aquella voz. Nuevamente el dolor explotó dentro de su cabeza. Al disiparse, notó que las lágrimas le corrían por las mejillas.

—¿Dónde está ahora? —repitió la voz.

—Por favor, no me hagáis más daño —suplicó Richard—. No entiendo la pregunta.

—¿Qué es lo que no entiendes? Dime simplemente dónde está ahora el libro.

—¿El libro o el contenido del libro? —preguntó el joven, temeroso.

—El libro. —El hombre de ojos azules frunció el entrecejo.

—Fue quemado. Hace años.

Richard tenía la impresión de que esos ojos iban a hacerlo pedazos.

—¿Y dónde está el contenido?

Richard dudó demasiado. Cuando fue de nuevo consciente, Denna le tiraba de la cabeza, obligándolo a mirar los ojos azules. Richard nunca se había sentido tan solo, tan indefenso, ni tan aterrorizado.

—¿Dónde está el contenido del libro?

—En mi cabeza. Antes de quemarlo, me lo aprendí de memoria.

El hombre se quedó mirándolo fijamente, inmóvil. Richard sollozó en voz baja.

—Recítalo.

Richard deseaba evitar a toda costa una nueva descarga del agiel en la nuca. Temblaba con la posibilidad de sentir de nuevo ese dolor, por lo que se apresuró a obedecer.

—*La verificación de la autenticidad de las palabras del* Libro de las Sombras Contadas *en caso de no ser leídas por quien controla las cajas, sino pronunciadas por otra persona, sólo podrá ser realizada con garantías mediante el uso de una Confesora...*

Confesora. Kahlan.

El nombre de Kahlan le atravesó la mente como un relámpago. El poder se inflamó de pronto en su interior, disipando la bruma que reinaba en ella con el ardiente y candente resplandor de sus recuerdos. La puerta que conducía a la habitación cerrada de su mente se abrió de golpe y el poder que crecía en él le devolvió la memoria. Frente a la posibilidad de que Rahl el Oscuro capturara a Kahlan y le hiciera daño, Richard se fusionó con el poder.

Rahl el Oscuro se volvió hacia los demás hombres. El del mechón oscuro se adelantó.

—¿Lo ves, amigo mío? Tengo la suerte de lado. La Confesora ya se dirige hacia aquí acompañada por el Anciano. Búscala. Lleva contigo dos cuadrillas y tráemela. La quiero viva, ¿entendido? —El hombre asintió—. Tú y tus hombres estaréis protegidos por mi encantamiento. El Anciano va con ella, pero no podrá hacer nada contra un encantamiento del inframundo; eso si para entonces sigue con vida. —La voz de Rahl se hizo más dura para añadir—: Demmin, no me importa lo que tus hombres hagan a la Confesora, pero será mejor que llegue viva y sea capaz de usar sus poderes.

—Lo entiendo —respondió Demmin, algo pálido—. Se hará como deseáis, lord Rahl. —El hombre hizo una profunda reverencia. Entonces giró sobre sus talones, miró a Richard con una sonrisa irónica y se marchó.

—Prosigue —ordenó Rahl el Oscuro a Richard.

Pero Richard ya había dicho todo lo que tenía que decir. Ahora lo recordaba todo.

Había llegado el momento de morir.

—No. No podrás obligarme a decir nada más. Estoy preparado para sufrir y morir.

Antes de que el agiel pudiera entrar en acción, Rahl miró a Denna. Richard sintió que la mujer le soltaba el pelo. Uno de los soldados se adelantó, cogió a la mord-sith por la garganta con una de sus manazas y apretó. Richard percibió los sonidos que Denna emitía tratando de respirar.

—Me dijiste que estaba quebrado —espetó un airado Rahl a la mord-sith.

—Lo estaba, amo Rahl —repuso Denna haciendo un gran esfuerzo, pues el soldado la estaba ahogando—. Lo juro.

—Me has decepcionado profundamente, Denna.

Cuando el guardián alzó a la mujer en vilo, Richard oyó sus sonidos de dolor. Nuevamente el poder se inflamó en su interior. Denna sufría. Antes de que nadie supiera qué pasaba, Richard se había levantado. El poder de la magia ardía en su interior.

El joven rodeó con un brazo el grueso cuello del soldado hasta tocar el hombro del lado opuesto. Entonces le agarró la cabeza con el otro brazo y se la retorció. El cuello se rompió y el guardián se desplomó.

Richard se dio media vuelta. El otro guardián había entrado en acción y estaba a punto de agarrarlo con una mano. Richard lo cogió por la muñeca y se sirvió del impulso que llevaba su adversario para tirar de él hacia el cuchillo. El joven asió el arma con fuerza y se la clavó a su oponente, abriéndole un tajo ascendente hasta el corazón. Los ojos azules del hombre se abrieron mucho por la sorpresa. Sus entrañas se derramaron en el suelo.

Richard jadeaba, aún invadido por el poder. Veía blanco todo lo que quedaba dentro de su visión periférica. Era un blanco provocado por el calor de la magia. Denna se agarraba la dolorida garganta con ambas manos.

Rahl el Oscuro contemplaba tranquilamente a Richard, lamiéndose las yemas de los dedos.

Denna logró invocar el suficiente dolor de la magia para obligar a Richard a arrodillarse. El joven se agarraba el abdomen.

—Amo Rahl —dijo Denna entrecortadamente—, dejad que me haga cargo de él esta noche. Os juro que mañana por la mañana responderá a cualquier cosa que le preguntéis. Si es que sigue vivo. Permitidme que me redima.

—No. —Rahl, sumido en sus pensamientos, hizo un leve ademán negativo—. Lo siento, querida. No es culpa tuya. No tenía ni idea de a qué nos enfrentábamos. Quítale el dolor.

Cuando se recuperó, Richard se puso en pie. Ahora tenía la mente clara. Se sentía como si acabara de salir de un sueño y se diera cuenta de que se encontraba en una pesadilla. El resto de él había abandonado su pequeño refugio mental y no pensaba regresar allí. Moriría con su mente completa, con dignidad, intacto. Pese a que mantenía la ira bajo control, el fuego brillaba en sus ojos y también en su corazón.

—¿Te lo enseñó el Anciano? —preguntó Rahl con curiosidad.

—¿Enseñarme qué?

—A dividir la mente en compartimentos. Eso ha sido lo que ha impedido que te quebraran.

—No sé de qué me hablas.

—Dividiste tu mente para proteger el núcleo, a la vez que sacrificabas el resto para hacer lo que debías. Una mord-sith no puede quebrar una mente dividida. Puede castigarte, pero no quebrarte. Una vez más, lo siento, querida —dijo, dirigiéndose a Denna—. Creí que me habías fallado, pero no es así. Solamente alguien con tu talento habría podido hacer tanto con él. Lo has hecho muy bien, pero esto cambia las cosas por completo.

Rahl el Oscuro sonrió, se lamió las yemas de los dedos y se alisó con ellas las cejas.

—Ahora Richard y yo vamos a tener una pequeña charla en privado. Mientras esté aquí, conmigo, quiero que lo dejes hablar sin el dolor de la magia, pues interferiría con lo que es posible que deba hacer. Mientras esté aquí, no estará bajo tu control. Ahora puedes regresar a tus aposentos. Cuando acabe con él, si sigue con vida, te lo mandaré de vuelta como te prometí.

—Vivo para serviros, amo Rahl —respondió Denna con una profunda reverencia. Al volverse hacia Richard, el joven vio que estaba colorada. La mujer le puso un dedo bajo la barbilla y se la alzó ligeramente—. No me decepciones, amor mío.

—Eso nunca, ama Denna —dijo el Buscador, con una sonrisa en los labios.

El joven dio rienda suelta a la cólera, solamente para sentirla una vez más, mientras miraba cómo la mujer se alejaba. La cólera iba dirigida contra ella y contra lo que le habían hecho para convertirla en lo que era. «No pienses en el problema, sino en la solución», se dijo a sí mismo. Con este pensamiento, se volvió para encararse con Rahl el Oscuro. El rostro de Rahl se mostraba sereno e impasible. Richard lo imitó.

—Ya sabes que quiero averiguar qué dice el resto del libro.

—Mátame.

—¿Tan ansioso estás por morir? —inquirió Rahl con una sonrisa.

—Sí. Mátame, como mataste a mi padre.

Rahl el Oscuro frunció el entrecejo, pero sin dejar de sonreír.

—¿A tu padre? Yo no maté a tu padre, Richard.

—¡George Cypher! ¡Tú le mataste! ¡No trates de negarlo! ¡Lo mataste con ese cuchillo que llevas al cinto!

Rahl le mostró las palmas de las manos en actitud de fingida inocencia.

—No niego haber matado a George Cypher. Pero no he matado a tu padre.

Estas palabras cogieron a Richard por sorpresa.

—¿De qué estás hablando?

Rahl el Oscuro se paseó a su alrededor, los ojos prendidos en los de Richard, que lo seguía girando la cabeza.

—Es buena, sí señor, muy buena. De hecho, es la mejor que he visto nunca. Tejida por el gran mago en persona.

—¿Qué?

Rahl el Oscuro se lamió los dedos y se detuvo frente a Richard.

—La red mágica que te rodea. Nunca había visto nada igual. Es como si estuvieras encerrado dentro de un capullo. Hace ya tiempo que la llevas. Es una red bastante intrincada; creo que ni siquiera yo podría deshacerla.

—Si tratas de convencerme de que George Cypher no era mi padre, no lo has conseguido. Pero, si tratas de convencerme de que estás loco, no tienes por qué molestarte. Eso ya lo sé.

—Mi querido muchacho. —Rahl se echó a reír—. Me importa un pimiento quién creas que es tu padre. Sin embargo, hay una red mágica que te impide ver la verdad.

—¿De veras? Voy a seguirte la corriente. Si George Cypher no era mi padre, ¿quién lo era?

—No lo sé. —Rahl se encogió de hombros—. La red lo oculta. Pero, por lo que he visto, tengo mis sospechas. ¿Qué dice el *Libro de las Sombras Contadas*? —preguntó, súbitamente serio.

Richard se encogió de hombros.

—¿Ésa es tu pregunta? Me decepcionas.

—¿Por qué?

—Bueno, después de lo que le ocurrió al bastardo de tu padre creí que querrías saber el nombre del gran mago.

Rahl el Oscuro le lanzó una mirada desafiante, mientras se lamía lentamente las yemas de los dedos.

—¿Cómo se llama el mago?

Ahora fue el turno de Richard de sonreír.

—Ábreme en canal y lo sabrás —dijo, extendiendo ambos brazos—. Está escrito en mis entrañas. Si quieres saberlo, busca allí.

Richard mantuvo una sonrisa de suficiencia en los labios. Era consciente de que se encontraba indefenso y esperaba impulsar a Rahl a que lo matara. Si él moría, el libro moriría con él. Sin libro, no había caja. Rahl moriría y Kahlan estaría a salvo. Eso era lo único importante.

—Dentro de una semana será el primer día de invierno y averiguaré el nombre del mago. Entonces tendré el poder para capturarlo, dondequiera que se esconda, y despellejarlo vivo.

—Dentro de una semana estarás muerto. Sólo tienes dos cajas.

Rahl el Oscuro se volvió a chupar la punta de los dedos y a pasárselas por los labios.

—Ya tengo dos y la tercera viene de camino.

Richard hizo esfuerzos por no creerlo y para que su cara no revelara nada.

—No puede negarse que eres un fanfarrón valiente, pero también eres un mentiroso. Dentro de una semana morirás.

—Digo la verdad. Has sido traicionado. La misma persona que te vendió a mí también me ha vendido la caja. La tendré dentro de muy pocos días.

—No te creo —afirmó Richard, terminante.

Rahl el Oscuro se lamió las yemas y dio media vuelta. Entonces empezó a andar alrededor del círculo de arena blanca.

—¿Ah no? Permíteme que te muestre algo.

Richard lo siguió hasta una cuña de piedra blanca sobre la que descansaba una losa de granito sostenida por dos columnas cortas y acanaladas. En el centro había dos cajas del Destino. Una estaba adornada con profusión de joyas, como la que había visto, mientras que la otra era tan negra como la piedra noche. La superficie de la segunda caja era como un vacío dentro de la luminosidad del jardín interior. La cubierta que la protegía había sido retirada.

—Dos de las cajas del Destino —anunció Rahl, señalándolas con una mano—. ¿Para qué quiero el libro? No me serviría de nada sin la tercera caja. Tú la tenías. Quien te traicionó me lo dijo. Si la tercera caja no estuviera de camino, ¿para qué necesitaría el libro? Lo que haría sería abrirte el vientre para averiguar dónde está.

—¿Quién nos traicionó a mí y a la caja? —inquirió Richard, temblando de rabia—. Dímelo.

—¿O qué? ¿O me abrirás en canal y lo averiguarás leyéndome las entrañas? No pienso traicionar a la persona que me ha ayudado. Tú no eres el único que tiene honor.

Richard no sabía qué creer. Rahl tenía razón en una cosa: si no tuviera las tres cajas, no necesitaría el libro para nada. Alguien lo había traicionado. Por imposible que pareciera tenía que ser cierto.

—Mátame —dijo Richard con un hilo de voz, apartando la vista—. No voy a decirte nada. Tendrás que matarme para averiguarlo.

—Primero debes convencerme de que dices la verdad. Podrías engañarme, haciéndome creer que realmente conoces todo el libro. Es posible que hayas leído solamente la primera página y quemado el resto, o que simplemente te lo estés inventando.

Richard se cruzó de brazos y lo miró por encima del hombro.

—¿Y qué razón podría tener para engañarte?

—Me parece que te interesa esa Confesora, Kahlan. Si no logras convencerme de que dices la verdad, tendré que abrirle el vientre para echar un vistazo a sus entrañas y ver si dicen algo sobre esto.

—Si lo hicieras cometerías un grave error —replicó Richard, lanzándole una mirada de desafío—. Necesitas confirmar la veracidad del libro. Si le haces algún daño, destruirás tu única oportunidad.

Rahl se encogió de hombros.

—Eso es lo que tú dices. Pero ¿cómo sé yo que conoces realmente el contenido de todo el libro? Es posible que matarla a ella sea la manera de confirmarlo.

Richard no dijo nada. En su mente se agolpaban miles de pensamientos. «Piensa en la solución, no en el problema», se repetía mentalmente.

—¿Cómo has logrado retirar la cubierta de la caja sin tener el libro?

—El *Libro de las Sombras Contadas* no es la única fuente de información acerca de las cajas. Me costó todo un día retirar la cubierta y tuve que poner todos mis sentidos en ello —dijo, bajando la mirada hacia la oscura caja. Entonces volvió a alzar los ojos hacia Richard y enarcó una ceja—. Estaba adherida con magia, ¿sabes? Pero lo logré y también lo lograré con las otras dos.

Resultaba descorazonador que Rahl hubiera logrado retirar la cubierta. Para abrir una caja, antes tenía que retirarse la cubierta. Richard había esperado que, sin el libro, Rahl no tendría modo de saber cómo hacerlo y, por tanto, no podría abrir las cajas. Pero ahora esa esperanza se había desvanecido.

El joven clavó una vacua mirada en la caja adornada.

—Página doce del Libro de las Sombras Contadas —empezó a recitar—. Bajo el título «Cómo retirar las cubiertas» dice: «Las cubiertas de las cajas podrán ser retiradas por cualquiera que posea los conocimientos necesarios, y no solamente por quien haya puesto las cajas en juego». —Richard alargó una mano y levantó de la losa de granito la caja adornada con joyas—. Página diecisiete, tercer párrafo hacia el final: «La cubierta de la segunda caja podrá ser retirada no en las horas de oscuridad sino en las horas de sol. Para ello, sostén la caja bajo el sol y mira hacia el norte. Si está nublado, sostén la caja donde el sol le daría, si brillara, pero mira al oeste». —Richard sostuvo la caja hacia la luz del atardecer—. «Gira la caja de modo que la gema azul esté orientada al cuadrante del sol. La piedra amarilla debe mirar hacia arriba.» —Richard fue siguiendo las instrucciones mientras las iba desgranando—. «Posa el dedo índice de la mano derecha sobre la piedra amarilla situada en el centro de la tapa, coloca el pulgar de la mano derecha sobre la piedra transparente situada en una esquina del fondo de la caja.» —Richard cogió la caja siguiendo las indicaciones—. «Coloca el dedo índice de la mano izquierda sobre la piedra azul del costado que mira al frente, pon el pulgar de la mano izquierda sobre el rubí del lado más próximo a ti. Deja la mente en blanco y piensa solamente en un cuadrado negro en el centro de una mancha blanca. Separa ambas manos y retira la cubierta.»

Bajo la mirada de Rahl, Richard se lo imaginó todo blanco con un cuadrado negro en el centro, y estiró. La cubierta se desprendió con un chasquido. Sosteniendo la caja un poco por encima de la losa de granito, el joven retiró la cubierta como si pusiera un huevo en una sartén. Ahora había dos cajas iguales una junto a la otra, tan negras que parecía que iban a absorber la luz de la sala.

—Extraordinario —comentó Rahl en voz baja—. ¿Y dices que te sabes todo el libro de memoria?

—Sí, todo. Pero lo que acabo de recitar no te servirá para retirar la cubierta de la tercera caja —le advirtió Richard con una airada mirada—. El procedimiento varía con cada una.

—No importa. —Rahl desestimó el inconveniente con un leve ademán—. Ya lo conseguiré. —Apoyando el codo en una mano, se frotó el mentón con un dedo de la otra mano, enfrascado en sus pensamientos—. Puedes irte.

—¿Cómo que puedo irme? ¿No vas a tratar de sacarme el contenido del libro a la fuerza? ¿No vas a matarme?

—No me serviría de nada. Con los modos que tengo para sacarte información te dañaría el cerebro. No obtendría más que una información deshilvanada. En cualquier otro caso podría unir las piezas e imaginarme lo que falta, pero ya veo que el *Libro de las Sombras Contadas* es demasiado específico. Lo único que conseguiría es alterar la información y no me serviría para nada. Así pues, tú tampoco no me sirves para nada, por lo que puedes marcharte.

Richard se inquietó. Eso no podía ser todo.

—¿Así de simple? —inquirió—. ¿Puedo marcharme sin más? Supongo que ya sabes que trataré de detenerte.

Rahl se lamió las puntas de los dedos y lo miró.

—No me preocupa nada de lo que puedas hacer. Pero, si realmente te importa lo que le pase a todo el mundo, tendrás que estar de vuelta dentro de una semana, cuando abra las cajas.

—¿Qué quieres decir con si me importa lo que le pase a todo el mundo? —preguntó un receloso Richard.

—Dentro de una semana, en el primer día de invierno, abriré una de las cajas. Por otras fuentes que no son el *Libro de las Sombras Contadas*, las mismas que me dijeron cómo retirar las cubiertas, he aprendido a distinguir cuál es la caja que podría matarme. Pero tendré que elegir al azar entre las otras dos. Si acierto, me convertiré en el amo supremo. Pero, si me equivoco, el mundo se destruirá.

—¿Vas a correr ese riesgo?

Rahl enarcó las cejas al tiempo que se inclinaba hacia Richard.

—El mundo será mío o no existirá.

—No te creo. No sabes cuál es la caja que puede destruirte.

—Aunque estuviera mintiendo, mis posibilidades de vencer serían de dos contra una. Pero tú sólo tienes una oportunidad entre tres de salirte con la tuya. Las cosas pintan mal para ti. Pero no miento. El mundo se destruirá o yo lo gobernaré. Tú decides qué prefieres. Si no me ayudas y abro la caja equivocada, no sólo moriré yo sino todos los demás, incluyendo tus seres queridos. Si no me ayudas y abro la caja correcta, entregaré a Kahlan a Constance para que la entrene. Será un entrenamiento largo y duro. Después, Kahlan me dará un heredero, un hijo Confesor.

Un dolor peor que cualquiera que le hubiera infligido Denna dejó a Richard helado.

—¿Me estás haciendo algún tipo de oferta?

—Si regresas a tiempo y me ayudas, permitiré que sigas con vida; te dejaré en paz.

—¿Y Kahlan?

—Vivirá aquí, en el Palacio del Pueblo, y será tratada como una reina. Tendrá todas las comodidades que una mujer puede desear; el tipo de vida a la que una Confesora está acostumbrada. Tendrá lo que tú nunca le podrías dar. Vivirá en paz y seguridad, y me dará el hijo Confesor que deseo. De un modo u otro, Kahlan me dará un hijo. Ésta es mi decisión. La tuya es cómo quieres que viva Kahlan: como la mascota de Constance o como una reina. ¿Lo ves? Creo que regresarás. Y, si me equivoco... —Rahl se encogió de hombros—. El mundo será mío o no existirá.

Richard apenas podía respirar.

—No me creo que sepas cuál es la caja que te destruiría.

—Tendrás que decidir qué crees. Yo no necesito convencerte. —Rahl el Oscuro torció el gesto y prosiguió—: Elige sabiamente, mi joven amigo. Es posible que no te gusten las opciones que te doy, pero aún te gustaría menos lo que ocurrirá si no me ayudas. En la vida, a veces debemos elegir entre opciones que no nos gustan, y tú no tienes elección. A veces tenemos que elegir lo que es mejor para quienes amamos y no para nosotros mismos.

—Repito que no creo que sepas cuál es la caja que te mataría —susurró Richard.

—Piensa lo que quieras, pero pregúntate si estás dispuesto a apostar el futuro de Kahlan con Constance basándote en lo que crees. Aunque estuvieras en lo cierto, tus opciones siguen siendo de una entre tres.

Richard se sintió vacío y deshecho.

—¿Puedo irme ya? —preguntó.

—Bueno, hay otras cosillas que tal vez te gustaría saber.

Richard se sintió de pronto paralizado como si unas manos invisibles lo sujetaran con fuerza. Era incapaz de mover un solo músculo. Rahl el Oscuro le metió la mano en el bolsillo y sacó la bolsa de piel que contenía la piedra noche. Richard se debatió en vano contra la fuerza que lo paralizaba. Rahl dejó caer la piedra en la palma de la mano y la sostuvo allí, sonriendo. Las sombras empezaron a materializarse y a congregarse en torno a Rahl. Cada vez eran más numerosas. Richard quiso retroceder, pero no podía moverse.

—Es hora de volver a casa, amigas mías.

Las sombras empezaron a girar en torno a Rahl, cada vez más y más rápidamente hasta que se convirtieron en una borrosa mancha gris. Se oyó un aullido cuando la piedra noche las absorbió en un torbellino de sombras y formas. Después, silencio. Habían desaparecido. La piedra noche se convirtió en cenizas en la palma de Rahl. Éste sopló y la ceniza se esparció al viento.

—El Anciano ha estado averiguando tu paradero a través de la piedra noche. La próxima vez que te busque le espera una sorpresa muy desagradable; se encontrará en el inframundo.

Richard estaba furioso con Rahl el Oscuro por lo que iba a hacerle a Zedd, y también lo estaba consigo mismo por ser incapaz de moverse y tener que contemplar lo que pasaba sin poder hacer nada.

Entonces, trató de calmarse, dejó de esforzarse por tratar de moverse y, en vez de eso, se tranquilizó. Richard vació su mente de todo pensamiento y relajó por completo el cuerpo. La fuerza que lo tenía paralizado se esfumó. El joven, ya libre de la fuerza que lo retenía, dio un paso al frente.

—Muy bien, muchacho —lo felicitó Rahl—. Sabes cómo romper una red de mago, al menos una débil. Pero muy bien, de todos modos. El Anciano elige bien a sus Buscadores. Pero tú eres más que un Buscador, tú posees el don. Estoy deseando que llegue el día en el que estemos en el mismo bando. Me encantará tenerte cerca. Normalmente tengo que tratar con gente muy limitada. Después de la unión de las tres tierras te enseñaré más, si así lo deseas.

—Tú y yo nunca estaremos en el mismo bando. Jamás.

—Estás en tu derecho de negarte, Richard. No te guardo rencor por ello. Pero espero que seamos amigos. —Rahl escrutó la faz de Richard—. Hay una cosa más. Puedes quedarte en el Palacio del Pueblo o marcharte, como prefieras. Mis guardias se adaptarán a lo que decidas. No obstante, tendrás alrededor una red de mago. A diferencia de la que has roto, la red no te afectará a ti sino a quienes te vean, por lo que no podrás romperla. Es una llamada red hostil. Todos los que te miren verán en ti a su enemigo. Esto significa que tus aliados, cuando te miren, verán al enemigo. Quienes me honran te verán como quien eres, pues, por el momento, tú ya eres mi enemigo y también el suyo. Al menos, por ahora. Pero tus amigos te verán como la persona a quien más temen, como a su peor enemigo. Quiero que te des cuenta de cómo me tratan algunos, que veas el mundo a través de mis ojos y comprendas la injusticia que se comete conmigo.

Richard no tuvo que esforzarse por reprimir la ira, pues solamente sentía una extraña paz.

—¿Puedo marcharme ya?

—Pues claro, muchacho.

—¿Y qué pasa con el ama Denna?

—Cuando salgas de aquí volverás a estar bajo su poder. Denna sigue controlando la magia de tu espada. Cuando una mord-sith te arrebata la magia, la conserva para siempre. Yo no puedo quitársela para devolvértela. Deberás recuperarla tú solo.

—Entonces no soy libre para marcharme.

—La solución es evidente. Si quieres irte, tendrás que matarla.

¡Matarla! Richard se quedó atónito.

—¿No crees que, de haber podido, no la habría matado ya? ¿Crees que habría soportado todo lo que me ha hecho de haber podido matarla?

Rahl el Oscuro esbozó una débil sonrisa.

—Siempre has podido matarla.

—Pero ¿cómo?

—Todas las cosas tienen dos caras. Incluso una hoja de papel, por delgada que sea, tiene dos caras. La magia no es unidimensional. Hasta ahora sólo has mirado una cara de la magia, como hace la mayoría. Mírala en su totalidad. —Rahl señaló los cuerpos sin vida de los guardias—. Denna controla tu magia y, sin embargo, pudiste matarlos.

—Pero esto es distinto; contra ella no funcionará.

—Sí que funcionará. Pero para ello debes dominar la magia por completo. En esto no valen medias tintas. Denna te controla con una dimensión de tu magia, el lado que le ofreciste. Debes usar la otra dimensión. Es algo de lo que todos los Buscadores han sido capaces, pero que ninguno ha logrado. Tal vez tú seas el primero.

—¿Y si no? ¿Y si yo tampoco lo logro? —A Richard le inquietaba que Rahl el Oscuro le estuviera enseñando como Zedd: guiándolo para que pensara por él mismo, para que encontrara las respuestas a su manera, con su propia mente.

—En ese caso, mi joven amigo, te espera una semana muy dura. Denna está disgustada porque la has puesto en evidencia. Transcurrida una semana, te conducirá ante mí y entonces me comunicarás qué has decidido: si me ayudas o si dejas que tus amigos sufran y mueran.

—Dime cómo puedo usar la magia de la espada para dominarla.

—Pues claro, después de que tú me digas que dice el *Libro de las Sombras Contadas*. —Rahl sonrió—. ¿No? Ya me lo parecía. Buenas noches, Richard. No lo olvides, una semana.

El sol se estaba poniendo ya cuando Richard se alejó del jardín y de Rahl el Oscuro. En la cabeza no dejaban de darle vueltas todas las cosas que había averiguado. No había contado con que Rahl el Oscuro supiera qué caja lo mataría, aunque también era posible que estuviera usando con él la Primera Norma de un mago. Más difícil de aceptar era que uno de los suyos lo hubiera traicionado. Shota le había advertido que Kahlan y Zedd usarían sus respectivos poderes contra él. Así pues, el traidor tenía que ser o uno u otro. Pero, por mucho que lo intentara y reflexionara, Richard no conseguía hacer encajar las piezas. Él los amaba a ambos más que a su propia vida. Zedd le había dicho que tenía que estar preparado para matar a cualquiera de ellos si ponían en peligro el éxito de la misión, incluso si se trataba de una simple sospecha. Richard apartó este pensamiento de su mente.

Ahora tenía que pensar en el modo de alejarse de Denna. Lo principal era liberarse del control de la mord-sith, pues de otro modo nada podría hacer él. No servía de nada que tratara de hallar la solución a sus otros problemas si no conseguía escapar. Si no hallaba pronto el modo de hacerlo, Denna iba a causarle tanto dolor que no podría pensar. Cuando lo torturaba, era incapaz de pensar y olvidaba cosas. Primero tenía que concentrarse en ese problema y ya se preocuparía por los demás más tarde.

«La espada —pensó—. Denna controla su magia.» Pero él no necesitaba la espada. Tal vez, si podía deshacerse del arma, también se liberaría de la magia que ella controlaba. El joven quiso echar mano a la espada, pero el dolor de la magia se lo impidió antes de que pudiera siquiera tocar el pomo.

Richard fue recorriendo pasillos y más pasillos hacia las habitaciones de Denna. Aún se encontraba a una buena distancia. Tal vez la solución era tan sencilla como ir en otra dirección, abandonar el Palacio del Pueblo. Rahl el Oscuro le había asegurado que los soldados no se lo impedirían. En la siguiente intersección de pasillos, Richard tomó el que no tocaba. El dolor lo hizo caer de rodillas. Con gran esfuerzo logró regresar al pasillo que se suponía que debía tomar. Tenía que pararse y descansar, pues el dolor lo había dejado sin aliento.

La campana que llamaba a las oraciones de la noche sonó un poco más adelante. Asistiría a las plegarias. Eso le daría el tiempo que necesitaba para pensar. Así pues, se arrodilló y comprobó con gran alivio que el dolor de la magia no lo atacaba. Se encontraba en uno de los patios con agua, que eran los que a él más le gustaban, pues le transmitían una sensación de paz. Muy cerca de la orilla del agua, rodeado por otras personas, Richard inclinó la cabeza hasta el suelo embaldosado y empezó a cantar. El joven dejó la mente en blanco y se vació de todo pensamiento. La continua salmodia lo ayudó a olvidarse de sus preocupaciones y tribulaciones, así como de sus temores. Richard se olvidó de todos sus problemas, dejó que su mente buscara la paz y dio vía libre a sus pensamientos. Las plegarias se le hicieron muy cortas. Al acabar, se puso en pie como nuevo y se encaminó a las habitaciones de Denna.

Los pasillos, las estancias y las escalinatas eran de una impresionante belleza, y Richard no pudo por menos de admirarlos otra vez. Era increíble que alguien tan malvado como Rahl el Oscuro supiera rodearse de tal belleza.

Nada era unidimensional. La magia también tenía dos caras.

Richard recordó las ocasiones en que el extraño poder había aflorado en él: cuando había sentido lástima por la princesa Violeta, cuando un guardia de la reina Milena había atacado a Denna, cuando había sentido dolor por lo que habían hecho a Denna, cuando se imaginaba a Rahl haciendo daño a Kahlan y cuando los guardias de Rahl habían tratado de matar a Denna. En cada una de esas ocasiones parte de su visión se había vuelto blanca.

Richard sabía que en cada ocasión había sido obra de la magia de la espada. Pero, en el pasado, la magia de la espada le había transmitido una sensación de furia. Éste era otro tipo de furia. El joven recordó qué sentía al desenvainar la espada cuando estaba furioso; la ira, la rabia, el deseo de matar. El odio.

El Buscador se detuvo bruscamente en medio del silencioso pasillo. Ya era tarde y no se veía ni un alma. Estaba solo. Richard sintió una fría oleada que lo invadía y le causaba hormigueo en la piel.

Dos caras. Ahora lo entendía.

Que los espíritus lo ayudaran; ahora lo entendía.

El joven invocó ese poder y dejó que todo quedara envuelto en un brillo blanquecino.

Mecido en la blanca bruma de la magia, atontado y casi en estado de trance, Richard entró en las habitaciones de Denna y cerró tras de sí la puerta. El poder lo invadía, lo rodeaba con su blanco manto, y él sentía su gozo y su dolor. La silenciosa alcoba aparecía bañada en el cálido y titilante resplandor de una única lámpara, la situada en la mesilla de noche. El aire se notaba suavemente perfumado. Denna estaba tendida en la cama, desnuda, con las piernas cruzadas y las manos en el regazo. Se había deshecho la trenza y cepillado el pelo. Llevaba el agiel alrededor del cuello, entre los pechos, colgado de una cadena de oro. La mujer lo observó con ojos grandes y nostálgicos.

—¿Has venido a matarme, amor mío? —susurró.

—Sí, ama —contestó Richard, contemplándola.

—Ésta es la primera vez que me llamas simplemente «ama» —comentó Denna con un amago de sonrisa—. Antes siempre me llamabas ama Denna. ¿Significa algo?

—Sí. Lo significa todo, compañera mía. Significa que te perdono por todo lo que me has hecho.

—Estoy lista.

—¿Por qué te has desnudado?

La luz de la lámpara se reflejó en los húmedos ojos de la mujer.

—Porque todo lo que tengo es de mord-sith. No deseo morir llevando las ropas de mi oficio. Deseo morir tal como nací, siendo Denna, nada más.

—Te comprendo —musitó Richard—. ¿Cómo sabías que vendría a matarte?

—Cuando el amo Rahl me eligió para que te entrenara, me dijo que no era una orden sino que debía hacerlo voluntariamente. Me advirtió que las profecías anunciaban el advenimiento de un Buscador que sería capaz de dominar la magia de la espada, la magia blanca. Se trata de la magia que vuelve blanca la hoja de la espada. El amo Rahl me dijo que, si eras el Buscador del que hablaban las profecías, podrías matarme si lo deseabas. Pero yo pedí que me enviaran a capturarte, pedí ser tu mord-sith. Te he hecho cosas que no había hecho a ningún otro, con la esperanza de que fueses el Buscador de las profecías y me mataras. Cuando atacaste a la princesa, sospeché. Y, hoy, cuando mataste a esos dos guardias, tuve la certeza. No deberías haber sido capaz de hacerlo, pues en ambas ocasiones yo controlaba la magia de la espada.

Todo era blanco alrededor de la inocente belleza del rostro de Denna.

—Lo lamento mucho, Denna —susurró él.

—¿Me recordarás?

—Tendré pesadillas el resto de mi vida.

—Me alegro —repuso Denna con una amplia sonrisa. Parecía sentirse muy orgullosa de ello—. ¿Amas a esa mujer, a Kahlan?

—¿Cómo sabes eso? —inquirió Richard, perplejo.

—A veces, durante la tortura los hombres hablan sin saber qué dicen y llaman a sus madres o a sus esposas. Tú llamabas a gritos a alguien llamado Kahlan. ¿Te casarás con ella?

—No puedo —contestó Richard, tragándose el nudo que se le había formado en la garganta—. Kahlan es una Confesora. Su poder me destruiría.

—Lo siento. ¿Te duele mucho?

—Sí. Más que cualquier cosa que me hayas podido hacer tú.

—Bien. —Denna sonrió tristemente—. Me alegro que la mujer a la que amas sea capaz de causarte más dolor que yo.

Richard sabía que, a su retorcida manera, Denna lo decía para consolarlo. Para ella, alegrarse de que otra mujer le hiciera más daño que ella era una prueba de su amor. Richard sabía que, a veces, Denna le había causado dolor para demostrarle que lo quería. A sus ojos, el que Kahlan le hiciera tanto daño era una demostración de amor.

Al joven se le escapó una lágrima. ¿Qué le habían hecho a aquella pobre niña?

—Es un tipo de dolor distinto. Físicamente, nadie podrá hacerme sufrir más que tú.

—Gracias, amor mío —susurró Denna. Una lágrima de orgullo le rodó por la mejilla. La mujer cogió el agiel que le pendía del cuello y lo alzó en actitud esperanzada—. ¿Lo llevarás para acordarte de mí? Si lo llevas colgado o lo coges por la cadena, no te dolerá; sólo te dolerá si lo coges con la mano.

Richard sostuvo la cara de Denna en el resplandor blanco.

—Será un honor, compañera mía. —Entonces se inclinó para que la mujer le colgara el agiel y después dejó que le estampara un beso en la mejilla.

—¿Cómo vas a hacerlo? —le preguntó Denna.

Richard sabía a qué se refería y notó un nudo en la garganta. Su mano se dirigió con facilidad a la empuñadura de la *Espada de la Verdad*. Lentamente la desenvainó. Ésta vez, el arma no emitió ningún sonido metálico.

En vez de eso siseaba. Era el siseo del metal al rojo vivo.

Richard no tenía necesidad de mirar para saber que la hoja de la espada se había puesto incandescente. Sus ojos no se apartaban de los húmedos ojos de la mujer. El poder fluía por él. Se sentía en paz; toda la ira, el odio y la maldad habían desaparecido. En vez de eso, ahora la espada le transmitía únicamente amor hacia Denna, hacia aquella niña en la que otros habían vertido dolor, hacia aquel receptáculo de crueldad, hacia aquella alma inocente y torturada a la que habían entrenado para que hiciera lo que más aborrecía: causar dolor a los demás. Richard se sentía tan compenetrado con ella que notaba cómo el corazón se le rompía por la pena y el amor hacia Denna.

—Denna —susurró—, déjame marchar. No es preciso hacer esto. Te lo ruego, déjame ir. No me obligues a matarte.

La mujer alzó la barbilla con orgullo.

—Si tratas de huir, te detendré con el dolor de la magia y haré que te arrepientas de haberme causado tantos problemas. Soy una mord-sith. Soy tu ama. No puedo ser más que quien soy, y tú no puedes ser menos que mi compañero.

Richard asintió tristemente y apoyó la punta de la espada entre los pechos de Denna. Las lágrimas y el resplandor blanco le nublaban la vista. Suavemente, Denna cogió la punta de la espada y la movió unos pocos centímetros.

—El corazón está aquí, amor mío.

Sin apartar la espada, Richard se inclinó y le rodeó cariñosamente sus tersos hombros con el brazo izquierdo. Mientras la besaba en la mejilla, retenía el poder con todas sus fuerzas.

—Richard, nunca había tenido un compañero como tú —musitó Denna—. Y me alegro de no tener otro nunca más. Eres una persona excepcional. Desde que fui elegida, solamente tú te has preocupado de que no sufriera y has hecho algo para paliar ese dolor. Te doy las gracias por anoche, por haberme enseñado lo que podía ser.

Ahora Richard ya no contenía las lágrimas.

—Perdóname, amor mío —musitó, abrazándola muy fuerte.

—Te lo perdono todo —respondió ella, y sonrió—. Gracias por llamarme «amor mío». Me alegra habértelo oído decir con sinceridad al menos una vez antes de morir. Retuerce la espada para asegurarte. Richard, por favor, ¿querrás compartir conmigo mi último aliento? ¿Tal como te he enseñado? Deseo que te lleves mi último aliento de vida.

Aturdido, Richard posó sus labios sobre la boca de Denna y la besó. Ni siquiera notó que su mano derecha se movía. No hubo ninguna resistencia. La espada atravesó a la mujer como si fuera gasa. El joven notó cómo su mano retorcía la espada y se llevó el último aliento de vida de la mujer.

Después, la recostó sobre la cama, se tendió junto a ella y lloró incontrolablemente, mientras acariciaba su rostro ceniciento.

En aquellos momentos deseó con todas sus fuerzas poder volver atrás.

15

Abandonó las habitaciones de Denna en plena noche. Los pasillos estaban desiertos, excepto por las trémulas sombras. Los pasos de Richard resonaban en los suelos y los muros de piedra pulida, mientras el joven caminaba contemplando cómo su sombra giraba alrededor al pasar delante de las antorchas. En el estado de acongojado estupor en el que se encontraba, hallaba consuelo en notar nuevamente el peso de la mochila a la espalda y en saber que estaba abandonando el Palacio del Pueblo. No tenía ni idea de adónde se dirigía, sólo sabía que iba a irse de allí.

El dolor de un agiel en la región baja de la espalda lo paralizó e, instantáneamente, su rostro se perló de sudor. Por mucho que lo intentara no podía respirar. Sentía una llamarada que le consumía las caderas y las piernas.

—¿Vas a alguna parte? —susurró una voz implacable.

Era Constance. Con mano temblorosa, Richard pugnó por asir la espada. Al verlo, la mord-sith se echó a reír. Por la mente del joven pasó la visión de cómo entregaba a Constance el control sobre su magia y cómo toda la pesadilla volvía a empezar de nuevo. Instantáneamente, alejó la mano de la empuñadura y reprimió la cólera de la magia. La mujer se colocó frente a él, rodeándolo con un brazo, manteniendo el agiel contra la espalda de Richard y paralizándole las piernas. Constance llevaba sus prendas de piel roja.

—¿No? ¿Aún no estás listo para tratar de usar la magia contra mí? Ya lo estarás. Muy pronto lo intentarás, tratarás de salvarte. —Constance sonrió—. Ahórrate el dolor y úsala ahora. Si lo haces, tal vez me muestre clemente contigo.

Richard pensó en todos los modos en los que Denna le había causado dolor y cómo le había enseñado a soportarlo para seguir torturándolo. Todo lo que había aprendido volvió a él. Así pudo controlar el dolor y bloquearlo lo suficiente para inspirar hondo.

Ciñó el cuerpo de Constance con el brazo izquierdo, apretándola contra sí, y agarró el agiel de Denna que le colgaba del cuello. Una descarga de dolor le subió por el brazo. Richard lo soportó y trató de no pensar en ello. Constance lanzó un gruñido cuando el Buscador la alzó en vilo, empujando su cuerpo hacia arriba y trató de apretar con más fuerza el agiel en la espalda de Richard, pero no podía mantener el equilibrio y, además, tenía el brazo inmovilizado.

Cuando ya la tuvo en vilo, de modo que la contraída faz de la mujer estuviera a la altura de la suya, Richard presionó el agiel de Denna contra el pecho de Constance. Ésta abrió mucho los ojos y su expresión se relajó. Richard recordaba que Denna había aplicado el agiel a la reina Milena de aquel mismo modo. En Constance el efecto era el mismo; temblaba y aflojó la presión en su espalda. Aún le dolía, así como también el agiel que sostenía en su mano.

—No voy a matarte con la espada —le dijo Richard entre dientes—. Para ello, antes tendría que perdonarte por todo. Te podría perdonar lo que me hiciste a mí, pero nunca te perdonaré que traicionaras a tu amiga Denna. Eso es lo único que nunca podría perdonarte.

—Por... favor —suplicó Constance, desesperada.

—Lo he prometido... —dijo Richard en tono desdeñoso.

—No... por favor... no.

Richard retorció el agiel, tal como había visto hacer a Denna con la reina. Constance se estremeció y cayó sin vida entre sus brazos. De las orejas le manaba sangre. Su cuerpo exánime se deslizó al suelo.

—Y lo he cumplido.

Richard contempló largamente el agiel que agarraba con una mano antes de darse cuenta de que le producía dolor y, finalmente, lo soltó para que colgara de la cadena.

Entonces bajó la vista hacia la mord-sith muerta, mientras trataba de recuperar el resuello. Mentalmente dio gracias a Denna por haberlo enseñado a soportar el dolor. De ese modo le había salvado la vida.

Aún tuvo que andar una hora por el laberinto de pasillos hasta hallar la salida. El joven mantuvo la empuñadura de la espada bien agarrada mientras pasaba entre dos fornidos soldados que custodiaban la puerta, abierta, del muro exterior. Pero ellos se limitaron a saludarlo cortésmente con la cabeza, como si fuera un invitado que se marchara a casa después de asistir a un banquete real.

Fuera se detuvo a contemplar el campo iluminado por la luz de las estrellas de esa gélida noche. Giró sobre sí mismo para verlo todo. El

Palacio del Pueblo estaba rodeado por unas imponentes murallas cortadas a pico y se elevaba en lo más alto de una inmensa meseta que descendía hacia una llanura. La meseta se elevaba a cientos de metros por encima de un terreno yermo, pero entre los picos se veía un camino que descendía serpenteante.

—¿Un caballo, señor?

—¿Qué? —Richard giró sobre sus talones. Era uno de los guardianes.

—Os he preguntado si deseáis un caballo, señor. Parece que vais a partir, y es una larga travesía.

—¿Qué es una larga travesía?

—Las llanuras Azrith —contestó el guardián, señalando con la cabeza hacia abajo—. Parece que queréis dirigiros al oeste, cruzando las llanuras Azrith. Es una larga travesía. ¿Deseáis un caballo?

A Richard le puso nervioso que Rahl el Oscuro le preocupara tan poco lo que pudiera hacer que incluso estuviera dispuesto a proporcionarle un medio de transporte.

—Sí, quiero un caballo.

El guardián sopló un pequeño silbato, al que arrancó una serie de notas largas y cortas, en dirección a un soldado apostado en el muro. Richard oyó repetirse la misma melodía en la distancia.

—No tardará, señor —lo informó el soldado, y volvió a su posición.

—¿A qué distancia están las montañas Rang'Shada?

—¿Las Rang'Shada? —El guardián frunció levemente el entrecejo—. Es una cordillera muy larga, señor.

—Al noroeste de Tamarang. Lo más cerca de Tamarang posible.

El soldado se frotó el mentón mientras pensaba.

—Cuatro o cinco días. ¿Tú qué dices? —preguntó al otro guardia.

Su compañero se encogió de hombros.

—Cabalgando sin descanso, noche y día, y cambiando a menudo de caballo, unos cinco días. Dudo que pueda hacerse en cuatro.

A Richard se le cayó el ánimo a los pies. ¡Pues claro que a Rahl no le importaba darle un caballo! ¿Adónde iba a ir? Michael y el ejército de la Tierra Occidental se encontraban a cuatro o cinco días a caballo, en las montañas Rang'Shada. Era imposible que fuera y volviera en el plazo de una semana, antes del primer día de invierno.

Pero Kahlan tenía que estar más cerca. Rahl había enviado al hombre del mechón oscuro y a dos cuadrillas para capturarla. ¿Qué hacía ella tan cerca del Palacio del Pueblo? Antes de separarse, les había insistido en que no debían ir a buscarlo. Estaba enfadado con Chase por no seguir sus instrucciones, por no mantenerlos a todos lejos de D'Hara. Pero su cólera se desvaneció enseguida. Si fuera a la inversa, él tampoco habría podido quedarse de brazos cruzados sin saber qué le había pasado a un amigo. Tal vez los soldados ya no estaban en las montañas sino de camino. ¿Pero de qué serviría un ejército? El Palacio podía defenderse fácilmente con apenas diez hombres.

Dos soldados, equipados con una armadura completa, atravesaron la puerta a caballo. Traían con ellos una tercera montura.

—¿Necesitáis escolta, señor? —le preguntó el soldado—. Son buenos hombres.

—No. Iré solo. —Richard le lanzó una mirada desafiante.

El guardián despidió a los soldados con un ademán.

—¿Vais entonces en dirección oeste-suroeste? —En vista de que Richard no respondía, agregó—: Tamarang, la ciudad situada en las Rang' Shada por la que preguntasteis, está en dirección oeste-suroeste. ¿Permitís que os dé un consejo?

—Adelante —contestó Richard, receloso.

—Si cruzáis las llanuras Azrith en esa dirección, mañana por la mañana llegaréis a terreno rocoso situado entre escarpadas colinas. En un profundo cañón el camino se bifurca. Id hacia la izquierda.

—¿Por qué? —inquirió Richard, entrecerrando los ojos.

—Porque hacia la derecha hay un dragón. Es un dragón rojo con muy malas pulgas. Es el dragón del amo Rahl.

Richard montó y bajó la vista hacia el guardia.

—Gracias por el consejo. Lo recordaré.

El joven azuzó el caballo y tomó el escarpado y sinuoso camino que descendía por un lado de la meseta. Al doblar una pronunciada curva, vio un puente levadizo de pesadas planchas de madera que bajaba. Al llegar a él, ya estaba completamente bajado. Richard lo cruzó al galope. El único modo de salvar los riscos de la meseta era por el camino que él seguía, pues el abismo que acababa de cruzar detendría el avance de cualquier ejército. Incluso sin la formidable fuerza de defensores con la que sabía que contaba Rahl el Oscuro, incluso sin su magia, la inaccesibilidad del Palacio del Pueblo era su mejor defensa.

Mientras cabalgaba, Richard se quitó el odiado collar y lo arrojó hacia la oscuridad, a la vez que juraba que nunca volvería a llevar otro. Bajo ningún concepto.

Una vez en la llanura, el joven volvió el rostro hacia el Palacio del Pueblo encaramado en la meseta, imponente, tan enorme que tapaba todo un cuadrante de estrellas. El aire frío le producía lagrimeo. O quizá lloraba por Denna. Por mucho que lo intentara, no conseguía quitársela de la cabeza. La pena que sentía era tan intensa que, de no ser por Kahlan y por Zedd, se habría matado en los aposentos de Denna.

Matar con la espada en un ataque de cólera y odio era algo horrible. Pero matar con la magia blanca de la espada, por amor, era muchísimo peor. La hoja había recuperado su habitual lustre plateado, pero Richard sabía cómo hacer que se pusiera otra vez blanca. No obstante, confiaba en que nunca más tendría que hacerlo. Dudaba que fuese capaz de soportarlo de nuevo.

Sin embargo, allí estaba, cabalgando en medio de la noche para encontrar a Kahlan y a Zedd y descubrir cuál de ellos dos era el traidor que había vendido a Rahl el Oscuro la caja del Destino y a todo el mundo.

Era absurdo. ¿Qué razón tendría Rahl para usar la piedra noche a fin de atrapar a Zedd si éste era el traidor? ¿Y por qué enviaría cuadrillas en busca de Kahlan si era ella? No obstante, Shota había predicho que los dos tratarían de matarlo. Así pues, tenía que ser uno de ellos. ¿Qué iba a hacer? ¿Volver la espada blanca y acabar con ambos? El joven sabía que eso era una locura. Preferiría morir antes que hacer daño a ninguno de los dos. Pero ¿y si Zedd los estaba traicionando y la única manera de salvar a Kahlan era matar a su viejo amigo? ¿Y si era al revés? En ese caso, preferiría morir.

Lo importante era detener a Rahl. Tenía que recuperar la última caja y dejar de malgastar energía rompiéndose la cabeza. Lo único importante era detener a Rahl. Después, todo se arreglaría. Ya había encontrado la caja una vez y tendría que volver a hacerlo.

Pero ¿cómo? El tiempo se acababa. ¿Cómo iba a encontrar a Zedd y a Kahlan? No podía recorrer todo el país a caballo en tan sólo siete días. Seguramente ellos no viajaban por los caminos, y menos yendo Chase con ellos. Él procuraría que avanzaran por senderos. Pero Richard no conocía los caminos y mucho menos los senderos.

Era una empresa ímproba; había demasiado terreno que cubrir.

Rahl el Oscuro había plantado en él las semillas de demasiadas dudas. Las ideas daban vueltas sin parar en su cabeza, hasta hacerse cada vez más confusas y desesperanzadas. Richard sentía que en aquellos momentos su mente era su peor enemigo. Así pues, la vació y empezó a entonar las oraciones dirigidas a Rahl para no pensar. Era estúpido rezar al hombre al que quería matar, pero siguió orando mientras cabalgaba en la oscuridad. «Amo Rahl, guíanos. Amo Rahl, enséñanos. Amo Rahl, protégenos. Tu luz nos da vida. Tu misericordia nos ampara. Tu sabiduría nos hace humildes. Vivimos sólo para servirte. Tuyas son nuestras vidas.»

Excepto en dos ocasiones, en las que puso el caballo al paso para que descansara, el resto del tiempo galopó. Las llanuras Azrith parecían interminables. La tierra llana y desprovista casi de toda vegetación se extendía hasta el infinito. Rezar lo ayudaba a no pensar en nada, aunque había un recuerdo que no podía arrancar de su mente: el horror de matar a Denna. Aquellas lágrimas no podía reprimirlas.

Con la luz del amanecer empezó a perseguir su propia sombra. A ésta se fueron añadiendo las sombras de las rocas, que parecían fuera de lugar en aquel paisaje tan llano. Cada vez eran más numerosas. El terreno empezó a ondularse, a abrirse en barrancos y elevarse en crestas. Richard atravesó estrechos pasos y grietas, y se adentró en un cañón encajado entre paredes de roca que se desmoronaban. El camino se bifurcaba a izquierda y derecha; el último sendero era el más estrecho. Richard recordó las palabras del soldado y dobló a la izquierda.

Entonces, en su mente clara surgió un pensamiento. Richard detuvo el caballo, echó un vistazo al sendero de la derecha, reflexionó brevemente y luego tiró de las riendas, animando al caballo a que fuera a la derecha.

Rahl el Oscuro le había dicho que era libre de ir adonde quisiera. Incluso le había proporcionado un medio de transporte. Tal vez no le importaría que tomara prestado su dragón.

Richard dejó que el caballo fuera avanzando solo mientras él vigilaba atentamente los alrededores, con una mano apoyada en el pomo de la espada. Pensaba que sería fácil ver al dragón rojo. El único sonido era el repiqueteo de los cascos del caballo contra el duro suelo. El Buscador no tenía ni idea de cuánto faltaba. Cabalgó varias horas por el cañón sembrado de grandes rocas. Empezaba a preocuparlo que el dragón se hubiera ido, que el mismo Rahl se lo hubiera llevado, tal vez para ir a buscar la caja. No sabía si lo que estaba a punto de hacer era una buena idea, pero era lo único que se le ocurría.

Una cegadora lengua de fuego estalló con un rugido ensordecedor. El caballo retrocedió. Richard desmontó de un brinco, aterrizó de pie y corrió a refugiarse detrás de una peña, mientras el aire se llenaba de piedras y fuego. Fragmentos de roca rebotaban en la peña y le pasaban rozando la cabeza. El joven oyó cómo el caballo se desplomaba en el suelo con un ruido sordo y después olió a pelo quemado. El animal lanzó un horrible relincho, y después se oyó un crujir de huesos. Richard se acurrucó contra la peña, demasiado asustado para mirar.

Mientras escuchaba el periódico estruendo del fuego, huesos que se rompían y carne que se desgarraba, Richard decidió que había tenido una idea muy estúpida. No podía creer que el dragón se hubiera escondido tan bien que ni siquiera lo hubiera visto. El joven se preguntó si el reptil sabía que estaba detrás de la peña, aunque, por el momento, no lo parecía. Richard buscó una vía de escape, pero se encontraba en terreno casi completamente abierto y, si echaba a correr, el dragón lo ve-

ría. El estómago se le revolvía al oír los ruidos del caballo al ser devora-
do. Por fin los horribles ruidos cesaron. Richard se preguntó si los
dragones solían echar una cabezada después de comer. Se oyeron unos
resoplidos, cada vez más cerca. Richard se encogió.

Unas garras arañaron la peña tras la que se ocultaba y, después de le-
vantarla del suelo, la arrojaron a un lado. Richard alzó la mirada y se encontró con un par de penetrantes ojos amarillos. El resto de animal era
casi todo rojo. El leviatán poseía un cuerpo inmenso, un largo y grueso
cuello y una cabeza en la que destacaban unas púas flexibles con la punta
negra alrededor de la base de la mandíbula, así como en la parte posterior
del cráneo, detrás de las orejas. La nervuda cola del dragón acababa en
púas semejantes a las de la cabeza, aunque eran más duras y rígidas. El
dragón rojo meneaba la cola lentamente, barriendo las piedras. Cuando
flexionó las alas, aparecieron unos poderosos músculos bajo el entrama-
do de escamas rojas y brillantes que le cubrían los hombros. Una ristra de
colmillos, afilados como navajas y manchados de rojo por el reciente banquete, bordeaba el largo morro del animal. La bestia resopló y de los orificios nasales, situados en la punta del afilado hocico, salió humo.

—Pero ¿qué tenemos aquí? —comentó una voz femenina—. Me
parece que es un suculento postre.

Richard se puso de pie de un salto y desenvainó la espada. En el aire
resonó su característico sonido metálico.

—Necesito que me ayudes.

—De mil amores, hombrecillo, pero antes voy a comerte.

—¡Te aviso, no te acerques! Esta espada es mágica.

—¡Mágica! —El dragón fingió asustarse y se llevó una garra al pecho—. ¡Oh, por favor, valeroso humano, no me mates con tu espada
mágica! —La bestia lanzó un ruido sordo, acompañado de humo, que
Richard interpretó como una carcajada.

El Buscador se sintió ridículo amenazando al dragón con la espada.

—¿De modo que quieres comerme?

—Bueno, reconozco que me gustaría. Más para divertirme que por
el sabor.

—He oído que los dragones rojos son muy independientes, pero que
tú eres algo así como el perrito faldero de Rahl el Oscuro. —De las fauces
de la bestia brotó una ardiente bola de fuego que se elevó en el aire—.
Pensé que te gustaría romper las cadenas y volver a ser independiente.

La testa del dragón —Richard se asustó al comprobar que era mayor
que él—, se le acercó mucho, con las orejas hacia adelante. Una brillante lengua roja, dividida en el extremo como la de una serpiente, se
deslizó hacia el joven para investigarlo. Richard apartó la espada mien-

tras la lengua bífida le recorría todo el cuerpo, de la entrepierna hasta la garganta. Por tratarse de un dragón era casi una caricia y, no obstante, lo empujó varios pasos hacia atrás.

—¿Y cómo podría hacer eso alguien tan insignificante como tú?

—Estoy tratando de detener a Rahl el Oscuro, de matarlo. Si me ayudas, serás libre.

El dragón alzó la cabeza y echó humo por los orificios nasales, mientras se reía estruendosamente. El suelo tembló. El leviatán bajó la vista hacia el humano, volvió a echar la testa hacia atrás y se siguió carcajeando. Finalmente el estruendo cesó y el dragón juntó las cejas, muy enfadado.

—Yo no lo creo. Creo que no me gustaría poner mi destino en las manos de un insignificante hombrecillo. Prefiero asegurarme el futuro sirviendo al amo Rahl. —El leviatán gruñó, levantando pequeñas nubes de polvo a los pies de Richard, y añadió—: Se ha acabado la diversión. Es la hora del postre.

—Como quieras. Estoy listo para morir. Pero, antes de comerme, ¿permites que te diga una cosa?

—Habla —resopló el dragón—. Pero sé breve.

—Provengo de la Tierra Occidental y nunca antes había visto un dragón. Siempre imaginé que serían criaturas aterradoras y debo admitir que, ciertamente, tú das mucho miedo, pero hay una cosa que no me esperaba.

—¿El qué?

—Sin duda eres la criatura más increíblemente hermosa que he visto en toda mi vida.

Era cierto. Pese a la naturaleza mortífera del dragón, era sorprendentemente bello. El cuello del leviatán formó una ese al retraer la cabeza, parpadeando por la sorpresa. Acto seguido, frunció ligeramente el entrecejo, dudando.

—No miento —le aseguró Richard—. Sé que vas a comerme; no tengo ninguna razón para mentir. Eres muy hermosa. Nunca creí que vería una criatura tan magnífica como tú. ¿Tienes un nombre?

—Escarlata.

—Escarlata. Es un nombre precioso. ¿Son todos los dragones rojos tan maravillosos como tú o eres la excepción?

—Eso no soy yo quien debe decirlo —contestó el dragón, llevándose una garra al pecho. La cabeza culebreó hacia el joven—. Es la primera vez que alguien a quien estoy a punto de comer me echa piropos.

Una idea empezó a tomar forma en la mente de Richard. Guardó de nuevo la espada.

—Escarlata, sé que una criatura tan orgullosa como tú nunca se sometería al capricho de nadie, y mucho menos de alguien tan exigente como Rahl el Oscuro, a no ser que no tuviera más remedio. Eres demasiado hermosa y noble para someterte así, sin más.

La cabeza de Escarlata flotó más cerca de él.

—¿Por qué me dices esas cosas?

—Porque creo en la verdad y me parece que tú también.

—¿Cómo te llamas?

—Richard Cypher. Soy el Buscador.

Escarlata se llevó a los dientes una garra con la punta negra.

—¿El Buscador? —El dragón frunció el entrecejo—. Creo que nunca me he comido a un Buscador. —Una extraña sonrisa asomó en los labios del leviatán—. Serás un postre delicioso. Nuestra charla ha acabado, Richard Cypher. Gracias por tus cumplidos. —La cabeza se aproximó más al joven, y los labios se retrajeron en un gruñido.

—Rahl el Oscuro te robó el huevo, ¿verdad?

Escarlata retrocedió. Miró al humano parpadeando y echó la cabeza hacia atrás, abriendo mucho las fauces. Un rugido ensordecedor hizo vibrar las escamas que le recubrían la garganta. Una bola de fuego salió disparada hacia el cielo con la fuerza de una explosión. El ruido resonó en las paredes de roca, causando algunos desprendimientos sin importancia. Cuando volvió la cabeza hacia el humano, le salía humo de los orificios nasales.

—¿Qué sabes tú de eso? —le espetó.

—Sólo sé que una criatura tan orgullosa como tú no se rebajaría a realizar tareas tan degradantes, excepto por una razón: para proteger algo importante. Por ejemplo, una cría.

—Aunque lo sepas, no te salvarás —gruñó el dragón.

—También sé dónde tiene escondido tu huevo Rahl el Oscuro.

—¿Dónde? —Richard tuvo que agacharse a un lado para esquivar las llamas—. ¡Dime dónde!

—Creía que querías comerme.

—Alguien debería enseñarte a no hacerte el gracioso —rezongó el dragón, acercándole mucho un ojo.

—Lo siento, Escarlata. Es una mala costumbre que me ha causado muchos problemas en el pasado. Mira, si te ayudo a recuperar tu huevo, Rahl ya no tendrá ningún poder sobre ti. En ese caso, ¿considerarías la posibilidad de ayudarme?

—¿Haciendo qué?

—Bueno, sé que vuelas llevando a Rahl. Eso es lo que necesito. Necesito que me lleves en tu lomo durante unos días para encontrar a unos amigos a los que quiero proteger de Rahl. Tengo que cubrir una zona muy grande. Creo que, si lo hiciera desde el aire como un pájaro, podría localizarlos, y luego me quedaría tiempo suficiente para detener a Rahl.

—No me gusta llevar a humanos. Es humillante.

—Para bien o para mal, dentro de seis días todo habrá acabado. Sólo necesito que me ayudes durante este tiempo. Después, no importará. ¿Cuánto tiempo tendrás que servir a Rahl si no me ayudas?

—Muy bien. Dime dónde está mi huevo y te dejaré marchar. Te perdonaré la vida.

—¿Cómo sabrías que digo la verdad? Podría inventarme la respuesta para salvarme.

—Sé que, al igual que los dragones, los verdaderos Buscadores tienen honor. Así que, si de verdad lo sabes, dímelo y te dejaré ir.

—No.

—¡No! —rugió Escarlata—. ¿Cómo que no?

—Mi vida no tiene importancia. Al igual que tú, me preocupan asuntos más importantes. Si quieres que te ayude a recuperar el huevo, tendrás que ayudarme a salvar a mis amigos. Primero recuperamos el huevo y después me ayudas. Creo que es un trato más que justo. La vida de tu cría a cambio de llevarme sobre tu lomo durante unos días.

Uno de los penetrantes ojos amarillos de Escarlata se acercó mucho a la faz de Richard. Las orejas del leviatán también se inclinaron hacia adelante.

—¿Y cómo sabes que, después de recuperar mi huevo, cumpliré mi parte del trato?

—Porque sabes muy bien qué se siente al temer por la suerte de otro y porque tienes honor —susurró Richard—. No tengo elección. No conozco otra forma de impedir que mis amigos tengan que pasarse el resto de sus días viviendo cómo tú vives ahora: bajo el yugo de Rahl el Oscuro. Voy a arriesgar mi vida para salvar tu huevo. Creo que eres una criatura honorable y me pongo en tus manos.

Escarlata lanzó un bufido y retrocedió ligeramente, sin dejar de mirar a Richard. Acto seguido, plegó las enormes alas contra el cuerpo. Con la cola derribó rocas y pequeñas peñas, que arrastró por el suelo. El dragón avanzó una de sus patas delanteras, atravesó el tahalí de la espada de Richard con una única garra curva de punta negra —tan gruesa como una pierna de Richard y tan afilada como la punta de su espada— y tiró ligeramente. La testa del animal se acercó a Richard.

—Trato hecho. Es un trato de honor —siseó Escarlata—. Pero no te doy mi palabra de que no vaya a comerte dentro de seis días.

—Por mí, puedes comerme con patatas si antes me ayudas a salvar a mis amigos y a detener a Rahl. —Escarlata soltó un bufido—. ¿Son una amenaza para los dragones los gars de cola corta?

—Gars —comentó el dragón con desprecio, al mismo tiempo que retiraba la garra con la que lo tenía enganchado—. Me he comido un montón. No son rival para mí, a no ser que haya nueve o diez reunidos. Pero a los gars no les gusta ir en grupo, por lo que no es problema.

—Pues ahora lo es. Cuando vi tu huevo, estaba rodeado por docenas de gars.

Escarlata lanzó un gruñido y lenguas de fuego asomaron entre sus colmillos.

—Docenas —repitió—. Si hay tantos, podrían hacerme caer, especialmente si llevara el huevo.

—Por eso me necesitas —afirmó Richard con una sonrisa—. Voy a pensar en un plan.

Zedd lanzó un chillido. Kahlan y Chase se volvieron de repente. La mujer frunció el ceño. Era la primera vez que el mago gritaba mientras trataba de localizar la piedra noche. El sol ya se había puesto, pero a la mortecina luz Kahlan vio que la faz del mago se veía casi tan blanca como sus cabellos.

—¡Zedd! ¿Qué pasa? —preguntó, zarandeándolo por los hombros.

El Anciano no respondió. La cabeza le cayó a un lado y la mirada le quedó como perdida. Apenas respiraba, aunque eso era normal; cada vez que en el pasado había buscado la piedra noche, había dejado de respirar. La mujer intercambió una mirada de preocupación con Chase. Kahlan notaba cómo Zedd temblaba y lo zarandeó de nuevo.

—¡Zedd! ¡Ya basta! ¡Vuelve!

El mago lanzó un grito ahogado y luego susurró algo. Kahlan acercó una oreja a los labios del anciano. Éste repitió el susurro.

—Zedd, no puedo hacerte eso —dijo la mujer, horrorizada.

—¿Qué ha dicho? —quiso saber Chase.

Cuando miró al guardián del Límite, Kahlan tenía los ojos muy abiertos y con expresión de temor.

—Ha dicho que lo toque con mi poder.

—¡Inframundo! —masculló Zedd—. Única manera.

—Zedd, ¿qué está pasando?

—Estoy atrapado —musitó el mago—. Tócame o estoy perdido. Deprisa.

—Será mejor que hagas lo que te dice —opinó Chase.

Pero a Kahlan la idea no le gustaba ni pizca.

—¡Zedd, no puedo hacerte eso!

299

—Es la única manera de liberarme. Deprisa.

—¡Hazlo! —vociferó Chase—. ¡No hay tiempo para discutir!

—Que los espíritus me perdonen —susurró la mujer, al mismo tiempo que cerraba los ojos.

Kahlan se sentía atrapada por el pánico; no tenía elección. Asustada por lo que iba a hacer, dejó que la calma y el silencio invadieran su mente. Sumida en esa calma, se relajó por completo. Entonces sintió cómo el poder iba creciendo, alimentándose de su propio aliento, hasta que se descargó en el mago. En el aire se notó un fuerte impacto; un trueno silencioso. Hojas de pino llovieron a su alrededor. Chase gruñó de dolor, pues se hallaba más cerca de lo que aconsejaba la prudencia. El bosque quedó en silencio. El mago seguía sin respirar.

Zedd dejó de temblar, bajó la mirada, parpadeó varias veces y, finalmente, alzó ambas manos para agarrar a Kahlan por los brazos. Entonces tomó una bocanada de aire.

—Gracias, querida —logró decir entre jadeos.

Kahlan se quedó muy sorprendida de que el poder, su magia, no pareciera haberle causado efecto. Pero debería. Se sentía a la vez aliviada y perpleja de que no hubiese sido así.

—Zedd, ¿te encuentras bien?

—Sí, gracias a ti. Pero si no hubieses estado aquí, o hubieses tardado un poco más, me hubiera quedado atrapado en el inframundo. Tu poder me ha traído de vuelta.

—¿Por qué no te ha cambiado?

Zedd se alisó la túnica, algo avergonzado por haber sido incapaz de salir por sí mismo del apuro.

—Es por quien soy. Y porque soy un mago de Primera Orden —añadió con orgullo—. He usado tu poder de Confesora como si fuera una cuerda de salvamento para hallar el camino de vuelta. Era como un faro de luz en la oscuridad. Lo seguí pero sin dejar que te tocara.

—¿Y qué hacías tú en el inframundo? —preguntó Chase, adelantándose a Kahlan.

Zedd lanzó una torva mirada al guardián del Límite y no respondió.

—Responde, Zedd —le apremió Kahlan, muy preocupada—. Esto no había pasado nunca antes. ¿Por qué fuiste arrastrado al inframundo?

—Cuando busco la piedra noche, una parte de mí se sumerge en ella. Así es como la localizo y sé dónde está.

—Pero la piedra noche sigue en D'Hara. Richard sigue en D'Hara —objetó Kahlan, que prefería no pensar en lo que el mago estaba diciendo—. Zedd... —La mujer le agarró la túnica.

El mago bajó la mirada al suelo.

—La piedra noche ya no está en D'Hara, sino en el inframundo. ¡Pero eso no significa que Richard no siga en D'Hara! —exclamó—. ¡No significa que le haya pasado algo! Es sólo la piedra noche la que está en el inframundo.

Con expresión crispada, Chase se dispuso a montar el campamento antes de que cayera la noche. Kahlan, paralizada por el terror, aún agarraba la túnica de Zedd.

—Zedd... por favor. ¿Puedes estar equivocado?

—No. La piedra noche está en el inframundo. Pero eso no significa que Richard también esté allí. No te dejes llevar por el temor.

Kahlan asintió, notando cómo las lágrimas le fluían por las mejillas.

—Zedd, Richard está bien. Tiene que estar bien. Después de tenerlo tanto tiempo prisionero, Rahl no va a matarlo ahora.

—Ni siquiera sabemos si Rahl lo tiene prisionero.

Kahlan lo sabía, pero no quería admitirlo en voz alta. Si Rahl no lo tenía cautivo, ¿qué estaba haciendo Richard en el Palacio del Pueblo?

—Zedd, las otras veces que localizaste la piedra noche dijiste que podías percibirlo, que seguía vivo. ¿Percibiste su presencia en el inframundo? —preguntó, casi sin poder articular las palabras, pues temía la respuesta.

El mago se quedó mirándola a los ojos largamente.

—No, no lo sentí —contestó al fin—. Pero tampoco sé si lo sentiría en caso de hallarse en el inframundo. —Cuando Kahlan se echó a llorar, el anciano la atrajo hacia él y apoyó la cabeza de la mujer en su hombro—. Pero creo que solamente estaba la piedra noche. Creo que Rahl estaba tratando de atraparme allí. Supongo que le quitó la piedra a Richard y la envió al inframundo para tenderme una trampa.

—Yo no me vuelvo. Seguiremos buscándolo —sollozó Kahlan.

—Pues claro, querida.

La Confesora notó un cálido lametón en el dorso de la mano. Sonriendo, acarició el pelaje del lobo.

—Lo encontraremos, ama Kahlan. No os preocupéis, lo encontraremos.

—Brophy tiene razón —dijo Chase, hablando por encima del hombro—. Estoy seguro de que, cuando lo hagamos, nos va a echar un sermón por haberlo ido a buscar.

—Lo importante es que la caja está a salvo —afirmó el mago—. Dentro de cinco días empieza el invierno, y Rahl el Oscuro morirá. Después de eso recuperaremos a Richard, si no antes.

—Os llevaré allí pronto, si es eso a lo que te refieres —rezongó Chase.

16

Muerto de miedo, Richard se aferró a las púas de los hombros de Escarlata cuando ésta se volvió hacia la izquierda. Para su asombro, Richard había aprendido que cuando el dragón se inclinaba en un giro, él no resbalaba por el costado sino que notaba cómo se pegaba al cuerpo del animal. La experiencia de volar era al mismo tiempo estimulante y aterradora, como pararse al borde de un impresionante precipicio con el suelo moviéndose bajo sus pies. La sensación del cuerpo del dragón elevándose en el aire bajo él le pintó una amplia sonrisa en el rostro. Cada vez que Escarlata batía el aire con sus poderosas alas, elevándose más y más, Richard sentía cómo los músculos del dragón se tensaban. Cuando el leviatán dobló las alas hacia atrás y se lanzó en picado, el viento hizo que se le saltaran las lágrimas. La vertiginosa caída dejó a Richard sin aliento. Tenía la impresión de que el estómago se le iba a salir por la boca. Todavía no podía creerse que montara un dragón.

—¿Los ves? —gritó a Escarlata con todas sus fuerzas, para que su voz se oyera por encima del viento.

El dragón gruñó afirmativamente. A la luz del atardecer los gars aparecían como puntos negros que se movían por el pedregoso terreno. De las Fuentes Ígneas se desprendían volutas de humo e, incluso a aquella altura, el joven percibía el acre olor de los vapores. Escarlata se elevó verticalmente, haciendo que las piernas de Richard se apretaran contra ella, tras lo cual giró a la derecha.

—Son demasiados —gritó el dragón.

Escarlata volvió la cabeza y uno de sus ojos amarillos se clavó en el joven. Richard señaló.

—Baja allí, detrás de aquellas colinas, y procura que no nos vean.

Escarlata se elevó con poderosos aleteos. Después de subir más, planeó para alejarse de las Fuentes Ígneas. El dragón fue bajando en picado entre las rocosas laderas, retrocediendo hacia donde Richard le había indicado que aterrizara. Con un silencioso batir de alas se posó suavemente en el suelo, cerca de la entrada de una cueva, y agachó el cuello para que su pasajero pudiera bajar. Richard era consciente de que Escarlata no quería tenerlo montado sobre su lomo ni un segundo más del estrictamente necesario.

—Hay demasiados gars —le espetó el dragón, volviendo la cabeza hacia él y mirándolo impaciente—. Rahl el Oscuro sabe que no puedo luchar contra tantos. Por eso los ha reunido; para el caso de que encontrara mi huevo. Dijiste que pensarías en un plan. ¿Cuál es?

Richard echó un vistazo a la entrada de la cueva. Kahlan le había dicho que era la cueva del shandrin.

—Tenemos que distraerlos para quitarles el huevo.

—Tú les quitarás el huevo —lo corrigió Escarlata, respaldando sus palabras con una pequeña lengua de fuego.

—Una amiga me dijo que la cueva atraviesa toda la montaña, hasta donde se encuentra el huevo. Tal vez podría seguirla, coger el huevo y regresar con él.

—Pues ya estás haciéndolo.

—¿No deberíamos discutir antes si es una buena idea? Tal vez se nos ocurrirá algo mejor. También he oído que podría haber algo dentro de la cueva.

Escarlata acercó al joven un ojo de airada mirada.

—¿Algo? —El dragón volvió la cabeza hacia la entrada de la cueva con movimientos sinuosos y lanzó una terrible llamarada hacia la oscuridad. A continuación, retrajo de nuevo la cabeza y anunció—: Ahora ya no hay nada ahí dentro. Ve a buscar mi huevo.

La cueva medía muchos kilómetros, y Richard sabía que el fuego no podría haber hecho ningún daño a los seres que se ocultaran un poco más allá. Pero había dado su palabra. Así pues, recogió tallos de carrizo que crecían cerca de la gruta y los ató en varios haces con la ayuda de una nervuda planta trepadora. Entonces alzó uno de los haces hacia Escarlata, que lo observaba.

—¿Me lo podrías encender?

El dragón frunció los labios y lanzó un hilo de fuego hacia el extremo de la improvisada antorcha.

—Tú esperas aquí —le indicó Richard—. A veces, ser pequeño tiene sus ventajas. A mí no me verán tan fácilmente. Pensaré en algo para recuperar el huevo y volveré a traerlo aquí. Es un largo camino y es posible que no esté de regreso hasta mañana por la mañana. No sé si los gars me perseguirán, por lo que es posible que debamos salir de aquí a toda prisa. Tú estate alerta, ¿de acuerdo? —El joven colgó su mochila de una de las púas del lomo—. Guárdame esto. No quiero llevar más peso del necesario.

Richard no sabía si un dragón podía mostrar preocupación, pero Escarlata parecía realmente inquieta.

—Ten mucho cuidado con el huevo. Mi cría saldrá pronto, pero si la cáscara se rompe antes de tiempo...

—No te apures, Escarlata. —Richard trató de tranquilizarla con una sonrisa—. Recuperaremos tu huevo.

El dragón se acercó con andares de pato a la entrada de la cueva y asomó adentro la cabeza para mirar cómo Richard se alejaba.

—Richard Cypher —le gritó, y su voz reverberó en la cueva—, si tratas de huir, te encontraré y, si vuelves sin mi huevo, desearás que los gars te hubieran matado porque te asaré a fuego lento, empezando por los pies.

Richard volvió la vista hacia la mole que tapaba la entrada de la cueva.

—Te he dado mi palabra. Si los gars me capturan, procuraré matar el mayor número posible para que puedas recuperar el huevo y escapar.

Escarlata lanzó un gruñido.

—Procura que eso no pase. Todavía tengo intención de comerte cuando todo esto acabe.

Richard sonrió y se internó en la oscuridad. Ésta era tan densa que absorbía la luz de la antorcha. El joven se sentía como si estuviera caminando hacia la nada. Sólo veía una pequeña porción de suelo delante de él. A medida que fue avanzando, el suelo de la cueva empezó a descender, y el aire se hizo más frío. La cueva se convirtió en un serpenteante túnel con techo y paredes de roca, que se introducía más y más en las profundidades de la tierra. De pronto, el túnel desembocó en una enorme sala con un lago de mansas aguas verdes. El sendero discurría por una estrecha cornisa al borde del lago. La titilante luz de la antorcha mostró un techo recortado y paredes de piedra lisa. Siguiendo el sendero, Richard se introdujo en un corredor ancho pero muy bajo, por el que únicamente podía avanzar agachándose. Después de caminar así durante más de una hora, el cuello empezó a dolerle. De vez en cuando presionaba la antorcha contra el techo de roca para que la ceniza se desprendiera e iluminara con más fuerza.

La oscuridad era opresora; lo rodeaba, lo seguía, lo arrastraba y lo impulsaba a seguir adelante con maravillas ocultas: delicadas y coloridas formaciones rocosas, semejantes a flores, brotaban de la roca sólida; y resplandecientes cristales destellaban al paso de la tea. El único sonido era el crepitar de la antorcha, que el eco le devolvía desde la oscuridad.

Richard atravesó salas de asombrosa belleza. En la oscuridad crecían inmensas estalagmitas, algunas de las cuales se encontraban con sus compañeras estalactitas antes de alcanzar el techo. En algunos lugares las paredes aparecían cubiertas por láminas de cristales semejantes a joyas fundidas.

Algunos corredores no eran más que hendiduras en la roca por las que Richard tenía que pasar pegado a las paredes, mientras que otros eran agujeros que tenía que recorrer andando a cuatro patas. Curiosamente, el aire no olía a nada. La cueva era un lugar de noche perpetua, que nunca había conocido ni la luz ni la vida. Mientras seguía avanzando, cada vez más sofocado por el esfuerzo, el aire se fue haciendo tan gélido que el sudor se le evaporaba. Al sostener la antorcha cerca de la otra mano, vio que cada uno de sus dedos desprendía vapor como si la energía vital se le escapara por los poros. Dentro de la cueva no reinaba el frío típico del invierno, sino que más bien era un tipo de frío capaz de arrebatar todo el calor de una persona si se quedaba allí el tiempo suficiente, matándola lentamente. Sin la luz, estaría perdido en cuestión de minutos. No era un lugar en el que los incautos o los desafortunados pudieran sobrevivir. Richard comprobaba a menudo la antorcha y los carrizos que llevaba.

La noche eterna transcurría muy lentamente. A Richard le dolían las piernas de tanto subir y bajar. Se sentía agotado y sólo deseaba que la cueva se acabara de una vez. Tenía la impresión de llevar andando toda la noche, aunque no tenía ni idea del tiempo transcurrido.

La roca se fue cerrando a su alrededor. El liso techo descendió hasta obligarlo a avanzar de nuevo encorvado, y siguió bajando hasta que tuvo que arrodillarse sobre el frío y húmedo suelo, cubierto por un viscoso lodo que olía a podrido. Era el primer olor que percibía en mucho tiempo. Las manos se le quedaron heladas con el hediondo y húmedo lodo.

El túnel se encogió hasta convertirse en una simple abertura, un agujero negro en la roca. A Richard no le atraía en absoluto la idea de meterse en una abertura tan estrecha. El aire gemía al atravesar el conducto, agitando y sacudiendo la llama de la antorcha. El joven introdujo la tea dentro del agujero, pero únicamente vio negrura. Mientras la sacaba, se preguntó qué debía hacer. Era un agujero terriblemente pequeño, con el techo y el suelo lisos, y no tenía ni idea de cuánto medía ni de qué se encontraría al otro lado. Desde luego, el aire pasaba por él, lo que indicaba que conducía al otro lado de la cueva —donde se encontraban los gars y el huevo—, pero a Richard le parecía demasiado pequeño.

Así pues, volvió sobre sus pasos. Seguramente había otras rutas que nacían de salas por las que ya había pasado, pero ¿cuánto tiempo podía permitirse perder? Richard regresó al agujero, que contempló con un miedo creciente.

Tratando de olvidar sus temores, se desciñó la espada, la sostuvo por delante de él junto con los carrizos, y se introdujo en el orificio. Se sintió aterrado al notarse encajonado en la roca. Extendió los brazos, volvió la cabeza y empezó a arrastrarse. El agujero se estrechó aún más, obligándolo a avanzar centímetro a centímetro imitando los movimientos de una serpiente. Notaba en la espalda y el pecho la frialdad de la roca, que le impedía respirar profundamente. El humo de la tea le picaba en los ojos.

Richard se fue introduciendo cada vez más adentro. Balanceaba los hombros adelante y atrás, adelantaba primero una pierna unos pocos centímetros y después la otra, sintiéndose como una serpiente que trata de mudar la piel. La antorcha no mostraba más que oscuridad delante de él. Una sensación de angustia se apoderó de él. «Sigue adelante —se animaba a sí mismo—. Sigue empujando y avanzando.»

Con la puntera de las botas se apoyaba en la roca y se impulsaba hacia adelante. De pronto, quedó atascado. Empujó otra vez, pero no se movió. Muy enfadado, redobló sus esfuerzos, pero fue inútil. El pánico lo invadió. Definitivamente, estaba atascado. La roca le presionaba simultáneamente pecho y espalda, sin dejarlo apenas respirar. Richard se imaginó la impresionante montaña de roca sólida que descansaba sobre su espalda. Aterrorizado, se contoneó y se retorció, tratando de retroceder, pero tampoco pudo. Entonces buscó algún asidero contra el que empujar con las manos. Nada. Estaba atascado. Richard respiraba entrecortadamente. Se sentía como si se asfixiara, los pulmones le pedían aire a gritos, pero él se ahogaba, incapaz de respirar.

Los ojos se le llenaron de lágrimas y el miedo le atenazó la garganta. Con la puntera de las botas arañaba la roca, tratando de moverse hacia adelante o hacia atrás. Era inútil. La postura en la que estaba, con los brazos inmovilizados delante de él, le recordaba a cuando Denna lo esposaba. Estaba indefenso. El hecho de no poder mover los brazos empeoraba aún más las cosas. El joven empezó a dar boqueadas, presa del pánico, mientras se imaginaba que la roca cada vez se apretaba más contra él. Estaba indefenso, necesitaba que alguien lo ayudara, pero allí no había nadie.

Haciendo un esfuerzo desesperado, avanzó unos centímetros. Pero fue aún peor, pues se atascó más. Richard se oyó a sí mismo gritar en un ataque de histeria. Se ahogaba y sentía que la roca lo aplastaba.

—Amo Rahl, guíanos. Amo Rahl, enséñanos. Amo Rahl, protégenos. Tu luz nos da vida. Tu misericordia nos ampara. Tu sabiduría nos hace humildes. Vivimos sólo para servirte. Tuyas son nuestras vidas.

Richard repitió la oración una y otra vez, pensando sólo en ella, hasta que la respiración se le normalizó y recuperó la calma. Seguía atascado pero, al menos, la mente le volvía a funcionar.

Algo le tocó una pierna. Los ojos se le abrieron exageradamente. Fue un pequeño roce como de tanteo. Richard dio un puntapié a la cosa, al menos lo intentó. Fue más bien una sacudida. El roce cesó.

Pero se repitió. Richard se quedó helado. Esta vez la cosa se le introdujo por la pernera del pantalón. Era algo frío, húmedo y viscoso, con una especie de aguijón. Aquello le fue subiendo por la pierna, haciéndole cosquillas en la piel, avanzando por la parte interna del muslo. Richard volvió a sacudir la pierna, pero esta vez la cosa no se marchó. El aguijón se movió suavemente, tanteando el terreno, y el joven sintió que algo se le clavaba. Richard estuvo a punto de dejarse llevar de nuevo por el pánico, pero se resistió.

Ahora no tenía elección. La idea ya se le había ocurrido antes, pero no se había atrevido a ponerla en práctica. Richard expelió todo el aire de los pulmones. Cuando éstos quedaron vacíos y él se había hecho lo más pequeño posible, empujó con la punta de los pies, tiró hacia adelante con los dedos y retorció el cuerpo. Así logró avanzar unos treinta centímetros.

La roca lo oprimía ahora todavía más. Ni siquiera podía tomar aire, pues le dolía. Richard trató de controlar el pánico. Sus dedos tocaron algo; quizá el borde de una abertura, quizá la salida del agujero en el que estaba metido. El joven vació aún más los pulmones. La cosa se le agarró con fuerza a la pierna, haciéndole daño. El joven oyó un airado chasquido. Con los dedos se aferró al borde y tiró, al mismo tiempo que empujaba con los pies. Ahora tenía ya los codos en el borde. Algo afilado, tan afilado como las garras de un gato, se le hundió en la carne. Richard no pudo gritar. Siguió arrastrándose hacia adelante. La pierna le ardía de dolor.

La antorcha, los carrizos y la espada cayeron. El joven oyó el repiqueteo de la espada contra la roca. Haciendo palanca con los codos, Richard extrajo del agujero la parte superior del cuerpo y respiró a grandes bocanadas. Las garras tiraban de su pierna. El joven se retorció para sacar el resto del cuerpo del agujero, hasta que se deslizó y cayó de cabeza por una lisa pendiente de roca.

La antorcha seguía ardiendo en el extremo curvo de una cámara de forma oval. La espada se encontraba justo detrás de la tea. Mientras se deslizaba, con los brazos estirados al frente, Richard trató de alcanzar el acero. Pero las garras semejantes a ganchos que tenía clavadas en la pierna se lo impidieron, manteniéndolo boca abajo. Richard gritó de dolor. Sus gritos resonaron en la cámara. No llegaba a la espada.

Lenta y dolorosamente, las garras lo fueron arrastrando hacia atrás, desgarrándole la carne. Richard volvió a gritar. Un segundo apéndice se le introdujo en la pernera de la otra pierna, y el duro aguijón le tanteó el músculo de la pantorrilla.

Richard sacó el cuchillo y se dobló por la cintura para llegar a aquello que lo tenía prisionero. Una y otra vez le hundió el cuchillo. En lo más profundo del agujero se oyó un agudo chillido. Las garras retrocedieron. Richard cayó, resbaló sobre la roca y fue a detenerse cerca de la antorcha. Cogiendo la funda de la espada con una mano, desenvainó justo cuando unos apéndices semejantes a serpientes salían del agujero y se agitaban en el aire, buscando. Fueron tanteando la roca, dirigiéndose hacia él. Richard trazó un arco con la espada y cercenó varios de ellos. Con un aullido, todos desaparecieron en el agujero. En la oscura profundidad resonó un sordo gruñido.

A la temblorosa luz de la antorcha, que descansaba en el suelo de piedra, Richard vio una gran forma que trataba de salir del agujero estrujándose y ensanchándose a medida que se arrastraba hacia afuera. Pese a que se encontraba fuera del alcance de su espada, Richard sabía que no podía permitir que ese ser acabara de salir.

Un brazo se le enrolló a la cintura y lo alzó en el aire. Richard se dejó. Un ojo lo miró desde arriba, reluciendo a la luz de la tea. El joven vio unos húmedos colmillos. Cuando el brazo lo atrajo hacia los colmillos, Richard le hundió la espada en el ojo. Resonó un aullido y el brazo lo soltó. Nuevamente el joven resbaló hasta el fondo. La bestia volvió a introducirse en el agujero, aunque los brazos se agitaban en el aire, buscándolo. Los aullidos se fueron perdiendo en la lejana oscuridad hasta que ya no se oyeron.

Richard se quedó sentado en el suelo, temblando y echándose para atrás el pelo con los dedos. Finalmente, recuperó el resuello y pudo controlar el miedo. Se tocó la pierna. Tenía los pantalones empapados de sangre. El joven decidió que no era el momento de curarse las heridas, sino de tratar de recuperar el huevo. Una débil luz, que no era la de la antorcha, iluminaba la cámara. Después de recorrer un largo túnel que se abría al otro lado, llegó, al fin, a la salida de la cueva.

La mortecina luz del amanecer y el gorjeo de los pájaros le dieron la bienvenida al mundo exterior. Abajo vio a docenas de gars merodeando. Richard se sentó detrás de una roca para descansar. Podía ver el huevo allí abajo, rodeado por vapor. Asimismo vio que era demasiado grande para atravesar con él la cueva. Además, no quería volver a ver una cueva ni en pintura. ¿Qué iba a hacer si no se lo podía llevar por la cueva? Pronto amanecería. Tenía que pensar en una solución.

Algo le picó en la pierna. Richard lo aplastó. Era una mosca de sangre.

¡Maldición! Ahora los gars lo encontrarían. La sangre los atraería. Tenía que pensar en algo.

Una segunda mosca lo picó, y entonces se le ocurrió una idea. Rápidamente, desenfundó el cuchillo e hizo pedazos la pernera del pantalón empapada de sangre. Usó las tiras para limpiarse primero la pierna de sangre y luego ató una piedra al extremo de cada una de ellas.

A continuación, se llevó a los labios el silbato del Hombre Pájaro y sopló con todas sus fuerzas. Sopló una y otra vez. Después, cogió una tira de tela con la piedra atada al extremo y la hizo girar sobre su cabeza, hasta que al final la lanzó. La piedra cayó entre los gars. Richard fue arrojando bien lejos las tiras de tela manchada de sangre, hacia su derecha, entre los árboles. Aunque no las oía, sabía que las moscas de sangre se habían despertado. Tal cantidad de sangre fresca las lanzaría a un frenesí alimenticio.

En el cielo aparecieron pájaros, al principio un puñado pero luego cientos y miles, que descendían en picado hacia las Fuentes Ígneas y se comían las moscas. Abajo reinaba el caos. Los gars bramaban mientras las aves se lanzaban en picado contra ellos para cazar las moscas posadas en las barrigas de las bestias, o para cazarlas al vuelo. Había gars corriendo por todas partes, y algunos alzaron el vuelo. Por cada pájaro que los gars abatían, cientos ocupaban su lugar.

Richard descendió la colina medio agachado, corriendo de roca en roca. No había peligro de que lo oyeran, pues los pájaros armaban un buen alboroto. Los gars agitaban frenéticamente los brazos para tratar de cazar los pájaros, al mismo tiempo que aullaban y chillaban. El aire hervía de plumas. Richard deseó que el Hombre Pájaro estuviera allí para presenciar el espectáculo.

El joven abandonó la protección que le ofrecía una roca y corrió hacia el huevo. En medio del caos los gars tropezaban unos contra otros, atacándose entre sí en vez de a los pájaros. Uno de ellos lo vio, pero Richard lo atravesó con la espada. Al siguiente le cercenó las piernas a la altura de las rodillas. El gar cayó al suelo aullando. Un tercero lo atacó, y Richard le cortó un ala, y al siguiente, los brazos. Los dejaba deliberadamente con vida para que echaran a correr como locos, aullando y chillando, alimentando así la confusión. En medio de tanto caos, algunos gars lo vieron pero no lo atacaron. Pero Richard sí.

Junto al huevo mató a dos. Levantó el huevo del nido con ambos brazos. Estaba caliente, pero no quemaba. Pesaba más de lo que había supuesto, por lo que tuvo que llevarlo con ambos brazos. Sin perder tiempo, corrió hacia la izquierda, hacia el barranco que separaba las colinas. Los pájaros volaban en todas direcciones y algunos se estrellaban contra él. Reinaba un caos absoluto. Entonces vio a dos gars que iban a por él. Richard dejó el huevo en el suelo, mató al primero y cortó las piernas al segundo. A continuación reemprendió su precipitada carrera, aunque siempre teniendo cuidado de no caer y romper el huevo. Otro gar lo atacó. La bestia eludió el primer embate de la espada, pero Richard lo atravesó cuando se abalanzó sobre él.

Jadeando por el esfuerzo, el Buscador corrió entre las colinas. Notaba los brazos doloridos y cansados por llevar tanto peso. Los gars aterrizaban a su alrededor, con ojos verdes relucientes de rabia. El joven dejó el huevo en el suelo y embistió contra su primer adversario, al que cortó de un tajo parte de un ala y la cabeza. Sus compañeros se lanzaron contra él, aullando.

Los árboles y las rocas de alrededor brillaron cuando el fuego consumió varias de las bestias. Richard alzó la vista y vio a Escarlata suspendida en el aire sobre su cabeza, agitando sus enormes alas y quemando todo lo que le rodeaba. Con una garra cogió el huevo, mientras con la otra lo cogía a él por la cintura y lo alzaba. Justo levantaban el vuelo cuando dos gars lo atacaron. Uno fue víctima de la espada de Richard y el otro del fuego de Escarlata.

El dragón lanzó un rugido de furia contra los gars mientras se elevaba, con Richard suspendido de una de sus garras. El joven decidió que ésa no era su forma favorita de volar, pero, desde luego, era mejor que luchar contra esas inmundas bestias. Otro gar apareció por debajo de él y trató de llegar al huevo. Richard lo golpeó en un ala. El gar se desplomó aullando y dando vueltas. Ninguno más atacó.

Escarlata se fue elevando cada vez más en el aire, alejándose de las Fuentes Ígneas. Suspendido de una garra, Richard se sentía como si fuera la comida que una mamá pájaro llevaba a su polluelo. La garra de Escarlata le hacía un poco de daño en las costillas, pero no se quejó. No quería que el dragón lo dejara ir y que se estrellara contra el suelo.

Volaron durante horas. Richard acabó encontrando una posición un poco más cómoda en las garras de Escarlata y se dedicó a contemplar las colinas y los árboles que desfilaban a sus pies. También vio ríos, campos e incluso algunas ciudades y aldeas. Las colinas fueron creciendo en altura y haciéndose más escarpadas, como si la roca brotara del paisaje. Ante ellos se alzaban precipicios y picos de rocas recortadas. Escarlata se deslizaba por encima de las rocas, que a Richard le daba la impresión que iba a rozar con los pies. Ahora el paisaje era desolador y desprovisto de toda vida. La piedra, marrón y gris, parecía haber sido apilada al azar por un gigante, como monedas sobre una mesa, de modo que formara delgadas columnas. Las había solitarias y otras agrupadas en racimos, aunque las más se habían desplomado.

Por encima de las columnas de roca, y más allá, se elevaban enormes precipicios rocosos y escarpados, llenos de grietas y hendiduras, de salientes y repisas. Un puñado de nubes flotaba por delante de los precipicios. Escarlata viró hacia una pared rocosa. Justo cuando Richard creía que iban a estamparse contra ella, el dragón se detuvo de pronto en el aire con un revoloteo de sus enormes alas y lo dejó en una cornisa antes de aterrizar.

En el fondo de la cornisa había un agujero en la roca, por el que Escarlata se introdujo a duras penas. En lo más profundo del agujero, en un lugar resguardado del calor y la luz, había un nido de piedras en el que Escarlata depositó el huevo, tras lo cual le lanzó su flamígero aliento. Richard observó cómo acariciaba el huevo con una garra, lo inspeccionaba, dándole suavemente la vuelta, y lo arrullaba. El leviatán lo rodeó con una suave lengua de fuego, ladeó la cabeza, escuchó y observó.

—¿Está bien? —preguntó Richard en voz baja.

Escarlata posó en él unos ojos amarillos de amorosa mirada y respondió:

—Sí, está bien.

—Me alegro, Escarlata. De veras que sí.

El joven fue a acercarse al dragón, que se había aposentado acomodado junto al huevo. Inmediatamente, Escarlata alzó la cabeza en actitud amenazante. Richard se detuvo.

—Sólo quiero la mochila. La llevas colgada de una púa a la espalda.

—Lo siento. Adelante.

Richard recuperó su mochila y se situó a un lado, junto a la pared, para tener más luz. Al echar un vistazo por encima de la cornisa, se dio cuenta de que debían de encontrarse a mucha altura. Con el ferviente deseo de que Escarlata fuese un dragón de palabra, Richard se sentó y sacó unos pantalones de repuesto.

Dentro de la mochila encontró algo más: el tarro de crema de Denna, que aún contenía un resto del ungüento de aum que él mismo había preparado cuando Rahl hizo daño a la mord-sith. Denna debía de haber recogido el sobrante y se lo había metido en la mochila. El agiel le llevó a la memoria unos recuerdos que le hicieron sonreír tristemente. ¿Cómo era posible que aún sintiera cariño por alguien que lo había torturado sin piedad? Porque la había perdonado, por eso, la había perdonado con la magia blanca.

El ungüento de aum obró maravillas; le alivió el ardor de las heridas y le calmó el dolor. Richard lanzó un débil gemido y mentalmente dio las gracias a Denna por habérsela puesto en la mochila. Acto seguido, se despojó de lo que quedaba de sus pantalones.

—Estás gracioso sin pantalones.

Richard giró sobre sus talones. Escarlata lo estaba observando.

—A ningún hombre le gusta escuchar algo así de una hembra, ni siquiera si esa hembra es un dragón. —El joven le dio la espalda y se puso los nuevos pantalones.

—Estás herido. ¿Fueron los gars?

—No. Fue en la cueva —respondió en voz baja. Aún tenía muy fresca la horrible experiencia. El joven se sentó, se recostó contra la pared y clavó los ojos en las botas—. Tuve que meterme por un pequeño agujero en la roca. No había otro camino. Pero me quedé atascado. —Richard alzó la mirada hacia los ojos amarillos del dragón—. Desde que abandoné mi hogar para detener a Rahl el Oscuro, he estado muchas veces asustado. Pero allí, atascado en el agujero, a oscuras, con la roca que me oprimía tanto que no podía ni respirar... bueno, fue una de las peores experiencias de mi vida. Mientras estaba atascado algo me agarró una pierna y me clavó unas garras pequeñas pero muy afiladas. Eso fue lo que me hizo mientras trataba de escapar.

Escarlata se quedó mirándolo largamente, en silencio, con una garra posada encima del huevo.

—Gracias, Richard Cypher, por cumplir tu palabra y recuperar mi huevo. Aunque no seas un dragón, eres muy valiente. Nunca creí que un humano sería capaz de arriesgar la vida por un dragón.

—No lo hice sólo por tu huevo. Lo hice porque debía, para que me ayudaras a encontrar a mis amigos.

Escarlata meneó la cabeza.

—Y también eres honrado. Creo que, tal vez, lo habrías hecho de todos modos. Siento mucho que te hayan herido y que te llevaras tal susto, y todo por ayudarme. Normalmente, los hombres tratan de matar a los dragones. Es posible que tú seas el primero que haya ayudado a uno. Supongo que entiendes por qué dudaba.

—Bueno, me alegro de que decidieras intervenir. Los gars estaban a punto de atraparme. Por cierto, ¿no te dije que te mantuvieras al margen? ¿Por qué me seguiste?

312

—Me avergüenza confesar que creí que tratabas de escapar. Me había acercado para echar un vistazo cuando oí el alboroto. Te compensaré. Te ayudaré a encontrar a tus amigos, como te prometí.

—Gracias, Escarlata —respondió Richard con una amplia sonrisa—. Pero ¿y el huevo? ¿Puedes dejarlo solo? ¿No temes que Rahl lo robe de nuevo?

—No, de aquí no podrá. Cuando me arrebató el huevo busqué sin descanso un sitio como éste, por si lo recuperaba. Aquí estará seguro. Rahl no podrá llegar hasta él. En cuanto a dejarlo solo, eso no es problema. Cuando los dragones se marchan de caza simplemente calientan la roca con su aliento, para que el huevo no se enfríe en su ausencia.

—Escarlata, el tiempo apremia. ¿Cuándo podemos irnos?

—Enseguida.

17

Fue un día frustrante. Escarlata sobrevoló a baja altura densos bosques, y ambos examinaban con atención los caminos y senderos. No hallaron ni rastro de sus amigos. Richard se sentía descorazonado. Estaba tan exhausto que apenas podía seguir asido a las púas del dragón, pero no quería descansar; tenía que encontrar a Zedd y a Kahlan. Por si el cansancio no fuera suficiente, tenía un terrible dolor de cabeza de tanto forzar la vista. Cada vez que avistaban gente, olvidaba la fatiga y la falta de sueño, pero cada vez tenía que decirle a Escarlata que no eran sus amigos.

El dragón descendió y pasó casi rozando las copas de unos pinos que crecían en la linde de un campo, a la vez que lanzaba un grito tan penetrante que Richard se sobresaltó. El dragón se ladeó y describió una curva tan brusca que el joven se mareó. El rugido del dragón había levantado un ciervo, que ahora corría por el alto pasto marrón. Escarlata se lanzó en picado hacia el campo, ganando cada vez más velocidad. Sin ningún esfuerzo, agarró al ciervo y le rompió el cuello. Le había resultado tan sencillo conseguir una presa que Richard se sintió intimidado.

Escarlata se remontó más y más atravesando algodonosas nubes hacia la dorada luz del atardecer. Richard se sentía como si la esperanza abandonara su corazón de igual modo que la luz abandonaba el día. Sabía que Escarlata volvía a su nido. Quería pedirle que prolongaran la busca un poco más, mientras aún había luz, pero sabía que el dragón tenía que regresar al nido para ocuparse del huevo.

Era casi de noche cuando Escarlata aterrizó sobre el saliente rocoso. El dragón esperó a que Richard se apeara, deslizándose sobre sus escamas rojas, antes de correr hacia el huevo. El joven se apartó a un lado y se arrebujó en la capa.

Después de revisar el huevo, arrullarlo y calentarlo con su aliento, Escarlata se ocupó del ciervo, no sin antes decirle a Richard:

—Diría que no comes demasiado. Supongo que podría darte un poco.

—¿Me lo asarás? Yo no como carne cruda.

Escarlata contestó afirmativamente, por lo que Richard se cortó un buen pedazo, lo clavó en la punta de la espada y sostuvo ésta en alto, a la vez que ladeaba la cabeza para protegerse del calor. El dragón envolvió el pedazo de carne en una suave lengua de fuego. Richard volvió a apartarse a un lado y comió la carne tratando de no mirar cómo el dragón despedazaba el ciervo con los colmillos y las garras, lanzando al aire grandes pedazos y tragando sin apenas masticar.

—¿Qué vas a hacer si no encontramos a tus amigos?

Richard tragó antes de contestar:

—Tenemos que encontrarlos.

—Sólo faltan cuatro días para el invierno.

—Lo sé. —Con los dedos pulgar e índice, el joven separó una pequeña tira de carne.

—Un dragón prefiere morir antes que someterse —declaró Escarlata, agitando la cola.

—Si uno elige solamente por sí mismo, es posible, pero ¿y los demás? —replicó Richard, alzando la mirada hacia el leviatán—. Tú decidiste someterte para salvar tu huevo, para dar a tu cría la oportunidad de vivir.

En vez de responder, Escarlata gruñó y regresó de nuevo junto a su huevo, al que acarició con las garras.

Richard sabía que si no conseguía dar con la última caja y detener a Rahl, tendría que salvar la vida de todos los demás, tendría que salvar a Kahlan de caer en manos de una mord-sith y, para ello, debería ayudar a Rahl a abrir la caja correcta. De ese modo Kahlan podría llevar el tipo de vida a la que estaba acostumbrada una Confesora.

La idea de ayudar a Rahl el Oscuro a hacerse con el poder absoluto lo deprimía y lo desesperaba. Pero ¿es que acaso tenía elección? Tal vez Shota no se había equivocado. Zedd y Kahlan iban a intentar matarlo. Tal vez merecía que lo mataran por pensar en ayudar a Rahl el Oscuro. En caso de poder elegir, prefería evitar que una mord-sith hiciera daño a Kahlan. Tendría que ayudar a Rahl.

El joven se recostó contra la roca, demasiado trastornado por las elecciones que tenía para acabarse la carne. Apoyó la cabeza en la mochila, se abrigó con la capa y pensó en Kahlan. Inmediatamente se quedó dormido.

Al día siguiente Escarlata se internó en D'Hara y voló encima de donde antes se alzaba El Límite, inspeccionando caminos y sendas. Unas nubes altas y delgadas filtraban la luz del sol. Richard deseaba que sus amigos no estuvieran tan cerca de Rahl el Oscuro, pero si Zedd había localizado la piedra noche antes de que Rahl la destruyera y había averiguado que se hallaba en el Palacio del Pueblo, seguro que se dirigían hacia allí. El dragón planeaba a baja altura sobre todos los que veía, dándoles un buen susto, pero nunca eran quienes buscaban.

Cerca del mediodía, Richard los divisó. Zedd, Chase y Kahlan cabalgaban por una senda próxima al camino principal. El joven gritó a Escarlata que aterrizara. El dragón se ladeó para trazar una rápida curva de descenso. Era como una flecha roja. Al ver al dragón, los tres jinetes se detuvieron y desmontaron.

Escarlata extendió sus alas de color carmesí para frenar el descenso y se posó en un claro próximo a la senda. Richard saltó al suelo e inmediatamente echó a correr hacia sus amigos. Éstos aguardaban de pie, agarrando las riendas de sus caballos. Chase sostenía una maza en la otra mano. Ver a Kahlan llenó a Richard de júbilo. De pronto, todos los recuerdos que tenía de la mujer habían cobrado vida delante de él. El joven corrió hacia las tres figuras inmóviles, bajando por una pronunciada pendiente, con la mirada en el suelo para no tropezar con las raíces.

Al alzar la mirada, vio una bola de fuego mágico que iba directamente hacia él, emitiendo un sonido semejante a un chillido. El joven se quedó paralizado. ¿Qué hacía Zedd? La bola de fuego líquido era mayor que ninguna que hubiera visto antes e iluminaba todos los árboles del entorno con sus llamas azules y amarillas. Richard contempló boquiabierto cómo avanzaba dando volteretas, retorciéndose y expandiéndose.

Temeroso por lo que estaba a punto a ocurrir, se llevó una mano a la empuñadura de la espada y sintió cómo la palabra *Verdad* se le clavaba en la palma de la mano. Entonces tiró de ella con fuerza y la desenvainó, lanzando al aire un resonante sonido metálico. Una vez liberada, la magia fluyó inmediatamente por él. Ya tenía la bola de fuego casi encima. Igual que hizo en el cubil de Shota, Richard sostuvo la espada en el aire con una mano en la empuñadura y la otra en la punta, y los brazos cruzados, como si el acero fuese un escudo. La idea de que Zedd fuese el traidor alimentó su furia. No era posible.

El impacto lo hizo retroceder un paso. A su alrededor, todo era fuego y calor. La ira del fuego mágico estalló, se dispersó en el aire hacia donde había venido y, finalmente, se disipó.

—¡Zedd! Pero ¿qué estás haciendo? ¿Te has vuelto loco? ¡Soy yo, Richard! —El joven avanzó, enfadado. Estaba enfadado con Zedd por haberlo atacado y también estaba enfadado por la magia de la espada. Sentía latir en sus venas el ardor de la cólera.

Zedd, ataviado con una sencilla túnica, se mantuvo firme. Se veía tan delgado y frágil como siempre. Lo mismo sucedía con Chase, armado hasta los dientes y con su habitual aspecto amenazador. El mago cogió a Kahlan del brazo con una de sus enjutas manos y se colocó delante de ella en actitud protectora. Chase empezó a avanzar con una mirada tan sombría en los ojos como oscura era su ropa.

—Chase —le advirtió Zedd en voz baja—, no seas tonto. Quédate donde estás.

Richard miraba alternativamente los hoscos rostros de sus amigos.

—Pero ¿qué os pasa a vosotros tres? ¿Qué estáis haciendo aquí? ¡Os dije que no fuerais a buscarme! Rahl el Oscuro ha enviado a hombres para capturaros. Debéis regresar.

Zedd, con los cabellos blancos alborotados, como de costumbre, se volvió ligeramente hacia Kahlan, aunque sin apartar los ojos de Richard.

—¿Entiendes lo que dice?

Kahlan negó con la cabeza y se apartó de la cara algunos mechones.

—No. Creo que es d'haraniano culto, un idioma que no hablo.

—¿D'haraniano culto? Pero ¿qué estás diciendo? ¿Qué...

De pronto se quedó helado al recordar. Era la red hostil que Rahl el Oscuro había tejido a su alrededor. Sus amigos no lo reconocían; creían que él era su peor enemigo. Creían que él era Rahl el Oscuro.

Entonces pensó otra cosa que le puso la carne de gallina. Zedd lo había tomado por Rahl el Oscuro y le había lanzado una bola de fuego. Así pues, él no podía ser el traidor. Solamente quedaba Kahlan. ¿Era posible que ella lo viera como quien realmente no era?

Esa posibilidad lo aterraba. Atenazado por el temor, Richard avanzó hacia Kahlan con la mirada prendida de los ojos verdes de la mujer. Kahlan tensó la espalda, colocó ambas manos a los lados y alzó la cabeza. Richard se dio cuenta de que era una posición de advertencia, de seria advertencia. Era perfectamente consciente de qué le ocurriría si la mujer lo tocaba y recordó que Shota le había advertido que podría vencer a Zedd, pero que Kahlan no fallaría.

El mago trataba de interponerse entre ellos. Richard apenas paró mientes en él mientras lo apartaba a un lado. El anciano se le acercó por la espalda y le colocó los dedos en la nuca, causándole un dolor semejante al del agiel. Todos los nervios de los brazos le ardieron por el dolor, que luego le fue bajando por las piernas. Antes de pasar por las manos de Denna, los dedos del mago lo habrían paralizado. Pero Denna había invertido mucho tiempo en su entrenamiento, en enseñarle a soportar el dolor, para que fuera capaz de sobreponerse a aquel y a otros sufrimientos peores. Los dedos de Zedd no desmerecían en nada al agiel, pero Richard sacó fuerzas de flaqueza de su interior y apartó el dolor de su mente, reemplazándolo por la cólera de la espada. El joven lanzó a Zedd una mirada de advertencia, pero el mago no retrocedió. Richard lo empujó con más fuerza de la que pretendía, y Zedd cayó al suelo. Kahlan estaba paralizada frente a él.

—¿Quién soy yo? —le susurró el Buscador—. ¿Rahl el Oscuro o Richard?

Kahlan temblaba un poco y parecía incapaz de moverse. Algo llamó la atención de Richard, que bajó los ojos por un instante y se dio cuenta de que estaba amenazando a la mujer con la punta de la *Espada de la Verdad* sobre la garganta, justo en el hoyo situado en la base del cuello. Richard no recordaba haberla puesto allí; era como si la magia hubiera actuado por su propia cuenta. Pero él sabía que no era cierto, que había sido él mismo. Por eso temblaba Kahlan. La punta de la espada hizo brotar una gota de sangre. Si ella era la traidora, tenía que matarla. La hoja se puso blanca, al igual que la faz de Kahlan.

—¿A quién ves? —susurró de nuevo.

—¿Qué le has hecho a Richard? —preguntó la mujer con un áspero susurro—. Si le has hecho algún daño, juro que te mataré.

Richard recordó cómo lo había besado. Aquél no había sido un beso de Judas, sino un beso de amor. Entonces se dio cuenta de que no sería capaz de matarla, ni siquiera si sus temores eran ciertos, aunque eso era imposible. Con ojos anegados en lágrimas, guardó de nuevo la espada en la vaina.

—Lo siento, Kahlan. Que los espíritus me perdonen por lo que he estado a punto de hacer. Sé que no puedes entenderme, pero lo siento. Rahl el Oscuro está usando conmigo la Primera Norma de un mago, tratando de volvernos los unos contra los otros. Está tratando de que me crea una mentira y casi lo consigue. Sé que tú y Zedd nunca me traicionaríais. Perdóname por dudar.

—¿Qué es lo que quieres? —le espetó Zedd—. No entendemos lo que dices.

—Zedd... —Richard se pasó los dedos por el pelo, sintiéndose frustrado—. ¿Cómo puedo hacértelo entender? —Bruscamente agarró al mago por la túnica—. Zedd, ¿dónde está la caja? ¡Tengo que encontrar la caja antes de que Rahl lo haga! ¡No podemos permitir que la consiga!

Zedd frunció el entrecejo. Richard se dio cuenta de que sus palabras no servían para nada, pues ninguno de ellos podía entenderlas. Así pues, se acercó a los caballos y empezó a rebuscar en las alforjas.

—Busca tanto como quieras. Nunca la encontrarás —se mofó el mago—. Nosotros no tenemos la caja. Dentro de cuatro días morirás.

Richard percibió un movimiento a su espalda y se volvió bruscamente. Chase lo amenazaba con la maza alzada. Una lengua de fuego se interpuso entre ambos. Escarlata la mantuvo hasta que Chase retrocedió.

—Vaya amigos tienes —refunfuñó el dragón.

—Rahl el Oscuro ha tejido una red mágica a mi alrededor y no me reconocen.

—Bueno, pues si te quedas aquí, te van a matar.

Richard se dio cuenta de que no llevaban la caja. No se habían arriesgado a llevar la caja a Rahl. Los tres se quedaron mirando en silencio al joven y al dragón.

—Escarlata, diles algo para ver si te entienden.

El dragón inclinó la cabeza hacia los tres humanos y habló.

—Éste no es Rahl el Oscuro sino vuestro amigo, pero lo rodea una red de mago. ¿Me entendéis?

Los tres guardaban silencio. Exasperado, Richard dio un paso hacia Zedd.

—Zedd, te lo ruego, trata de entenderme. No busques la piedra noche. Rahl te ha tendido una trampa para que quedes atrapado en el inframundo. ¡Trata de comprenderme!

Pero ninguno de los tres entendió ni palabra de lo que decía. Tendría que hacerse primero con la caja y luego regresar y protegerlos de los hombres de Rahl. De mala gana, se montó en el lomo del dragón. Escarlata vigilaba a los tres humanos con recelo, lanzando un poco de humo y un hilo de fuego en señal de advertencia. Richard deseaba con todo su corazón quedarse junto a Kahlan, pero no podía. Primero debía encontrar la caja.

—Vámonos de aquí. Tengo que encontrar a mi hermano.

Escarlata alzó el vuelo con un llameante rugido, con el que pretendía disuadir a los tres humanos de que avanzaran. Richard se agarró a las púas. El dragón estiró su cuello cubierto por escamas rojas, mientras remontaba el vuelo, abriéndose paso entre las nubes blancas que flotaban en el cielo. El Buscador contempló cómo sus tres amigos los observaban hasta que ya no los vio más. Sentía una desesperada impotencia. «Ojalá hubiera visto a Kahlan sonreír, sólo una vez», pensó.

—¿Y ahora qué? —le preguntó Escarlata, volviendo el cuello.

—Tengo que encontrar a mi hermano. Se encuentra junto a un ejército de unos mil soldados en algún lugar entre aquí y las montañas Rang'Shada. Supongo que no será difícil localizarlo.

—No me entendían. Supongo que la red también me afecta a mí por ir contigo. Pero debe de tratarse de una red tejida para los humanos, no para dragones, pues yo veo la verdad. Si esos tres querían matarte debido a una red mágica, otros también tratarán de hacerlo. No podré protegerte contra mil soldados.

—Debo intentarlo. Ya se me ocurrirá algo. Michael es mi hermano. Ya se me ocurrirá la manera de hacerle ver la verdad. Ha venido con un ejército a ayudarme. Necesito desesperadamente su ayuda.

Puesto que un ejército debería de ser fácil de divisar, volaban bastante alto para así cubrir más terreno. Escarlata trazaba amplios y suaves giros entre las inmensas nubes algodonosas. Richard nunca se había dado cuenta de lo grandes que eran las nubes vistas tan de cerca. Cuando varias de ellas se reunían, surgía un país maravilloso formado por blancas montañas y valles. El dragón pasaba rozando las negras bases de las nubes y, a veces, atravesaba jirones de vapor de agua que colgaban de ellas. En esos casos, tanto la cabeza como los extremos de las alas se desvanecían en la blancura. Las nubes eran tan inmensas que a su lado incluso Escarlata parecía insignificante.

Buscaron durante horas sin hallar ni rastro de un ejército. Como ya estaba más acostumbrado a volar, ahora Richard ya no tenía que agarrarse todo el tiempo a las púas del dragón, sino que se recostaba contra dos de ellas, se relajaba y contemplaba el paisaje.

Mientras volaban, Richard pensaba en cómo iba a convencer a Michael de quién era él. El joven estaba casi seguro de que Zedd había confiado la caja a Michael. Seguramente, el mago la había ocultado de Rahl con medios mágicos y la había dejado bajo la protección de todo un ejército. Tenía que hallar la forma de demostrarle a su hermano que él era Richard. Cuando tuviera la caja, haría que Escarlata la llevara a la cueva, con el huevo. Allí estaría a salvo de Rahl.

Luego podría ir en busca de Kahlan y protegerla de los hombres de Rahl. Tal vez podría convencerla de que se ocultara en la cueva de Escarlata, donde estaría a salvo de las cuadrillas.

Sólo quedaban tres días y medio, y Rahl el Oscuro moriría. Luego Kahlan estaría segura. Para siempre. Él regresaría a la Tierra Occidental y nunca más tendría nada que ver con la magia. Ni con Kahlan. La idea de no volver a verla nunca más lo angustiaba.

A última hora de la tarde, Escarlata divisó el ejército. El dragón tenía una vista más aguda que la de Richard a aquella altura. Todavía se encontraba a bastante distancia, por lo que durante un buen rato el joven no vio nada. Primero sólo vio una tenue columna de polvo y luego pudo distinguir las filas de soldados avanzando por el camino.

—Bueno, ¿tienes ya un plan? ¿Qué vas a hacer? —le gritó Escarlata.

—¿Crees que podrías aterrizar delante de ellos, pero sin que nos vieran?

Un gran ojo amarillo lo fulminó.

—Soy un dragón rojo. Podría aterrizar en medio de los soldados y no me verían, si yo no quisiera. ¿A qué distancia quieres que me pose?

—No quiero que me vean a mí. Tengo que llegar hasta Michael sin que sus hombres intenten detenerme. No quiero líos. Déjame a unas horas de marcha por delante de ellos —pidió al dragón tras unos momentos de reflexión—. Que sean ellos quienes vengan a nosotros. Pronto oscurecerá y entonces podré llegar hasta mi hermano.

Escarlata extendió las alas y planeó dibujando una espiral hacia las colinas situadas delante del ejército en marcha. Tras salvar el terreno elevado, sobrevoló los valles procurando que no pudieran verla desde los caminos y aterrizó en un pequeño claro de alta hierba marrón. Sus brillantes y lustrosas escamas rojas relucían a la luz del atardecer. Richard se deslizó por el costado.

—¿Y ahora? —inquirió el dragón.

—Voy a esperar hasta que anochezca y monten el campamento. Mientras estén cenando, podré deslizarme hasta la tienda de Michael y hablar con él a solas. Ya se me ocurrirá cómo convencerlo de quién soy realmente.

El dragón gruñó, alzó la mirada hacia el cielo y luego se fijó en el camino. A continuación, describió con la cabeza en un amplio arco y lanzó una penetrante mirada amarilla al joven.

—Pronto anochecerá. Tengo que regresar junto a mi huevo para calentarlo.

—Lo comprendo, Escarlata. —Richard soltó aire mientras pensaba—. Ven a recogerme por la mañana. Te estaré esperando aquí, al amanecer.

—El cielo empieza a encapotarse —comentó Escarlata—. Cuando hay nubes no puedo volar.

—¿Por qué?

Escarlata gruñó y exhaló humo por los orificios nasales.

—Porque las nubes ocultan las rocas.

—¿Las rocas?

El dragón agitó la cola con impaciencia.

—Las nubes ocultan cosas. Es como la niebla: no ves. Y, cuando no ves, puedes estrellarte contra colinas o montañas. Pese a lo fuerte que soy, si choco en pleno vuelo contra una roca, me rompería el cuello. Si la base de una nube está lo suficientemente alta, puedo volar por debajo de ella. Y, si la parte superior está lo suficientemente baja, puedo volar por encima. Pero entonces no veo el suelo y no podría dar contigo. ¿Qué haremos si hay nubes y no puedo encontrarte, o si otra cosa sale mal?

Richard fijó la vista en el camino, con la mano apoyada en la empuñadura de la espada.

—Si algo sale mal, tendré que ir a buscar a mis tres amigos. En ese caso viajaría por el camino principal para que pudieras verme. —El joven tragó con fuerza y añadió—: Si todo lo demás falla, tendré que regresar al Palacio del Pueblo. Por favor, Escarlata, si no consigo detener a Rahl con lo que voy a hacer aquí, debo estar en su palacio dentro de tres días, a contar desde mañana.

—Eso no es mucho tiempo.

—Lo sé.

—Tres días a contar desde mañana, y después tú y yo estaremos en paz.

—Ése era el trato —respondió Richard, sonriendo.

Escarlata alzó la vista hacia el cielo una vez más.

—Creo que hará mal tiempo. Buena suerte, Richard Cypher. Nos vemos mañana.

El dragón cogió un poco de carrerilla y se elevó en el aire. Richard observó cómo dibujaba un círculo alrededor de él, volando bajo, y luego iba ascendiendo hasta hacerse cada vez más pequeño y desaparecer entre las colinas. Entonces se le encendió una lucecita en la cabeza y recordó cuándo había visto a Escarlata. Fue el día que conoció a Kahlan, justo después de que lo mordiera la enredadera serpiente. La había visto volar muy alto, como ahora, y desaparecer detrás de las colinas. Richard se preguntó qué debía estar haciendo Escarlata en la Tierra Occidental ese día.

Después de caminar entre la hierba alta y seca, el joven ascendió una colina próxima escasamente arbolada, desde donde podría ver a quien se acercara por el oeste. Halló un buen escondrijo entre la maleza, se puso cómodo y sacó de la mochila carne y fruta seca. Incluso descubrió que aún le quedaban unas manzanas. Comió sin entusiasmo mientras aguardaba la llegada del ejército de la Tierra Occidental y de su hermano, sin dejar de preguntarse ni por un instante qué podía hacer para convencer a Michael de su verdadera identidad.

Se le ocurrió escribirlo o tal vez incluso hacer un dibujo o trazar un mapa, pero dudaba que eso funcionara. Si la red hostil que lo rodeaba alteraba lo que decía, probablemente también alteraría lo que escribiera. Entonces trató de recordar juegos que su hermano y él hubieran compartido de niños, pero no le vino ninguno a la mente. Michael apenas había jugado con él cuando eran niños. Richard recordó que lo único que realmente le gustaba a su hermano era luchar con espadas de juguete, pero no creyó que pudiera conseguir el efecto deseado desenvainando la *Espada de la Verdad* frente a él.

Pero había algo. Cuando luchaban con las espadas de juguete, a Michael le gustaba que Richard lo saludara con una rodilla en el suelo. ¿Se acordaría Michael? A su hermano le gustaba hacerlo a menudo; lo hacía sonreír más que nada en el mundo. Michael lo llamaba el saludo del perdedor. Pero cuando era Richard quien vencía, Michael se negaba a darle ese saludo. En aquella época, Michael era más fuerte que él, por lo que Richard no podía obligarlo. Aunque a la inversa sí sucedía y con bastante frecuencia. El Buscador sonrió al recordarlo, aunque en aquellos días lo había pasado mal. Valía la pena intentarlo.

Antes del atardecer, Richard oyó que unos caballos se aproximaban, el repiqueteo de la impedimenta, el crujir de la piel, el ruido de metal así como el de muchos hombres en movimiento. Unos cincuenta jinetes, muy bien armados, pasaron al galope por delante de él, levantando polvo y tierra. En cabeza iba Michael, vestido de blanco. Richard reconoció los uniformes, el emblema de la Tierra Occidental en cada hombro y el estandarte amarillo con la silueta de un pino azul y unas espadas entrecruzadas debajo. Cada hombre llevaba una espada corta cruzada a la espalda, un hacha de guerra que colgaba de un ancho cinturón y una lanza corta. En medio del polvo, la luz arrancaba destellos, a la cota de malla. No eran soldados regulares de la Tierra Occidental, sino la guardia personal de Michael.

¿Dónde estaba el ejército? Desde el aire los había visto a todos juntos, jinetes y soldados de a pie. Pero aquellos jinetes iban demasiado rápidos para que los soldados pudieran seguirlos andando. Cuando pasaron, Richard se levantó y escrutó el camino para comprobar si el resto del ejército venía a continuación. Nadie más se acercaba.

Al principio se preocupó por lo que pudiera significar aquello, pero se relajó al pensar que Zedd, Chase y Kahlan habían confiado la caja a Michael y le habían dicho que se dirigían a D'Hara para buscarlo a él. Probablemente, Michael no había podido esperar más y había decidido ir él también. Pero, como los soldados de a pie no podían mantener el paso que se necesitaba para llegar al Palacio del Pueblo a tiempo, Michael se había adelantado junto con su guardia personal, dejando atrás al resto del ejército.

Pero cincuenta hombres, aunque fueran los duros soldados de la guardia personal de Michael, lo pasarían mal si se topaban con las fuerzas de Rahl. Richard supuso que Michael estaba anteponiendo los sentimientos a la razón.

El joven no los alcanzó hasta que ya fue noche cerrada. Habían cabalgado a buen ritmo y no se habían detenido hasta bastante tarde, por lo que se adelantaron a Richard más de lo que éste esperaba. Ya había pasado la hora de cenar cuando llegó al campamento. Los caballos ya habían sido atendidos y atados a estacas. Algunos hombres ya se habían retirado. El campamento estaba custodiado por guardias que se confundían con la oscuridad, pero, mientras oteaba desde la cima de una colina y contemplaba los pequeños fuegos del campamento, Richard sabía dónde habrían sido apostados.

Era una noche muy oscura. Las nubes ocultaban la luna. El joven descendió lenta y cuidadosamente la colina, y se deslizó con sigilo entre los guardias. Se sentía en su elemento. Para él era fácil; sabía dónde estaban los guardias y ellos no esperaban que nadie se introdujera en el campamento bajo sus narices. El joven observaba cómo vigilaban y se agachaba cuando miraban en su dirección. Tras superar el cerco de guardias, se fue aproximando al corazón del campamento. Michael se lo había puesto fácil, pues su tienda se encontraba algo apartada de sus hombres. Si hubiera ordenado que la montaran en medio de sus hombres, le habría resultado más difícil. Pero había soldados guardando la tienda. Richard los estudió durante un rato y analizó los puntos débiles, hasta descubrir por dónde podría internarse sin ser visto, manteniéndose a la sombra de la tienda y de las sombras que proyectaban los fuegos. Los guardias miraban hacia la zona iluminada, pues en la oscuridad no podían ver nada.

Richard se acercó con cautela a la tienda amparándose en la negrura de la noche. Al llegar junto a ella, se agachó silenciosamente y aguzó el oído un buen rato para descubrir si había alguien con Michael dentro de la tienda. Oyó el sonido de papeles que se removían y el rumor de la llama de una lámpara, pero no oyó a nadie dentro. Con mucho cuidado practicó un corte diminuto con el cuchillo, lo suficiente para permitirle mirar. Por el orificio vio el costado izquierdo de Michael, sentado a una pequeña mesa plegable, examinando papeles. Apoyaba en una mano su cabeza de rebeldes cabellos. No parecía que en los papeles hubiera nada escrito y, desde donde estaba Richard, le parecieron muy grandes. Probablemente eran mapas.

Tenía que entrar, ponerse de pie ante Michael, hincar una rodilla en el suelo y hacer el saludo antes de que su hermano tuviera tiempo de dar la alarma. Dentro, por debajo de él, había un camastro. Era lo que necesitaba para entrar sin delatarse. Manteniendo la cuerda tensa para que la lona no diera una súbita sacudida hacia atrás, Richard cortó la atadura en un punto situado a la mitad de la altura del camastro, a continuación levantó ligeramente el borde de la lona y, cuidadosamente, rodó sobre sí mismo bajo ella, colocándose detrás del camastro.

Michael oyó algo y se volvió. Richard se levantó delante de una mesilla, mostrándose, con una sonrisa en los labios de felicidad por ver de nuevo a su hermano mayor. Michael volvió repentinamente la cabeza hacia él y sus suaves mejillas palidecieron. Entonces, se puso de pie de un brinco. Richard estaba a punto de ejecutar el saludo, cuando Michael habló:

—Richard... ¿Cómo...? ¿Qué estás haciendo aquí? Me... alegro mucho de verte de nuevo. Todos estábamos tan... preocupados...

La sonrisa murió en los labios de Richard.

Rahl le había dicho que aquellos que le honraban lo verían como quien era realmente. Y Michael, su hermano, lo veía.

Michael era el traidor. Michael era quien había permitido que Richard fuera capturado y sufriera tortura a manos de una mord-sith. Michael era quien iba a entregar a Kahlan y a Zedd a Rahl el Oscuro. Michael era quien iba a entregar a todo el mundo a Rahl el Oscuro. Richard se quedó helado y, al hablar, únicamente le salió un susurro.

—¿Dónde está la caja?

—Ah... pareces hambriento, Richard. Voy a pedir algo de cena para ti. Tenemos que hablar. Hace tanto tiempo que no nos veíamos...

Richard mantenía la mano apartada de la espada, por miedo a usarla. Se recordó a sí mismo que él era el Buscador y que nada más importaba en aquellos momentos. Él no era Richard, sino el Buscador. Tenía una misión. No podía permitirse ser Richard, ni ser el hermano de Michael. Había cosas más importantes en juego; mucho más importantes.

—¿Dónde está la caja? —repitió.

—La caja... bueno... —Michael recorrió la tienda con la mirada—. Zedd me habló de ella. Iba a dármela, pero... entonces, gracias a una especie de piedra creo, descubrió que estabas en D'Hara, y los tres partieron en tu busca. Yo me ofrecí a acompañarlos, pero tuve que quedarme para reunir a los hombres y prepararlos. Zedd se llevó la caja.

Entonces Richard lo supo con toda certeza: Rahl el Oscuro tenía la tercera caja del Destino. Rahl el Oscuro no había mentido.

El Buscador reprimió sus emociones y rápidamente evaluó la situación. Lo único que importaba ya era llegar junto a Kahlan. Si perdía la cabeza, ella sería quien sufriría las consecuencias; ella sería quien sufriría la tortura del agiel. Involuntariamente, surgió en su mente la imagen de la trenza de Denna, pero no le importó. Si eso funcionaba, pues adelante. No podía matar a Michael, no podía arriesgarse a ser capturado por su guardia personal. Ni siquiera podía permitir que Michael supiera que lo había descubierto. De ese modo no lograría nada y pondría en peligro a otros.

Así pues, inspiró profundamente y forzó una sonrisa.

—Bueno, lo importante es que la caja esté a salvo. Eso es lo que cuenta.

Michael recuperó un poco de color y también sonrió.

—Richard, ¿te encuentras bien? Pareces... no sé... distinto. Es como si hubieras... sufrido mucho.

—Más de lo que puedas imaginarte, Michael. —Richard se sentó en el camastro, mientras Michael tomaba de nuevo asiento en la silla, receloso. Vestido con aquellos holgados pantalones blancos y un cinturón dorado tenía todo el aspecto de un discípulo de Rahl el Oscuro. Richard se fijó en los mapas que su hermano estaba examinando. Eran mapas de la Tierra Occidental. Mapas destinados a Rahl el Oscuro—. Sí, estaba en D'Hara, tal como Zedd te dijo, pero escapé. Tenemos que alejarnos todo lo que podamos de D'Hara. Es preciso que encuentre a los demás para impedir que sigan buscándome allí. Tú puedes retirarte con el ejército, para proteger la Tierra Occidental. Gracias por venir en mi ayuda, Michael.

—Eres mi hermano. ¿Qué otra cosa podía hacer? —respondió Michael con una amplia sonrisa.

Con el ardiente dolor de la traición quemándole por dentro, Richard se obligó a sonreír cálidamente a su hermano. En algunos aspectos, eso era peor que si la traidora hubiese sido Kahlan. Michael y él habían crecido juntos y, como hermanos, habían compartido una buena parte de sus vidas. Él siempre había admirado a Michael, siempre lo había apoyado y le había dado su amor incondicional. Aún recordaba cómo solía presumir de hermano ante los otros chicos.

—Michael, necesito un caballo. Debo partir al instante.

—Te acompañaremos; yo y mis hombres. —La sonrisa se hizo más amplia—. Ahora que nos hemos reencontrado, no quiero volver a perderte.

—¡No! —exclamó el Buscador, poniéndose de pie de un salto. Pero inmediatamente se calmó—. No, ya me conoces. Estoy acostumbrado a viajar solo por el bosque. Vosotros sólo me retrasaríais y no tengo tiempo que perder.

—Ni hablar —objetó Michael, mirando subrepticiamente la entrada de la tienda—. Nosotros somos...

—No. Tú eres el Primer Consejero de la Tierra Occidental. Ésa es tu
principal responsabilidad, y no cuidar de tu hermano pequeño. Por favor, Michael, regresa con el ejército a la Tierra Occidental. No te preocupes por mí.

—Bueno —contestó Michael, frotándose el mentón—, supongo
que tienes razón. Nos dirigíamos a D'Hara únicamente para rescatarte,
pero, puesto que ya estás a salvo...

—Gracias por acudir en mi ayuda, Michael. Voy a buscar yo mismo
un caballo. Tú sigue con lo que estabas haciendo.

Richard se sentía como el mayor tonto del mundo. Debería haberlo
sabido. Debería habérselo imaginado mucho tiempo atrás. Desde aquel
discurso en el que Michael declaró que el fuego era enemigo del pueblo.
Eso debería haberle abierto los ojos. Kahlan había tratado de advertirle
la primera noche. Había tenido razón al sospechar que su hermano estaba de parte de Rahl. Si la hubiera escuchado a ella en lugar de a su
corazón...

La Primera Norma de un mago dice que la gente es estúpida, que
cree lo que quiere creer. Y él, Richard, había sido el más estúpido de
todos. Estaba demasiado enfadado consigo mismo para estarlo con Michael.

Su negativa a aceptar la verdad iba a costarle todo. Ahora ya no le
quedaba elección; merecía morir.

Con húmedos ojos prendidos en los de Michael, hincó lentamente
una rodilla y le dirigió el saludo del perdedor. Michael puso los brazos
en jarras y sonrió.

—Lo recuerdas. Eso fue hace mucho tiempo, hermanito.

—No tanto —replicó Richard, levantándose—. Algunas cosas nunca cambian. Siempre te he querido. Adiós, Michael.

El Buscador sopesó de nuevo la posibilidad de matar a su hermano.
Sabía que tendría que hacerlo con la cólera de la espada, pues nunca
sería capaz de perdonar a Michael y volver la hoja blanca. Podría perdo-
narle lo que le había hecho a él, pero lo que había hecho a Kahlan y a
Zedd, eso nunca. Pero era más importante ayudar a Kahlan que matar
a Michael; no podía correr aquel riesgo sólo para no sentirse tan estúpido. El Buscador atravesó la entrada de la tienda seguido por Michael.

—Al menos, quédate un poco más y come algo. Tenemos que hablar
de otras cosas. Aún no estoy seguro de que...

Richard dio media vuelta y se quedó mirando a su hermano, que permanecía de pie delante de la tienda. El campamento estaba envuelto en

una tenue neblina. Por la expresión de su hermano, Richard se dio cuenta de que no tenía ninguna intención de dejarlo marchar. Simplemente ganaba tiempo hasta que pudiera llamar a sus hombres y detenerlo.

—Hazlo a mi manera, Michael, por favor. Tengo que irme.

—Soldados, mi hermano va a quedarse con nosotros para que lo protejamos —dijo Michael a sus hombres.

Tres hombres armados se dirigieron hacia él. Richard saltó hacia la maleza y se internó en la negrura de la noche. Los guardias lo siguieron torpemente. No eran hombres de bosque, sino soldados. Richard no quería verse obligado a matarlos, pues, después de todo, eran compatriotas suyos. Así pues, se escabulló al amparo de la oscuridad, mientras el campamento se despertaba con órdenes que se impartían a voz en grito. Pudo oír cómo Michael gritaba que lo detuvieran pero que no lo mataran. Claro que no, quería entregarlo personalmente a Rahl el Oscuro.

Richard se deslizó entre los guardias, dando la vuelta al campamento hacia los caballos. Cortó todas las cuerdas que los sujetaban y montó uno a pelo. Entonces, espantó a los demás gritando y dándoles palmadas en las ancas. Los animales echaron a correr, presas del pánico. Hombres y caballos corrían en todas direcciones. Richard azuzó a su caballo.

El joven dejó atrás el sonido de los frenéticos gritos para internarse en la oscuridad con el rostro húmedo por la neblina y las lágrimas.

18

Las primeras luces del día sorprendieron a Zedd desvelado, con la mente acosada por inquietantes pensamientos. Durante la noche, el cielo se había encapotado y ahora todo apuntaba a que les esperaba una jornada de lluvia. Kahlan dormía profundamente de costado, cerca del mago y con el rostro vuelto hacia él, respirando lentamente. Chase hacía la guardia.

El mundo se estaba desmoronando y él se sentía impotente, como una hoja arrastrada por el viento. Había creído que, después de ser mago durante tantos años, tendría algún control sobre los acontecimientos. Pero no era más que un espectador que contemplaba cómo otros sufrían y eran asesinados, mientras él trataba de guiar a aquellos que podían cambiar las cosas y hacer lo que debía hacerse.

Como mago de Primera Orden, sabía perfectamente que ir a D'Hara era una locura, pero ¿qué otra cosa podía hacer? Tenía que ir allí si existía la más mínima posibilidad de rescatar a Richard. Dentro de tres días empezaría el invierno. Rahl el Oscuro sólo tenía dos cajas, por lo que iba a morir. Pero, si no lograban sacar a Richard del Palacio del Pueblo, Rahl el Oscuro lo mataría antes.

Zedd rememoró una vez más el encuentro con Rahl el Oscuro del día anterior. Por mucho que lo intentara, no comprendía qué había sucedido. Había sido de lo más extraño. Era evidente que Rahl estaba desesperado por encontrar la tercera caja, tan desesperado que no lo mató cuando tuvo la oportunidad. A él, el mago que había matado a su padre, al que llevaba buscando tantos años. Pero había otra cosa aún más ilógica.

Al ver a Rahl llevar la espada de Richard, Zedd tuvo escalofríos. ¿Qué razón tendría Rahl el Oscuro, capaz de dominar la magia de ambos mundos, para llevar la *Espada de la Verdad*? Y, sobre todo, ¿qué le habría hecho a Richard para arrebatarle la espada?

Lo más desconcertante del comportamiento de Rahl había sido cuando amenazó a Kahlan con la espada. Zedd nunca se había sentido más impotente en toda su vida. Había sido una estupidez tratar de detenerlo con dolor. Aquellos que estaban en posesión del don y que habían sobrevivido a la prueba del dolor, podían soportarlo. Pero ¿qué otra cosa hubiera podido hacer? Ver a Rahl el Oscuro amenazar a la Confesora con la *Espada de la Verdad* le había dolido enormemente. Por un momento había estado seguro de que Rahl iba a matarla, pero enseguida, antes de poder reaccionar —aunque poco habría podido hacer él—, a Rahl se le llenaron los ojos de lágrimas y bajó el arma. ¿Por qué Rahl el Oscuro iba a molestarse en usar la espada si quería matar a Kahlan, o a cualquiera de ellos? Podía matarlos con un simple chasquido de sus dedos. ¿Por qué iba a querer usar la espada? ¿Y por qué no lo había hecho?

Pero, lo peor de todo, era que había vuelto la hoja blanca. Al verlo, a Zedd casi se le habían salido los ojos de sus órbitas. Las profecías hablaban de aquel que volvería la *Espada de la Verdad* blanca, sin especificar más. La idea de que ése pudiera ser Rahl el Oscuro lo aterraba en lo más íntimo de su ser. Que pudiera ser Richard quien volviera blanca la espada ya lo asustaba, pero que fuese Rahl...

El velo, lo llamaban las profecías, el velo entre el mundo de la vida y el de la muerte. Las profecías pronosticaban que si la magia del Destino rompía ese velo, por medio de un agente, únicamente podría restablecerlo aquel que hubiera vuelto blanca la *Espada de la Verdad*. De no ser así, el inframundo invadiría el mundo de los vivos.

La palabra «agente» tenía una terrible trascendencia que inquietaba mucho a Zedd. Podría significar que Rahl el Oscuro no actuaba por cuenta propia, sino que era un simple agente. Un agente del inframundo. Así lo daba a entender el hecho de que hubiera llegado a dominar la Magia de Resta, la magia del inframundo. Asimismo daba a entender que, incluso si Rahl fracasaba y moría, la magia del Destino rasgaría el velo. Zedd trató de no darles más vueltas a aquellas profecías. Con sólo imaginarse que el inframundo se desbordaba de sus límites, sentía una mano que le atenazaba la garganta. Si eso ocurría, prefería estar muerto. Prefería que todos estuvieran ya muertos.

Zedd volvió la cabeza para contemplar el sueño de Kahlan. La Madre Confesora. La última de las Confesoras creadas por los antiguos magos. El corazón le dolía al pensar que Kahlan sufría; le dolía al recordar que había sido incapaz de ayudarla cuando Rahl la amenazó con la espada; le dolía por el amor que la mujer sentía por Richard y por lo que no podía decirle.

Si, al menos, no hubiera sido Richard. Cualquiera menos Richard. No hay nada sencillo.

De pronto, se levantó. Algo ocurría. Chase debería haber regresado hacía rato. El mago despertó a Kahlan poniéndole un dedo sobre la frente.

La preocupación de Zedd se reflejó en la mujer.

—¿Qué ocurre? —susurró.

Zedd guardó silencio, tratando de percibir signos de vida alrededor.

—Chase todavía no ha vuelto.

—Tal vez se ha quedado dormido —sugirió Kahlan, pero Zedd enarcó una ceja—. Bueno, quizás haya una buena razón. Tal vez no sea nada.

—Nuestros caballos se han ido.

Kahlan se puso de pie y buscó su cuchillo.

—¿Sientes dónde está?

—No está solo. —Zedd se estremeció—. Lo acompañan otros que han sido tocados por el inframundo.

El mago se puso de pie de un brinco. Justo entonces Chase apareció en el campamento, impulsado por un empellón, se tambaleó y cayó de cara al suelo. Tenía los brazos atados a la espalda y estaba cubierto de sangre. El guardián del Límite gruñó caído en tierra. Zedd sintió la presencia de hombres alrededor del campamento. Eran cuatro y lo que percibió en ellos lo asqueó.

El hombretón que había empujado a Chase hizo acto de presencia. Tenía el pelo corto y rubio, erizado, con un único mechón de pelo oscuro. Sus fríos ojos y su sonrisa causaron escalofríos al mago.

—Demmin Nass —dijo Kahlan entre dientes. La Confesora estaba medio agachada.

—Ah, has oído hablar de mí, Madre Confesora —comentó el hombre con una perversa sonrisa, metiéndose ambos pulgares debajo del cinturón—. Ni que decir tiene que he oído hablar mucho de ti. Este amigo tuyo ha matado a cuatro o cinco de mis mejores hombres. Será ejecutado más adelante, después de los festejos. Antes, quiero que disfrute viendo qué te hacemos.

Kahlan miró alrededor y vio que otros tres hombres, no tan fornidos como Demmin Nass pero sí más que Chase, salían del bosque. Estaban rodeados, aunque aquello no era problema para un mago. Todos los hombres eran rubios, muy musculosos y, pese al frío de la mañana, se veían sudorosos. Era evidente que Chase no se lo había puesto nada fácil. Por el momento no empuñaban armas, se sentían los amos de la situación.

Tanta confianza irritó a Zedd, y sus sonrisas lo enfurecieron. A la luz del amanecer, los cuatro pares de ojos azules tenían una mirada muy penetrante.

El mago era consciente de que se hallaba frente a una cuadrilla y sabía qué hacían las cuadrillas a las Confesoras. Muy bien. Zedd notó que la sangre le hervía en las venas: no iba a permitir que le hicieran eso a Kahlan. Mientras él siguiera con vida, no.

Demmin Nass y Kahlan se miraban de hito en hito.

—¿Dónde está Richard? ¿Qué le ha hecho Rahl? —preguntó Kahlan.

—¿Quién?

—El Buscador —contestó la mujer con la mandíbula tensa.

Demmin sonrió.

—Ah bueno, ahora eso es asunto del amo Rahl y mío. A ti no te importa.

—Responde —exigió la mujer.

La sonrisa del hombretón se hizo más ancha.

—Ahora mismo deberías preocuparte de otras cosas, Confesora. Estás a punto de hacer pasar un buen rato a mis hombres. Quiero que no lo olvides y que te asegures de que disfrutan. El Buscador no es asunto tuyo.

Zedd decidió que era el momento de poner fin a aquello antes de que ocurriera nada más. Así pues, alzó ambas manos y lanzó la red paralizadora más potente que pudo tejer. Un fuerte estallido de luz verde, que se desvió simultáneamente en cuatro direcciones, iluminó el campamento. La luz golpeó a cada uno de los cuatro hombres con un impacto sordo.

Antes de que el mago tuviera tiempo de reaccionar, pasaron cosas terribles.

La luz verde golpeó a los hombres e, inmediatamente, rebotó. Demasiado tarde Zedd se dio cuenta de que estaban protegidos por un hechizo, por magia del inframundo, que él no había podido detectar. Los cuatro rayos de luz verde, procedentes de las cuatro direcciones, convergieron en el mago. Zedd quedó paralizado por su propia red. Estaba indefenso. Por mucho que se esforzara, no podía mover ni un solo músculo.

—¿Tienes algún problema, viejo? —le preguntó Demmin Nass, apartando los pulgares del cinturón.

En el rostro de Kahlan apareció una expresión de rabia, estiró un brazo y colocó la mano sobre el pecho del anciano. Zedd se preparó para recibir la descarga de poder de la Confesora, el trueno silencioso.

Pero no llegó.

Por la expresión de sorpresa de Kahlan, el mago supo que debería haber llegado.

Demmin Nass descargó el puño sobre el brazo de la mujer y se lo rompió.

Kahlan cayó de rodillas, lanzando un grito de dolor. Al punto se levantó, empuñando el cuchillo con la otra mano, y atacó al hombre que tenía enfrente. Pero Demmin la agarró por el pelo y la apartó. Kahlan trató de hundir el cuchillo en el brazo que la sujetaba, pero el hombre cogió el cuchillo y se lo arrancó, retorciéndole la mano. A continuación, lo arrojó contra un árbol. Sujetándola aún por el pelo, le propinó varias bofetadas en el rostro con el dorso de la mano. Kahlan le daba patadas, lo arañaba y le gritaba, pero Demmin se reía entre dientes. Los otros tres hombres se acercaron.

—Tendrás que perdonarme, Madre Confesora, no eres mi tipo. Pero no te preocupes; estos amigos míos estarán encantados de hacerte los honores. Eso sí, trata de menear el trasero, eso me encanta.

Demmin la arrojó hacia los otros hombres. Éstos se la fueron pasando del uno al otro, dándole bofetadas, golpeándola, obligándola por la fuerza a girar, hasta que Kahlan se mareó tanto que no pudo mantener el equilibrio y fue cayendo de un par de manos a otro. Era como un indefenso ratón con el que jugaban tres gatos. El cabello le ocultaba el rostro. Kahlan trataba de darles puñetazos a ciegas, pero estaba demasiado desorientada. Los hombres rieron con más ganas.

Uno de ellos le propinó un puñetazo en el estómago. Kahlan se dobló sobre sí misma y cayó de rodillas, retorciéndose de dolor. Otro de los hombres la alzó tirándole de los pelos, y el tercero le arrancó los botones de la parte delantera de la blusa. A continuación, se la fueron pasando violentamente, desgarrándole la blusa y arrancándosela. Cuando tiraron de la prenda sobre el brazo que tenía roto, la mujer gritó de dolor.

Pese a la incontenible cólera que lo invadía, Zedd no era capaz de moverse. Ni siquiera podía cerrar los ojos ante la brutal escena, ni taparse los oídos para no oírla. Dolorosos recuerdos de pasadas violaciones se superponían a la brutal agresión que presenciaba. El sufrimiento que le producía recordarlo y el sufrimiento de lo que estaba viendo le impedían respirar. Habría dado la vida por poder liberarse. El mago deseó que Kahlan no se resistiera tanto, pues así únicamente empeoraba las cosas. Pero sabía que las Confesoras siempre se resistían ferozmente y luchaban con cualquier medio que tuvieran a su alcance. No obstante, los medios de los que disponía Kahlan eran insuficientes.

Atrapado dentro de su cuerpo como si éste fuese una cárcel de piedra, Zedd trató se sobreponerse a su impotencia con todo lo que tenía, todos sus encantamientos, trucos y poderes. Pero fue en vano. El mago sintió que se le escapaban las lágrimas.

Kahlan chilló cuando uno de los hombres la empujó por el brazo roto hacia los poderosos brazos de otro compañero. Apretando los dientes y con labios retraídos, la Confesora se retorcía y lanzaba puntapiés contra los hombres, que la sujetaban por los brazos y el cabello. El tercer hombre le desabrochó el cinturón y le arrancó los botones. Kahlan le escupió y lo maldijo, pero el hombre se limitó a reír mientras tiraba de los pantalones de la mujer, se los bajaba y luego se los quitaba por los pies, volviéndolos de dentro a fuera. Los otros dos estaban demasiado ocupados sujetándola; apenas podían con ella. De no haber tenido un brazo roto, es posible que no lo hubieran conseguido. Uno de ellos le retorció brutalmente el brazo herido para arrancar a la mujer gritos de dolor.

Los dos que la sujetaban le tiraron violentamente de los pelos, mientras el tercero posaba sus labios y dientes en el cuello de la mujer y la mordía. Luego la manoseó con una mano, al mismo tiempo que con la otra se desabrochaba el cinturón y los pantalones. El hombre cubrió con su boca la de Kahlan, para sofocar sus gritos, mientras sus gruesos dedos la toqueteaban, desde los pechos hasta la oscuridad de la entrepierna.

Con los pantalones bajados, el esbirro de Rahl el Oscuro separó con una pierna los muslos de Kahlan. La mujer gruñó contra la boca de su asaltante en un terrible esfuerzo por impedírselo, pero no pudo. Los gruesos dedos del hombre la manoseaban y penetraban en su interior. Kahlan abrió mucho los ojos; tenía la cara roja por la rabia y respiraba entrecortadamente por la furia.

—Tendedla en el suelo y sujetadla —ordenó su asaltante.

Kahlan le propinó un rodillazo en sus partes. El hombre se dobló sobre sí mismo, quejándose de dolor, mientras sus compañeros se echaban a reír. Cuando volvió a erguirse, los ojos del hombre ardían de furia. De un puñetazo partió el labio a Kahlan. La sangre que manó le manchó la barbilla.

Chase, con las manos atadas a la espalda, se lanzó de cabeza contra el estómago del hombre. Ambos cayeron al suelo. El esbirro de Rahl tenía los pantalones alrededor de los tobillos, lo que le dificultaba los movimientos. Antes de que pudiera reaccionar, Chase rodeó el recio cuello de su adversario con los muslos y apretó. Los azules ojos del hombre casi se le salieron de las órbitas. El guardián del Límite rodó a un lado, tirando con fuerza hacia atrás de la cabeza. Se oyó un fuerte chasquido, y el hombre quedó inmóvil.

Demmin Nass pateó a Chase en las costillas y la cabeza hasta que el guardián del Límite dejó de moverse.

Una masa de pelo y colmillos, que pareció salir de la nada, aterrizó sobre Demmin. El lobo atacó al fornido humano, gruñendo salvajemente. Hombre y lobo cayeron al suelo y rodaron sobre la tierra y el fuego. Un cuchillo centelleó en el aire.

—¡No! —chilló Kahlan—. ¡Brophy! ¡No! ¡Aléjate!

Pero era demasiado tarde. El cuchillo se hundió en el cuerpo del lobo. Se oyó un escalofriante sonido sordo cuando la mano que lo empuñaba chocó contra las costillas del animal. Demmin acuchilló al lobo una y otra vez. En pocos momentos, la lucha había acabado. Brophy yacía despatarrado en el suelo, con el pelaje manchado de sangre. Agitó un poco las patas, pero enseguida se quedó inmóvil.

Kahlan, sujeta por brazos y cabello, gritaba entre sollozos el nombre del lobo.

Demmin se puso en pie, jadeando por el esfuerzo de la breve pero encarnizada pelea. Tenía heridas en el pecho y un brazo, que le sangraban. Estaba enfurecido.

—Hacédselo pagar —dijo entre dientes a los dos hombres que sujetaban a la Confesora—. Que sufra.

Kahlan se debatió, entre las manos de quienes la tenían cautiva.

—¿Qué pasa contigo, Demmin? —gritó—. ¿No eres suficientemente hombre para hacerlo tú mismo? ¿Necesitas que hombres de verdad te hagan el trabajo?

«Por favor, Kahlan —suplicó Zedd mentalmente—. Por favor, ten la boca cerrada. Por favor, no digas nada más.»

Demmin lanzó a la mujer una furibunda mirada. El lugarteniente de Rahl el Oscuro tenía el rostro enrojecido y respiraba agitadamente.

—¡Al menos, ellos son hombres de verdad! ¡Al menos, ellos tienen lo que hay que tener para manejar a una mujer! ¡Tú sólo puedes con los niños! ¿Qué pasa contigo, nene? ¿Te da miedo demostrar a una mujer como yo de lo que eres capaz? ¡No te imaginas cómo me reiré de ti mientras estos hombres de verdad me hagan lo que tú no puedes hacerme!

—¡Cállate, zorra! —le espetó Demmin entre dientes, dando un paso hacia ella.

Pero Kahlan le escupió en la cara.

—Eso es lo que te haría tu padre si supiera que no puedes con una mujer. ¡Eres una desgracia para el nombre de tu padre!

Zedd se preguntó si Kahlan se había vuelto loca. No tenía ni idea de qué pretendía con aquello. Si quería provocar a Demmin para empeorar las cosas, lo estaba consiguiendo.

Demmin Nass parecía a punto de explotar. Pero entonces su cara se relajó y volvió a sonreír. Al mirar alrededor, vio lo que buscaba.

—Ponedla allí. Sujetadla boca abajo sobre ese tronco. ¿Quieres que te lo haga yo? —preguntó a Kahlan, acercando mucho su rostro al de la mujer—. Tendrás lo que quieres, zorra, pero a mi modo. Ahora comprobaremos lo bien que te retuerces de dolor.

—¡Lo único que sabes hacer es hablar! —exclamó Kahlan, con el rostro rojo de furia—. Yo digo que te vas a poner en ridículo. Tus hombres y yo nos reiremos un rato. Estoy segura de que, una vez más, tendrán que hacerte el trabajo sucio. —La Confesora esbozó una desafiante sonrisa—. Te estoy esperando, nene. Hazme lo mismo que tu padre te hacía, para que todos podamos reírnos un rato al imaginarte de cuatro patas y con él encima. Enséñame lo que te hacía.

Las venas de la frente de Demmin parecían a punto de explotar y los ojos se le salían de las órbitas. El hombretón se lanzó contra la garganta de Kahlan, la apretó con fuerza y la alzó en el aire. Demmin temblaba de rabia. Cada vez apretaba con más fuerza, amenazando con estrangularla.

—Comandante Nass —osó intervenir tímidamente uno de los hombres—, vais a matarla.

Demmin alzó la vista hacia quien había osado interrumpirlo, pero inmediatamente aflojó la presión.

—¿Y qué puede saber una zorra como tú? —espetó a Kahlan.

—Sé que eres un mentiroso. Sé que tu amo nunca le diría a un nene como tú qué ha hecho con el Buscador. Tú sí que no sabes nada de nada. Aunque quisieras, no podrías decírmelo porque no lo sabes, y eres tan despreciable que ni siquiera eres capaz de admitirlo.

Entonces Zedd lo comprendió. Kahlan sabía que iba a morir y estaba dispuesta a aguantar todo lo que Demmin Nass pudiera hacerle solamente para averiguar si Richard se encontraba bien. No quería morir sin saber si Richard estaba a salvo. Aquel gesto hizo que le saltaran las lágrimas. El mago oyó cómo Chase rebullía a sus pies.

Demmin retiró la mano de la garganta de Kahlan e indicó por señas a los dos hombres que la soltaran. Presa de un arrebato, propinó a la Confesora un puñetazo en la cara. Kahlan aterrizó en el suelo de espaldas. El comandante se inclinó hacia ella y la alzó tirando de los pelos, como si no pesara nada.

—¡No tienes ni idea! El modo de golpearme lo dice todo —se burló la mujer—. Tu amo se lo diría a tu padre, pero nunca confiaría nada a una nenita.

—Muy bien, muy bien. Te lo diré. Te diré qué hacemos con los latosos; así será más divertido cuando esté encima de ti. Quizás entonces te darás cuenta de que pierdes el tiempo luchando contra nosotros.

Kahlan estaba de pie frente a él, desnuda y con el rostro enrojecido por la furia. No era una mujer menuda, pero en comparación con Demmin Nass lo parecía. Mientras aguardaba a que el hombre hablara, la Confesora respiraba anhelosamente, con una mano cerrada en un puño a un lado, el otro brazo le colgaba inerte al otro. Tenía sangre en el pecho.

—Hace aproximadamente un mes un artista dibujó un encantamiento para capturar al Buscador. El Buscador mató al artista, pero eso no impidió que fuese hecho prisionero por una mord-sith.

Kahlan se quedó blanca como la cera. Zedd sintió como si le hubieran clavado un puñal en el corazón. El dolor era tan intenso que, de haber podido, se hubiera desplomado en el suelo.

—No —musitó Kahlan, los ojos muy abiertos.

—Sí —se burló Demmin—, por una mord-sith especialmente cruel. Se llama Denna e incluso yo procuro evitarla. Es la favorita del amo Rahl por... —el hombre sonrió de oreja a oreja—... sus talentos. Por lo que he oído, se ha superado a sí misma con el Buscador. Yo mismo la vi un día, durante la cena, cubierta de los pies a la cabeza con la sangre de él.

Kahlan tembló ligeramente, con los ojos húmedos, y Zedd habría jurado que palideció aún más.

—Pero sigue vivo —susurró la mujer con voz quebrada.

Demmin sonrió ufano, contento de seguir hablando al ver la reacción de la Confesora.

—De hecho, Madre Confesora, la última vez que lo vi estaba arrodillado delante del amo Rahl, con el agiel de Denna en la nuca. Dudo que se acordara siquiera de su propio nombre. El amo Rahl parecía bastante disgustado y, cuando esto sucede, la gente siempre muere. Por lo que el amo Rahl me dijo cuando me marché, estoy seguro de que el Buscador no salió de allí con vida. Apostaría a que su cuerpo ya debe de estar pudriéndose.

Zedd lloró de pena por no poder consolarla a ella ni a sí mismo.

Kahlan se quedó paralizada.

Entonces alzó lentamente los brazos, con los puños cerrados, y echó la cabeza hacia atrás. Acto seguido lanzó un grito sobrenatural. El sonido atravesó al mago como un millar de agujas de hielo, resonó contra las colinas, reverberó en los valles y se estrelló contra los árboles de alrededor, que vibraron. Zedd se quedó sin respiración, mientras Demmin y sus hombres retrocedían unos pasos, tambaleándose.

Si no hubiera estado ya petrificado, el temor por lo que Kahlan estaba haciendo lo hubiera dejado igualmente de piedra. Se suponía que no podía ser capaz de aquello.

Kahlan inspiró profundamente y apretó los puños con más fuerza. Abundantes lágrimas le corrían por el rostro.

Entonces gritó de nuevo. Fue un grito prolongado, penetrante, de otro mundo, que avanzó por el aire como impetuoso torrente. Los guijarros del suelo bailaban, así como el agua de los lagos de alrededor. Incluso el aire tremolaba y empezó a moverse. Los hombres se taparon los oídos. Zedd los habría imitado, de haber sido capaz de moverse.

La Confesora volvió a inspirar hondo y arqueó la espalda, estirándose hacia el cielo.

El tercer chillido fue el peor de todos. La magia que contenía desgarró el tejido del aire. Zedd sintió como si fuese a hacerlo pedazos. El aire empezó a arremolinarse en torno a la mujer, levantando una nube de polvo.

La magia del grito absorbió la luz de la mañana y conjuró la oscuridad, del mismo modo que conjuró el viento. Luz y sombras danzaban alrededor de la Madre Confesora, mientras ésta liberaba en su grito la antigua magia.

El temor por lo que estaba haciendo Kahlan casi impedía a Zedd respirar. Solamente lo había presenciado una vez, y acabó mal. Kahlan estaba fusionando su magia de Confesora —la de Suma, o sea, el amor— con su homóloga del inframundo —la Magia de Resta, o el odio.

Kahlan gritaba, de pie en medio de la vorágine, absorbiendo la luz. La oscuridad cayó sobre ellos. Donde estaba Zedd, era noche cerrada. Únicamente había luz alrededor de Kahlan. Era la noche alrededor del día.

Los relámpagos rasgaron violentamente la negrura del cielo, centelleando en todas direcciones, bifurcándose, duplicándose, una y otra vez, hasta que el cielo ardía. El retumbo de los truenos se fusionaba en una furia continua que se mezclaba con el grito y se convertía en parte de él.

El suelo tembló. El chillido superó las barreras del sonido y se convirtió en algo distinto. El suelo se abría, formando temibles grietas recortadas, de las cuales salían disparados hacia lo alto rayos de luz violeta. Las cortinas de luz de un color púrpura azulado vibraban, danzaban y eran atraídas hacia el vórtice cada vez más rápidamente, donde eran absorbidas por Kahlan. La mujer se había convertido en una resplandeciente forma luminosa en medio de un mar de oscuridad. Ella era la única criatura del mundo; todo lo demás era la nada. Por no haber, no había ni luz. Zedd no veía otra cosa que a Kahlan.

En el aire resonó un terrible y atronador impacto. En una momentánea explosión de luz, Zedd pudo ver cómo los pinos de alrededor acusaban el impacto en una nube de verdor y, de pronto, perdían todas las hojas. Una pared de polvo y tierra golpeó al mago en el rostro. Zedd tuvo la sensación de que iba a arrancarle la piel de los huesos con su fuerza explosiva.

La sacudida fue tan brutal que acabó incluso con la oscuridad. La luz regresó.

La fusión se había producido.

Zedd vio a Chase de pie junto a él, con las manos atadas aún a la espalda, y pensó que los guardianes del Límite estaban hechos de un material increíblemente duro.

La pálida luz azulada formó un óvalo desigual alrededor de Kahlan, unida por una misma intensidad, un mismo propósito y una misma violencia. La mujer dio media vuelta. Bajó un brazo, el roto, dejó el otro a la altura de los hombros y extendió el puño hacia el mago. El óvalo que rodeaba a la mujer se abrió por el punto que rozaba su puño, y de él brotó luz azul. Primero pareció concentrarse, hasta que, de repente, estalló en una línea de luz que unió el espacio que los separaba.

La luz golpeó al mago con fuerza y prendió al tocarlo, como si estuviera conectado con Kahlan por un hilo de luz viva. La luz lo envolvió en un pálido resplandor azul. Zedd sintió el familiar contacto de la Magia de Suma así como el desacostumbrado hormigueo de la Magia de Resta, la magia del inframundo. El mago tuvo que dar un paso hacia atrás; la red que lo tenía cautivo se hizo pedazos. Estaba libre. La línea de luz se extinguió por sí misma.

Zedd se volvió hacia Chase y le cortó las cuerdas con un rápido hechizo. El guardián del Límite lanzó un gruñido de dolor al sentir los brazos liberados.

—Zedd —susurró—, en nombre de todos los profetas, ¿qué está pasando? ¿Qué ha hecho Kahlan?

La Confesora pasó los dedos por la pálida luz azulada que vibraba a su alrededor, rozándola, acariciándola, bañándose en ella. Demmin Nass y uno de sus hombres la observaban, pero se mantenían firmes, a la espera. Kahlan veía cosas que para los demás eran invisibles. Sus ojos vagaban por otro mundo. Zedd sabía que estaba mirando la memoria de Richard.

—Se le llama Con Dar, Cólera de Sangre. —Zedd apartó lentamente los ojos de Kahlan para posarlos en el guardián del Límite—. Es algo que únicamente las Confesoras más fuertes son capaces de hacer, y no todas. En principio, ella no debería haber sido capaz.

—¿Por qué no? —quiso saber Chase.

—Porque es algo que únicamente se puede aprender de la verdadera madre; sólo la madre puede enseñar a la hija a realizarlo, en caso necesario. Es una magia antigua, tanto como la magia de las Confesoras. Es parte de esa magia, pero raramente se usa. Solamente puede enseñarse cuando la hija llega a una determinada edad. La madre de Kahlan murió antes de poder enseñarle. Adie me dijo que, en principio, el Con Dar quedaba fuera de las capacidades de Kahlan. Pero lo ha conseguido. El hecho de haber sido capaz, únicamente por el instinto y el deseo, confirma cosas muy peligrosas de las que hablan las profecías.

—Bueno, ¿y por qué no lo ha hecho antes? ¿Por qué no paró antes los pies a los hombres de Rahl el Oscuro?

—Una Confesora no puede invocar el Con Dar para sí misma, sino únicamente para el bien de otro. Kahlan lo ha invocado por Richard, porque su asesinato la ha encolerizado. Estamos en un buen lío.

—¿Por qué?

—El Con Dar se invoca para tomar venganza. Las Confesoras que lo invocan muy pocas veces sobreviven; sacrifican la vida por el objetivo de ver realizada esa venganza. Kahlan va a usar su poder con Rahl el Oscuro.

Chase se quedó de piedra.

—Pero tú me dijiste que su poder nada puede contra él.

—Antes no. Ahora no lo sé, aunque lo dudo. De todos modos, Kahlan va a intentarlo. Ahora está en pleno Con Dar, sumida en la Cólera de Sangre, y no le importa morir. Va a intentarlo, va a tocar a Rahl el Oscuro incluso si es en vano, incluso si esto significa su muerte. Si alguien se interpone en su camino, lo matará, sin pensárselo dos veces. Y esto nos incluye a nosotros —añadió, acercando su rostro al de Chase para recalcar sus palabras.

Ahora Kahlan estaba en el suelo, hecha un ovillo, con la cabeza inclinada, la mano derecha apoyada en el hombro izquierdo y la izquierda en el derecho, ceñida por la pálida luz azul. Lentamente se puso de pie y atravesó la luz como si estuviera emergiendo de un huevo. Iba completamente desnuda, y la sangre aún le manaba de las heridas y le goteaba del mentón.

Pero el dolor que reflejaba su rostro no era el de sus heridas físicas. Cuando esa expresión desapareció, recobró su cara de Confesora.

La mujer se volvió ligeramente hacia uno de los dos hombres que la habían sujetado. El otro había desaparecido. Con toda calma y naturalidad alzó una mano hacia el soldado, situado a casi cuatro metros.

El aire vibró con un impacto, se diría el de un trueno silencioso. Zedd acusó el dolor en sus huesos.

—¡Ama! —exclamó el hombre, arrodillándose ante la Confesora—. ¿Qué me ordenáis? ¿Qué queréis de mí?

—Quiero que mueras. Ahora mismo —contestó Kahlan, mirándolo fríamente.

El hombre se sacudió y cayó de bruces. Estaba muerto. Kahlan se acercó a Demmin Nass. El hombre sonreía cruzado de brazos. La mujer tenía un brazo roto que le pendía a un lado del cuerpo, pero apoyó bruscamente la otra mano en el pecho del hombre. La mano se mantuvo allí mientras ellos dos se clavaban la mirada. Demmin Nass era bastante más alto que la mujer.

—Realmente impresionante, zorra, pero ahora ya has usado tu poder. Además, me protege el encantamiento del amo Rahl. No puedes hacerme nada. Aún tienes que aprender una lección, y a fe mía que te la pienso enseñar. —Con una de sus manazas la agarró por el pelo, ahora enmarañado y apelmazado—. Dóblate por la cintura.

La faz de Kahlan no reflejó ninguna emoción. Tampoco dijo nada.

Hubo un nuevo impacto en el aire; otro trueno silencioso. Zedd lo sintió otra vez en los huesos. Demmin Nass abrió los ojos exageradamente y se quedó boquiabierto.

—¡Mi ama! —susurró.

—¿Cómo lo ha hecho? —preguntó Chase, asombrado—. ¡Si ni siquiera ha tocado al primero, y las Confesoras solamente pueden usar su poder una vez y después deben recuperarse!

—Ya no. Está en el Con Dar.

—Quédate aquí y espera —ordenó Kahlan a Demmin.

Entonces, con elegante desenvoltura, se aproximó al mago. Al llegar junto a él, se detuvo y le tendió el brazo roto. Tenía una mirada vidriosa.

—Por favor, cúrame el brazo —le pidió—. Lo necesito.

Zedd desvió la mirada de los ojos de la mujer y le miró el brazo. Acto seguido, se lo tocó con delicadeza y, mientras le hablaba suavemente para distraerla y que no sintiera tanto el dolor que iba a causarle, lo asió por encima y por debajo de la fractura y tiró para colocar el hueso en su sitio. Kahlan no gritó; ni siquiera parpadeó. Zedd se preguntó si había sentido algo. Con mucho cuidado, rodeó con los dedos la fractura y dejó que el calor de la magia fluyera hacia la Confesora, mientras él absorbía el frío dolor, lo sentía y lo soportaba con determinación.

El dolor era tan intenso que, por un momento, le faltó el aire. Padecía en sus propias carnes todo el sufrimiento de Kahlan que, sumado a su propio dolor, amenazaba con aplastarlo. Pero finalmente se sobrepuso. El mago sintió que el hueso se recomponía y añadió más magia para protegerlo y reforzarlo mientras se acababa de curar solo. Al acabar, retiró las manos del brazo de la mujer. Ésta lo miró con sus ojos verdes. La fría cólera que reflejaban era aterradora.

—Gracias —le dijo en voz baja—. Espera aquí.

Dicho esto volvió junto a Demmin Nass, que la esperaba, como ella le había indicado. El hombre tenía los ojos anegados en lágrimas.

—Os lo suplico, ama, dadme una orden.

Kahlan, sin hacerle ningún caso, le quitó un cuchillo del cinto, mientras con la otra mano aflojaba la maza de guerra, provista de un reborde.

—Quítate los pantalones —le ordenó la Confesora, y esperó a que se los hubiera quitado y estuviera de pie frente a ella para añadir—: Y ahora, arrodíllate.

La voz de la mujer era tan fría que Zedd se estremeció mientras contemplaba cómo el hombretón obedecía.

—¡Zedd, tenemos que detenerla! —lo apremió Chase, cogiéndolo por la túnica—. ¡Va a matarlo! Necesitamos información. Cuando nos diga lo que necesitamos saber puede hacer con él lo que quiera, pero primero tenemos que interrogarlo.

—Coincido contigo plenamente, pero no podemos hacer nada —respondió el mago, lanzando al guardián una severa mirada—. Si interferimos, nos matará. Si das dos pasos hacia ella, te matará antes de que puedas dar un tercero. Es inútil tratar de razonar con una Confesora sumida en la Cólera de Sangre. Sería como tratar de razonar con una tormenta; lo único que conseguirías sería atraer sus relámpagos.

Chase soltó la túnica del mago, lanzando un bufido de frustración y se cruzó de brazos en actitud resignada. Kahlan dio la vuelta a la maza y se la tendió a Demmin Nass por el mango.

—Sujétame esto.

El hombre la cogió y la sostuvo a un lado. Kahlan se arrodilló delante de él, muy cerca.

—Estira las piernas —le ordenó con voz gélida. Entonces, le introdujo una mano en la entrepierna y apretó con fuerza. El hombre se estremeció e hizo una mueca de dolor—. Estate quieto —le advirtió la mujer. Demmin se quedó inmóvil—. ¿A cuántos de los niños que has maltratado has matado?

—No lo sé, ama. No llevo la cuenta. Hace muchos años que lo hago, desde que era joven. No siempre los mato; la mayoría de ellos vive.

—Calcúlalo.

—Entre ochenta y ciento veinte —contestó el hombre tras un instante de reflexión.

Zedd percibió el destello del cuchillo cuando Kahlan lo colocó bajo el hombre. Al oír la respuesta de Demmin Nass, Chase descruzó los brazos, se puso más erguido y tensó los músculos de la mandíbula.

—Voy a cortártelos —susurró Kahlan—. Cuando lo haga, no quiero oír el más mínimo sonido. Ni siquiera un estremecimiento.

—Sí, ama.

—Mírame a los ojos. Quiero ver lo que te hago en tus ojos.

La Confesora tensó el brazo con el que sostenía el cuchillo y, de repente, lo alzó. La hoja apareció manchada de sangre.

Demmin apretó tanto la mano que agarraba la maza que los nudillos se le pudieron blancos. La Madre Confesora se levantó ante él.

—Extiende la mano.

Demmin extendió una temblorosa mano ante ella. Kahlan le puso en ella sus partes, ensangrentadas.

—Cómetelas.

—Bien hecho —susurró Chase, sonriendo satisfecho—. Una mujer que sabe impartir justicia.

Kahlan esperó frente a Demmin a que éste acabara, tras lo cual arrojó el cuchillo a un lado.

—Dame la maza —le dijo.

Demmin obedeció.

—Ama, estoy perdiendo mucha sangre. No sé si podré continuar erguido.

—Eso me disgustaría mucho. Aguanta. Ya falta poco.

—Sí, ama.

—¿Era cierto lo que me dijiste sobre Richard, el Buscador?

—Sí, ama.

—¿Todo? —La voz de Kahlan sonaba fría como la muerte.

Demmin reflexionó un momento para estar seguro.

—Todo lo que os he dicho es cierto, ama.

—¿Hay algo que no me hayas dicho?

—Sí, ama. No os he dicho que la mord-sith, Denna, también lo hizo su compañero. Supongo que fue para torturarlo aún más.

Sobrevino un silencio muy prolongado, Kahlan de pie y Demmin Nass arrodillado ante ella. Zedd apenas podía respirar por el dolor y el nudo que se le había formado en la garganta. Las rodillas le temblaban.

—¿Y estás seguro de que está muerto? —preguntó al fin Kahlan, en voz tan baja que el mago apenas la oyó.

—No vi cómo moría, ama. Pero estoy seguro.

—¿Por qué?

—Me pareció que el amo Rahl tenía ganas de matarlo y, aunque él

343

no lo hubiese hecho, Denna sí. Es la naturaleza de las mord-sith. Sus compañeros viven muy poco tiempo. Me sorprendió verlo aún con vida cuando me marché. Estaba muy malherido. He visto a muy pocos hombres que sobrevivan a varias descargas de un agiel en la nuca.

»Gritó vuestro nombre. La única razón por la que Denna no lo mató antes de ese día fue porque el amo Rahl quería hablar con él primero. Aunque no lo vi con mis propios ojos, ama, estoy seguro. Denna lo controlaba con la magia de su propia espada, por lo que no tenía escapatoria. Denna lo mantuvo con vida más tiempo del habitual, lo torturó más de lo acostumbrado y lo tuvo entre la vida y la muerte más de lo que es normal. Nunca había visto a un hombre durar tanto como él. Por alguna razón, el amo Rahl quería que el Buscador sufriera mucho tiempo y por eso eligió a Denna. Ninguna mord-sith disfruta más que ella con su trabajo y ninguna posee su talento para prolongar el dolor. Las demás no saben mantener con vida a sus mascotas tanto tiempo. Aun suponiendo que Rahl no lo haya matado, no habrá podido sobrevivir siendo el compañero de una mord-sith.

Zedd cayó de rodillas. Notaba cómo el corazón se le rompía y lloró de dolor. Se sentía como si su mundo hubiera acabado y él deseaba acabar con él. Quería morir. ¿Qué había hecho? ¿Cómo había podido meter a Richard en aquello? Precisamente a Richard. Ahora sabía por qué Rahl no lo había matado cuando tuvo oportunidad; porque quería que antes sufriera. Así era Rahl el Oscuro.

Chase se agachó junto al anciano y lo rodeó con un brazo.

—Lo siento, Zedd —le susurró—. Richard también era mi amigo. Lo siento mucho.

—Mírame —dijo Kahlan. La mujer sostenía la maza en alto con ambas manos.

Demmin alzó la mirada hacia ella. Kahlan descargó la maza con todas sus fuerzas. Con un sonido horripilante, el arma se hundió en la frente del hombre y se quedó incrustada. A la mujer se le escapó de las manos mientras Demmin se desplomaba sin vida, como un pelele sin huesos.

Zedd hizo un ímprobo esfuerzo para dejar de llorar y ponerse de pie para recibir a Kahlan, que caminaba hacia ellos. La mujer se detuvo para coger un cuenco de hojalata de una mochila. Se lo tendió a Chase.

—Llénalo hasta la mitad con bayas venenosas.

—¿Ahora? —preguntó extrañado el guardián, mirando el cuenco.

—Sí.

Chase percibió la mirada de advertencia que le lanzaba Zedd. Ya se disponía a marcharse a cumplir el encargo cuando dio media vuelta, cogió su pesada capa negra y se la echó a Kahlan sobre los hombros para cubrir su desnudez. Pronunció su nombre, mirándola fijamente, pero fue incapaz de añadir nada y se marchó.

Kahlan tenía la mirada fija, perdida en la nada. Zedd la rodeó con un brazo y la hizo sentar sobre una estera de dormir. A continuación recuperó lo que quedaba de la blusa de la mujer, la hizo a tiras que después humedeció con el agua de un odre. El mago le limpió la sangre, aplicó un ungüento a algunas de las heridas y magia a otras. Kahlan lo soportó todo sin decir palabra. Al acabar, Zedd le puso los dedos bajo la barbilla y la obligó a mirarlo a los ojos.

—No ha muerto en vano, querida —le dijo suavemente—. Encontró la caja y salvó a todo el mundo. Recuérdalo como aquel que hizo lo que nadie más hubiera conseguido.

De la densa niebla que envolvía el suelo se levantaba un ligero vapor que empezaba a humedecerles el rostro.

—Sólo recordaré que lo amaba y que nunca pude decírselo.

Zedd cerró los ojos contra el dolor y la carga que suponía ser mago. Chase regresó y ofreció a la mujer el cuenco con las bayas venenosas. Kahlan pidió algo para machacarlas. El guardián sacó rápidamente punta a un grueso palo, dándole una forma que satisfizo a la mujer. Inmediatamente se puso manos a la obra.

En un momento dado se detuvo, como si se le acabara de ocurrir algo, y miró al mago con ojos verdes encendidos.

—Rahl el Oscuro es mío. —Era más que una advertencia; una amenaza.

—Lo sé, querida.

Kahlan continuó machacando las bayas, derramando algunas lágrimas.

—Voy a enterrar a Brophy —dijo Chase a Zedd en voz baja—. Los demás pueden pudrirse.

Kahlan formó una especie de pasta con las bayas, a la que añadió un poco de ceniza del fuego. Al acabar, pidió a Zedd que sostuviera un pequeño espejo mientras ella se pintaba en el rostro los dos relámpagos, símbolos del Con Dar. La magia guiaba su mano. Los relámpagos, idénticos, nacían de la sien, uno a cada lado, la parte superior zigzagueaba sobre la ceja, bajaba por el párpado, zigzagueaba sobre el pómulo y acababa en un punto en la concavidad de la mejilla.

El efecto debía ser, y era, realmente aterrador. Era una advertencia dirigida a los inocentes y un juramento dirigido a los culpables.

Después de desenredarse el cabello, la mujer sacó de la mochila su vestido de Confesora y se lo puso. Cuando Chase regresó, le devolvió la capa dándole las gracias.

—Póntela —le sugirió el guardián—, es más caliente que la tuya.

—La Madre Confesora no lleva capa.

Chase no discutió, sino que comentó:

—Los caballos se han ido. Todos.

—Pues iremos a pie —respondió Kahlan, indiferente—. No descansaremos por la noche, seguiremos andando. Si lo deseáis podéis acompañarme, siempre y cuando no me retraséis.

Chase enarcó una ceja ante aquel involuntario insulto, pero hizo caso omiso. La mujer dio media vuelta y echó a andar sin molestarse en recoger ninguna de sus cosas. Chase lanzó una mirada a Zedd, al mismo tiempo que resoplaba.

—Yo no pienso marcharme sin mis armas —afirmó el guardián del Límite, inclinándose para recoger sus cosas.

—Tendremos que darnos prisa si no queremos perderla. Kahlan no nos esperará. —El mago recogió la mochila de Kahlan, en la que embutió cosas a toda prisa—. Será mejor que cojamos algunas provisiones, al menos. Chase, no creo que salgamos de esto con vida —dijo, alisando un pliegue de la mochila—. El Con Dar es una empresa suicida. Tú tienes familia. No tienes por qué ir.

—¿Qué es una mord-sith? —preguntó tranquilamente el guardián, sin alzar la vista.

El mago tragó saliva y agarró la mochila con tanta fuerza que sus manos temblaron.

—Las mord-sith son mujeres a las que se entrena desde que son niñas en el arte de la tortura y en el uso de un despiadado instrumento para causar dolor llamado agiel. Era esa cosa roja que Rahl el Oscuro llevaba colgada del cuello. Las mord-sith actúan contra quienes poseen magia. Son capaces de arrebatar la magia de su víctima y usarla después contra ella. —A Zedd se le quebró la voz—. Richard no lo sabía, de modo que no tuvo ninguna oportunidad. El único objetivo en la vida que persigue una mord-sith es torturar hasta la muerte a los poseedores de magia.

—Yo también voy —dijo Chase, metiendo rápidamente una manta en la mochila.

—Me alegrará gozar de tu compañía —contestó Zedd.

—¿Son un peligro para nosotros esas mord-sith?

—Para ti no, pues no posees magia, y tampoco para los magos. Yo estoy protegido.

—¿Y Kahlan?

—Para ella tampoco. La magia de una Confesora es distinta de todas las demás. Si una Confesora toca a una mord-sith, ésta muere. Es una muerte terrible. Lo presencié una vez y espero no volver a verlo nunca. —Zedd recorrió con la mirada la sangre del suelo, pensando en lo que los hombres de Rahl habían hecho a Kahlan y también en lo que habían estado a punto de hacerle—. He visto muchas cosas que espero no volver a ver nunca más —susurró.

Mientras Zedd se echaba la mochila de Kahlan al hombro, se notó un impacto en el aire, un trueno silencioso. Ambos echaron a correr por la senda en busca de Kahlan. A poca distancia, se toparon con el cuerpo del último miembro de la cuadrilla, el que montaba guardia. El hombre tenía su propia espada clavada en el pecho y aún sujetaba la empuñadura con ambas manos.

Los dos echaron a correr de nuevo hasta que alcanzaron a Kahlan. La mujer caminaba resuelta, con la mirada al frente, indiferente a todo lo que la rodeaba. Su vestido de Confesora ondeaba y se agitaba a su espalda como una bandera en el viento. A Zedd siempre le había parecido que las Confesoras estaban muy guapas con aquellos vestidos, especialmente con el blanco de la Madre Confesora.

Pero ahora lo veía como lo que en realidad era: una armadura de batalla.

loviznaba. El agua le corría a Richard por la cara y le goteaba de la punta de la nariz, lenta pero continuamente. Con un gesto impaciente, se pasó la mano. Estaba tan cansado que apenas sabía qué hacía. Lo único que sabía con seguridad era que no podía hallar a Kahlan, Zedd y Chase. Los había buscado sin descanso, recorriendo la maraña de sendas y trochas que conducían hacia el Palacio del Pueblo, avanzando y volviendo a retroceder. Pero no había ni rastro de ellos. Richard era consciente de que había una infinidad de caminos y sendas, y de que sólo había explorado una parte muy pequeña. Únicamente se había concedido un breve descanso por la noche, sobre todo pensando en el caballo, y a veces había seguido él buscando a pie. Desde que había abandonado el campamento de su hermano, el cielo había estado cubierto de densas nubes bajas, lo que limitaba la visibilidad. El joven se sentía furioso por su aparición, justo cuando más necesitaba a Escarlata.

Sentía que todo conspiraba en su contra, que los hados eran favorables a Rahl el Oscuro. Seguramente Rahl ya tenía en su poder a Kahlan. Era demasiado tarde. Kahlan ya debía de encontrarse en el Palacio del Pueblo.

Richard espoleó al caballo para que ascendiera por una empinada senda que se abría entre grupos de altos pinos. El esponjoso musgo amortiguaba el ruido de los cascos del animal. La oscuridad lo ocultaba casi todo. Mientras iba subiendo entre la niebla y la oscuridad, los árboles fueron raleando, dejando al joven expuesto al frío viento que azotaba la ladera, que hacía flamear su capa y gemía. Richard se echó la capucha sobre la cara para protegerse de los elementos. Aunque no podía ver nada, sabía que había llegado a la cima del paso de montaña y que empezaba a descender la ladera del otro lado.

Era noche avanzada. El amanecer iluminaría el primer día de invierno; el último día de libertad.

Richard descubrió un pequeño refugio bajo un saliente rocoso y decidió dormir unas pocas horas antes del alba, que sería la última para él. Penosamente se apeó del húmedo lomo del caballo y lo ató a un arbusto. Ni siquiera se molestó en desprenderse de la mochila, sino que se limitó a envolverse bien en la capa, hacerse un ovillo bajo la roca y tratar de dormir, pensando en Kahlan, pensando en lo que tendría que hacer para evitar que cayera en las manos de una mord-sith. Después de ayudar a Rahl el Oscuro a abrir la caja que le iba a proporcionar el poder que tanto anhelaba, Rahl lo mataría. Por mucho que Rahl le asegurara que sería libre para continuar con su vida, ¿qué tipo de vida le esperaba después de ser tocado por el poder de Kahlan?

Además, sabía que Rahl el Oscuro mentía, que su intención era matarlo. Lo único que podía esperar era una muerte rápida. Sabía que con su decisión de ayudar a Rahl estaba condenando a Zedd, pero muchos más se salvarían. Vivirían bajo el yugo de Rahl el Oscuro pero, al menos, vivirían. Richard no podía soportar la idea de ser el responsable del fin de toda la vida. Rahl no había mentido al decirle que había sido traicionado y, probablemente, tampoco mentía cuando aseguraba que sabía qué caja lo mataría. E, incluso si mentía, Richard no podía poner en peligro la vida de todos. No tenía otra opción que ayudar a Rahl el Oscuro.

Las costillas aún le dolían por la tortura que había sufrido a manos de Denna. Todavía sentía punzadas al tumbarse y al respirar. Desde la noche que abandonara el Palacio del Pueblo, tenía pesadillas en las que revivía todo lo que Denna le había hecho, las pesadillas que Richard le había prometido que tendría. Soñaba que colgaba indefenso mientras Denna lo torturaba, sin poder detenerla ni escapar. También soñaba que Michael estaba allí, contemplando su martirio. A veces soñaba que la torturada era Kahlan, y Michael estaba presente.

Se despertó bañado en sudor, temblando de miedo y gimoteando, aterrorizado. Los sesgados rayos del sol, que acababa de aparecer en el horizonte, hacia el este, penetraban debajo de la roca.

Richard se levantó y, mientras estiraba sus entumecidos músculos, contempló el alba del primer día de invierno. Hacia el este se desplegaba un inmenso manto de nubes, como un mar gris teñido de naranja, del que sobresalían los altos picos que rodeaban la montaña en la que él se hallaba.

Solamente una cosa rompía aquel mar de nubes: el Palacio del Pueblo. En la distancia, iluminado por la luz del sol, coronaba orgulloso la meseta, alzándose por encima de las nubes, esperándolo. Richard notó una sensación fría en el vientre. Le quedaba un buen trecho. Había juzgado mal la distancia que lo separaba del palacio; estaba mucho más lejos de lo que esperaba. No podía perder ni un minuto. Cuando el sol llegara a su cenit, Rahl abriría las cajas.

Al dar media vuelta, percibió algo que se movía. El caballo lanzó un aterrorizado relincho. Los aullidos rasgaron el silencio de la mañana. Eran canes corazón.

Richard desenvainó la espada, mientras una avalancha de canes invadía la roca. Antes de que pudiera dar ni un paso hacia el caballo, los canes lo abatieron. Inmediatamente, más canes se abalanzaron sobre el pobre animal. El joven fue presa de una momentánea parálisis, pero enseguida subió de un salto encima de la roca bajo la cual había dormido. Los canes corazón lo atacaron haciendo chasquear los dientes. Richard reprimió con la espada la primera oleada de atacantes y, cuando la segunda pasó al ataque, se retiró a un punto más elevado. Richard blandía la espada, atravesando a las bestias, que avanzaban gruñendo y aullando.

Era como un mar de pelaje marrón que amenazaba con engullirlo en una de sus embestidas. Desesperado, el joven daba tajos y hundía el acero en los canes, mientras trataba de ir retrocediendo. Más canes aparecieron sobre la roca, a su espalda. El joven saltó a un lado y los dos grupos de atacantes chocaron entre sí y empezaron a pelear ferozmente, disputándose quién sería el primero en arrancarle el corazón.

Richard subió más alto, reprimiendo el avance de las bestias y matando a cualquiera que se acercara lo suficiente. No obstante, sabía que era un esfuerzo inútil, pues eran demasiadas. El joven se fundió con la cólera de la magia de su espada y se batió furiosamente, mientras se internaba en las filas de sus enemigos. Ahora no podía fallar a Kahlan. El mundo pareció llenarse de colmillos amarillos que pretendían clavarse en su carne. El aire se tornó rojo con la sangre de las bestias muertas.

De pronto, empezó a arder.

El fuego brotó por todas partes. Los canes corazón lanzaban agónicos aullidos, mientras el dragón rugía de furia. Con la sombra de Escarlata suspendida sobre él, Richard atravesaba con la espada a todo can corazón que osara acercarse lo suficiente. Por todas partes flotaba el olor a sangre y a pelo quemado.

Escarlata lo cogió con una garra por la cintura y lo alejó de las bestias, que saltaban intentando alcanzarlo. Mientras Richard jadeaba por el esfuerzo de la feroz lucha, Escarlata lo llevó volando hasta un claro en otra montaña, donde lo dejó suavemente en tierra y luego se posó.

Richard, al borde de las lágrimas, se abrazó a las escamas rojas del dragón, las acarició y apoyó la cabeza en ellas.

—Gracias, amiga. Me has salvado mi vida. Has salvado muchas vidas. Eres un dragón de honor.

—Me he limitado a cumplir mi parte del trato, eso es todo. —Escarlata resopló, lanzando humo y añadió—: Además, alguien tenía que ayudarte. Parece que tú solo no haces otra cosa que meterte en líos.

—Eres la criatura más hermosa que he visto en toda mi vida —declaró el joven con una sonrisa. Entonces, aún jadeando, señaló la meseta—. Escarlata, tengo que ir allí, al Palacio del Pueblo. ¿Podrías llevarme, por favor?

—¿No has encontrado a tus amigos? ¿Ni a tu hermano?

Richard se tragó el nudo que se le había formado en la garganta.

—Mi hermano me ha traicionado. Me ha vendido a mí y a todo el mundo a Rahl el Oscuro. Ojalá los humanos tuvieran tanto honor como los dragones.

Escarlata gruñó y las escamas que le cubrían la garganta vibraron.

—Lo lamento, Richard Cypher. Vamos, sube. Te llevaré.

El dragón batió las alas con movimientos lentos y continuos, que lo elevaron por encima del mar de nubes que cubrían las llanuras Azrith. Transportaba a Richard al último lugar al que éste hubiera querido ir si tuviera elección. Gracias a Escarlata, un viaje que a él le hubiera tomado casi todo el día a caballo, le costó menos de una hora. El dragón retrajo las alas y se lanzó en un vertiginoso picado hacia la meseta. El viento azotaba las ropas del joven. Desde el aire, Richard pudo apreciar el Palacio del Pueblo en toda su magnitud. Parecía imposible que fuese obra de la mano del hombre, pues era como un sueño. Era como si las mayores ciudades del mundo se hubieran unido.

Escarlata sobrevoló la meseta, sobre una multitud de torres, muros y tejados, todos distintos, que hicieron que Richard se sintiera mareado. El dragón salvó la muralla exterior y se posó en un enorme patio, agitando las alas para que el descenso fuese suave. No había ni soldados ni ninguna otra persona a la vista.

Richard bajó del dragón deslizándose por sus escamas y aterrizó sobre los pies con un ruido sordo. Escarlata bufó.

—Los seis días de nuestro trato han acabado. La próxima vez que nos veamos, podré comerte.

Richard le sonrió.

—Como quieras, amiga mía, pero dudo que volvamos a vernos. Hoy voy a morir.

—Procura que eso no suceda, Richard Cypher —le dijo el dragón, observándolo con uno de sus ojos amarillos—. Sería una lástima no poder comerte.

Richard sonrió más ampliamente, mientras le frotaba una brillante escama.

—Cuida de tu pequeño dragón cuando salga del huevo. Me encantaría poder verlo. Apuesto a que será tan hermoso como tú. Sé que odias que los humanos te monten porque lo hacen en contra de tu voluntad, pero gracias por permitirme conocer el placer de volar. Lo considero un privilegio.

—A mí también me gusta volar. —Escarlata lanzó una vaharada de humo—. Eres una persona excepcional, Richard Cypher. Nunca había conocido a nadie como tú.

—Soy el Buscador. El último Buscador.

Escarlata asintió con su enorme cabeza.

—Cuídate mucho, Buscador. Posees el don. Úsalo. Usa todos los medios a tu alcance para luchar. No te rindas. No te sometas. Si tienes que morir, que sea luchando con todo lo que tienes y todo lo que sabes, como haría un dragón.

—Ojalá fuese tan sencillo. Escarlata, antes de que El Límite cayera, ¿llevaste alguna vez a Rahl el Oscuro a la Tierra Occidental?

—Sí, varias veces.

—¿Adónde fuisteis?

—A una casa de piedra blanca con tejados de pizarra, mayor que las otras casas. Una vez lo llevé a otra, una muy sencilla. Allí mató a un hombre; oí los gritos. Y, en otra ocasión, a otra casa también muy sencilla.

La casa de Michael, la de su padre y la suya propia. Richard bajó la mirada hacia el suelo, sufriendo el dolor de oírlo.

—Gracias, Escarlata —dijo, tragando saliva, y alzó de nuevo la vista hacia el dragón—. Si alguna vez Rahl el Oscuro intenta someterte de nuevo, espero que tu pequeño dragón esté a salvo y que puedas luchar hasta la muerte. Eres una criatura demasiado noble para ser sometida.

Escarlata esbozó una sonrisa y remontó el vuelo. Richard la observó mientras describía un círculo sobre su cabeza. Entonces, volvió la cabeza hacia el oeste y el resto del cuerpo lo siguió. Richard se quedó mirándola unos minutos, hasta que se perdió en la distancia. Luego, entró en el palacio.

El Buscador observó a los guardias de la entrada, prestos para la lucha, pero los hombres se limitaron a saludarlo cortésmente con una inclinación de cabeza. Era un invitado que regresaba. Los vastos pasillos lo engulleron.

Richard tenía una idea bastante aproximada de la dirección en la que se encontraba el jardín donde Rahl guardaba las cajas, y hacia allí se dirigió. Durante un buen rato no reconoció los corredores, pero luego algunos empezaron a parecerle familiares y recordó arcos, columnas y patios de oración. Pasó junto al pasillo en el que se encontraban las habitaciones de Denna, pero evitó mirar en esa dirección.

Los pensamientos le daban mil vueltas en la cabeza y se sentía pesaroso por la decisión que había tomado. Le abrumaba la sola idea de ser precisamente él quien pusiera en manos de Rahl el Oscuro el poder de la magia del Destino. Sabía que así salvaría a Kahlan de una suerte mucho peor y a otros muchos de la muerte, pero no podía evitar sentirse un traidor. Ojalá fuese otro quien ayudara a Rahl. Pero nadie más podía. Sólo él tenía las respuestas que Rahl necesitaba.

Richard se detuvo en un patio de oración con estanque y contempló los peces que se deslizaban en el agua y las ondas que se rizaban en su espejeante superficie. «Lucha con todos los medios a tu alcance», le había dicho Escarlata. Pero, ¿qué ganaría él con eso? ¿Qué ganarían todos los demás? El final sería el mismo, o peor. Podía jugar con su propia vida si lo deseaba, pero no podía jugar con la vida de todos los demás. Y menos con la de Kahlan. Había regresado al palacio para ayudar a Rahl el Oscuro, y eso era lo que iba a hacer. Había tomado una decisión definitiva.

La campana para la oración repicó. Richard vio cómo la gente se congregaba a su alrededor, se inclinaba y empezaba a entonar las plegarias. Dos mord-sith vestidas con prendas de cuero rojo se acercaron a él y lo observaron. No era el momento para buscarse problemas, por lo que el joven se arrodilló, inclinó la cabeza hasta las baldosas del suelo y empezó a rezar. Puesto que ya había tomado una decisión, no tenía que pensar más y podía dejar la mente en blanco.

—Amo Rahl, guíanos. Amo Rahl, enséñanos. Amo Rahl, protégenos. Tu luz nos da vida. Tu misericordia nos ampara. Tu sabiduría nos hace humildes. Vivimos sólo para servirte. Tuyas son nuestras vidas.

Richard repitió las palabras una y otra vez, mientras se dejaba ir y olvidaba sus preocupaciones. Su mente se calmó cuando el joven encontró la paz en su interior y se unió a ella.

Un pensamiento lo hizo enmudecer.

Ya que tenía que rezar, pronunciaría una oración que significara algo para él. Así pues, cambió las palabras.

—Kahlan, guíame. Kahlan, enséñame. Kahlan, protégeme. Tu luz me da vida. Tu misericordia me ampara. Tu sabiduría me hace humilde. Vivo sólo para servirte. Tuya es mi vida.

De pronto lo vio claro, se sentó sobre los talones y abrió mucho los ojos. Sabía qué debía hacer.

Zedd se lo había dicho, le había dicho que la mayoría de las cosas en las que la gente creía eran falsas. Ésa era la Primera Norma de un mago. Ya era hora que dejara de ser un estúpido y que escuchara a los demás. Ya no cerraría los ojos a la verdad. Una sonrisa le iluminó el rostro.

Se puso de pie. Creía con todo su corazón. Exaltado, dio media vuelta y empezó a andar sorteando a las personas que rezaban de rodillas.

Las dos mord-sith también se levantaron y, hombro contra hombro, le cortaron el paso. Tenían una expresión adusta. El joven se detuvo en seco. La mujer de cabello rubio y fríos ojos azules levantó su agiel en una postura de amenaza y lo agitó delante de él.

—Nadie puede saltarse las plegarias. Absolutamente nadie.

—Yo soy el Buscador —declaró, devolviendo a la mujer la mirada intimidatoria y empuñando el agiel de Denna—. Compañero de Denna. Yo soy quien la mató. La maté con la magia a través de la cual me controlaba. Acabo de pronunciar mi última plegaria dirigida al Padre Rahl. Del próximo movimiento que hagas depende que vivas o mueras. Tú decides.

La mord-sith enarcó una ceja. Ambas mujeres intercambiaron una mirada y luego se apartaron. Richard se encaminó al Jardín de la Vida, en busca de Rahl el Oscuro.

Zedd recorría los bordes con mirada recelosa mientras iban subiendo por el camino que se encaramaba por la meseta. El paisaje se animaba a medida que subían. Al salir de la niebla, se encontraron de pronto con el sol de media mañana. Delante de ellos, un puente levadizo empezaba a descender. La cadena repiqueteaba contra el engranaje a medida que el puente descendía hacia el abismo. Una vez abajo, vieron un grupo de soldados armados hasta los dientes que esperaban al otro lado. Chase soltó la espada corta que llevaba colgada al hombro. Pero ninguno de los soldados empuñó un arma, ni se movieron para cerrarles el paso, se mantenían a un lado y no parecían interesados en ellos tres.

Kahlan pasó por delante de los hombres sin prestarles la más mínima atención. Pero Chase los vigilaba. Tenía todo el aspecto de alguien que está a punto de desencadenar una matanza. Los soldados lo saludaron con una inclinación de cabeza y le sonrieron cortésmente.

El guardián del Límite se inclinó un poco hacia Zedd, sin apartar los ojos de los soldados.

—Esto no me gusta. Es demasiado fácil.

Zedd sonrió.

—Si Rahl el Oscuro quiere matarnos, primero debe dejarnos llegar hasta él.

—Vaya consuelo —replicó Chase, frunciendo el entrecejo.

Zedd le puso una mano en el hombro.

—Vuélvete a casa antes de que la puerta se cierre detrás de nosotros para siempre. No perderás el honor por eso.

—Me quedo hasta que esto termine —dijo Chase, poniéndose tenso.

Zedd asintió y avivó el paso para no alejarse demasiado de Kahlan. Al llegar a la cima de la meseta, se encontraron con un muro colosal que se perdía a ambos lados. Las almenas hervían de soldados. Kahlan se encaminó a la puerta sin detenerse. Al verla aproximarse, dos guardianes empujaron hacia adentro las inmensas puertas, sudando la gota gorda. La mujer entró de inmediato.

Chase miró amenazadoramente al capitán de la guardia.

—¿Es que dejáis entrar a cualquiera? —le espetó.

—El amo Rahl espera a la Madre Confesora —se disculpó el capitán, sorprendido ante la salida de Chase.

El guardián del Límite gruñó y la siguió.

—Adiós a nuestro plan de sorprenderlo.

—Es imposible sorprender a un mago con el talento de Rahl.

—¡Un mago! ¿Rahl es mago? —preguntó Chase, agarrando a Zedd por un brazo.

—Pues claro —contestó Zedd, extrañado—. ¿Cómo, si no, crees que es capaz de dominar la magia como lo hace? Desciende de una antigua estirpe de magos.

Chase pareció enfadado.

—Yo creí que los magos ayudaban a la gente; no que querían gobernarla.

Zedd dejó escapar un hondo suspiro.

—Antes de que algunos de nosotros decidiésemos no interferir más en los asuntos de la gente, los magos solían gobernar. Se produjo una ruptura que dio pie a las llamadas guerras de los magos. Del lado de quienes querían mandar sobrevivieron unos pocos, que siguieron con las viejas costumbres, continuaron acumulando poder y gobernando a los demás. Rahl el Oscuro es descendiente directo de esa estirpe de magos, la Casa de Rahl. Él nació con el don, algo bastante raro. Pero lo usa solamente en su propio bien. No tiene conciencia.

Chase se quedó en silencio mientras ascendían un alto tramo de escalones, atravesando la sombra que arrojaban pares de columnas acanaladas, y cruzaban una entrada rodeada por tallas en piedra de tallos y hojas, que permitía el acceso al interior del palacio. A Chase la cabeza le daba vueltas y contemplaba admirado las dimensiones, la belleza y también el abrumador volumen de piedra pulida que veía por todas partes. Kahlan caminaba por el centro del vasto corredor sin percatarse de nada. Los pliegues de su vestido se movían con fluidez, mientras que el sonido de sus botas sobre la piedra susurraba en la profunda distancia.

Gente vestida de blanco paseaba por el palacio. Algunas personas estaban sentadas en bancos de mármol y otras meditaban de rodillas en unos patios, en los que había una piedra y una campana. Todas ellas mostraban la misma sonrisa perpetua de quienes viven engañados, así como el pacífico semblante de quienes están seguros de que poseen el conocimiento y la verdad, aunque, en realidad, sólo sea una fantasía. Para ellas, la verdad no era más que una niebla cambiante que la luz de su enrevesado razonamiento disipaba. Todas aquellas personas eran seguidoras de Rahl el Oscuro, discípulas suyas. La mayoría de ellas no prestaba atención al trío y, como mucho, los saludaba con aire distraído, inclinando la cabeza.

Zedd vislumbró a dos mord-sith, orgullosamente ataviadas en cuero rojo, que se acercaban a ellos por un pasillo lateral. Cuando vieron a Kahlan y los dos relámpagos rojos del Con Dar pintados en la cara, ambas palidecieron, dieron media vuelta y desaparecieron.

Siguieron adelante hasta llegar a una intersección de enormes corredores construida siguiendo el diseño de una rueda. El sol entraba a raudales por las vidrieras de colores que formaban el cubo allá en lo alto y se descomponía en rayos de luz coloreada que iluminaban la grande y tenebrosa zona central.

Kahlan se detuvo, posó sus ojos verdes en el mago y le preguntó:

—¿Por dónde?

Zedd señaló un pasillo de la derecha. Kahlan lo tomó sin dudar.

—¿Cómo conoces el camino? —quiso saber Chase.

—Por dos razones. El Palacio del Pueblo fue construido siguiendo un diseño que reconozco; la forma de un hechizo mágico. Todo el palacio es un enorme encantamiento dibujado en el suelo. Es un sortilegio de poder que protege a Rahl el Oscuro, lo salvaguarda y aumenta su poder. Con él se defiende de otros magos. Yo aquí tengo muy poco poder, podría decirse que estoy indefenso. El corazón del encantamiento es un lugar llamado el Jardín de la Vida. Allí lo encontraremos.

—¿Y la segunda razón? —inquirió Chase, con mirada inquieta.

—Por las cajas —contestó el mago tras un instante de vacilación—. Las cubiertas han sido retiradas. Las siento. Ellas también están en el Jardín de la Vida. —Algo iba mal. Zedd sabía qué era sentir una caja y con dos la sensación sería el doble de intensa. Pero, en realidad, era el triple de intensa.

El mago fue guiando a la Madre Confesora por los pasillos y escaleras. Cada nivel, cada pasillo estaba construido con piedra de un color o tipo únicos. En algunos lugares, las columnas tenían la altura de varios pisos, con galerías entre ellas que daban al corredor. Todas las escaleras eran de mármol, aunque de diferente color. Pasaron junto a estatuas colocadas contra los muros, a ambos lados, a modo de centinelas de piedra. Kahlan, Zedd y Chase caminaron durante varias horas en dirección al corazón del Palacio del Pueblo. Debían avanzar dando rodeos, pues no había modo de llegar al centro andando en línea recta.

Por fin, llegaron ante unas puertas de madera, revestidas de oro, con una escena campestre tallada. Kahlan se detuvo y miró al mago.

—Aquí es, querida. El Jardín de la Vida. Las cajas están dentro. Y Rahl el Oscuro también.

—Gracias, Zedd —le dijo la mujer, mirándolo al fondo de los ojos—, y a ti también, Chase.

Kahlan se volvió hacia la puerta, pero Zedd la detuvo poniéndole suavemente una mano en el hombro y obligándola a mirarlo.

—Rahl el Oscuro sólo tiene dos cajas. Pronto estará muerto. Sin tu ayuda.

Los ojos de Kahlan eran dos pozos de gélido fuego entre el calor de los dos relámpagos rojos que destacaban en su resuelta faz.

—En ese caso, debo darme prisa. —Con estas palabras, empujó las puertas y entró en el Jardín de la Vida.

20

La fragancia de las flores los envolvió cuando entraron en el Jardín de la Vida. Zedd supo de inmediato que algo iba mal. No había duda; las tres cajas estaban allí. Se había equivocado. Rahl tenía las tres cajas del Destino. El mago percibió asimismo otra cosa, algo fuera de lugar, pero, con su poder disminuido, no podía fiarse de aquella sensación. Con Chase a los talones, Zedd siguió a Kahlan, que caminaba por el sendero entre los árboles, y pasaba por delante de muretes cubiertos de plantas trepadoras y vistosas flores. Finalmente llegaron a una extensión de hierba. Kahlan se detuvo.

En el prado había un círculo de arena blanca. Era arena de hechicero. Zedd nunca había visto reunida tal cantidad. De hecho, no había visto más que un puñado en toda su vida. Lo que allí había valía más que diez reinos. Los granos de arena reflejaban diminutas motas de centelleante luz. Cada vez más asustado, Zedd se preguntó para qué necesitaba Rahl tanta arena de hechicero y qué hacía con ella. El mago apenas podía apartar la mirada.

Más allá de la arena de hechicero, se alzaba un altar de sacrificios. Encima del altar de piedra, se encontraban las tres cajas del Destino. Zedd comprobó con sus propios ojos que, efectivamente, las tres cajas estaban allí, reunidas, y le pareció que su corazón dejaba de latir por un instante. Las tres cubiertas habían sido retiradas y cada caja era tan negra como la noche.

Frente a las cajas, dándoles la espalda, estaba Rahl el Oscuro. Zedd se enfureció al ver a la persona que había matado a Richard. Los rayos del sol, que caían directamente sobre él tras atravesar el techo de cristal, iluminaban la túnica blanca que llevaba y sus largos cabellos rubios, arrancándoles destellos. Rahl estaba admirando las cajas, los premios que había ganado.

Zedd sintió que la cara le ardía. ¿Cómo había encontrado Rahl la última caja? ¿Cómo la había conseguido? Pero enseguida olvidó estas y otras preguntas, pues ya eran irrelevantes. La cuestión era qué hacer. Ahora que ya tenía las tres, Rahl podía abrir una. El mago vio cómo Kahlan miraba fijamente a Rahl el Oscuro. Si la Madre Confesora conseguía tocar a Rahl con su poder, aún podían salvarse. Pero Zedd dudaba que Kahlan tuviera suficiente poder. En aquel palacio y especialmente en aquel jardín, Zedd notaba que su propio poder era casi inexistente. Todo el palacio era un gigantesco hechizo contra cualquier mago que no fuese Rahl. Solamente Kahlan podía detener a Rahl el Oscuro. El anciano percibió la Cólera de Sangre que emanaba de la mujer y la furia que hervía en ella.

Kahlan echó a andar por el prado. Zedd y Chase la siguieron, pero, cuando casi habían llegado al círculo de arena, frente a Rahl, la mujer dio media vuelta y puso una mano en el pecho del mago.

—Vosotros dos esperadme aquí.

Zedd sintió la cólera en los ojos de Kahlan y la comprendió, porque eso era justamente lo que él sentía. También sentía el dolor por la pérdida de Richard.

Al levantar de nuevo la vista, el mago se encontró mirando los azules ojos de Rahl el Oscuro. Ambos se sostuvieron la mirada un instante, pero enseguida Rahl posó los ojos en Kahlan, que bordeaba el círculo de arena con un semblante de calma total.

—¿Qué pasará si esto no funciona? —preguntó Chase a Zedd en un susurro.

—Moriremos.

Zedd sintió que sus esperanzas aumentaban al ver la expresión de alarma que se dibujó en el rostro de Rahl el Oscuro. Era alarma y también miedo al ver a Kahlan pintada con los dos relámpagos que simbolizaban el Con Dar. Zedd sonrió. Rahl el Oscuro no había contado con eso y, al parecer, estaba asustado.

La alarma impulsó a Rahl a actuar. Cuando la mujer se le acercó, Rahl el Oscuro desenvainó la *Espada de la Verdad*, que salió de su vaina con un siseo. La hoja estaba blanca. Rahl la alzó frente a sí, amenazando a Kahlan con la punta del acero.

Se encontraban demasiado cerca de su objetivo para fallar. Zedd tenía que ayudarla, ayudarla para que Kahlan usara lo único que podía salvarlos a todos. El mago hizo acopio de toda la fuerza que le quedaba, que no era ni mucho menos tanta como hubiera deseado, y lanzó un rayo de luz por encima del círculo de arena blanca. El esfuerzo le costó todo el poder que le quedaba. El rayo de luz azul impactó en la espada y la arrancó de manos de Rahl. El arma voló en el aire y aterrizó a bastante distancia. Rahl el Oscuro gritó algo a Zedd y luego se volvió hacia Kahlan para decirle algo, pero ni uno ni otra lo entendieron.

Rahl fue reculando ante el avance de Kahlan. Al chocar contra el altar ya no pudo seguir retrocediendo. El hombre se pasó los dedos por el pelo, mientras Kahlan se detenía ante él.

La sonrisa de Zedd se esfumó. Algo iba mal. La forma en que Rahl se había pasado los dedos por el pelo le recordaba algo.

La Madre Confesora alargó un brazo y agarró a Rahl el Oscuro por la garganta.

—Esto es por Richard.

Zedd abrió mucho los ojos y se quedó helado. Ahora comprendía qué andaba mal. El mago ahogó una exclamación.

Ése no era Rahl el Oscuro. Tenía que avisar a Kahlan.

—¡Kahlan, no! ¡Detente! ¡Es...!

En el aire hubo un impacto, un trueno silencioso. Las hojas de los árboles vibraron y la hierba se agitó, formando una onda que nació en el centro y se fue extendiendo hacia los bordes del prado.

—¡... Richard! —Era demasiado tarde. El dolor atenazó al mago.

—Mi ama —susurró Richard, cayendo de rodillas delante de Kahlan.

Zedd se quedó paralizado. La desesperación ahogó la euforia que le producía saber que Richard seguía vivo. Entonces, se abrió una puerta en un muro lateral, cubierta por enredaderas, y por ella apareció el verdadero Rahl el Oscuro, seguido por Michael y dos fornidos soldados. Kahlan parpadeó, confundida.

La red hostil flaqueó y, en medio de un resplandor, quien antes era Rahl el Oscuro apareció de nuevo como quien realmente era: Richard.

Kahlan abrió los ojos, horrorizada, al mismo tiempo que retrocedía. El poder del Con Dar vaciló y se extinguió. La mujer lanzó un grito angustiado por lo que acababa de hacer.

Los dos soldados se colocaron tras ella. Chase se dispuso a empuñar la espada inmediatamente, pero se quedó paralizado antes de que la mano tocara la empuñadura. Zedd alzó ambas manos, pero ya no le quedaba ningún poder. Nada ocurrió. El mago echó a correr hacia ellos, pero, apenas había dado dos pasos cuando chocó contra un muro invisible. Estaba encerrado como un prisionero en una celda de piedra. Zedd se enfureció consigo mismo por haber sido tan estúpido.

Al darse cuenta de lo que había hecho, Kahlan arrebató a uno de los guardias el cuchillo que llevaba al cinto. Lanzó un grito angustiado y lo alzó con ambas manos, dispuesta a clavárselo.

Michael la cogió por detrás, le arrancó el cuchillo de las manos y se lo puso contra el cuello. Richard se lanzó furioso contra su hermano, pero se estrelló contra un muro invisible y cayó al suelo. Kahlan había invertido toda su energía en el Con Dar y ahora estaba demasiado débil para resistirse, por lo que se desplomó, deshecha en lágrimas. Uno de los soldados la amordazó para que ni siquiera pudiera musitar el nombre de Richard.

El joven, de rodillas, se aferró a la túnica de Rahl el Oscuro y, alzando la mirada hacia él, le suplicó:

—¡No le hagáis daño, por favor! ¡A ella no!

—Me alegra mucho verte de vuelta, Richard —respondió Rahl el Oscuro, poniéndole una mano encima del hombro—. Estaba seguro de que volverías. Me alegra que hayas decidido ayudarme. Admiro tu lealtad hacia tus amigos.

Zedd estaba desconcertado. ¿Qué ayuda podría necesitar Rahl el Oscuro de Richard?

—Por favor —suplicaba Richard, sollozando—, no le hagáis daño.

—Eso solamente depende de ti. —Rahl alejó las manos de Richard de su túnica.

—¡Haré lo que sea, pero no le hagáis daño!

Rahl el Oscuro sonrió, se lamió las yemas de los dedos y, con la otra mano, acarició los cabellos de Richard.

—Siento que haya tenido que ser así, Richard. De veras que lo siento. Hubiera sido un placer tener cerca al Richard que eras antes. Tal vez te convierta en algo agradable, algo que te gustaría ser, por ejemplo un perrito faldero. Aunque tú no te des cuenta, tú y yo nos parecemos mucho. Pero me temo que has sido víctima de la Primera Norma de un mago.

—No hagáis daño al ama Kahlan, por favor —sollozó Richard.

—Si haces lo que yo digo, te prometo que la trataré bien. Incluso, es posible que te permita dormir en nuestro dormitorio, para que veas que cumplo mi palabra. Estoy pensando que, quizá, pondré a mi primogénito tu nombre, por haberme ayudado. ¿Te gustaría eso, Richard? Richard Rahl. Irónico, ¿no crees?

—Haced conmigo lo que queráis, pero, por favor, no hagáis daño al ama Kahlan. Decidme qué queréis que haga. Por favor.

—Paciencia, hijo —replicó Rahl el Oscuro, dándole unas palmaditas en la cabeza—. Espera aquí.

Rahl dejó a Richard de rodillas y rodeó el círculo de arena blanca, hacia Zedd. El anciano notó que los ojos azules de su enemigo lo taladraban, y se sintió vacío, hueco.

Rahl se detuvo frente a él, se lamió los dedos y, acto seguido, se alisó las cejas.

—¿Cómo te llamas, Anciano?

Zedd le devolvió la mirada, todas sus esperanzas destruidas.

—Zeddicus Zu'l Zorander. Yo soy quien mató a tu padre —declaró, alzando el mentón.

—Lo sé. ¿Sabes que tu fuego mágico también me quemó a mí? ¿Sabes que estuviste a punto de matarme cuando no era más que un niño? ¿Sabes que sufrí atrozmente durante meses? ¿Y sabes que aún conservo las cicatrices de lo que me hiciste, tanto por fuera como por dentro?

—Lamento haber hecho daño a un niño, fuera quien fuese. Pero, en este caso, lo considero un castigo anticipado.

Rahl conservaba una expresión agradable en el rostro y sonreía levemente.

—Tú y yo vamos a pasar mucho tiempo juntos. Voy a enseñarte todo el dolor que soporté y más. Así sabrás qué sentí.

—Nada de lo que me hagas podrá igualar el dolor que ya siento —repuso el Anciano, mirándolo con amargura.

—Eso ya lo veremos —lo amenazó Rahl el Oscuro. Se lamió las yemas de los dedos y dio media vuelta.

Presa de la desesperación, Zedd contempló frustrado cómo Rahl se colocaba de nuevo frente a Richard.

—¡Richard! —gritó—. ¡No lo ayudes! ¡Kahlan preferiría morir antes de que tú lo ayudaras!

El joven lanzó al mago una mirada vacua, pero enseguida alzó otra vez la vista hacia Rahl el Oscuro.

—Haré lo que sea, pero no le hagáis daño.

—Levántate. Te doy mi palabra, hijo, si haces lo que te digo. —Richard asintió—. Recita el *Libro de las Sombras Contadas*.

Zedd se tambaleó por la impresión. Richard se volvió hacia Kahlan.

—¿Qué debo hacer, ama?

Kahlan se debatió en brazos de Michael, tratando de alejar el cuchillo que éste sostenía contra su garganta y gritó algo, pero la mordaza ahogaba sus palabras.

—Recita el *Libro de las Sombras Contadas*, Richard, o diré a Michael que le corte los dedos, uno a uno. Cuanto más tiempo guardes silencio, más daño sufrirá —le dijo Rahl el Oscuro con voz suave.

Richard se volvió de repente hacia Rahl, con el pánico reflejado en los ojos.

—«La verificación de la autenticidad de las palabras del *Libro de las Sombras Contadas* en caso de no ser leídas por quien controla las cajas, sino pronunciadas por otra persona, sólo podrá ser realizada con garantías mediante el uso de una Confesora...»

Zedd se dejó caer al suelo. No podía creer lo que estaba oyendo. A medida que escuchaba a Richard recitar el libro, se daba cuenta de que era cierto, pues la sintaxis de un libro de magia resultaba inconfundible. Era imposible que Richard se lo estuviera inventando. Era el *Libro de las Sombras Contadas*. A Zedd ya no le quedaban fuerzas ni para maravillarse de que Richard se lo supiera de memoria.

El mundo que conocían tocaba a su fin. Aquél era el primer día del reinado de Rahl. Todo estaba perdido. Rahl el Oscuro había ganado. El mundo era suyo.

Zedd escuchaba a Richard sentado, sintiéndose aturdido. Algunas de las palabras eran mágicas en sí mismas y nadie, excepto alguien que poseyera el don, podría retenerlas en la mente, pues la magia lo borraría todo al llegar a determinados vocablos mágicos. Era una protección contra circunstancias imprevistas, para evitar que el primero que pasara se hiciera con la magia del libro. El hecho de que Richard fuese capaz de recitarlo era una prueba de que había nacido con un don mágico. Había nacido de la magia y para ella. Por mucho que la odiara, Richard era magia, tal como las profecías anunciaban.

Zedd lamentó lo que había hecho. Lamentó haber tratado de proteger a Richard de las fuerzas que, de haber sabido ver quién era él, habrían intentado utilizarlo. Los que nacían con el don siempre eran vulnerables en su infancia y primera juventud. Deliberadamente, Zedd había evitado enseñar a Richard, para impedir que esas fuerzas lo descubrieran. Él siempre había temido, y esperado, que Richard poseyera el don, pero confiaba en que no se manifestaría hasta que llegara a la edad adulta. Entonces, Zedd tendría tiempo para enseñarle, cuando fuese lo suficientemente fuerte y mayor. Antes de que lo matara. Había sido un esfuerzo inútil; no había servido para nada. En su fuero interno, Zedd siempre había sabido que Richard poseía el don, que era alguien especial. Todos quienes lo conocían sabían que Richard era alguien especial, excepcional. Estaba marcado por la magia.

El mago lloró amargamente al recordar los buenos tiempos que habían pasado juntos. Habían sido unos buenos años. Aquellos años en los que había vivido alejado de la magia habían sido los mejores de su vida. Había tenido a alguien que lo amaba sin temor y solamente por él. Había tenido un amigo.

Richard recitaba el libro sin vacilar ni dudar una sola vez. Zedd se maravilló de que lo conociera tan bien y no pudo evitar sentirse orgulloso de él, aunque también deseó que Richard no tuviera tanto talento.

Mucho de lo que decía se refería a cosas ya realizadas, como el modo de retirar las cubiertas de las cajas, pero Rahl el Oscuro no lo detuvo ni le pidió que recitara esos pasajes más rápidamente, por miedo a perderse algo. Escuchaba atentamente y en silencio, mientras Richard recitaba el libro a su propio ritmo. Sólo de vez en cuando Rahl le pedía que repitiera un pasaje determinado, para asegurarse de haberlo comprendido bien y se quedaba sumido en sus pensamientos, mientras Richard hablaba de ángulos del sol, de nubes y de vientos.

La tarde fue avanzando con el recitado del libro. Rahl escuchaba de pie frente a él, Michael amenazaba a Kahlan con el cuchillo y los dos soldados la sujetaban por los brazos. Chase seguía petrificado, con una mano dispuesta a empuñar la espada. Condenado y cautivo en su prisión invisible, Zedd se dio cuenta de que el procedimiento para abrir las cajas iba a durar más tiempo del que había imaginado. De hecho, duraría toda la noche. La razón por la que Rahl el Oscuro necesitaba tanta arena de hechicero era porque tendría que dibujar encantamientos. Las cajas debían colocarse exactamente de manera que los primeros rayos del sol invernal incidieran sobre ellas y la sombra que proyectara cada una de ellas dictaría su posición.

Aunque tenían idéntico aspecto, cada una de las cajas proyectaba una sombra distinta. A medida que el sol desaparecía en el horizonte, las sombras se iban alargando. Una caja arrojaba una sombra; otra, dos; y la tercera, tres. Ahora comprendía Zedd por qué el libro se llamaba el *Libro de las Sombras Contadas*.

Cuando el libro describía los encantamientos necesarios, Rahl el Oscuro ordenaba a Richard que se detuviera y los dibujaba en la arena blanca. El anciano ni siquiera había oído hablar de algunos de aquellos encantamientos, pero Rahl sí, y los dibujaba sin vacilar. Al anochecer, Rahl encendió antorchas alrededor del círculo de arena y, a la luz de las teas, fue dibujando los encantamientos en la arena blanca a medida que el *Libro de las Sombras Contadas* lo indicaba. Todos lo contemplaban en silencio. Zedd estaba impresionado por la pericia de mago que demostraba y lo inquietaba no poco ver las runas del inframundo.

Se trataba de trazar formas geométricas complejas, y Zedd sabía que debía hacerse sin ningún error y en el debido orden; dibujar cada línea en el momento adecuado y en el orden correcto. Si se cometía un error, quien las dibujaba no podía corregirlas, borrarlas ni empezar de nuevo desde el principio. Un error significaba la muerte.

Zedd había conocido a magos que se pasaban años estudiando un encantamiento antes de atreverse a trasladarlo a arena de hechicero, por miedo a cometer un error fatal. Pero Rahl el Oscuro no tenía ningún problema. Dibujaba con precisión y mano firme. Zedd nunca había visto a un mago con tanto talento. Al menos, se dijo amargamente, lo mataría el mejor. No podía evitar admirar la maestría de Rahl. Jamás había presenciado tal demostración de competencia mágica.

Tanto esfuerzo iba dirigido a descubrir qué caja debía abrir. Según el libro, podía abrir una de ellas cuando lo deseara. Por otros libros de instrucciones, Zedd sabía que todos aquellos esfuerzos no eran más que una precaución para impedir que la magia fuese usada a la ligera, para evitar que alguien decidiera por las buenas convertirse en el amo del mundo y que un libro mágico le dijera cómo. Pese a ser un mago de Primera Orden, Zedd no poseía los conocimientos necesarios para llevar a término las instrucciones del *Libro de las Sombras Contadas*. Rahl el Oscuro se había estado preparando para aquel momento casi toda su vida. Probablemente, su padre había empezado a enseñarlo cuando era niño. Zedd deseó que el fuego mágico que había consumido a Panis Rahl también hubiera acabado con su hijo, pero enseguida desechó la idea.

Al alba, Rahl el Oscuro acabó de dibujar todos los encantamientos y colocó las cajas encima de ellos. Cada caja, que se distinguía por el número de sombras que proyectaba, debía situarse sobre un dibujo en concreto. Rahl lanzó los hechizos. Cuando los rayos del sol del segundo día de invierno iluminaron la piedra, las cajas fueron colocadas de nuevo encima del altar. Zedd comprobó con asombro que las cajas proyectaban un número de sombras distinto al del día anterior; otra precaución. Siguiendo las indicaciones del libro, Rahl colocó la caja que arrojaba una sola sombra a la izquierda; la que arrojaba dos, en el centro; y la que arrojaba tres, a la derecha.

—Prosigue —ordenó a Richard, con la vista fija en las negras cajas.

El joven recitó, sin dudar.

—«Una vez dispuestas de este modo, el Destino puede ser gobernado. Una sombra es insuficiente para obtener el poder que preserve la vida del aspirante, y toda vida puede tolerar tres más. Pero el equilibrio se logra abriendo la caja de dos sombras; una sombra para ti y otra para el mundo, que será tuyo gracias al poder de la magia del Destino. La caja con dos sombras es la marca de un mundo sometido a un único poder. Ábrela y tendrás tu recompensa.»

Lentamente, Rahl el Oscuro se volvió hacia Richard.

—Sigue.

Richard parpadeó.

—«Gobierna según tu elección.» No hay más.

—Tiene que haber algo más.

—No, amo Rahl. «Gobierna según tu elección.» No hay más.

Rahl agarró a Richard por la garganta.

—¿Te lo aprendiste todo? ¿El libro entero?

—Sí, amo Rahl.

—¡No puede ser! —exclamó Rahl, furioso—. ¡Ésa no es la caja correcta! ¡La caja que arroja dos sombras es la que me matará! ¡Ya te dije que he averiguado cuál de ellas me mataría!

—Os he recitado el libro tal como estaba escrito. Palabra por palabra —dijo Richard.

Rahl el Oscuro lo soltó.

—No te creo. Rebana el gaznate a la mujer —ordenó a Michael.

—¡No! —suplicó Richard, cayendo de rodillas—. ¡Me disteis vuestra palabra! ¡Dijisteis que no le haríais daño si yo decía lo que sabía! ¡Por favor! ¡Os he dicho la verdad!

Rahl alzó una mano para detener a Michael, sin apartar la mirada de Richard.

—No te creo. Dime la verdad ahora mismo o la mataré. Mataré a tu ama.

—¡No! —gritó Richard—. ¡Os he dicho la verdad! ¡Decir otra cosa sería mentir!

—La última oportunidad, Richard. Dime la verdad o Kahlan morirá.

—No puedo deciros otra cosa —sollozó Richard—. Si cambiara mis palabras, estaría mintiendo. Os he dicho todo tal como está escrito.

Zedd se levantó, con la mirada fija en el cuchillo que Kahlan tenía al cuello. La mujer tenía los ojos verdes desorbitados. El Anciano miró a Rahl el Oscuro. Era evidente que Rahl había encontrado una fuente de información alternativa al *Libro de las Sombras Contadas*, y ambas no coincidían. Era algo que solía ocurrir; Rahl el Oscuro debía saberlo. Siempre que se producía un conflicto como aquél, debía darse precedencia a la información contenida en el libro de instrucciones para aquella magia en concreto. Obrar de otro modo siempre resultaba fatal; era una salvaguarda para proteger la magia. Contra toda razón, Zedd deseó que la arrogancia de Rahl lo llevara a apartarse de las instrucciones del libro.

Rahl el Oscuro sonrió de nuevo. Se lamió las yemas de los dedos y después se los pasó por las cejas.

—Muy bien, Richard. Tenía que asegurarme de que decías la verdad.

—Lo juro, lo juro por la vida del ama Kahlan. Cada una de las palabras que he dicho es cierta.

Rahl asintió e hizo a Michael una señal. Éste relajó la presión sobre el cuchillo. Kahlan cerró los ojos, mientras las lágrimas le corrían por las mejillas. Rahl se volvió hacia las cajas y lanzó un profundo suspiro.

—Al fin —musitó—. La magia del Destino ya es mía.

Aunque no podía verlo, Zedd sintió cómo Rahl el Oscuro levantaba la tapa de la caja del centro, la que arrojaba dos sombras; lo supo por la luz que manó de ella. Aquella luz dorada ascendió y, como si pesara mucho, descendió encima de Rahl, al que iluminó con su resplandor dorado. Rahl el Oscuro dio vueltas, risueño. La luz que lo rodeaba seguía sus movimientos. Entonces, el Padre Rahl se elevó levemente, lo suficiente para no apoyar el peso en los pies, y flotó hasta el centro del círculo de arena, con los brazos extendidos. La luz empezó a girar lentamente a su alrededor. Rahl bajó la mirada hacia Richard.

—Gracias por regresar y ayudarme, hijo mío. Tendrás tu recompensa como te prometí. Me has entregado lo que es mío. Lo siento. Es maravilloso. Puedo sentir el poder.

Richard lo miraba impasible, de pie. Zedd volvió a dejarse caer al suelo. ¿Qué había hecho Richard? ¿Cómo había podido? ¿Cómo había podido entregar a Rahl el Oscuro la magia del Destino, que le permitiría gobernar el mundo? Porque había sido tocado por una Confesora, por eso. No era culpa de Richard; él no había podido evitarlo. Todo había acabado. Zedd le perdonó.

Si conservara su poder, conjuraría el Fuego de Vida y pondría en él toda su energía vital. Pero allí, frente al amo Rahl, él no tenía ningún poder. El mago se sentía muy cansado, aunque sabía que no tendría la oportunidad de hacerse más viejo. Rahl el Oscuro se ocuparía de ello. Zedd no se entristecía por él, sino por el resto del mundo.

Bañado en la luz dorada, Rahl fue elevándose lentamente en el aire por encima de la arena de hechicero. Sus ojos chispeaban y exhibía una sonrisa satisfecha. Entonces inclinó la cabeza hacia atrás, extasiado, cerró los ojos y dejó que el cabello rubio le colgara. A su alrededor giraban chispas de luz.

La arena blanca se tornó dorada y fue oscureciéndose hasta adquirir un tono marrón tostado. La luz que envolvía a Rahl se tiñó de color ámbar. Rahl irguió la cabeza, abrió los ojos y la sonrisa se esfumó.

La arena de hechicero se volvió negra. El suelo tembló.

Richard esbozó una amplia sonrisa. El joven recogió la *Espada de la Verdad* y dejó que la cólera de la espada se reflejara en sus ojos grises. Zedd se puso de pie. La luz que rodeaba a Rahl el Oscuro adquirió un feo tono marrón. Ahora el Padre Rahl tenía los ojos muy abiertos.

Del suelo brotó un estruendoso quejido. La arena negra se abrió a los pies de Rahl. De la tierra brotó un rayo de luz violeta que lo envolvió. Rahl se retorcía en ella y chillaba.

Richard contemplaba la escena como petrificado, respirando agitadamente.

La prisión invisible que mantenía cautivo a Zedd se hizo pedazos. La mano de Chase pudo completar el recorrido hasta la espada y la desenvainó de golpe, al mismo tiempo que echaba a correr hacia Kahlan. Los dos soldados soltaron a la mujer y salieron a su encuentro.

Michael palideció y contempló, horrorizado, cómo Chase atravesaba a uno de los soldados. Kahlan propinó a Michael un codazo en el vientre, agarró el cuchillo y se lo arrebató de la mano. Viéndose desarmado, Michael buscó frenéticamente una vía de escape en todas direcciones. Inmediatamente echó a correr por un sendero entre los árboles.

Chase y el segundo soldado cayeron al suelo. Ambos gruñían, con intenciones asesinas, mientras rodaban uno sobre el otro, tratando de aventajar al adversario. El hombre de armas lanzó un grito. Chase se puso de pie, pero el otro no. El guardián del Límite echó un vistazo a Rahl el Oscuro y emprendió la persecución de Michael. Zedd vislumbró el vestido de Kahlan cuando ésta desapareció en otra dirección.

El anciano mago se había quedado paralizado, como Richard, contemplando fascinado cómo Rahl se debatía. Pero la magia del Destino lo tenía atrapado. La luz violeta y las sombras lo mantenían prisionero en el aire, sobre el agujero negro.

—Richard —chilló Rahl—. ¿Qué has hecho?

El Buscador se acercó más al círculo de arena negra.

—Lo que vos me habéis ordenado, amo Rahl —contestó, haciéndose el inocente—. Os he dicho lo que queríais oír.

—¡Pero era la verdad! ¡No has mentido!

—Sí, he dicho la verdad, pero no toda. Me he saltado casi todo el último párrafo: «Pero, cuidado. El efecto de las cajas es mudable; depende del propósito. Si deseas ser el Amo supremo para así poder ayudar a los demás, mueve una caja hacia la derecha. Si deseas ser el Amo supremo para así hacer sólo tu voluntad, mueve una caja hacia la izquierda. Gobierna según tu elección». Tu información era correcta; la caja que arrojaba dos sombras era la que te mataría.

—¡Pero tú tenías que obedecerme! ¡Fuiste tocado por el poder de una Confesora!

—¿De veras? —replicó Richard, sonriendo—. Recuerda la Primera Norma de un mago. Es la primera porque es la más importante. Deberías haberla tenido más en cuenta. Éste es el precio de la arrogancia. Yo acepto que soy vulnerable, pero tú no.

»No me gustaban las opciones que me ofrecías. Al darme cuenta de que, siguiendo tus normas nunca podría ganar, decidí cambiarlas. El libro decía que para confirmar la veracidad de las palabras debías usar una Confesora. Tú creíste que lo hacías. Primera Norma de un mago. Lo creíste porque querías creerlo. Te he vencido.

—¡No puede ser! ¡Es imposible! ¿Cómo has sido capaz de hacerlo?

—Tú me enseñaste. Nada, ni siquiera la magia, es unidimensional. Mírala en su totalidad, me dijiste. Todas las cosas tienen dos caras. Mira la totalidad. —El Buscador sacudió lentamente la cabeza—. Nunca deberías haberme enseñado algo que no querías que supiera. Gracias, Padre Rahl, por haberme enseñado lo más importante que podía aprender en la vida: cómo amar a Kahlan.

El rostro de Rahl el Oscuro estaba contraído por el dolor. Reía y lloraba al mismo tiempo.

—¿Dónde está Kahlan? —preguntó Richard, mirando alrededor.

—Vi que se iba por allí —contestó Zedd, señalando con un largo dedo.

Richard guardó de nuevo la espada en su funda, mientras posaba los ojos en la figura envuelta en sombras y luz.

—Adiós, Padre Rahl. Espero que mueras aunque yo no esté mirando.

—¡Richard! —chilló Rahl al ver que el joven empezaba a alejarse—. ¡Richard!

Zedd se quedó a solas con Rahl el Oscuro. Bajo la mirada del Anciano, unos dedos de humo transparentes se enroscaron alrededor de la túnica blanca de Rahl y le sujetaron los brazos a los lados. Zedd se acercó más. Los azules ojos de Rahl se posaron en el mago.

—Zeddicus Zu'l Zorander, es posible que hayas ganado, pero no del todo.

—Arrogante hasta el final.

—Dime quién es —le pidió Rahl con una sonrisa.

—¿Quién va a ser? El Buscador.

Rahl estalló en carcajadas, retorciéndose de dolor. La mirada azul se posó de nuevo en Zedd.

—Es tu hijo, ¿verdad? Al menos, he sido vencido por alguien con sangre de mago. Tú eres su padre.

Zedd negó lentamente con la cabeza, mientras esbozaba una nostálgica sonrisa.

—Es mi nieto.

—¡Mientes! ¿Por qué te habrías molestado en rodearlo con una red y ocultar la identidad de su padre si no eres tú?

—Puse una red a su alrededor porque no quería que descubriera quién fue el bastardo de ojos azules que violó a su madre y le dio vida.

Rahl abrió desmesuradamente los ojos.

—Tu hija murió. Mi padre me lo dijo.

—Fue un pequeño truco para que estuviera a salvo. —Zedd endureció el gesto para añadir—: Aunque no sabías quién era, le hiciste daño. Pero, involuntariamente, también la hiciste feliz. Le diste a Richard.

—¿Yo soy su padre? —susurró.

—Cuando violaste a mi hija, sabía que no podría hacerte nada, y mi primer pensamiento fue consolarla y protegerla. Así pues, me la llevé a la Tierra Occidental. Allí conoció a un joven, viudo y con un hijo de corta edad. George Cypher era un hombre bueno y amable, y me sentí orgulloso de que se casara con mi hija. George quería a Richard como si fuese hijo suyo, pero conocía la verdad. Lo único que desconocía era mi identidad, pues la red lo ocultaba.

»Podría haber odiado a Richard por los crímenes de su padre, pero, en vez de eso, decidí amarlo por él mismo. Ha resultado ser una persona excepcional, ¿no te parece? Has sido vencido por el heredero que deseabas, por un heredero que posee el don. Eso no ocurre a menudo. Richard es el verdadero Buscador. De la sangre de los Rahl posee la capacidad de sentir cólera y ejercer la violencia, pero también posee sangre de los Zorander, que le da capacidad para amar, comprender y perdonar.

Rahl el Oscuro titilaba en las sombras de la magia del Destino. Mientras se volvía tan transparente como el humo, se retorcía de dolor.

—Imagínate, la estirpe de los Rahl y los Zorander se han unido. No obstante, Richard sigue siendo mi heredero. A fin de cuentas —añadió penosamente, casi incapaz de hablar—, he ganado.

Pero Zedd negó con la cabeza.

—No. Has perdido más de lo que crees.

Vapor, humo, sombras y luz empezaron a girar vertiginosamente, rugiendo. El suelo tembló con violencia. El remolino absorbió la arena de hechicero, que ya era tan negra como un pozo sin fondo. El vórtice giraba sobre el abismo. Los sonidos del reino de la vida y del reino de la muerte se confundían en un terrible aullido.

—Lee las profecías, Anciano —dijo Rahl el Oscuro con voz hueca y muerta—. Es posible que las cosas todavía no hayan acabado. Yo soy sólo un agente.

En el centro del remolino apareció un punto de luz cegadora. Zedd tuvo que taparse los ojos. Rayos de luz candente salían disparados hacia lo alto, atravesaban el cristal del techo y volvían a descender hacia la negrura del abismo. Se oyó un chillido desgarrador. El aire vibró con el calor, la luz y el sonido. Un estallido de luz lo iluminó todo y, luego, silencio.

Cautelosamente, Zedd apartó las manos de los ojos. La luz del sol invernal iluminaba el suelo, donde momentos antes se había abierto el negro abismo. La arena de hechicero había desaparecido y la superficie de tierra desnuda sobre la que se encontraba el círculo no se veía alterada. La abertura entre los dos reinos se había cerrado. Al menos, así lo esperaba Zedd.

El mago sintió en sus huesos que recuperaba su poder. Una vez desaparecidos quienes habían dibujado el encantamiento contra él, el efecto del mismo se desvaneció.

Zedd, de pie ante el altar, extendió los brazos bajo la luz del sol y cerró los ojos.

—Retiro las redes. Soy quien era antes: Zeddicus Zu'l Zorander, mago de Primera Orden. Que todos lo sepan de nuevo. Y el resto, también.

El pueblo de D'Hara estaba unido a la Casa de Rahl por medio de un lazo mágico forjado mucho tiempo atrás. Ese lazo encadenaba el pueblo de D'Hara a la Casa de Rahl, y a la inversa. Una vez levantadas las redes, muchos sentirían el lazo de unión con el don y así sabrían que Richard era ahora el amo Rahl.

Tendría que decirle a Richard que Rahl el Oscuro era su padre, pero no sería aquel día. Primero tenía que hallar el mejor modo de decírselo. Tenía mucho que decirle, pero más adelante.

Richard la encontró arrodillada en uno de los patios de oración, a aquella hora vacío. Todavía llevaba la mordaza anudada al cuello, donde la había dejado después de quitársela de la boca. Kahlan tenía el cuerpo encorvado, con los hombros hacia adelante y lloraba desconsoladamente. La larga melena le caía en cascada por el rostro y agarraba el cuchillo con ambas manos, la punta apoyada en el pecho. Los hombros le temblaban con los sollozos. Richard se detuvo cerca de los pliegues de su vestido blanco.

—No lo hagas —susurró.

—Debo hacerlo. Te quiero. —Kahlan lanzó un débil gemido—. Te he tocado con mi poder. Prefiero morir antes que ser tu ama. Es el único modo de liberarte. —La mujer se estremeció, sin dejar de llorar—. Me gustaría que me dieras un beso y después te marcharas. No quiero que veas esto.

—No.

—¿Qué acabas de decir? —Kahlan alzó la mirada hacia el joven.

—He dicho que no —afirmó Richard, apretando los puños contra las caderas—. No pienso besarte mientras sigas llevando esos estúpidos relámpagos pintados en la cara. Casi me muero del susto al verte.

—Pero no puedes negarme nada. Después de tocarte, estás en mi poder.

Richard fue a agacharse junto a Kahlan y le desató la mordaza del cuello.

—Bueno, me has ordenado que te besara y yo te he dicho que no lo haría con esas cosas pintadas en la cara. —Mientras hablaba, Richard sumergió la mordaza en el agua y empezó a borrarle los relámpagos—. Así que la única solución es deshacernos de ellos.

Kahlan se mantuvo de rodillas, paralizada, mientras Richard le limpiaba la pintura roja de la cara. Al acabar, el joven buscó su mirada. Entonces arrojó la mordaza a un lado, se arrodilló frente a la mujer y le rodeó la cintura con los brazos.

—Richard, te he tocado con mi magia. Lo sentí. Lo oí. Lo vi. ¿Cómo es posible que el poder no te haya afectado?

—Porque estaba protegido.

—¿Protegido? ¿Cómo?

—Por mi amor por ti. Me di cuenta de que te amaba más que a mi propia vida y que prefería entregarme por completo a tu poder antes que seguir viviendo sin ti. La magia no podía hacerme nada peor que vivir sin ti. Estaba dispuesto a entregártelo todo y ofrecí al poder todo lo que tengo. Todo mi amor por ti. Cuando me di cuenta de lo mucho que te quería, estaba dispuesto a ser tuyo, fueran cuales fuesen las condiciones. Entendí que tu magia no podía hacerme nada malo. Como yo ya te amaba más que a mí mismo, no podía cambiar nada. Estaba protegido porque tu amor ya me había tocado. Poseía una fe ciega en que tú sentías lo mismo por mí y no tenía ningún miedo. Si hubiese tenido alguna duda, la magia lo habría aprovechado para tomarme, pero yo estaba completamente seguro. Mi amor por ti no tiene fisuras. Mi amor por ti es el que me ha protegido de la magia.

—¿Así te sentías? ¿No tenías ninguna duda? —le preguntó Kahlan, dirigiéndole su especial sonrisa.

Richard se la devolvió.

—Bueno, a decir verdad, cuando vi esos relámpagos pintados en tu cara, tengo que admitir que me preocupé. No sabía qué eran ni qué significaban. Por eso desenvainé la espada, para ganar tiempo para pensar. Pero entonces me di cuenta de que no importaba, de que tú seguías siendo Kahlan y de que yo te amaba. Anhelaba que me tocaras con tu poder para demostrar mi amor y mi lealtad hacia ti, pero tuve que fingir.

—Esos símbolos querían decir que también yo estaba dispuesta a darlo todo por ti —susurró la mujer.

Kahlan le echó los brazos al cuello y lo besó. Arrodillados sobre las losas, frente al estanque, se abrazaron con fuerza. Richard besó los tiernos labios de Kahlan, tal como había soñado miles de veces que haría. La besó hasta sentirse mareado, pero la siguió besando sin importarle la expresión perpleja de quienes pasaban por allí.

Richard no tenía ni idea del tiempo que llevaban arrodillados y abrazados, pero al fin decidió que debían ir en busca de Zedd. Kahlan le rodeó la cintura con un brazo, apoyó la cabeza en él, y así regresaron al Jardín de la Vida. Antes de empujar las puertas, se besaron una vez más.

Encontraron a Zedd inspeccionando el altar y otras cosas detrás de éste, con una mano apoyada en su huesuda cadera y frotándose el mentón con la otra. Kahlan se arrodilló ante el mago, cogió sus manos entre las suyas y las besó.

—¡Zedd, Richard me ama! Averiguó la forma de que mi magia no lo afectara. Había un modo, y él lo descubrió.

—Bueno —contestó Zedd, mirándola con el ceño fruncido—, no se dio mucha prisa.

—¿Tú lo sabías? —le preguntó la mujer, poniéndose de pie.

—La duda ofende. Pues claro que lo sabía. Olvidas que soy un mago de Primera Orden.

—¿Y no nos lo dijiste?

—Si te lo hubiese dicho, querida, nunca hubiera funcionado. El hecho de saberlo de antemano hubiera sembrado una semilla de duda, y eso hubiera bastado para llevarnos al fracaso. Para ser el verdadero amor de una Confesora, es preciso que haya un compromiso total y absoluto; sólo así puede superarse la barrera de la magia. Sin la voluntad de entregarse totalmente a ti, de manera desinteresada, siendo consciente de las consecuencias, no funciona.

—Parece que sabes mucho del tema —comentó Kahlan, ceñuda—. Nunca había oído hablar de esto antes. ¿Sucede a menudo?

Zedd se frotó el mentón con aire pensativo, mientras alzaba la vista hacia las claraboyas.

—Que yo sepa, sólo ha ocurrido una vez anteriormente. Pero no puedes decírselo a nadie, tal como yo tampoco podía decíroslo —añadió, mirándolos a ambos—. No importa cuánto dolor pueda causar, no importan las consecuencias, debéis guardar el secreto. Si alguien se enterara, el secreto podría transmitirse y destruir para siempre la oportunidad de otros. Es una de las paradojas de la magia; uno debe aceptar el fracaso si quiere triunfar. Y también es una de las cargas que impone; uno debe aceptar los resultados, incluso la muerte de los demás, para proteger la esperanza para el futuro. Si uno es egoísta juega con la vida y las oportunidades de quienes todavía no han nacido.

—Lo prometo —dijo Kahlan.

—Yo también —se sumó Richard—. Zedd, ¿ha acabado? Me refiero a Rahl el Oscuro. ¿Está muerto?

Zedd lanzó a Richard una mirada que éste encontró extrañamente incómoda.

—Rahl el Oscuro está muerto. —Zedd puso una enjuta mano sobre el hombro de Richard. El joven sintió los huesudos dedos del mago que se le clavaban en la carne—. Lo has hecho muy bien, Richard, todo. Me diste un susto de muerte. Nunca había presenciado una actuación tan convincente.

—No fue más que un pequeño truco —dijo con modestia Richard, aunque sonrió orgulloso.

Zedd hizo un gesto de asentimiento. Llevaba los cabellos blancos muy revueltos, lo que le daba un aspecto asilvestrado.

—Ha sido más que un truco, muchacho. Mucho más.

Todos se volvieron al oír el sonido de alguien que se acercaba. Era Chase, que arrastraba a Michael por el pescuezo. El estado en el que se encontraban las otrora inmaculadas prendas blancas que vestía el Primer Consejero indicaban que no había regresado voluntariamente al Jardín de la Vida. Chase le dio un empellón para que quedara frente a Richard.

El Buscador cambió de humor al ver a su hermano. Michael alzó la mirada hacia Richard con aire de desafío.

—No voy a permitir que se me trate de este modo, hermanito. —Su voz era tan condescendiente como siempre—. No tienes ni idea de qué has echado a perder. No sabes qué trataba de hacer. La unión de D'Hara y la Tierra Occidental podría haber ayudado a todo el mundo. Has condenado a todos a sufrir innecesariamente, aunque el Padre Rahl lo podría haber impedido. Eres un estúpido.

Richard recordó todo lo que había pasado junto a Zedd, Chase y Kahlan. Recordó a todos los que habían muerto a manos de Rahl, y los innumerables muertos de los que jamás sabría nada. Pensó en todo el sufrimiento, la crueldad, la brutalidad. Pensó en todos los tiranos que habían florecido bajo la protección de Rahl el Oscuro, desde el mismo Rahl el Oscuro hasta la princesa Violeta. Recordó a quienes él mismo había matado, y sintió pena y dolor por las cosas que se había visto obligado a hacer.

—Dame el saludo del perdedor, Michael —dijo a su hermano, inclinándose hacia él.

La faz de Michael se encendió de ira.

—Antes la muerte —replicó.

Richard hizo un gesto de asentimiento, mientras se enderezaba. No dejó de mirar fijamente a su hermano a los ojos mientras sacaba la espada de su funda. Trató de ahogar la cólera y que la hoja se volviera blanca, pero fue inútil. Así pues, deslizó de nuevo el acero en la vaina.

—Me alegra comprobar que tenemos algo en común, Michael. Ambos estamos dispuestos a morir por lo que creemos. —El joven apartó la mirada de su hermano para posarla en la enorme hacha de batalla, en forma de media luna, que Chase llevaba colgada al cinto. Entonces miró la hosca cara del guardián del Límite y le ordenó en voz baja—: Ejecútalo. Después, lleva la cabeza a su guardia personal. Diles que fue ejecutado por orden mía, acusado de traición contra la Tierra Occidental. La Tierra Occidental tendrá que elegir a un nuevo Primer Consejero.

Chase agarró a Michael por el pelo con su manaza. Michael gritó, cayó de rodillas y ejecutó el saludo del perdedor.

—¡Richard! ¡Por favor, soy tu hermano! ¡No hagas esto! ¡No dejes que me mate! Lo siento, perdóname, estaba equivocado. Te lo suplico, Richard. Perdóname.

Richard miró a su hermano, arrodillado ante él, con las manos juntas, implorando. El joven asió el agiel, sintiendo el dolor que éste la causaba pero soportándolo, recordando; las imágenes desfilaban raudas por su mente.

—Rahl el Oscuro te dijo lo que iba a hacer conmigo. Tú lo sabías. Sabías lo que iba a ocurrirme, pero no te importó porque sólo pensabas en tu interés personal. Michael, te perdono todo lo que me has hecho.

Michael hundió los hombros, muy aliviado. El Buscador se puso tenso.

—Pero no puedo perdonarte lo que has hecho a otros, no puedo olvidar a quienes han perdido la vida por tu culpa. Por esos crímenes vas a ser ejecutado, no por tus crímenes contra mí.

Michael chillaba y lloraba mientras Chase se lo llevaba a rastras hasta el lugar de la ejecución. Richard asistió a la escena lleno de dolor y temblando.

—Suéltalo, Richard —le dijo Zedd, poniéndole una mano sobre la del joven, que sostenía el agiel.

Los pensamientos de Richard enmascaraban el dolor que el agiel le estaba causando. Miró a Zedd, de pie ante él, con su huesuda y curtida mano sobre la suya, y vio cosas en los ojos de su amigo que no había visto nunca antes; él también sabía lo que era el dolor. Richard dejó ir el agiel.

—Richard, ¿tienes que llevar eso? —inquirió Kahlan, los ojos posados en el instrumento que colgaba del cuello del Buscador.

—Por el momento, sí. Se lo prometí a alguien a quien maté. A alguien que me ayudó a darme cuenta de lo mucho que te amo. Rahl el Oscuro pensó que esto me vencería, pero, en realidad, me enseñó cómo vencerlo. Si ahora me desprendo de él, sería como negar lo que hay dentro de mí, negarme a mí mismo.

—Todavía no lo entiendo, Richard, pero confío en que un día lo haré —contestó Kahlan, poniéndole una mano sobre el brazo.

Richard recorrió con la mirada el Jardín de la Vida, pensando en la muerte de Rahl el Oscuro y en la muerte de su padre. Por fin se había hecho justicia. Al recordar a su padre, lamentó su pérdida, pero el dolor desapareció al darse cuenta de que había completado la misión que su padre le había asignado. Había recordado a la perfección todas las palabras del libro secreto. Había cumplido con su deber. Su padre podía ya descansar en paz.

—¡Diantre! —exclamó el mago, alisándose la túnica con un resoplido—. Un lugar tan grande como éste debe de tener una buena despensa, ¿no, Richard?

El Buscador sonrió de oreja a oreja y pasó un brazo sobre sus dos amigos, al tiempo que los guiaba fuera del Jardín de la Vida, hacia un comedor que recordaba. Había gente sentada a la mesa como si nada hubiera cambiado. Los tres hallaron sitio en una mesa dispuesta en un rincón. Los sirvientes les llevaron arroz, verduras, pan moreno, queso y sopa picante. A medida que Zedd iba acabando con todo, los sorprendidos pero risueños sirvientes le llevaban más comida.

Richard probó el queso y, para su sorpresa, se dio cuenta de que le desagradaba profundamente su sabor. Hizo una mueca y lo arrojó sobre la mesa.

—¿Qué pasa? —quiso saber Zedd.

—¡Éste debe de ser el peor queso que he comido en toda mi vida!

El mago lo olió y probó una pizca.

—Al queso no le pasa nada, hijo.

—Perfecto, pues cómetelo tú.

Por supuesto, Zedd no le hizo remilgos. Richard y Kahlan comieron la sopa picante y el pan moreno, sonriendo mientras contemplaban cómo su viejo amigo devoraba. Cuando, por fin, éste estuvo saciado, se dirigieron a la salida del Palacio del Pueblo.

Mientras caminaban por los pasillos, las campanas tocaban una única y larga llamada a la oración. Kahlan miró ceñuda cómo la gente se congregaba en los patios, se inclinaban hacia el centro y entonaban las plegarias. Desde que había cambiado las palabras de la oración, Richard ya no sentía el impulso, la necesidad, de unirse al rezo. Pasaron por delante de un buen número de patios, todos ellos repletos de gente que rezaba. Richard se preguntó si debería hacer algo para poner fin a aquello, pero, finalmente, decidió que ya había hecho lo más importante.

El trío abandonó los grandes y tenebrosos corredores para salir a la luz del sol del invierno. Ante ellos, los escalones descendían en cascada hacia el enorme patio. Los tres se detuvieron al borde de la escalinata. Richard ahogó una exclamación al ver toda la gente que se había reunido allí.

Ante él vio a miles de hombres, en formación y en posición de firmes. En cabeza, a los pies de la escalinata, se encontraba la guardia personal de Michael, que había sido la milicia local antes de que Michael se la apropiara. Las cotas de malla, los escudos y los estandartes amarillos relucían bajo el sol. Detrás formaban casi un millar de soldados del ejército de la Tierra Occidental y, tras éstos, un impresionante número de tropas de D'Hara. Delante estaba Chase, de brazos cruzados y mirándolos. Junto a él se veía una pica con la cabeza de Michael clavada en un extremo. Richard se detuvo, sobrecogido por el silencio. Si un hombre del fondo, a medio kilómetro o más de distancia, hubiera tosido, Richard lo habría oído.

Zedd lo animó a bajar la escalera poniéndole una mano en la espalda. Fue como un empujón. Kahlan le apretó un brazo y también ella descendió los escalones y los amplios descansillos, manteniéndose muy erguida. Chase miraba fijamente a Richard a los ojos. El Buscador vio a Rachel junto al guardián, aferrándose a la pierna del hombre con un brazo y sosteniendo a Sara en la otra mano. Siddin también sujetaba con fuerza la muñeca. Al ver a Kahlan, el niño se soltó y corrió a su encuentro. Kahlan se echó a reír y lo acogió en sus brazos. Justo antes de echar los brazos alrededor del cuello de la mujer, el pequeño dirigió a Richard una sonrisa y le dijo algo que éste no entendió. Kahlan lo abrazó y le susurró algo, lo dejó en el suelo, y lo cogió con fuerza de la mano.

—La milicia local desea jurarte su lealtad, Richard —dijo el capitán de la antigua guardia personal de Michael.

El general de las fuerzas de la Tierra Occidental se colocó junto al capitán y dijo:

—El ejército de la Tierra Occidental también.

—Y las fuerzas de D'Hara —apostilló un oficial de las tropas de D'Hara.

Richard parpadeó. Se sentía aturdido. Sentía la cólera que crecía en su interior.

—¡Nadie va a jurar lealtad a nadie, y mucho menos a mí! Yo soy un guía de bosque, nada más. A ver si os metéis eso en la cabeza. ¡Un guía de bosque!

Richard recorrió con la mirada el mar de cabezas. Todos los ojos estaban posados en él. Echó un vistazo a la ensangrentada cabeza de Michael clavada en la pica. Cerró los ojos un instante, tras lo cual ordenó a algunos miembros de la milicia local:

—Enterrad la cabeza y el resto del cuerpo. —Nadie se movió—. ¡Obedeced!

Los soldados dieron un respingo y corrieron hacia la cabeza. Richard miró al oficial de las tropas de D'Hara. Todo el mundo esperaba.

—Envía el siguiente mensaje: las hostilidades han acabado. Ya no hay guerra. Procura que todos los soldados movilizados regresen a sus hogares y que las fuerzas de ocupación se retiren. Espero que todos aquellos, ya sean soldados rasos o generales, que han cometido crímenes contra gente indefensa sean juzgados y, si son declarados culpables, sean castigados según la ley. Las tropas de D'Hara deberán ayudar al pueblo a encontrar comida, pues si no, mucha gente morirá de hambre este invierno. El fuego ya no está prohibido. Si cualquiera de las fuerzas con las que os topáis no obedecen estas órdenes, tendréis que reducirlas. Tú y tus hombres los ayudaréis —añadió, dirigiéndose al general del ejército de la Tierra Occidental—. Juntos tendréis tanta fuerza que nadie osará oponerse. —Los dos oficiales lo miraban fijamente. Richard se inclinó hacia ellos—. No lo conseguiremos si vosotros dos no os ponéis de acuerdo.

Ambos mandos se llevaron un puño al corazón a modo de saludo e inclinaron la cabeza. Pero el general de D'Hara alzó la mirada hacia Richard y dijo, todavía con la mano encima del corazón:

—A sus órdenes, amo Rahl.

Richard se quedó perplejo, pero decidió no hacer caso. Seguramente ese hombre estaba acostumbrado a decir «amo Rahl».

Richard se fijó en un guardia que se mantenía algo apartado. Lo reconoció. Era el capitán de los guardias apostados en la puerta cuando Richard abandonó el Palacio del Pueblo apenas unos días antes. Era quien le había ofrecido un caballo y le había advertido sobre el dragón. El joven le hizo una seña para que se acercara. El capitán lo hizo y se quedó frente a él en actitud de firme, con expresión inquieta.

—Tengo una misión para ti. —El hombre esperó en silencio—. Creo que la harás perfectamente. Quiero que reúnas a todas la mord-sith, sin olvidarte a ninguna.

—Sí, señor. —El capitán se veía un poco pálido—. Todas serán ejecutadas antes de que el sol se ponga.

—¡No! ¡No quiero que sean ejecutadas!

El hombre parpadeó, confundido.

—Pues ¿qué hago con ellas?

—Debes destruir sus agieles. Todos. No quiero volver a ver un agiel nunca más, excepto éste. —Richard alzó el que llevaba colgado al cuello—. Después, dales nuevas ropas. Quema hasta el último hilo de sus ropas de mord-sith. Ellas serán tratadas con amabilidad y respeto.

—¿Amabilidad y respeto? —susurró el capitán, abriendo mucho los ojos.

—Eso he dicho. Se les asignarán tareas para ayudar a los demás, se les enseñará a tratar al prójimo como ellas son tratadas: con amabilidad y respeto. No sé cómo vas a conseguirlo; tendrás que hallar el modo por ti mismo. Pareces un hombre listo. ¿Entendido?

—¿Y si se niegan a cambiar? —inquirió el capitán, frunciendo el entrecejo.

—Diles que aquellas que se empeñen en seguir el mismo camino se encontrarán con el Buscador y su espada blanca esperándolas —contestó Richard en tono severo.

El guardia sonrió, se llevó un puño al corazón y le dirigió una elegante reverencia.

—Richard —dijo Zedd en voz baja—, los agieles son objetos mágicos. No pueden destruirse así como así.

—Pues ayúdalos, Zedd. Ayuda a destruirlos, guárdalos bajo llave o haz algo. No quiero que ni un solo agiel haga daño a nadie, nunca más.

Zedd esbozó una leve sonrisa y asintió.

—Me encantará ayudar, muchacho. —Entonces vaciló, se acarició el mentón con un largo dedo y dijo—: Richard, ¿crees de verdad que esto va a funcionar? Me refiero a desmovilizar las fuerzas de D'Hara con ayuda del ejército de la Tierra Occidental.

—Probablemente no, pero nunca se sabe, con tu Primera Norma de un mago. Así ganaremos tiempo hasta que todos regresen a su casa y puedas levantar de nuevo El Límite. Entonces, volveremos a estar a salvo y acabaremos con la magia.

En el cielo retumbó un rugido. Richard alzó la mirada y vio a Escarlata volando sobre ellos en círculo. El dragón rojo descendió en espiral por el aire frío y vigorizante. Los hombres se replegaron, chillando y dispersándose al ver que el dragón se disponía a aterrizar a los pies de la escalinata. Escarlata se posó delante de Richard, Kahlan, Zedd, Chase y los dos niños con un batir de alas.

—¡Richard! ¡Richard! —gritó Escarlata, saltando sobre sí misma, las alas extendidas y temblando de excitación—. ¡Mi cría ha salido del huevo! ¡Es como tú dijiste que sería: un pequeño dragón muy hermoso! ¡Quiero que vengas a verlo! Es tan fuerte... Apuesto a que dentro de un mes ya podrá volar. —De pronto el dragón se fijó en todos los soldados reunidos. Giró la cabeza en todas direcciones, escrutándolos. Sus enormes ojos amarillos relucieron y bajó la testa hacia Richard—. ¿Tienes problemas? ¿Necesitas un poco de fuego de dragón?

—No, gracias. Todo va bien.

—Pues, entonces, monta y te llevaré a ver al pequeño.

—Me encantará, si también llevas a Kahlan —respondió el joven, rodeando con un brazo la cintura de la mujer.

Escarlata repasó a Kahlan de los pies a la cabeza.

—Si es amiga tuya, será bienvenida.

—Richard, ¿y Siddin? Weselan y Savidlin deben de estar muertos de preocupación por él. —Los ojos verdes de Kahlan se clavaron en los de Richard. Entonces, se inclinó hacia él y le susurró—: Además, tenemos un asunto pendiente en la casa de los espíritus. Me parece que tenemos que acabarnos la manzana que dejamos allí. —La mujer le pasó un brazo por la cintura y en sus labios apareció una leve sonrisa. Al verla, Richard se quedó sin respiración.

Con gran esfuerzo, el Buscador apartó los ojos de Kahlan y los alzó hacia Escarlata.

—Cuando llevaste a Rahl el Oscuro a la aldea de la gente barro, este niño fue raptado. Su madre debe estar tan impaciente por recuperarlo como tú lo estabas por tu cría. Después de ver a tu pequeño dragón, ¿nos podrías llevar hasta allí?

—Bueno —contestó Escarlata, clavando un ojo de penetrante mirada en Siddin—, supongo que puedo entender cómo se siente su madre. De acuerdo. Montad.

—¿Vas a dejar que un hombre te monte? —inquirió Zedd incrédulamente, adelantándose y con las manos sobre las caderas—. ¿Tú, un dragón rojo? ¿Lo llevarás adonde él te diga?

Escarlata lanzó al mago una vaharada de humo, obligándolo a retroceder.

—No es un hombre cualquiera. Es el Buscador y lo obedezco. Lo llevaría hasta el inframundo y de vuelta, si él me lo pidiera.

El dragón se inclinó. Richard se aferró a las púas de Escarlata y se subió a su lomo. Kahlan le tendió a Siddin. Richard se lo colocó en el regazo y ayudó a Kahlan a subirse a horcajadas en el dragón, detrás de él. Kahlan le rodeó la cintura, con las manos sobre el pecho del joven, apoyó la cabeza contra sus hombros y se abrazó con fuerza.

—Cuídate mucho, amigo mío —dijo Richard a Zedd, inclinándose ligeramente hacia él y dirigiéndole una sonrisa—. El Hombre Pájaro se alegrará de saber que por fin he decidido tomar por esposa a una mujer barro. ¿Dónde te encontraré?

—En Aydindril. —Zedd levantó un delgado brazo y dio una palmadita cariñosa a Richard en el tobillo—. Ven a buscarme cuando estés listo.

—Entonces tú y yo hablaremos. Será una larga charla —repuso el joven, lanzando al mago la más severa de sus miradas e inclinándose aún más.

—Sí, así será.

Richard lanzó a Rachel una sonrisa, se despidió de Chase con un gesto y, a continuación, palmeó a Escarlata.

—¡Vuela, mi roja amiga!

Escarlata lanzó su flamígero aliento mientras alzaba el vuelo. Los sueños y la alegría de Richard se elevaron con ella.

Zedd se quedó mirando cómo el dragón se iba haciendo más y más pequeño. El mago se guardaba para sí sus inquietudes. Chase acarició el pelo de Rachel, pero entonces se cruzó de brazos y enarcó una ceja hacia el anciano mago.

—Para ser un simple guía de bosque, da muchas órdenes.

—Tienes razón —convino con él Zedd, y se echó a reír.

Un hombrecillo calvo bajó a toda prisa los escalones, haciendo señas con una mano alzada.

—¡Mago Zorander! ¡Mago Zorander! —Finalmente llegó abajo, jadeando—. ¡Mago Zorander!

—¿Qué ocurre? —preguntó Zedd, ceñudo.

—Mago Zorander, tenemos problemas —dijo el hombrecillo, tratando de recuperar el aliento.

—¿Qué clase de problemas? ¿Y quién eres tú?

—Soy el jefe del personal de la cripta —contestó el hombre, inclinándose hacia Zedd con aire conspirador y bajando la voz—. Tenemos problemas. En la cripta —añadió. Sus ojillos miraban recelosamente en torno.

—¿Qué cripta?

—¿Qué cripta va a ser? La de Panis Rahl, el abuelo del amo Rahl.

—¿Y se puede saber qué problema hay? —preguntó el mago con gesto de inquietud.

El hombrecillo se llevó los dedos a los labios nerviosamente.

—No lo he visto con mis propios ojos, mago Zorander, pero mi gente nunca miente. Nunca. Me lo han dicho y ellos nunca mienten.

—Pero ¿qué te han dicho? —bramó Zedd, exasperado—. ¿Qué problema hay?

—Los muros —contestó el hombrecillo, mirando nervioso a su alrededor y hablando en susurros—. Los muros, mago Zorander. Los muros.

—¿Qué pasa con los muros? —A Zedd se le estaba acabando la paciencia.

—Se están fundiendo, mago Zorander. Los muros de la cripta se están fundiendo.

Zedd se irguió y taladró al hombrecillo con la mirada.

—¡Diantre! ¿Tenéis reservas de piedra blanca, piedra blanca de la cantera de los profetas?

—Claro que sí.

Zedd se metió la mano en un bolsillo de la túnica y sacó una bolsa de pequeño tamaño.

—Sella la entrada de la tumba con piedra blanca procedente de la cantera de los profetas.

—¿Sellarla, decís? —preguntó el hombrecillo, sobrecogido.

—Sí. Séllala, o de lo contrario todo el palacio se fundirá. Mezcla el polvo mágico que hay dentro de esta bolsa con la argamasa. Debe hacerse antes de que el sol se ponga, ¿entendido? Sellad la tumba antes de que el sol se ponga.

El hombrecillo asintió, arrebató la bolsa de manos de Zedd y subió la escalera tan rápidamente como se lo permitían sus cortas piernas. Por el camino se cruzó con otro hombre. Éste era más alto, iba vestido con una túnica blanca ribeteada de oro y llevaba las manos metidas en las mangas. Chase miró a Zedd con fijeza y le golpeó el pecho con un dedo.

—¿Panis Rahl, el abuelo de Richard?

El mago carraspeó.

—Sí, bueno. De eso quiero hablarle cuando regrese.

El hombre de la túnica blanca había llegado junto a ellos.

—Mago Zorander, ¿está por aquí el amo Rahl? Hay algunos asuntos que discutir.

Zedd alzó la mirada hacia el dragón, que apenas se divisaba ya en la distancia.

—El amo Rahl estará fuera por un tiempo.

—¿Pero regresará?

—Sí. —Zedd desvió la mirada hacia la expectante faz de su interlocutor—. Sí, regresará. Hasta entonces, todos deberéis arreglároslas solos.

El hombre se encogió de hombros.

—En el Palacio del Pueblo ya estamos acostumbrados a eso, mientras esperamos el regreso del amo. —Con estas palabras, el hombre dio media vuelta para marcharse, pero Zedd lo detuvo.

—Tengo hambre. ¿Hay algún sitio por aquí donde pueda comer algo?

El hombre sonrió y señaló hacia la entrada de palacio.

—Naturalmente, mago Zorander. Permitidme que os conduzca a un comedor.

—¿Qué te parece, Chase? ¿Te gustaría almorzar antes de que me vaya?

—¿Almuerzo? —preguntó el guardián del Límite, bajando la vista hacia Rachel. La niña sonrió y asintió, muy seria—. Muy bien, Zedd. ¿Adónde vas?

Zedd rebulló, incómodo.

—Voy a ver a Adie.

—¿Un poco de descanso y relax? —le preguntó el soldado con una sonrisa burlona.

A Zedd se le escapó una sonrisa.

—Pues sí. Además, quiero llevarla a Aydindril, al Alcázar del Hechicero. Tenemos mucho que leer.

—¿Por qué te la llevarás a Aydindril, al Alcázar del Hechicero, para leer?

Zedd lanzó a Chase una mirada de soslayo.

—Porque Adie sabe más del inframundo que nadie vivo.